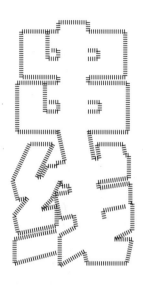

Connie Willis

[美] 康妮·威利斯 | 著　李 镭 | 译

crosstalk

北京时代华文书局

致无与伦比的，也是不可替代的玛丽·斯图尔特在爱尔兰，不可避免的事情永远不会发生，而意料之外的事情却常常出现。

——约翰·彭特兰·马哈菲

在每一群人中，都有一些人，看上去和其他人一样，却携带着令人震惊的信息。

——安托万·德·圣埃克苏佩里，《夜间飞行》

仔细倾听。

——《幽灵镇》

致　谢

非常、非常、非常感谢所有帮助我完成这本书的人，但最要感谢的是：

我的女儿科迪莉亚，她在情节设计上给了我无价的帮助；

我的朋友梅琳达·斯诺德格拉斯，她给了我无尽的鼓励和精神上的支持；

还有我在余弦读书会中的朋友，他们想出了这本书的书名。

串线（crosstalk–'krostok）名词解释：

1. 通信设备（如无线电、电话等）出现的杂音，通常来自另一部通信设备的信号干扰，导致有效信号遭到覆盖、杂糅，产生混乱；因为发生意外的信号耦合而导致不应出现的信号或干扰。

2. 一场会议中偶然出现的与主题无关的交谈。

3. 诙谐的、快节奏的对答；戏谑。

目　　录

第一章

"让我承认，两颗真心的结合是阻挡不了的。"

——威廉·莎士比亚，《十四行诗》第 116 篇 [①]

当布丽迪把车停在无限通联公司的停车场时，她的手机上已经多了四十二条信息。第一条当然是舒基·帕克发来的，随后四条来自吉尔·昆西——全都是在用各种方式表达"如果还不知道到底发生了什么，我可就要急死了"。舒基则是在问："听说特朗·沃思带你去了铱星餐厅？"

你倒真是耳目灵通——布丽迪心中想道。舒基是无限通联公司排名第一的八卦女孩。也就是说，现在全公司都知道这件事了。幸好无限通联没有办公室恋情的禁忌。毕竟她和特朗根本不可能守住他们浪漫的秘密。不过布丽迪在昨晚还是希望能够向同事们隐瞒这件事，至少能拖到她告诉家人之后。也许她们也早就知道了——布丽迪又想道。

她又看了看其他信息。有五条是她的妹妹凯瑟琳发来的；八条是姐姐玛丽·克莱尔的；九条是乌娜姨妈提醒她不要忘记周六晚上举办的"爱尔兰女儿"盖尔语诗歌朗读会。

我真不应该给她智能手机——布丽迪想。她从没想过乌娜姨妈会摸索出智能手机的玩法——乌娜姨妈甚至还给她传过视频录像和事件提醒。更让布丽迪没有想到的是，智能手机还帮助乌娜姨妈变本加厉地用"爱尔兰女儿"的事情来烦她。乌娜姨妈已经让梅芙来教她盖尔语，现在更是每天向她发二十条信息提醒这件事。

布丽迪迅速读完余下的信息，不过没有一条是她的家人在对她说：

[①] 选自《莎士比亚十四行诗》，威廉·莎士比亚著，重庆出版社 2007 年出版，屠岸译。

"哦，上帝啊！你不会真想这样做吧？"

很好。这就意味着她还有时间决定该如何对她们说——不过考虑到现代的信息流通速度，她的时间肯定不多了。

她彻底将信息翻完，确认是否有特朗的信息，找到了；但那条信息很简单："爱你，尽快给我回电话。"她非常想立刻就给特朗回电话，但她在停车场耽搁的时间越久，吉尔或者更加可怕的舒基就越有可能开车进来，开始向她问东问西。她之所以会刻意提前来上班，就是为了避开这种事。还是等她安全到达办公室以后再和特朗说话吧！

她离开汽车，迅速走向公司大门，同时留意周围的车辆，看看有谁会在这里。她没有看见特朗的保时捷，也没有看见舒基和自己的助手——萨拉的车。这很好。不过吉尔的丰田普锐斯就停在 C.B. 施瓦茨的老本田旁边。

施瓦茨的车总是在停车场里。布丽迪怀疑他就住在实验室——也许就睡在那张松松垮垮、像是从街边捡回来的沙发上。不过吉尔经常会迟到。布丽迪绝不会排除她今天早早出现就是为了截住自己的可能。现在那家伙可能正躲在门厅里等着布丽迪呢。我必须从侧门进去——布丽迪一边这样想着，一边改变了路线——希望没有人在那里发现我。

的确没有人发现她，从电梯上到四楼，她一个人都没遇到。很好——布丽迪满意地快步经过走廊。萨拉还没有来，她可以直接进入办公室，锁上门，再好好想一想该如何向家人坦白这件事。当然，一定要快，否则她们很快就会开始对她进行电话轰炸："为什么不回我的信息？出什么事了？"

尤其是乌娜姨妈，她总是认为发生了可怕的事情，并为此把周围所有医院的人都叫来。不过这一次，她会相信她的预感是有道理的——布丽迪寻思着，在走廊里拐了个弯，走向自己的办公室。

"布丽迪！"吉尔·昆西在走廊另一端喊道。

就差一点了——布丽迪飞快地转动着心思，决定是否应该在被吉尔抓住之前先冲进办公室。但吉尔已经朝她跑了过来，还一边高声喊着：

"你在这里！我整个早晨都在给你发消息，却没看见你已经进来了。"

她猛地冲到布丽迪面前，气喘吁吁地说："我一直在门厅那里。不过你进来的时候我一定是没有注意到。我听说你和特朗·沃思昨天晚上去铱星餐厅吃晚餐了。好吧，到底发生了什么事情？"

我还不能告诉你——布丽迪在心中嘟囔着——我必须先告诉我的家人。但她也不能闭口不言，否则这件事会在不到一分钟的时间里传遍整座大楼。"来这边。"她说着将吉尔拽进了复印室，这样一来，其他人就听不见她们说话了。

"如何？"布丽迪刚把门关上，吉尔就急着逼问，"他向你求婚了，对不对？哦，我的上帝啊！我就知道！你可真走运！你知道有多少女人会为了得到特朗·沃思而杀了你吗？你竟然把他钓上了！而且只用了六个星期！"

"我没有'钓'他，"布丽迪说，"他也没有求婚。"不过吉尔根本没有听她说话。

"让我看看你的戒指！"吉尔激动地喊道，"我打赌，它一定非常漂亮！"她一把抓住布丽迪的手。看到手指上空空如也，她又问道："戒指在哪里？"

"我们还没有定下来。"布丽迪说。

"这是什么意思？你们没有订婚？那他为什么会带你去铱星那样的地方？还是在星期四？哦，我的上帝啊！他一定是求你做 EED，对不对？那比向你求婚还要好！"吉尔一下子抱住了布丽迪，"我真为你感到高兴！我已经等不及了。我要把这个喜讯告诉所有人！"说完，她就向门口跑去。

"不，不要！"布丽迪抓住吉尔的胳膊，"求你了！"

"为什么不？"吉尔问道。她满腹狐疑地眯起了眼睛。"不要告诉我，你把他拒绝了！"

"不，当然没有，"布丽迪说，"只是……"

"只是什么？他是公司里条件最好的男士！他一定很爱你，否则他就不会求你去做 EED！而你显然也非常爱他，否则你就不会答应他。那么，问题到底出在哪里？"

吉尔又将布丽迪上下打量了一番。"我知道问题在哪里了。他没有求你去做 EED，也没有向你求婚，你很失望，对不对？"

现在全公司都会这么以为了。"不，完全不是，"布丽迪说，"他说，想等到我们做了 EED 之后再订婚，这样，当他向我求婚的时候，我就能感觉到他有多么爱我了。"

"哦，我的上帝，这是我听到过的最浪漫的事情！我真是无法相信！他实在是太好了，愿意这样为你着想！他实在是太浪漫了！你知道这样的事情有多么罕见吗？和我约会过的所有男人要么有委身恐惧症，要么就是骗子——或者两者皆是。你实在是太幸运了！一定是因为你的头发。红色的头发总是让男人发狂。或许我也应该把头发染成红色。"说到这里，她皱了皱眉头，"你还没有告诉我，为什么不想让我把这件事告诉其他人？"

"因为我的家人。我还不知道该如何告诉她们。"

"你认为她们会不高兴？但特朗·沃思是那样完美！他有非常好的工作、非常棒的车，而你妹妹凯瑟琳约会的那些失败者……或者是因为 EED？但所有人都说那是绝对安全的。"

"它是安全的，"布丽迪说，"但我的家人有一点……"

"对你过度保护？"

不，是爱管闲事和喜欢干涉他人。"是的，所以什么都不要说，直到我告诉她们，好吗？"

"那你必须先把你们的事完完整整地告诉我！我想知道你们是什么时候确定下来的，还有……"

布丽迪的手机响了。是特朗的来电铃声，但这并不一定意味着就是他打来的。布丽迪之前和家人在一起的时候，梅芙对她的手机动了些手脚。所以现在特朗的铃声响起的时候，半数情况下不是特朗打来的。布丽迪还没有来得及修正这个问题。

不过至少她有借口中断眼前的谈话了。"抱歉，"布丽迪对吉尔说，"我需要看看是谁打来的。"她朝手机屏幕瞥了一眼，"啊，我需要接一下。"她打开复印室的门，朝走廊走去，一边还说着，"答应我……"

"我的嘴已经被封起来啦，"吉尔说道，"但你也必须答应我，要把一切都告诉我。"

"我会的。"布丽迪转过身去，以免吉尔看到她实际上是挂断了电话。然后她把电话贴到耳朵上，嘴里说着"喂"，一边沿着走廊快步逃出吉尔的视线。

当她将手机塞回到衣兜里的时候，立刻难过地看到菲利普走出后勤部，迎着她走了过来，并开口说道："我听到传闻说，你和特朗·沃思要做 EED 了。"

这怎么可能？——布丽迪大吃了一惊——我离开吉尔才十秒钟。

"噢！就像汤姆·布雷迪一样！"菲利普还在说话，"恭喜你！真是太好了！但我希望你们能等一等，让你的特朗先对新手机有更好的设想，而不只是更大的内存和不会碎的屏幕。有传闻说，苹果公司就要搞出个足以炸翻所有智能手机的新东西了。特朗可不能一下子被炸到医院里去……"

"EED 不是大手术。"布丽迪说道。但菲利普没有听她说。

"如果我们不保持警惕，无限通联就是下一个诺基亚。"他开始讲述起智能手机公司的失败史，"像我们这样一家小公司，除非有革命性的创新，否则不可能与那些巨无霸竞争。我们要有全新的概念设计，而且需要它迅速出现，否则……"

快一点啊，乌娜姨妈——布丽迪想——你通常都是每五分钟就会给我打一个电话，现在我需要你，你到底在哪里？

布丽迪的电话响了。谢谢——她长出了一口气，然后说道："我必须去办公室接个电话，我们十一点开会的时候再见。"说完，她就逃开了。

但拯救她的电话并非来自乌娜姨妈，而是玛丽·克莱尔打来的。布丽迪把电话转到语音信箱之后，就收到了梅芙的信息："我这里没事，别理我妈妈。"

也就是说，她们还不知道。谢天谢地。不过布丽迪还是对梅芙感到有些抱歉。这次又是什么事？视频游戏？贪吃？网络欺凌？玛丽·克莱尔经常对梅芙歇斯底里，尽管梅芙只不过是一个普通的九岁女孩。

实际上，梅芙是我们这一家子里唯一的正常人——布丽迪暗自想道。

玛丽·克莱尔肯定不正常。她总是着急梅芙的家庭作业，着急她的成绩，着急她是不是能进常春藤名校，着急她的朋友，着急她的饮食习惯（玛丽·克莱尔相信梅芙得了厌食症），还有她的阅读量不够充足，甚至常常逼着梅芙读《小妇人》和《爱丽丝梦游仙境》这样的书。布丽迪总觉得梅芙不喜欢阅读正是因为她妈妈的这种强制行为。

上周，玛丽·克莱尔认为梅芙发了太多信息；再往前一周，她认为梅芙吃了太多糖类和谷物（她似乎突然忘记自己一直认为梅芙有厌食症）。今天也许她以为梅芙拍了裸照，或者感染了汉坦病毒。

为了梅芙，布丽迪真应该给玛丽·克莱尔打个电话，让姐姐冷静下来。但她首先还是要想清楚该如何告诉家人关于 EED 的事。她没有多少时间了。现在半个公司的人可能都已经知道了。如果现在乌娜姨妈带着梅芙"突然"出现在公司，向布丽迪展示梅芙穿着新舞蹈裙的样子，顺便劝说布丽迪参与那些无聊的"爱尔兰女儿"活动，公司的同事里肯定会有人把她的事捅给乌娜姨妈……

哦，我的上帝，舒基也来了。这个全公司排行第一的八卦女孩正从人力资源办公室里走出来。布丽迪顿时把一切淑女礼仪抛到九霄云外，径直向她的办公室跑了过去，用力拉开门，冲进屋内，不料一下子撞进助手的怀里。

"我还以为你永远都不过来了。"萨拉一边说，一边将她扶稳，"现在有一百万条消息正等着你。不过我想知道昨晚发生的所有事！你可真幸运，竟然要去做 EED 了！"

简直比子弹的速度还快——布丽迪想——如果公司真的想要一场革命性的通信模式，那么他们就应该设计一款以传播小道消息为底层逻辑的手机。

"我在停车场没有看见你的车。"布丽迪说。

"是内特送我来的。我想和他把 EED 的事情定下来。如果能知道他是不是爱我,那就太棒了。你真是幸运,根本不必再担心这种事了。我是说,我一直在想方设法搞清楚他什么时候会和我说这件事,以及他到底是真心的,还是只想骗我上床。我是说,昨天晚上,他……"

"你说我有消息,都是谁发过来的?"

"大多数是你姐姐玛丽·克莱尔发过来的,还有一些是你的姨妈和妹妹发来的。我把它们全都放在你的电脑里了。我知道你告诉过她们,不要在工作时打电话给你。"

"是的。"布丽迪应了一句。但她们根本就不听。一直都是这样。

"你和她们说过话了吗?"布丽迪又问道,同时提心吊胆地等待着萨拉的回答,但萨拉只是摇了摇头。

谢天谢地。"如果她们再打电话来,"布丽迪立刻又说道,"不要回复,更不要对她们提起任何关于 EED 的事。我还没有机会和她们谈这件事,但我希望这件事由我来第一个告诉她们。"

"她们一定会非常高兴!"

要打赌吗?"其他消息是谁的?"布丽迪又问。

"特朗·沃思来了电话,要你一到公司就给他回电。特里希·门德斯和拉胡尔·德什涅夫的助手也是。阿特·桑普森要你马上查看他关于加强各部门信息沟通的备忘录,并告诉他有没有什么建议要添加上去。那份备忘录就在你的电脑上。那么,他是什么时候向你提出这个要求的?你当时是不是很激动?"

"是的,"布丽迪说,"如果有人过来或者打电话,告诉他们我只有在开完会以后才能和他们说话。"然后她进入自己的办公室,把门关严,给特朗回电话。但特朗没有接。

她给特朗发信息,要特朗给她打电话;又给拉胡尔·德什涅夫的助手发了同样的消息;然后给特里希·门德斯回电话。"你真的要和特朗·沃思做 EED?"特里希劈头就问。

"是的。"布丽迪口中回答着，心中却想——我觉得部门间信息沟通不需要再改进了。

"这太棒了！"特里希说，"你们打算什么时候做？"

"我不知道。特朗想请维里克医生给我们做，不过……"

"维里克医生？哦，我的上帝啊！布拉德和安吉丽娜就是请他做的，对不对？"

"是的，所以维里克医生的顾客名单实在是很长。我甚至不知道什么时候能见到他，更不要说预定 EED 的时间了。"

"凯特琳·詹纳也是请他做的，对吧？"特里希接着说道，"还有金·卡戴珊，不过她白做了，因为她爱上了别人。我想不起来那个人的名字了。上一部《复仇者联盟》的电影里好像有他。"

这种闲聊能持续一整天。布丽迪把手机贴近桌面，用指节在桌子上敲了两下，喊了一声："进来。"然后她又把手机放到耳朵旁边，"听着，我现在约了人。我能待会儿再打给你吗？"

然后她就挂了电话，带着一种"刚出煎锅又入火炉"的心情查看了家人发来的二十二条信息——更正一下，是三十一条——确认她们还不知道。她格外仔细看了两眼玛丽·克莱尔的信息，以防玛丽会认为梅芙着了魔，要叫驱魔师或者其他什么怪物去家里。

玛丽还没那么过分。她只是在网上看了一篇关于电影中的性别角色对女孩造成负面影响的文章，想问问布丽迪是否觉得应该禁止梅芙看那些线上电影。

运气还不错——布丽迪一边想，一边查看凯瑟琳的信息。她的信息只有一条："需要和你谈谈查德。"他是凯瑟琳那一长串令人作呕的男朋友中最新的一个。乌娜姨妈的信息除了三条"你在哪里，宝贝"以外，全都是提醒布丽迪，肖恩·奥赖利打算在"爱尔兰女儿"聚会中朗读《盖尔的离去》。那场聚会，她们全家人都要参加。

也就是说，她们有可能不会在我的公寓里劝我放弃 EED——布丽迪相信这一定会是她们的反应。她们不喜欢特朗，上周六，布丽迪去乌娜姨妈家吃晚餐的时候，她们就已经清楚地表明了这一点。

玛丽·克莱尔觉得特朗把太多时间花在了他的智能手机上，却没有拿出足够的时间来倾听玛丽关于梅芙的各种焦虑不安。凯瑟琳觉得特朗这么有钱，又这么英俊，却至今还是单身，所以一定有一些不可告人的秘密。就连在家庭争论中总是和布丽迪站在同一阵线上的梅芙也板着脸说："他的头发梳得太整齐了。我喜欢头发乱乱的男人。"

乌娜姨妈当然表示坚决反对，因为特朗并非来自爱尔兰——尽管连她自己也从来没有踏上过"那古老的家园"。当然，如果只是看她的样子或者听她说话，她还是和爱尔兰很有些关系的。她的语调仿佛直接来自《安琪拉的灰烬》，或者平·克劳斯贝的某部老电影。她将一头已经开始变灰的红色长发盘成松垂的发髻，身上穿着宽松的粗花呢裙子和阿伦群岛毛衣——无论冬夏，都是如此。当她一次不落地去参加"爱尔兰女儿"聚会的时候，头上还会裹一条围巾。"就算在爱尔兰，也已经有一百年没人这样穿衣服了！"布丽迪很想如此向乌娜姨妈大喊，"你根本就不是爱尔兰人！你距离泥炭火堆最近的时候就是看 TCM 频道的《沉静的美国人》的时候！"

但这样叫喊肯定不会有任何好处。乌娜姨妈只会将她的念珠紧紧攥在丰满的胸脯上，向圣帕特里克和布丽迪已经升天的母亲祈祷，请他们原谅布丽迪年幼无知的不敬言辞，然后加倍努力地督促她一定要找一个"正正经经的爱尔兰小伙子"，比如肖恩·奥赖利。那家伙已经四十岁，谢了顶，仍然和他的母亲住在一起——他的母亲也是一位爱尔兰女儿。

我不想要肖恩·奥赖利和乌娜姨妈那些其他上了年纪的"小伙子"——布丽迪心中想道——我也不想要凯瑟琳的那些坏坯子。所以我才会和特朗交往。至于我为什么要和他做 EED，和你们都没有关系。

她又给特朗打了一个电话，但特朗显然还在研究他的手机，而且特朗的信息接收量上限也满了。于是她给特朗写了封邮件。

她又犯错了。当她点击"发送"按钮的时候，十九封新的邮件跳到她的屏幕上。除了其中三封以外，其他邮件的标题都是："上帝啊，

EED！恭喜！"而那三封邮件里有两封是乌娜姨妈发来的："你需要查看手机。你的手机出了问题？""你出事故了？"还有一封是梅芙的："你必须和妈妈谈一谈。她不让我看《十二个跳舞的公主》和所有《冰雪奇缘》的电影，也不让我看《魔发奇缘》，那是我除了《僵尸部落》以外最喜欢的电影！"

谢天谢地，玛丽·克莱尔还不知道梅芙会看僵尸电影，否则她真的要中风了——布丽迪正思量着，她的手机又响了。

"你在哪里？"特朗问，"我一直想要……"

"喂！"布丽迪急切地说道，"你根本不知道我听到你的声音有多么高兴。昨天晚上真是太美妙了。"

"我知道，"特朗说，"你也不知道你让我多么快乐。"

"真无法想象我们会多么幸福，等到我们……"

"是的，关于那件事，我有一个不太好的消息要告诉你。我已经和维里克医生的办公室谈过了。他的护士说他们要到夏末那会儿才能接受我们的预约。"

"是啊，我们早就知道他有很多客户……"

"他的护士说我们能够这么快就预约上还是很幸运的，有些人必须得等上一年。"

"没关系，"布丽迪说，"我可以等……"

"但是我等不了！这会把一切都毁掉！"特朗激动起来，不过他立刻又控制住情绪，"很抱歉，我不是冲你吼，甜心。只是我现在就想和你连接在一起，这样我就能……你就能知道我对你的感觉……"

"我猜你一定很着急。"布丽迪说。

"是的！我正在想办法，看看能不能让我们在五月份就接受手术。同时我们还需要填写一些预备性的文件……抱歉，有点事，"他说道，"等一下。"他的声音中断了大约一分钟，然后又从手机那头响起，"我说到哪里了？"

"填写预备性文件。"

"对。他的护士会把文件传给我们，估计是我们的病历内容和一些相关问题。如果我们要早一些进行手术，就要尽快把文件填好再传回去。我们要做好准备。另外，我已经想好了，如果施瓦茨没能成功，我要做些什么。"

"C.B. 施瓦茨？"

"是的，他应该会对我将在今天会议上展示的新手机有一些设想。但我过去两天里给他的邮件都没有得到回复；给他打电话也不接。我不知道他出什么事了。你和他说话的时候，有一半时间他甚至都没有听你讲话，就好像去了另一个世界。汉密尔顿认为他是一个天才，是下一个史蒂夫·乔布斯或者类似的人物。但我认为他的精神状况很不稳定。"

"他不是没有能力，"布丽迪说，"只是有一点古怪。而且他真的非常聪明。"

"那个大学炸弹客也很聪明。"特朗说，"希望他不是有暴力倾向的疯子，而是一个真正的天才，能想出一些好点子来帮助我们渡过难关，让我把工作顺利完成。否则我们就都完了。本来在苹果公司发布那款新手机的时候，我们已经准备好了自己的东西，但现在……"

特朗的声音一下子中断了，布丽迪以为他一定是在接另一个电话。不过几秒钟之后，他继续说道："抱歉，我不是要这样向你倒苦水。"

"没关系，我明白。你已经在这件事上投入了很多。"

特朗发出一阵略带沙哑的笑声。"你根本不知道……"他的声音又中断了。

"特朗？"布丽迪问道，"你还在吗？出什么事了？"

"信号不好。"特朗说，"我要说的是，我希望我们的一切都能完美无缺——手机、EED 和一切。我已经等不及要和你在一起，真正的在一起。我是那么爱你。"

"我爱你……"

"啊，又有一个电话打进来了。我们开会时见。你先看一下邮件。我发给了你一些东西。"

特朗的确发来了东西——一束虚拟的黄金玫瑰花蕾,在布丽迪的眼前绽放出绚烂的黄色花朵,又变成许多只翩翩飞舞的蝴蝶。

真贴心啊!布丽迪心中想着,看着满屏幕的蝴蝶。电脑音箱中传出《永远爱你》的旋律。

蝴蝶又变成字母,拼成一句话:"你对我说'好的',我们的一切苦难都结束了!"

除了要把这件事告诉家人——布丽迪又想道——还要必须马上想出这件事该怎么做。不能等她们过来查看我为什么一直没有回她们的信息。

一阵敲门声传来。哦,我的上帝,一定是她们。不过布丽迪也知道,这绝不可能。她们从来不会敲门,只会直接走进来。所以,来的一定是萨拉。"进来。"布丽迪说道。萨拉推开门,探身进来,显得有些慌乱。

"阿特·桑普森和舒基·帕克想让你尽快给他们打电话。"她说道,"C.B. 施瓦茨给你写了一封信。"

希望那是他对新手机的设想。"你放到我的电脑上了吗?"布丽迪问。

"没有,我说的是一封信。"萨拉拿出一张叠起来的纸,仿佛那是一条毒蛇,"他无论什么东西都要用手写。说实话,现在还有谁会这么干?"

"他是一个天才。"布丽迪漫不经心地说着,接过那张纸读了起来。

"真的?你确定?但他甚至连邮件都不会回。"

纸上写着:"我需要和你谈谈,C.B. 施瓦茨。"如果施瓦茨要谈的是对他们还没有准备好的关于手机的设想,那么她就最好在会议开始前和他谈一谈,这样她还有可能针对一些事给特朗提个醒。

她向萨拉要了施瓦茨实验室的电话,立刻打了过去。但没有人接,也没有转到语音信箱的应答声。"把他的手机号码给我。"她对萨拉说。

"没用的,"萨拉回答,"他的实验室在地下,那里根本没有信号。"

"语音消息功能呢?"

"也到不了那里。"

这太荒谬了。语音消息功能本来就是为了弥补手机信号覆盖不全的问题而设计的。"还是把他的手机号码给我吧，万一他不在实验室呢。"

"他永远都在他的实验室里。"

"好吧，那我给他发信息。"布丽迪说道。萨拉不情愿地把号码找出来给了她。

"我怀疑这根本就没用，"萨拉说，"他根本不把手机带在身上。舒基说他甚至从不会把手机打开。"说到这里，萨拉一皱眉，"你不会让我把信送过去吧？地下室简直能冻死人。除了他以外，根本没有人待在那里。而且他总让我感到神经紧张。我觉得他一直都潜伏在那里，不跟任何人说话，就好像电影里那个生活在地窖里的家伙，那部片子叫……《钟楼怪人》。"

"你说的应该是《歌剧魅影》，"布丽迪说道，"《钟楼怪人》是生活在钟楼上的，不在地窖里。C.B.也不驼背。"

"他是不驼背，但他还是让我神经紧张。我觉得他是个疯子。"

"他没有疯。"

萨拉显然不同意布丽迪的看法。"他还戴着手表，现在也没有人会戴手表了。他那身衣服根本就只有无家可归者才会穿。"

布丽迪对此没有任何回应。萨拉说得没错。无限通联公司的人并不讲究着装。这是硅谷的普遍穿衣风格——法兰绒衬衫、牛仔裤和跑步鞋，但C.B.的样子实在有些糟糕，就好像他买的衣服都是从旧货商店的货架上闭着眼抓来的。而且看样子，他似乎睡觉的时候也不会把这些衣服脱下来——这一点很可能是真的。

"舒基说C.B.施瓦茨不相信电子邮件和多部门会议。"萨拉继续说道，"还有，他耳朵上的那副耳机其实没有连在任何设备上。我甚至看到过他和自己说话。如果他是一个连环杀人犯，把尸体都藏在他的实验室里该怎么办？根本没有人知道他在那里干什么，而且那里还那么冷。"

别这么异想天开好不好——布丽迪心里嘟囔着——这里是无限通联，如果他干了那种事，大家只要一纳秒的时间就会知道。"好吧，不管是连环杀人犯还是什么，我都需要和他谈一谈。但我也不想跑那么远去他的实验室。尽量和他保持联系。"说完，布丽迪开始给施瓦茨的手机发信息。

她的视线刚刚离开电脑五分钟，屏幕上又多了九封"恭喜！"邮件和十二个语音消息，其中 IT 部的达雷尔说，他认为 EED 是"绝对的非凡之举"，拉胡尔·德什涅夫的助手希望她"尽快"打电话。布丽迪拿起电话，希望这意味着会议将推迟。但是电话刚一接通，拉胡尔·德什涅夫的助手就说道："非常高兴你要做 EED 了！格雷格和我刚刚做了，效果甚至比广告里说的还要好。现在我们之间没有任何芥蒂，对彼此完全坦诚，不会向对方隐瞒任何秘密，也再不会有争吵。我们的性生活更是美妙极了！格雷格……"

"抱歉，我九点四十五还有会。"布丽迪挂了电话，开始思考。也许应该下去见见 C.B.。继续留在办公室，她就不可能得到片刻安宁。更何况，如果地下室没有信号，那么她在那里就收不到任何电话和信息了。而且萨拉既然把 C.B. 当成恐怖电影里的怪物，那么她也就不太可能到那里去帮布丽迪传递消息。

最令人满意的是，C.B. 如果根本不用手机，也从不查看自己的邮件，他就不会知道任何关于 EED 的事。这样的话，布丽迪肯定不需要和他多费唇舌，解释自己的个人生活。她可以先搞清楚 C.B. 到底想做些什么，再躲进一间储藏室里，想清楚该对自己的家人说些什么。到时候就不会有任何人来打断她的思考了。

布丽迪开门走出去，却差点和萨拉撞个满怀。萨拉说："舒基·帕克又来电话了，还有你的乌娜姨妈。她说她需要和你谈谈诗歌朗读的事。你姐姐玛丽·克莱尔在一号线上。"

"告诉她们，我正在开会。"布丽迪说，"我要到 C.B. 施瓦茨的实验室去。"

"但那样的话，我该怎么联系你？"

不必联系我——布丽迪在心里这样说了一句，又开口道："我会在十点半回来。"

"好吧，"萨拉犹疑地说道，"你真的认为可以自己一个人下去？"

"如果他想杀我，我就用那里的冰柱戳他。"布丽迪回答道。为了确保萨拉不会跟着她，她又加了一句，"我一直在想你说的话。你是对的。他看上去的确有一点像钟楼怪人，还有一点像《电锯惊魂》里的那个家伙。"

"我就知道！你确定自己不会有事吗？"

绝对不会有事，只要我能平安下去，不被任何人在半路上截住。布丽迪打开办公室的门，小心地朝外面张望了一眼。她本来以为舒基一定在外面等着她，但乌娜姨妈常常挂在嘴边的"爱尔兰人的运气"这次真的降临到她身上。走廊里空无一人，甚至当她乘坐电梯安全降落到地下时，也没有遭到任何拦截。

电梯门打开，出现在她眼前的是一片空旷的水泥空间和走进冷库时才能闻到的那种锋利的寒冷气息。怪不得没有人到这里来。这里似乎还处在冰河时代。C.B. 的实验室金属门上真的能看到一片片冰晶。那道门上的标牌写着：危险——禁止入内——实验正在进行中。另一块手写标牌的内容是：出去——说的就是你。布丽迪透过门板上的玻璃铁丝网小窗，朝实验室里面望进去。C.B. 穿着一件豆绿色的外套，裹着一条羊毛围巾，还戴着无指手套，下身穿着短裤和人字拖。他正俯身在桌子上，用电烙铁在一块电路板上搞着什么东西。

布丽迪很高兴萨拉不在这里。现在就连她也觉得这个家伙看上去有点吓人。C.B. 显然已经两天没有刮胡子了。他的头发比平时还要乱。梅芙也许会喜欢他，布丽迪心里想。

看来，C.B. 又在这里待了一整晚。这样也好——布丽迪一边想，一边敲了敲金属门——他肯定还没有听到过大家谈论 EED 的事，再劲爆的消息也传不到这个地方来。实际上，C.B. 应该什么都没听到，因为他的耳朵上正戴着萨拉提到过的那副耳机。

他没有抬头。布丽迪又敲了敲门，发现依旧徒劳无功。于是布丽迪直接把门推开，走了进去，来到正忙于工作的 C.B. 面前，朝他挥了挥双手。"C.B.？喂，能听见吗？"

C.B. 抬起头，看到布丽迪，将一只耳机拔出来。"你说什么？"

"很抱歉在你工作的时候打扰你。"布丽迪微笑着说，"但听说你想和我谈谈。"

"是的。"C.B. 说，"你不会是真的想要做 EED 吧，是吗？"

第二章

"要是人人都不管别人的闲事，"公爵夫人用一种沙哑的怒吼声说道，"这个地球就会比它现在转动得快得多。"

——刘易斯·卡罗尔，《爱丽丝梦游仙境》[1]

"什……什么……怎么回事？"布丽迪惊讶得有些结巴，"是谁告诉你我要做 EED 了？"

"你在开玩笑，对吗？"C.B. 放下还在发热的电烙铁，"全公司的人都知道了。如果你想听听我的观点，我认为你是疯了。难道你的大脑现在接收的信息轰炸还不够吗？电子邮件、手机信息、推特、Snapchat[2] 和 Instagram[3]还没让你不堪重负吗？现在你还要让大脑接受手术，接收更多信息？"

"EED 不是脑部手术。它只是一种小型的改进……"

"他们会在你的脑子里钻个窟窿，让你的意识泄露出去。只是你并不需要这种手术，因为你泄露信息的手段已经足够多了！你知道 IED 有多么危险吗？"

"EED，"布丽迪纠正他，"IED 是一种炸弹。"

"是的，没错，就等着它炸到你的脸上吧。"C.B. 继续说道，"如果医生的手抖了一下，手术刀切断了不该切的神经怎么办？你有可能终生瘫痪，或者变成植物人……"

"这是一个绝对安全的手术。维里克医生已经进行过几百次 EED 手

---

① 选自《爱丽斯漫游奇境》，刘易斯·卡罗尔著，上海译文出版社 2013 年出版，吴钧陶译。

② 一款图片分享应用程序，特点是用户可将图片"阅后即焚"。

③ 一款图片社会应用程序。

术了，至今都没有发生过任何事故。"

"这全都是他自己说的。他让夫妻们相信能够读懂彼此的意识，并因此挣了大钱。就因为一个穿着阿玛尼套装和意大利休闲鞋的江湖郎中告诉你，他能……"

"维里克医生是一位受人尊敬的外科医生，在神经强化方面享有国际声誉。而且 EED 也不能让人读懂彼此的意识，它只是会强化人们和伴侣进行感情交流的能力。"

"感情交流？那接吻算什么？在一起又算什么？"

"我不打算和你讨论这件事。"布丽迪僵硬地说道，"这和你没有关系。"

"这和我有关系。你是我在这里唯一能够交谈的人，如果你变成了植物人……"

"你不是应该努力制定好你的新手机方案吗？再过一个小时，部门间会议……"

"我正在努力。"

"哦，就是这个？"布丽迪指着正在被 C.B. 焊接的电路板问道。

"不是，"C.B. 回答，"这只是取暖器的控制面板。"他朝一个背后露出一堆导线的金属大盒子指了指，"你一定也感觉到这里的气温和南极差不多了。是因为它又出了故障。我想修好它，但运气不太好。对了，你需要外套吗？"他走到那张长沙发前。沙发中间堆着一些衣服和毯子。他开始在那堆纺织品中翻找起来。

"不，我挺好。"布丽迪说。实际上，她已经开始打哆嗦了。

布丽迪将这间实验室扫视了一遍。这里的墙壁上钉满了各种草图和数据列表，还有各种各样的"禁止入内"标志，以及一张《扫描人员徒劳无功》[①]的电影海报、一张 20 世纪 40 年代的电影明星海报。实验台就像这里的墙壁一样杂乱无章，堆积着笔记本电脑、硬盘和智能手机的各

[①] 改编自同名科幻小说 *Scanner Live in Vain*。本书注释若无特殊说明，均为译者注。

种零部件。一台带有老式调控表盘的粉红色塑料收音机被摆放在一台更加古老的电视机上。地板上盘绕着许多数据线和电线。布丽迪没有看到尸体，不过她也不知道那些文件柜里到底放着什么。

C.B.抽出一件褪了色，也不太干净的咔叽布军用外衣。"这件怎么样？"

"不，谢谢。"布丽迪说，"那么，说到手机，你准备好在会议上讨论的方案了吗？如果我们没有新的方案，你就要告诉特朗……"

"忘了特朗吧。你知道每年有多少人死在脑科手术台上？"

"我告诉你了，这不是脑部手术。这只是一种小型的改进……"

"那好，你知道有多少人死在了……"他摆动着手指，强调自己在重复布丽迪的用词，"……'小型的改进手段'上？难道你没有在 TMZ^① 上看到那个小明星的鼻子从脸上滑下来一半？那篇新闻的标题是《整容手术的事故》。"

"EED 不是整容手术。"

"那为什么好莱坞每个人都会做？你还有可能遭受继发性感染，比如葡萄球菌或者食肉菌。医院正是这些东西的繁殖乐土。那里真是恐怖的地方，有便盆、导管，衣服都是从后面开口的。我一直都像躲避瘟疫一样躲避那里，你也应该这样。"

"我……"

"他们还有可能对你注射过量的麻醉剂，甚至有可能更糟糕。你的手术可能非常成功，一切效果都如同预期一样实现，那样你就会获得可怕的心灵感应能力……"

"这不是心灵感应……"布丽迪想要打断 C.B.，但他只是自顾自地继续说着。

"你不会想要知道的。相信我，尤其是男人们的想法。那就像是一个烂泥坑。我是说，它甚至要比他们在网上说的那些东西更加糟糕。你至

———————

① 一家娱乐新闻网站。

少知道网上的那些东西有多糟吧。"

"我们应该谈谈你有没有准备好新手机的概念设计……"

"我有，"C.B. 说，"无限通联也承诺过同样的事情——更多沟通。但这并不是人们想要的。他们已经有太多方式进行沟通了——笔记本电脑、手机、平板电脑、社交媒体。他们还把导线直接连到耳朵上。知道吗？有一种情况叫作过度连接，尤其是在人际关系上。现在人与人之间需要更少的连接，而不是更多。"

"真是一派胡言。"

"打个赌吗？为什么每一句话如果以'我们需要谈谈'开始，最终就一定会导致一场灾难？生物的整个进化历史其实都是在阻止信息的广泛流通——伪装色、保护性的花纹、墨鱼喷出的墨水、密码、公司机密、谎言。尤其是谎言。如果人们真的只想进行交流，那大家只要说实话就好了，但人们显然不是这样。"

"你说得不对。"布丽迪刚反驳了一句，就想起应该给家人发个信息，说明自己正在开会，再告诉拉胡尔·德什涅夫的助手，自己已经开始九点四十五的会了。

"人们一直在说谎，"C.B. 还在说着，"在脸书上，在交友网站上，在人与人之间。'是的，报告已经完成了。我只是在进行最终的修改。''不，你穿这身衣服一点也不显胖。''我当然想去。''当然'这个词就足以暴露出你在说谎。'我当然没有和她睡过觉。''我当然喜欢你的家人。''你当然可以信任我。'"

"C.B.……"

"你知道人们最普遍的说谎对象是谁？是他们自己。人类绝对是自我欺骗的大师。所以说，就算你有了那个 EED，能够听到特朗的想法，那又有什么好处？"

"我们不会听到彼此的想法……"布丽迪无可奈何地说道，"我告诉过你，EED 不是心灵感应。它只能强化你感知同伴情绪的能力。"

"那比想法更不可靠！人们有各种各样疯狂的情绪——报复、嫉妒、憎恨、愤怒。难道你就没有过想杀死某个人的情绪？"

是的——布丽迪想——我现在就很想杀人。

"但想要杀人的情绪并不会让一个人变成杀人犯，就像美好的情绪也不会让你变成圣人。我打赌，就算是希特勒，在想到他的狗时，他也会有温暖的、毛茸茸的感觉。如果你恰巧在那时体会到他的情绪，你就会想——真是个好人啊！实际上，就连人们自己也不知道自己在想什么。他们会让自己相信在爱着某个人，实际上他们并没有，他们……"

"我下来不是为了听你关于爱情的理论，"布丽迪说，"也不是想听什么希特勒。我来这里是因为我以为你想告诉我一些关于新手机的设想。"

"我谈的就是这个——我对于新手机的设想。人们真正需要的是减少连接，而不是增多。"C.B. 走到那张 20 世纪 40 年代的影星海报前面，"对不对，海蒂？"

特朗是对的——布丽迪想——他的精神果然不太稳定。

"海蒂·拉玛，"C.B. 一边说，一边用指节轻敲那张画像，"第二次世界大战时的好莱坞巨星。她在拍电影的间隙致力于制造一种跳频设备来隐蔽我们的无线电信号，好让德国人无法找到我们的鱼雷。"

然后 C.B. 走回到实验台前。"她成功了。她发明的技术成为一切连接手段的基础。很不幸，那时人类还没有发展出相关的手段，能够让她的技术得以应用。她不得不再等五十年，直到人类用她的技术设计出了蜂窝电话——这是另外一个不幸。不过她的理念是完全正确的。"

"什么理念？"

"隐藏信息，而不是让信息无限传播。如果你真的想和你的男朋友保持良好的关系，你就应该反对 EED 手术，而不是……"

"我们不是在讨论 EED，"布丽迪说，"你有没有什么实物可以让我看看？"

"有。"C.B. 跑到自己的笔记本电脑前面，开始敲打键盘。电脑屏幕上随即出现了各种代码。"比如说，你不想和某个人说话；或者你真的需要认真解决某个问题，不希望被打扰。"

好比今天早晨——布丽迪不由自主地想道。

"你以前可以说自己没能接到电话，或者没有看到手机上的信息，"C.B. 接着说道，"但因为连接技术的发展，这些理由迟早都会消失。所以，如果你的前男友或者老板打电话给你，这部手机就会提前发出警告……"

或者是我的家人——布丽迪想。

"……并向你提供各种应对手段。你可以阻止呼叫，并让对方的手机显示'呼叫无法完成'——我管这个叫盲区功能；或者你可以让手机在刚说上两句话的时候就挂断；或者如果你真的讨厌这个人，你可以使用黑球功能，自动将电话重新连接到机动车辆管理局——或者无限通联的呼叫菜单上，自动应答就会告诉他：'如果你想和某个不明所以的人说话，请按 1；如果你想在这里站上一整天，考虑该按哪一个键，请按 2。'"

C.B. 敲了一下另一块屏幕。"还有这个功能——我称它为 SOS 应用程序——只要你碰一下手机侧面，手机就会响起铃声，你可以说有其他电话打进来，你必须接一下。"

真希望今天早晨我和吉尔·昆西说话的时候能有这种功能——布丽迪想——还有菲利普。

"我管这个叫庇护所手机。"C.B. 说，"这很适合我这个巴黎圣母院的驼背。"

布丽迪脸一红："你怎么知道……"

"明白我的意思了？现在我们的连接实在是太多了。"他又敲了敲那块电脑屏幕，"所以你怎么看？我说的是手机，不是我和巴黎圣母院的驼背的相似程度。"

我觉得这个主意很棒——布丽迪已经开始想象这会让自己和家人相处变得多么容易，但无限通联需要的不是这个。"特朗想要一部能够扩展连接的手机，而不是阻止连接。"

"这正是我担心的。"C.B. 嘟囔着，再次俯身去端详电路板。

"那么你并没有设计那样的东西？"

"没有，我设计的还有这个。一款应用，能将你说的话变成人们想听的。我给你发信息：'如果为了获得某种新功能而进行脑外科手术，那你就是个白痴，更何况你还想用这种手段得到真爱，简直是痴人说梦。'手机发给你的信息则是：'噢！特朗要你一起做 EED！好浪漫哦！'我管这个叫'愿者上钩'应用程序。"

"那就这样。我们的谈话可以结束了。"布丽迪说着向门口走去，"如果你还有其他新概念——重要的概念——那么你应该在开会前让特朗知道。如果你没有，也应该在会议前告诉他。会议在十一点开始。你还有一个小时。"

"不，没有一个小时了。"布丽迪将门摔上的时候听到 C.B. 向她喊道，"已经十点二十了。"

哦，不，距离会议开始只剩下四十分钟，而她在这一整天里都不会有第二次机会好好想一下该如何与她的家人沟通。等到她回家时，她们一定已经在她的公寓大楼外面安营扎寨，等她自投罗网，或者她们可能已经闯进她的公寓了。

我需要把门锁换了——布丽迪想道——然后好好想一想，该怎样一劳永逸地彻底摆脱掉她们。尽管 C.B. 也在这里，但这里仍然是思考这些问题的最佳地点。布丽迪回到走廊，经过电梯，进入另一条走廊，开始一个个地拽那些储藏室的门把手。

试了六扇门之后，她终于找到一扇没有锁住的门。不过那间储藏室里堆满了箱子，她只能勉强把门推开。当然，她并不需要空间。她只需要私密，还有……

"你在这儿！"凯瑟琳说道，"我一直在到处找你。"

"凯瑟琳！"布丽迪心中充满愧疚地靠在门上，"你在这里干什么？"

"我们非常担心。你不回我们的所有信息。乌娜姨妈给我打电话，说她有一种不祥的预感，会有很不好的事情发生。所以我才来找你，看看你到底怎么了。"

"我不知道你们打了电话。"布丽迪说了谎，"我整个上午都在下面。

这里没有信号。你怎么知道我在这里的？"

"萨拉告诉我的。她说你下来和钟楼怪人谈话。我觉得她的意思是说那个人的衣服和头发都很乱，"凯瑟琳朝身后C.B.的实验室指了一下，"不过我打算叫他喜马拉雅雪怪。这里实在是太冷了。那家伙把这些给了我，要我转交给你，再由你交给特朗。"她递给布丽迪一张存储卡和一张折起来的纸条，"顺便问一下，你知道他有没有约会对象吗？"

"C.B.？"布丽迪一边惊讶地问，一边打开纸条，"你在开玩笑，对吗？"

纸条上写着：

关于称呼你为白痴的事情，我感到抱歉。在会议上，我会提交一份不一样的设想。不必担心，你的男朋友会爱你的。这是一个连接成瘾的梦。签名：C.B.。另致：对于我所说的关于EED的事，我丝毫不感到抱歉。那是一个可怕的主意。答应我，在未经认真思考的情况下，你不会那样做。另另致：问问你自己，WWHLD？

WWHLD？布丽迪没有时间去思考这到底是什么意思。她需要在遇到别人之前先把凯瑟琳送出去。如果我带着她到一楼，直接去停车场——她心里想——运气好的话，我们也许不会遇到任何人。

布丽迪领着凯瑟琳快步向电梯走去。"我还以为你在和查德约会。"

"是的，但我不知道……"凯瑟琳叹了口气，"所以我在今天早晨给你打了电话。我们昨晚吵架了。"

真是意外啊，意外。在凯瑟琳交往过的所有失败者中，查德肯定是最糟糕的一个。但现在首先要做的不是管她的闲事，而是把她送出去。所以布丽迪完全没有停下脚步。

"我发现他在给别的女孩发黄段子，"凯瑟琳说，"还是用的我的手机。我和他对质这件事的时候，他却发了疯，大声吼叫着跑掉了。直到他跑得无影无踪，我才想起我的手机还在他的车里。"

她们来到电梯前，布丽迪按了上行按钮。

"我昨晚简直狼狈得不行，一直在努力找电话，好找人能够载我一程。"

电梯下来，她们走了进去，"你知道吗，当时哪里都找不到公用电话。"

布丽迪按了去一楼的按钮。电梯启动了。"后来呢，你怎么办？"

"我终于在 7-11 便利店外面找到一部公用电话，"凯瑟琳说，"但那时候我一分零钱都没有。最后我只好走回家。一路上，我一直在想，我要和他一刀两断。"

"是的，"布丽迪表示赞同，"你的确应该如此。"

"我知道。但事实是，他真的非常爱我。"

C.B. 是对的。人都是自我欺骗的大师。电梯"叮"地响了一声，门开了。谢天谢地，外面没人。"你有没有和玛丽·克莱尔谈过这件事？"布丽迪一边问，一边牵住凯瑟琳的手，坚定地朝停车场走去。

"我试过了，但她只是担心梅芙的事情，根本没有听我在说什么。"

"梅芙出什么事了？"

"什么事都没有。但玛丽·克莱尔认为她把太多时间都用在了网上。她很担心梅芙会成为网瘾少女。"

她们来到了公司大楼门口。"听着，"布丽迪说，"我很想和你好好谈一谈，但我半个小时以后还有个会。现在我必须去认真查看一下 C.B. 的手机设计方案。告诉大家，我很好，我会给她们打电话——也会给你打电话，但我首先要完成工作。"她为凯瑟琳拉开门，"再见。"

"等等，"凯瑟琳说，"我要问你一件事。为什么你不告诉我们，你打算做 EED？"

什么？"我……这件事昨晚刚被提出来，"布丽迪有些结巴地说道，"今天早晨，我还要忙 C.B. 的事。"

"那么你一早上都没时间给我们发条短信？"凯瑟琳的语气里带着讽刺，"或者写一封邮件？或者给我们回一下电话？"

"我告诉过你了，地下室没有信号。我还没有机会告诉任何人。"

"但那个钟楼怪人显然早就知道了——他的名字是什么来着？"

贝内迪克特·阿诺德 ①——布丽迪略带苦涩地想道。"他的名字是C.B.，C.B.施瓦茨。是他把 EED 的事告诉了你？还是萨拉？"

"都不是，是梅芙和我说的。"

"梅芙？"布丽迪惊呼道，"她是怎么知道的？"

"从脸书、推特，或者其他什么东西上吧。"

她在网上闲逛的时间确实太多了——布丽迪想道。"梅芙没有告诉乌娜姨妈吧？"

"我不知道。我估计她说了。她把这件事放到她的脸书上了。"

"但乌娜姨妈不会上脸书。"

"她会上。梅芙为她注册了账号。"

哦，不——布丽迪感到一阵绝望——那就是说，所有人都知道了。"乌娜姨妈怎么说？"

"大概和你想的一样。'以圣帕特里克和爱尔兰所有圣人的鲜血起誓，那个小丫头到底要干什么？'"

"我还什么都没有干，"布丽迪说，"特朗是昨天晚上才求我和他一起做 EED 的。"

"你答应了？你们才刚刚交往了六个星期！"

"我记得你和亚历克斯·曼库索约会两次以后就订婚了。"

"是的，那是个错误。"

管那个叫"错误"简直太温和了。那个曼库索根本就有妻子，而且还犯有三项重罪。

凯瑟琳说："我只是不想让你犯同样的错误。你不能在还没有完全了解特朗的情况下就做出这种承诺……"

"正是因为还不够了解他，我们才要这样做。我们需要更好地了解彼此。EED……"

"好了，"凯瑟琳打断她，"你可以吃晚饭的时候再和我细说。乌娜姨

---

① 美国独立战争时期的一名叛变将军，在美国极具争议。

26

妈已经叫全家人去吃爱尔兰炖菜和猪蹄。"

还有爱尔兰宗教法庭的审问——布丽迪想。"我不能去了，特朗……"

"直到今晚十点都要开会，"凯瑟琳替她说了，"乌娜姨妈已经给他的秘书打了电话。所以你可不能拿他当借口。晚餐在六点钟开始。"

凯瑟琳说完走出公司大门，但没过多久她又跑了回来，满怀哀怨地说："我真的应该和查德一刀两断，对不对？"

"对。"布丽迪告诉她。

"你说得没错。我们在乌娜姨妈家见。愿圣帕特里克在你的道路上保护你，宝贝。"凯瑟琳丢下这么一句，欢快地跑掉了。

已经十点五十了。布丽迪需要在开会之前先看一眼 C.B. 的存储卡，确保里面没有他的庇护所手机或者其他疯狂的反连接设计。她朝自己的办公室走去，却被从市场部走出来的罗琳拦住了。她想告诉布丽迪，她觉得布丽迪和特朗要做 EED 的事是多么美好。"你是怎么说服特朗要这么做的？"她问布丽迪。

"我没有。这是特朗的主意。"

"你在开玩笑！怎么会？男人甚至不会承认他们有感情，更不要说让别人看到了。你知道吗？吉娜——就是拉胡尔·德什涅夫的助手——为了让格雷格和她一起做 EED，甚至采取了恐吓手段。她说这样做完全值得。而且她在成功之后变得比以往任何时候都更快乐和放松。"

那是因为她不必马上处理另外一堆问题——布丽迪一边寻思，一边说道："我开会要迟到了……"

"我也要参加那个会。"罗琳说着便领布丽迪向会议室走去，"吉娜本来还害怕 EED 没有效果。她认为格雷格有可能在欺骗她的感情。跟你说实话，我也这么觉得。舒基和我说……"

布丽迪停下脚步。"我刚刚想起来，我需要先回一趟办公室，给我的助手交代些事情。"

"你没时间了。我们已经晚了。"罗琳抓住布丽迪的手臂，"不过最后证明我们都错了。格雷格并没有骗她。他们连接在一起之后，吉娜说生活从没有比现在更完美过。他们再也没有任何误解，不会忽视对方的暗示，彼此之间也没有了秘密。哦，看哪，大家都已经到了。"

参加会议的人的确都到齐了。这次会议的第一项议程就是讨论C.B.的概念设计。而布丽迪还没有机会看一眼手中的存储卡，就把它交给了特朗。很幸运，存储卡中的内容不是C.B.的庇护所手机，也没有他的"愿者上钩"应用程序。展示在会议上的是一个被称为"对话＋"的设计方案。它让手机使用者能够同时接听两通电话。"这样我们就不必在接进新电话的时候不得不挂断前一个电话，向和自己对话的人道歉，承诺会给他们回电话。我们不必再说：'抱歉，我还要接个电话。'或者'恐怕我们的谈话只能暂时中断了。'有了'对话＋'，你就能同时和所有人对话。"

非常有趣，C.B.——布丽迪想。包括特朗在内的所有人都很喜欢这个概念。坐在布丽迪对面的特朗给布丽迪发了一条信息："这正是我们需要的。感谢你从他那里带来了这样的设计。你填写维里克医生的表格了吗？"

布丽迪立刻回信息："我开完会就填。"特朗回复道："最好现在就填。会议还要持续一段时间。"

特朗是对的。会议桌边的人们立刻开始提出各自的建议，讨论该如何让"对话＋"实现超过两通电话同时在线的功能。会议持续了将近两个小时，直到午餐被送来才暂时告一段落。布丽迪这时才能认真填写维里克医生的第一份调查问卷。这张表格涉及从她的疾病史到饮食偏好的方方面面，甚至还包括她的头发和眼睛的颜色，以及生活中的兴趣爱好。

布丽迪填完表格，重新让注意力回到会议中。这时阿特·桑普森正在发言："我喜欢这个'对话＋'，但这就足够与苹果公司的手机竞争了吗？我是说，我们是一个小公司。如果新的 iPhone 真的像所有人说的那样，会塑造新的手机范式，那么只是和多个人同时通话的功能还远远不够。"他的发言让会议变成七嘴八舌的争论。人们都在思考苹果公司的新手机会是什么样子，他们有没有什么办法查出对手的真正实力。

只要派舒基去就好了——布丽迪想道。这时她打算给特朗发信息，却看到特朗的信息出现在自己的手机上："汉密尔顿想见我。我待会儿给你

28

打电话。爱你。不要忘记填表格。"然后特朗就离开了会场，只留下布丽迪继续倾听众人的热烈讨论。看样子，这场讨论恐怕要一直持续下去了。

C.B. 拒绝参加会议是正确的——布丽迪又想道。她打开第二份调查问卷。实际上，她有些怀疑无论自己多么迅速地把表格传回给护士，都不太可能让他们的手术排期被提前。布丽迪查看过维里克医生的网站，看到他的客户名单不仅包括好莱坞名人，还有体育明星和王室成员——有新闻报道说，维里克医生为威廉王子和凯特王妃服务过，世界五百强公司里也有十几名 CEO 接受过他的手术。布丽迪和特朗能被写进他的预约名单已经是交好运了。维里克医生应该不可能为了他们而让大卫·贝克汉姆和文莱苏丹的手术延期。但不管怎样，布丽迪还是开始仔细填写调查问卷。这张表格中列出了一大堆被设计用来测试情绪敏感度、同理心和夫妻包容性的问题。

我今天肯定没办法把这份问卷填完——布丽迪想。不过当参加会议的众人详细讨论苹果公司会不会只是在虚张声势，苹果公司有没有在刺探他们的情报——苹果公司的这种做法有多不道德，以及他们应该派谁去刺探一下苹果公司的时候，布丽迪已经填完了问卷，并将它们传给维里克医生的办公室。然后她开始查看自己的邮件，同时对家人发过来的洪水般的信息完全采取无视态度。

C.B. 发来了两封邮件。其中一封的题目是："海蒂·拉玛会怎么做①？"

这就是"WWHLD"的意思？怪不得——布丽迪想。

C.B. 的邮件中链接了一篇长文，其中讲述了海蒂·拉玛在跳频技术上的成就。他的第二封邮件则是一篇新闻报道，题目是《爱荷华人死于指甲手术并发症》。

会议最终在四点钟结束。人们都向布丽迪送上祝福，告诉她特朗做了一件多么了不起的事情，同时还想知道他们如何上了维里克医生的预

---

① 英文原文为 What Would Hedy Lamarr Do？

约名单。"我们甚至连名单都进不去。"财务部的莱拉幽怨地对她说。质量控制部的贝丝则激动地说道："EED 真是人类最优秀的发明！"

你能行行好，把这话对我的家人和 C.B. 说吗？布丽迪这样暗自想着向办公室走去。她仍然不知道该找什么理由才能躲过家人的晚餐。还要做报告？必须送一位断了胳膊的同事去急诊室？汉坦病毒突然暴发？

无论怎样跟家人说，她都必须快一点。现在已经四点半了。她不能耽搁到乌娜姨妈派凯瑟琳在下班以后到公司，查看她为什么不回去。

萨拉正站在她的办公室门口。"这是刚刚送来的，"她指着一束浅粉色的茶花说道，"特朗·沃思寄来的。"她将花束上的卡片递给布丽迪。卡片上写着："渴望你，也渴望着我们心有灵犀的那一天。特朗。"

"你可真幸运，"萨拉说，"内特从没给我送过……"

"电脑上有新消息吗？"布丽迪打断了她。

"没有，不过你的家人……"

"给她们回电话，告诉她们公司还有事。"布丽迪一阵风似的从萨拉身边走了过去，"我不在乎你找什么借口。紧急会议或者别的什么理由都行，就说我没办法和她们吃晚餐了。"说完，她就推开了门。

她的家人都在办公室里——穿着花呢裙子和开襟毛衣的乌娜姨妈将正在打着的毛衣放到膝头，玛丽·克莱尔和凯瑟琳站在她两旁，梅芙盘腿坐在角落里的地板上。上帝啊，上帝啊，请不要让她们听到我刚才说的话——布丽迪绝望地想道。

"紧急会议，是吗？"乌娜姨妈的爱尔兰口音比平时更重了。

"我可以再拿些椅子来。"布丽迪说着退出自己的办公室，朝萨拉的桌子走去。

"我告诉她们，你真的很忙……"萨拉开口道。

但她们就是不听——布丽迪明白——我懂了，其实我也不知道应该把别人的话听完。"没关系，萨拉。"她高声说道。

"你想让我去给她们准备些咖啡或者别的什么吗？"萨拉问。

"不必了。"布丽迪一边说，一边寻思着是不是应该要萨拉在五分钟以后回来，提醒她在别的地方还有工作。但她怀疑这根本不会有用。有些关口是躲不过的，而且她也不希望萨拉在门外偷听。于是布丽迪告诉萨拉可以早些回家。说完，她回到办公室，打算认真面对自己的问题。

布丽迪刚在萨拉面前把门关好，乌娜姨妈就说道："我早就有预感，你的工作会阻止你回家吃晚饭。所以我们认为最好到这里来和你谈谈关于 LED 的事情。"

"是 EED。"角落里的梅芙纠正她，"LED 是那些发亮的小灯泡。EED 的意思是……"

"我为什么要知道那东西是什么意思？现在她根本就懒得告诉我们她打算把那东西搞在自己身上，还是和一个英格兰人一起弄！"

"特朗和我要做的，"布丽迪急忙说道，"只是一种简单的医疗处置手段，让我们能够感受到对方的心情，作为情侣可以更好地进行沟通。"

"圣人保佑我们！"乌娜姨妈一边嘟囔着，一边在胸前画着十字，"'沟通'？就这么简单？从什么时候开始，爱尔兰人需要做这种手术了？难道英格兰人真的不懂得怎么说话了？"

"当然不是。EED 不会取代其他沟通方式，它只会加强我们的交流。"布丽迪开始解释 EED 如何创造一条神经通路，让参与双方能够更好地理解彼此的感觉。乌娜姨妈却显然什么都没有听进去。

她将裹着羊毛衫的双臂交叉在丰满的胸脯上，继续嘟囔着："这是非自然的，就是这样。"

"而且这种观念简直太落后了，"玛丽·克莱尔说，"为了取悦一个男人就要接受额叶切除手术吗？你在给你的外甥女传达什么样的信息？"

当然不是这样——布丽迪心中想着，朝梅芙看过去。她的外甥女正在摆弄自己的手机，根本就没有在意她们的对话。"这不是额叶切除手术，"布丽迪说道，"我这样做也不是为了特朗。这会让我们双方都获益。"但玛丽·克莱尔也完全不听她说的话。

"我受够了。包围梅芙的大众文化本来就充满了弱化和贬低女性的内容，而现在她的亲阿姨又给她树立了这种榜样！我一直在竭尽全力保护梅芙，不要让外界的负面干扰影响到她的智力和独立精神……"

"她指的是迪士尼公主们，"梅芙从手机上抬起头，厌烦地说道，"布丽迪阿姨，她不让我看《魔发奇缘》，就因为弗林去救了乐佩！但有时候，人们的确需要援救……"

"看到了吗？"玛丽·克莱尔对布丽迪说，"她已经有了这样的概念——女孩子只能安静地坐下来，等待男人的拯救，女孩子根本没有拯救自己的能力。"

"因为有时候一个人就是没办法！"梅芙说，"就好像如果你被捆起来，或者被变成冰块。男人们也会需要拯救，就好像《魔发奇缘》里的女巫杀死了……"

"安静点，孩子，"乌娜姨妈拍了拍梅芙的手臂，"现在不是讲童话故事的时候。我们正面临生死抉择……"

"这不是什么生死抉择，"布丽迪说，"EED 非常安全……"

"哦，我就知道他会这样对你说。我倒想知道，一个英格兰人怎么可能说出半句真话来？他们可全都是一些说谎的恶棍……"

"特朗不是说谎的恶棍。他也不是英国人。他们一家在美国已经生活许多代了。"

"我们不也是一样？难道你能说我们不是爱尔兰人？"乌娜姨妈不高兴地说道，"那么你下一步打算怎么做，孩子？不再姓弗拉尼根？把自己的红头发染成棕色？以圣帕特里克神圣的鲜血起誓，真没想到我会活着看到你抛弃自己神圣的血统！姑娘，你是爱尔兰人。你的血管里流着爱尔兰人的血，你不能否认这一点。就像他无法否认，他在内心里仍然是个英格兰人——就像所有英格兰人一样狡诈、残忍、喜爱说谎。他们都是无赖和花言巧语的骗子。如果你能给自己找一个爱尔兰小伙子……"

"特朗的祖先是谁并不重要，"凯瑟琳说，"问题是他这个人。"

谢谢——布丽迪在心中说。

"他真的很帅，"凯瑟琳继续说道，"而且我很喜欢他的车。我真想和他约会。"考虑到凯瑟琳看男人的眼光,这种评价显然没办法给特朗加分。

玛丽·克莱尔立刻表达了自己的意见:"我真不明白,一个坚持要用脑外科手术作为婚前准备的男人到底有什么吸引力?你到底看上他什么地方了,布丽迪?"

没错,至少他有一个好处——布丽迪气恼地想道——他是独生子,而且他的家人从不会不请自来,也不会对一个他们从没有去过的国家妄加评论。他们知道每个人都只应该关心自己的事情。还有,他的公寓有电子锁和门卫。我们订婚之后,我就能和他一起住进那里。到时候我就能有一点隐私了。你们就没办法只凭一时兴起就冲进我的家,对我指手画脚。

但她不能这样说,这种话一定会让乌娜姨妈犯心脏病的。她不能告诉她的家人,她之所以会和特朗交往,一部分原因就是特朗不是爱尔兰人。

他和跟凯瑟琳约会的那些邋邋遢遢、不注意自身形象、没有任何责任感的粗俗男人截然相反,更不是乌娜姨妈想要塞给她的那种人到中年还只会蹲在家里的"小伙子",而且和她以前约会过的那些蠢人完全不同。特朗总是那么干净整洁、衣冠楚楚,还有很好的工作,懂得回应她的赞扬,会带她去优雅的地方,会送花给她,也不会给其他人发黄段子。

难道想要一个不会半夜把你丢在便利店的男朋友就不行吗?——布丽迪心里想——希望自己的亲戚能够先打电话再过来,不要总是不请自来地出现在办公室里有错吗?

但她也没有将这些话说出口。就算她说了,也不会有人听。玛丽·克莱尔正忙着命令梅芙关掉手机。凯瑟琳正说着:"特朗让我想起了某个人,但我就是想不起来那个人到底是谁。"乌娜姨妈则不停地唠叨着关于布丽迪接受 EED 的不祥预感。

你永远都有各种不祥预感——布丽迪气恼地想道——它们的真实程度大概和你的口音差不多。乌娜姨妈总说她自己有通灵能力。就布丽迪看来，她所"预见"到的家人遭遇的不祥基本上只有凯瑟琳的那些"渣男和骗子"男朋友——这一点不需要任何特殊能力就能看出来；或者当她的电话响起铃声的时候，她会以戏剧性的口吻宣布："一定是玛丽·克莱尔的电话，我的骨头里有一种感觉，她一定在为梅芙担忧。"

玛丽·克莱尔永远都在为梅芙担忧。她每天会给乌娜姨妈打二十个电话，讨论她的这些担忧。所以猜到这种事根本不需要什么通灵能力。在其他时候，乌娜姨妈所预知、"明查"和感觉到的即将发生的灾难全都错得离谱。这一次当然也不会例外。"你的那个 DED 让我有一种很不好的感觉，宝贝。"她又说道。

"是 EED，"梅芙一边埋头盯着手机，一边纠正乌娜姨妈，"DED 的意思是你简直高兴得要死。我们可以走了吗？我真的好饿。"

"你当然会饿，孩子。"乌娜姨妈说，"下午茶的时间已经过去很久了。"她提议大家到楼下的咖啡馆去"补充一点营养"，这意味着她们将继续在半个公司的同事的耳朵底下讨论这件事。布丽迪完全能够想象舒基那样的小道消息中心会爆发出怎样的能量。于是她立刻同意去乌娜姨妈家吃晚餐。

"那你的紧急会议呢？"乌娜姨妈问。

"我会取消。"布丽迪冷冷地说道。现在她只想一个人冷静一下，便建议她们分别出发，在乌娜姨妈家会合。

她的建议遭到了否决。乌娜姨妈坚持要坐她的车回家，一路上都让她沉浸在自己的教诲之中，喋喋不休地向她灌输关于那个爱尔兰好小伙肖恩·奥赖利的种种美德；同时又不带任何讽刺地责备玛丽·克莱尔对梅芙实在管得太多了："为什么她就不能给那个可怜的孩子一点自由？梅芙根本得不到片刻的安宁。"

到家之后，她们在餐桌上不断重复着之前关于 EED 的种种批评，再加上一些新东西：特朗想让布丽迪接受 EED，一定有着某种不可告人的阴险动机，那一定属于基督定下的大罪，任何稍有自尊的爱尔兰人都不会那样做……

"这么说不对，"布丽迪反驳道，"埃雅就和她的未婚夫做了 EED。还有丹尼尔·戴·刘易斯……"

"如果埃雅和丹尼尔·戴·刘易斯要你从桥上跳到香农河里，你也会照做不误，是吗？"乌娜姨妈问。

"我认为她应该那么做。"梅芙说。

"从桥上跳下去？"凯瑟琳问。

"梅芙，我早就和你说过，同事或者同学会给你怎样的压力……"玛丽·克莱尔开口道。

梅芙没有理睬她们，只是继续说道："如果布丽迪阿姨做了 EED，她就会知道特朗的心里是怎么想的。就好像《冰雪奇缘》中，安娜认为王子是个好人，和她真心相爱，但王子其实只想要她的王国，而且他还想杀死安娜。"

"这也是我不希望你看迪士尼电影的原因之一。"玛丽·克莱尔说，"它们都太暴力了！"

"它们一点也不暴力！"梅芙粗暴地反驳，"我的意思是，有时候人们的内心和外表是不一样的。如果布丽迪阿姨做了 EED，她就能知道那个男人真正的样子，就不会再喜欢他了。那时她才会找一个不同的男朋友——一个真正的好人。"

"她不用被切上一刀也可以做到这些。"乌娜姨妈开始以各位爱尔兰女儿的经历为范本讲述起"手术"是多么危险的一件事，"肖恩·奥赖利的表姐曾经因为伤了一条腿而动手术，结果他们把她的好腿给割下来了！"

我真应该请 C.B. 把那个 SOS 功能放到我的手机上——布丽迪想道——我现在就用得上这个功能。

她的手机响了。"抱歉，打扰你，"萨拉说，"C.B. 施瓦茨刚刚从家里给我打电话，让我问问你对他今天上午发给你的那些手机设计概念有没有什么看法？"

谢谢你，C.B.——布丽迪在心中表示着感激，同时高声回答道："是的。哦，不，那样可以，我马上就到。"

"你不必回公司。"萨拉有些困惑地说,"他只是想确认你收到了他的文件。"

"我明白。马上。"布丽迪挂了电话,对她的家人说道,"抱歉,我必须走了。"然后她就穿上外衣,"工作出了点问题,我必须去看一下。"

她们坚持要把布丽迪送到车上。"特朗什么时候要你去做那个EED?"玛丽·克莱尔问。

"夏末。"梅芙说。

"你是怎么知道的?"布丽迪问她。

"脸书上写的。"

"夏末。"乌娜姨妈思忖着说道,"那你还有一点时间能好好思考……"

你的意思是,你还有一点时间可以说服我放弃——布丽迪在开车的时候还这样想着——等我和特朗结婚以后,我绝不会再忍受这种晚餐审讯了。我会搬进特朗家,命令门卫把你们和整个世界都挡在外面。到时候我就能得到一点和平与安宁了。

刚一离开家人的视野,她就将车停到路边,打算给萨拉打电话,解释一下自己刚才的行为。她的家人则没有浪费半点时间。她的手机上出现了乌娜姨妈的信息,内容是一名爱尔兰女儿的侄子因为接受静脉曲张手术而丧了命。还有一条凯瑟琳的信息:"我刚刚想到特朗让我想起了谁——库尔特。"

库尔特是凯瑟琳的前男友。他在向凯瑟琳发誓会给她永无休止的爱以后,带着凯瑟琳的所有信用卡逃走了。布丽迪删除了这两条信息,拨通萨拉的电话,却被转到萨拉的语音信箱里。我回家以后再打给她——布丽迪想。一回到自己的公寓,她立刻拿出手机,准备拨号。

她的手机却在这时响起铃声——是特朗的。我打赌,一定是萨拉查看了通话记录——布丽迪心中想着,接通了电话。

她赌错了。说话的是玛丽·克莱尔:"我们刚回到家。梅芙把自己锁在房间里了。"

如果你是我妈妈,我也会把自己锁在房间里——布丽迪想。

"她还在屋门外挂了块牌子，上面写着：不得入内。这是对你说的，妈妈。我是认真的。"

听起来倒很像 C.B. 实验室门上的那种牌子——布丽迪暗自寻思着，随口说道："那么，至少她可以表达自己的意见，你不必担心她会得'抑制性女孩综合征'了。"

玛丽·克莱尔没有理睬她的挖苦。"我该怎么做？她有可能会嗑药，或者看地下电影。"

"她喜欢的电影是《魔发奇缘》。她不看地下电影。"

"你不知道。她可早熟了。现在她几乎把放学以后的时间全都花在手机和电脑上。我读过一篇文章，说他们这一代人的电脑技能已经超越了他们的父母，甚至让父母无法理解他们，更不要说控制他们了。你知道怎么装猫眼摄像头吗？"

"不知道。"布丽迪用不容置疑的口吻说，"我要挂了。特朗正等我呢。"然后她就挂了电话。结果手机立刻又响起了铃声。如果这次是乌娜姨妈……她想道。

但这次打来的是特朗。"好消息，"特朗说道，"我刚刚和维里克医生通了电话。他本来计划在巴黎做的一些 EED 手术被取消了。所以现在他可以把我们的排期提前。"

"提前到五月？"布丽迪一边回话，一边想——那还是两个月以后的事情。也就是说，我在那以前还要收到三十亿个电话、邮件和信息，还有不知道多少次的爱尔兰审问。我肯定坚持不下来。

"不，"特朗说，"巴黎行程的取消让他的时间表完全重置了，现在他可以把我们的手术排到下星期三！"

第三章

"不再生活在碎片中。只需连接起来……"

——E.M. 福斯特,《霍华德庄园》[①]

　　要想将手术的日期保密,哪怕只有几天,最终也被证明是一个巨大的挑战,尤其是在维里克医生办公室给布丽迪办公室的邮箱发来了一份入院准备表格,又被萨拉看见了以后。萨拉立刻问布丽迪,EED 手术的时间是否提前了。

　　布丽迪努力让萨拉相信时间没有变动,只是医院需要提前几个月做准备,好让保险公司能够完成他们的流程。不过这一次至多也只是勉强过关。而且布丽迪仍然没有想出办法该如何请假,同时又不会惊动那些大大小小的"消息灵通人士"。因为需要接受 EED 手术的人得在医院过夜。现在苹果公司马上就要披露新机型了。公司里每个人都在疯狂地为新的手机方案努力,为的是和苹果公司竞争。没有任何人能够请假,更不要说连请两天了。布丽迪给特朗发去信息,表达了自己对保守秘密的担忧。不过特朗却告诉她不必担心,他会处理好。

　　特朗真的做到了,简直像奇迹一样。消息一点都没有泄露,没有人在走廊里拦住布丽迪,问她怎么能这么快就动手术。但现在布丽迪还要解决如何去医院验血,同时既不能让公司的人看见,又不能让家里人知道的问题。*希望我的运气能好一点,但那些人,尤其是舒基,简直什么都能看见。*就在布丽迪感到不知所措的时候,梅芙意外地帮她解决了问题。梅芙因为不能看《魔发奇缘》而产生的反抗情绪显然影响到她在学校的生活。她受到了留堂处罚,因为她在课堂上看一本名叫《避风港》

---

① 选自《霍华德庄园》,E.M. 福斯特著,上海译文出版社 2016 年出版,苏福忠译。

的浪漫小说。

"我恨大人，"梅芙给布丽迪发信息说，"他们什么都不让你做。"布丽迪温和地建议她还是应该听老师的话，把书收起来。梅芙只是回答说："就像我告诉过妈妈的那样，我当时没有听到她说话。"

关于没听见教导这件事，梅芙对她的老师做出的解释显然跟她对玛丽·克莱尔说的一样："我正在想其他事情。"这个解释促使梅芙的老师、学校辅导员、一名儿童心理学家和一名听力专家开了一个充满焦虑的会议。

于是，布丽迪能够用参加家人的治疗会议为由，让她的车停在医院门口，而她可以堂而皇之地走进医院去采血样。当她的家人们忧心忡忡地为梅芙做打算的时候，她还有足够的时间将自己在医院里过夜的物品打包，再把行李包藏到后备厢里，然后给萨拉写下关于各项事务的指示和备忘——她告诉萨拉，她要在周三下午去市中心参加一场会议，周四上午也要参加一场会议，还要回几封不能等的邮件。

凯瑟琳给她寄了一份关于"精神联系"的广告。那是一个学习组织，主持导师是一位名叫"塞多纳的莉赞德拉"的通灵者。凯瑟琳还在信中叮嘱她："只要去了这里，你不必动手术就能读懂特朗的想法。"乌娜姨妈用电邮给她发了一份爱尔兰女儿即将前去观看《大河之舞》表演的计划（"肖恩·奥赖利也会去！"）。C.B. 本来是不相信电子邮件的，却一连给她发了十二封：其中四封是关于小型门诊手术致人死亡的新闻；七封是关于 EED 的副作用；还有一封说的是一个男人在无法与妻子进行精神连接的情况下射杀了她。

周三早晨，布丽迪给她的家人发了电邮，对她们说她随后两天都要开会。"如果我不回电话，不要给每一家医院都打电话，乌娜姨妈！"然后她设置了自动回复："布丽迪·弗拉尼根不在办公室，请等到……"随后关掉手机，竭力不去想自己到底说了多少个谎言。

但只要等到明天下午，她从医院回来，就会立刻告诉大家，她已经接受了手术，并且安然无恙，只是还没来得及告诉任何人。到那时，他们就能看到这手术没有半点害处，而且她和特朗会有多么幸福。他们之间再不会有半点隔阂。不过首先她得安全地离开公司大楼。

她计划在中午十一点的时候开车到达特朗的公寓，将车留在那里，然后和特朗一起去医院。但特朗在她工作的时候打电话告诉她，自己和格拉汉姆·汉密尔顿的会议会晚一些结束。他会在医院和布丽迪会合。

"但我们不是要一起做手术吗？"布丽迪问。

"这不是焊接两个部件，甜心，"特朗说道，"维里克医生会先给我们当中的一个人做手术，然后是另一个人。你一点钟做，我两点钟做。我有足够多的时间可以赶到那里，然后我们就能进行连接。我们的一切忧虑都将烟消云散。一切都将无比完美。"

他是对的。分别去医院也许要比一起去更好。如果他们同时离开公司，人们多半会有所联想。但改变计划意味着她必须另想办法放置自己的车。乘出租车去医院的选项立刻被排除了。她不能把自己的车丢在公司过夜，否则一定会引起鹰眼舒基的注意。如果她开车回家，再从家中乘出租车的话，万一那时她的某个家人遇到她，那她就没办法解释为什么要告诉她们自己会一直在公司开会……

她也不能把车停在医院。说不定玛丽·克莱尔会去医院求诊，可能会看到她的车。她必须把车停到其他地方，然后乘出租车去医院。

所以她必须马上离开。这意味着她要再说一个谎言。前提是她必须能想到一个谎言。她的车因为乱停乱放被贴条了？不，萨拉一定会想知道她是什么时候、在哪里停错了车。那就说她要去参加陪审团，还是跟牙医预约了？

她关掉手机，朝萨拉的办公桌走去，向她问道："舒基今天在吗？"

"不在。"

太好了。这意味着她能够神不知鬼不觉离开的可能性大了很多。除非舒基正在医院。"她不会病了吧？"

"没有，"萨拉回答，"她要去参加陪审团。"

我差一点就用这个借口了——布丽迪想——谢天谢地，过了明天，我就不用再说谎，因为我真的很不擅长这种事。

"你要找她吗？"萨拉问。

"不，这件事不着急。我需要你去一趟档案室，请吉尔·昆西帮你找到苹果公司最近三代 iPhone 所有和我们相关的专利资料。"布丽迪吩咐道。萨拉一离开，她就将自己给萨拉写的指示和备忘放到萨拉的桌上，又看了一眼走廊，确认那里空无一人，然后快步向电梯走去，一边还思考着为了安全起见，自己是否应该选择走楼梯。

萨拉和吉尔都在档案室，舒基被安全地困在了法庭里，C.B. 从不会到地面上来。

但今天真是个出人意料的日子，而且是最糟糕的那种。就在布丽迪已经走进电梯，按下停车场那一层的按钮时，C.B. 突然出现在电梯门口，看上去还有一点气喘吁吁的。"哦，太好了，"他说道，"很高兴找到你了。"

"如果你是要问'对话+'的反响如何，"布丽迪说，"所有人都很喜欢。"

"他们当然会喜欢，"C.B. 不以为然地说，"我要谈的不是这个。我需要和你谈谈另外一件事。非常重要的事情。"

"恐怕我现在没有时间。"布丽迪按下关门键，"十分钟以后，我在市中心有一个工作会议。"

"那没关系。我可以和你一起过去，我们在车上谈。"C.B. 挤进了正在关闭的电梯门，"你有没有看过我发给你的那些关于 EED 的邮件？"

"有，现在我知道 EED 的副作用包括坐骨神经痛、短期记忆丧失、足底疣、消化系统溃疡、慢跑型膝盖损伤，以及彻底不可能参加'钻石单身'节目。我已经决定，自己绝不会上那种节目。我一直都想彻底摆脱那些真人秀节目。"

"我就是担心这个。而且这个手术还可能造成 UIC，你知道吗？"

如果你以为我会问"UIC"是什么意思，那你就是痴心妄想了。

C.B. 一定读懂了她的心思，紧接着又说道："那是非预期后果的意思。"

"什么非预期后果？"

"谁知道呢？总之就是会有预料之外的后果发生。除非那些事发生，否则你不可能知道那是什么事。但到了那个时候，一切就已经太晚了。比如说禁酒令，还有杀虫剂 DDT。这些主意看上去很棒，但你看看它们最终造成了什么结果——禁酒令让艾尔·卡彭[①]成为百万富翁，DDT 杀死了无数知更鸟。还有推特。谁能想到它会帮助 ISIS[②] 进行扩张？让撸猫照片和视频四处泛滥？看看那些以为登上泰坦尼克号到美国来就能过上好日子的爱尔兰移民。如果他们真的知道会发生什么……"

"你的意思是，如果我做了 EED，我会撞上冰山？"

"有可能。这样的事件完全是无法预测的。如果他们在手术备皮的时候剃光你的头顶，重新长出来的头发是白色的而不是红色的该怎么办？"

"他们不会给我剃头。手术是在颈后进行的。"

"那就有可能是一场断头手术。如果他们在错误的位置上打孔，最终导致你失去一切交流能力该怎么办？或者医生可能会趁你昏迷的时候割走你的器官卖到黑市去。"

"他不会割走我的器官。听着，我感谢你的所有关心，但我知道自己在做什么。"

"她登上泰坦尼克号的时候也是这么说的。好吧，假设你做了手术，而且手术一切顺利，你们看清了彼此的一切。但你并不喜欢这样的真实。那又该怎么办？你知道，连接不是一切。我可以向你保证，就算你知道了希特勒心底最深处的想法，也不会对他有任何好感。你的男朋友也是一样。"

"不会的，"布丽迪急切地看着电梯门上方楼层数字的变化，期待代表停车场的"P"赶快出现。

"或者如果 EED 没有生效该怎么办？难道你们两个人必须把情感绑定起来才能沟通？如果事实并非如此呢？那个'情感绑定'到底是个什

---

① 美国芝加哥犯罪组织头目。
② 近年来在全球各地频繁制造恐怖袭击事件的宗教极端主义组织。

么东西？听起来倒像是某种《五十度灰》里面的玩意儿。为什么他们不能说，你们只要相爱就好了？"

布丽迪觉得自己要永远和这个家伙一起困在电梯里了。

"如果他已经和另一个人'情感绑定'了呢？"C.B. 继续问道，"比如他的秘书？"

"埃塞尔·戈德温至少六十岁了。"布丽迪说。

"是的，但是我知道还有比他们看上去更不匹配的伴侣也找到了真爱。不过没关系。如果他爱上了简呢？或者舒基呢？没关系，这些例子都不好。如果他爱上了舒基，这颗行星上的每一个人都会知道。如果他爱上了市场部的罗琳呢？或者阿特·桑普森？"

"他不可能爱上阿特……"

"或者你们两个人对于情感绑定的想象和实际完全不同该怎么办？我是说，人们对于一件事的想象并非完全都是真实的。希特勒也许以为他实际上是一个好人……"

"这到底跟你和希特勒有什么关系？"布丽迪爆发了。

"抱歉，大概是我上网时间太长产生的副作用。网上的谈话里总是会出现希特勒。我的观点是，即使 EED 生效了，也不太可能解决你的所有问题。与此同时，它还会产生一连串新问题。"

"谢谢，我会考虑你的建议。"布丽迪说，"现在，你想和我谈些什么？"

"谈些什么？"C.B. 有些茫然地问。

"是的，"布丽迪抬头又看了一眼楼层数字，"你说你要和我谈一些紧急的事情。还是你想谈的就是希特勒在自欺欺人？"

"不，"C.B. 回答道。这时"P"终于在电梯门上方亮了起来。"我又想到了一些关于'庇护所手机'的点子。比如一种照片功能。如果有人把孩子和他们令人难以忍受的可爱猫咪的照片发给你，这些照片就会自动消失到太空里去。"

就好像我对你现在的希望一样——布丽迪心中想着，向前迈了一步，等待电梯门打开。她希望这部电梯真的能把门打开。

"我还想到了一个挂机程序。"C.B. 又说道。这时电梯门开了。

"我们可以下个星期再讨论这件事。你可以跟萨拉电话预约。"布丽迪冲出电梯，跑进了停车场。

"我可以陪你走到车那里。"C.B. 追上她，"知道吗？在过去那些好日子里，如果你讨厌某个人，可以大喊一声'再见'，然后用力挂上听筒。这种感觉不仅很爽，还能够精准地传达你的心情。"

我真应该把车停得近一些——布丽迪一边想，一边加快脚步。

"你知道，现在你能做的只有点一下屏幕上的图标。这能让你的情绪得到满足吗？我想到了一种手机程序，能够发出真实的摔听筒的声音。"

布丽迪来到自己的车旁。她很高兴把过夜的行李放到了后备厢里，而不是车后座上。

"我还没有把这种设计的不同可能想清楚，"C.B. 说，"我想确保它不会有我没想到的副作用。"

非常有趣。

"说到挂机，心灵感应还有另一个问题。那就是你没有任何办法对另一个人挂机。"

"最后说一次，EED 不会让人有心灵感应的能力！"

"你不知道。那些有非预期后果的事……"

"听着，"布丽迪打开车门，"我很想再向你好好解释一下 EED，但我真的必须走了。我在市中心有一个会议……"

"你说谎。"

布丽迪惊恐地抬起头看向 C.B.。难道说，坐在数英里之外法庭中的舒基还是想办法查明了她的行动？如果舒基告诉了 C.B.，那么她就已经告诉了所有人，一定也在脸书上发布了。那么爱尔兰审判团就随时有可能杀到停车场来。"你……你……"她有些结巴地问道。

"我能够从你的脸上看出来，还有你逃跑的样子。你已经等不及要摆脱我了。"

的确——布丽迪松了一口气。"听着，我很感谢你为我……"

"不，你一点也不感谢我。你认为我是把鼻子探到了和我无关的事情里。"C.B.打断布丽迪的话，"但如果你看到一个人不顾一切地冲向悬崖，你也不可能袖手旁观。"

"我没有不顾一切……"

"你就是不顾一切。"

"为什么？因为我会昏迷不醒？还是有一双慢跑者膝盖？要阻止我做EED，就给我一个足够好的理由——一个和器官黑市、额叶切除无关的理由，一个能够让我信服的理由。"

"是的，"C.B.喃喃地说道，"这才是问题所在。"他格外认真地看着布丽迪，"听我说，布丽迪，连接并不是一切。你以为自己想知道其他人在想什么……"

"布丽迪！"萨拉一边叫喊着，一边向他们跑过来，手中还挥舞着一张纸。

哦，不——布丽迪想——如果那是特朗的信，如果他告诉我医院……

她走过去，要拦住萨拉。但萨拉已经到了车旁边，上气不接下气地说道："很高兴追上你了。你姐姐玛丽·克莱尔打来电话，让你立刻和她联系，事情非常紧急。"

她的事情永远都非常紧急——布丽迪想。"她说是什么紧急的事情了吗？"

"没有，"萨拉又看了一眼C.B.，"很抱歉，我不是要打断你们谈话。"

"C.B.正要离开。"布丽迪一边说，一边意味深长地看向C.B.，"对吧？"

C.B.用手掌拍了一下车门顶部，说道："是的。"然后他将耳机塞回耳朵里，双手插兜地走开了。

萨拉探头到布丽迪耳边悄声说："他骚扰你了吗？"

有——布丽迪心里想，却摇摇头说："没有。"

"是吗，我听到你们两个人在喊叫。我还担心他要对你图谋不轨呢。"

"没有。我们在讨论新手机的设计。"

"哦。"萨拉带着怀疑的眼神看向走远的 C.B.，"他真是个怪人。他的头发……"

"告诉我姐姐，我会尽快给她回电话。"布丽迪说完就钻进了汽车。

她关上车门，启动汽车，向萨拉摆摆手，然后加速驶离了停车场。现在她的心中颇有一种幸免于难的感觉。但玛丽·克莱尔的电话终究还是追上她了。

只能回电话了。万一真的是紧急事件，而不是玛丽·克莱尔又找出梅芙的什么新毛病呢？但如果这个真正的紧急事件要让他们的 EED 不得不延期又该怎么办？那样他们几个月之内都不会再有机会了。我绝不能再忍受那帮人唠唠叨叨的劝说了——布丽迪心中想。但如果是乌娜姨妈犯了心脏病……

在开车前往万豪酒店的路上，布丽迪都在纠结这件事。把车停下以后，她终于下定决心，打开手机，在停车场深处的一个角落里给玛丽·克莱尔回了电话。她希望这个地方的信号能够差一些。

信号很好。玛丽·克莱尔的声音如同洪钟一样从手机中传过来："哦，谢天谢地你回电话了。我都不知道该怎么办了。梅芙的老师告诉我，梅芙在课堂上看的不是《避风港》，而是《黑暗之声编年史》！为什么她会看那种东西？"

"所有三年级女孩都会看那种书。"布丽迪说，"就好像《启示录女孩》，或者《饥饿游戏》。我记得你说过，她把太多时间都花在网上了，你想让她读一些书……"

"但不是这本书！你知道这本书里都讲了什么吗？一个患精神分裂症的年轻人听到了一些声音。梅芙说她没有听到老师对她说话。如果这是因为她的头脑里有奇怪的声音遮蔽了老师的训导呢？"

哦，天堂之光啊！布丽迪心里嘟囔着，口中说道："梅芙没有听到老师说话……"

"你什么都不知道。"玛丽·克莱尔打断了她，"我在网上读到过相关的文章，里面说精神分裂症的初期症状有可能在七岁时就出现。《黑暗之声编年史》里面那个女主角听到的声音甚至让她去杀害自己的母亲……"

"是的，但《饥饿游戏》里的女主角可是真真正正在用弓箭杀人。梅芙更不可能遇到那两个女主角遇到的事情。"

"那为什么她不把自己的想法告诉我？这里面一定有问题。我早就知道。听我说，明天她放学以后，你能不能去接她，带她去逛逛商店，让她告诉你……"

"不，"布丽迪说，"今明两天我要连续开会。可能下个星期……"

"下个星期就太晚了。精神疾病很可能会在瞬间发作。如果不立刻对她的病情进行诊断……"

"梅芙没有精神疾病。她既不耳聋和厌食，也没有剪掉自己的头发去卖钱，好让父亲能够回家。"

"剪掉她的头发？"玛丽·克莱尔惊呼道，"为什么她会……"

"那是《小妇人》里的情节。"布丽迪说，"我记得你一直都说梅芙看过那本书。那些都只是书而已，玛丽·克莱尔。你应该感谢她那么喜欢读书，而不是用喷漆罐在学校墙壁上涂鸦，或者四处放火，或者被网上的恐怖分子洗脑。"

"恐怖分子？"

"她没有真的被恐怖分子洗脑。"布丽迪急忙说道，"我只是想让你知道，你的胡思乱想有多么荒谬。梅芙很好。听着，我真的必须要走了。"

"等等，"玛丽·克莱尔说，"你不会还在计划做 EED 吧？我刚在网上读到过相关文章，说 EED 的效果不会持久，你必须每三个月重新做一次……"

"等一下再说……什么事？"布丽迪装出一副在和别人说话的样子，"好的，马上。抱歉，玛丽·克莱尔。我要走了。"说完她就挂了电话。

她的电话立刻发出收到信息的声音。她查看了一下，确认那不是特朗的信息。的确不是，是凯瑟琳的。于是她立刻关掉手机，把住院的行李从后备厢里拿出来，乘电梯来到酒店前厅，叫了一辆出租车前往医院，叮嘱司机在医院侧门停车，以免有熟人看见她。

但她发现，其实就算直接从医院正门走进去可能也没什么差别。一进医院，她就被告知要在病人接待室里等待。那里就在医院前厅的正中央。她以最快的速度填写了入院表格，然后就只能一边耐心等待他们扫描她的保险卡，一边忧心忡忡地环顾四周。

终于，一名医院助理向布丽迪走过来，高声叫了她的名字。布丽迪立刻紧跟在那名助理的身后，急切地想离开这个人多眼杂的地方。助理带她上了楼，走进一间检查室。一名身材高大、神情愉悦的护士将一只塑料身份手环戴在她的手腕上，还满怀羡慕地对她说："天哪，你的红发可真漂亮！放心，EED 已经是很常规的手术了。维里克医生又是这方面杰出的专家，不需要紧张。"

你在开玩笑吗？——布丽迪暗自嘀咕——今天直到现在，我才刚刚感到不紧张。

"你可真幸运，能让他成为你的主治医生。"那名护士继续说道，"他可是极难被约到的。"她又递给布丽迪一身病号服，让她把衣服换掉。

布丽迪照她的话做了，又打开手机，看看有没有特朗的信息。有他的信息；还有凯瑟琳的——布丽迪的妹妹又给她介绍了三位灵媒；以及C.B. 的——信息的内容是一些文章的链接，其中批评了减肥药芬氟拉明、孕妇止吐药沙利度胺和工业革命造成的非预期后果，另外还有一张玛丽·安托瓦内特登上断头台的照片。

梅芙也给她发了信息，所有字母用的都是大写："你对妈妈说了什么？"布丽迪几乎能直接从这些字母中看到梅芙的怒火。看样子，玛丽·克莱尔已经在用自己的双手直接去解决恐怖分子的问题了。

抱歉，梅芙——布丽迪一边想，一边查看特朗的信息："正在路上。手术后见。"

她正要给特朗回信息，护士走过来，将手机从她的手中拿走，对她说道："我们要将这个和你的衣服、包都锁起来。"

护士拿走了她的全部生活用品，同时递给她一份权利放弃声明，要她签字。如果 EED 没有功效或连接只持续了短暂的时间，这份文件可以确保维里克医生和医院不承担任何责任。而且布丽迪还要签一份知情同意书，其中列出了手术的所有副作用：冠状动脉血栓形成、出血、癫痫、瘫痪甚至死亡。

不过至少这些文件上没有说她会变成植物人，也没说会割走她的器官。看到了吗？ C.B.——布丽迪签名的时候心中想道——这可是极为安全的。

"现在你要躺下了。"护士帮助布丽迪上了轮床，用一条白床单将她盖住，将血氧计固定在她的手指上，又在她另一只手的手背上插进输液针，将一袋生理盐水挂到床边的输液架上。

"特朗来了吗？"布丽迪问她。

"我会去看一下。"护士回答了一声就走了出去。片刻之后，她领着一名男士走进来。那个人一看就是位大人物。"这位是维里克医生，他将负责你的手术。"向布丽迪做过介绍，她又转头对医生说，"这位是弗拉尼根女士。"

谢天谢地，C.B. 不在这里。梅芙也不在——布丽迪想道。维里克医生昂贵的西服套装和劳力士金表简直和 C.B. 描绘的那种"知名整形外科医生"一模一样。他的头发只在额角略有一点灰色，梳理得甚至比特朗还要整齐。

他的态度很热情，让布丽迪颇感安慰。看上去，他是真心实意地因为能够为布丽迪和特朗进行 EED 手术而感到高兴。"我可以保证，这将会为你们的关系增添一个全新的维度。"他对布丽迪说道。然后他又详细地为布丽迪讲述了手术的全过程，告诉她都会发生什么事情，向她解释 EED 的运作方式和机理。"我会先为你做手术，然后是沃思先生。你还有什么问题吗，弗拉尼根女士？"

"是的，治疗需要多长时间？"

"整个手术会进行大约一个小时。但其中大部分都是成像时间。手术本身……"

"不，我的意思是，特朗和我还需要用多少时间才能感觉到彼此？我们还要多久能知道手术是否成功了？”

“这一点无须担心。”维里克医生回答，“你和沃思先生在相容性和同理心智力测试中得分极高。我们在手术室见。”他向布丽迪露出愉悦的微笑，拍了拍轮床，“非常好。”说完，他就离开了房间。布丽迪甚至来不及再多问一句。

于是布丽迪只能问护士。

“接受手术者一般需要用二十四个小时建立连接。”护士说。

这就意味着自己必须再躺两天。“有可能会更快一些吗？”她满怀希望地问道。

“不，首先我们必须让水肿——也就是手术肿胀平复，让你的身体先脱离麻醉状态。不过维里克医生认为你是一位非常好的 EED 接受者，所以不必担心。”

但说起来容易做起来难。尤其是当护士拿起一支电动剃须刀的时候，布丽迪被吓了一跳。“你不会要给我剃头吧？”布丽迪回忆起 C.B. 说过的话——她的头发再长出来的时候可能就完全变白了。

“这一头美丽的红色秀发？哦，天哪，当然不会。我只是在你的颈后剃掉一小块。”

这比上断头台容易多了——布丽迪想。她一定把心里话说了出来。护士立刻告诉她：“麻醉师会给你一种温和的镇静剂，让你放松。”

但现在布丽迪一点也无法放松。她的脑子里全都是 C.B. 发给她的那些关于人们死在手术过程中的新闻和文章，尤其是当麻醉师问她“你有没有麻醉剂的过敏史”的时候。

布丽迪本打算告诉他没有，但镇静剂一定在这个时候起了作用，所以她反而问麻醉师会不会让自己陷入昏迷，然后割她的器官。

“肯定不会。”麻醉师笑着说。

“我什么时候能见到特朗？”布丽迪问，但她没有听见回答，因为她已经在轮床上睡着了。她肯定不应该在这时睡过去，因为他们立刻就开始唤醒她，拍打她没有插输液针的手背，对她说道：“布丽迪！布丽迪！”

"抱歉，"布丽迪含混地说，"我一定是打了个盹……"

"你正在脱离麻醉。"那个声音说道，听起来是另外一名护士，"你感觉如何？"

"现在几点了？"布丽迪问。

"三点多。感觉如何？恶心吗？"

"没有。"

"头痛呢？"

"没有。"

随后又是其他许多问题。布丽迪一定都回答对了，所以当她再次闭上眼睛的时候，那名护士对她说："你做得很好。你会在恢复室中多待一会儿，以确保一切正常。"

当布丽迪再次睁开眼睛的时候，她正躺在一间病房里。这间病房有两张床和一扇窗户。进来为她检查输液情况的护士告诉她，现在是五点钟。

那我的 EED 一定已经完成了——布丽迪昏昏沉沉地想道。她完全不记得自己是怎么被送进手术室的，她的脑后也没有半点疼痛。他们说这只是一个小手术，但她还是应该有一些感觉的，不是吗？她试着想感觉一下颈后的绷带，但那里似乎什么都没有。手背上的输液针限制了手的动作。但至少她的手能动。这意味着她没有瘫痪。你错了，C.B.——她昏昏欲睡地想着——这个手术很好，再过一会儿，特朗和我……

她的念头一下子定住了。她屏住呼吸，仿佛听到了什么。

特朗？——她在心中喊道。不过她又想起来，他们至少要到手术结束二十四小时以后才能建立起连接。

我听到的一定是来自另一张病床上的人——她心中想着，稍稍抬起头，越过床头柜朝另一张床上看去。那张床是空的，只有床尾整齐地叠放着亚麻床单。

声音一定是从走廊里传来的。但她知道这不可能。声音就在房间里，而且距离她非常近。一定是特朗。你在吗？——她又在心中喊了一声，然后屏息以待。

是的——她听到了。

但这不可能——布丽迪心中想。EED 不会让人听到对方的想法，只会让人感受到对方的感觉。

我的确听到他了——布丽迪顽固地对自己说。还没等她能够分析一下为什么自己如此笃定听到的就是另一个人的声音，一股爆发性的情绪突然击中了她——喜悦、忧虑和宽慰完全混杂在一起。这不是她的情绪，肯定属于另外一个人。

一定是特朗——她想道。维里克医生说过，他们在相容性上的得分非常高。所以他们有可能在手术后不到二十四小时就建立了连接。特朗？——她在心中喊道。

那一阵情绪的爆发突然停止了。

但我已经和他进行过联系了！布丽迪欢欣鼓舞地想道，同时感觉到一阵巨大的安慰。她根本没有意识到 C.B. 的警告给自己带来了多么大的压力。我听到你了——她高兴地对特朗说——你能听到我吗？

没有回应。当然没有——她又想道——我应该向他表达我的感情，而不是言辞。她闭上眼睛，竭力将认同、爱和快乐传递出去。

还是没有任何回应。不等她再次尝试，一名护士走进来，查看她的各项生命指征，又问了她一连串恢复病房的护士问过的问题："感到晕眩和恶心吗？"

"没有。"

护士将血压计的缠带裹在她的胳膊上。"有什么不正常的感觉吗？"

"没有。你确定……"布丽迪开口道。但护士已经将听诊器挂在了耳朵上。

布丽迪只能等到护士帮她穿上病号长袍，带她走进盥洗室——这段艰难的旅程让布丽迪意识到她的头还是很晕。直到护士又扶着她回到床上，她才终于能问道："你确定 EED 需要二十四个小时才能起作用？"

"是的，"护士像她的同事一样叮嘱了布丽迪关于浮肿和麻醉的事情，

"你刚刚结束手术几个小时。至少在明天之前，什么都不会发生。"

"但我觉得……"

"你也许是在做梦。麻醉可能会导致各种怪异的梦。我知道你很想和沃思先生取得联系，但你需要先让自己的身体尽快恢复。所以你现在最应该做的就是安心休息。这是呼叫按钮。"

我真的感觉到了——布丽迪想——而且特朗也回应了我。我感觉到了。我需要和他交谈，确认他是否也感觉到了。我需要知道他的房间号码。但护士已经走了。布丽迪摸索着去找呼叫按钮。没等她把按钮按下去，护士又抱着一大束玫瑰回来了。

她向布丽迪展示了特朗附在花束上的卡片："只要再过一天，我们就再也不会分开了！"

也许用不了那么久——布丽迪心中想着，开口向正在将玫瑰放在窗边的护士问道："沃思先生在哪个房间？"

"我去查一下。"护士说完就走了出去。片刻之后，她回来告诉布丽迪："沃思先生还在恢复中。"

当然，布丽迪忘记了特朗是在她之后接受的 EED 手术。"我要和他说话。"

"他还没有脱离麻醉状态。你可以过一会儿再和他说话。现在你需要休息。"护士坚定地说道，并关掉了布丽迪头顶上的灯。

刚才他一定是脱离了麻醉状态，但很快又睡过去了——布丽迪告诉自己——所以他第二次没有回应我。

布丽迪自己也觉得有一点昏昏欲睡，仿佛闭上眼睛就会开始做梦。护士是对的，我体内一定还有很多麻醉剂……不等她想完这件事，她就睡过去了。

当她再次醒来的时候，天已经黑了。现在几点了？——她一边寻思，一边去摸手机，随后才想起手机不在身边——她是在医院里。现在她的脑子清醒了许多。眼前的黑暗让她知道，自己已经睡了好几个小时。外面的走廊显得格外安静。这更加证实了现在应该是黑夜。没有脚步声，没有护士的说话声，广播里也没有任何声音。医院的这一层完全沉浸在梦乡里。

但有什么东西唤醒了布丽迪。像上次一样，她直觉地认为自己听到了一种声音。特朗现在肯定已经脱离麻醉状态了。他有没有向自己传递意念？特朗？——布丽迪又在心中喊道。

没有回应。一分钟以后，布丽迪听到一阵蜂鸣器的声音传进走廊，随即有脚步声朝蜂鸣声的源头走去。她听到的应该是真正的声音吧？一扇门被关闭，一位病人在召唤护士。是不是那些声音惊醒了她？那她第一次醒过来会不会也是因为那样的声音？再加上她的想象和麻醉效果？

但那感觉非常真实，和她原先想象中特朗的心情完全不同。她本以为他们的连接会让特朗感到喜悦，而不是宽慰。特朗对 EED 一直都充满信心。而且那一股爆发的情绪中还有别的心情——惊讶、犹疑和感到有趣，还有另外一种感觉。只是那种感觉被迅速压了下去，让布丽迪根本没有时间去看清它。但布丽迪肯定清楚地体会到了犹疑和惊讶。你也在私底下害怕手术不会起作用吗？就像我一样？布丽迪在心中说道。

没有回答。

布丽迪等待了很长时间，在黑暗中仔细倾听，又尝试着说道——你在吗？能听到我吗？

是的。

我就知道，我听到他了——布丽迪想。这时她才意识到自己听到的声音是谁的。但不可能是他啊！这绝不可能。EED 不会让人有心灵感应……

很明显，它会——那个人说道。这一次，那个声音的主人已经再清楚不过了。布丽迪惊恐地用手捂住了嘴。

我告诉过你。这有可能造成非预期后果——C.B. 说。

第四章

"我能从幽深的地界里呼召鬼魂。"

"我也能呼召,任何人都能呼召——可是你呼召,他们会不会来呢?"

——威廉·莎士比亚,《亨利四世:第一部》[①]

请告诉我,我在做梦——布丽迪心中想道。但她知道,自己没有做梦。当她伸手捂嘴的时候,她能感觉到插在自己手背上的输液针被猛地拽了一下。她还能听到床边的静脉输液监测仪发出刺耳的蜂鸣声。

C.B.的声音回应道——恐怕你没有做梦,除非我也在睡觉。但我没睡觉。不,我不喜欢这样告诉你,但我们真的在谈话。

"但我们怎么可能?"布丽迪高声问道。

这正是我想知道的——C.B.说——你完全没在意我的警告,对不对?我猜,幸好我没有警告你不要从桥上跳下去,否则你也会那么做的。无论我说什么,你都不管不顾,一心就想做那个IED……

"这不是IED!"

是吧,没错,怎么叫它都可以。你在哪里和我说话?医院?

"是的,"布丽迪回答,"你在哪里?"

我的实验室,公司。如果C.B.说的是实话,那么他们之间就有好几英里的距离。这意味着他们正在进行远距离的心灵对话。这绝对不可能。

很明显,这不是不可能的——C.B.说——我告诉过你,做这种手术是一个很可怕的主意,有可能会发生非预期后果。但你就是不听。现在你看到了,你连接到了我,而不是特朗。

"我没有连接你!"

---

① 选自《亨利四世》,威廉·莎士比亚著,上海译文出版社 2016 年出版,吴兴华译。

那你管这个叫什么？

"我不知道！维里克医生一定把接线搞错了……"

大脑没有接线。

"那就是神经突触，或者是信号回路什么的。"

大脑没有那么简单——C.B. 说。

"你怎么知道？你又不是脑外科医生。维里克医生有可能将错误的神经突触连接到了一起。所以我在呼唤特朗的时候，反而连接到了你。"

那我是什么？一个拨错的电话号码？说到特朗，他在哪里？如果你在呼叫他，他为什么没有接电话？

"我不知道！"布丽迪哀号道，"哦，这到底是怎么一回事？"

我警告过你非预期后果的事。

"但心灵感应是不存在的，"布丽迪坚持说，"这根本就不真实！"

是的，好吧，布丽迪，关于这件事，我需要告诉你一些东西——C.B. 的声音和她是如此贴近，仿佛就站在她的病床旁边。

正是如此——布丽迪想道。她突然全都明白了。C.B. 根本就不在公司里。他一定是趁自己睡觉的时候偷偷溜了进来，现在就藏在她的房间里。这根本就是那个人格扭曲的家伙捉弄人的恶作剧。

藏起来？——C.B. 问道——你在说什么？我藏在哪里？

就在我床下——布丽迪想——或者在窗帘后面。但是当她调亮床头灯，却看到窗帘垂在窗台上。用来隔开两张病床的长帘幕也被收到墙边——那么窄的一点地方肯定藏不下任何人。

他还可以藏在床底下，或者在盥洗室里，在壁橱里——布丽迪想。但如果 C.B. 真的藏在那些地方，为什么他的声音总像是在自己的耳边？

对呀——C.B. 说。

"你会远距离发声，"布丽迪用谴责的口气说，"就像口技演员。"

C.B. 笑了。口技演员？你在开玩笑，对吧？

"没有。"布丽迪坐了起来，把双腿从床上挪下来，准备仔细搜查一番。但突然的动作让整个房间都在她的眼前开始晃动。她又躺了回去。

"你最好现在就出来。"她摸索着枕头边上的呼叫按钮,"否则我就叫护士来了。"

如果我是你,我就不会这么做。现在是凌晨三点。这意味着如果护士发现你醒过来了,一定会不高兴。而如果你要告诉她自己听到奇怪的声音,她肯定会更不高兴。这意味着她必须叫来你的那个什么医生,医生又会……

"又会什么?把你赶出去吗?这样很好。"布丽迪说着按下了按钮,"我很喜欢这样。"

我也想这样——C.B.说道——尤其是当我还在城市另一边的时候。

"我对你的说法根本就不相信。而且就算你说的是真的,医生也能够发现出错的地方,把错误修正。"

也许吧。也许他会把你送到精神病区去。不管怎样,他都会把这件事告诉特朗。

哦,我的上帝,特朗。布丽迪一直没有想过特朗会如何看待这件事。她又急忙找到那个呼叫按钮,看看能不能把它关闭。但她的动作太慢了,护士已经走了进来。而且就像C.B.说的一样,她的脾气显然不是很好。布丽迪知道,如果自己说什么都不需要,那么只会让护士更加恼火。于是她说道:"很抱歉打扰你。我做了个噩梦。好像我的房间里有一个男人,还拿着一把刀,就在盥洗室里。"同时布丽迪的心里还在想——如果她不去看一看,我该怎么办?

不过护士还是很照顾布丽迪的心情。她打开盥洗室的门,又开了灯,让布丽迪能够看见里面,然后她又打开了壁橱,那里面只有布丽迪早先穿了去盥洗室的病号长袍。"看到了吗?没有人。"

护士回到床边,拿起布丽迪床头的电子病历,开始在上面填写。"只是一场噩梦。手术后会有这样的困惑很常见,都是麻醉的遗留作用。它经常会让人做奇怪的梦。或者你希望有一名护士陪床?或者想要比较年长的护士?你需要我帮你去盥洗室吗?"

不必了,我知道他不在这里——布丽迪心中想。她正在考虑是否可以丢什么东西到地上，让护士有机会看看床下，不过她伸手可及之处什么都没有。"不，我很好。"她说道。

"再好好睡一会儿吧。"护士说着关上了灯。

"可以让灯开着吗？"布丽迪在自己的声音中加入了一点颤音，"或者……你能不能在离开以前检查一下房间里其余的地方？求求你。我知道自己只是做了一个梦，但如果你能帮我看看，我睡着以后一定能安稳得多。"

如果我好好睡着了，我就不会按呼叫按钮打扰你了——布丽迪暗暗地加了这么一句。护士一定得出了同样的结论，因为她打开灯，并查看了两张床的床下和房间偏僻的角落。

"看到了吗？"护士回到布丽迪的床边，"什么都没有。晚安。"说完，她再次关上灯，走了出去，紧紧关上了布丽迪病房的门。

"谢谢。"布丽迪向离开的护士说道，然后躺回到床上，竭力想搞清楚刚才到底发生了什么。C.B.不在她的房间里。护士是对的吗？他的声音是不是一个麻醉剂残留造成的梦？

一定是这样——她想道。因为自从护士走进房间里，C.B.就再也没有说过话了。

这个因果推导很有道理，但事实并非如此——C.B.说道，他的声音就像刚才一样清晰而且贴近——如果真的有一个连环杀人犯在医院里乱窜，什么样的护士会让你好好睡觉？我可不相信她说的任何一句话。

他到底是怎么做到的？——布丽迪绝望地想——一定是他在我的房间里装了窃听器。C.B.一定是把微型麦克风和耳机藏在了这里的某个地方。

在你的房间里装窃听器？——C.B.说——你疯了吗？

不——这种推测很有道理。所以当护士在房间里的时候，C.B.一言不发。因为护士也会听到他说话。如果有窃听器，他就能知道布丽迪是不是一个人待在房间里。布丽迪坐起身，重新将灯打开，开始在房间里搜寻隐藏的窃听器。

布丽迪，我没有在你的房间里装窃听器。

"骗子。"这解释了一切。否则他怎么会知道那个护士说了什么，还有……

我没有听到她说了什么——C.B. 打断了她——我听到的是你的想法，是你在想她所说的话。你们交谈的时候，你不仅在想你要说什么，还会想你听到了什么。而且我能在什么时候装窃听器？我直到几分钟以前才知道你做了手术。

"我不知道。"布丽迪说，"但你就是这么干的。"C.B. 很有可能把窃听器和麦克风都藏起来了，也许就在帘幕的衬里中，在窗台上，在特朗送来的玫瑰花里。她眯起眼睛仔细查看这些东西，寻找窃听器的天线。

但窃听器不一定需要天线。C.B. 很可能会搞出某种无线的东西。毕竟他是电脑天才……

谢谢，我还以为你一直都没有注意到这件事——C.B. 干巴巴地说道。他的声音不是从窗口那里传来的，就在布丽迪的耳朵里。

在我的枕头里——布丽迪想到这里，立刻坐起身，在枕头中摸索不正常的硬块。但是什么都没有。她拽下枕套，抖了抖，又在床头的床垫上摸索了一番。

不在这里。但那种小东西有可能被藏在任何地方，比如床头上方的墙壁面板里，或者水壶里，她的电子病历表上，纸巾盒里，或者……

我没有在你的呕吐盆里装窃听器——C.B. 说——我……

他突然停住了话头。这样我就不能利用他的声音寻找窃听器了——布丽迪一边想，一边拿起了呕吐盆。

呕吐盆里也没有窃听器。如果是在墙壁面板里，那她不可能把面板拆下来进行检查。那块面板上布满了按钮、开关和输入按键，那些东西都有可能成为微型麦克风。要证明 C.B. 在这个房间里安装了窃听器，唯一的办法就是离开房间，到窃听器工作范围以外的地方去。布丽迪想问问护士，他们把特朗送到了哪个房间。这样她就能把这里发生的一切告诉特朗。特朗一定能找到那个微型麦克风，然后让公司解雇 C.B.。

但她不知道特朗在哪个房间。用按钮呼叫护士肯定是一个糟糕的主意。所以布丽迪现在能做的就是离开房间，沿走廊前进，一直走出窃听器的工作范围。她坐起身，将两条腿从床上挪下去，静坐片刻，看看房间是否又会突然开始晃动。一切安然无恙之后，她才小心地下了床，将输液架当作拐杖，稳住身子。

哦，不，她该怎么处理输液针？输液架是有轮子的，布丽迪倒是可以带着它一起走。但如果C.B.把窃听器藏在输液架上，那么就算离开房间也没有任何意义。

她必须拔出输液针。但如果监测仪因此发出蜂鸣声，惊醒了护士们呢？我要先穿上袍子和拖鞋——她这样想着，拖着输液架走到壁橱前。

薄棉布长袍就挂在壁橱里，但布丽迪没有找到拖鞋。它们一定在床底下——布丽迪一边想，一边检查长袍的领口和系带，确认窃听器不在其中之后才吃力地将长袍穿上。她将一只手臂伸进袖子里，让长袍挂在肩膀上。她的另一只手臂只有拔掉输液针才能套进袖子里。她笨拙地将长袍拖在身后，挣扎着回到床边，俯身去寻找拖鞋。

如果不是依靠输液架的支撑，她一定会晕倒在地上。即使是这样，整个房间仿佛也突然倾斜过来，又开始剧烈地晃动。她不得不用力抓住输液架，直到晃动停止，她才伸手摸到了床沿。

她坐到床上，深吸一口气，让自己稳定下来。现在就算找到拖鞋也没有任何意义。她肯定没办法俯下身去，拿出拖鞋并穿上。但她必须到走廊上去，离开C.B.的微型麦克风。

就算没有拖鞋，我也能走出去。布丽迪将思绪转回到输液架上。她看不到监测仪上有开关，但靠近监测仪顶部有一个按钮。她试探着按下，打起精神，准备迎接这台仪器的尖厉蜂鸣声。

监测仪没有发出任何声音，反而停止了工作，上面的绿灯也熄灭了。很好。布丽迪撕掉了手背上的胶布，看了看刺入到皮肤下面的针头。

这太疯狂了——从她大脑中一个偏僻角落里发出的声音这样对她喊——你刚刚接受了外科手术，拔掉输液针四处乱跑是很危险的。

但这正是 C.B. 能够控制我的手段——她又想道——这样我就只能留在他的窃听器范围之内。布丽迪一下子就拔出了针头。

随之而来的刺痛感没有布丽迪预料中的那样强烈，不过手背上的确流了不少血。她将胶布又贴回到针孔上，把血止住，然后将手臂伸进长袍袖子里，再把灯关上，以免护士走进来查看她为什么不睡觉。在一片黑暗中，她开始小心翼翼地摸索着朝门口走去，希望自己不会撞到什么东西。

她什么都没碰到，但仿佛也永远碰不到病房的门。终于，她将门打开，从走廊中猛然射入房间的光线让她感到一阵头昏眼花。她抬起手遮住眼睛，谨慎地朝走廊里望去。没有护士和护工，大部分屋门都紧闭着，或者只有一点缝隙。那些门缝中也没有光透出来。现在果然正是深夜。

她仔细倾听了片刻，然后沿走廊朝远处走去。值得庆幸的是，墙边一直都有栏杆。只走过了一扇门，前面的走廊就有了一个拐弯。如果她能从那里过去……

她很希望自己能穿上拖鞋。这里的地面冷得让她的脚掌发麻。后脑接受手术的地方传来一阵奇怪的感觉。不是疼痛。现在还不是——布丽迪心中想着，努力让自己走快一些。

"罗西护士。"一个声音不知从哪里传了出来。布丽迪慌张地朝四周望了一圈，才意识到发出声音的是走廊里的广播系统。"请到护士站报到。"

布丽迪停住脚步，仔细倾听随之而来的脚步声。但她什么都没有听见。罗西护士一定在另一条走廊里。布丽迪再次迈开脚步。她没想到只是走这么几步就需要耗费如此多的精力，耽搁这么长时间。等她到达走廊拐角的时候，她只觉得自己已经跑完了一场马拉松。

没关系——她一边想，一边小心地观察周围——你只需要再走一点就行了。只要过了右手边的下一个房间，就有一间等候室。那里有椅子和沙发。只要走到那里，她就能坐下。

但这意味着她要放开支撑她的墙边栏杆，到走廊的另一边去。布丽迪真希望自己能带着输液架作为拐杖。她踉跄着跨过走廊，抓住了另一边墙上的栏杆，支撑住自己。这时她惊恐地看到自己的手背上全都是鲜血。

胶布没有把血止住。她用长袍下襟去擦血，但很快又放弃了。在走进等候室之前，你是没办法止血的——她告诉自己——现在你要到……

到等候室去？——C.B.的声音切入了她的思绪——你在哪里？为什么下了床？

哦，上帝！布丽迪抬起头看着天花板。他在走廊里也装了窃听器。

你在走廊里干什么？——C.B.质问道。他的声音就像在房间里时一样响亮、清晰——你刚刚做过手术……

要离开这里！布丽迪急切地望向周围。如果C.B.在走廊里也装了窃听器，那么他同样可以在等候室安装窃听器。我必须到楼下的前厅去——她想道。

前厅？！——C.B.冲她大喊——你到底在干什么？！

到你没办法安装窃听器的地方去——布丽迪一边说，一边踉跄着经过等候室的门口，向前走去。

我告诉过你，我没有装任何窃听器。布丽迪，听我说，你需要回到你的房间里——

回到你的窃听器和微型麦克风旁边去？不，谢谢。这附近一定有电梯，让她能够到楼下的前厅去。

布丽迪，你现在的身体条件不允许你在医院四处乱跑。耶稣啊，如果我知道你会有这样的反应，我绝对不会……告诉我你在哪里！

为什么？这样你就能在这里安装窃听器了？布丽迪加快脚步，决意要逃出窃听器的范围。但这只让她更加感到晕眩。脑后的感觉也从紧绷变成了疼痛。

一道光在前方的屋门上方亮起来。这意味着那个房间里的病人按下了呼叫按钮。护士很快就会过来了。布丽迪必须离开这里。但她要到哪里去？她仍然看不到电梯的影子。

"护士！"一个女人的喊声从那个房间里传出来。布丽迪听到脚步声正从她前进的方向朝她逼近。

我必须藏起来——她着急地想道，加速走过那个亮灯的病房，朝下一个房间走去，同时努力忽略掉晕眩的感觉和耳朵里 C.B. 的声音。那个家伙一直在说——告诉我你在哪里，求你。

如果能到达下一个房间，她就能藏在里面，直到护士过去。

"护士！"那个女人又喊了一声。广播也响了起来："布莱克医生，请前往护士站报到。"逐渐逼近的脚步声已经跑了起来。布丽迪朝面前的屋门扑去。

这里不是病房。屋门上的牌子写着"闲人免进"。那么这里应该是护士的休息室，或者是一个储藏间，但布丽迪不能放弃这个机会。她打开了门。

门后是一道一直通向下方的楼梯。布丽迪钻了进去，将沉重的屋门尽量拉上，又避免让它彻底关闭。她害怕关门的声音会引起靠近的护士的注意。

护士从门的另一边冲了过去，并很快从走廊中消失了。布丽迪又在门后站了一分钟，确保护士已经关上病房门，不可能听到她的声音。广播里一直在重复："呼叫布莱克医生。"布丽迪放开了一直被她抓住的门。

门关上了，广播声也随之中断。布丽迪很高兴自己等了这么久，因为这道门关闭的时候发出了很大的声音。太好了——布丽迪心中想，这意味着如果有别人开门进来，我一定能听到。我可以从这段楼梯走到前厅去。

她开始一个台阶一个台阶地走下去。这里甚至比走廊还要冷。水泥台阶在她的一双赤足下面就好像一块块寒冰。她不得不抓住能够让手指冻僵的金属栏杆，以防自己跌倒。而晕眩感也在这时变得越来越强烈。她不可能这样走到前厅去。

但你其实已经不必到前厅去了——她想道。走廊里广播的声音被那道厚重的门完全隔绝了。那么 C.B. 藏在走廊里的窃听器和微型麦克风在这里也就没有了任何作用。布丽迪蹒跚着走过这道楼梯末端的最后几级台阶，放松下来，坐到台阶上。

她犯了一个严重的错误。单薄的病号长袍完全无法阻隔水泥的寒冷。她立刻开始全身发抖。这样做最好有用——她心里想。

布丽迪张开嘴，想要呼唤他，又立刻用力将嘴合拢，并闭紧双眼。C.B.——她想着他——你能听到我吗？

没有回答。

我就知道——她想道——你要为你所做的这一切而感到难过了。我要告诉特朗，然后他就会……

布丽迪？——C.B.的声音在她的耳中响起——感谢上帝！你在哪里？你还好吗？

不——布丽迪想——不！

我正在去医院的路上——他说道——我会尽快赶到那里。

第五章

"好吧，如果是我拨错了号码，为什么你要接电话？"

——詹姆斯·瑟伯，《瑟伯狂欢节》

你在哪里？——C.B. 不停地问着。他的声音清晰得不可思议，近得不可思议——你还在走廊里吗？

布丽迪用手指拼命捂住耳朵，想把 C.B. 的声音挡在外面。但她有一种让自己心惊胆战的感觉，那就是这样做一点用都没有。

告诉我——C.B. 恳求着——你下楼到前厅了吗？

布丽迪将头埋在手掌心里，坐在冰冷的台阶上，认真思考着——这是真的，C.B. 真的在我的脑袋里。但他怎么会跑进来呢？这世界上根本不可能存在这种事……

我们可以等一会儿再考虑这种事——C.B. 说——现在，你需要告诉我你在哪里，让我能够把你送回房间。

布丽迪觉得自己一定是在想——我回不去了。因为 C.B. 马上又说道——没关系，不要哭，就留在那里，我会处理好的。

"我没有哭。"布丽迪义愤填膺地说道。但这只是一个谎言。泪水正沿着她的面颊滚落下来。她急忙用手背把泪水抹掉。

一切都不会有事的——C.B. 说道——我向你保证。

怎么可能没事？——布丽迪想——我和 C.B. 施瓦茨连在了一起。她一下子又哭了起来。

她头顶上方的门被猛然打开。"是的，她在这里！"紧跟着就是一群医疗人员叫喊着各种命令。有人高声说道："她到底是怎么一路跑到这里来的？难道你们就不知道查看自己的病人吗？""我的上帝，如果维里克发现了，我们一定要被烤熟了！"

维里克医生！哦，不，如果他告诉特朗……

他们开始用各种问题轰炸布丽迪——"你摔倒了吗？""你知道自己在做什么吗？""你有没有碰到头？"他们还跪在她身边，检查她后脑的绷带。

"你确定没有摔倒和撞到头？"一名实习医生一边问，一边轻轻摸了一下布丽迪的面颊。他的手指上全是鲜血。

那是因为我用手背擦眼泪。布丽迪低下头看了看自己的病号长袍，那上面也全都是血。"我没有摔倒，"她说道，"这些血是我拔掉输液针的时候流出来的。"她让他们看了自己的手背。

那名实习医生握住她的手背问道："你为什么要这么做？"

"我不知道。我……"布丽迪竭力想找一个可信的理由，但实习医生似乎并没有期待她的答案。护士对布丽迪手背上的针孔进行了一番检查，决定将输液针插进她的另一只手里，并且立刻施行。布丽迪已经完全冻僵了。她的牙齿在不停地打战。

"去给她拿一条毯子来，"实习医生对一名看上去非常年轻的助理护士说，"再给她找双鞋。"然后他转回头看着布丽迪，"看我这里，"他伸手指着自己额头的中心点，又用手电筒分别照了布丽迪的两只眼睛，"你知道自己在哪里吗？"

"是的，"布丽迪说，"在医院的楼梯间里。"

"你还记得自己是怎么来到这里的吗？"

是的——布丽迪想——我正在躲避 C.B. 安装在我房间里的窃听器。她等待着 C.B. 的反驳。

但 C.B. 没有说话。尽管他一直说自己正在赶过来，但他并没有跑下楼梯。他没有找到她。找到她的是护士。也可能是因为她的护士去检查输液器的时候发现她失踪了。而 C.B. 在楼梯间里和她的对话仍然可能是麻醉剂残留导致的一个梦。

或者是因为某种更可怕的情况。如果维里克医生在手术中切割了一根错误的神经该怎么办？C.B. 的声音有没有可能是因为大出血、神经损伤或者别的原因导致的？C.B. 曾经警告过她，这个手术很复杂，但她完全没有听。现在她的大脑真的受到损伤了。

实习医生正忧心忡忡地看着她。

"是的，我记得自己如何来到这里。"布丽迪说道。她立刻就知道，自己犯了一个错误。她这样说就代表自己是有意拔出输液针头，来到了这里。实习医生的下一个问题一定会是："你要去哪里？"

"我是说，我记得自己下了床……"布丽迪又说道，"然后……"她皱起眉头，仿佛在努力回忆，"我猜，我一定是拐了个弯，寻找盥洗室，以为这是我房间里的门……"

但实习医生显然对她的答案不满意。"前厅里有什么？"他问道，"你的男朋友给我打电话的时候说你给他打了电话，提到前厅里有什么东西。他很担心你可能会到那里去。"

护士也点点头。"他说他很害怕你会走楼梯。"

那就不是麻醉效果或者脑损伤了——布丽迪想——这是真的，心灵感应也是真的。

她觉得自己应该松一口气。毕竟她的大脑还是完好的，也没有大出血，但这意味着一个更可怕的噩梦。如果她沿着这条线推导下去，护士就会记起来，她没有手机，不可能给任何人打电话。而她的男朋友正在医院里，还没有从 EED 手术中完全恢复过来。所以特朗也没有手机。到时候，这就真的是一场噩梦了。

"幸好他让我们来查看了一下楼梯。"护士还在说话，"因为几乎没有人会用楼梯。为什么你会……"

"我不知道。"布丽迪有些摇晃地伸出手，想要扶住实习医生的胳膊，"哦，天哪，我有一点头晕。"

她的诡计成功了。实习医生没有再多加追问，而是开始下达命令。他们扶布丽迪站起来，上了楼梯，坐进一台轮椅里，迅速返回了她的房间。布丽迪病房所在这一层的护士和助理护士帮她换上一件干净的病号长袍，又帮她躺回到床上。

布丽迪还在不住地打着哆嗦。"我真的很冷。"当护士为她盖好被子的时候，她喃喃地说道。

"这不奇怪，"护士说，"楼梯间简直就像冰箱一样冷。"她将新的输液袋挂到输液架上，"我们把这里收拾好以后就会给你再拿一条毯子来。"

"幸好你的男朋友给我们打了电话。"助理护士说，"否则，你可能在那下面待上几个世纪。我们甚至都不知道你离开了房间。"

护士瞪了一眼自己的助理，严厉地说："去拿毯子来。"

助理护士急忙跑开了。她一离开房间，布丽迪就说道："你们不需要和维里克医生提起这件事，对吗？我只是因为麻醉而变得有些糊涂，没有搞清楚……"

"你的男朋友在电话里就是这么说的。"助理护士插嘴道。她又出现在门口，手中并没有毯子。"他非常不安。他说，如果我们没有立刻找到你，他就会冲过来把医院撕碎。"

"我记得是要你去拿毯子来。"护士说道。

"我不知道毯子在哪里。"

"它们就在……没关系，我会带你去找。"她说完就伸手去拿布丽迪床头的电子病历。

如果她看到那张表，就会知道我做的是 EED 手术，然后会想到我的男朋友一定也做了 EED。"你能现在就给我拿毯子来吗？"布丽迪哀怨地问道，"我真是冻坏了。"

"马上来。"护士说道，"呼叫按钮就在这里。"她将呼叫器别在布丽迪手边的床单上。"如果有任何需要，就按下它。我不在的时候，你不会再随便乱跑了吧？"

我也无处可去了——布丽迪绝望地想——无论我去什么地方，他都在我的脑子里。"我会留在这里。"她说道，"我保证。"

"很好。"护士说着走了出去。几秒钟以后，一名实习护士走了进来。表面上她是要给布丽迪的水壶加水，但她的任务显然是确认布丽迪没有逃出去。一分钟以后，另一名实习医生走进来，问了布丽迪和前一名实习护士一样的问题。紧接着又是一位擦地的护工。

但拿毯子的助理护士没有进来。布丽迪的牙齿又开始打战了。"我能多要一条毯子吗？"布丽迪问擦地的护工。

"我会让你的护士给你带一条来。"护工做出承诺，离开了房间。

我还以为他们永远都不会离开了——C.B. 说——你还好吗？

"是的，但我可不会谢你。"布丽迪焦急地朝门口瞥了一眼。如果有人走进来，发现她正在和自己说话，那么他们肯定会叫维里克医生过来。离开我——布丽迪低声说道——你造成的麻烦已经够多了。

听着，布丽迪，我真的很抱歉。如果我知道和你的谈话会吓得你逃出房间，我绝不会……

做 EED？

什么？——C.B. 茫然地说道。

这是唯一的解释。你什么时候做的 EED？就在你发现特朗和我打算做 EED 之后吗？

什么？为什么我会做该死的 EED？我不是一直在努力说服你不要这么做吗？你忘记了？

这可能是一个欺骗我的障眼法。这样我就不会想到你也做了 EED。

哦，好吧——C.B. 语带讽刺地说——我认为在脑子上钻个窟窿用来交换热情是一个非常好的主意！所以我也想弄一个。

"不，"布丽迪气恼地高声说道，"你是为了阻止我……"

刚刚给布丽迪加水的实习护士从门缝里探进头来问："你有什么需要吗？"

她一定就在我的门外站岗，好阻止我再次逃走——布丽迪想。

这真是一个不错的办法——C.B. 说——他们显然认为你照顾不好自己。

关于窃听器的最后一点希望也变成了泡影。因为那名实习护士显然没有听见 C.B. 的声音。她只是满脸担忧地看着布丽迪："你还好吗？"

不好——布丽迪想。"是的，我没事。"她开口说道，"我正在寻找呼叫按钮。你能不能去看看，他们为什么还没有把毯子送过来？"

"当然，没问题。"实习护士说完就走了。

掩饰得很好——C.B. 在实习护士消失以后说道——但从现在开始，你也许就不应该发出声音和我说话了。

我根本就不打算和你说话——布丽迪说——真没想到你会做这种事。

我们有话直说——C.B. 说道——你认为我发现你和特朗要做 EED，就决定先动手，抢走他和你连接的权利？那我该怎么做？那个什么医生的预约名单足有我的手臂那么长。我又该在什么时候做？今天早上在公司的时候，我们刚刚见过面。

你可以全速赶到这里，贿赂某个病人，让你先做，或者……一个恐怖的念头突然击中了布丽迪。C.B. 会不会告诉医生他就是特朗？这样就能解释为什么布丽迪一直没有听到特朗的声音。因为特朗根本就没有做 EED。而 C.B. 根本就不是在公司和布丽迪说话，而是就在这里……

你在开玩笑吗？——C.B. 说道——医院会用那么大的力气确认他们施行手术的身体部位是正确的，更不要说是甄别病人身份了。还是你以为我偷走了他的身份证，把他绑在我的实验室里，只为了让我自己接受一个我曾经一直告诫你不要去做的手术？不管怎样，难道你忘记了一件事？一对情侣不是必须先进行情感绑定才能让 EED 生效吗？

如果你是在说我们已经有了情感绑定……

我是在说，根据你告诉我的 EED 程序，我自己做一个 EED 不会有任何用处，除非……

嘘——布丽迪说道——她拿着毯子回来了。

不记得吗？她听不到我说话，也听不到你说话。除非你自己不小心，又开始胡乱叫喊。

进来的不是实习护士，而是当值的住院医师，他的身边跟着另一名护士。"我知道你今晚进行了一些远足，"住院医师带着轻松的口吻说道，又拿起布丽迪的电子病历，"有什么不舒服吗？"

是的——C.B. 说——严重的迫害妄想狂。

闭嘴。"没有。"布丽迪对住院医师说。

"没有再感到头晕吗？"住院医师又带领布丽迪重温了那一连串程式化的问题，"视野里有重影吗？头痛吗？"

血口喷人算不算？——C.B. 说。

滚。

住院医师和护士都好奇地看着布丽迪。哦，上帝——布丽迪暗自嘀咕——我有没有说出声来？

没有——C.B. 说。

那么他们一定是问了她一个问题。因为 C.B. 的唠叨，所以布丽迪没有听见。"抱歉，你说什么？"布丽迪问住院医师。

"我说，你有没有任何不正常的感知、刺痛或者麻木？"

"没有。"麻木就意味着他们在担心布丽迪的神经承受了压力。他们所谈论的浮肿会不会压迫到神经，造成这种问题？还是她的脑子里实际上被安装了双向无线电发射器？相邻的电子回路常常会发生信号交联，对正常信号造成干扰。所以在转换频道和广播站的时候，有时可能会接入到预料之外的目标频道。也许脑回路有同样的运作原理，而 C.B. 的声音正是这种串线的结果。

"有视野模糊的现象吗？"住院医师还在问。

"没有。"

住院医师翻阅过布丽迪的电子病历，又查看了她的绷带，然后说道："没问题，好好睡一觉，不要再进行月光漫步了。如果你需要去盥洗室，就用呼叫按钮。"然后他就走出了房间。

那名护士本来一直安静地站在旁边，这时她问道："需要我帮你拿些什么过来吗？"

"是的，"布丽迪说，"一条毯子。我要冻僵了。"

呃——C.B. 说道——我觉得你不应该这样说。

C.B. 是对的。护士和住院医师交换了一个担忧的眼神。住院医师又回到布丽迪的床边，格外专注地问道："你一直感到很冷吗？"

"不，只是楼梯间里很冷，我……"

他们根本没有听布丽迪说了些什么。住院医师把听诊器按到她的肺部。从他充满怀疑的表情中能看出来，他认为布丽迪可能感染了肺炎。布丽迪不得不说服他，自己不需要给肺部拍 X 光片。她的呼吸没有困难，也不会再下床，更不要说赤足四处乱逛了。他们没有任何异常状况需要向维里克医生报告。

终于，在第二次听过布丽迪的肺部之后，住院医师离开了。护士说道："我会让护士给你送毯子过来。"然后她也走了。

布丽迪以为 C.B. 会立刻再和她说话。但 C.B. 一言不发。护士还是没有把毯子送过来。十分钟以后，布丽迪相信她们都把毯子的事情忘记了。她知道，如果自己再一次被抓到溜下了床，一定会引起轩然大波，但她需要壁橱里的那件新长袍。就在她再一次要将双腿放到床下的时候，她听到护士走过来的脚步声。谢天谢地，如果再耽搁久一点，她就真的要得肺炎了。

不过那并不是护士，而是 C.B.。在从走廊里射进来的光线中，布丽迪一下子就认出了那头蓬松的乱发。"你在这里干什么？"布丽迪问，"快出去。"

"不行，"C.B. 一边悄声说着，一边关上门，"外面有一个护工正在打扫走廊。他差一点就抓住我了。你肯定不想让他告诉特朗，看见一个陌生男人在深夜从你的房间里走出去吧？"

布丽迪坐直了身子。"为什么……"

"嘘，"C.B. 一边说，一边将手指放到嘴唇上，"他就在外面。"他踮着脚尖，将耳朵贴在门板上，仔细听了一分钟，"好了，他朝护士站那边走过去了。"然后他将门关紧，来到了床尾。

布丽迪打开床头灯。现在 C.B. 的样子比在公司的时候更邋遢和狼狈——他的深褐色头发全都纠缠在一起；身上的 T 恤和运动裤全是褶子，很像是他从实验室的沙发上把它们揪出来，匆匆套在身上；外套的帽子有一半还塞在衣领里。"你为什么会在这里？"布丽迪悄声问。

"我想确认你一切平安。"C.B. 说道，"抱歉，耽搁了这么久。我赶到这里的时候，他们已经把你送回病房里。有一群人都围着你，所以我一直等到他们离开。然后我费了很大力气才溜过护士站。你还好吗？"

"我没事。"布丽迪悄声说着，皱起眉。C.B. 正在和她说话，用真正的声音。布丽迪的心中又升起希望。刚才终究只是一个梦。

不必害怕——C.B. 说——而且我也不会腹语。他指了指布丽迪的水壶。如果你想要证据，我可以喝一杯水，同时和你说话。不，等等，腹语者也能这么做，那么这就什么都证明不了，对吗？

"对的。"布丽迪说道。但 C.B. 的确就站在她面前，忧心忡忡地看着她，一个字都没有说出口。她却能清楚地听到他的话。

好吧，你可以看看——C.B. 说着坐到了布丽迪的床沿上。

布丽迪缩起身子，躲开他。"你以为你是谁……"

嘘，那个护工，还记得吗？他转过头，将脖子上面的头发拨开——没有刮去毛发，没有缝合，也没有伤疤。

"让我看看另一边。"

不可能在另一边做啊。EED 影响的脑区……

"让我看。"

好——C.B. 又转过头，掀起另一侧的头发。同样没有刮去毛发的痕迹。

他站起身。现在你相信我了？我没有翘班跑来做 EED。我也没有在你的房间里放窃听器。我更没有趁着那个什么医生不注意的时候在你的脑子里安装双向无线电。我只是坐在自己的实验室里，思考着事情，然后你突然就开始对我说话。

"我没有对你说话。我是在对特朗说话。"

呃，你的呼叫内容应该更具体一些，我听到的只是……

"不要这么做了。这太诡异了。用嘴巴和我说话。"

"好，"C.B. 朝走廊的方向瞥了一眼，压低声音说，"我只听到你问：'你在吗？'我的确在，于是我就回答了你。"

"但你不应该在那里。而你现在为什么又会在这里？我记得你说过，你讨厌医院。"

"我是讨厌医院。"C.B. 说，"因为你，我才会来这里。他们总是把病人弄丢，还总是想把病人冻死。"他向周围扫了一眼，"耶稣啊，这个房间比我的实验室还要冷。"

"刚刚在这里的护士马上就要给我送毯子过来了。"

"打个赌吗？你说的是那个深褐色头发的小个子漂亮女孩，对吧？"布丽迪没有回答，于是 C.B. 继续说道，"她十五分钟以前下班了。其他人在过去二十分钟里全都聚在护士站开会，讨论该由谁给那个什么医生打电话……"

"维里克医生。"

"……报告你的逃跑问题。"

"他们是怎样决定的？"

"我不知道。我进来的时候，他们还在开会。不过看样子，有一半人想等到早上再说，另一半人打算什么都不要说。"

请上帝选择后一半吧——布丽迪想。但如果他们全都在护士站，那她就永远也得不到毯子了。她一定是在不经意间说出了这个想法。C.B. 立刻脱下外套，披到她的肩膀上。"给。"他又问她，"好些了吗？"

"是的。"布丽迪伸手把外套在身上揽紧。

"耶稣啊，这是怎么了？"C.B. 紧盯住布丽迪的手，"这上面全是淤血。"他把布丽迪的手抬起来，"你还说你没事。"

"我真没事。"布丽迪用力把手抽回去，"这没什么。"

"是因为你把输液针拔出来了，对不对？"

"不是，"布丽迪说，"护士给我扎这只手的时候找不到血管，扎了几次才弄好。"

"你有心灵感应的时候，说谎是没用的。"C.B. 说，"忘了吗？我能感

74

知到你的想法。听着，布丽迪，我真的很抱歉。我不是要吓唬你，也肯定不想把你吓成这样，让你做出这种事。我的意思是，当我突然发现自己能够和另一个人用意识交谈，这实在很令人吃惊……"

"吃惊？"布丽迪提高了声音，"吃……"

"嘘。他们会听见你的。"

"我想让他们听见。我要给维里克医生打电话，告诉他手术出了问题，让他能……"

"什么？在你的脑袋上再钻一个孔？"

"不，是修正这个。把我们发生串联的脑回路分开，去掉串线……"

"这不是串线，"C.B. 说，"大脑没有那么简单。不过……"他说着，皱起了眉头。

"所以你也承认，这有可能是串线。"布丽迪说，"如果是这样，维里克医生就能将发生串联的回路或者神经突触分开，让信号传输到正确的地方去，或者类似的修正。"她向呼叫按钮伸出手。

"不，不要那么做。"C.B. 说。

"为什么不？"

"因为就像你自己说的那样，人们不相信心灵感应的存在。而且就算这种事真的存在，EED 也不会让人们产生心灵感应。所以如果你告诉他，你能在脑子里听到我的声音，那么他不是将你转到精神病区去，就是说：'如果让这样的事情发生，你首先要进行情绪捆绑……'"

"绑定！"

"无论是什么，他都会说：'如果你能听到施瓦茨先生的声音，那么这就意味着你们两个人已经……'"

"他不会这么说的，"布丽迪说，"我会向他解释到底发生了什么……"

"发生了什么？你向男朋友发出呼唤，却有另一个人做出了回应？忘记维里克吧。你该想想什么样的解释能让特朗接受。"

C.B. 是正确的。如果她告诉特朗，她已经和其他人连接在一起，而且那个人还是 C.B.……

"非常感谢。" C.B. 说。

你不应该听到这些事。

"我知道。所以说心灵感应是一件可怕的事情。"

"我的意思是……"

"我知道你是什么意思。不记得了？我能够听到你的想法。没关系，我很清楚自己是一个什么样的落魄小子，不可能和一位开着保时捷、地位蒸蒸日上的年轻经理相比。不过，情况本来有可能更糟的。这个世界上充满了道德败坏者和变态，还有一些人以为自己被外星人绑架过呢。如果你和那样的一个人产生了连接，那才真的是大事不妙。或者是那种挥舞匕首的连环杀人犯，就像你对护士说谎的时候描述的那种人。还有那些宗教狂人，相信世界会在下个星期二毁灭。"

这个世界已经毁灭了——布丽迪想。

"还早着呢。" C.B. 嘟囔道。

"你是什么意思？"

"没什么意思。你不是说了吗？"

"你是对的。我不能告诉特朗。"布丽迪承认，"我必须先搞清楚是什么原因导致了这种事发生，该如何修复这个错误。你也不能告诉他。否则公司里的所有人都会知道。"

"我不会的。我也不想让任何人知道这件事。现在已经有半个公司的人认为我是精神病。我不想再给他们任何口实了。"他低头看向布丽迪，"你还没有把这件事告诉任何人吧？比如你的护士？或者那些把你送回房间里的人？"

"没有……"

"很好。不要说。我认为我最好在其他人看到我之前离开。"他向门口走去，但很快又回到床边，"我的外套。"他提醒布丽迪，然后将外套从布丽迪的肩膀上拿走，"你不想让特朗问你是从哪里搞到的外套吧？"

"你是对的，"布丽迪说道，尽管她才刚刚感觉到一点温暖，"谢谢你……"但 C.B. 已经走出了房间。

C.B.？——布丽迪悄悄喊道。但 C.B. 没有回答。

至少我不必担忧他会告诉特朗——布丽迪一边想，一边用手臂把自己抱紧。C.B. 就像她一样想要尽量保守这个秘密。当布丽迪说自己没有告诉任何人的时候，C.B. 的声音中流露出了真诚的宽慰之意。

为什么？——布丽迪心中感到疑惑。尽管 C.B. 是那样说的，但布丽迪仍然无法想象他怎么会在乎其他人是否将他看作一个疯子。他看上去根本不是那种会有女朋友的人……

脚步声从走廊里逐渐逼近。布丽迪急忙关上灯，躺倒在床上，闭上眼睛，让自己的呼吸变轻，好让来人以为她睡着了。随后，她就等待着护士、助理护士或者其他什么人把灯打开。

没有人开灯。那个人走进房间，直接来到布丽迪的床边。"把你的被单掀开。"C.B. 悄声说着，竟然伸手来揪布丽迪的被单。

"你以为你在干什么？"布丽迪愤怒地悄声说道，还一边抓紧被单，把它拽到脖颈处，"我不知道你在想什么，但……"

"我给你带了一条毯子来。"C.B. 说道，"我在想，我在微波炉里把它加热了，所以你应该把它直接盖在身上。"

"哦。"布丽迪说道。她用病号服的下襟遮住双腿，然后掀开了被单。C.B. 将毯子盖在她身上。

这种温暖的感觉简直太奇妙了。布丽迪的身体一碰到毯子，就停止了颤抖。"谢谢你。"她说道。

"不客气，"C.B. 将被单给布丽迪盖好，"尽管你实际上以为我会攻击你。"

"我没有……"

"是的，你有。我能够感知到你的意识，忘了吗？"

"怎么可能忘？"布丽迪苦涩地说道，"你以为我还有可能……"

她止住了声音。C.B. 正向门口看过去，并将头歪向一侧，仿佛在倾听着什么。"有人过来了吗？"布丽迪悄声问道。

"没有，但我最好在他们过来之前离开。听着，我们早晨再讨论这件事，确定下一步该怎么做。"他悄声叮嘱完，就溜到门边，迅速向走廊两端各看了一眼，然后快步走了出去。现在你需要睡一觉——他说道——不要再四处乱跑了。

我不会的——布丽迪有些昏昏欲睡地想着，缩进暖和的毯子里——我打算永远留在这里。他还真是贴心。看样子，他并没有那么坏。

我一直都是这样告诉你的——C.B. 不知从哪里冒了出来——就像我以前说过的，你遇到的人有可能比我可怕得多。你可能会连接到根本不知道毯子在哪里的人。

或者不知道微波炉在哪里——布丽迪将身体往毯子里埋得更深了一些——现在你走吧。你说过，我应该睡一觉。但你继续这样唠唠叨叨的，我怎么能睡着？

你是对的——C.B. 说道——晚安，我们早上再……我是说，再听到彼此的声音。

哦，我希望不会了——布丽迪心里想。但她立刻又担心 C.B. 也会听到这句话。不过 C.B. 没有回应。布丽迪觉得自己在寂静中有了一种异样的感觉——仿佛 C.B. 真的走了。

如果她能彻底摆脱掉那家伙就好了。但如果她做不到，那又该怎么办？难道她要告诉特朗，她觉得自己爱上了 C.B.？但如果她说谎，说自己什么都没有感觉到，那么特朗会不会以为 EED 没有产生效果？

特朗一定还相信他们要等到 EED 手术完成二十四小时之后才能够进行连接。所以布丽迪至少还有一点时间能想些办法。但这二十四小时是从什么时候开始计算的？是她的手术结束时，还是特朗的手术结束时？或者是从他们脱离麻醉状态开始算？布丽迪的手术按照时间安排是从一点开始。维里克医生说会持续一个小时。那么明天下午两点就是二十四小时最早可能截止的时间点。

这意味着要在那以前想出该怎样对特朗说的办法。但到了明天早晨，就要想好是否把这件事告诉维里克医生。护士们显然已经决定不要在这

78

个时候叫醒医生，把他从床上拽起来，否则维里克医生应该早就出现在这里了。

也许到了明天早晨，这个错误就会自动修正了——布丽迪想——到时候水肿就会全部消失，C.B. 的声音也会随之而去。就算没有这种好事发生，至少现在盖住她的毯子非常温暖，在清晨的阳光中，一切也都不再那样绝望了。如果我能睡一会儿，C.B. 不再打扰我——她迷迷糊糊地想着，却又听到一阵脚步声。

脚步声径直来到她的房门前。走开，C.B.——她说道。但走进房间的人不是 C.B.。

是维里克医生。"你好，弗拉尼根女士。"他说道，"现在，你可以和我说说，这段时间里情况如何？"

第六章

"说实话总是最好的办法，当然，除非你是一个非常好的骗子。"

——J. K. 杰罗姆，《闲人痴想录》

"维里克医生！"布丽迪手忙脚乱地坐起来，然后才想起自己可以让病床的上半截翘起来——那样应该比较好。她差一点就脱口说道："你在这里干什么？"不过她借助寻找和操作病床的控制杆，让床板翘起到一个合适的角度为自己争取到了一点时间，将说出口的话改成："没想到这么晚了，你还在医院。"

维里克医生用犀利的目光看着她，然后微微一笑。"不是晚，而是早。我六点钟有两台 EED 手术要做。要知道，外科医生的一天是从天刚破晓开始的。"

但现在不是还没破晓吗？现在还是半夜。真的是半夜吗？布丽迪希望自己身边能有手机，这样她就能看看现在是几点了。维里克医生的外表没有给她任何推断时间的线索。这位医生看上去就像昨天一样一丝不苟。

"你感觉如何？"医生问道。

这个问题太难回答了——布丽迪想。如果医生还不知道她的出逃行为，她就只应该说一声："还好。"但如果他知道了，布丽迪就需要给出某种解释……

不，不要解释——C.B. 说——谎言规则二：不必要的事情绝不多说。闭嘴。"我还是觉得有些头晕，"布丽迪对医生说，"而且……嗯……"

维里克医生带着期待的神情向前俯过身。

"还有被麻醉的感觉，"布丽迪谨慎地说道，"有一点失去方向感。"

"这很正常，"维里克医生说，"是常见的麻醉后反应。"他拿起床头的电子病历，那上面很可能写明了布丽迪的出逃行为。

"你见过特朗了吗？"布丽迪用问题将维里克医生的注意力吸引开，"他的情况如何？"

维里克医生给了布丽迪更为犀利的一瞥。布丽迪感觉自己的心害怕地抖动了一下。特朗会不会出了什么事？这也可以解释为什么当布丽迪呼唤他的时候，他一直都没有回应。还有，维里克医生为什么会在深夜来到这里。C.B. 说过的一切关于脑损伤和变成植物人的事件全都涌进布丽迪的脑海。"特朗还好吗？"她焦急地问道。

"是的，当然。"维里克医生说道。他声音中透露出的惊讶让布丽迪感到真诚的安慰。"他从恢复室出来之后我就见过他了。他的情况很好。现在，我来看看你的情况。"他从外衣口袋里拿出一只听诊器，仔细听过了布丽迪的心脏和肺部，测了她的脉搏，然后让她向前俯过身。"有任何不舒服的地方吗？"他一边说，一边在手术刀口周围轻轻按压。

布丽迪摇摇头。

"很好。"他说道，"看样子很不错。刀口有一点浮肿，但属于正常情况。感到头晕吗？"

"没有。"

"恶心呢？"他又重复一遍布丽迪已经很熟悉的那一连串问题，"有没有感到麻木、刺痛？"

布丽迪对所有问题的回答都是"没有"。

"但护士报告说你在下床去盥洗室时有过一些混乱行为。"

我就知道。他们告诉他了。

"她说你在走廊里漫无目的地走动，"维里克医生说，"到底发生了什么？"

这要看我的护士说了什么。护士有没有告诉维里克医生，她擅自拔掉输液针，还跑到楼梯间里？还是只对医生说了她在房间外乱走？C.B. 错了，能够看穿别人的心思绝不是一件糟糕的事情。现在这种能力就会对我非常有帮助。

"我不记得了。"布丽迪皱起眉头，仿佛是在回忆自己当时的行为，"我记得自己下了床……然后不知为什么，就到了走廊里……"

"你要去哪里？"维里克医生问，"你要去找沃思先生吗？"

为什么我没有想到这一点？——布丽迪暗自感到奇怪。这真是一个完美的理由。她一直在担心特朗，在被麻醉的状态下，她也很想知道特朗在哪个房间。不过布丽迪不知道靠这个理由是否能让自己顺利过关。

不要——C.B.在她的脑海里说——谎言规则一：坚持一个故事。

马上消失——布丽迪说。

我只是想帮忙。不能保持故事的统一性一直都是蹩脚骗子失败的原因。他们总是对一个人这样说，对另一个人又那样说……

嘘——布丽迪又说道。但C.B.是对的。她已经告诉其他人，她是在寻找盥洗室的时候迷路了。维里克医生正带着询问的神情看着她。"不，"布丽迪说，"当我意识到自己在走廊里的时候，我想要回到自己的房间，但我一定是转了向，走错了路。"

"所以你走下楼梯的时候其实是想找到回房间的路？"

"是的，我知道这不符合逻辑。这就像是一个梦。我觉得自己所做的一切都是合理的，但那并不符合实际。"这样可以解释她为什么跑到楼梯间里，但如果其他人把接到电话的事情告诉维里克医生该怎么办？医院里的人是因为接到那通电话才知道布丽迪跑出了房间，而且可能是在楼梯间里。还有，那通电话里说布丽迪是要去楼下的前厅找什么东西。所有这些，她都该如何向医生解释？

不必解释——C.B.说——你就装作一切都不知道。而且我怀疑，如果护士们把这些都告诉医生，那她们也显得太无能了。

让我们希望你是对的吧。

维里克医生又向她皱起眉头。"楼梯间距离你的房间可是相当远。你不可能只拐一个弯就走到那里。你确定不是在逃离什么东西？"

"逃离？"布丽迪重复道。她希望维里克医生不要在这个时候突然想听听她的心脏。她的心脏在这一分钟里跳动的距离加起来大概有一英里那么长。

"是的。"维里克医生看着她的电子病历，"你告诉一名护士，你觉得有一个手持匕首的男人藏在你的房间里。"

"哦，这个，"布丽迪竭力掩饰着自己声音中放松的情绪，"我做了个梦，就是这样。我那时的神智还很不清醒。"

这个答案似乎没能让维里克医生满意。"一名受术者和伴侣进行初始连接的体验可能会对她造成巨大的冲击，而她的第一反应经常是逃避。"

或者指责对方在自己的房间里安装了窃听器——C.B. 说——或者说对方是个口技演员。

布丽迪没有理睬 C.B.。"初始连接？"她问维里克医生，"我还以为要到手术的二十四小时以后才会有最初的连接发生。"

"实际需要的时间会更长——应该是受术者脱离麻醉状态后的二十四小时。"

哦，很好——布丽迪想——那样我就可以等到明天下午三点钟再和特朗连接了。

"但也有连接提前发生的案例。那样就会出现逃跑和连接不完整的情况。而这种情况发生时间的变化幅度相当大。这完全取决于受术者的敏感性和相关情绪的激烈程度。有的受术者曾经在手术后十二小时就体验到了短暂的连接。你可能就遭遇了这种情况。"他又查看了一下电子病历，"是的，你报告那个持刀男人出现的时间刚好是在十二小时的时间点上。"实际上，这也不符合布丽迪听到 C.B. 声音的情况。她几乎是在脱离麻醉状态之后立刻就感觉到了 C.B.。

没必要说这些——C.B. 说——你也听到他说的话了。这取决于相关情绪的激烈程度。

闭嘴。

"这些最初的、偶尔发生的连接可能只会被伴侣双方的一方感觉到。"维里克医生继续说道，"而且他们感觉到的具体情况可能会有各种变化：

暂时察觉到伴侣的存在，或是一种感动、快乐的情绪。有时连接也会产生负面感觉：恐惧或者脊背掠过战栗感，甚至是被侵犯的感觉。你有过这样的体验吗？"

绝对——布丽迪想。

维里克医生所说的这些话让她觉得，也许自己还是应该把实际情况告诉医生。维里克医生显然听到过受术者描述各种关于 EED 的非正常感觉。那么，在脑子里听到别人的声音也许不算什么很离奇的事情。如果布丽迪告诉他，也许他能够让布丽迪知道是什么导致了这种错误连接，并修正这个错误。

那么特朗也会知道——C.B. 说。

不，他不会——布丽迪说——他不可能知道。维里克是一位医生。医患保密条例意味着他不能将我们之间的谈话告诉任何人。

但这不会阻止他向特朗询问一大堆问题。而那肯定会引起特朗的怀疑。即使医生对你的事绝口不提，你又打算如何向特朗解释，你还要进行第二次手术？

C.B. 是对的。特朗一定会要求知道到底发生了什么。

"我很希望你能确切地告诉我，你都体验到了什么。"维里克医生还在说话，"那个男人是什么样子？"

"他非常高大魁梧，"布丽迪说，"有络腮胡子，手臂上有响尾蛇的文身。"

好姑娘——C.B. 说。

"头发很蓬乱。"

维里克医生一下子警觉起来。"是不是你认识的人？"

现在，看看你都干了什么——布丽迪说——他有所怀疑了。

这是谁的错？

你的错。闭嘴，否则他就会发觉我正在和别人说话了。

一切由你自己决定吧——C.B. 说——拜拜。

维里克医生正用期待的眼神看着布丽迪。"你的确认识他，对不对？"

"认识他？不……"布丽迪咬住嘴唇，皱起眉头，"等等，现在我想到了。我上个星期看的一部电影里有个人，头发就是那么乱。他是一个跟踪者……"布丽迪惊呼一声，"哦，我的上帝，我知道这个梦是从哪里来的了。那部电影，就连那把匕首也一样。"

"在我听来，这不像是一个手术后的噩梦，更不像是连接体验。"维里克医生说。

谢天谢地。

"你没有我描述过的其他体验？比如某种具体的形象，异样的情绪或者思想被侵入的感觉？"

"都没有。"

布丽迪觉得自己的话一定很可信。因为维里克医生点了点头说道："其他一切看上去都很正常。我想再进行几项检查以便最终确认，但你今天应该能回家了。现在，我希望你能够为了和伴侣建立连接而努力。"

乐意之至。"我该怎么做？"

"在心中想象他，尝试去触及他的情绪。EED已经为你们的感情创造了一条潜在的神经通路。但你需要将它建立起来。这样做的时候，你要对他说：'你在吗？我爱你！'呼唤他的名字，用你的情绪引导他。"

为什么你以前不告诉我这些？如果我知道还应该呼唤他的名字，那么这一切就都不会发生了。"你说是一条通路，就像穿过森林的一条路吗？"布丽迪想象一条模糊的林间小径，随着每一次被走过而变得越来越清晰。

"不，"维里克医生说，"那更像是一种正反馈环路。你发出的每一个信号都会被他发回给你的信号加强。每一次信号循环都会对连接造成指数级的强化，直到连接变成永久性的和彻底排他性的。"

这就是说，我不能再像以前那样和C.B.说话了——布丽迪想。

"不管你是否得到回应，都要不断送出信号，"维里克医生叮嘱道，"这些信号常常很微弱，一开始很难被察觉。"他关闭了布丽迪的电子病历，"你还有什么问题吗？"

是的——布丽迪想——但我就是不能问你。"没有了。"她说道。

"如果你想到了什么，或者体验到了什么，让你觉得那应该是连接，却又无法确定，可以给我打电话。这是我的号码。"他递给布丽迪一张名片，"我会尽快安排检查，然后你就能回家了。"

维里克医生走出房间。布丽迪靠在枕头上，感到精疲力竭。谢天谢地，终于结束了——她刚刚这样想了一下，维里克医生又走了进来。

布丽迪的心脏立刻又飞快地跳动起来。但维里克医生只是回来告诉她，检查已经安排好了。布丽迪如果需要下床，可以按呼叫按钮。"我希望你能尽量休息。"维里克医生说，"你的身体需要时间和外力的帮助来进行恢复。你现在最应该做的就是多睡觉。"

不，我最应该做的就是建立起我和特朗之间的正反馈环路——布丽迪想——同时不要再加强我和 C.B. 的连接了。她需要和特朗连接，再沿着她和特朗的通路不断发送信号过去，直到这条通路比她和 C.B. 的更强。到时候，她和 C.B. 的连接就会逐渐消失了。

不是这样的——C.B. 说。

你怎么知道？——布丽迪反驳道。就在这时，她突然想起自己不应该再强化他们之间的连接了。于是她索性把这句话直接说出口。

因为维里克那些"建立神经通路时间"和"初次连接是偶尔和不完整"的概念完全是错的——C.B. 说——从我们最初建立连接开始，你和我就能够进行清晰对话了。而那根本不是发生在手术二十四小时以后。所以，为什么他的其他理论会是正确的？

"因为他是专家。他做过几百例 EED 手术。他对于脑功能的知识要比你多得多。"

是的，那么，这就是观念的问题了。首先，神经活动……

"我不在乎。我不要和你说话。"布丽迪开口说道。她希望这样真正说话能够阻止自己和 C.B. 的心灵交流。

看到了吧，我早就告诉过你，心灵感应是一件可怕的事情。

"走，离开。"布丽迪坚定地翻身侧躺过来。特朗，我爱你——她冲着枕头说道——你在吗？快来，特朗。

精神交流不是这样的。你不是战斗机飞行员：暗夜战士呼叫红色男爵。请回话，红色男爵——C.B.用嘲讽的语气说道——零点方向，收到，重复一遍……

"闭嘴，"布丽迪说，"我是认真的。"

我只是在开玩笑。听着，布丽迪……

"不，赶快离开我，不要再和我说话。"

好吧，但在我离开之前，你需要知道……

"不，我对你要说的任何事情都丝毫不会感兴趣。"

布丽迪用力抓住枕头，希望自己能够把枕头朝 C.B. 扔过去。但她能做的只是用枕头紧紧堵住耳朵。特朗！——她喊道——我需要和你连接。马上！你在哪里？尽管 C.B. 的嘲讽很让人气恼，但布丽迪还是觉得自己很像是在喊：呼唤特朗，特朗请回话。完毕。

什么都没有，连一点火花都没有，更不要说是什么快乐的、无法理解的或者其他什么感觉了。

还没到二十四小时——她这样对自己说，然后坐起来，看了一眼身后的床头面板，希望那上面能有时间显示。但她失望了。她希望自己刚才能多问一句维里克医生，是不是能把手机要回来，至少这样她还能看一下时间，也可以给特朗发信息，问问他是否有什么感觉。

她开始认真考虑是否要向护士提出这个要求。但是，尽管维里克医生说他来医院是为了准备早晨的手术，寂静无声的走廊还是让她觉得现在依然只是深夜。而且在发生那些事以后，她不想再引起别人的任何注意了。你可以问问 C.B. 现在几点了——她喃喃地想道——他不是戴着手表吗？

但你不应该和他说话——她又想道——你只能等护士过来。她不断集中精神，建立神经通路。特朗，你能听到我说话吗？我爱你——她一遍遍地呼叫，认真倾听任何连接的信号。

她什么都没有听见，既没有特朗的声音，也没有其他人的声音，甚至连走廊里的广播声都没有。她觉得自己在寂静中挨过了几个小时。然后，她一定是打了个盹。走廊里突然充斥着各种声音：说话声、轮椅推动声、各种器械和托盘的磕碰声，还有一股浓郁的咖啡香气。也就是说，早餐时间到了。很快就会有人进来。

但没有人走进她的房间，就连 C.B. 也没有再出现。也许他的声音只是浮肿造成的一种副作用——她在心中想着，试探着去摸颈后的绷带，看看那里的肿胀是不是消失了。也许是她对特朗的呼叫纠正了之前的问题。不管怎样，在等待早餐的同时，她应该多进行一些呼叫。

没有人送早餐来。仿佛又过去了几个小时，才有人走进来。那也不是护士，而是来给她抽血的实验室技师。"是维里克医生安排的检查吗？"布丽迪问那个人。

"是的。"技师一边回答，一边查看了布丽迪的身份手环。

"你知道我还要做其他什么检查吗？"

"不知道，你必须问你的护士。"

"哦，你能告诉我现在几点了吗？"

技师转动了一下自己戴着乳胶手套的手腕，看看他的表："七点……哦，八点了。"

很好，在特朗开始怀疑出了什么问题之前，她还有八个小时可以和特朗连接。只要她能在那之前建立起连接……

"会稍稍痛一下。"技师说完刺了一下布丽迪的手指尖。

或者，特朗有可能先找到她。维里克医生说过，最初的连接有可能是单向的。

也许特朗已经和我连接上了——布丽迪想。如果特朗做到了，那就一定会给她发信息。所以她现在就需要手机。"我能不能拿回自己的手机？"她问那名技师。

"我会去看看。"技师回答。

"你能再帮我问一下，我是否可以吃早餐吗？昨天做完手术以后，我什么都没有吃过。"

"我也会去帮你问问。"技师摘掉手套，丢进垃圾袋里，然后推着轮式操作台向外走去。刚走了两步，他又忽然停下，问道："我出去以后，你不会马上跑掉吧？"

也就是说，这家医院也像无限通联一样存在着高效的闲话系统。这一层的每个人都已经知道昨晚发生的事情了。希望特朗还不知道。

"当然不会，我不会出去的。"布丽迪回答。

"我马上就回来。"技师说。

技师没有回来，不过他显然将布丽迪的要求转达给了值班的护士。护士很快就走进来对布丽迪说："我们会把你的手机拿过来。你还有什么需要吗？"

"是的，"布丽迪回答，"我有一个问题。我知道 EED 连接有时候不会持久……"

"你不会遇到这种事的。"护士向她保证，"你甚至还没有……"

"我知道，但如果那种连接真的开始削弱了，那么它会在多久之后消失？"

"这样的事情我只听说过一次。那是在四个月以后。"

也就是说，不会很快。

"而且那也不是维里克医生的病人。"护士说，"不必担心，你不会遇到这种事的。当然，你可以吃早餐，但必须在接受过检查之后。"

那我只好希望测试快一点进行了——布丽迪想——我快饿死了。

但似乎又过了一个小时，再也没有人走进她的房间。一个小时之后，只是进来了一名清洁盥洗室的护工。

这是我讨厌医院的另一个原因——C.B. 说道——当你需要他们的时候，他们总不来，但是当你想一个人静一静的时候，他们就会把你包围，用针扎你，抽你的血，把你叫醒，让你吃助眠药……

"别来烦我，"布丽迪说，"我正在努力连接特朗。"

那我可以理解为你还没有连接到他吗？你的"暗夜战士呼叫红色男爵"线路还没有开始工作？

"还没有，"布丽迪僵硬地说，"但它会的。只要你不再和我说话。"

难道你不想听听我对于这种心灵感应的发现？我已经研究一整夜了。

"你有什么发现？"

你是对的，根本没有什么心灵感应。至少维基百科上说没有。我们知道，维基百科总是没错的。那上面说，没有科学研究证明意识对意识的交流是存在的。

我什么时候才能学会不要被他勾引？——布丽迪心中想着，又说道："走开。"

不过，的确有一种能让人听到异常声音的情况——C.B.继续说道——颞叶损伤、脑肿瘤、睡眠剥夺、致幻剂、耳鸣和精神失常都有可能导致这种情况发生。说到精神失常，有人做了一项研究。他们让没有精神疾病史的人对医生假称自己听到了奇怪的声音，除此之外就再没有其他异常症状，结果他们全都立刻被诊断成精神分裂症，并被安排住院治疗。这一点并不奇怪，人们一直认为造成幻听的主要原因是精神分裂症。另外，"幻听"是维基百科上的名字，不是我起的。

但这根本不是幻听。

所有精神分裂症患者都这么说。其中包括贞德，她已经被多位现代精神病学家确诊为精神分裂症患者。

"但是得精神分裂症的人难道不应该听到恐怖的声音，告诉他们伤害或杀死其他人吗？"

通常是这样，但贞德并非如此。她听到的声音让她拯救了法兰西，而且她似乎和那种声音相处得很好。

"但那还是不一样。"布丽迪说，"贞德认为自己在和上帝说话。"

不，是一位天使——C.B.说——不是上帝。

"重点是，她听到的声音不是真实的。"

贞德认为它们是真实的。她非常认真地和那声音交谈。她被囚禁之后，狱卒曾经做证说，听到她在牢房里以完全清醒的神智说话并回答问题，仿佛有人正和她交谈。但这并没有阻止精神病学家宣布她有精神问

90

题。所以你最好还是不要对维里克提起昨晚的事。我也不会对特朗多说一个字。如果特朗的女朋友被送去接受特殊护理，恐怕对他在公司里的升迁也不会有任何好处。

"离开我，"布丽迪说，"不要再和我说话了。"

我只是想要帮忙，我不喜欢……

幸好就在这个时候，一名护工推着轮椅走进来，带她去接受 X 射线检查，否则她一定会冲 C.B. 大发脾气。随后一个小时里，她只是忙着被 X 射线照射肺部和头部。虽然她说自己并没有将头撞到台阶上，但他们显然不相信，而且对她的精神状态颇感忧虑。这让布丽迪觉得还是不要把听到 C.B. 声音的事告诉维里克医生比较好。虽然她非常不愿意承认 C.B. 是对的。不管怎样，这意味着 C.B. 真的想帮忙，也不说明他那个所谓的研究有什么意义。

我要离开这里，这样我就能自己进行一些研究了——布丽迪一边想，一边不耐烦地等待着自己的出院通知。但她必须先等到医生们检查过自己的 X 光片，然后还要有一名技师为她做脑电图，再让别的医生检查。"维里克医生还想做一个 CT 扫描。"她的护士说。

"对我的脑子吗？"布丽迪的声音中流露出抑制不住的恐慌。

"只是例行检查。"护士说道。但布丽迪根本没有听护士的解释，她只是在想——他们一定会发现心灵感应的问题。我必须离开这里！

护士离开之后，她立刻悄声说道："C.B.！他们要对我做 CT 扫描。"

我知道——C.B. 的声音平静得令人发狂——不必担心，CT 看不到你在想什么。它只会显示出血肿和肿瘤，以及类似的东西和功能异常啦……

"你不认为心灵感应就是一种功能异常吗？"

那和 CT 能看到的功能异常不一样。要真正明晰大脑功能，他们还需要进行 fCAT[①]或者大脑皮层核磁共振。这些才能让他们看到大脑本身，

---

① fCAT 是指功能性计算机轴向断层扫描。

以及你是否有颅内出血或者凝结血块之类的东西。但他们凭那些手段还是不可能发现心灵感应。

"你确定那不会显示出我们的神经通路？"布丽迪问道。随后她清楚地听到特朗说："我们的神经通路怎么了？"

哦，谢天谢地！——布丽迪想——我们连接上了！

没有，你又错了——C.B.说。布丽迪向门口望去。特朗正站在那里，表情显得有些疑惑，看上去完全不像刚刚做过手术的样子。他身上穿着熨烫笔挺的咔叽布衬衫，一头金发梳得整整齐齐，就连他颈后的绷带也是那样整齐干净。"特朗！"布丽迪喊了一声，抬手捂住了自己睡觉时被压得一团乱的头发。

"我有没有打扰到你？"特朗一边问，一边走进房间，好奇地看了一眼另外一张空着的病床，又看看空荡荡的盥洗室，"你在和谁说话？"

"没有人。"布丽迪尽量抻平自己身上的病号服，"我只是……"特朗站在那里有多久了？如果他听到了自己说"你确定那不会显示出我们的神经通路"，她又该如何向他解释。

什么都不要说——C.B.说——我告诉过你，解释……

快走——布丽迪暗中说道，又转头对特朗说："我刚刚只是在念叨心事。关于我们的……"

"等一下。"特朗说着将手机放到耳边，"喂？请问是谁？"他又把手机拿到面前，去看屏幕，"你好？"

"是谁？"布丽迪问。

"不知道。"特朗将手机收进衬衫口袋里，"你就要……"他的手机又响了，"抱歉。是的，埃塞尔。是谁？他想什么时候见面？"他在沉默中听了一会儿，"是的，十点没问题。那时我就回去了。谢谢。"

他挂了电话。"是我的秘书。汉密尔顿又想见我了。"然后他走到床边，"抱歉，打扰到你。你正要告诉我为什么会对着一个空房间说话。"

"我没有。我只是……"

你在干什么？——C.B.在她的脑子里叫喊——不要……

走开——布丽迪对C.B.说完，又对特朗说道："我正要告诉你，维里克医生说，用力向你呼喊会帮助我们建立起神经通路。"

"是吗？"特朗热切地问，"这样会有帮助？你感觉到什么了？"

"还没有。"

特朗的肩膀在失望中垂了下去。"你确定？"他问道，"我一直希望现在我们当中的一个人应该已经有些感觉了。"

"维里克医生说这至少需要二十四小时……"

"我知道。"特朗不耐烦地说道，"但我需要……"他闭上嘴，看上去很是懊恼，"抱歉，只是我们的连接对我来说太重要了。"

"对我也是。"布丽迪说。你根本不知道那有多么重要。

"维里克医生的护士说，她认为我们也许会比普通伴侣更快建立连接，因为我们在之前的测试中得分很高。她说维里克医生期待我们能够体验到比大多数伴侣更加深入和亲密的连接。"说到这里，特朗皱了皱眉头，仿佛刚刚注意到布丽迪身上的病号服，"为什么你不把衣服穿好。别告诉我他们还没有通知你可以出院。我去问问因为什么事耽搁了。"

"不要。"布丽迪急忙伸手拦住特朗。现在她最害怕的就是特朗从护士那里知道了昨晚的事。"他们还想给我做一些检查，再让我回家。"

"为什么？"特朗立刻警觉起来，"你的EED是不是出了什么事？有什么并发症吗？"

的确可以这么说——C.B.说道。

走开。"没有，"布丽迪对特朗说，"一切都很好。我很喜欢你送来的玫瑰。它们真是美极了。"

但特朗没有被布丽迪打断思路。"如果一切都没问题，为什么他们还需要对你进行检查？是什么样的检查？"

如果布丽迪告诉他是CT扫描，那么他就真的会认为出现了问题。但布丽迪又想不出有什么无伤大雅的检查。"我不知道。"她说道。

太糟了——C.B.做出评价。

"你不知道？"特朗拿出手机，"我给维里克医生打电话。"

我都和你说过了——C.B. 说。

"不，你不能给他打电话。"布丽迪说。但她绞尽脑汁也想不出一个能够阻止他的理由。

他整个上午都在做手术——C.B. 说。

"他告诉过我，他整个上午都在做手术。"布丽迪鹦鹉学舌地说道。

他说这只是例行检查。

"而且他说这些只是 EED 的例行检查。"

不，不，不！我告诉过你，不要多说一个字。

"他们就没有给我做检查。"特朗说。他用犀利的目光看着布丽迪。"有没有什么事你还没告诉我？"

是的——布丽迪想。这个想法一定出现在了她的脸上，因为特朗马上就问道："那是什么事，甜心？你可以和我说。"

我打赌，你不应该说——C.B. 说道——还记得那个向妻子开枪的家伙吗？那还只是他们没有建立起连接，而不是他妻子连接到了另一个人。还有，他会不会认为你疯了？别忘了那些关于听到异常声音的研究。

"我没有什么需要对你说的。"布丽迪坚定地说，"一切都很好，特朗。维里克医生来看我的时候就是这样说的。"

"那为什么他要给你做检查？"

他只是格外谨慎而已。

"他只是格外谨慎而已，"布丽迪说，"所以他才能成为一位如此成功的外科医生，因为他做事一丝不苟。"

"你说得没错。"特朗表示赞同，"不过，我觉得最好还是在这里陪你做检查。"

不！——布丽迪想。"不，你……这需要浪费一上午的时间。"她有些结巴地说道，"你知道医院是个什么地方。所有事情都磨磨蹭蹭，这样的话，你的会议该怎么办？"

特朗已经拿出手机，正在翻动屏幕。"你比任何会议都更重要。"他一边低头看着手机，一边说，"如果出了什么状况，就算是……"他停住话头，神情也冷静了一些，"我是说，我很担心你的情况，也没办法做好其他事。"

"我没事。一切都很好。"布丽迪努力在大脑中搜索能够说服特朗离开的理由，"你不必留下来。如果你取消会议，汉密尔顿……"

"会认为出了问题。"特朗在沉思中说道。然后他似乎做出了决定。"我是说，汉密尔顿会认为项目出了问题。你是对的。我们不希望他那么想。我最好还是和他见一面。你确定自己一个人没问题？"

我不是一个人——布丽迪想——这一点非常不幸。"是的，"她说道，"我没事，你去吧。"

"好，"特朗说，"会议结束之后我就回来，开车送你回家。"他向门外走去，"如果你在那以前就准备好要出院，给我发信息。"

"我会的，哦，等等，不行。我还没拿回我的手机。我跟护士说了，但是……"

"我出去的时候会问一下这件事。"特朗说，"你知道他们要做什么检查之后就给我发信息。如果有任何一点连接的感觉，就给我打电话，哪怕我正在开会。"

"我会的。"布丽迪承诺道，"但我的护士说，手术刀口的浮肿必须先平复下去，而且麻醉……"

"我知道，我知道，那需要至少二十四小时，但我有一种感觉，我们很快就能建立起连接了。"他在门口停下脚步，"如果我走了，你确信自己不会有事？"

"是的，去吧。你要迟到了。"现在技师随时都有可能来接她去做 CT 扫描。如果特朗发现她做的是那种检查……

"你答应会给我发信息，只要……"特朗还没把话说完，他的手机又响了，"我要接一下电话。"他走出了房间，同时说道，"是沃思，你有什么发现？"

"不要忘记我的手机。"布丽迪朝特朗的背影喊道。但特朗已经拐进了走廊。

我觉得他没有听到你说话——C.B. 说。

你要走了吗？

收到，暗夜战士。通话完毕——他说道。或者是 C.B. 真的离开了，或者是他暂时关闭了他们的连接。但布丽迪还是有些担心他还在自己身边，同时又担心特朗没听到她的喊话。

几分钟以后，一名助理护士拿来她的手机，还有一束紫罗兰。花束上的卡片画着两个人将盛香槟酒的杯子碰在一起，下面的文字是："祝我们的连接——我们真爱的证明！"

哦，不要这么说啊——布丽迪瑟缩了一下，打开自己的手机。

手机上已经有了两条特朗的信息："你做检查了吗？""有连接了吗？"另外还有五十一条来自她家人的信息。

她给特朗发信息："谢谢你，紫罗兰美极了！"然后她开始浏览凯瑟琳的信息，其中一半都在说："需要和你谈谈查德的事情！紧急！"另外一半是 EED 发生事故的各种文章，包括 TMZ 网站曝光的剧集《天作之合》（*Match Made in Heaven*）中的一位主演和丹佛野马队的一名队员接受 EED 手术，结果失败的报道。那位主演在报道中说："我们没能建立连接的那一刻我就应该知道，他欺骗了我。EED 不会说谎。"

我是对的，什么都不该对特朗说——布丽迪一边想，一边在网上搜索"CT 扫描"。

C.B. 说得没错，CT 只会给脑部的软组织拍一些 X 光片，但无法检测脑部活动。几分钟以后，当布丽迪被送去接受 CT 扫描的时候，技师对她做的介绍和网上基本一致。"看起来一切正常。"他最后对布丽迪说。

谢天谢地——布丽迪想。我终于能离开这里了。

但回到病房之后，护士却通知她，维里克医生需要对她的检查结果进行复核，然后才能让她出院。"那么我能吃早餐了吗？"布丽迪问。

"我去看看。"护士说道。布丽迪坐回到床上，继续呼唤特朗。但就算她聚精会神地仔细倾听，也找不到特朗可能发出的任何感情，更感觉不到他的存在。

不过她也没有听到 C.B. 的声音，这意味着她的努力终究产生了一些效果。她和 C.B. 之间的正反馈环路被削弱了。或者，如果她运气好的话，这个错误的回路已经完全被消除了。

　　现在我要做的就是和特朗建立一个新的回路——布丽迪心中想着，更加卖力地发出呼喊。但除了饥饿以外，她仍然什么都没有感觉到。她的早餐到底在哪里？

　　她问了进来给她检查输液针的护士，还有为她整理床褥的助理护士。但很明显，她的早餐就像昨晚她需要的毯子一样出了问题。她又试着呼唤特朗，仍然毫无结果。然后，她解锁手机，开始浏览其他家人的信息。这让她知道自己犯了什么样的错误。玛丽·克莱尔已经相信梅芙肯定在网上和恐怖分子有过接触。"这解释了所有事。她一直都待在自己的房间里，还更改了手机密码。我问她在干什么，她却拒绝回答我。"

　　这不能怪梅芙。每次她做了什么事，你都会做出最错误的结论。可怜的梅芙——布丽迪心中感到一阵愧疚，正是她让外甥女承受了这场无妄之灾。不过，恐怖分子的事情至少在这关键的两天里转移了玛丽·克莱尔的注意力。而且根据梅芙更改手机密码的行为，可以判断她能够照顾好自己。

　　但不管怎样，这对梅芙都是不公平的。我要和玛丽·克莱尔谈一谈。等我成功和特朗建立起连接之后就谈。当然，首先要离开这里。

　　但布丽迪开始感觉自己可能永远也走不出去了。十点钟，十点半，早饭还没有送来，维里克医生也没有允许她出院。到了快十一点的时候，一个陌生的护士出现在她的病房里，对她说："你可以回家了。我们正在处理你的资料。你的未婚夫会来接你吗？"

　　"哦，我们还没有订婚。"布丽迪本想这么说，但又觉得没必要强调这种事。现在重要的是离开这里，再和特朗建立连接。

　　"是的，"她转而说道，"我可以给他打电话了吗？"

　　护士点点头。"告诉他，你大概需要半个小时的时间做好准备。"

　　布丽迪给特朗打电话，结果被转到语音信箱。特朗也许还在开会。

她发了一条信息："给我打电话。"然后她又尝试用心灵和特朗沟通——他们已经准备好让我出院了。你能来吗？

没有回答，也没有收到信息回复。幸好特朗没有回应。因为本来说好的半个小时准备时间先延长到四十五分钟，然后是一个小时。午饭时间到了。她也没有吃到午饭。到了十二点一刻，一名实习护士探进头来问："你是想要加一条毯子吗？"

是的——布丽迪想——昨天晚上。"不必了，"她说道，"我应该能回家了。你能去看看为什么我的出院通知还没到吗？"

"我去看一下。"实习护士说道，"马上就回来。"

她没有回来。十分钟以后，布丽迪又给特朗打了电话。特朗还是没有接。布丽迪又发了一条信息："给我回电话。"仍然没有收到回复，她便打给了特朗的办公室。

特朗的秘书接了电话。"嗨，埃塞尔，我是布丽迪·弗拉尼根，"布丽迪说，"特朗还在开会吗？"埃塞尔给了肯定的答案之后，布丽迪说，"我需要他给我回条信息。我觉得他一定是不小心关了手机。"

"他没有带手机。"埃塞尔说。

"你这是什么意思？他一直都把手机带在身边的啊。"

"那是一个保密会议。任何笔记本电脑和智能手机都不能带进去。"

"那么，你能给他送个信儿吗？"布丽迪问。

"恐怕不能。那也是不允许的。"

公司管理层一定非常担心新手机的秘密会被泄露。

"我能为你做什么吗？"埃塞尔问。

找人接我回家——布丽迪想。但如果埃塞尔这样做了，全公司都会知道这件事。布丽迪有些想求埃塞尔亲自过来接她。埃塞尔不是那种爱传闲话的人。实际上，她是全公司唯一能管住自己舌头的人，而且她愿意为特朗做任何事。但如果有人看到她在上班时间离开公司，那他们一定会猜测她去了什么地方，尤其是特朗正在参加秘密会议，他的秘书却不守在办公室里。这种值得怀疑的事情肯定会惊动舒基。

"不，没事。让他在会议结束以后给我回电话就好了。"布丽迪说完就结束了通话。

这时，护士拿着布丽迪的衣服和一摞需要她签字的文件走了进来。"你和未婚夫联系上了吗？"她问布丽迪。

"是的，但他有事耽搁了。这不是什么问题，我可以自己开车。"

护士摇摇头。"你在二十四小时之内都不能开车，这是维里克医生的命令。"

但特朗就能开车——布丽迪想。"那我可以叫一辆出租车。"

"没有别人可以开车送你吗？"

如果我说没有，是不是你就不会放我走了？——布丽迪心中寻思着。"我可以叫我的妹妹来。"她说道。她可以对护士说，凯瑟琳会来接她，她们说好在楼下会合。而下楼之后，她就可以叫一辆出租车了。

"告诉她，她可以把车停在大门口，然后让前台通知我们。"护士说，"我们会送你下去。"

"我其实不需要……"

"这是医院的规章制度。我们必须用轮椅送你去前厅。"

那样布丽迪就要另想计划了。谁能来接她呢？显然不能是公司里的人，也不能是凯瑟琳、玛丽·克莱尔和乌娜姨妈，以及其他所有爱尔兰女儿。太可惜了，梅芙还没到能开车的年纪——布丽迪努力整理思路，寻找能叫来的人——特朗，现在你真的应该结束会议，和你的秘书谈一谈了。

就在这时，电话响了。感谢上天——布丽迪一把抓起电话。

"为什么你一直不回我的电话？"凯瑟琳质问道，"我从昨天起就在给你打电话。"

"我一直在开会。"

"整晚开会？"凯瑟琳问。她等不及布丽迪回答就又说道，"我需要和你谈谈。我接受了你的建议，和查德分手了，现在乌娜姨妈要把肖恩·奥赖利塞给我了。我该怎么办？我从没有想过……"

"听着，凯瑟琳，"布丽迪打断了她，"我需要你帮我一个大忙。我……"

"好了，"护士推着轮椅回来了，"准备好下楼了吗？"

"等一下，凯瑟琳。"布丽迪将手机按在胸前，以免妹妹听到她说话，"我还在找人送我回家。"

护士显得有些困惑。"难道你的未婚夫没有给你打电话？他已经来了。"

哦，感谢上天——布丽迪想。

"我告诉他把车开过来，我们在前门会合。你准备好了吗？"

"是的。"布丽迪把手机按回到耳朵边，"凯瑟琳，听着，我必须走了。还在开会。"

"等等，"凯瑟琳说，"你想让我帮你什么忙？"

"稍后再跟你说，拜拜。"不等凯瑟琳再问一句，布丽迪已经挂了电话，抓起了她的行李包和外衣。

护士帮她坐进轮椅里，放下搁脚板，又将她的术后指导说明书、呕吐盆、纸巾盒和那束紫罗兰放到她的大腿上，让一名护工拿着特朗那一大束玫瑰和水壶跟在后面，由她推着布丽迪沿走廊走进电梯。一路上，她还不停地嘱咐布丽迪："今天下午和晚上都要好好休息。四十八小时内不要做剧烈活动、不要弯腰、不要抬重物……"电梯"叮"地响了一声，在前厅打开门，"……不要承受任何压力。不要担心你和未婚夫的连接。不同的人建立连接的时间会有很大不同。而心理压力和疲惫对于建立连接尤其不利，它们只会让建立连接的时间延后。"

或者根本就不用再担心这些事了——布丽迪想着特朗出人意料地及时到达。当护士说他已经到了的时候，布丽迪本以为他是结束了会议，从埃塞尔·戈德温那里知道自己给他打了电话。但如果特朗是在心里听到了她的呼唤呢？

她们来到前厅。护士推着布丽迪走出医院的玻璃大门。"我们到了。"她说道。

特朗的车还没到。"他一定还在……"布丽迪话说到一半又停住了。她看着一辆破破烂烂的本田车停在了医院大门前。那看上去像是……

C.B. 从车里钻了出来。女士——他说道——你的座驾正在等你。

第七章

"你每次叫它，它都能来吗？"她几乎悄没声儿地问道。

"噢，会的。"

——弗朗西丝·霍奇森·伯内特，《秘密花园》[1]

你在这里干什么，C.B.？——布丽迪用力抓紧了轮椅的扶手。

现在C.B.显得比昨天晚上像样了一些，但也好不了多少。他刮了胡子，戴着一顶伦敦地下文化风格的棒球帽。一件褪了色的褐色T恤和一件条纹衬衫松松垮垮地套在身上。脚上工作靴的鞋带没有系上，垂了下来。

来救你脱离苦海——他缓步走了过来，向护士问道："一切都准备好了？"

不——布丽迪对他说。如果不是护士就站在身边，布丽迪一定会狠狠瞪他一眼——我还以为你会躲着医院。

是的。所以我们赶快离开这里吧。"我需要把车再开近一些吗？"他又问护士。

"不。"布丽迪说道。护士一定误以为她的语气如此激动是因为想要证明自己能够走路，于是就固定住轮椅的刹车，跪下来收起搁脚板，让布丽迪能够站起来。

当护士操作轮椅的时候，布丽迪只是紧盯着C.B.。我还没有准备好要出院——她说道——而你还没有告诉我，你来这里干什么。

你发出了呼唤，说你需要有人开车送你。

我没有呼唤你。我是在呼唤特朗。

是的，很显然他这次又没有听到。谁也不知道他还有多久才会结束

---

① 选自《秘密花园》，弗朗西丝·霍奇森·伯内特著，上海译文出版社2013年出版，张建平译。

会议，看到你的信息——C.B. 伸手来拿布丽迪大腿上的行李包——我觉得就算是我来，也比谁都不来要好。除非你想叫你的妹妹来。或者舒基，我相信她会非常高兴来接你——只要等她先把消息贴到博客上，然后再发几条推特。

C.B. 是对的。

而且这里的护士认为我是你的未婚夫——C.B. 朝护士点点头。那名护士已经放好搁脚板，站起了身。

你对她说，你是我的未婚夫？——布丽迪问。

不，她直接就这样认为了。所以你该怎么解释不想和我回家这件事？尤其是在你昨晚的古怪行为之后？他们也许会认为最好还是让你留院观察。

护士正好奇地看着他们。"你觉得还好吗？"她问布丽迪。

"是的。"布丽迪满脸阳光地说道，"只是我的腿上有这么多东西，让我没办法站起来。"

"抱歉，宝贝。"C.B. 说着将她的行李包、紫罗兰、呕吐盆和特朗的玫瑰都接过来，一股脑儿塞到了车后座上。然后他又回来，用一只手搂住布丽迪，扶她从轮椅里站起来。"准备好了吗，甜心？"

我不是你的甜心——布丽迪说道。她很想把 C.B. 的胳膊甩掉，但护士就站在他们身边。

这就像绑架一样——布丽迪想——一个人拼命想呼救，却一声都不能吭，因为一支枪正顶着她的肋骨。

我是否应该提醒你一下？是你自己把那支枪顶在肋骨上的——C.B. 一边扶布丽迪上车，一边说——是你一定要做那个 EED。现在，你更是看上去已经迫不及待地要跟我回家。所以她才会让你走。你的确是想出院，对吗？

是的——布丽迪需要尽快赶到公司去，联系到特朗。

好吧，那么，我建议你显得高兴一些。

"真高兴能回家了。"布丽迪容光焕发地向护士说道，"谢谢你们为我做的一切。"

好姑娘——C.B. 说着打开了本田车的车门。

他的车就像他的头发一样乱。座位上下到处都是纸张和方便食品的包装。"抱歉，我还没时间清理它们。"C.B. 一边说，一边将所有东西匆匆拢起来，丢到车后座上。

他将布丽迪放到前座上，给她系好安全带，关上车门，然后回到驾驶座上，给车子挂上挡，向车道出口开去。我痛恨被称为绑架犯——他在等待车流中出现缺口，好进入马路的时候说道——我只是想帮你离开这里。

"好吧。"布丽迪从行李包里拿出钥匙，"送我去万豪酒店。我的车停在那里。那就在几个街区以外，左转。"

抱歉——C.B. 说——这个不行。护士说了，你在二十四小时之内都不应该开车。

"不，她没有这么说。"布丽迪说了谎，然后又想起 C.B. 能读到她的意识，"不管怎样，你知道医生们都喜欢过度保护。你也能够看出我完全没事……"

我能看到——C.B. 说——或者不如说，是听到你的手术已经出现了一个非预期后果。谁知道你还会搞出什么非预期后果来？昏迷？癫痫？你的头也许会突然掉在联合大道的正中央。我可没办法为这种事负责任。

"好吧。"布丽迪一边说，一边想道——我会让他载我到公司，然后我就叫一辆出租车，去把我的车开回来。但她又害怕 C.B. 把她的这点心事也听到了。

但 C.B. 一定没有听到，因为他只是说——很好，我们走。然后他向前一俯身，聚精会神地寻找把车开上马路的机会。

"不，等等，"布丽迪说，"首先，你必须承诺只会和我用嘴说话。"

为什么？因为你以为我们这样谈话会"加强我们的神经通路"？大脑可没那么简单。

"你怎么知道？"

我在网上又做了一些研究。

你都做了什么……布丽迪急切地想要询问，却又连忙控制住自己，开口问道："你都找到了什么？"

我在路上告诉你。

"不，我们哪儿都不去。"布丽迪将身上的安全带解开，伸手去车后座上拿她的行李包。"停车，要么我们用嘴说话，要么我这就下车，打电话叫出租车来。"

你真的以为会有出租车司机让站在街头、戴着医院手环、拿着呕吐盆的人上车？

"那我就走路。"

"好吧，好吧。我们用嘴说话。现在我们能走了吗？"

"是的。"布丽迪回到了座位上。

C.B. 一踩油门，闪着转向灯从医院车道上了马路。"你要去哪里？"布丽迪质问他，"这不是去公司的路。"

"我们不去公司。"

哦，上帝啊，他真的要绑架我——布丽迪想。

"实际上，对于……我不是要绑架你，"C.B. 说，"我要带你回家。这是医生的命令。我和他们说我是来接你的时候，护士要我直接把你送回家去休息。还记得吗？你刚刚接受了脑外科手术。"

"但我告诉过我的助手，我会在中午回去。"

"那就告诉她，你的会议还没结束。"C.B. 说。

但布丽迪离开公司的时间越久，公司里人们的疑心肯定就会越重，而且……

"那就告诉你的助手，你马上就回公司了，不过你会直接去我的实验室。我有一个新的手机程序要给你看，也许你整个下午都会待在下面。"

"如果有人打电话找我该怎么办？"

"他们打不通电话。不记得吗？那里没有信号。"

"你一直都是这么干的吗？"布丽迪问，"告诉其他人你在实验室，然后就溜出来？"

"只有在我不得不帮一个人偷偷溜出医院的时候。"C.B.说着冲布丽迪笑了一下。

但我需要和特朗联系——布丽迪想。

"那你肯定需要先回到家。"C.B.说，"因为如果你在工作的话，你就没有任何一分钟是属于自己的。你看，你从昨天上午十点离开了公司，那么你现在有多少封邮件要回？一万九千封？更不要说备忘录了。还有手机信息。而且你真的想让别人看到我们一起走进公司，再把这件事告诉舒基？"

"舒基不在公司。她在参加陪审团。"

"没有，她已经回来了。被告被扔进监狱了。"

"我住在南谢尔曼，"布丽迪说，"你应该去联合大道，然后是林登路。在这里左转。"

"我知道，我能读懂你的心，忘了吗？"C.B.一边说，一边却让车向右拐弯。

"我说左转！"

"我知道。我先带你去麦当劳。难道他们把早餐给你送来了？"

"没有。"布丽迪这时才意识到自己有多饿，"你真的很懂我的心，谢谢。"

"不客气。"C.B.把车停到汽车餐厅的贩售口前，向后靠过去，让布丽迪能够探身到贩售口前，点了巨无霸和炸薯条。

"你根本不知道和我连接上是多么走运，"C.B.把车开到取食物的窗口前，"你本来有可能……"

"连接上一个真正的绑架犯。"布丽迪说，"是的，我知道。"

"没错。或者一个在你吃饭的时候突然做个鬼脸，对你说'你知道巨无霸里实际上有什么吗'的家伙；或者是根本没有车的家伙。那么，你该怎么回家？另外，你还要给特朗发条信息，告诉他不要来接你了。你肯定不希望他再出现在医院，发现布丽迪已经跟另一个自称是她的未婚夫的人跑了。"

布丽迪连忙拿出手机，按下特朗的号码，却又停住了手。她要告诉特朗是谁接走了她，她必须先想好一个人。

"不，不要想这种事。"C.B. 说，"你忘记了谎言规则二——不必要的事情绝不多说。你只需要说'不必来接我了'就好。"

"但如果他问我……"

"他不会的，"C.B. 向布丽迪保证，"他会认为是你自己开车回了家。他不知道护士命令你不许开车的事。"

"你点的餐，先生。"窗口的男孩说道。

C.B. 付了钱，男孩递给他一只袋子。

"先把信息发了再吃。"C.B. 说，"他随时都有可能结束会议。"

C.B. 是对的。布丽迪盯住手机，竭力思考该如何措辞。"我找人送我回家了？"不，这只会让特朗问她……

"哦，你……我来吧。"C.B. 说着从布丽迪的手里拿过手机，把麦当劳的袋子递给她，"吃吧。"

"你要怎么写？"

"'不需要来医院了。行程已安排好。'萨拉的号码是多少？"

布丽迪告诉了他。

"'我马上返回，'"C.B. 一边打字，一边把信息的内容复述给布丽迪，"'将与 C.B. 施瓦茨会面，讨论新手机程序。将下午的会议全部挪到明天上午。'"他点了发送键，然后把手机关机，还给布丽迪，"给，现在吃东西吧。"

布丽迪迫不及待地大嚼起汉堡。C.B. 驱车驶向她的公寓。"你还没有告诉我，你在网上都搜到了什么？"

"嗯，首先，我发现网上有许多垃圾。"

"我是认真的。"

"我也是。你不会相信那些发疯的话。有些人宣称他们听到了拿破仑和约翰·侬的声音。"

"我想，应该还有希特勒的。"布丽迪说。

C.B. 向她露出一个愉快的微笑。"说对了。他们还说自己能听到宠物在说话，还有他们的植物。还有人认为只要所有人同时想'给和平一个机会'，就能给世界带来和平。还有些真正的疯子，以为他们能够与火星人或者蓝慕沙 ①（Ramtha）的灵魂进行交流。有这些人的存在，难怪心灵感应会有这么糟糕的名声。"

"所以你没有找到任何心灵感应的真实案例？"

"没有任何能够真正被证实的案例，顶多有一些案例为了让人相信，带有不少细节……"

"比如？"布丽迪问道。

"很不幸，那些情况大都支持维里克医生的绑定理论。几乎每一个可证实案例都涉及有着明显情感联系的人们——父母、配偶、孩子或情侣。"

C.B. 一边开车，一边讲述被他挑选出来的那些案例。1862 年 4 月 6 日的午夜时分，佩兴丝·洛夫莱斯听到她的未婚夫在叫她的名字。一个月以后，她收到未婚夫所在部队指挥官的一封信。信中说她的未婚夫在夏伊洛战役中被子弹击中，几分钟之后就去世了。而他中弹的时间恰好就是佩兴丝·洛夫莱斯听到呼唤的时刻。1897 年，托拜厄斯·马歇尔乘火车旅行的时候清楚地听到他的妻子说："我需要你。"两天后，他收到一封电报，通知他的妻子要提前六个星期生产。

"这种案例还有不少。"C.B. 一边说，一边瞥了布丽迪一眼，"一位母亲听到儿子向她呼喊说周围又黑又冷，结果是她的儿子掉进了一口井里。一个人听到他爱的女孩说：'唉，我们不会再见面了。'结果发现女孩突然去世。一个儿子听到自己的母亲叫自己的名字，当时他的母亲在半个大陆之外去世了。"

布丽迪以前也听说过一些这样的谣言。乌娜姨妈曾经说过，她的曾曾祖母听到过一个熟识的小伙子喊："我完了。"然后他就死在了巴利纳辛奇战役里。

---

① 美国流行文化中一个据称被通灵者呼叫的灵魂。

"他们之间也有情感联系吗？"

"也许吧。"布丽迪不情愿地承认道，"你找到过不熟悉的人之间发生这种事的例子吗？"

"有吧，不过那些……"C.B. 忽然问道，"我要在哪里拐弯？"

"杰克逊大街。"布丽迪又问道，"那些什么？你找到过完全陌生的人之间会发生这种事吗？"

"是的，有些人声称在泰坦尼克号沉没的时候听到了呼救的声音。还有卢西塔尼亚号和爱尔兰女皇号出事的时候也有人这么说。"

"看来人们都喜欢这么说。"布丽迪说道，"我们的连接也是这种吗？"

"我可不这么想。那些所谓听到呼救的人都是在沉船事故登上报纸以后才这么说的。其中一些这么说的人根本就是专干灵媒的。他们的动机非常可疑。顺便说一句，你知道泰坦尼克号上也有个灵媒吗？很显然，他不太灵，否则就不会登上那艘船了。"

"但这些案例里真的就没有一个可信的？"布丽迪坚持问道。

C.B. 透过车窗望向前方的街道。"我在哪里拐弯？"他又问道，"是前面的红绿灯吗？"

我觉得你一定知道了我在想什么——布丽迪想。"不。是下一个红绿灯。左转。"

布丽迪等待 C.B. 继续说下去。C.B. 却闭上了嘴。他们经过一个街区之后，布丽迪忽然问："那么他们是谁——那些可信的船难呼救？"

C.B. 还是没有回答。

"C.B.？"

"嗯？什么？抱歉，我正在思考一些你回家以后我应该做的事情。你说什么？"

"我问你，泰坦尼克号发生事故的时候，有没有什么可信的船难呼救？"

"事故？什么事故？那不是……我要在这里拐弯，对吗？"

"是的。"布丽迪说道。C.B.立刻拐向了右边。"不，不是右转，左转！"布丽迪提高了音量，"我的公寓在那边。"

"抱歉。"C.B.说道，"我先开到下一条街去，然后再转回来。"

布丽迪摇摇头。"这里是单向车道。你要先到辅路上，才能转回来。"

"不行。"C.B.瞥了一眼后视镜，"有别的车过来了。"

他又向前开了两个街区，然后才转回来，终于拐进了布丽迪公寓所在的街道。"你的公寓还有多远？"他问道。

"从这里数的第二幢……哦，不！"

"怎么了？"

"我妹妹凯瑟琳，她刚刚走进我的公寓楼。快！"布丽迪在座位上滑下身子，"快走！她认识你，快一点！"

"好的，好的。"C.B.把车开回到林登路上。布丽迪这才坐起来，回头看了一眼。

"这不是间谍片。"C.B.说，"她不会来追你的。而且她也没有看见你。我们开过去的时候，她根本就没有朝我们转一下头。那么，我现在应该去哪里？"

"我不知道。找一个我们能够待上一段时间等她回家的地方吧。"

"我的公寓如何？"

"我不去你的公寓。"布丽迪说，"再走几个街区，去找一个公园。"

"也许停车场会更好。"C.B.说着在下一条街拐了弯，把车停到一片空地上。"现在该怎么办？"

"你有小刀吗？"布丽迪一边问，一边伸手到自己的行李包里去摸索。

"没有，要它做什么？我告诉过你，她没有跟踪我们，即使她真的盯上了我们，你也不需用刀子来自卫吧？"

"我需要小刀割掉我的医院手环。"布丽迪一边说，一边继续在包里翻找。

"为什么？如果我们要在这里等到她离开……"

"但我走进公寓的时候，可能有其他人会看见我。"布丽迪还在不停地翻动包里的各种东西，"这只手环肯定会让他们知道我住过院。"

"你手背上拔掉输液针时留下的瘀伤也会出卖你。"C.B.说，"你要怎么处理那东西？戴上手套？"

"也许吧。"布丽迪说着，又开始寻找小刀。

C.B.看着布丽迪徒劳无功地寻找了一会儿，然后说道："顺便问一句，我们需要在这里坐多久？我倒是不介意。这里的风景还不错……"他指了指杂草丛生的空地，又伸手打开收音机，"……可以来一点浪漫音乐。"他转动着老式的调节旋钮，让频道指针划过静电杂音、几段乡村和西部音乐、右翼演讲和说唱，"我可以在这里坐上一整天。不过我还是想知道，你妹妹敲敲房门，确认你不在家里需要多长时间？"

"你不了解我的家人。"布丽迪说，"她们全都有那间公寓的钥匙，而且对我的隐私一点也不尊重。这倒有一点像你。凯瑟琳会进去查看每一个房间，确认我不在里面，然后再给我打电话。当她找不到我的时候，她会给萨拉打电话，问萨拉是否知道我在哪里。她会在那里待上至少半个小时，甚至有可能一直坐在我家里，等我回去。"

与此同时，时间在迅速流逝——这可是她需要用来和特朗建立神经通路的时间。距离二十四小时的时间节点已经不远了。布丽迪希望自己能够听到凯瑟琳的声音，就像听到C.B.的声音一样。那么她就会知道凯瑟琳正在做什么，回家是否安全。

"你在开玩笑吧？"C.B.难以置信地说，"你真的想听到你妹妹的想法？"他摇摇头，"人们一直都认为心灵感应就像某种浪漫喜剧，你能用它找到各种秘密，得到你想要的一切，或者查出你的敌人有什么阴谋。但你知道真正的心灵感应是什么样子吗？"

"什么样子？"布丽迪接了一句。如果C.B.要告诉她，她没有任何办法阻止他。

"严格来说，"C.B.带着胜利的语气说道，"人们总以为他们能随意开关这种功能，就像开关水龙头一样，只听到他们想听的东西。但……"

"实际情况并非如此。"

"对的。你根本不可能自主选择听到谁的心声。很有可能你听到的根本不是你妹妹的想法，而是一个……"

"我知道。是一个绑架犯或者痛恨麦当劳的人。"

"或者是那些精神分裂症患者听到的疯狂呓语，让你去行凶作恶。你也不可能自主选择听到什么。你可能会从你关爱的人心里听到你不想知道的东西。或者听到人们对你真正的想法。你在中学的时候，有没有在澡堂里偶尔听到你最好的朋友说你的坏话？所谓心灵感应也就是这个样子。你会听到人们不想让你听的……"

*就好像我不得不在这里听你唠叨——布丽迪想。*但她没有别的办法。如果凯瑟琳发现了她，她就需要用更多时间解释为什么自己会被 C.B. 送回家。所以她只能坐在这里听这个家伙的长篇大论，直到凯瑟琳离开。

"很好。"C.B. 一边说，一边调节收音机的频率，但收音机里只是不停地冒出更多静电噪音。他关掉收音机。"因为我需要告诉你一些东西。"

"关于泰坦尼克号的事故？"

"不，没发生在泰坦尼克号上。那是一艘二战时的驱逐舰。不过这也不是我想要和你说的。"

"因为它证明没有情感纽带的人也能沟通，而你不想让我听到这些事。"

"不是……"

"那就告诉我。"

"好吧，在 1942 年，内布拉斯加州麦库克市有一个十七岁的女孩，她正和自己已经结婚的姐姐贝蒂以及姐姐的朋友劳斯太太一起听收音机。突然间，她站起身高喊道：'哦，那艘船要沉了！有谁能救救他！'劳斯太太以为这个女孩睡着了，在说梦话。于是她回答：'这里没有船！你是在内布拉斯加州的麦库克。'女孩却说：'我知道，但我能听到他！他在水里！我们必须救他，贝蒂！劳斯太太！哦，坚持住！不要放弃！'当女孩最终平静下来的时候，她说她听到一位水手在呼唤她，在喊：'救命！我们被 U 型潜艇的鱼雷击中了！'

"她们问女孩那个男人是谁，女孩说她不知道，她不认识那个声音，也想不起来那个人是谁。她甚至根本不认识任何参加海军的人。她把这件事完整地写在自己的日记里。她的姐姐也将这件事写信告诉了自己在军队里的丈夫。她们全都记下了时间。"

"也就是那位水手的船沉没的时间。"

"是的，在北大西洋。不过她们不可能知道这一点。因为当时海军船只失事的消息都要经过审查，所以这则沉船消息没有出现在报纸上。"

"所以那位水手在溺水时发出呼喊，而女孩恰巧听到了他。就像你恰巧听到了我。"

"结果还不算太糟。"C.B. 说，"水手没有溺水。他被一艘巡洋舰救起来了，但被严重烧伤，得救时他已经趴在一块船只残骸上漂浮了十四个小时。他告诉船医，他能够坚持下来是因为听到一位陌生女孩给他的鼓励。一个麦库克市的女孩，那个女孩还提到了贝蒂和劳斯太太。"

"他那时不认识这样的麦库克市人。"

"他不认识麦库克市的人。实际上他根本不认识任何内布拉斯加州的人。在战争爆发以前，他从没有离开过俄勒冈州。"

"这就意味着完全没有情感纽带的人也可以出现心灵沟通。"布丽迪高兴地说。我可以告诉特朗这件事。

"让我把话说完。"C.B. 说，"那位水手离开海军医院后，就去寻找那个女孩，想要感谢她。当他找到她的时候，他们意识到两人其实是见过的，就在北普拉特的一家餐厅。那时水手正在进行训练，女孩在给士兵们分发糖果和香烟，他们聊了几分钟。"

"这并不代表……"

"是的，嗯，他们在三天以后结婚了。所以我猜，他们之间终究还是存在某种情感纽带。"

你说这么多到底想暗示什么？暗示我们两个人之间也有特殊的联系吗？相信我，这种事是不存在的，我爱的是……

"我没有暗示任何事。我只是说，如果你把这件事告诉特朗，而且他也在网上搜索这些事件，那么他难免会有所猜疑，而且很难会相信我们的连接只是神经信号的错误纠缠或者串线。"

"所以你建议我该怎么做？"

"先耐心等一等。给我些时间……"

"干什么？再找一些船只失事、掉进井里和灵媒骗人的故事？"

"不，搞清楚我们到底发生了什么，又是什么原因导致的。"

"什么原因导致的？我们知道是什么原因。是 EED……"

"真的？但我并没有做 EED 啊。而且其他做了 EED 的人也没有听到过别人的心声。"

"只是你不知道而已。也许他们听到了，只是什么都没有说。"

"你真的认为 Jay-Z 和碧昂丝会隐瞒这种事？或者金·卡戴珊能把这种事藏在心里？她不会为了这个上广播，而是会直接上真人秀。"

"我记得你以前说过，人们都很在意自己的隐私。"

"这对明星不适用。人们已经认为他们是疯子了。也许你在这时做 EED 只是一个巧合，也许其中的根本原因并不是 EED。在我们找出这件事的真正原因之前……"

"没有什么'我们'。"

"好吧，那你就告诉你的男朋友吧。"C.B. 说，"听着，我只要求你什么都不要对他和维里克说，直到我们找出这件事的真正原因，以及还会发生什么事情……"

"什么意思？什么叫'还会发生什么事情'？"

但 C.B. 没有听她说话，只是盯着远处的街道。

"出什么事了？"布丽迪很担心他看到了凯瑟琳，"是我妹妹过来了？"

C.B. 没有回答。

"C.B.？"

"不。"C.B. 突然说了这么一声，又启动了车子。

"你在干什么？"

"带你回家。"他的车离开空地，转头向布丽迪的公寓驶去。"不必担心，我们会小心，确保你妹妹已经走了。"他很快就把车开到布丽迪公寓所在的街道，停到拐角处。"她开的是什么车？"

"一辆白色起亚。"

C.B. 钻出车子，对布丽迪说了一声："留在这里。"然后就绕过了街角。

他几乎是立刻就回来告诉布丽迪："她已经走了。"然后回到车里，启动了车子。

"你确定？"

"是的。"他将车开到公寓楼前，停好车，打开车门。

"你不必下车。"布丽迪说。

"你不可能一个人拿这么多东西。"C.B. 把紫罗兰和呕吐盆递给布丽迪，自己拿起了其余的东西，包括特朗的那一大束玫瑰，然后抱着这一堆东西快步走上楼梯。没过多久，他就跑了回来，扶布丽迪上楼。

一进公寓，C.B. 便将玫瑰放到咖啡桌上，把其他东西搬进卧室。"我在床上找到了这个。"他将一张纸条递给布丽迪。

纸条是凯瑟琳写的："抱歉，没有找到你。你需要我帮什么忙？给我打电话。"

"如果我是你，就不会给她打电话。"C.B. 说，"护士说你应该休息。在我离开之前，你还需要什么吗？一杯茶或者别的什么？"

"不，我没事。"布丽迪回答。C.B. 立刻向门口走去，似乎是急着想跑掉。为什么？他要去哪里？

"再做些研究。"他一边说，一边打开门，"如果发生了什么事——比如你连接上了特朗，或者开始感觉到维里克医生所说的那种'火花'，或者如果你的脑袋掉了，都让我知道。"然后他就跑下了楼梯。

布丽迪关上门，看了一眼时钟，已经一点一刻了。她还有四十五分钟可以和特朗建立连接。过了两点，特朗就会开始怀疑他们为什么还没有一点火花。她拿出手机，看了一下特朗有没有发信息过来；又把手机关机，以免凯瑟琳会给她打电话。然后她走进了厨房。

她拽出一把椅子，坐到桌边，将双手握在一起，用力闭上眼睛。特朗——她呼唤道——快来，特朗……

我忘记告诉你了——C.B. 说——我们要讨论的手机程序……

什么手机程序？

我今天下午要在实验室里向你展示一个新手机程序，所以其他人才没办法联系到你。如果有人问起你这件事，你就会需要谎言规则三：事先准备好故事，应对他人的问题。

我记得你说过，我不需要……

C.B. 没有理会布丽迪的抗议，继续说道——那是使用在推特上的一个手机程序。如果你发出了一条不应该发出的推特，那个手机程序会事先自动截留这个推特十分钟，让你有时间想到："耶稣啊，我在想什么？我不该发那个东西！"然后在它被公之于世，毁掉你的人生之前把它删掉。我称它为'多想一下'。如果你想把我们的事告诉特朗和维里克医生，那你用得上这个手机程序……

我认为你现在应该去做研究了——布丽迪说道。为了避免 C.B. 再回来，她把屋门反锁了。现在她很希望自己也能把脑子反锁上，不让 C.B. 的声音进来。

不，你不应该把脑子锁住——C.B. 说——如果你还需要别人开车送你呢？

我不需要。

你可能会需要的。谁也不知道将来会发生什么。如果你需要，你知道如何联系我。

你倒是真有趣——布丽迪回到厨房，又坐了下来。你能听到我吗，特朗？——她发出呼唤——你在哪里……

有人在敲门。C.B.，如果那是你——布丽迪想——马上走开。

"布丽迪？"玛丽·克莱尔一边敲门，一边喊，"把门打开。我必须和你谈谈！事情非常紧急！"

第八章

"没人想到会是西班牙宗教裁判所。"

——《蒙提·派森的飞行马戏团》①

"能听到我说话吗，布丽迪？"玛丽·克莱尔在门外喊道，"我要和你谈谈梅芙的事。不要装作你不在家，我知道你在。你把门反锁了。"

是的，否则你就已经进来了——布丽迪一边想，一边给姐姐开门。

我可不会着急这么做——C.B.警告她——你的医院手环，忘了吗？

"等等，马上来。"布丽迪一边喊着，一边跑进厨房去拿菜刀。

你最好再处理一下手背上的瘀伤。

布丽迪抓起一把牛排刀，把塑料手环割断并丢进垃圾篓里，然后跑进卧室，想找一张创可贴遮住手背。

创可贴不够大，要用弹性绷带——C.B.对她说——你可以说你得了腕管综合征。但布丽迪没有弹性绷带。她只好将就着用纱布把手缠上，心中却更加惴惴不安，唯恐这样反而会更加吸引姐姐的注意。

布丽迪的担心立刻就应验了。她刚一打开门，玛丽·克莱尔就说道："你到底在干什么，用了那么长……哦，我的上帝，你的手怎么了？"

"没什么，"布丽迪说，"我割到……"突然间，她意识到自己根本想不到能有什么东西会割伤自己的手背。

你不需要想那种事——C.B.说——还记得规则二吗？不要解释。解释只会给你带来更多麻烦。

---

① 英国幽默表演团体蒙提·派森于 1969 年在 BBC 播出的喜剧片。

走开——布丽迪在心中呵斥着，又张口对姐姐说："我开完会回家的时候，车胎瘪了，然后……"

"你怎么会让车胎把手割破了？"

"不是车胎，是千斤顶割破的。"

"千斤顶？你为什么要自己换车胎？为什么不打电话给汽修公司，让他们来给你修车？或者打电话给特朗？"

"那里没有手机信号……"

"你在开玩笑吗？你去哪儿了？"

早就和你说过——C.B. 说。

哦，闭嘴吧——布丽迪在心中怒喝道。"你说你需要和我谈谈梅芙的事。出什么事了？她又把自己锁在房间里了？"

"是的。你伤得怎么样？让我看看。"玛丽·克莱尔伸手去抓布丽迪的手。

怪不得梅芙会把自己锁在房间里——布丽迪一边想着，一边把自己的手藏到背后。"我没事。和我说说梅芙的事。"

"她不让我进她的房间。我想看看她在脸书上干什么，她却把我拉黑了。我就知道不应该让她玩脸书！你和她还是好友吧？"

"是的……"

"很好。那你就能让我登录她的页面了。"玛丽·克莱尔迈步向布丽迪的电脑走过去，"你的密码是什么？"

布丽迪向时钟瞥了一眼。时针正在向两点钟逼近。她快没有时间了。如果她不把密码给玛丽，玛丽是绝不会离开她家的。

你在开玩笑吗？——C.B. 说——你不能让她就这样侵犯一个小孩子的隐私！

就像你侵犯我的隐私？——布丽迪顶了回去。但 C.B. 是对的。梅芙永远都不会原谅她。"玛丽·克莱尔，我不会让你用我的电脑监视梅芙。如果她拉黑了你，她一样也会拉黑我。"

"的确。你不懂得撬锁吧？"

"不。我觉得你应该装一部儿童监护摄像头。"

"我装了，但梅芙不知做了什么手脚，让那个摄像头变成传输YouTube 视频了。"玛丽·克莱尔说道。布丽迪不得不咬住嘴唇，以防自己笑出来。

"我们必须找个锁匠。"玛丽·克莱尔还在不停地说着，"你认识这种人吗？"

"不，而且就算我认识，我也不会帮你闯进梅芙的房间。"布丽迪说。

"但也许她在我们说话的时候就跑去和恐怖分子见面了呢？"

"她不会去见恐怖分子……"

"你不知道。一切事情都是表面上看起来波澜不惊，但实际已经是暗流汹涌了。"

没错——布丽迪想。

"现在世界上可能正发生着各种各样的事情，我们却一无所知。新闻里经常会讲孩子们陷入灾难，父母却一无所知。我刚刚看到这样一则新闻——一个十八岁的孩子在卧室的电脑上操纵着一个国际洗钱组织，他的父母却完全不知道他在干什么。"

"梅芙没有操纵洗钱组织。她才九岁。"

"那她在干什么？为什么不让我进她的房间？为什么她突然变得那么喜欢阅读了？"

"我告诉过你，所有三年级女孩都会看《黑暗之声编年史》。"

"不，不，她早就把那本读完了。现在她读的是一本叫什么《秘密花园》的书。你知道那本书吗？那本书是讲什么的？"

讲的是一个有许多自由，但没有妈妈的九岁女孩的故事。

"那里面不会有僵尸吧？"玛丽·克莱尔还在问。

"没有。那是一本维多利亚时代的儿童经典读物。讲的是一个挣脱自己悲伤命运的女英雄的故事。听着，玛丽·卡莱尔，如果你这么担心她在读什么，为什么你不自己去看看她读的书？"如果玛丽·克莱尔能够把时间用在阅读上，也许就不会去骚扰可怜的梅芙了。

"这个主意不错。"玛丽·克莱尔若有所思地说道,"但这还是无法解释为什么她会在脸书上拉黑我。还有,她为什么不让我进她的房间。"

我必须想办法把她送出去——布丽迪想——就要没时间了。"那这样,我给她打个电话,和她谈谈,如何?"

"这样更好,我们和她聊 Skype 视频,"玛丽·克莱尔急切地说,"如果她在房间里藏了什么,我们就能看见了。"

什么?难道你真以为能够看到一堆堆等待洗干净的黑钱?"你在这里的话,我不能给她打电话,"布丽迪说,"她会知道是你让我打的。"

"我会躲在镜头外面,她看不到我。"

"不,回家去,我过一会儿就会给她打电话。"等我先成功地连接上特朗。"但你要答应我,不能再像神经质的老母鸡一样总围着她转,对她管这管那。"

"我不是……听我说,你真的应该去医院,好好把你那只手看看。也许伤口还需要缝合。"

"也不要在我身边打转!"布丽迪将姐姐推出门,靠在门板上想道——终于安静了。特朗,请赶快和我连接。不要等到还有别的事……

又传来一阵敲门声。

我早就告诉过你,你应该到我的公寓来——C.B. 说——而且来我这里的路也好走得多。

快走开——布丽迪说着打开了门。

还是玛丽·克莱尔。"你的手机有问题。"她说道,"我刚刚想给你打电话,却打不通。"

"你想说什么?"布丽迪问。

"告诉你,如果你没办法从梅芙口中问出任何事,你可以提议带她去嘉年华比萨店吃比萨,然后再去看一场电影。"

不过必须是没有公主的电影——布丽迪一边想,一边试图把门关上。

"如果那个千斤顶生锈了,你有可能会得破伤风的。你需要打破伤风针……"

"再见，玛丽·克莱尔。"布丽迪不等她把话说完就用力关上了门。

"不要忘记检查一下你的手机。"玛丽·克莱尔继续高喊着。

"我不会忘的。"布丽迪喊了回去。但她知道，玛丽·克莱尔如果打不通电话，还会再来找她。于是她只好把手机开机。

手机铃声立刻响了起来。

"我忘记告诉你了。"玛丽·克莱尔说，"你还没有计划好做那个EED 手术吧？因为我刚刚读到一篇文章，说那会造成很可怕的副作用。"

我早就应该让 C.B. 给我的手机装上那个把电话重新连接到机动车辆管理局的手机程序——布丽迪心里想着，只说了一句："再见，玛丽·克莱尔。"挂上电话，她坐到了沙发上。

快来，特朗——她呼唤道——求你，不要等到玛丽·克莱尔再打电话来。

她的手机响了。

说话的是梅芙："妈妈说你想和我谈一谈。"

"我是想和你谈一谈。下个星期和我吃顿午饭怎么样？"

"是妈妈让你这么干的，对不对？"梅芙问。布丽迪几乎能看到自己的外甥女眯起了眼睛。

"不是。"布丽迪一边说，一边想——现在这变成正经事了。我还和所有人撒了谎。

"她也这么和我说话。"梅芙说，"她认为我出了什么事，却不告诉她。她认为我会告诉你。"

"你出了什么事吗？"

梅芙厌恶地喊道："你跟她一样坏！我打赌，你一定以为我和恐怖分子说过话！那帮割人头的家伙！妈妈怎么能以为我会跟那种人说话？"

"她没那么想。"布丽迪安慰她，"她只是担心恐怖分子有时候并不会告诉小孩子他们是恐怖分子。有时候，人们看上去对你很好，但他们实际上另有所图。"

"我知道，"梅芙说，"就像是……"

梅芙的话突然停住了。布丽迪真希望她们是在聊 Skype 视频，这样她就能看到梅芙的表情了。"像是谁？"布丽迪问道。

"唔……你答应我不会告诉妈妈。"

哦，我的上帝——布丽迪想——梅芙真的在和恐怖分子网聊吗？"我答应你。像是谁？"

"戴维森警长，"梅芙说，"他是电影《僵尸死亡力量》里的警察。你以为他是一个好人，实际上他并不是。正是他首先创造了僵尸大军。"然后，她仿佛预料到了布丽迪的问题，"妈妈不让我看僵尸电影。她说那些电影会让我做噩梦。"

"你做过噩梦吗？"

"我们班里的其他人都看过那种片子。"

这算不上答案。布丽迪很想问一句："如果你们班上的其他人从桥上跳下去，那么你也会跳吗？"但她知道自己根本没有立场这么说。

"你在哪里看的《僵尸死亡力量》？"布丽迪转而问道。

"在达妮卡家。她的父母有网飞（Netflix）的账号。求你，不要告诉妈妈。她一定会发狂的。"

实际上，玛丽·克莱尔很可能会大大地松一口气，毕竟她的女儿没有加入 ISIS，也没有经营洗钱组织。不过布丽迪还是说道："我不会告诉她，但你必须向我承诺，如果有了麻烦或者有担心的事，你要告诉我们，让我们帮助你。"

"但如果你帮不上忙呢？"梅芙问。布丽迪再一次希望自己能看到外甥女的表情。

"帮不上什么忙？"布丽迪小心地问道。

"就是帮不上忙。我是说，就好像你被僵尸咬了，就算告诉别人也没用，因为别人也没办法为你做任何事。你终究还是会变成僵尸。如果你不告诉别人也许还会好些，因为他们如果知道了，一定会想办法帮你，但那可能会让他们也被咬到。"

"有这样的事情发生吗，梅芙？你觉得出了什么我帮不上忙的事？"

"什么？天啊，难道我无论说些什么，你和妈妈都会精神紧张？我说的是电影！我很好！"

但为了以防万一，布丽迪挂了电话以后还是去看了一下梅芙的脸书。梅芙的页面上只有一条："我妈简直要把我逼疯了。她一直在问我出了什么问题，我一直告诉她没问题。但她就是不相信我。有时候，我真希望自己是一个像灰姑娘一样的孤儿。"

玛丽·克莱尔毫无疑问会把这条脸书解读成梅芙有潜在的弑母情节——她可不会管梅芙真正是怎么想的。

现在布丽迪已经浪费了半个小时与玛丽·克莱尔和梅芙说话。在二十四小时的时间点之前，她还有十分钟可以和特朗连接。她怀疑这点时间不够建立起神经通路，但她还是开始了努力。

什么结果都没有。时间到了三点，然后是四点，特朗在她的脑子里仍然没有半点痕迹。手机里也没有特朗发来的信息。很明显，特朗要一直等到开完会……

她的手机响了。

说话的是玛丽·克莱尔："喂？你和梅芙说过话了吗？有没有什么发现？"

"她很好。我现在还不能和你说话……"

"她至少告诉了你为什么要把自己锁在房间里吧？"

"是的。她说自己有许多家庭作业要完成。她把门锁上是为了不受任何打扰。"布丽迪只希望玛丽·克莱尔能够明白自己话中的意思。

她没能如愿。"哦，天哪，我就知道！她要赶不上自己的功课了！我读过一篇文章，说现在学校都在安排过多的家庭作业，这只会加重孩子的焦虑情绪，让孩子们更具攻击性，更容易陷入抑郁……"

"再见，玛丽·克莱……"

"不，等等。你什么时候一起和她吃午餐？"

"我们还没有定下日子。"

"你可以周六带她出门。"

"不，这样不行……"布丽迪想拒绝，但玛丽·克莱尔根本就不听。

"她的爱尔兰舞蹈课在十一点结束。"玛丽·克莱尔继续说道，"你可以十一点半去接她。凯瑟琳也在这里。她想和你说话。"不等布丽迪来得及挂电话，手机里的声音已经变了。

"我整个下午都在找你。"凯瑟琳说，"我觉得你的手机出了问题。你说你需要我帮你一个忙？"

布丽迪已经把这件事完全忘记了。"不，我当时是误会了。"

"哦，"凯瑟琳说，"当时你听起来好像是下了很大的决心，我还以为你可能是恢复了理智，决定不做那个 EED 手术了，于是特朗抛弃了你，就像查德抛弃了我，所以你需要有人载你回家。"

"不是。"布丽迪有些虚弱地说。

"是吗？那你要我帮什么忙？"

"没有。没什么大事。你有没有决定好该如何拒绝和肖恩·奥赖利约会？"

"没有。所以我希望你能和特朗分手，这样你就能去和他约会了。"

"我没有和特朗分手。"但如果我们仍然连接不上，或者他发现了C.B. 的事情，他真的有可能和我分手。

"乌娜姨妈不会接受我的拒绝。"凯瑟琳继续说道，"你知道她是什么样的人。我要尽快找一个男朋友。我已经在约会网站上开始查了。你知道的，'配对网'和"OK 丘比特"。还有一个叫'烈火网'的。你觉得那个网站怎么样？"

"我觉得，如果你的名字叫'贞德'的话，那个网站应该很适合你。"

"哦，还有一个叫'扔骰子'的网站。他们的理念是，所有那些数据资料和相容性算法都没有用。你坠入爱河的几率其实和把写着你的名字的纸条从帽子里的一堆纸条中抽出来的几率没什么差别。这是真的。我是说，你还记得肯吗？那个我在'e- 和谐'① 遇到的家伙？我们有无数相

---

① 即 eHarmony 网站，美国最大的婚恋交友网站之一。

同之处，但我们还是分手了。"

"那么，如果他们不用数据资料进行配比，他们又怎么给不同的人配对？"

"他们不搞配比，只是随机把你安排给一个人。你觉得如何？"

我觉得这是我听到过的最糟糕的主意——布丽迪这样想着，也直接把自己的想法说出了口。

"真的？为什么？我还以为这听起来很有趣。"

相信我，一点也不有趣——布丽迪一边想，一边说道："如果你和某个让你恼火的家伙被分到一起该怎么办？"他还会一直不停地对你说，你有可能遇到更糟糕的人。"或者如果肖恩·奥赖利也注册了那个网站呢？"

"哦，上帝，我没想到过这一点。也许我最好还是去'火花网'吧，或者'靓点女士'。"

布丽迪没工夫仔细去问那都是什么网站。不过那也没有关系，因为凯瑟琳已经开始娓娓道来地描述起这些网站了。"听着，我必须走了，"布丽迪说，"特朗……"

"不，等等，乌娜姨妈刚到。她想和你说话。"

她当然想和我说话——布丽迪想。"你好，乌娜姨妈。"

"你还好吗，孩子？我一整天都在为你担心。我有一种不祥的预感，会有非常可怕的事情发生在你的身上。"

您说得很对——布丽迪心里想——但不是您想的那种事。"什么都没发生，乌娜姨妈。我很好。"

"你没有真的去做那个 VED 吧？佩姬·博伊兰，你一定还记得那位爱尔兰女儿吧？她说她邻居的女儿在做了 VED 以后，耳朵完全聋了。聋得像是一根电线杆子。"

她好幸运——布丽迪想。"乌娜姨妈，我必须走了。特朗就要来了。"她说完就挂了电话，然后查看了一下时间。哦，上帝，已经四点四十五了。她急忙关机，坐到厨房的桌子旁，闭上双眼，将双手相握，放到面前的桌子上，开始呼唤——特朗？你能听到我吗？是布丽迪。快来，特朗。

随后的一个小时，她一直坐在厨房里，发出呼唤，仔细倾听，再发出呼唤，但什么都没发生。现在就算从脱离麻醉状态时算起，也早就过去二十四小时了。她很惊讶特朗至今都没有给她打电话。

你的手机关机了——布丽迪提醒自己。但是当她开机查看信息的时候，只看到了一条来自梅芙的哀号："你都对妈妈说了什么？她说要给我请家庭教师了！"这意味着特朗还没有收到她的任何呼唤。要么就是他还在开会，没办法给她发信息。但只要特朗有一点感觉，他一定会想办法让布丽迪知道的，无论他是不是在开保密会议。

六点半的时候，特朗的秘书打电话给布丽迪，说特朗还在开会，所以一直没有给布丽迪回电话。

"你知道他的会议大概什么时候结束吗？"布丽迪问。

"不知道，不过他们刚刚叫了晚餐外卖。所以我推测他们至少要开到八点。"

太好了——布丽迪想——这让我有了更多时间。于是她又开始发出呼唤，但还是没有听到或感觉到特朗，尽管她又连续坐了两个小时，用力将双手紧握在一起，让指节都发白了。

她也没有听见C.B.的声音。这时她才想到，自从C.B.说去他的公寓路更好走以后，就再也没有发出过声音了。那已经是——四个小时以前了？她无法想象C.B.会一直"研究"了这么长时间。看来，她已经"抹去"了他们的神经通路，或者就是浮肿造成的串线终于随着浮肿一起消失了，或者两者兼而有之。

布丽迪得到了鼓励，开始再次向特朗发出呼唤，但仍然什么都没有发生。也许我做错了什么——又过了一个小时，她这样想着，同时希望有人能够让她问一问。显然不能是维里克医生，而布丽迪认识的人里面，只有拉胡尔·德什涅夫的助手也做过EED。如果问她的话，明天全公司的人就都会知道布丽迪的事了。她只能去网上找一找了。

她在网上输入"EED无法连接"，但她搜到的只有《天作之合》主演分手和另外两起因为连接失败而导致的凶杀案。

这非常有帮助——布丽迪心中想着，又搜索了一下"EED连接"，同样没有找到她所需要的结果，之后她又搜索了"EED连接博客"。

这一次她找到了一些关于EED连接的分享。但所有那些博主在建立连接的时候都没有遇到任何麻烦，也没有写他们是怎样做的。"它就是发生了。"一名博主这样写。另一名博主写道："我本来还有些紧张，但实际上非常容易。突然间，我就感觉到杰克的爱将我包裹，就好像他伸出双臂抱住了我，我觉得自己是那样安全。"

所有博主都说它发生得"比预料中更快"。但没有一个博客提到过心灵感应。布丽迪又输入了"EED心灵感应"。

"你是要搜'OED心灵感应'吗？"电脑提示她，同时列出了《牛津英语大辞典》①对于心灵感应的定义："从一个意识到另一个意识之间的任何种类的印象交流，不依靠任何已知的知觉渠道。"

不依靠任何知觉是对的——布丽迪想，"不，我要查的不是OED。"然后她重新输入了"EED心灵感应"，又输入了"心灵感应"。

C.B.是对的，网上有一大堆关于心灵感应的垃圾。布丽迪找到了凯瑟琳给她发过的"塞多纳的莉赞德拉"。那个网站胡乱吹嘘莉赞德拉拥有"通灵天赋"，保证能够开启你的脉轮，改变你对大自然交流的理解，将你和宇宙连接在一起。

她还找到几个相似的广告和C.B.说过的那些关于假装"听到别人声音"的研究。C.B.说所有参与这次研究的志愿者都被诊断为精神分裂症。其中有两个人没有被诊断为精神分裂症，而是被诊断为急性躁狂抑郁性精神病。

关于"情绪联系"的记录，C.B.也没有夸张。布丽迪没有找到一个和陌生人有心灵感应的案例，更不要说是和自己厌烦的人了。网上能找到的案例无论多么虚假，也只发生在家人、朋友、夫妻和恋人之间。

---

① Oxford English DIctionary，缩写即为OED。

那为什么我不能连接上特朗？布丽迪又到博客上去寻找线索。在读过几篇关于改善浪漫关系和增进夫妻生活的疯狂帖子之后，她终于找到一些可能有用的内容："我的朋友艾达娜和她的男朋友成功地连接了。我们却没有。我很害怕这意味着保罗并不爱我。但医生说问题在于我不够集中精神。他说我需要将精神集中在保罗身上，绝不要想其他任何事。一旦我这样做了，我们立刻就能连接起来。"

　　"不要想其他任何事。"布丽迪喃喃地说着，回忆起今天受到的各种打扰：C.B. 和 CT 扫描，还有凯瑟琳的约会网站、洗钱、通灵、潜艇和僵尸。怪不得她一直都没有连接上特朗。

　　她又试了一次，将精神集中在特朗身上，而且只集中在他身上，坚定地关闭了其他所有想法，但她还是什么都没有感觉到，只除了随着夜色渐渐深沉而越发严重的恐惧感。特朗的会议一定早就结束了，但他直到现在都没有来电话。如果他认为他们没能连接上都是因为她不爱他，那该怎么办？

　　当特朗终于在晚上十一点打来电话的时候，布丽迪长出了一口气，一时间甚至有些说不出话。"很抱歉，"特朗说，"我的会刚结束。我一直没有办法联系你，因为管理层不允许……"

　　"我知道。"布丽迪说，"你的秘书在感觉你会工作到很晚之后就给我打了电话。"

　　"她打了？太好了。那么你就不必整晚都担心我为什么没有联系你了。"他说道，"我一直都很着急，担心把你一个人丢在医院。"

　　哦，不，现在他要问我是怎么回家的了。

　　但特朗没有这么问，他问的是："测试结果如何？"

　　"没什么。所有结果都很正常。只是因为我们还没有连接上，这并不代表……"

　　"那么你也还没有任何感觉？"

　　"没有。"

　　"该死。我一直还希望……维里克医生说一开始这种感觉可能是单向的，我还以为现在你能感觉到我，能够接收到我的感情，只是我还没办法接收到你的。不过，如果你也还没有感觉……我们应该在八个小时以前就建立连接了。我们需要给维里克医生打个电话。"

不！"二十四小时不是连接的必然时限，"布丽迪说，"这是我们可能建立连接的最早时间。不过我们也可能需要更多时间。你是什么时候脱离麻醉状态的？"

"我不知道。下午三四点的时候？"

"那就怪不得我们什么都没有感觉到了。连接建立的平均时间是四十八小时。我的护士说，有时候时间还要拖延得更久。"

"要多久？"

布丽迪仔细斟酌了一下自己要用多少时间。"七十二小时。"

"七十二小时？那是整整三天！我等不了……"特朗一定意识到了自己显得很缺乏耐心，于是他又改口说，"很抱歉，我真的非常想和你连接在一起。维里克医生说我们的测试分数非常高。我们应该要比其他人更早建立连接。"

"这不一定。我的护士说情况可能会有各种变化。这和伤口愈合以及大脑发展神经通路的速度都有关系，还有两个人会多么集中精神……"

"集中精神。"特朗一下子抓住了这个词，"这就是问题所在。因为开会和担心你，我一直都没能集中精神。我马上就过来……"

不——这是布丽迪的第一个反应。只是在电话里防止特朗产生怀疑就已经这么艰难，如果特朗真的过来，有些情况恐怕她就完全难以掌控了。他们绝对不应该在连接刚一建立起来的时候就让特朗感觉到她的恐惧和焦虑。"我不认为这是个好主意，"她对特朗说，"护士告诉我，维里克医生说我们在手术后的几天里都需要长时间休息。这样能够帮助我们更快恢复。"

"让我更快恢复的唯一办法就是看见你。我想抱住你，和你……"

不！万一C.B.没有从布丽迪的脑子里消失，那一定会是一场灾难。"不，维里克医生说我们在连接之前都不能过夫妻生活。"

"你在开玩笑吗？如果我们的身体连在一起，那肯定有助于让我们的精神连在一起。"

"不是那样的。维里克医生告诉我，伴侣之间在分开的时候能够更快连接，在一起反而会造成干扰。他说，当伴侣处在同一个房间里的时候，他们更倾向于用说话和身体接触作为交流手段，导致他们的神经通路无法得到发育。而当他们分开的时候，如果他们想交流，就必须依靠心灵连接——这样会让我们的连接更快地建立起来。"求你，求你，相信这些话吧——布丽迪在暗中乞求。

"听起来很有道理，"特朗说，"不管怎样，建立连接是最优先的事情。如果暂时分开能够加快它的速度……好吧，我今晚不过去了。"

感谢上天。

"我明天早晨再过去，我们可以在工作前共进早餐，谈谈工作。你有没有告诉萨拉，我们昨天已经做了 EED？"

"没有。我和她说我去开会了。"

"你没有告诉她你要去医院？"

"没有。"

"你告诉过其他人吗？"

"没有。"布丽迪非常害怕他的下一个问题是："那么是谁送你回家的？顺便问一下，那是个怎样的人？"

但特朗只是说了一声："很好。"然后他又说道，"听着，暂时我们只能对这件事保密。不要在工作时提起这件事，好吗？"

"好的。"布丽迪回答。这件事没有传遍整个公司，也没有被发布到脸书上，让她的家人看到，这让布丽迪松了一口气。

但特朗显然觉得自己还欠布丽迪一个解释，于是他又说道："公司投资方对于 iPhone 的新产品真的非常紧张。他们也许会认为我们现在接受 EED 手术表明我没有将全部精力投入到这个项目上。你明白的，对吧，甜心？"

"是的，当然，"布丽迪说，"但你确定我们真能保住这个秘密吗？我是说，他们已经看见了你脖子后面的绷带，对吧？"

"只有开会的人看见了。我告诉他们，我在上班的路上理了个发，理发师不小心把我后颈割伤了。而昨天我在市中心开会。唯一知道我在医院的人只有我的秘书。我已经叮嘱过她，不要告诉任何人。"

她不说，不一定代表不会有事——布丽迪想。舒基是一个将线索联系在一起的天才。等到她看见布丽迪手上的绷带……

"我们可以过一段时间再告诉其他人，"特朗继续说道，"等我们连接在一起之后。明天早晨我们再见。七点半。如果我们已经连接上了，就可以庆祝一下。如果还没有，我们要给维里克医生打电话，搞清楚到底是什么地方出了状况。"

那么我最好今晚就能把连接建立起来——布丽迪想。特朗一挂上电话，她就关机了，开始竭尽全力发出呼唤，同时希望特朗也能够集中起精神想念她。她一定要搞出些东西来！

什么都没有。而且现在她已经累得连眼睛都快睁不开了，更不要说是集中精神。也许这才是问题所在——她想道。护士告诉过她，她需要休息，而疲惫只会耽搁他们的连接。如果她能够先睡上几个小时……

但睡眠对她而言同样是不可能的。她的脑子里实在是有太多东西了。如果他们等到早晨还是没有连接起来，她该怎样说服特朗不要给维里克医生打电话？如果他们建立起了连接，特朗发现她早就和C.B.连接上了，那又该怎么办？她该如何让特朗相信，她和C.B.的连接完全没有涉及情感联系？

经过无比漫长的辗转反侧之后，布丽迪下了床，给自己冲了一杯热可可，再次尝试和特朗建立精神连接，再次一无所获。她回到床上，继续开始担忧。明天特朗一定会问她："如果你没有告诉任何人自己去了医院，那你是怎么回家的？"

不，他不会的——布丽迪严厉地告诫自己——C.B.是对的。特朗只会以为我是自己开车回家的……

哦，不！我的车！——她猛地从床上坐起来——它还停在万豪酒店！

她把自己的车完全忘记了。她明天早晨必须去取车。不，这样不行。

特朗明天会来吃早餐。如果他看见布丽迪的车不在这里，一定会问她的。

她需要现在就把车取回来。布丽迪看了一眼时钟——凌晨三点四十六分。她在这个时候能叫到出租车吗？就算她叫到了出租车，酒店停车场会在这个时候开放吗？

是的——C.B. 说——我查过了，那里整晚开放。

第九章

"暗夜战士呼叫黎明斥候。暗夜战士呼叫黎明斥候。"

——《偷龙转凤》

我告诉过你，也许你还需要有人开车送你——C.B.说。

他的声音突然在黑暗中出现，让布丽迪大吃一惊，就像在医院里第一次听到这声音时一样。布丽迪不得不压抑住自己的冲动，才没有打开灯，在房间里搜寻一圈。你在这里干什么？——她质问道。

我干什么？是你呼叫了我——C.B.愤慨地说——别跟我说你正在呼叫特朗，因为我明明听到你说，你必须在他发现以前把车开回来。

我没有呼叫你，也没有呼叫特朗——布丽迪坐起身，打开床头灯——我只是在和自己说话。

是吗？好吧。我不确定你到底是在和谁说话，但你是对的。我们应该在特朗开始疑心你是怎么离开医院之前把你的车弄回来。只是如果我载你去取车的话，也许会有公司的人碰巧看到我们。那样他们就会怀疑我们凌晨三点半一起去酒店干什么。

你有什么建议？——布丽迪问。她忽然想起自己每次这样和他说话的时候，都会强化他们之间的神经通路。于是她便改成直接把问题说了出来。

我建议我们等到早上六点钟。这么晚了，我们跑到外面肯定会引起怀疑。到六点钟，我们就可以说是去开早会。所以，你现在回去睡觉，我五点半的时候去接你，如何？

"但是……"

你最晚能在六点四十五回来。

特朗要到七点半才会过来。"但如果他和我在那时建立起了连接呢？"布丽迪问。

我猜，你到现在为止都还没有在这件事上碰到好运气吧？

"没有。"

甚至连一粒火星都没有？

"没有，但我们随时都有可能建立起连接。"

嗯，如果你们建立起了连接，他要么会大喜过望，甚至注意不到你的车失踪了；要么你就要有远比那辆车更值得担心的事情了。

"你是什么意思？"

我的意思是，如果他听到了你的想法，他就会知道你和我也有连接。如果他听不到你的想法，如果他只能像 EED 说明书上写的那样，和你传递一些感觉，那么你的麻烦就会更大，因为我有一种感觉，特朗不太会愿意接受二流连接。

但如果特朗只能够接触到我——布丽迪想——我肯定不会告诉他，我能和你说话啊。

你在开玩笑，对吗？如果他体会到你的情绪，他一定想知道你为什么会感到担忧和内疚，而不是欢天喜地。面对现实吧，你不是一个非常优秀的说谎者。

"离开我。"布丽迪说。

收到——C.B. 说——我会在五点半去接你，带你去万豪酒店。在路上，我会告诉你我都找到了什么。我又做了一些研究。

"你找到导致我们这种连接的原因了？"

有可能。我到你那里之后再给你解释。现在去睡一觉吧。护士叮嘱过你要注意休息，忘了吗？

是的——布丽迪想着，躺回到床上。但她还是完全睡不着。她有太多事情需要思考了。如果她真的只能和特朗感觉到彼此的情绪该怎么办？她该如何向特朗解释自己心中的焦虑？而且特朗肯定还能感觉到她在隐瞒着什么，她又该怎么办？

但特朗同样会感觉到我对他的爱——布丽迪想——还有，我真的一点也不喜欢 C.B.。

但首先他们必须能连接在一起。现在从她手术后醒来算起已经过去了三十八个小时，可她还没有从特朗那里感觉到任何东西。C.B. 到底找到了什么？这只是一次单纯的串线吗？还是更糟糕的东西？如果 C.B. 发现，一旦神经通路建立起来就不可能再被消除，那该怎么办？维里克医生曾经说过，这是一个正反馈环路。如果它启动之后就开始不断运转，自我强化，最终强大到再也没办法停下，该怎么办？

布丽迪再也受不了这些胡思乱想了。她侧过身，向时钟看过去——四点十八。"C.B.？"她说道，"你的研究有什么发现？"

我还以为你休息了——C.B. 带着责备的语气说。

"我首先需要知道你都发现了什么。"

哦。我明白了，你睡不着，所以你也不打算让我睡觉。

睡觉？布丽迪还以为 C.B. 在他的实验室里。

不是，我在床上，就像你一样。

布丽迪仿佛突然看到了 C.B. 躺在床上的样子。他蓬乱的深褐色头发压在枕头上。这让布丽迪猛地坐起来，抓住毯子遮住自己的胸口。

哦，天……C.B. 气愤地说——你不必这样做。

布丽迪探身拿起放在床尾的睡袍，一只手仍然紧紧抓住毯子。

这不是 X 射线透视，只是心灵感应。

"我才不管。"布丽迪穿上睡袍。

你的行为一直都很疯狂，这一点你自己应该清楚——C.B. 说道。当布丽迪赤着脚跑出卧室的时候，他急忙又喊道——你不必……你要去哪里？请告诉我，我用不着再把你从楼梯间里救出来了……

"我要去厨房。"布丽迪恼火地说，"去冲杯茶。"她从橱柜里拿出一只杯子，往里面倒满水，放进微波炉，站在一旁等待水被加热，心中希望着微波炉能够快一点。她的脚已经被瓷砖地板冻得有些难受了。

这是谁的错？如果你留在温暖的床上……你到底以为我会对你做什么？天哪，我可是在半座城以外呢！

"你在研究里找到了什么？"布丽迪又问道。

那些疯狂的行为有可能让你被关进监狱，或者被绑在火刑柱上烧死。

"我是认真的。"

我也是。我又想到了关于贞德听到声音的记载，就决定看看是否还有其他圣徒有类似的记载。我找到了一些。圣奥古斯丁和领航者圣布伦丹，还有你们爱尔兰人的圣布里吉德和圣帕特里克。

"但他们……"

我知道，他们都自以为是在与上帝、天使或者圣母玛利亚说话——C.B.说——但如果他们不是呢？如果他们只是在和普通人对话，他们的体验并非宗教奇迹，而只是心灵感应呢？只不过是他们将听到的声音解释成神的旨意，因为只有这样才符合他们的人生经验。或者只有这样，才能让他们不至于被当成巫师烧死。

"但我还以为贞德……"

是的，计划总赶不上变化。

微波炉"叮"地响了一声。布丽迪把杯子从里面拿出来，放了一只茶包进去，拿着茶杯走进了起居室。"就算这真的是心灵感应，"她一边说，一边坐到沙发的角落里，"我们又怎么能知道这会对我们有什么帮助？"

嗯，首先，我们也许可以假设心灵感应是真实的，只是我们不应该被网上那些谣言搞乱了头脑。其次，也许关于心灵感应的记录在很早以前就有了。圣帕特里克生活在十五世纪。他听到的声音告诉他要返回爱尔兰岛，种下一棵树。顺便说一句，他把这句话解释成上帝命令他去盖一座教堂。但实际上，他听到的声音可能只是来自一名园丁。贞德听到的声音则可能来自一个真正想要打败英国的人。

"难道你就找不到比中世纪更晚一些的心灵感应的例子？"布丽迪问。

有啊，比如佩兴丝·洛夫莱斯和托拜厄斯·马歇尔。还有那个内布拉斯加州的女孩和她的水手。

"我是说，现在的例子。"

没有。如果现在真的有人体验到了心灵感应，也定会对此闭口不言。这并不奇怪。如果人们发现心灵感应是真的，那整个世界都会发狂的。政府、华尔街、媒体……好好想一想，这样一来，连狗仔都不必窃听电话和用长焦镜头跟踪名人了。人们能够读取明星的想法，知道他们要去哪里。政客们能够了解对手的想法。检察官和陪审团的想法也都会被暴露无遗，更不要说国家安全局和军队会为此做些什么了。所有人都想要窥探他人，但所有人又都不愿意别人看懂自己。

"那些灵媒呢？"布丽迪想到了凯瑟琳在邮件里给她介绍的塞多纳的莉赞德拉，"他们都宣称自己有心灵感应能力，对吧？"

他们全都在积极"宣称"自己拥有非凡的能力，所以他们不过是一群骗子。他们当中最成功的人无非也只是利用各种策略对人心进行冰冷的分析。

布丽迪很希望C.B.没有提到"冰冷"这个词。这让她想起现在自己的脚有多么冰冷。"什么策略？"

基本上就是一些技巧性的猜测再配以对表情和身体语言的识别。比如可以先问一些诱导性的问题："我感觉到了一位相关的……女性？一个名字以B开头……或者以M开头……C开头？"与此同时，他们会注意观察你的反应，从中获取线索，或者直接等你喊出："那是我妹妹凯瑟琳！"同时你就会对他们的读心能力赞叹有加了。

随后，C.B.又说了职业读心者和催眠师的一些技巧。布丽迪一边呷着热茶，吃了一碗干麦片，一边听他讲述秘密代号、有标记的卡片和伪装成观众，从目标人物那里搜集情报，再通过隐藏的微型麦克风和耳机将情报告诉台上读心者的线人。就好像你昨晚指责我做的那些事。

"但他们不可能全都是骗子吧？"布丽迪说，"他们当中还有人在和警方合作呢。"[1]

那一样都是骗子。不管怎样，他们不懂得心灵感应。他们宣称能找到受害者的遗体，但受害者的遗体根本什么都不会说。占卜和宣称能够预言未来的人也根本经不住严格证明。

就好像乌娜姨妈和她的那些不祥预感，还有她总是宣称自己在铃声响起之前就知道是谁给她打来电话——布丽迪想。

这些都被定义成"预见能力"，它们和其他所有那些超自然能力：心灵遥控、灵体投射、前世回归之类的把戏一样，都是假的。说到这个，我发现你还有一个原因不应该把这件事告诉维里克——C.B. 说道——你的名字。

"我的名字？你是说弗拉尼根？"

不，是你自己的名字，不是你的姓。你有没有听说过布丽迪·墨菲？

"没有，那是谁？"

你穿衣服的时候我告诉你。

"穿衣服？为什么？"

因为我正在来接你，忘了吗？我们要去万豪酒店。

"但我记得我们五点半才出发。"

是的，现在已经五点一刻了，我距离你的公寓还有大约十个街区。

"啊，"布丽迪急忙放下装干麦片的碗，从长沙发上爬起来。她已经把时间完全忘记了。她急忙冲进卧室，一边跑一边掀开睡袍。但突然间，她又停住了动作。

哦，天……C.B. 说——我不会看的，好吗？实际上我什么都看不见。我告诉过你，这不是X射线透视。你也看不见我啊。还是说你能看见我？

"不能。"但 C.B. 那时的确知道她躺在床上，就像他也知道她躲在医院的楼梯间里。而现在，他同样知道布丽迪刚开始脱下睡袍就停止了动作。为什么会这样？

---

[1] 美国警察的确有请灵媒协助办案的行为。

137

因为我能听到你在想什么。

为什么会这样？布丽迪只能听到C.B.对自己说的话，C.B.却似乎能够听到她的每一个想法。

如果你不想让我知道你在脱衣服或者洗澡，只要不去想那些事就行了——C.B.说。

"好吧，我不去想。"布丽迪一边想，一边脱下睡袍，又把睡衣越过头顶拽下来，一边坚定地想着等到他们不再有连接的时候，她会多么高兴。然后她伸手去拿自己的文胸。

但我也许应该告诉你——C.B.用再平常不过的语气说——我不需要心灵感应就能想象你脱衣服的样子。

布丽迪抓起衣服，冲进浴室，用力关上门。尽管这样做实在是没有任何意义。这甚至没办法让C.B.明白，他是一个多么令人痛恨的家伙。

我曾经警告过你，每个人的内心都是一个污水坑。

"离开我，"布丽迪说道，只是这样起不了任何作用，"马上离开。"

我需要先告诉你布丽迪·墨菲的事情。她是20世纪50年代的一位家庭主妇。她的名字是弗吉尼娅·泰伊。

"我记得你刚刚说她的名字是布丽迪·墨菲。"布丽迪一边说，一边努力在完全不去想的情况下穿好文胸。这比她想象中要困难许多。

她说布丽迪·墨菲才是自己的名字。在催眠状态下，她告诉催眠师，自己生活在十九世纪的爱尔兰。

"十九世纪？"布丽迪一边问，一边套上毛衣，又拿起牛仔裤。

是的，她在被催眠时说了很多弗吉尼娅·泰伊应该不会知道的关于十九世纪爱尔兰生活的细节，而且那时她还带着很浓重的爱尔兰口音……

这证明不了任何事——布丽迪想——乌娜姨妈原来也没有任何口音。

她还知道各种爱尔兰传说和歌谣。她在催眠师面前唱了《丹尼少年》，并向催眠师讲述她在科克市的房子，她常去的教堂，甚至是她自己的葬礼。

布丽迪好不容易穿上牛仔裤和鞋子，一边将头发束在脑后，一边问："她自己的葬礼？"

是的，最后催眠师甚至相信了她有过名为布丽迪·墨菲的前生——说到这里，C.B. 忽然变得沉默了。

"怎么了？"又过了一分钟，布丽迪问道，"出什么事了？我觉得她是个骗子。"

没有回答。

"C.B.！"布丽迪喊道。

还是寂静无声。

C.B.？你在吗？

是的——他说道——准备好出发了吗？

"是的，"布丽迪抓起自己的外衣和手袋，"你在哪里？"

这里。

布丽迪打开门。C.B. 正靠在门框上。他穿着连帽夹克衫和宽松的牛仔裤，头发还是那么乱。

谢谢——C.B. 说——你看起来很漂亮。他将一只扁平的纸口袋递给布丽迪——给你。

"这是什么？"

"一个非常大的绷带，可以遮住你手背上的瘀伤。"

"我记得你说过，我应该用弹性绷带。"

"但你对你姐姐说的是你的手被割伤了。"

"但她又不会去万豪酒店或者公司……"

C.B. 做了一个鬼脸。"不记得脸书了？另外还有 Instagram、Vine、Snapchat、iChat、youChat、weAllChat、FaceTime、Tumblr 和 Whisper。就算你姐姐还没有把这个消息公布出去，也肯定已经把这件事告诉其他人了。如果你仍然坚持这是腕管综合征……"C.B. 耸耸肩，"谎言规则第四条：保持故事的一致性。"

"好吧。"布丽迪打算把纸袋打开。

C.B. 摇摇头说："我们要出发了。你可以在车上做这件事。拿好停车票了吗？"

"拿好了。"

"那我们走。"

"嘘，"布丽迪悄声说，"你会把我的邻居吵醒的。"

是你坚持要张嘴说话的——C.B. 又说了一句，就跟随布丽迪下了楼梯，来到室外。

天色还很暗，街道上也看不见任何人。不过布丽迪在上了 C.B. 的老本田以后，还是尽量悄无声息地关上了车门。C.B. 转动车钥匙，收音机随即播放出一首歌曲。

布丽迪急忙伸手去关掉收音机，却错误地转动了调台旋钮。收音机里又响起巨大的静电噪音，然后是一个播报员在高喊："……本周末有雨。"以及"……国会本周休会。"随后布丽迪才把它关上。

"不必担心，没有人会听到。"C.B. 从停车场把车开出来，"大家还在睡觉。只有对自己的男朋友说谎的人才会在这个时候跑出来。另外，也许你还应该记住规则五：不要显得很愧疚。如果你要走上谎言铺就的人生之路，就要学会以坦诚的面孔去走完它。就像布丽迪·墨菲一样。正是靠这条规则，她才彻底愚弄了催眠师。"

"她真是个骗子？"

"是的。那位催眠师对她的讲述深信不疑，甚至写了一本书专门记录她的前世，还接受过很多轰动性的采访，带着布丽迪上了电视，公开播放布丽迪的催眠录音带，让公众能够听到她的声音。他们一时间成为了名人。新闻记者也开始深挖这个素材。结果，档案证明弗吉尼娅·泰伊所说的那个年代里，爱尔兰的科克市根本没有布丽迪·墨菲的出生记录，也没有那样一座教堂。而《丹尼少年》的歌词是到 1910 年才写成的。记者们在调查弗吉尼娅·泰伊的背景时，发现她有一位爱尔兰姑母和一位爱尔兰邻居。当弗吉尼娅·泰伊还是小女孩的时候，是他们向她讲述了各种爱尔兰的故事，并教会她许多歌谣。她的爱尔兰口音应该也是跟他们学的。弗吉尼娅·泰伊被认为是一个骗子。那名催眠师的名誉也毁了，就好像其他所有牵涉到超自然现象的医生和学者们一样。这一点就连约瑟夫·莱茵也不例外。"

"约瑟夫·莱茵？那是谁？"

"杜克大学一位受人尊敬的科学家。不过他在20世纪30年代进行的一系列心灵感应试验让他名誉扫地。他将受试者安排在一个房间里，让他们看齐讷卡片——你知道，就是那种上面有星星、方块或者波浪线的卡片。受试者需要'想'这些卡片上的图形，并将想法传达给另一个房间里的第二名受试者。虽然拥有实验室的严格条件和非常科学的测试手段，但莱茵博士做得并不比布丽迪·墨菲的催眠师更好。他的研究被证明是非常可疑的。他自己也被打上了疯子的烙印。从那时起，任何有声望的科学家都不愿意再去碰心灵感应了，哪怕是用一根十英尺长的竿子去碰也不愿意。"

"你认为维里克医生也不愿意讨论心灵感应的问题，哪怕我能让他相信，我说的是实话？"

"我坚信他不会理你。他有成功的事业和许多上流客户。他可不会冒这个险。对他而言，最稳妥的办法就是指责你是一个骗子。"

或者是精神病——布丽迪绝望地想。C.B.的话无可辩驳。就算布丽迪说出心灵感应的事情，也绝对不会有人相信。她当然知道，这不能怪任何人。如果萨拉现在对她说自己听到了奇怪的声音，布丽迪也一定会认为她是在开玩笑，或者是在胡思乱想，甚至是脑子真的出了问题。所以我不能告诉维里克医生，也不能告诉特朗，因为他会以为我和C.B.进行了情感绑定。我该怎么办？

"拖延。"C.B.说，"四十八小时的时限是到明天下午三点，这段时间里还有很多事可能发生。与此同时，我会着重调查串线的事情，尽量找到一些没有情感联系的人之间发生的心灵感应事件，至少让你可以把这些事例讲给特朗。希特勒对于超自然现象非常感兴趣。如果他能进行心灵感应，那我们就完全可以拿他当例子。毕竟所有人都恨他。"

他们快到万豪酒店了。太阳正缓缓地升起来。不过街道上依旧看不见什么人。布丽迪不知道六点钟算不算太早。如果现在让人看到，她还是很难为自己的行为给出一个像样的解释。

"不必担心，很多人都会上早班的。现在你已经不那么引人注意了。"C.B. 说道。这让布丽迪再一次感到奇怪，为什么自己的思想对于 C.B. 就像是一本打开的书，她却完全听不到 C.B. 在想什么。C.B. 经常话说到一半就闭上嘴。有时候，布丽迪甚至听不出他句子的尾音是什么。为什么听不到？C.B. 是不是也听到了她现在的狐疑？

C.B. 并没有显示出是否洞察了布丽迪的心思，他现在正忙着把车开进星巴克的一家汽车餐厅，同时向布丽迪问道："你想要什么？"

"什么都不要。忘了吗？特朗会来找我吃早餐。"

"你和我说过了。"C.B. 把问题重复了一遍，"你想要什么？"布丽迪的脑子里响起他的另一番话——我不是在说早餐。如果要我选，我会带你去我知道的那家熟食店，那里的熏鲑鱼和百吉饼简直棒极了。现在我们只是要加一层保护色，明白吗？

他朝街道对面指了一下。那里有一个男人正朝办公楼走过去，手中端着一只星巴克的杯子。如果有人注意到你走进酒店，只要你的手里端着咖啡杯，看上去就像进去和客户开会。所以，你要什么？

"中杯拿铁。"布丽迪说。

C.B. 点了中杯拿铁，继续无声地说道——我会在酒店侧面的巷子里把你放下，这样就不会有人看到我们在一起了，OK？

不——布丽迪自顾自地想——这一点也不 OK。这就像是我们在偷情。

不，绝对不是。我随便一想就能想到我们两个人之间许多巨大的反差。你想要我把它们列出来吗？

幸好这时咖啡师说道："你的中杯拿铁。"布丽迪总算不必回答这个问题了。

C.B. 接过杯子，把它递给布丽迪，然后开车回到街上，继续向酒店驶去。"我在网上查过那家酒店前厅的地形,以免你在停车时会没有注意。你走过前台以后要向左转,去停车场的电梯就在那里。你上了车,把车往回开的时候要让我知道。如果你连接上了特朗,或者发生了任何不同寻常的事情,都要让我知道。"

"为什么?"布丽迪怀疑地问。

"因为其中也许隐藏着能让我们找到真正原因的线索。我们得到的信息越多,就越有可能把这件事搞清楚。"

他在万豪酒店前将车转向左边。"所以,无论你有何种感觉,无论是一点情绪、声音还是维里克医生所说的那种火花,都要告诉我。任何事都不要放过,哪怕它们看上去无足轻重。"

"好的,"布丽迪表示同意,"但为什么我必须要告诉你?我还以为你能随时知道我的想法。"

"是的,不过,我没有时间整天只是听你在想些什么。我还有其他事要做——设计手机,给别人当司机。"这时他停下车。布丽迪放下咖啡杯,拿起自己的手袋,另一只手打开车门。

等一下——C.B.说。

布丽迪的手按在门把手上,没敢再动一下。C.B.正专注地看着后视镜。"你看到公司那边有人在动?"布丽迪紧张地问。

C.B.过了一分钟才做出回答:"没有,可以下去了。不要忘了这个。"他将咖啡递给布丽迪。如果特朗没有出现,而你打算早餐换换口味,或者出了什么事,叫我。

"想都别想。"布丽迪说着用力摔上车门,大步走开。她快步走过街角,又犹豫了一下。不管手里有没有星巴克的杯子,她还是在清晨六点钟走进酒店,又开车出来。如果公司的人看到她……

他们不会的——C.B.对她说。

你怎么知道?不要告诉我你也能听到他们的想法。

不用想我也知道,没有人会注意你——他说道——不记得了?我是在无限通联工作的。

你这是什么意思？

你转过去就明白了。

布丽迪照他的话做了。万豪酒店的大门口排满了拿着行李正在等出租车的人。所有人都盯着自己的智能手机。当布丽迪从他们中间走过去的时候，没有一个人抬起头来看她一眼。

告诉过你了——C.B. 说。

布丽迪走进前厅。这里也全都是人。他们正在等着退房。和外面一样，这里所有的人也都盯着自己的手机。布丽迪走过前台，向通往停车场的电梯走去。进了电梯，又来到她停车的那一层，没有一个人注意到她。就连停车场的工作人员也没看她一眼。那个家伙接过布丽迪递过去的钱和停车票，眼睛只是盯着手机上的游戏，连头都没有抬一下。

布丽迪将车开出停车场，一直向林登路驶去。直到这时，她才长出了一口气。现在刚六点一刻。她回到家以后，还有四十五分钟特朗才会过来。她可以利用这段时间集中精神建立连接。

但她没有考虑到交通状况。驶入林登路两个街区之后，她一下子冲进了保险杠贴保险杠的清晨车流之中。别慌——她告诫自己——你能够在开车的时候集中精神与特朗连接。

她没有那么好的运气。现在她必须集中全部注意力在路面上，因为其他开车的人全都在聊电话，或者减速下来发信息。他们往往在交通信号灯发生变化的时候还没来得及抬起头，或者在撞车前的最后一分钟才猛地刹住车。C.B. 是对的——布丽迪想——这个世界的连接实在太多了。

但她和特朗的连接怎么也建立不起来。在一步步挪回家的漫长时间里，布丽迪什么都没有听见。特朗甚至没有给她发信息。这通常都是特朗每天早晨醒来第一件要做的事。布丽迪向仪表板上的时钟瞥了一眼。就要到七点半了。他一定已经醒……哦，不，七点半！如果他在我之前到了我家……

告诉他，你在外面买早餐——C.B. 说。

这的确是一个好主意。但这也意味着她要更晚回家。当布丽迪匆匆跑进食品杂货店，抓起鸡蛋和果汁的时候，她想起自己的电脑还开着。如果她没有将那些关于心灵感应的网页全部关上，特朗看到了其中的内容……

她风驰电掣地开车回家，同时在心中祈祷特朗的车不要停在公寓楼外。尽管现在已经七点四十了，不过她的确没有看见特朗的保时捷。很好。她抱着买来的食物跑上楼梯，进了家门，把食品袋塞进冰箱里，在电脑上点开当日新闻，然后脱下外衣扔进卧室，转身进了厨房去做煎蛋卷。

正在布丽迪打鸡蛋的时候，她突然想到，特朗在约会将要迟到的时候总会发信息告诉她。他很可能已经发信息了，只是我还没有打开手机。

果然，布丽迪一打开手机就看到了特朗的两条信息："还没有连接。看来分开并没有用。""没办法来吃早餐了。要和汉密尔顿开会。"

"谢天谢地。"布丽迪喃喃地说道。但还没等她把这句话说完，特朗又给她发了信息，让布丽迪去上班的时候给他打电话，他会下楼陪布丽迪前往办公室。

"如果我们想对 EED 保密，就不应该这样做。"布丽迪给特朗回了信息，"现在应该尽量让别人少看到我们在一起。否则会让他们想到我们要去做 EED 了，而且你的绷带更容易让他们产生联想。"

信息刚一发出去，手机铃声就响了起来。是玛丽·克莱尔。"你和梅芙在星期六的午餐约会要改一下时间。"

星期六和梅芙吃午饭。布丽迪已经把这件事完全忘了。

"我们的母女读书俱乐部活动时间是从十一点到一点。"玛丽·克莱尔说，"我接受了你的建议。"

"我的……"

"和梅芙一起读书。我觉得参加读书俱乐部是搞清楚梅芙脑子里有些什么东西的好办法。我们会一起讨论为什么我们喜欢那些书。它们如何探讨了我们自身的问题。我们打算就从《黑暗之声编年史》开始，下个星期再讨论《秘密花园》。"

哦，可怜的梅芙——布丽迪心中想着。玛丽·克莱尔则只是喋喋不休地说着她还邀请谁参加了这个俱乐部。

"你可以在一点一刻的时候来接她，"玛丽·克莱尔说完就挂了电话。布丽迪根本没有机会告诉她，也许那时候自己抽不出时间。而她立刻又收到了特朗的回复信息："你是对的，我们最好还是分头行事。"

谢天谢地——布丽迪想。她完全无法相信自己竟然会有这样的心情。一起做 EED 本来是为了让她和特朗更加亲密，现在布丽迪却在竭尽全力让特朗远离自己。这可真是非预期后果。

C.B. 说道——我告诉过你，IED……

……是一个糟糕的主意，我知道了，你想要干什么？

我又做了一些研究。

你找到大脑回路会发生串线的证据了？

没有，但我找到了更多关于幻听的资料。幻听通常不是从说话声开始的。它们一开始往往是一种敲击声，或者雨滴落下的声音，或者某种无法辨别的细微声音。随后才会出现说话的声音。

这对我们有什么用？

我只是想，也许你曾经听到过那样的声音，只是你没有意识到那意味着你正在开始建立起连接，对不对？

不对。现在走开。我正在尝试和特朗连接。

不，你没有——C.B. 说——你刚才在和你姐姐说话。不记得了？我能够听到你的想法。

你能不能不要这么说了？——布丽迪怒喝道。

那么你没有和你姐姐说话？

我有——布丽迪承认——但我现在想进行连接了。所以，离开我。

C.B. 照做了，但只过了五分钟，他又说道——幻听也有可能是从一种独特的气味开始的，比如花香或者新鲜烤面包的香气。你闻到过什么有趣的气味吗？

没有——布丽迪说——快走。这一次，C.B. 真的走了。布丽迪又关掉手机。她终于可以集中精神思念特朗了。同时她还要洗个澡，为上班做好准备，再开车去公司。思念的努力仍然没有奏效。布丽迪没有从特朗那里得到任何感觉，也没有任何特殊的气味、雨滴的声音和玫瑰花香。

现在布丽迪不得不去面对吉尔·昆西、菲利普和萨拉，说出更多的谎言。她希望特朗是对的，没有人发现他们做了EED。但想对神通广大的舒基隐瞒任何秘密几乎是不可能的。而且萨拉看见过布丽迪在停车场和C.B.说话。现在布丽迪的手上又多了一条宽大的绷带。还有一个荒谬绝伦的在换轮胎时割伤手的故事可能已经借助现在的自媒体传播了出去。布丽迪还记得当特朗第一次求自己去做EED之后的那天早晨，她在公司陷入了怎样的窘境。今天早晨一定会比那一天更加可怕。她可不在乎C.B.是怎样说的。如果能知道其他人在哪里，在想些什么，她愿意付出任何代价。

布丽迪停下车，为即将到来的冲突打起精神，走进了公司大楼。走廊里还没有人，但不等布丽迪走出十步远，两名秘书就从复印室里走出来。布丽迪听到其中一个人对另一个说："你有没有听说……"

我就知道舒基不会接受特朗那个关于理发师的故事——布丽迪一边想，一边转身想要绕到别的走廊去，但阿特·桑普森从另一个方向朝她走了过来。"哦，你回来了。太好了。你昨天去哪里了？"

"出外勤了。"布丽迪回忆起C.B.说过的，不要做不必要的解释。

"哦，那么你也许同样没有听说。好像发生了什么事，不过我还不知道是什么事。"

哦，又来了。

"你还没有听说他们要裁员吧？"

"裁员？"布丽迪茫然地重复了一遍，"没有。"

"哦，好的。我很担心管理层会认为新iPhone手机将给我们带来很大问题，因此要进行裁员。"

不，我认为现在公司里传的闲话应该是一些更加个人的事情——布丽迪想。这时罗琳也过来了，她说道："我听说他们认为公司里有一个商业间谍正企图偷走关于赫米斯项目的全部资料。"

"赫米斯项目？"布丽迪问，"那是什么？"

"是汉密尔顿的一个新项目。拉胡尔·德什涅夫认为那和我们的新手机有关系，而且那个项目里有一些特别厉害的内容，因为他们正在采取各种防范措施，确保那个项目的情报不会被泄露。"

"或许这是一个找出间谍的手段。"菲利普加入了他们。

"或许是一个障眼法，让我们还意识不到他们没有任何办法与苹果公司竞争。"阿特·桑普森情绪低沉地说，"而我们都要失去工作了。"

布丽迪在整整半个小时以后才来到自己办公室的门口。这时她已经听说了：（1）公司里肯定有一个间谍，只是还没有被抓住；（2）公司已经掌握了新 iPhone 手机的技术参数（大概是因为他们在苹果公司有一个商业间谍），而且苹果公司的新手机肯定会给他们造成很大的麻烦；（3）公司要被卖给苹果公司或摩托罗拉公司了；（4）公司正打算收购摩托罗拉公司或 Blu 产品公司；以及，（5）那个不知道是什么东西的赫米斯项目将会给苹果公司造成很大的麻烦。

但现在布丽迪对以上所有事情都不在意。她只是非常庆幸所有人都在注意那些事，并没有注意到她和特朗。似乎没有一个人注意到她的绷带，更不要说是询问她的伤情了。就连萨拉也是一样。她在门口直接迎着布丽迪问道："你知道那个赫米斯项目是什么吗？"

"不知道。"布丽迪一边回答，一边查看手机上的信息。

"哦，真希望你能知道。特朗一直在开会。"

"他今天早晨来电话了吗？"

"没有。"

很好——布丽迪想。

"他们昨天就开了一整天的会，一直到晚上十点钟才散会。"萨拉说，"没有人知道他们在讨论什么，只知道那一定是顶级机密。那场会议采取了最高级的安保措施。参加会议的人都绝口不提开会的事。就连舒基也没能查出一点端倪来。"

这倒真是破天荒——布丽迪想。

"她认为那场会议决定了一场全新的范式变化，会让过去的智能手机彻底被淘汰，"萨拉说，"比如制造一种智能戒指。"

"或者是智能头冠，"布丽迪语带讽刺地说，"或者是智能文身。"

"文身？真的？"

"假的，"布丽迪说，"只是个玩笑。我要你告诉阿特·桑普森，我需要将我们的会议改到明天。"

"明天是星期六。"

"那就改到星期一。还有其他消息吗？"

"是的，"萨拉说着看了一眼自己的平板电脑，"你姐姐玛丽·克莱尔打来电话，想要问问你，她是不是应该在读书俱乐部上准备葡萄酒。她说读书团体传统上都会饮用葡萄酒，但她读到一篇文章说酒精饮料已经在小学生群体中造成日益严重的问题。"

布丽迪翻了个白眼。但至少姐姐的电话表明她还没有发现 EED 的事情。

"你妹妹凯瑟琳想让你给她打电话。"萨拉继续说道，"是关于网上相亲的事情。你的外甥女梅芙打来电话，说她真的要跟你发火了。现在她甚至已经没办法平静地读书了。我不太明白其中的意思。"

"什么？"布丽迪装出一副惊讶的样子问，"没有乌娜姨妈的信息吗？"

"没有。"萨拉说，"她正在你的办公室里等你。"

第十章

"如果我是平底锅，那么在我以外都是火焰。"

——SYFY 频道剧集《爱丽丝》

"乌娜姨妈在我的办公室？"布丽迪问，"她想要干什么？"

"我不知道，"萨拉说，"她只说需要和你谈谈，我告诉她你还没有过来，她就说她会等你。"这只可能意味着一件事——乌娜姨妈不知用什么办法发现了布丽迪做 EED 的事。

"我想让她给你留个口信，"萨拉解释说，"但她说这是个人事务。"

"没关系。"布丽迪走进办公室。乌娜姨妈正神情冷漠地坐在椅子上，将她的棉毡包放在腿上。"你怎么来了？"布丽迪故作轻快地问。

"梅芙。"乌娜姨妈哀伤地摇摇头说，"可怜的孩子。这两个星期里，我一直对她深感担忧。"

"哦，天哪，乌娜姨妈，玛丽·克莱尔对你说的一切都不是真的。梅芙很好。她能够照顾好自己。"

"是的，她当然可以，在大多数时候都可以。但如果她遇到了自己没办法解决的问题，我很担心她不会去找她的妈妈，因为玛丽·克莱尔……"

"对她说的每一句话都会反应过激？"

"是的，当一个人陷入危难之中，却没办法将自己的麻烦告诉其他人，甚至不能告诉自己最亲近的人，这真是一件非常可怕的事情。"

你说得对——布丽迪想——这一点千真万确。

"所以我才会来找你。"乌娜姨妈继续说道，"玛丽·克莱尔告诉我，你要在星期六带梅芙去吃午餐。我一直在想，这是一个很好的时机，能够和那只可怜的小羊羔谈一谈，让她知道，她能够向你倾诉心声，而你不会将她的事情告诉给其他人。"

"我会努力，但是……"

"是的，这样对她说是一回事，但让她相信就是另一回事了。凯瑟琳的事情也是如此。"乌娜姨妈摇摇头，"我已经告诉过她，在那些愚蠢的网站上是找不到好男人的。填写调查问卷，看照片！我对她说：'好工作和漂亮脸蛋是很不错，但你真正需要的是一个爱尔兰好小伙子。'"

就像谢了顶，还和妈妈一起住的肖恩·奥赖利？——布丽迪在心里说。

"但看样子，一个心地善良的小伙子对她来说还不够。她需要一个能够'不惹她生气'的人。不惹她生气！"乌娜姨妈哼了一声，"我对她说：'凯瑟琳，如果你从来都不想打破一个人的脑袋，那么你就从来也没有爱过他。你想要的只是一个浪漫的梦想。'你们这些小姑娘不应该只想着要一个'不惹自己生气'的男人，而是一个当你有需要的时候总会在你身边的男人。"

我可不觉得'你有需要就会出现'会是OKCupid网站上调查问卷中的一项——布丽迪在心中嘀咕着。

"'他有一颗仁慈的心吗？'这才是你们应该问自己的问题。"乌娜姨妈说，"'他愿意冒着生命危险来拯救我吗？我也愿意奋不顾身地去拯救他吗？'"乌娜姨妈向布丽迪摇动着一根手指，"说到冒着生命危险，你还没有决定要去做那个愚蠢的手术吧？没关系，我能看出你已经下定决心了。那么我就只能说……"

又来了——布丽迪想。

"当一个矮妖精要给你一罐金子，那里面一定藏着什么诡计。"她站起身，"现在一切只能由你自己来决定了。"

布丽迪大吃一惊。她不由自主地问道："真的？"然后又恨不得踢自己一脚。

"是的。"乌娜姨妈将自己的棉毡包放到布丽迪的办公桌上，在里面搜寻了一番。"我还要把梅芙的科学作业给那个帮助她完成的好小伙子看一看。"她拿出一只浅绿色的文件夹，"他的名字叫 C.B.。"

什么？"你是说 C.B.？"

"是的，就是这两个字母。他的办公室在哪里？"

布丽迪还在努力消化这件事。"梅芙认识 C.B.？"

乌娜姨妈点点头。"他帮助梅芙完成了一份学校安排的作业。大概是关于智能手机的报告。梅芙的作业得了 A，她想让 C.B. 知道。"

乌娜姨妈要和 C.B. 说话，这件事让布丽迪完全无法想象，更无法接受。C.B. 知道，布丽迪不想让家人察觉到 EED 的事情。但他根本不必和乌娜姨妈提起这件事。他只要提到医院，或者曾经载布丽迪回家，乌娜姨妈就完全能够猜出剩下的事情。而如果他不小心说起圣帕特里克听到别人说话，或者是贞德……

"我会把梅芙的作业转交给他。"布丽迪朝那只文件夹伸出了手。

"不，不，这种事情不必打扰你。你是很忙的。只要告诉我这位 C.T. 在哪里就好。"

"是 C.B.，乌娜姨妈。"布丽迪纠正道。为了避免让乌娜姨妈希望 C.B. 是个爱尔兰好小伙子，她又补了一句："C.B. 施瓦茨。他正在开会。等他出来，我会把梅芙的作业给他。"

乌娜姨妈又抱怨了一阵凯瑟琳那令人遗憾的相亲品味，并建议布丽迪在"进行那个一定会让你感到悔恨的 GED"之前先和奥唐奈神父谈一谈。布丽迪则终于将梅芙的作业从她手里拿了过来。而乌娜姨妈也起身离开了。

布丽迪查看了一下自己的邮件，然后将浅绿色的文件夹交给萨拉。"我需要你把这个交给施瓦茨先生。告诉他，这是我姨妈带来的，是梅芙要把这个交给他。"

萨拉不情愿地接过文件夹。

"他又不会咬人。对此你不必过分担忧。"

"我不是担心这个，"萨拉说，"我只是不知道，为什么你的姨妈下去的时候不自己带上这个。"

"我的姨妈下楼去见C.B.了？"

"是的，至少她问过我能在哪里找到C.B.。我告诉她，C.B.在下面的实验室。她还问我是否确定，C.B.有没有正在开会。我告诉她，C.B.从来不会上来开会。然后她仔细问了我该怎么去C.B.的实验室。我告诉了她。难道我不应该这么做吗？"

不。

"我警告过她，那个叫C.B.的有一点……你知道的。"萨拉说着将手指在头旁边转了两圈，表示出头脑有问题的样子，"我应该拦住她吗？"

是的——布丽迪想。"不，当然不必。如果有人打电话，就记下来。"然后布丽迪从萨拉手中抓过那只文件夹，朝C.B.的实验室跑去，一边还在高喊着——C.B.，我的姨妈下去了吗？

没有回答。

不要和她说话——她一边说，一边拐过走廊转角，向电梯跑去——告诉她，你要去开会。结果她一下子撞上了从后勤部出来的菲利普。

"我正想找你。"菲利普说，"公司设计出智能文身是怎么回事？"

谣言传播又创纪录了——布丽迪想——但这个纪录可能保持不了多久，如果乌娜姨妈见到了C.B.，那我做了EED的事……

"请告诉我，我们没有真的在做智能文身。"菲利普还在说话，"我是一名手机设计师，不是文身设计师。"

"我确信我们没有做那种东西，"布丽迪对他说，"听着，我和别人有个会，马上就要迟到了……"

"那就好，我们最好别那么做。否则我就只能辞职了。"菲利普忽然看到了遮盖住布丽迪整个手背的绷带，立刻充满怀疑地问道，"你确定真的不知道任何关于智能文身的事？"

"绝对不知道。"布丽迪抵抗着要把手藏到背后的冲动，"为什么你不去问问舒基？"说完，她飞快地逃离了菲利普，同时继续呼叫C.B.——

回答我，C.B.，我的姨妈见到你了吗？

见到了，我们进行了短暂但很亲切的交谈。

C.B.——布丽迪刚想说下去，却又听到阿特·桑普森的声音："我已经五十九岁了。如果我被辞退，就再也找不到工作了。"

我不能再被拦住了——布丽迪这样想着，一头冲进了复印室，等待阿特走过去。

她在冲进来之前真应该先好好看一下这里的情况。吉尔·昆西正在用复印机。"我刚好要找你，"吉尔说道，"那些关于赫米斯项目的传闻是怎么回事？他们到底搞出了什么？"

"我不知道。"布丽迪一边说，一边偷偷盯着门口，想确认阿特·桑普森是不是过去了。

"特朗正在忙这件事，对不对？"

"是的，但这全都是机密。"

"我知道，但情侣之间是无所不谈的，无论是不是机密。"

不是你想的那样——布丽迪想。

"舒基说他们已经有了一些成果，能够改变整个沟通连接的概念，会造成颠覆性的范式变革。"

还是没有阿特·桑普森的影子。他一定走到另一条走廊上去了。布丽迪等不下去了。她将根本没有响起铃声的手机放到耳边说："菲利普，不，我没有忘记，我马上就到。"

丢给吉尔一声"抱歉"之后，布丽迪跑出复印室，冲向电梯。C.B.，回答我——她不停地呼喊——我不想让你和我的姨妈说话。

没有回答。

她不断地按着电梯的下行键。C.B.，我是认真的。

电梯门打开了。布丽迪听到身后又传来阿特·桑普森的声音："……我还有六年才能退休。"她不由得转过头，想看看阿特距离自己还有多远。

"布丽迪！"特朗从电梯里走出来，"感谢上帝，我终于找到你了！

我们需要谈谈。"

简直是刚出煎锅又入烈火——布丽迪充满渴望地看向正在关闭的电梯门。"特朗！你在这里做什么？我还以为我们都同意不应该被别人看到我们在一起，我刚刚听到阿特·桑普森……"

"我们有比桑普森更大的问题。我还没有任何感觉。你呢？"

有好多感觉——布丽迪想——忧虑、懊恼、焦急，现在还有恐慌。"没有。"她回答道。

"这正是我担心的。我们需要给维里克医生打电话。"

"但现在还没有到四十八小时。"布丽迪说。而且我还要赶快到下面去，以免 C.B. 把应该藏起来的豌豆都倒给乌娜姨妈。

"我在网上查过了 EED 的连接时间。"特朗说道，"平均时间是二十八小时。这其中一定有什么问题。"他拿出了手机。

"你不能在这里给他打电话。"布丽迪忧虑地朝走廊远端望去，"也许会有人听见。"

"你是对的。"特朗按下了电梯的按钮，"我们在我的办公室里给他打电话。"

"但你的秘书该怎么办？"

"她什么都不会说。她简直就是谨言慎行的典范。"

"但我还和别人有个工作会议，我必须……"

"把那个会议改一下时间吧。这件事更重要。"

"我需要和市场部的罗琳一起核对一下这份报告，"布丽迪在特朗眼前挥舞了两下梅芙的科学作业，"这个不能等。我……"

特朗干净利索地把那个文件夹拿了过去。"我会让埃塞尔把它送到罗琳那里去，然后让她更改和你的会议时间。"

现在这已经不是一桩简单的跳出煎锅又投身烈火的事情了。煎锅也着火了。"不能这样。"布丽迪绝望地说，"这样让你的秘书取消我的会议只会导致各种流言蜚语。"

"埃塞尔可以给你的助手打电话，让她来取消你们的会议。"特朗又按了一下上行键。

"不，这个主意更糟。萨拉和舒基是好朋友。她肯定会把这件事告诉舒基。而且如果我们被看到一起去了你的办公室……你先去吧，我和罗琳核对完这份报告就上来。"

电梯门打开了。布丽迪抢回绿色文件夹，快步踱了进去。"等我回来再给维里克医生打电话，这样我们就能够一起和他谈了。"她说完立刻按下关门键。

特朗伸手按住电梯门，阻止它关闭。"你觉得你要下去多久？"

只要足够让乌娜姨妈离开C.B.就行——布丽迪想。"五分钟。最多十分钟。现在去吧，不要让别人看见我们。"

"好的。"特朗说着将手从电梯门上挪开，"但是……"电梯门仁慈地关上了。

布丽迪立刻按下地下室的按钮，然后不耐烦地等待电梯下降。当电梯门在冰冷的地下室打开时，她迈步冲出电梯，朝C.B.的实验室跑去。

这里要比上一次她来的时候更冷。C.B.正跪在实验室的角落里，把加热器一点点拆开。嗨——他头也不抬地说道。

"我的姨妈到哪里去了？"布丽迪喝问道。

那边——C.B.指了一下对面的金属柜子——我把她砍成几块，塞进抽屉里了，因为我——他模仿萨拉的动作，在自己的头旁边画了个圈——你知道的。

"我是认真的！不许再用想的！用嘴说话！"

"哦，好吧，我忘了。上帝禁止你强化我们的神经通路。你觉得你的姨妈会去哪里？她走了。她必须去梅芙的学校参加一场辅导会议或者是类似的什么东西。"C.B.拿着一块加热器站起来，"太糟糕了。我们已经进行了一次很不错的交谈。"

哦，上帝。"你说了什么？你没有把我们的事告诉她吧？"

"我？"C.B.反问道，"是你总想把各种事情告诉别人吧。我才是那个一直教你该怎么守住秘密的人。"

"那么你们'不错的交谈'都谈了什么？"

"大部分都是梅芙的事情。她非常感谢我帮了她。"

"为什么你不告诉我在帮助梅芙完成她的科学作业？"

"我以为她已经告诉你了。如果你回想一下，就会知道我们两个人还有其他一些事情可以聊。比如为什么你不应该去做 EED。"

布丽迪没有理他。"你和乌娜姨妈只聊了梅芙的事情吗？"

"不，我们也谈论了你。她认为你需要甩了特朗，给自己找一个'爱尔兰的好小伙子'。"

太棒了。"你说了什么？"

"我表示同意。她还和我说了凯瑟琳的网络约会计划，又给了我一些关于和女孩子约会的建议。"

"她到底说了什么？"布丽迪担忧地问。

"这是我和乌娜姨妈之间的事情。"

"你没有提起过任何关于带我去万豪酒店和从医院送我回家的事情吧？"

"没有，我们只聊了约会和你的家人的事。顺便说一句，你的家人真的很好。也许她有一点保护欲过强，但她们是打心眼里为你好。你能够拥有她们真的很幸运。"

幸运？

"是的。并非每个人都有为自己担心的家人。这你应该知道。比如说我就没有。"

"好吧，你可以拥有我的家人。你确定没有再说过其他事情？我做EED 和……"

"没有。"C.B. 来到实验台前，拿起一把螺丝刀，"我们还聊了一点肖恩·奥赖利的事情，还有爱尔兰的女儿。"他回到加热器前，蹲下去，开始拧开一块面板，"哦，我们还讨论了不祥的预感。"

"你问了她那些不祥的预感？"

C.B. 停下手中的螺丝刀，回答道："没有，这话题是她开的头。她说的是你帮助梅芙的事。她说她曾经有一种'不祥的预感'，梅芙需要帮助，而这个预感真的变成了现实。于是我问她具体是怎样的。她向我详细讲述了她的'预见'能力，仿佛那是一种真正的超自然能力。但我认为那也许只是她对世事的洞察和猜测。"C.B. 抬起头看着布丽迪，"不必担心，她对你没有任何怀疑。"

C.B. 又拿起螺丝刀。"我估计你还在为你的 EED 保密，而且你还没有连接上特朗吗？"

这个你应该很清楚吧。

"甚至连一点细微的声音都没有？也没有香气或者雨滴的声音？圣迪欧（Saint Deoch）总是会听到来自天堂的'各种各样流动的甜美歌声'，随后才听到了说话的声音。你有没有听到天使般的歌声？'听啊，先驱天使在唱歌'？'我们听到了天使的高歌'？'青春的天使'？"

"没有。"布丽迪回答，"但我们还没有到四十八小时。我相信，我们那时候能够连接起来。"

"当然。"

"你这是什么意思？你根本就不认为我们能够连接起来，对不对？"布丽迪用指责的语气说，"为什么我们不行？你是不是做了什么，让我们无法连接？"

"比如说做了什么？"

"把我封锁住。"布丽迪说道。她看着那个被拆成零件的加热器，"干扰了我的导线。"

"我告诉过你，大脑是没有导线的。而且我觉得干扰会造成我们的连接，但不会阻止你和特朗的连接。"

"还有其他形式的干扰。比如坚持用意识和我交谈。还有每次当我努力和特朗连接的时候都打断我，让我没办法找到他。"

它根本就没有那么简单——C.B. 嘟囔着。

"你看，你正在这么干。你在竭力强化我们的正反馈环路，让我没办法将它抹除掉！"

158

"哦，天……我没有封锁你的男朋友。我还有很多事要做。我的时间也很宝贵。"C.B. 又鼓捣起了他的加热器，"比如我要在被冻死之前把这个修好。难道你和你的男朋友或者其他什么人没有会议吗？"

布丽迪完全忘记了特朗的事。她向楼上跑去，希望特朗还没有自作主张给维里克医生打电话。

特朗已经打了，但没能找到维里克医生。"我告诉他的接待员，情况很紧急。"特朗对布丽迪说，"她却说维里克医生今天不在办公室，让我留下信息。信息！我的秘书正在查他在医院办公室的电话。"

"让她这么做合适吗？"布丽迪紧张地问。

"我告诉过你，埃塞尔是谨言慎行的典范。"

"但如果舒基……"

埃塞尔·戈德温敲响了屋门，然后打开门说道："我已经为你找到号码了，沃思先生。"

"谢谢。"特朗立刻给医院打电话，"不，下个星期不行。我们需要今天就见到他……好吧，他什么时候回来？是的，事情很紧急！"

他挂了电话。"维里克医生不在。他去外地做 EED 手术了。他们不说他去了哪里。也许他要下个星期才能回来。"

感谢上天——布丽迪心中想着，竭力不让安慰的情绪显露在脸上。

"他们拒绝给我他的手机号码，"特朗又说道，"他会不会恰好告诉过你他的手机号码？"

他说过——布丽迪想，同时又有些狐疑，为什么维里克医生没把号码给特朗。此时她非常庆幸维里克医生没这么做。"没有告诉过我。"

"该死。我会让埃塞尔去看看有没有别的办法能够找到他，通过他在洛杉矶的办公室或者他的护士……"

特朗的手机"叮"地响了一下。"抱歉，是汉密尔顿。他现在就想见我。我和维里克医生联系上以后就给你发信息。"说完，特朗就离开了。

布丽迪返回自己的办公室，感觉就像乌娜姨妈一直在说的"爱尔兰的运气"真的降临到了她身上。维里克医生正安全地待在曼哈顿或者棕桐泉。特朗着急地跑了出去，忘记命令埃塞尔去查找他的护士的电话号码。C.B.说乌娜姨妈没有任何怀疑，他说的显然是实话，因为布丽迪没有收到任何怒火冲天的信息。布丽迪在电梯里看了凯瑟琳和玛丽·克莱尔发来的信息。凯瑟琳只是在问她是否应该在火花网、HookUp网或者Cnnect网注册，或者全部注册这三个网站。玛丽·克莱尔问的是她是否应该在梅芙的电脑上安装那种网络过滤软件。

电梯到达的时间刚刚好，帮助布丽迪躲过了一场和阿特·桑普森的交谈。当布丽迪走进电梯，看着电梯门徐徐关闭的时候，她听到阿特在说："年龄歧视是违法的，但你看着吧，我一定是第一个被辞退的。"

她的运气还在继续。特朗两点钟的时候给她发来消息，说自己要去参加一个保密会议，可能一整天都无法再和她联系。这意味着他在下班以前都没办法再去寻找维里克医生的联络方式，也不会在四十八小时过去之后的下午三点还因为没能建立连接而慌乱地给她打电话。实际情况果然如此。

最令人高兴的是，三点半的时候，布丽迪收到一封邮件，上面说："因为赫米斯项目的进展，所有员工明天十点到下午四点都要在公司工作。"

邮件上没有详细说明进展到底是怎样的。这种语焉不详让整个公司都陷入一种疑神疑鬼的狂乱状态。在那一天剩下的时间里，再没有人会关心其他问题了。（除了阿特·桑普森，他已经主动将他和布丽迪的会面改到了星期六上午。布丽迪还听到他在哀叹自己有可能被解雇。）不管怎样，布丽迪现在可以不必再担心有人注意到她手上的绷带或者向她询问EED的事情了。

必须在星期六上班也意味着布丽迪没办法带梅芙去吃午饭，而这样她就不用害怕在接梅芙和送梅芙回家的时候受到家人的审判了。*我一回家就要给玛丽·克莱尔打电话*——但她很快又收回了这个想法。玛丽·克莱尔也许会要她今晚就去和梅芙谈谈，而她需要利用这个宝贵的晚上全力以赴与特朗建立连接。

如果C.B.不来烦她就好了。果然，整个晚上，他都没有在布丽迪的脑子里出现。他一定是认真对待了布丽迪的指责，决定不再来打扰布丽迪，或者是他还在忙着修理那个破加热器。

也许他没能修好加热器，终于被冻死了——布丽迪一边想，一边准备上床睡觉。

通知你一下——C.B.说——我又收集了一些情报。

关于布丽迪·墨菲的，还是贞德的？

贞德——他说道——她听到的不只是一个人的说话声。她先听到了圣凯瑟琳的声音，后来是圣迈克尔和圣玛格丽特的声音。

否则她就没办法让自己的故事前后统一了——布丽迪说——她有可能在说谎……

除非她宁可被烧死在火刑柱上，也不愿意承认自己没有听到他们说话。我对莱茵博士也做了一些调查。你说过，你想要一个中世纪以后的心灵感应案例。我认为我找到了一个。

真的？——布丽迪问了一句，又立刻想道——他这样做只是为了阻止我连接特朗。"我不想听。走开。"

C.B.没有理会她的拒绝——我看过他所做的齐讷测试记录，他的研究被认为不可信是有道理的。他将几乎所有试验结果都当作是正确的答案。而齐讷卡片非常薄，你完全可以透过它们的背面看到上面的花纹……

这家伙简直要变成我的家人了——布丽迪一边听 C.B. 啰嗦，一边想——随时都会闯进我的空间，乱管我的事，根本不尊重我的隐私。怪不得他会喜欢我的家人。

这让布丽迪想到了一个把 C.B. 关在外面的办法。她给凯瑟琳打电话，问妹妹网上约会的事情怎么样了。"我最后注册了 Cnnect 网、OKCupid 网和火花网。"凯瑟琳说，"然后从火花网上挑了个人。在那个网站上只要点击照片就可以了。所以我就点了一个。我们出去喝了杯酒。但我们在一起刚刚五分钟，他就开始翻其他女人的照片了！所以我决定去更严肃的网站看看，比如'纯晚餐'或者'拿铁约会'。"

拿铁约会？——C.B. 说——她在开玩笑，对吗？

闭嘴——布丽迪呵斥道，然后又问："拿铁约会？"

"有些人认为吃一顿饭太麻烦。这个网站就是为那些人服务的。"凯瑟琳说，"但是，如果一个人连吃一顿晚餐都不愿意，那他真的能成为好男朋友吗？不过从另一方面讲，我相信肖恩·奥赖利肯定不会在那里。我怀疑他根本就不知道拿铁是什么。也许我应该注册'只有早午餐'。那就和'纯晚餐'差不多，不过更适合不太会喝酒的人。"

你现在肯定需要一些有酒精的饮料——C.B. 说。

快走开——布丽迪回应道。

"不过出去喝杯咖啡不需要浪费太多时间。"凯瑟琳仿佛正在思考这些网站的利弊。随后一个小时里，她开始不停地列举早午餐和咖啡约会的优缺点。唯一令人欣慰的是，C.B. 不知在什么时候放弃了捣乱，终于走掉了。

真希望我也能偷偷溜走——布丽迪想着，并打了个哈欠。

凯瑟琳终于在十一点时挂了电话。布丽迪查看了一下手机上特朗的信息。只有一条，特朗说他还没能联系上维里克医生，只知道他正在摩洛哥为一位阿拉伯亲王和他的一位妻子做 EED。

这样更好。布丽迪上了床。她这才意识到自己有多么疲惫。她的头一碰到枕头就睡着了。但仿佛只是片刻之后，电话铃声就吵醒了她。

打电话的是特朗。"快穿好衣服，我终于联系上维里克医生了。我们要在午夜时和他谈话。"

第十一章

"你真的听不懂我说的话。"

——《情定巴黎》

"午夜？"布丽迪重复了一遍。她相信自己一定是听错了。"我还以为他在摩洛哥。"

"他是在摩洛哥。"特朗说。

"哦，我们要开电话会议。"布丽迪终于明白了。

"是的，但他说，他还想做一些检查，所以我们要去他的办公室。"

一些检查？还是其他扫描？

"这是地址，"特朗又说道，"你需要马上出来，才能在午夜时赶到。"不等布丽迪想出一个没办法赴约的理由，他已经挂了电话。但布丽迪知道，如果特朗要和维里克沟通，那她最好还是参与其中，以防维里克告诉特朗，他从没说过两个人在建立连接之前应该分开。但如果维里克医生想做 fCAT 该怎么办？ C.B. 曾经说过，那种检查能够绘制脑部活动的具体图景。这是否会显示出她和 C.B. 的连接？

C.B.！——她一边起床穿衣服，一边喊道——你在吗，C.B.？

什么事？——C.B. 立刻做出回应——发生什么事了？你听到其他人的声音了？

你是在问我有没有连接到特朗？没有——布丽迪告诉了 C.B. 刚刚发生的事情。

什么？什么样的医生会在午夜和病人开会？

可能在摩洛哥是白天——布丽迪穿上了鞋——我需要知道……

莱茵博士的事情？我刚刚对他做了一些调查。

不，不是莱茵博士。特朗说维里克医生想做一些检查。如果那些检查里有 fCAT，它是不是能显示出我和你连接了？

不会——C.B. 说。

我记得你说过，它能够显示出脑部活动。

是可以，但只是一些非常模糊的活动——这个区处理记忆，那个区处理语言。它无法判断你在想什么。

那么你说的另一种检查呢？

imCAT[①]？它能够描绘出更加详细的神经突触活动，但我相信，它能做到的也就是这一点了。

你能帮我确认一下吗？——布丽迪一边问，一边披上外衣——我想自己查一下，但我现在必须出发了，否则就会赶不上时间……

如果你在开车的时候用手机查，那么你就很可能要了自己的命——C.B. 说——好吧，我看看能查到些什么。他没有再说话。不过还没等布丽迪走到自己的车子那里，他又问道——你们在哪里和医生开会？在你们做手术的那家医院？

怎么了？——布丽迪焦急地问——你是说那家医院里就有那种仪器吗？

不，我只是担心你和特朗会撞上某个护士。她会说："嗨，你不是那个大半夜拔了输液针，躲在楼梯间里的病人吗？"

布丽迪完全没有想到这件事——不，是在维里克医生的办公室。

在这种深夜，你确定他不会让你陷入昏迷，再偷走你的器官？

我确定——布丽迪突然觉得这样倒也不错，至少她不必再说任何谎话了。

她上了车，向市中心驶去，不知道自己是否能在午夜时赶到。不过现在街上几乎完全没人。就在她快要到达的时候，C.B. 又冒了出来——

---

① 计算机轴向断层影像扫描。

黎明斥候呼叫暗夜战士，请回话，暗夜战士。

你有什么发现？——布丽迪问。

你不必担心。维里克医生的办公室里甚至连 CT 扫描都没有，更别说是 fCAT 和 imCAT 了。

但他可以让我去医院做那些检查。

即使他下了那种命令，也不可能知道你能进行心灵感应。虽然 imCAT 能够比 fCAT 更精确地描绘神经突触的活动，但它的结果仍然是非常模糊的。它们不是谷歌地图，能够将每一平方英寸的土地都绘制出来。如果接受检查的人在解数学题，他的前额叶就会有一个区域亮起来；如果他唱歌，听觉皮层就会亮起来。但也只是这样而已。这些检查都搞不清楚你到底在想些什么。

但是，最近不是有新闻说，有一种脑部扫描能为人们的想法照相吗？比如你在想一只鹰，扫描图像就会显示出……

你是在说 fMRI[①]——C.B. 说道——那种成像与其说像照片，不如说像一些墨水斑点。你能从上面看到你想要的任何东西。而且就算有一种检查手段能够完美地描绘出你的思维图景，它还是无法告诉医生你在想什么。

这是什么意思？如果……

就拿鹰来举例。你有可能是在回忆你在动物园见到的鹰，或者是费城鹰队的鹰，或者是童子军的徽章，或者是《猛鹰突击兵团》。他们肯定不可能知道这只鹰其实是我用心灵感应告诉你的。

但如果同样的图像同时出现在我们两个人的脑子里，他们就能够确定了——布丽迪说——他们甚至可以用 imCAT 知道有人正在和我说话。它能够显示出大脑的语言和听觉中心，而且……

他们做扫描的时候，我不和你说话就好了——C.B. 说——但就算我和你说话，他们也只会认为你正在回忆一段以前的对话，或者正在自言

---

① 功能性核磁共振成像。

自语。所以，除非维里克在专门寻找心灵感应的证据，否则他就什么都不会注意到。当然，他是不会找那种东西的。只有你自己告诉他，他才有可能知道你一直在和我说话。你什么都不必担心。或者你只应该担心他为什么想让你在午夜时分去一个神秘的地点和他见面。

那不是什么神秘地点，而且特朗也会去——布丽迪说着将车子开进停车场。

停车场上一辆车都没有。特朗显然还没有到。旁边的大楼也没有半点灯光。我跟你说，这里真的很像器官黑市——C.B. 说——如果我是你，我一定会扭头就走。说不定拿着氯仿手帕的护工马上就要出现了。

布丽迪真的很想听 C.B. 的话。她给特朗发了条信息："我已经照你所说的做了。但这里没人。"还没等她放下手机，停车场旁那座大楼的前厅忽然亮起了灯。一名护士打开锁住的大门，向布丽迪挥挥手。"弗拉尼根女士吗？进来吧。医生正在等你。"

"沃思先生马上也会来。"布丽迪说。

护士点点头，带领布丽迪走过光线昏暗的前厅，进入一个房间。这里有一张桌子，一张被纸盖住的检查台，墙上挂着一块很大的高分辨率屏幕。护士为她做了一些心跳、体温之类的基本检查，又查看了她的手术刀口，然后告诉她："刀口愈合得很好。"护士还用创可贴换下了她颈后的绷带。"没有感染和浮肿的迹象。"接着，她又问了一遍医院里的那一连串问题："是否感到疼痛？晕眩？失去方向感？"

"没有，一切都很好。"布丽迪说。

"只是你们还没有建立连接，对吗？你们什么时候做的 EED？"

"星期三。"

护士把这个日期记录下来。"维里克医生的医学电脑技师马上就来为你们建立连接。"说完这句话，护士就离开了房间。没过多久，一名身穿外科手术防护服的年轻人走了进来。

"嗨，"他向布丽迪打了个招呼，"我是维里克医生的医学电脑技师。只要你躺到检查台上去，我就能为你安装好一切。"

"安装好一切"的意思是布置好几个摄像头，让维里克医生能够看到布丽迪的脸和后脑；在布丽迪的手腕、上臂和胸口处贴上传感电极，用一台笔记本电脑显示出位于另外某个地方的检查室。"我们这里一准备好，我就给维里克医生打电话，让他参与进来。"技师一边解释，一边连接上最后几根导线。

"我们不应该等一下沃思先生吗？"布丽迪问。

"我会确认他的情况。"技师说完就走了出去。如果说这里有什么地方和医院一样，那就是他仿佛走了几个小时都没有再回来。

很好——C.B. 说——这样我就有机会和你说说莱茵博士的事情了。

我记得你告诉我，他的研究被认为是不可信的——布丽迪说。

的确不可信，这一点千真万确。他显然对数据进行了有意的挑选。他宣称受试者的心灵感应能力需要通过"热身"来逐渐强化，在他们疲惫之后又会逐渐削弱直至消失。这意味着他只会将他们做出正确回答的时间段记入报告。

所以他的受试者其实并不能真正读出别人的意识？

也许不行。只有一个受试者除外。他在齐讷测试中得到了令人吃惊的高分。

你认为他的确能够进行心灵感应？

这很难说。那名受试者在几个星期之内取得了高分，但突然又跌回平均水平，甚至更低，并且再没有取得过任何高分。就像我说的，莱茵篡改了数据。所以他可能同样做不到心灵感应，或者……

或者？

或者他不想让任何人知道他有这种能力，于是不再认真接受测试。我猜，他知道了莱茵在清楚他的能力之后会做些什么。但他不想被插上电线，成为试验品，被迫预言未来甚至接受审讯……

甚至被烧死在火刑柱上——布丽迪语带讽刺地说。

没错。他想得很对。说到……

嘘——布丽迪说——那个技师回来了。

他听不到我说话——C.B. 说。但他还是在技师走进房间的时候停止了和布丽迪的交流。

"维里克医生想先检查你。"技师连续敲击了几个按键。维里克医生出现在屏幕中央。他坐在一张摆着笔记本电脑的桌子上。

"能听到我说话吗？"技师问维里克医生。医生给出肯定的回答之后，他又略微调整了声音和显示分辨率。"现在就交给你了，医生。"说完，他走了出去。

"弗拉尼根女士。"维里克医生说道。就像以往一样，他看着布丽迪的眼神显得轻松愉快。"感觉如何？"

"很好。"布丽迪谨慎地说。

"我知道你和沃思先生还没有建立起连接。这种情况并不罕见。许多伴侣都需要两天到五天的时间才能建立起连接，甚至更久。"

特朗真应该听听这个——布丽迪想。

"一切看起来都很好。"维里克医生将目光转向面前的笔记本电脑，"手术刀口的愈合很不错……没有感染的迹象……也没有肿胀。"

他从笔记本上抬起双眼。"你确定还没有连接上？就像我在医院时告诉你的那样，最初的连接可能是间断而且微弱的，可能只是一两秒的惊鸿一瞥。你还没有过这种感觉吗？"

"没有。"

"有没有其他的感觉？突然的温暖或者冰冷？刺麻或者闻到特别的气味？"

听起来就和 C.B. 说的一样——布丽迪想了想说："没有。"

"音乐声呢？或者说话声？"

"说话声？"布丽迪的身体一下子绷紧了。

"是的，我的几位受术者曾经报告说他们的情绪连接非常强烈，甚至让他们觉得自己听到了伴侣呼唤他们的名字。"维里克医生忽然专注地凝视着布丽迪，"你有没有听到过这样的声音？"布丽迪心中想道——如果其他人也听到过说话声，那么就算我告诉了他，他也不会认为我是精神分裂症患者了。

告诉他？——C.B. 说——你不能……

如果维里克医生的病人以前听到过声音——布丽迪对 C.B. 说——那么也许他知道是什么原因导致了这种状况，也知道该如何修正它。

他说的是有人听到自己伴侣的声音，而不是其他人的声音。你想让他告诉特朗，说你……

他不会告诉特朗。医患保密条例，你忘了吗？

布丽迪·墨菲就是这么想的。结果她登上了《时代》杂志的封面。

你能不能不要再说布丽迪·墨菲了？——布丽迪怒气冲冲地说道，又开口对维里克医生说："医生，我……"

"医生？"护士的声音从门外传来。随后她从门缝里探进了头。

"什么事？"维里克问道，就好像他正在这个房间里一样。

你不会真的想告诉他吧——C.B. 说——想想贞德……

嘘——布丽迪努力想要听清护士说了些什么。

"布拉德想知道，他是否可以现在带沃思先生进来。"护士说，"他应该在一点钟返回医院。"

维里克医生看上去有些不高兴。"是的，好吧。"

为什么护士不让特朗进来？——布丽迪心中感到狐疑。但还没等她多想一会儿，一名技师已经推着金属小车走了进来。那辆小车上放着一块小一些的屏幕和一台笔记本电脑。他将小车推到检查台旁边，开始连接导线，敲击键盘。

你在开玩笑吗——C.B. 说——他把你从床上叫起来，让你一路开车到这里，而他却只是用电话联系这里？

特朗非常忙——布丽迪为自己的男朋友辩护——赫米斯项目极为重要。

你说得对——C.B. 说。

你这是什么意思？——布丽迪质问道。

C.B. 没有理会布丽迪的问题。你已经看出这有多么荒谬了，不是吗？——他说道——他们甚至都不在这里。

你也不在——布丽迪没好气地说——而且Skype至少还能关上。

的确——C.B.说——你说得有道理。让布丽迪惊讶的是，他竟然知趣地离开了。

"都设置好了。"技师对屏幕中的维里克医生说，"他们也在沃思先生那边准备好了。只要按下ALT-CONTROL和VID2，然后再按一下ENTER键，你就能联系上他了。"

如果我和他的连接能这么简单就好了——布丽迪想。

"谢谢，布拉德。"维里克医生说道。技师离开了。但维里克医生并没有急着让特朗出现，反而站起身，绕过自己的桌子，一屁股坐到桌角上，带着一股神秘的意味朝布丽迪俯过身子，就好像他真的在布丽迪的房间里一样。"抱歉，打扰了你的思路。刚才我在问你，你是否听到了沃思先生呼唤你的名字，或者和你说话？"

要知道，只要你让猫跑出袋子，就再也不可能让它回来了——C.B.说。

嘘。

"受术者的同理心越敏感，"维里克医生说道，"连接和情绪交流的形式就越复杂——触觉、声音、言辞……"

你看到了吗？——布丽迪暗中问道。

看到什么？——C.B.说——他在胡扯。你也听到了他刚才的说法："最初的连接是间断和微弱的。"天晓得。你和我从最初那一刻开始就完全连接上了。他还说连接至少在十二小时以内无法建立。但事实明显并非如此。他完全不知道连接到底是怎么回事。

不管怎样，他比你知道得更多——布丽迪回了一句，又开口说道："维里克医生，你说情绪敏感的人……"屏幕突然变蓝了。

是你干的？——布丽迪质问道。

干什么？

你很清楚干了什么——布丽迪说。这时技师推开了屋门。

"抱歉，"他急忙走到笔记本电脑前，"一定是信号出了问题。"他开

170

始不停地敲击键盘，"我马上让信号恢复。"

片刻之后，维里克医生重新出现在屏幕上。技师显然认为特朗也加入了交谈，因为他同时让特朗出现在另一块屏幕上，并说道："抱歉，耽搁你了，沃思先生。我们出了一点技术故障。你能听到我的声音吗？"

"是的。"特朗说道。他正坐在自己公寓的沙发里。现在他转头看向布丽迪。"你有没有告诉维里克医生，我们认为需要进行大脑扫描，以确定是什么阻碍了我们的连接。"

不！

特朗又转向维里克医生的屏幕。"她的 EED 出了什么问题吗？导致我们到现在都还没能连接上？"

"没有。"维里克医生重复了一开始对布丽迪说的话，告诉特朗，布丽迪的手术并没有明显的问题。

"你确定？"特朗还在坚持，"你在医院的时候就决定对她进行更多检查……"

维里克医生会告诉他，这样做是因为你在医院的时候曾经逃出病房——C.B. 说——快，问医生，压力是否阻碍了你们的连接。

"我们在工作中都承受了很多压力，"布丽迪急忙说道，"这会不会是问题所在，维里克医生？"

"肯定会。各种因素都有可能干扰连接，比如说压力、缺乏睡眠、缺乏……"

"如果你说我们缺乏情绪联系，那肯定不可能。"特朗插嘴道，"我知道这是情侣之间连接失败的主要原因。但我百分之百地钟情于布丽迪，我知道她对我也是一心一意。我们的生活中没有其他人，对不对，甜心？"他和维里克医生同时将目光转向了布丽迪。

电话铃声突然响起。特朗从衣袋里掏出手机。"抱歉，维里克医生，但我必须接一下……"

"当然。"维里克说着伸手按下电脑上的一个键。特朗的屏幕变黑了。

"我们在工作中正要应对一个大项目。"布丽迪解释说，"而且……"

维里克摆摆手，示意布丽迪不必道歉。"实际上，这是一件好事。我有一些问题。如果他不在场，也许你能更自由地回答我。沃思先生是对的。百分之九十五的连接失败案例都是因为情感绑定不够。你们遇到这个问题了吗？"

"当然没有。"布丽迪回答。但她立刻又记起 C.B. 说过，任何带有"当然"两个字的话都是谎言。她有些惊讶 C.B. 这时没有插嘴说几句讽刺的评论。

"你过去的生活中有没有出现过至今让你无法放下的浪漫关系？"维里克医生问，"或者现在有没有另一个人让你产生浪漫的情愫？"

"绝对没有。"

"你确定？人们自以为爱着自己的 EED 伴侣，实际上却早已对另一个人有了特别的感情，这种案例不算少。在一些案例中，受术者甚至自己都没有察觉到这种感情。"

布丽迪觉得，就算自己坚持说没有爱上 C.B. 也不会有任何意义。维里克医生只会认为她是"没有察觉到"自己的心意。C.B. 是对的。她不能向医生彻底坦白。

"除了特朗以外，我对任何人都没有感情。"布丽迪坚定地说，"我对此没有任何疑虑。我跟特朗一样珍惜我们的关系。"

"既然是这样，你们的联系肯定只是有所延迟而已。普通的延迟。"维里克医生注视着布丽迪，"在我们被沃思先生插嘴之前，难道你没有任何问题想要问我？"

现在没有了——布丽迪想。她对医生说："你已经回答了我的问题。"

"你确定完全没有接收到任何情绪和感觉？完全没有我描述过的那些体验？"

"确定。"

医生点点头，按下电脑上的一个键。特朗出现在屏幕上，他看上去有些烦恼。"很抱歉，"维里克医生说，"连接出现了一些问题。"

"布丽迪，你有没有告诉他，我们的问题不可能是因为情感绑定？"

特朗问。

"有。"

"那么，问题还会出在哪里，医生？现在已经快三天了。"

"我刚刚和弗拉尼根女士说过，这么长时间对于建立连接而言还算不上是不正常。"维里克医生说，"连接建立也许需要四到五天，甚至更久。"

"更久？"特朗害怕地说道，"有多久？"

"这很难说。情况会出现很多变化。"维里克医生若有所思地看着特朗，"但无论你怎样想强迫它出现，它反而肯定不会出现。紧张和焦虑会改变大脑的化学环境，让必要的神经通路无法建立，而这只会导致更大压力。这样的情况在想要孩子的夫妻中也会经常发生。他们越努力地尝试，受精就变得越困难。打破这种恶性循环才是关键。"

"那我们该怎么做？"特朗急切地问。

"你需要放松下来，让它自然发生。我会给你开一个抗焦虑的处方，同时我希望你不要再去想连接的事情，将注意力转移到其他事上。阅读、看电视、玩电子游戏、出去吃晚餐、去看一场棒球比赛或者电影，任何能够让你不去想连接的事情都可以。"

"夫妻生活呢？"特朗问道，不等布丽迪阻止他，他已经说了下去，"布丽迪说你告诉过她，我们应该在最初的几天里避免夫妻生活……"

"我是说，医院里的护士是这么告诉我的。"

"不，不是，"特朗说，"我记得很清楚。你说维里克医生……"

"我是说，护士叮嘱我要确保手术伤口的恢复……"

"这是一个好建议。"维里克医生说，"但我看不出夫妻生活有什么不好。只要是自然发生的，没有任何压力在其中。"

这怎么可能？——布丽迪绝望地想——我们在床上，而C.B.就在听着……

这个你不必担心——C.B.说——我不是一个彻头彻尾的受虐狂。

哦——布丽迪既惊讶又感动，还有一点奇怪的得意。她觉得自己的脸都要红了。

天哪，不能让他感觉到我的心情——布丽迪想——他会以为……

"弗拉尼根女士？"维里克医生好奇地看着布丽迪。

布丽迪怀疑自己是不是真的脸红了。天哪，不要这样。"是。"她竭力让自己的声音平稳下来，"很抱歉，你说什么？"

"医生问，你还有什么问题？"特朗不耐烦地说。

"哦，"布丽迪说道，"没有了。我想我明白应该做什么了。"

"你还有问题吗，沃思先生？"

"没有。"

"那好。我给你们开点阿普唑仑。我希望你们能够放松下来。不要有压力，不要感到焦虑，不要去想连接的事。只让它自然发生就好。它会来的。"他说完就关闭了特朗的屏幕。

"谢谢，维里克医生。"布丽迪从检查台上下来，去拿外衣。但维里克医生似乎还不想结束和她的谈话。

"如果你有任何连接体验，我希望你立刻打电话给我，无论是多么微小和转瞬即逝的感觉。"维里克医生又把手机号码念了一遍，"影像、声音等任何形式的感觉，无论你是否觉得它们属于连接的形式。我的一位受术者曾经感到非常寒冷，同时她还听到自己的未婚夫说：'关上门，简直太冷了。'你有过这样的体验吗？"

"没有。"

"几分钟以前，你要我重复一个问题。那时你有没有体验到某种连接？"

那时我脸红了——布丽迪想道。"没有。"她坚定地说。

维里克医生一皱眉。"你确定？你看上去很惊讶，而且……"他犹豫片刻，仿佛是在寻找正确的用词，"……很感动，忽然变得温柔起来。仿佛你听到了某种……"

屏幕变黑了。

谢天谢地——布丽迪想。"维里克医生？"她试探着问道，"你能听到我吗？我听不到，也看不见你。我觉得我们的通话中断了。"

没有回答。很好，赶快离开这里，趁还来得及——她边想边抓起外衣和手袋，溜出了这间办公室。大楼前厅空无一人。布丽迪犹豫了一下，不知道自己是否应该等护士送处方过来，但她不想让护士叫技师来恢复和维里克医生的通话。

而且——布丽迪一边开车经过黑暗空旷的街道，一边想——焦虑显然不是问题。过去这几天我只剩下焦虑了，但这丝毫没有影响我和C.B.的连接。

维里克医生就是在胡扯——她想道。但至少维里克医生说了连接建立可能需要几天时间。这就给了她更多的时间能够连接上特朗。她要充分利用这段时间。在回家的路上，她不断向特朗发出呼唤，就这样一直持续到深夜。星期六早晨，她又继续呼唤特朗。但她在这件事上依然没有时来运转。她和特朗唯一的联系只有当她开车上班的时候，特朗发给她的一连串信息："在买《通话中断》的票。""运气不好，卖光了。""我们中午在自助餐厅见？"

这让布丽迪想起她一到公司就应该给玛丽·克莱尔打电话，告诉她自己必须加班，不能带梅芙去吃午餐了。但还没等她的车子开进停车场，玛丽·克莱尔就给她打来了电话："我们必须重新定时间了。梅芙病了。"

"什么病？"布丽迪问，"是流感吗？"

"不，她没有发烧。她还没有任何症状。我真的很担心。"

果然是玛丽·克莱尔。"如果她没有任何症状，你怎么知道她病了？"

"因为她对我说她病了。她早晨起床的时候还好好的。我们吃早餐的时候谈论起母女读书俱乐部的事。突然间，她放下勺子说：'我感觉不太好，我觉得最好还是躺下。'然后她就进了房间，关上了门。我问她有没有感到肚子痛，还是哪里觉得痛，她说没有。我觉得可能是阑尾炎。"

我觉得是因为母女读书俱乐部。"不是阑尾炎，"布丽迪说，"那样她会发烧，而且会感到右肋侧疼痛。"

"如果是急性阑尾炎就不会有这些症状。我在网上查了。如果她再过两个小时还不好，我就打电话叫救护车。"

可怜的梅芙——布丽迪一边想，一边将车驶入停车场。

C.B. 的车已经在停车场里了。特朗的车也在。还有舒基的车。布丽迪太累了，暂时还没办法应付这些问题，也没办法应付阿特·桑普森。她刚刚走进公司大楼，就听到了阿特的声音："如果我被解雇了，我的储蓄根本维持不到六十五岁。"

布丽迪没有半分迟疑，她两步就冲上楼梯，一直跑到她的办公室，对萨拉说："我需要你给阿特·桑普森的办公室打个电话，取消我们十一点的会面，把它改到下个星期。"

"他的助手已经打电话来，把会面改在周一上午了。"萨拉说。

"哦，很好。有什么消息吗？"

"有的。一大堆你妹妹凯瑟琳的消息。还有特朗的秘书打电话来，说特朗预定了今晚八点在冷光餐厅的位子。特朗会在七点钟来接你。"

"谢谢。"布丽迪道过谢，朝自己的办公室走去，希望今天那里不会有自己的家人。她听到身后有人在说："一杯无咖啡因拿铁。"

布丽迪下意识地转过身子，心里想——如果萨拉在叫咖啡，我也可以叫一杯。但萨拉正在电脑前打字。

一定是外面走廊里有人在说话——布丽迪朝外屋门转过头，但那里没有人。

这声音是在我的脑子里——布丽迪兴奋地想道——它终于来了。我和特朗连接上了！不只是情绪，还有话语！C.B. 说他只会有二流的连接。这回是 C.B. 错了。他们也能够用心灵对话了，就像她和 C.B. 一样。

特朗，你能听到我吗？我能听到你了——布丽迪呼唤道。但特朗没有回答。

也许只是我这一边有连接了——布丽迪又想。她掏出手机，要给特朗发信息，却在最后一秒钟停住了。如果真的是特朗，为什么他要说"无咖啡因拿铁"？特朗不喜欢拿铁。而且他从不喝无咖啡因咖啡。那个声音也一点都不像他的。

C.B.，是你在说话吗？——布丽迪喊道。但那个声音也不像是

C.B. 的。

"出什么事了？"萨拉问。布丽迪差一点就要问她："刚才你有没有听到什么人在说话？"但她注意到萨拉眼睛里闪烁的好奇，而且萨拉正在伸手拿她的手机。毫无疑问，她要给舒基发信息："我的老板有点古怪。"或者更糟糕："我的老板听到了什么东西。"

"没有，一切正常。我只是在想一件忘记去做的事情。打给我的电话都不要转过来，记下来就好。"布丽迪说完就走进自己的办公室，关上了门。

大杯——那个微弱的声音继续说道——不，不要奶泡……声音突然中断了。这一次，布丽迪可以断定声音就在她的脑子里。也就是说，尽管声音不对，言辞也不太可能，但那就是特朗在说话。他也许是在让埃塞尔·戈德温去给和他谈话的人买咖啡。他意识中的声音和他实际发出的声音难免会有差别。

但 C.B. 的声音就没有这种变化——布丽迪想。C.B. 的声音也从不会如此微弱。他从一开始就很清晰，而且从没有话说到一半就消失掉，好像被切断了……

被切断了。那就是特朗的声音，它会被切断很可能是因为 C.B. 干扰了它。

C.B.！——布丽迪喊道——回答我！我知道你在。

用不着那么大喊大叫的——C.B. 说——我能听到你。出什么事了？

出什么事了？布丽迪愤慨地想——你一直都挡住了特朗！不要否认。我听到他了！

你听到特朗了？——C.B. 显得很惊讶——你是什么意思？你听到他了？你接收到他的感觉了？

没有，我听到了他的声音——布丽迪说——无论你怎样想把他和我隔开……

什么时候？没关系。有些事我必须告诉你。马上。我需要你到我的实验室来。

这样你就能向我解释为什么一直在阻止我们？

你在哪里？在你的办公室？布丽迪一定想了——是的，因为C.B.马上又说道——留在那里，我上来。

布丽迪不打算再听C.B.的任何谎言了。无论是在她的办公室里还是别的什么地方。她抓起手机，告诉萨拉自己要去楼下的自助餐厅，然后就向特朗的办公室走去。为了避开C.B.，她还特意选择了走楼梯。我早就应该告诉特朗心灵感应的事情，从一开始就应该告诉他——布丽迪一边想，一边跑上楼梯，在通向特朗办公室的走廊中快步前进。我真不应该听C.B.的话，对特朗隐瞒……

一只手从会议室的门里伸出来，抓住布丽迪的手腕。"你想干什么……"布丽迪喊了一声，才发现抓住自己的正是C.B.。

"嘘。"C.B.悄声说道，"先是医院，现在又是这里。你不明白'留在那里'是什么意思吗？"

"放开我。"布丽迪一边呵斥他，一边努力挣脱。

"先听我说完。"C.B.要把她拽进会议室。

"你不能绑架我！"布丽迪狂乱地环顾四周，想找一个人来救她。

"又是绑架。"C.B.说，"你到底是怎么了？"

"我怎么了？"布丽迪怒不可遏地想要把C.B.攥住自己的手指掰开，又一脚踢在C.B.的胫骨上，"你就是《歌剧魅影》里的那个家伙！"

"是钟楼怪人。"C.B.纠正她，同时放弃了对她的揪扯。"好吧。"他说道，"我们就在这里，在所有人的面前说这些事。这就是你想要的？我刚刚看见舒基朝这边……"

"嘘。"布丽迪急忙说了一声，同时任由C.B.把她拽进会议室。刚一走进会议室，C.B.就放开了布丽迪的手腕，又将"正在开会，请勿打扰"的牌子挂到门把手上，关上了门。然后他来到会议桌前，拿起一张纸和透明胶带。布丽迪看了一眼屋门，考虑自己是否来得及把这扇门拉开，逃到特朗的办公室去，如果C.B.……

别想——C.B.快步走到她和屋门之间——我能够听到你的心思，忘了吗？他用那张纸遮住门上的小窗口，然后拉出椅子。"坐下。"

"我站着就可以，谢谢。"布丽迪将双臂交叉在胸前。

"好吧。你是什么时候听到特朗的？"

"几分钟以前。"

"那是你第一次听到他？"

"是的。"

"你确定那是特朗？他都说了什么？"

"这和你没有关系……"

"他说了什么？"C.B.喊道，"我需要知道，布丽迪。"

"那样你就能封锁他了。"

"我没有封锁他！"

"那么，为什么他的声音会突然中断？你挡住了他。这就是原因。尽管你不断阻挠我们，但他还是冲破了你的障碍。也正因为如此，他的声音才会非常微弱，而且听上去也不像是他……"

她的话突然引起了C.B.的注意。"你这是什么意思？听上去不像是他？你第一次听到那声音的时候，不觉得那是特朗？"

"不觉得。那是因为你扭曲了他的声音，或者做了不知道什么事。"

C.B.没有理会布丽迪的指责。"告诉我，他都说了什么。"

"为什么？"布丽迪挑衅地说，"我还以为你能够听到我的想法。"

C.B.同样没有理睬这句话。"告诉我，他到底说了什么，一个字都不要差。"他的态度中流露出某种特别的东西，让布丽迪回答他。

"一开始的时候他说'一杯无咖啡因拿铁'，那时我觉得可能有人在走廊里说话。"

"你确定不是走廊里的声音？"

"确定不是。因为几分钟以后，我已经在办公室里，而且门也关上了。我听到他说'大杯'和'不，不要奶泡'。"

"就好像他正在星巴克点咖啡。"C.B.说道。看见布丽迪点头，他又问："听起来像是他在对你说话吗？"

"不像。"布丽迪承认。别想告诉我，特朗和星巴克的咖啡师进行情感绑定了。

"就是这样？你再没有听到其他声音？"

"没有，除了你的。"布丽迪回答。C.B.明显放松下来。一定是因为这家伙还在封锁着特朗。

"不，我没有！你说那个声音被'扭曲'了，是什么意思？它和特朗的声音有什么不同？它显得更加深沉吗？还是鼻音更重？有口音吗？"

"没有。"布丽迪皱起眉头，竭力回忆那个声音。但那个声音完全没有任何特征。布丽迪根本无法辨别它……

该死——C.B.说——这正是我害怕的。"我早就应该……"话说到一半，他指了指拽出来的椅子，"坐下，求你，我有些事情必须告诉你。"看着他认真的表情，布丽迪服从了他的命令。

"怎么了？"布丽迪问，"有什么问题？"

C.B.又拽出一把椅子，坐到布丽迪对面，向前俯过身，膝盖分开，双手在两条腿之间攥成拳头。"我早就应该告诉你这些，但我以为……你只能听到我的声音，我以为也许情况会这样维持下去，尤其是这么长时间过去了，还没有其他任何事发生。我……"

怎么这么长时间？——一个声音插进来，听起来很焦躁。布丽迪下意识地朝门上被纸遮住的小窗看过去，以为外面有人想进来。但她很快发现，C.B.并没有看屋门，也没有显示出任何听到声音的迹象。

是特朗——她想道。尽管那声音听起来仍然不是特朗的。但至少这一次，它说了特朗应该说的话。

我在这里——布丽迪喊道——我能听到你。

"你能听到谁？"C.B.想抓住她的手，"布丽迪，刚才你是不是听到有人在说话？"

"是的。是特朗。他问为什么我们用了这么长时间才连接上。"

"他这样问的？他用了'连接'这个词？"

"没有，"布丽迪承认，"但那就是他的意思……"

"告诉我他说了什么。这很重要。"

"他说'怎么这么长时间'。"

"这次的声音和上次一样吗？"

不一样。不过布丽迪说不出这两种声音有什么区别。她只是有一种感觉，它们属于不同的人。"不一样，都是因为你的干扰……"

布丽迪没有把话说下去。C.B. 正在看着她，但 C.B. 的表情中没有半点为自己辩护的意思。他的脸上只有怜悯，仿佛要告诉布丽迪一个非常可怕的消息。"怎么了？"布丽迪问。

"那不是特朗。"

"你是什么意思？不是特朗？你是说，那全都是我的想象？"

"非常不幸，那不是想象。"

"这是什么意思？那一定是他。否则那还能是谁？"

C.B. 表情中的怜悯意味更浓了。"某个人。"

"某个人？你说的'某个人'是什么意思？"

"我是说，那有可能是公司里的某个人，正在等待电脑重启；或者是一个正等在产房外面的丈夫，不知道为什么妻子的生产需要那么久；或者是一个人在等待红绿灯改变颜色。"

"但你确定那不是特朗在怀疑，为什么我们还无法进行连接？"布丽迪愤怒地问，"为什么不会是他？"

"因为你没有认出那个声音。这就意味着那是一个陌生人，和你听到的那个点拿铁的人一样。"

"你是说，我听到了两个陌生人说话？"

"是的。他们还只是开始。在随后的两三天里，你会听到许多……"

"你怎么知道这种事？"布丽迪问道。实际上，她已经知道答案了。"你也能听到他们说话，对不对？能听到许多其他人的声音。"

"是的。他们说的话一点也不让人高兴。我需要教你……"

"你听得到其他人的声音。"布丽迪飞速地思考着，"你能听到完全陌生的人说话。所以你知道，我们就算能听到彼此说话，也不代表我们有情感联系。你知道这是由其他原因导致的。但你从没有提起过。"

"好了，听着，我知道我应该早点告诉你……"

"早点？你应该立刻就告诉我。当这件事刚刚发生的时候。那是什么时候？"

"布丽迪……"

"你显然早就听到过其他人的声音，知道关于他们的各种事情。这种情况已经有多久了？"

自从他去医院接我回家时起——布丽迪回答了自己的问题——所以在我的公寓外，他知道凯瑟琳没有看见我们，也知道回去是安全的，因为他听到了凯瑟琳打算离开。

"还是你在那以前就能听到他们说话——当我还在医院的时候？"布丽迪又问道，"当然，你那时就能听到了。所以你知道护士离开了，还有他们在一起讨论是否要将我逃跑的事情告诉维里克医生。"C.B. 那时说他偷听到护士站里的谈话，其实他并没有，而是直接解读了他们的想法。所以他才会提起贞德听到了不止一个声音的事情，而现在又立刻明白了布丽迪的身上发生了什么。"你从那一晚开始就能听到其他人的声音了，就在你听到我的声音之后，对不对？"

C.B. 的脸上仍然是一副怜悯的表情。"不对。"

哦，我的上帝，在她去做 EED 之前，C.B. 就能听到他们的声音，还有她的声音。所以当她要离开公司去医院的时候，C.B. 才能截住她。所以 C.B. 从一开始就知道她要去做 EED。"你能这样听到声音有多久了？"布丽迪质问道。

"布丽迪……"

"回答问题。多久了？"

C.B. 深吸了一口气。"从我十三岁开始。"

第十二章

"我十三岁的时候听到了上帝的声音……那时我第一次感到非常害怕。"

——圣女贞德

"十三岁？"布丽迪重复了一遍，竭力想要理解这个答案的含义。

C.B. 点点头。"过完生日的三个星期之后。那时我刚刚进入青春期还没有几个月，所以你也许能够想到我认为造成这种事的原因会是什么。当时我们在学校里都会读《我从未承诺给你一座玫瑰花园》，那个讲青春期精神分裂症的故事，所以我觉得自己可能也遇到了同样的问题。我当时还不知道贞德，也不知道其他那些圣人也都是在这个年纪开始听到了声音。"

"你从青春期时起就能与听到的声音交流。"布丽迪说道。若果真如此，就解释了许多事情：他为什么会这样孤僻；萨拉说听到过他和自己说话；他总戴着没有接线的耳机。这也解释了为什么他在医院的那个晚上和布丽迪对话的时候没有半点惊讶；为什么他立刻就接受了他们可以进行心灵交流。因为他从十三岁起就在这样做了。

"错。我从十三岁起能够听到别人的声音。"C.B. 纠正布丽迪，"但不能和别人说话。这是最近才有的事。"

"多近？"

"非常近。"

"你是说，我是你第一个能够谈话的人？那么你说的'别人的声音'，是指多少个人？你能听到公司里的每一个人吗？"他当然能。他也许一直在偷听赫米斯项目的会议，还在笑话他们为了提防苹果公司而采取的保密措施……

"实际情况不是你想的那样。"C.B. 说,"你没办法控制自己去听某个人的某一段话。这种事情的发生是随机的。就好像刚才你听到的那个:'怎么这么长时间?'这些声音会突然出现,而且它们还会一直出现,所以我必须教你该如何封锁……"

"我就知道,"布丽迪说,"你封锁了特朗!"

"哦,老天爷。"C.B. 挠了挠头发,"最后一次告诉你,我没有封锁你那个蠢货男朋友!我是要帮你封锁那些混乱的声音。你必须建起一道防波堤,好挡住它们,而且现在就要做这件事,不要等你听到更多声音的时候再做。今天你刚开始听到那些杂音,所以我们还有一两天的时间,随后情况就会恶化。但建立防御也是需要时间的,我需要教你……"

"我不相信你没有阻止特朗和我连接,"布丽迪冷冷地说道,"你显然能够听到他,这就意味着你知道他有多么爱我,他是多么想和我连接在一起,但你对此什么都没有说过。就算我相信你没对我们动过手脚,你也从没有告诉过我,为什么我能听到你,而这件事你一定早就知道原因了。你告诉我,这是因为我们有情感联系……"

"我没有。我说的是特朗会这么想。但实际情况不是这样。在医院的那个晚上,我没有告诉你,是因为我害怕你完全无法接受,并因此做出更傻的事情来。只是听到我的声音,你就已经拔出了输液针,还逃到楼梯间里。我害怕如果我把一切都告诉你,你也许会从电梯井跳下去,或者有别的什么疯狂举动。"

"那以后呢?"

"我把你从医院接回家的时候,曾经想告诉你……"

"那是两天以前。"

"我知道。我也许应该早点告诉你……"

"也许?"

"好吧,那么,我的确应该告诉你。但我还是希望不必让你知道。你一直都没有听到过其他人的声音,我还以为也许 EED 只会让你有一部分心灵感应的能力，你不可能听到别人的……"

"那样也许你就能让我相信，我们的确有情感联系，我就会投入你的怀抱。"

"不，当然不是……"

"或者你至少能够用那个情感联系的借口阻止我告诉特朗。当然，所以你才会和我说那些爱人遇险的故事，那些被鱼雷击中的水手和内布拉斯加州的女孩。你还和我讲了那个布丽迪·墨菲的故事，又用'听到声音'的研究让我相信维里克医生会认为我是个疯子。你在竭尽全力阻止我将这件事告诉他们。"

"你是对的，我是在这样做。因为……"

"因为你不想让他们发现你有心灵感应的能力。"布丽迪说，"所有那些——那条温热的毯子、开车送我回家、带我去取车，都是为了封住我的嘴。你根本不在乎我的感受，也不在乎我和特朗的关系，不在乎他会不会认为我和他连接不上意味着我不爱他，他会因此和我分手。这些都不重要。你在乎的只是隐瞒住你宝贵的秘密。"

"宝贵的。"C.B.喃喃地说道，"我肯定不会用这个词来形容它。布丽迪，听我……"他向布丽迪迈出一步。

布丽迪抬手挡住他。"不，我不听。"她几乎相信了这个家伙的谎言，甚至真的开始喜欢上这个家伙了，"我不能相信你竟然会这样对我。我真想杀了你！"布丽迪叫嚷着向门口冲去。

"布丽迪……"C.B.伸手想拦住她。

"你还敢碰我？你这个骗子。你这个浑蛋……你……"布丽迪踉跄一步，一时间甚至想不出一个合适的恶名来称呼他，"你这个钟楼怪人！"布丽迪猛地打开屋门，"不要跟着我！"

她像狂风一般冲出会议室，一边在走廊里奔跑，一边在衣兜里摸索手机。她必须找到特朗，必须告诉他……

C.B.说道——布丽迪，你不能……布丽迪在狂怒中转过身，瞪视C.B.。

她身后的走廊空无一人。离开我——布丽迪恨恨地说。

你不能就这样一走了之，布丽迪——C.B.说——我还要教你该如何保护自己。一旦你真的开始听到别人的声音，再想建立起防御就会困难许多。

我不打算让你再教我什么——布丽迪说。但她很清楚，自己没办法阻止C.B.。我恨心灵感应——她想。

是的，但如果你不让我教你，在随后几天里，你还会对它增加许多恨意……

让你教我？教我更多谎言？

那些不是谎言……

那又是什么？所有那些想要找出心灵感应原因的所谓研究……

我的确做了研究。只是……很早以前就做了。我刚刚告诉你的关于听到陌生人声音的事情都是真的……

我为什么要相信你？——布丽迪气愤地说——你在所有事情上都对我撒谎。我打赌，你说的所有那些防御和防波堤的事也全都是为了阻碍我和特朗连接。

根本就没有……

那么简单？——布丽迪苦涩地说——你总是这样对我说。我又怎么知道你这次说的不是谎言？

因为……

我不想听。现在，走开——布丽迪拿出手机——否则我就报警，告诉他们，你在骚扰我！我会申请对你的禁制令！

以现在的情况，我怀疑这样做不会有什么好处。

我说到做到——布丽迪开始翻动手机上的联系人名单——我这就打电话给警察。

不，你不会——C.B.说——不记得了？我能听到你的想法。你要给特朗打电话。这是一个真正的坏主意。

不，坏主意是一开始就没有告诉他——布丽迪拨通了特朗的号码。

特朗的手机直接转到了语音信箱。布丽迪又打给他的办公室。他的秘书接了电话："哦，布丽迪，他正在参加保密会议。"

这就是你想的——布丽迪想——有了心灵感应，全世界对你而言都没有秘密可言了。我一定要把这件事告诉特朗。

"有什么事我能帮你吗？"埃塞尔正在问话。

没有。"你能让他在会议结束之后尽快给我回电话吗？"

"当然。你有没有收到信息？特朗要在七点钟来接你去吃晚餐。"

"有。"

你要去吃晚餐？——C.B. 惊恐地问——去餐厅？你不能去。你需要尽量远离那样的地方。

你的意思是远离特朗吧。因为如果我们在一起，也许就能有连接，这样你那个将我们分隔开的小计划就不攻自破了。

不，因为你绝不能去人群聚集的地方——C.B. 说——餐厅、剧院、教堂、足球场、聚会。一群人在一起会……你需要现在就建立防御，不要接近声音汇集的地方。我要教你如何建立屏障。

没错，我需要一道防线，好挡住你！让布丽迪惊恐万分的是，她竟然将这句话说了出来。

不过埃塞尔还在平静地说话："我会告诉沃思先生，开完会就给你打电话。"

"谢谢。"布丽迪说，"你知道会议还要进行多久吗？"

"不知道。"埃塞尔一定是察觉到了布丽迪焦急的语气，所以她又问道，"一切都还好吗？"

"是的，当然。"布丽迪故作轻快地说道，"我只是想知道而已。"

布丽迪挂上电话，茫然地盯着自己的手机，不知道是否应该再打给埃塞尔，问清楚特朗在哪里开会，然后直接去敲门，赶快把这一切告诉他。但这样做很有可能只会让他们两个人都被解雇。我不必这么做——她心里想——我还有另一个联系他的办法，而且我可不打算让 C.B. 继续阻止我和他的连接。

特朗——她呼唤道——你在吗？我需要和你说话。

这也是一个坏主意——C.B. 说——你现在最不应该做的就是敞开自己，试图和外界进行联系。那些声音……

我想听到那些声音。那总比听到你的声音要好！

不要自以为是。你现在还只听到了两种声音，很快你听到的就会越来越多。它们会越来越频繁地出现。再过一两天，你就会无时无刻不听到他们的想法了。

就好像你听到我的想法？——每当布丽迪以为 C.B. 已经离开的时候，他都潜伏在她的思想中，像贼一样窥探她的一举一动。你曾经在我洗澡的时候偷听我——布丽迪向他发出责骂——你这个变态！

好吧，随便你叫我什么，但你必须听我……

不，我不听。无论你要警告我提防什么，那都不可能比你更坏！快离开我，再也不要靠近我！

你不能去人多的地方，你也不能摄入任何让神经放松的东西，无论酒精还是镇静剂，都不行。维里克有没有给你开那种药？比如阿普唑仑、安定或者其他类似的药物？

这和你没关系。——布丽迪说。她该怎么知道 C.B. 在什么时候偷听她的想法？

好姑娘——C.B. 说——没有拿那个医生的药方是对的。如果他把药方传真给你，不要接收。

我才不会听你的——布丽迪索性唱起了——啦啦啦啦……

这抵挡不了那些声音，把手指塞进耳朵也不行。唯一能够……该死！

什么？——布丽迪怀疑地问——特朗又开始努力连接我了？

不是——C.B. 回答。但他的语气又好像是根本没有听布丽迪在说些什么，只是自顾自地嘟囔着——该死，它们从来都不是下雨，而是山洪暴发。然后他又对布丽迪说——听着，答应我，你什么都不会做，直到我能够认真和你谈这件事。这很重要。然后他就消失了。

好的——布丽迪说。这只是为了防备 C.B. 还在。布丽迪才不会听那家伙的。她转身向自己的办公室走去。她一直走在走廊中央，以免C.B.埋伏在复印室或者员工休息室，再把她拽进去。

C.B.不在那些地方。谢天谢地，布丽迪也没有遇到其他人。但就在她要回到自己的办公室时，她听到阿特·桑普森说："……我的储蓄根本没办法支撑我的生活。"

可怜的家伙。他似乎一直在走廊里游荡，对所有愿意听他说话的人谈论裁员的事情。我可不想听——布丽迪心中想着，一头钻进自己的办公室。她已经有太多麻烦要应付了。

萨拉也是这些麻烦之一。一看到布丽迪，她就警惕地站起来说道："你还好吗？"

"是的，当然。"布丽迪想从她面前走过去。

"你看上去……你是不是和谁吵了一架？"

布丽迪知道自己看上去肯定是一副刚刚发过火的样子。如果不想让萨拉对舒基说她和特朗分手了，那她最好说些什么。"是的，和阿特·桑普森。现在就连星期六加班也会让他感到不安。"

萨拉一皱眉头。"阿特·桑普森？他不在这里。"

"不在这里？"布丽迪茫然地重复了一遍。

"不在。所以他的助手才会打电话来取消会面。因为他病了，今天没法来上班。"

但我听到了他的声音——布丽迪想。

萨拉则满脸忧虑地看着布丽迪。"你还好吗？"

"是的，当然。他一定来拿过一些文件或者别的东西吧。"

"既然他生病了，为什么还要过来？为什么他的助手不能把文件传给他？"

布丽迪想起了C.B.的谎言规则，就回答了一句："我不知道。"然后她匆匆走进办公室，关上门，以免再有任何麻烦跟进来。她刚才的确没有见到阿特·桑普森在这条走廊里走动。那么阿特的声音就是直接出现在她的脑子里。昨天也是吗？

布丽迪告诉 C.B.，自己在今天刚刚开始听到别人的声音。但如果阿特·桑普森的声音在昨天就已经进入她的大脑，那么她说得就不对了。她是从昨天上午开始就听到了其他人的声音。而 C.B. 说过，再过一两天，她就能听到许多声音，多到她完全无法控制。那么这个麻烦在今天就有可能出现。如果 C.B. 说的是实话，如果这不是又一个阻止我向特朗坦白的谎言，那该怎么办？布丽迪不知道自己是否应该把这件事告诉 C.B.。

　　我要先确定阿特·桑普森今天是不是的确没来——布丽迪给阿特的办公室打了电话。

　　阿特·桑普森不在办公室。他今天早晨打电话请了病假。五分钟以后，布丽迪听到他说——先是裁员，现在又是流感，这不公平！——又过了一会儿——该死的阿司匹林在哪里？她明明说是在药箱里。很明显，阿特·桑普森的确在家。

　　但布丽迪没有再听到那个点无咖啡因拿铁的声音，还有那个说"为什么这么长时间"的人。至少听到阿特·桑普森说话能让她更容易向特朗解释关于 C.B. 的事。她绝不可能和 C.B. 有任何情感联系。

　　市场部的罗琳突然也跳进她的脑子——公司里一定有间谍。真想知道他是谁。也许就是我的主管。真希望是这样。最好她被快一点抓住，被解雇。我需要给人力资源部的杰里迈亚发个消息问问，看看他认为是谁。他可聪明了。

　　如果特朗能够突然跳进来就好了，但他没有。C.B. 也没有，这一点真令人高兴。也许他终于明白，我不会再听他的谎言了——布丽迪想。

　　但 C.B. 的话并非全是谎言。布丽迪听到了更多声音，而且这些声音的闯入似乎真的是无法控制的。布丽迪想要多听一些罗琳的想法，不想听阿特·桑普森的抱怨，但她的努力毫无效果。这让她有一点担心。如果 C.B. 说的是实话，那么他告诫自己要远离人多的地方也是实话吗？

　　C.B. 这样告诫她肯定是因为不想让她和特朗一起去餐厅。而阿特·桑普森和罗琳大概是不必费力去防御的。在脑子里听听他们的嘀咕也不会比每天在来办公室的路上被截住更令人烦恼。实际上，这样反而更好。布丽迪不必再找借口躲着他们了。知道罗琳痛恨自己的上司，还和人力资源部的某个人有特殊关系，这些都挺有趣的。

萨拉走进来告诉布丽迪，吉尔·昆西想见她，以及特朗给她发了一封邮件。布丽迪打开邮件，看到那上面是蒂芙尼订婚戒指的广告。邮件的附言是："在晚餐前可以想想这个。"

也许他的会议已经结束了——布丽迪想。她给特朗打了个电话，还是没有人接。她又看看邮件的发出时间，是在今天的早些时候。

布丽迪起身去见吉尔，不知道自己是否也会听到吉尔的声音，知道她在悄悄喜欢着谁。要小心，你现在变得和舒基一样了——她不由得又开始寻思，如果舒基能够听到别人的心声，那该是一件多么可怕的事情。

那样我们就都没有安全可言了——布丽迪想。她不得不承认，C.B. 是对的，心灵感应果然很危险，而且令人极度不安。阿特·桑普森不在这里，布丽迪还能知道他的声音只在自己的脑子里，但是对别人，她根本无法判断他们是真的在和她说话，还是只在她的脑子里发出声音。当她听到菲利普说"布丽迪·弗拉尼根"的时候，她根本没有理会。结果菲利普追上她问道："你听到我说话了吗？我想问一下，你知不知道赫米斯项目到底是做什么的？有人告诉我，那是一种智能棒球帽。"

布丽迪觉得还是智能文身更好一些。"我不知道。"她说，"我听到过各种各样的说法。抱歉，我还有个会。"她继续向前走去。

"哦，没错，你知道。你只是不想告诉我。"菲利普说。布丽迪不知道他有没有真的将这句话说出口，因而也就不知道自己是否应该回答。

也许精神分裂症不是从失去理智开始的——布丽迪想——也许他们只是不知道自己听到的声音是不是真的。

走进吉尔的办公室，布丽迪长出了一口气。她坐到要和自己谈话的人对面，这样她就能看到吉尔是不是在说话了。不过这似乎并没有必要。在整个交谈过程中，她都没有听到吉尔的想法，也没有听到任何其他人的想法。

"好的，"吉尔最后说道，"那么你可以把相关的分析发给我了？"

"是的。"布丽迪一边回答，一边起身准备离开。

"那么我猜，你和特朗今晚要做些兴奋的事情了？"

希望不会——布丽迪想。"不，他只是带我出去吃晚餐，去冷光餐厅。"

"哦，你可真幸运。我一直都想去那里！你在那里一定会度过一段美妙的时光！"

美妙的时光——布丽迪在返回自己的办公室时心情格外沉重——我对此表示怀疑。等我告诉特朗，我能够听到声音的时候，我一定不会觉得美妙。但至少她终于可以不再说话，而且……

"布丽迪……"她听到吉尔在说话，就转过身，以为吉尔忘记了什么事情，要追上来告诉她，但走廊里空无一人。

我听到的是吉尔的想法——布丽迪想——那就是五种声音了。不，是六种，可能菲利普只是在心中认为我知道赫米斯项目。C.B. 在这件事上没有说话。布丽迪真的开始听到越来越多的声音了。

"不，我们在今晚可不会做什么兴奋的事情，"——吉尔模仿布丽迪的口气，带着挖苦的意味说道——"特朗只是带我去冷光，城里最贵的餐厅。"哦，我真想一巴掌抽在她洋洋自得的小脸上！

我没有洋洋自得——布丽迪表示抗议——是你在询问我们要做什么。

听到她吹嘘那个完美的蠢男友和她完美的蠢生活真让我恶心！

这个话题是你先开头的——布丽迪有些难堪地想。吉尔竟然会这样看她，这让她吓了一跳。幸好这时阿特·桑普森又闯了进来，不停地念叨着他的健康保险。但是当布丽迪回到自己的办公室，看见萨拉向她露出欢快的微笑，她不由得想道——你也讨厌我吗？

"你有不少信息。"萨拉说，"你姐姐玛丽·克莱尔打电话来说你外甥女感觉好一点了，但她还是很担心。凯瑟琳打电话说她决定去'拿铁约会'。我不太清楚那是什么。"

"一个约会网站。专为只想喝杯咖啡、不愿意吃午餐的人服务。"

"真希望我能知道内特是不是真的爱我。"萨拉幽怨地说道。布丽迪发现自己正盯着萨拉，不知道这句话是萨拉说的，还是她想的。

"特朗·沃思的秘书打来电话，说他的会议会延时。所以你可以先回家，他会在七点钟来接你。哦，还有这个，也是给你的。"萨拉指着一大束浅粉色的山茶花说。花束上的卡片内容很简单："今晚，特朗。"

"谢谢。"布丽迪说着拿起了那束花，走进自己的办公室，一边打起精神，准备迎接一些没有说出口的怨言。

真希望她能早点回家——她听到了萨拉的想法——她看上去真是累极了。布丽迪非常庆幸自己没有对萨拉说过什么残忍的话。她又走出来，对萨拉说："你可以回家了，萨拉。这里的事情我会处理好。"

她没有再听见萨拉的话，也没有听到别人的声音。完成工作以后，她去找自己的车。C.B.再没有发出过任何声音。这样也好。因为当她将车开出停车场的时候，埃塞尔·戈德温打来电话告诉她，晚上的计划有变，特朗不会来接她了。他们可以在剧院见面。

"剧院？"布丽迪问。

"是的。特朗最终还是搞到了《通话中断》的票。这样你们就能够去看戏，然后再一起吃晚餐。"她告知布丽迪剧院的名字和地址，"演出在八点钟开始。"

如果C.B.不希望她去餐厅，那么他肯定也不想让布丽迪去剧院。布丽迪很高兴他没有突然窜出来，再次喋喋不休地向她灌输各种匪夷所思的东西。尤其是她回家的一路上交通情况都糟糕得要命。看样子，她绝对不可能及时回到家里洗澡和换衣服了。而且现在她知道了C.B.也许正在窥视自己，这让她怎么洗澡？

也许她应该听C.B.的话，想办法把那些声音都挡在自己的脑子外面。但她也可以利用那些声音挡住C.B.。就像C.B.自己说的那样，建起一道屏障。我肯定要那么做——布丽迪想——一道用铅铸成的屏障。他说他的窥视不是X光射线，但万一他在说谎呢？

路上的车辆变得愈发拥挤。布丽迪的正前方有刹车灯在闪动。布丽迪立刻打开转向灯，准备转换车道。

"你到底想要干什么？"一个陌生的声音在她的耳边响起。

布丽迪在慌乱中转过头，想要看看是谁坐在她的车后座上。一阵喇叭声响起，让她意识到自己的车在突然转向。她将车拐回到原先的车道上，心脏剧烈跳动，嘴里向差一点被她撞上的那辆车咕哝着"抱歉"。那辆车的司机做出一个粗鲁的手势，向她大声咆哮——你没学过开车吗？

我的车后座上没有人——布丽迪在急速的心跳中对自己说。那只是一个声音，就像听到有人要无咖啡因拿铁一样。

但她现在只能用全部意志力盯住前方的道路。她伸手去拿手机，同时将车转向出口匝道。

会不会看红绿灯？脑子放清楚一点！你到底是走这条车道，还是走那条？

他没有对我说话——布丽迪坚定地告诫自己，然后继续右转，离开匝道，进入一条地面上的街道。

一找到能停车的地方，布丽迪立刻停下车，打开手机，在联系人名单上翻到911，手指悬在拨出键上，就好像有人用枪指住她的脑袋一样。然后她转头去看自己的车后座。

真的没有人。只是有人在冲其他司机喊话而已——布丽迪放松下来，开车回到高速路上。但那个人的怒吼还是让她全身发抖，尽管她知道那不是针对她的。

耶稣啊，怎么会有这种人！——那个人又开始吼叫——看着点！学学开车！这时布丽迪的车刚刚又走了一英里。另外一个声音紧接着说道——上帝，以这个速度，我要到八点钟才能把东西送到！

他一定像我一样遇到了堵车——布丽迪一边想，一边听那个人继续说——如果不是要把那束山茶花送到无限通联公司去，我就不会被堵在这里……布丽迪没有听到后面的话，但她知道那是谁——一定是替特朗跑腿送花的人。

如果在这里下车，我就能直接去送那些玫瑰和那个花环了——他说道。几秒钟以后，阿特·桑普森又开始说话。他还在嘟嘟囔囔地说着被辞退的事。布丽迪听着他的独白，直到走进家门，其间还夹杂着路怒司机的叫喊和吉尔的腹诽。所有这些都让布丽迪相信，自己最好还是不要开车去剧院了。

她立刻预约了一辆出租车，然后去洗澡，同时想象自己被一道屏障围绕，以免 C.B. 会偷听她的动静。她很惊讶 C.B. 这些年是怎么熬过来的。这时她想起 C.B. 说的那句——该死，它们从来都不是下雨，而是山洪暴发。不由得好奇 C.B. 在做什么，为什么会这样说。这是否意味着……

天哪，你看看！一个声音说道。布丽迪下意识地伸手去抓毛巾。

"走开！"她叫喊着用毛巾捂住身子，同时抓起洗发水的瓶子当作武器。

但那只是那个送花的人在说话——有一半的花都折了！我只能再回店里去了。

这太荒谬了——布丽迪想。她庆幸自己没有再听到别人的声音，匆匆擦干头发，穿上翠绿色的塔夫绸露背长裙，还有特朗送给她的钻石耳环，然后盘好头发、涂好睫毛膏和唇膏，又去寻找银色晚礼服手袋。

她的手机响了。希望不要是我的家人——她想——我已经没力气应付她们了。

不是她的家人，是出租车。她告诉司机，自己马上就下来，同时拉开最后一个抽屉。非常幸运，她找到了那只晚礼服手袋，便将唇膏、梳子、信用卡、钥匙和手机都塞了进去，随后快步跑下楼梯。当她上了出租车，出租车开出半个街区的时候，她才意识到自己什么都没有吃。而他们要到演出结束以后才会吃晚餐。好吧，如果她能早一点赶到，也许能在星巴克找些吃的。

但情况好像没那么简单。出租车刚一拐上林登路，就再次一头撞进走走停停的堵车大军。当然——布丽迪想——今天是星期六晚上。她再一次为自己没有选择开车而感到庆幸。

"哦，该死！"司机又开出一个街区后喊道，"瞧瞧这些车，简直是一场噩梦！"

"我知道。"布丽迪看到前面是一片红色刹车灯的海洋。

"你说什么？"司机在后视镜里向她瞥了一眼。

布丽迪向前俯过身，将双手按在前排座位的靠背上。"我说'我知道'。"

"知道什么？"

哦，上帝——布丽迪想——他没有把那句话说出口。"没什么，"布丽迪说，"抱歉。"

"你还好吧？"司机在后视镜里向她皱起眉。

"是的。"布丽迪竭力露出一个微笑，"我刚刚在自言自语。"车子再次发动的时候，布丽迪已经滑到了座位一端。如果下一次她再听到有人说话，就要先看看司机的嘴是不是在动。不过这其实完全没有用，布丽迪很快又听到了其他声音。

如果公司真的要裁员，那么摩托罗拉一定也会裁员——阿特·桑普森苦恼地嘟囔着；罗琳在说——如果我必须继续忍受我的主管，哪怕只是一天……那个送花的人说——希望没有花要送了。

又过了两个街区，吉尔说——我在吃拉面，她却要去冷光了！这不公平！就因为她有一脑袋红头发，她就以为自己有多了不起了！我打赌，她的头发一定是染的！

C.B. 没有说谎——布丽迪想——这就像在中学的澡堂里。

我一个星期里就为那个叫沃思的家伙送了四单货——送花的人说——他一定是做了什么对不起她的事。或者就是她根本不想和他出去，他只能用甜言蜜语勾引她！

"特朗要带我去冷光了！"——吉尔还在用轻蔑的语气模仿布丽迪说话——"特朗要带我去铱星了！""特朗和我要去做 EED 了！"

"抱歉，耽搁你这么久，我看看能不能找到一条更好的路。"司机将车转向林肯路。他们总算畅快地走了几个街区，但很快车又完全停下来了。"你要几点到？"

"八点。"但没关系，特朗和我不会去看那出戏的。我根本受不了那么多的抱怨。仿佛是要证明她的想法，她突然听到菲利普说……那辆车上的红头发看上去像是布丽迪·弗拉尼根。沃思要和她做 EED 根本不是为了"连接"她的心灵。他就是为了在床上更爽……就连我看着她都……

心灵感应真是一件可怕的事情——布丽迪想——我真应该早一点告诉特朗这件事。她必须让特朗放弃看《通话中断》，跟她去一个清净的地方，让她把一切解释清楚。

她希望特朗能够相信她。就连我自己都没办法相信，虽然这就是发生在我身上的事。布丽迪回忆起自己是如何指责 C.B. 在医院病房里安装窃听器，对她玩弄骗局。

他就是在骗我。布丽迪胸中的怒火再一次熊熊燃烧起来。特朗是否也会像她一样，指责她为了给无法连接找理由而编造了一个疯狂的故事？或者更糟糕，真的以为她疯了？

不——布丽迪想——他当然会相信你。他爱你。全都是因为 C.B. 告诉你那些听到别人声音的人被诊断成了精神分裂症，才让你不敢把实情告诉特朗。

她向前探过身子，想看看他们距离目的地还有多远。连剧院的影子都看不到。她瞥了一眼手机，七点半了。"我会尽力的。"司机喃喃地说道。

"我知道。"布丽迪刚说完就想道——哦，上帝，如果他这次也没有说出口呢？

不过她显然回答对了。因为司机又说道："别担心，我会按时把你送到的。"他用力一按喇叭，车子咆哮着拐上左边的车道，距离前后两辆车只有毫米之差。

布丽迪缩回到座位里，不知道是否要告诉司机，自己还是下车走路好了。但那样的话，司机就必须找地方停车，才能让她下去。但这很可能会要了他们两个人的命。如果她迟到了，结果反而可能会更好。如果演出已经开始，那么她就更容易劝说特朗放弃那出戏，和她去别的地方谈谈。而如果现在的堵车状况能够善解人意地再持续半个小时……

但又经过了一个街区的车辆拥堵、喇叭吼叫和险些遭遇车祸之后，车流突然像红海一样分开了。布丽迪的司机驾车全速冲到剧院门前，让她下了车，还对她说："我告诉过你，我会准时把你送到的。"

你的确做到了——布丽迪想着，抬头看向满是观众的人行道。真不幸。这些人显然并不着急进入剧院。他们三五成群地站在一起，抽着烟，闲聊着，偶尔向朋友打个招呼。布丽迪瞥了一眼自己的手机，刚到七点四十五分。

她没有看见特朗。也许他也被困在车流里了，还没有到——布丽迪的心中又升起希望。如果特朗迟到了，那就更好。她付了车钱，往剧院里面走去。

走进剧院没多久，她就停住了脚步。剧院的前厅里挤满了人。C.B.说我不应该去人多的地方——她想道。但如果 C.B. 的意思是这会让布丽迪听到更多的声音，那他显然是错了。布丽迪在这里只能听到周围人们真正的说话声。他们都在聊交通状况和即将开演的戏剧："你知道戏的内容吗？""不知道，不过它获得了托尼奖。""我真喜欢你的外衣！""……赶到这里绝对是一场噩梦。"

布丽迪在前厅里转了一圈，寻找特朗。她经过穿晚礼服的女人和西服正装的男人，绕过排队等待寄存大衣的人和购买纪念 T 恤和马克杯的人，又看向楼梯上那些将票交给引座员，走进观众席的人，但到处都没有特朗的影子。很好。

"她在哪里？"一个女人在她身后说道。布丽迪转过身，看到一个身穿裘皮的中年女子。"快到入场的时间了。如果我们因为她而错过第一幕……"

"不会的。"那个女人的朋友说，"我告诉过她，如果她没有在前厅找到我们，那就代表我们已经进去了。我们会把她的票留在服务台。"

布丽迪没有想过特朗可能把她的票也留在服务台了。她穿过人群，来到服务台窗口，报出自己的名字。窗口后面的人在一盒子信封里翻找了一遍，又向她问道："你说弗拉尼根的票？"

"是的，"布丽迪说，"或者有可能是沃思的。"那名服务员又查看了一下 W 字开头的名单，有条不紊地在盒子里寻找了一番。而此刻布丽迪身后已经排起了长队。

"哦，我的上帝，"一个女人在布丽迪耳边说道，"你还能更讨厌一些吗？"

布丽迪转身想要道歉，但她身后是一位年长的男士。男士身后是两个年轻女孩，正兴致勃勃地聊着下个星期去看《汉密尔顿》。附近唯一的女性是一名漂亮的金发女子。但那句话显然不是她说的，因为她正在向一名身材壮实的年轻男人露出明艳的微笑。那个男人似乎正在向她讲述这座剧院的历史。"以后我再也不找简帮我解决问题了，"还是那个声音在说话，"这些家伙都是彻头彻尾的呆子。"

只不过是另一个陌生人而已——布丽迪心里想着，转过头去看窗口后面那个已经有些不耐烦的服务员。他显然刚刚对布丽迪说了些什么。"很抱歉，"布丽迪说，"你刚才说了什么？"

我可不在乎这个剧院有多老，有谁在这里演出过——那个正在相亲的女人说道——我就知道，我应该坚持先和他喝咖啡。

"小姐，"服务员说道，"小姐！"

"抱歉。"布丽迪说。

"我说，你报的两个名字，这里都没有票。"他向前一探身，朝布丽迪后面看过去，"下一个……"

如果我先和他喝咖啡，就不会在这里耽误一整晚了。也许我能在中间休息的时候溜出去。

"好了，快让开吧，"那位老者说，"他已经说了，没有找到你的票。"

布丽迪转过头看着那位老者，惊讶于他竟然如此粗鲁。但那位老者只是礼貌地看着她，正在排队的其他人也是一样。"耶稣基督啊，你打算在这里站上一整晚吗？"

我也听到了他的想法。

"下一个。"服务员焦躁地喊道。布丽迪这才意识到自己还站在服务台的窗口前。

"抱歉。"她再次道歉，并让到一旁。

有些人就是这个德行——那位老者还在尖刻地说着——她到底想要干什么？

在听人说话——布丽迪想。C.B. 警告过她，要远离这样的地方。现在她明白是为什么了。观众席上的人会更多。所以她必须说服特朗到安静的地方去。

我绝对不可能坚持到幕间休息——那个相亲的女人还在说话——也许我应该请这个戏剧呆子给我买一份剧目单，然后趁他离开的时候赶快从侧门溜走。

真是个不错的主意——布丽迪想——我也可以从侧门溜出去，等到大幕拉起的时候再进来。然后我可以对特朗说，我因为堵车迟到了。她穿过人群，朝刚刚进来时的那个门走过去。

你不看看自己要去哪里吗？——一个女人的声音说道。随后毫无疑问是特朗的声音——布丽迪！布丽迪！

哦，不——布丽迪想——不要现在连接上啊，不要在……

"布丽迪！"原来是特朗真正的喊声。他随后微笑着出现在布丽迪面前，"你没听到吗？过去五分钟里，我一直在喊你的名字。"

"不是，我……这里的声音太嘈杂了，"布丽迪结结巴巴地说，"我们能去个安静点的地方吗？我要和你谈谈……"

"听着，现在计划有变。"

哦，感谢上天——布丽迪想——他终究还是没有搞到票。

"你绝对猜不到发生了什么，甜心。"特朗一边说着，一边领布丽迪走过人群，来到台阶前，"我和汉密尔顿开会的时候，恰巧提到我们今晚打算来看戏，却没有买到票。他说他和他的夫人也要来看今晚的戏，还坚持邀请我们一起来。这是不是很妙？"

第十三章

"这一次，因为她没有说话，众人的声音也就没有参加进来，可是，真叫她惊讶得很，他们全体用思想大合唱……"

——刘易斯·卡罗尔，《爱丽丝镜中奇遇记》[①]

"哦，真希望你穿的是那一身黑裙子。"特朗向布丽迪皱起眉头，"它要素雅精致得多。哦，好了，没关系。"他挽住布丽迪的手臂，向引座员挥一挥他们的票，"汉密尔顿正在上面的中间层酒吧里等我们。"

"我还以为只有我们两个人……"布丽迪说。

"我本来也希望是这样。"特朗一边说，一边推着布丽迪走过内门厅，"但我肯定不能拒绝老板，对吧？你知道赫米斯项目有多重要。汉密尔顿的夫人很想见见你。"

"是的，但我们需要……"

"我知道，我们需要放松，这样我们才能建立连接。"特朗继续领着她迈上一级级台阶。在这里，不同的箭头分别指向中间层酒吧、包厢和下面的女洗手间。"但我们还是可以给汉密尔顿先生留一个好印象。这不妨碍我们放松心情。"

哦，这其实很妨碍我。

"而且这正是维里克医生建议我们做的。如果只有我们两个人，我们想的只会是连接。"特朗不容置疑地牵着布丽迪向上走去，"现在我们就能强迫自己想些别的——戏剧也好，汉密尔顿先生和他的太太也好，如此一来，我们就没有机会去担心连接的事了。"

而我也将没有机会告诉你关于那些声音的事。陌生人的声音随时都

---

① 选自《爱丽丝镜中奇遇记》，刘易斯·卡罗尔著，上海译文出版社 2012 年出版，吴钧陶译。

有可能再冒出来。布丽迪必须让特朗改变主意，相信不管有没有老板在这里，他们都应该去一个能够说话的安静地方。

但他们要去哪里？这里的楼梯比前厅更拥挤，到处都是挤来挤去却还在忙着闲聊的人。健谈的女士们早已贴着女洗手间门前的墙壁排起了一直延伸到下面的长队。

"这太不像话了，"布丽迪在一片喧嚣声中听到了一个声音，"他们应该多安排一些洗手间！"

我也很想大吼几声——布丽迪想。她喊了一声："特朗！"

"真是混账。"一个声音在布丽迪的耳中响起。她转过头，看见一位打扮得完美无瑕的白发女士离开队列，沿楼梯向下走去。"我已经七十岁了，实在受不了排二十分钟的队。"

那位女士的嘴唇没动，但她的嘴角已经垂了下来。天哪——布丽迪想——真应该让另一些人听到这番话。

一秒钟之后，那个声音再次清晰地响起。"见鬼去吧，我要去用男洗手间。"同样没有人注意到这句话。

"哦，不。"布丽迪喃喃地说。

"什么？你在说什么，甜心？"她身前的特朗说道。

"没有。"她什么都没说。

"就要到了。"特朗说道，"抱歉，这里有点乱，只要再走几步……"

这是性别歧视，纯粹的性别歧视——另一个声音说道——男人根本就不用这样排队。

那个相亲的女人响亮地说道——我就知道我应该从侧门溜出去。

声音出现得越来越频繁了，就像C.B.说过的那样——布丽迪一边想，一边祈祷中间层酒吧里能安静一些。但她完全失望了。特朗不得不抓住她的手腕，将她从人群中拽过去。而汉密尔顿夫妇已经被挤到对面的墙壁上。

他们却似乎完全不在意这里的拥挤。"你好！"格拉汉姆·汉密尔顿开心地向布丽迪问好，"还是我们应该像牛圈里的牛那样相互问候，说一声'哞'？"

"绝对不是，"汉密尔顿太太在一片嘈杂中提高了音量，"你应该说……"她停顿一下，打趣地眨眨眼，"沙丁鱼会怎么问好？"

"我觉得它们实在是太挤了，已经发不出任何声音了。"汉密尔顿说，"请让我介绍我的妻子，特莱茜。"

"你好。"特莱茜在许多噪音中继续高声说道，"非常高兴见到你。我已经听说过许多关于你的事了。"

"从我的脚上挪开！"一个声音在布丽迪身后喊道。她下意识地回过头，去看自己踩了谁。

"出什么事了吗？"格拉汉姆·汉密尔顿问她。

"没有，我……很抱歉。我还以为听到了熟人的声音。"

你就不能看看你站在什么地方？——那个声音还在抱怨。这时又有另一个声音说——这里太挤了。紧接着是第三个充满怨气的声音——一杯葡萄酒要八美元！

我开始听到越来越多的声音了——布丽迪想——我必须说服特朗离开这里。

"如果你能听到熟人的声音，那你要比我好多了。"特莱茜说，"我什么都听不清。"

"她也是一样。"特朗说，"布丽迪，格拉汉姆问你想喝什么。"

"哦，很抱歉，"布丽迪一边说，一边想——如果他和他的妻子到吧台那边去，我就能和特朗说话了。"我想要一杯葡萄酒。"

"红的还是白的？"汉密尔顿先生问。

这里的白葡萄酒味道像尿一样——一个声音清晰地说道。

"红的还是白的，布丽迪？"特朗试探着问。

"红酒，谢谢。"

"那就红酒。"汉密尔顿先生说，"我们很快就回来。"他走进人群几步，又回头说，"如果你们一个星期都没有我们的消息，就派一支探险队来找我们。来吧，特朗。"然后两个男人就消失在人群里。

"哦，太好了，"特莱茜·汉密尔顿说着向布丽迪靠近了一些，"他们走了。现在我们可以聊天了。我非常想知道你的 EED 的事。"

"我的 EED？"布丽迪问。但特朗明明说过，会对这件事保密的。

"我知道这是一件悄悄进行的事情，我们不应该在公开场合谈论它。"特莱茜还在说话，"但我实在太好奇了。你喜欢维里克医生吗？我听说他很厉害。"

"是的，"布丽迪漫不经心地回应着，心中还在寻思特莱茜说的"悄悄进行"是什么意思。

"那只是一个门诊手术吗？"特莱茜问。布丽迪身边有另一个声音说："查理斯还没来。"

有人把这句话说出口吗？还是只不过动了动心思？——布丽迪感到好奇。

"我需要发消息告诉杰森。"那个声音又说道。

我倒是能这么做——布丽迪想——我可以给特朗发消息，告诉他我们必须离开。当然，她没办法只靠发消息就向特朗解释清楚一切，但她至少可以让特朗知道，发生了很特殊的事，他们必须马上离开。那样特朗就能找些借口……

"哦，天哪，"特莱茜·汉密尔顿在说话，"你一定认为我很无礼，竟然问你这种私人问题。"

"不，完全没有，"布丽迪说道，但她根本不知道特莱茜问了什么，"无礼的是我。我的家人遇到了一些问题，现在我的脑子里想的全是她们的事。"

"哦，天哪，有人生病了吗？"

"没有，是我的外甥女，梅芙。她刚刚九岁，但有一些情绪问题。我姐姐很为她担忧。"布丽迪感到对梅芙很是愧疚，但现在她只能想到这个借口了。"我应该在演出开始之前给她打个电话。"

"哦，当然。"特莱茜说，"我完全理解。快联络一下她，给她发个信息。"

在这里不行，你能看到我打字——布丽迪心里想着，口中说道："我真的必须和她说几句话。我需要到一个能听清电话的地方去。"在特朗回来以前。

"去楼梯间看看。"特莱茜说。布丽迪很怀疑那里是不是够安静，但她还是立刻就朝那里走去，同时小心地搜寻着特朗和格拉汉姆·汉密尔顿。

他们两个人还在拥挤的吧台前。很好——布丽迪挤过人群，来到楼梯最顶端的平台上。这里同样有很多人。她从晚礼服手袋中拿出手机，一边解锁，一边寻思该说些什么。"紧急，必须和你私下谈谈！"这样如何？

特朗也许会认为是布丽迪建立起了和他的连接。这样他肯定不会找借口离开。而布丽迪能想到的也只有这个。她开始输入文字。但想在这里好好输入一段信息也几乎是不可能的。来来往往的人们不停地撞着她的胳膊肘。而且就算她真的把信息发出去，特朗能听到手机响吗？这里的噪音仿佛正变得越来越大。

"你在这里做什么？"特朗突然从人群中冒出来，"你应该在和特莱茜聊天的。"

"我知道，但是……听着，我必须和你谈谈。出事了。"

"特莱茜告诉我了。"特朗说，"梅芙不会有事的，你姐姐一直都很歇斯底里……"

"不是梅芙的事，是 EED，我……"

"我的情绪开始被你接收到了？"特朗兴奋地抓住布丽迪的两只手臂，"太棒了！这件事能在这个时候发生简直是再好不过了！"他回头向吧台瞥了一眼，"我已经等不及……"

"不！不是这样。实际上……听着，我不能在这里告诉你。我们要去……"

"不在这里？你不能走。那可是我们的老板！现在离开简直是难以想象的无礼。"

“我知道。”布丽迪说，“但是……”

“你们在这儿。”格拉汉姆·汉密尔顿和他的妻子一起从人群中走出来，手中还端着两杯葡萄酒。他将其中一杯递给布丽迪。“抱歉，他们没有红酒了。”

“你联系上你姐姐了吗？”特莱茜·汉密尔顿问。

“还没有。”布丽迪将手机放进晚礼服手袋中，接过汉密尔顿先生递过来的酒杯，“我给她留了信息。等到幕间休息的时候我再和她联络。”她向特朗瞥了一眼，发现特朗正在瞪着她，便急忙改了口。“或者等到演出结束吧。”

她呷了一口酒。无论是哪个家伙说这尝起来好像尿一样，他说得肯定没错——她心中这样想着，表面上只能装出一脸平静的样子，同时还要打起精神，准备应对下一个冒出来的声音。不过那些声音暂时停了下来。几分钟后，演出就要开始了。汉密尔顿夫妇也终于不再和她搭话。如果她能够坚持到……

灯光暗了一下，又恢复明亮。这是请观众各自落座的信号。特朗接过布丽迪和特莱茜·汉密尔顿的酒杯，将它们还到吧台。格拉汉姆·汉密尔顿引领布丽迪和自己的妻子，与其他观众一起沿着楼梯走了下去。

“我们不等一下特朗吗？”布丽迪问。

汉密尔顿先生摇摇头。“他会跟上来的。”

“我觉得布丽迪和我应该没有时间去洗手间了，是不是？”特莱茜问她的丈夫。

虽然排在女洗手间门前的队伍已经缩短了许多，但汉密尔顿先生还是确定无疑地说：“没有了。现在距离开幕只有五分钟了。”他领着她们来到观众席主层。“开幕之后，他们就要关闭洗手间了。”

“他是对的。”特莱茜说，“还记得我们去看《长靴皇后》的时候吗，格拉汉姆？”

“记得！”

"那次他不得不到前厅去接一个电话。结果他们直到第一幕结束以后才让他回来。"特莱茜说道，"实在太可惜了，他误了整整半出戏。"这时他们正在向座位过道走去。

"我们在这里，"汉密尔顿先生说，"六排。我们是中间的那些空座位。"他俯下身，指着他们的座位向坐在过道旁的那个人说，"不好意思，我们过去一下。"

"当然。"那个人起身退到过道里，他们便一个接一个地向他们的座位走去。布丽迪几乎可以肯定，自己会听到已经在座位上的人们起身让路时的满腹抱怨。

但她唯一听到的声音只有特莱茜·汉密尔顿兴奋的赞叹："这次我们的位置可比上一次好多了！我不喜欢前排座位！在那里，你只能看见演员的脚！"然后是特朗的声音。他走过来，坐到布丽迪身边，开始谈论他是如何被一些慢得不可思议的人挡在了后面。

谢天谢地，那些声音一定是停住了——布丽迪心中想着，转身向汉密尔顿夫妇说道："这些座位真是好极了。非常感谢你们的邀请。"

"不必客气。"格拉汉姆说道。特莱茜俯身绕过自己的丈夫说道："应该是我们感谢你，为了你所做的一切……"她的话音突然止住。身穿燕尾服的报幕员走上舞台。"哦，太好了，要开始了。"特莱茜悄声说着，将注意力转向报幕员。

报幕员来到舞台中心，抬起一只手。观众席上立刻安静下来。"欢迎观赏今晚的演出。"他说道，"在演出开始之前，我们提醒您，请将手机关机或调为静音模式。"

"该死的规矩！"有人充满厌恶地说道。这声音是这么大，又是这么靠近，布丽迪不由得回头瞥了一眼，想看看是谁这么没有礼貌。直到那个人还在不受打扰地发泄他的怨气，她才明白自己听到的是他的想法。

布丽迪扭头去看特朗，害怕特朗会注意到自己回头的动作。不过特朗和汉密尔顿正忙着关掉他们的手机。

"如果你们有紧急电话，"报幕员继续说道，"还请移步前厅。"

是的，然后整整半出戏都不让我进来！

"剧院中不能使用闪光灯照相机和摄像设备。感谢大家的合作。"

合作，说得好听！——那个声音甚至盖住了报幕员的声音——这根本就是该死的独裁！

"怎么了？"特朗悄声问布丽迪。他的眼神中流露出些许担忧。

"没什么。"布丽迪努力露出一个微笑。但那个声音已经吼了起来——我付两百美元不是为了听一个浑蛋告诉我能做什么，不能做什么！

我该怎样坚持一整晚？——布丽迪想。现在这种情形，她可能连台词都听不清楚。那个发泄怨气的人似乎正在因为什么事而感到气愤。他一定还说了些别的，只是布丽迪没有听到。

我才不会关机——那个无礼的人继续说着。与此同时，一个女人说道——他可真漂亮。他看上去就像那个演员……叫什么名字来着？那个相亲的女人也在说话——我可不在乎这家剧院有多老了。我只想结束这场约会！这三个声音同时在布丽迪的脑子里响起，却没有像人们实际发出的声音那样彼此遮盖。布丽迪能够清楚地听到每一段话中的内容。

她以前从没有这样同时倾听不同的声音。她本以为 C.B. 说的"更多的声音"会一个接一个地出现，但如果 C.B. 的意思就是所有的声音同时出现呢？

你还能更无聊一点吗？——那个相亲的女人说道——快点，老天爷啊，赶快让那块愚蠢的幕布升起来，这样他就不会再说那些蠢话了！与此同时，前一个女人喃喃地说道——就是电影《复仇者联盟》里的那个演员。他的名字是什么来着？亚历克斯？亚伦？

其他的声音也不断插了进来：我还是应该先撒尿的……不知道马西娅·布莱恩特是不是在这里……希望能够好看……

真是浪费钱！——那个无礼的男人发出巨大的吼声。别的声音本应该都被他的吼声淹没，但布丽迪还是能清楚地听到它们，仿佛它们全都来自距离她耳朵最近的地方。两百块一张票，他们连按时开演都做不到……是那个年轻人吗……真不该把车停在那里……得赶快想办法结束这场愚蠢的约会……也许我可以假装有紧急电话，到前厅去……

"布丽迪，"特朗摇晃着她的手臂说，"我说，你需要把手机关机。"

"什么？"布丽迪茫然地问，"哦，抱歉。我忘记了。"她急忙摸索起了自己的晚礼服手袋。

"你还好吗？"特朗问，"我已经和你说过两次了，你却好像完全没听到。"

"我没事。抱歉，我总是走神。"

她说"走神"还是太保守了。那些声音隔绝了她的一切知觉，让她根本感觉不到特朗和汉密尔顿夫妇，甚至感觉不到这座剧院的存在。除了那些人的声音，她什么都不知道。这些声音让她感到了威胁。尽管只有那个无礼的男人声音中带着怒意，而且那也不是针对她的，但所有这些声音都在扑向布丽迪，都在不遗余力地挤压她。

"不必担心梅芙，"特朗说，"她应该没事。你那个发疯的姐姐只是……"他停下话头，开始为走上舞台，向观众鞠躬的乐队指挥鼓掌。

梅芙也许没事——布丽迪想——但我有事。我必须在那些声音变得更可怕之前离开这里。必须在演出开始之前离开。但演出马上就要开始了。乐队指挥已经进入了乐池。只要他举起指挥棒，序曲就会响起。布丽迪必须立刻离开。但她该怎么走？

她的电话。那个相亲的女人说过，可以用紧急电话当借口溜到前厅去。但布丽迪已经关机了。

特朗不知道——她想——我可以装作把手机调成振动。她把手机放到耳边。"哦，我的上帝。"她一边说，一边抓住晚礼服手袋站起了身。

"你要干什么？"特朗的表情显得格外惊恐。

布丽迪向他晃了晃手机。"我必须接个电话。有事情。梅芙出事了。"

"但你不能就这样……你就不能等到幕间休息吗？你知道你的家人是什么样子。最后总是什么事都没有。而你现在会毁了……"

"只要一分钟。"布丽迪说，"不，不用跟着我。"她示意特朗留在座位上，"我一个人会更快。"

不等特朗站起来阻止她，布丽迪已经挤过特朗面前，向过道移动。"但演出就要……"特朗开口道。

"我知道。"布丽迪悄声说着，挤过了坐在特朗旁边的人，"如果我没能及时回来，我会在后面看，直到幕间休息。"

特朗紧张地看了一眼汉密尔顿，又看向布丽迪。"你就不能……"

"不。你留在这里。我会给你发信息。"布丽迪没有给特朗反对的机会，迅速迈过一个个膝盖，踩了一个又一个人的脚趾，不停地低声说着："抱歉。"

"真是没礼貌！"有人说道。布丽迪的心都揪起来了，她很害怕那些声音会再一次向她扑过来。但说话的只是她刚刚经过的那位中年妇人。

"抱歉。"布丽迪悄声说了一句，又挤过了那位妇人同样气恼的丈夫，终于来到了过道。

灯光暗下来，布丽迪被困在一片黑暗之中。她惊讶地回头瞥了一眼。仿佛这是特朗干的，是为了阻止她。然后她才意识到，这只是因为演出开始了。最好现在就开始——她想道——否则我就什么都看不到了。谢天谢地，又有一束灯光亮起。伴随着一阵掌声，幕布被徐徐拉开。

布丽迪沿着过道向上走。她一只手拿着手袋，另一只手拿着手机，向引座员晃了两下，她暂时还不敢全速飞奔，这样可能会让其他人以为剧院里着火了，从而引起恐慌。现在她心里已经只剩下恐慌了。

我要在那些声音再次来袭之前离开这里——她想道。当她听见一个男人在身后高喊"嘿，你想到哪里去"的时候，她的身子抖动得就像一条被鱼钩刺穿的鱼。

"哪儿也不去。"一个男孩说道。布丽迪松了一口气，身子差一点瘫软下来。只是台上在演戏而已——想到此，她又加快了步伐，不再理会舞台上的声音：

"米利安，我快疯了。我完全联系不上那个男孩。"

"全都是因为你不听他的话，亨利。"

布丽迪已经快到剧场后面了。只要再走过十二排椅子，她就能到达剧场中心，从那里的双扇大门出去。两名引座员正抱着戏单站在那里。

"真是太精彩了！"一个声音在布丽迪耳边说道。布丽迪抬头看了一眼她正经过的那一排座位。她很清楚，没有人会在演出进行中这样大声地说话。那一定是她脑子里的声音。我爱这个剧院！——那个声音继续说道。但又有另一个声音在高喊——我恨这些座位！

她到底想跑到哪里去？——那个无礼的男人用洪亮的声音说道。一个新的声音在说——真是没礼貌！

一直向前走——布丽迪在无数声音的轰炸中告诫自己——只要再走几步就到了。

……我真应该叫一个停车服务……什么都看不见啊……然后去吃晚餐……所有的声音都冒出来，无数思维的碎片交织在一起。

观众们再次鼓掌，但布丽迪完全听不到。我走不到引座员那里了——她望着那两名看门的引座员——如果他们问我要去哪里，我该怎么说？

一名看门的引座员已经看到了布丽迪。他低下头，向另一名引座员说了一句，又抬手指了一下布丽迪。我必须离开这里——布丽迪想。她疯狂地扫视周围，寻找逃离这里的路径。她找到了。就在几步之外，一个用帘子遮住的小门，门上亮着绿色的"出口"两个字。

……真令人惊讶，竟然在这里看见了他们……听说他们正要离婚呢……腿都坐麻了……希望不会出什么事……也许他们会带我们去冷光……

一名引座员向布丽迪走来。布丽迪冲向那扇小门，穿过厚重的门帘。门帘在她身后合拢到一起。那些声音立刻就停止了，就好像被一层厚天鹅绒遮住了一样。

谢天谢地。现在她要做的是找路去前厅。现在她正站在一个光线昏暗的楼梯平台上。这是去女洗手间的路——她想到了。希望引座员以为她只是要去上洗手间，不会跟着她。从那里，我就能到前厅去了。

她跑下铺着地毯的台阶。希望那里不会有人——她想起了在这些台阶上排起的长队——哦，不，有时候洗手间里还会安排服务员。

不过，如果这里真的有服务员，她一定在大幕拉起之后就去休息了。现在，这里的一长排洗手池上的梳妆镜里只有布丽迪的影子。她觉得自己看上去仿佛随时都会晕倒的样子。怪不得引座员会注意到她。

我最好在去前厅之前先补一下唇膏——布丽迪想。当她打开手袋的时候，双手还在不停地颤抖。在徒劳地摸索了一分钟以后，她放弃了，将双手平摊在大理石洗手台上，努力撑住身体，试着让自己重新打起精神。

这太荒唐了——她对自己说。那些只不过是一些声音。除了那个无礼的男人以外，其他人也没有说任何坏话。但那些声音实在是太多了。她根本无法逃避它们。那就好像被记者们团团围住，而每一个记者都拼命向她提出问题，还举起相机要给她拍特写。他们的问题让她害怕，闪光灯让她什么都看不见，她觉得自己就要被他们踩在脚下。

我从没有给予过精神分裂症患者应有的同情——她想道——他们无法逃避自己脑子里的那些声音，只能在一片混乱的噪音中竭尽全力保持清醒。这让他们根本无法思考。

怪不得 C.B. 告诫她，不要到任何人多的地方去。她希望自己能早一点听从 C.B. 的警告。她必须在特朗感到担忧，决定出来寻找她之前离开剧院；更要在那些声音重新响起之前离开。她需要立刻就走。现在楼梯和前厅都没有人。尽管她很不愿意离开洗手间这个安全的避风港，但她必须行动。

她将手机塞进裙子口袋里，又把它拿出来。如果她遇到引座员，也许她还需要用接电话来当作借口。她拿起自己的手袋，深吸一口气，将洗手间的门稍稍打开一条缝。外面没有人。她快步穿过走廊，寻找通向中间层的楼梯。找到了。她抵抗着奔跑的冲动，迈步登上台阶。

当声音再一次响起的时候，她已经快走到楼梯平台了……我就知道，我应该假装接电话——她听到相亲的女人在说——现在已经太晚了。

太晚了——布丽迪抓住楼梯扶手，无数声音冲向了她……简直就是敲诈……真应该趁还有机会的时候逃走……如果我的车屁股被撞了……会危及到整个项目……现在我被他困住了……真想回家……

我也是——布丽迪想——请让我回家吧！她恳求着。但那些声音将她团团包围，不停地攻击她，让她双耳失聪，挡住她的去路。她转身沿楼梯向下走去，脚步踉跄，双手不住地摸索着楼梯栏杆。她什么都看不见了。现在她只想从那些声音中逃走。你是对的，C.B.——她说道——我不应该来有这么多人的地方。但 C.B. 没有回应她。

他不在了——布丽迪紧紧抓住楼梯栏杆——他抛弃我了。

"我向你道歉，不应该赶你走。"她开口说道，"那不是我的意思。"但那就是她的意思。C.B. 也很清楚。他能够听到她的想法。

纷乱的声音越来越响亮，越来越持久。她用双手捂住耳朵，但这毫无用处。它们还是那样震耳欲聋。C.B.，求求你，你必须告诉我该如何阻止它们。

必须把这该死的东西撕开——一个男人的声音说道。在不到一秒钟的时间里，布丽迪终于进行了一点短暂的思考。哦，谢天谢地！——她觉得那是 C.B.。

没有时间解开它了——那个男人继续说道——我要在两分钟之后回到台上，时间绝不能有差错。

是演员——布丽迪想——我听到的声音越来越多了。这个念头仿佛打开了一道泄洪闸。无数声音骤然向她倾泻而下。

……谁来挪动一下这些道具……把幕布拉起来……怪不得他们要分手……自从他们结婚的时候起，他就有外遇了……真应该去看《雨人》……这是你的暗示吗？你个蠢货……领结简直要勒死我了……我恨寿司……不要把你的胳膊放到我身上……不，不，不，舞台右边！

布丽迪转过身，朝她过来的方向逃去。她已经不再想找到出去的路。她根本无法清醒地思考，只能凭借直觉找一个地方躲起来，就好像狐狸

213

感觉到一群猎犬正在追杀自己。

她的处境比逃命的狐狸更糟糕。无论是狂吠的猎犬还是怒吼的暴徒，他们的声音混在一起，变得模糊不清，其中不存在任何清晰的信息。但布丽迪能够清楚地听到每一个字。数十个甚至数百个声音同时砸向她，在她的脑海中此起彼伏，逼迫她清楚地知道它们都在说些什么。

她再也承受不住了。它们就像拳头、棍棒，不停地殴打她，让她除了拼命抵挡以外再也想不到其他任何事情。她想逃走，却无处可去。她的背后是一堵墙。当她转身狂奔时，又撞上了另一堵墙。

"滚开！"她呐喊着，举起双手去抵挡那些声音。但那些声音就在她周围，在她的脑子里，呼喊着许多名字、抱怨、吼叫、咆哮。她根本没办法将它们挡住，也无法与它们战斗。它们奔涌而来，如同杂乱的思想和情绪凝聚而成的洪流。

必须有人来救我！——布丽迪竭尽全力要打开手机，给特朗打电话。但特朗已经关机了。实际上，那些声音的喧嚣让她连输入解锁密码都做不到。她也不可能找到特朗的号码——舞台右侧，该死……她也一样糟糕……和她的教练睡觉……基督啊，记住六句台词有多难……把你的手从我的膝盖上拿开……真是废话……根本就是个荡妇……窝囊废……已经完了！

布丽迪蜷缩在角落里，双手抱头，用尽最后的力量想要抵挡那些声音。"C.B.！"她哭喊着，但已经太晚了，声浪打倒了她，将她向深渊拖去。

哦，圣帕特里克和爱尔兰所有的圣人啊，救救我！——她想道——C.B.！她在洪水中苦苦挣扎，感到窒息。

第十四章

"巨大的喧哗和声响……一股股人流……人流后退了，波动了，混乱了。"

——维克多·雨果，《巴黎圣母院》[1]

布丽迪——C.B. 说道。他的声音穿透了嘈杂的噪音，如同刺破黑暗的一道光明——出什么事了？布丽迪，和我说话！

布丽迪紧紧抓住 C.B. 的声音，仿佛那是浪涛中的一只救生圈，让她能够把头探出水面。你在哪里？——她喊道。

我在哪里？你在哪里？出什么事了？

他们……我想离开……但我不能。那些声音……

那些声音没有让布丽迪继续说下去。它们再一次淹没了她，将她和 C.B. 隔开，吞噬了 C.B. 的声音，也吞噬了她的声音。C.B. 听不到她，也不可能找到她。他完全不可能知道这里发生了什么……

是的，我知道——C.B. 平静的声音格外令人安心——那些声音很可怕，对不对？耶稣啊，我很抱歉。没想到它们来得这么快。我是直到两个星期以后才听到那么多声音。而且就在……C.B. 的声音又中断了。

就在什么？——布丽迪问。但她听不到 C.B. 的回答，只有无边无际的咆哮……如果他再碰我一下，我发誓一定会杀了他……这么重要……彻底改变了整个产业……该死的，我要退票……快说你的台词，该死！

C.B. ！——布丽迪抽噎着说——你在哪里？

我就在这儿——C.B. 回答——你没有吃什么不该吃的东西吧？有没有吃镇静剂、安定或者其他什么？

没有，但我喝了几口酒。

---

① 选自《巴黎圣母院》，维克多·雨果著，人民文学出版社 2015 年出版，陈敬容译。

该死——C.B. 骂了一声，又说道——没关系。然后他就像在医院时一样——你必须告诉我你在哪里。

我不知道！我想上楼梯，到剧院的前厅，但是……

你去了剧院？我告诉过你，不要去人多的地方。布丽迪没有听，而现在，那些声音又要……

不，它们不会的——C.B. 说——抱歉，冲你吼了。你在台阶上？

我不知道——布丽迪不停地哭着——我没办法……

没关系。哪家剧院？喜满客？富豪？

布丽迪想回答，但那些声音还在不断轰击她。不——她一边蜷缩起身子，一边说——我们不是去看电影。特朗搞到了戏票……

一出戏？哪里？市民中心？布罗德赫斯特？

不……布丽迪等待着 C.B. 说出另一家剧院的名字，但 C.B. 没有。他走了。那些声音将布丽迪拖进旋涡里，带着她陷入混乱的中心。C.B.！

我还在。我正在网上查剧院。是什么戏？《疯狂之声》？《海上女爵士》？《通话中断》？

布丽迪一定想了——是。所以 C.B. 立刻说——我马上到。留在原地不要动。如果现在布丽迪的感觉不是那样恐惧，她甚至会觉得 C.B. 的样子有些好笑。但实际上，她根本连一步都动不了。快！——布丽迪喊道。但 C.B. 没有回答。

他已经走了——布丽迪努力压抑住心中的恐慌，但仍然难免这样想着。"C.B.！"她高声喊道，"不要离开我！"

我不会的。我马上过来。我一直都在你身边。把精神集中在我这里，不要去想其他声音。它们只是背景里的噪音，就像特朗总是带你去的那些鸡尾酒会里的人群。把它们抛到脑后，就好像你在酒会上只想和我说话。我再过几分钟就到，我已经离开公司……

公司？如果 C.B. 在公司，那他至少要过二十分钟才能赶到剧院。而那些声音已经再一次掀起洪涛，向布丽迪涌来。C.B. 错了。它们根本不是什么背景噪音。这也不是鸡尾酒会。鸡尾酒会中的人们根本不会说出这样可怕的话——我来这里可不是为了被摸来摸去……你这个记不住词的傻瓜，我为了给你打掩护不知道费了多大力气，真是让我恶心……这么一个势利小人……我的狗能演得更好！这就像一场无休止的滂沱大雨，一阵阵让她耳聋的猛烈风暴。

不是大雨——C.B.的声音劈开了喧嚣——是尼亚加拉大瀑布。

尼亚加拉瀑布？——布丽迪茫然地问。

想象你听到的就是那个。你正在尼亚加拉瀑布里，那些声音只是流水的轰鸣。你有没有去过尼亚加拉瀑布？

没有……

但你一定见过它，对吧？许多电影里都出现过，《冒牌天神》《超人2》以及《办公室》里婚礼的那一段。那是个很有名的地方。许多人都去那里度蜜月。在那里可以乘船观赏瀑布，还可以看到马蹄瀑布……随着C.B.的话语，布丽迪几乎能看到那些景色，水流从悬崖上咆哮着飞跃而下，撞击下方的岩石，腾起一片片白雾、浪花……

瀑布会发出巨大的轰鸣——C.B.在瀑布声中继续喊道——你听不到导游对你说些什么。那里的噪音实在太大了，但它们也只不过是一些噪音，伤害不了你。

不，它们能伤害我——布丽迪说。突然间，无数声音组成的洪水裹挟着她越过悬崖边缘，掉落下去，让她沉入深潭，无法呼吸。她在浪花泡沫中不停地翻滚，撞上岩石，被卷到岩石下面，不见光亮……

布丽迪！——C.B.厉声说道——你不会从悬崖边落下去，那里有铁栏杆。你看不到吗？铁栏杆。

看不到……

那些栏杆到你的胸口那么高，黝黑发亮。栏杆之间的距离非常窄。你根本不可能从中间钻过去。顶部栏杆的粗细非常合适，刚好能用手抓牢。水花溅在栏杆上，让它有些潮湿，但一点也不滑。你能感觉到它吗？

是……是的——布丽迪想象着自己的手抓住了栏杆——它好凉。她几乎能感觉到洒落在自己指节上的水花。

好女孩。就这样抓住它。栏杆能够保护你。

如果它塌了怎么办？

它不会塌。它被牢牢地扎在地里。

但如果地面坍塌了呢？

地面不会坍塌。你的脚下是坚固的岩石。你要做的就是靠在栏杆上，再等几分钟。我马上就到。现在你可以想一下瀑布的景色有多么美丽。

它一点也不美丽！——布丽迪拼命地说——它很恐怖！

那就想一下，我带你一起去度蜜月的时候，我们会享受到多么销魂的夜晚——C.B. 这样说道。布丽迪脑子里还能稍微保持清醒的那部分知道，C.B. 这样说是为了让自己分神去想别的事情，让她生气，斥责他的无礼。"我们没有在尼亚加拉瀑布度蜜月，也没有去过其他地方。我的感情是和特朗绑定的。"但这不管用。那些声音太响亮，太强烈了。

那好吧，想想那些麦片——C.B. 说。

那些什么？——布丽迪惊讶地问道，但这些毫无逻辑的胡言乱语的确让她的意识暂时离开了那些声音——麦片和尼亚加拉瀑布有什么关系？

你难倒我了——C.B. 说——也许是尼亚加拉瀑布的照片都被收在麦片盒子里，也许麦片是在尼亚加拉制造的。人们都觉得装彩虹幸运麦片圈的盒子里应该有一只小妖精。但彩虹幸运麦片圈不是在爱尔兰制造的。在这个一切都被外包出去的时代，已经没有人知道什么东西是在什么地方制造的了。比如果脆圈就是在芬兰制造的。

他又开始喋喋不休地聊起了含糖谷物和外包加工让这个世界变得多么古怪。布丽迪对他的话一个字也不相信。但她还是紧紧抓住他的一句句话语，就像抓住那些潮湿的黑色铁栏杆。只要 C.B. 还在说话，她就不会被冲到悬崖下面去。

我说的话都是有根据的——C.B. 说道——嘎吱船长的麦片就是在托尔图加岛生产的，严格来说，那应该是盗版货，还有……

他的声音突然消失了。C.B.？——布丽迪恐慌地喊道。

没事，我在——C.B. 说。但他的声音变得和刚才有些不同，仿佛正

218

在向她靠近，又似乎离她越来越远。

你在哪里？我听不见你！

我就在剧院外面。我估计你在抵抗瀑布冲击的时候是不可能自己走出来的，对吧？

不可能！——布丽迪紧紧抓住冰冷的铁栏杆——怎么了？

我不知道他们会不会让我进去。我没有穿适合进剧院的衣服。只要你能走到前厅……

他就能从声音中拯救我——布丽迪想。但一想到要放开铁栏杆，爬上楼梯，那些声音就会骤然向她涌来。

不行——布丽迪说道。她更像是在呜咽，而不是回答。

没关系——C.B.用安慰的语气说——我会找到办法。但听着，我需要你告诉我，你在哪里？

在尼亚加拉瀑布——布丽迪昏头昏脑地说道——你说……

不，是在剧院的哪里？你还在楼梯上吗？

不。

你经过楼梯以后去了哪里？努力回忆一下。

我不能……

好吧，那么睁开你的眼睛，只要一秒钟。那些声音不会淹没你，我向你保证。我已经抓住你了。但如果我不知道你在哪里，我就没办法到你身边去。睁开你的眼睛。

我不能——布丽迪拼命抓住栏杆。但一个人留在这些声音中要比落下瀑布的可能更让她感到害怕。她睁开了眼睛。

她瞥到周围的金属管子和黑白两色的瓷砖，在短暂的一瞬间惊讶地想道——我正坐在地上。随后声音就涌了过来。她不得不再次闭紧双眼。

但她的这次睁眼应该是足够了。C.B.马上说道——洗手间。很好，我马上就到。现在不要去想尼亚加拉瀑布，想一想彩虹幸运麦片圈。还记得吗？那种盒子里有各式各样、五颜六色的小粒棉花糖？都有什么样子的？除了粉色心形的，还有什么样子的？

我不知道……

*好好想一下——*他继续哄劝着*——梅芙总是吃它们，对不对？你是爱尔兰人。它们是你的传统食品。你一定知道什么是棉花糖。有粉色的心和……*

黄色的月亮？

好女孩。这就是两种。还有其他的吗？好好想一想。

布丽迪用力闭上双眼，抵挡着咆哮而至的浪涛，死死抓住铁栏杆，方形的栏杆棱角硌进了她的双手。但她终于开始了思考。"粉色的心，"她喃喃地说道，"黄色的月亮，绿色的三叶草。"还有什么？星星。但它们是什么颜色的？蓝色？紫色？布丽迪努力想看到那个盒子，还有那些棉花糖。

但这还不够。那些声音依旧冲了过来，拍打栏杆，浸透她的身体，像冰水一样让她麻木。C.B.骗了她。那些绝不是无害的瀑布和蜜月旅行的圣地。它们很危险，咆哮着怒火、怨恨和刻毒——*记住六句台词有多难，你个笨蛋……看看他们是多么喜欢被冷落……垃圾……变态……醉鬼……恨她！*

它们冲击着布丽迪，将她从岩石上拽下来，把她推入急流。她伸手去抓铁栏杆，但她什么都找不到。*C.B.！*——她呼喊着，在风暴之中倾听他的声音，但C.B.的声音也找不到了。这里的声音太多了。急流将她带走。她已经无法呼吸。

C.B.！——她绝望地向他伸出手。

他来了。不是在她的脑海里，而是真真正正在她身边，蹲在瓷砖地面上，身上穿着牛仔夹克、法兰绒衬衫和星战T恤。他的手握住了她的手臂。他一遍又一遍地低声对她说："没事了，我来了。"

"你骗我。"布丽迪颤抖着说道，"栏杆倒了。我差一点就掉进瀑布里。"

我知道。抱歉，我很难让引座员相信，我不是想溜进剧院里免费看戏。随后我们又不得不找到你所在的洗手间。

"对不起，我不该不相信你。我很抱歉……"

嘘，不要说话——C.B.提醒她。他一定是担心洗手间外面有人偷听。

我很抱歉，说我再也不想和你说话……

我也很抱歉，没有早一点赶过来。你知道这个地方有多少洗手间吗？每一层都有一个。他们一定认为幕间休息的时候大家都会出来解手。那是什么时候？

我不知道——布丽迪说。但C.B.肯定没有听到她的话。因为他这时正提高音量问道："幕间休息是在什么时候？"

"第二幕之后，大概还有四十五分钟。"一个女人做了回答。布丽迪这时才惊讶地意识到，这里除了他们之外还有别人。

是引座员——C.B.解释说——那么，我说什么，你就做什么，好吗？

好。

"她还好吗？"引座员问道，"我是否需要帮她找医生？"

不！——布丽迪想。

"不必，"C.B.平静地对引座员说，"只是焦虑症发作了。她在人多的地方有时会这样。"他又转向布丽迪，"我告诉过你，不要自己一个人来剧院，露西。"

自己一个人？——布丽迪困惑地想——露西？

"我就担心会出这种事。"C.B.继续说着——现在你说："我知道了，查理。抱歉。"

我不明……

如果特朗问起你，你肯定不希望引座员知道你的名字，对吧？你肯定也不希望引座员告诉他，你变成了这副样子。

哦，上帝啊，特朗！我们必须离开这里，要抢在……

没错，跟我说："我知道了，查理。"

"我知道了，查理。"布丽迪说道，"我很抱歉。"然后她又对C.B.说——我把特朗完全忘记了。

你有没有把那些声音的事告诉他？

没有！他……

声音俘获你的时候呢？你有没有向他求救？

"俘获"这个词很恰当。它们俘获了她，就像追猎她的狼群或一群嗜血的暴徒……

布丽迪！——C.B. 严肃地说道——你有没有向他求救？

有，但是他听不到我。

你的手机呢？你试着用手机给他打电话了吗？

没有，我拿出了手机——布丽迪一边说，一边回忆——但我又记起他的手机关机了。戏剧开始的时候就要关机。

你给其他人打过电话吗？你的姐妹或者公司里的人？

布丽迪摇摇头——那些声音……

我知道——C.B. 说道——你没有给他发信息或者拨通他的号码吧？他不会看到你的未接来电吧？

没有。

很好。我们还有直到幕间休息的这段时间。现在我们要走了。

好的。

所以你现在要放开水管。

水管？——布丽迪想——他在说什么？没有什么水管，只有栏杆。她不能放手，否则她就会被冲到瀑布下面去。

不，你不会被冲走的——他说——我抓住你了。你能出来吗？

出来？——布丽迪茫然地再次问道。这时她才意识到自己正在洗手台的下面。她的身子缩在一个很小的角落里，双手正死死抓住镀铬水管。就像一只被困住的动物——她羞愧地想。

不要担心这种事——C.B. 说——那些声音会让任何人失去理智。他向紧紧缩起来的布丽迪伸出另一只手——你能出来吗？

布丽迪点点头——可以。但是当她想动一下的时候，她发现自己完全动不了。她的手固定在了水管上。

没关系——C.B. 一边说，一边爬到洗手台下方，结果头一下子撞到了洗手盆。"哎呦！"他喊了一声。

"出什么事了？"引座员问，"她打你了？"

"不是，我只是撞到了头。"

引座员显得很是担忧。"你确定不需要我打911，或者叫一辆救护车来？"

"不需要，"C.B.说，"我已经给她的医师打了电话。只要我把她送回家就没事了。"他又向布丽迪伸出手——我不会让你从瀑布上掉下去，我保证。但我们必须要走了，亲爱的，否则她就要叫警察来了。

特朗会发现这些的——布丽迪心中想道，然后放开了水管。

她刚一松开手，C.B.就把她的手握在自己的手里。"我扶住她了。"他对那名引座员说道，同时在心里对布丽迪说——我知道你能做到。就是这样，亲爱的。来，马上就成功了。

他向后退去，用双手慢慢地将布丽迪拽向他，然后用一只手按下布丽迪的头，同时说道——不要撞到头。他们从洗手台下钻了出来。C.B.用一只手臂搂住布丽迪的腰，帮助她吃力地站起身。"你觉得你能走吗？"

布丽迪转向C.B.，想说："能。"但她透过梳妆镜看见了自己的样子。现在她看上去非常可怕——发髻松了一半，美丽的绿色长裙已经皱得无从辨认了；镜子里，她苍白的面孔正盯着自己，显得那样憔悴和惊恐。我已经精神失常了——她想——怪不得引座员想打911。

她现在还是有可能会报警——C.B.说——所以你需要说："是的，我能走，查理。我想回家。"

"是的，我能走，查理。"布丽迪说道，虽然她实在对自己没什么信心，"我想回家。"

"她没事。"C.B.对满脸疑虑的引座员说，然后又高声问布丽迪，"准备好了吗？"布丽迪点点头。

C.B.从地上捡起布丽迪的手袋，塞进自己的牛仔口袋里。你的手机在身上吗？——他问道。

在——布丽迪伸手到裙子的口袋里去找手机，但手机不在那里——

我一定是把它掉在什么地方了。

但你在离开观众席的时候还拿着它。你说过，你曾经想给特朗打电话。你是在这里时想打电话的吗？

我不知道——布丽迪竭力回忆自己想打电话的时候是在这里还是在台阶上。

没关系——C.B.对她说，然后又对引座员开口说道："你能去看一下，确认周围不会有人吗？我需要带她去前厅。如果看到其他人，也许又会让她的焦虑症发作。"

引座员点点头，走了出去。当洗手间的门在她身后关闭时，C.B.放开了布丽迪，俯身去看洗手台下面。

不！不要离开我！——布丽迪喊道。她不由自主地向C.B.伸出了手。

我不会离开你——C.B.一边说，一边查看洗手台的下面——我只是要找到你的手机。只要一会儿。

他只是在找她的手机。布丽迪这样告诉自己。他不会离开。他就在几步以外的地方。现在他必须在引座员回来以前把手机找到。如果布丽迪抓住他的胳膊，那就只会拖慢他的速度。她不能打扰C.B.，不能恐慌。但这根本就不可能。因为在她身后，在镜子里，咆哮的瀑布已经分裂成无数清晰的声音。足有数百个、数千个、数百万个尖利的碎片正在飞向她，将她切碎……

它们当中有没有海盗？C.B.一边查看每个厕位的门板下面，一边问。

它们？那些声音？

不，彩虹幸运麦片圈。它们当中是不是有海盗形状的棉花糖？——他打开第一个厕位的门——或者我想的是嘎吱船长？

嘎吱船长盒子里没有棉花糖。

哦——他打开第二个厕位的门——盒子上有巨嘴鸟的是什么？

是果脆圈——布丽迪说——但那里面也没有棉花糖。

嗯，总有一个会有棉花糖——他又打开了一扇厕位门——数数巧克力、弗兰肯浆果，或者僵尸……啊哈！他冲进倒数第二个厕位，拿起布丽迪的手机，塞进自己的牛仔裤口袋里，然后重新搂住布丽迪的腰。这时引座员也推开了洗手间的门。

"没有人。"她对C.B.说。

"好的。"C.B.对引座员说道，"你能帮我和露西开一下门吗？谢谢。"好的——他对布丽迪说——我们要起飞了。他们迈步向门口走去。

"你确定没事吗？"引座员还是忧虑地问着布丽迪。

"是的，我没事。"布丽迪努力露出微笑，在C.B.的引导下走出了洗手间。

话说，你今晚是怎么过来的？——C.B.扶着布丽迪上台阶的时候问她。

我叫了出租车。那时那些声音已经出现了……

很好。这样我们需要担心的事情就少了一件。你做得很好，亲爱的——C.B.用鼓励的语气说——我们就要到楼梯口……

我不能去那里——布丽迪开始向后退——那里有很多声音……

我知道——C.B.抱紧她——我们不会到靠近瀑布的地方去。我们只去棉花糖那里。不等你察觉到，我们就已经离开了这里，去了一个安静的地方。

一个安静的地方——布丽迪想。那里一定是天堂。但要到那里去，他们必须经过楼梯口……

不要想那里——C.B.用命令的口吻说着，并带领布丽迪继续在楼梯上攀登——想一个安静的地方，而且很干燥。亚利桑那，或者死亡谷。你觉得我们去死亡谷度蜜月怎么样？

布丽迪没有回答。她只是盯着楼梯口。那些声音就在楼梯口后面。它们会沿着台阶奔涌下来……

说到月亮、蜂蜜和其他那些，我似乎记得黄色的棉花糖是星星形状的。那么月亮形状的棉花糖一定是蓝色的，就像"蓝月之夜"那样。那可是百年不遇的景色。你说绿色的是什么？

三叶草。

啊，是的。三叶草。爱尔兰的象征。考虑到我们现在的情况，那非常适合我们。

什么情……

我等会儿再告诉你。其他颜色呢？橙色？橙色的南瓜？

南瓜不是爱尔兰的。

你说得对。那应该是什么？威士忌？爱尔兰共和军？

不，那应该像彩虹，或者一罐金子。

也非常适合现在的我们——C.B.说道。布丽迪抬起头，看到他们正走过空无一人的前厅。引座员在前面为他们打开剧院的大门。

"你确定露西不会有事？"引座员问。

"确定。"C.B.带着布丽迪向门口走去。

"我们愿意为您做退票处理，或者将您的票改期。"

她是害怕你控告他们。这会让她遇到麻烦——C.B.说——告诉她，你并不责怪他们，否则她很可能还是会打911，这样她就没有责任了。

"不必退票。"布丽迪对引座员说，"这全都是我的错。我应该对自己的情况更加注意。"

引座员显然松了一口气。好女孩——C.B.领着她走过敞开的大门，来到剧院外面。

终于远离那些声音了——布丽迪虽然全身瘫软，但还是长出了一口气。他们站在黑暗的人行道上。"你需要我们帮你送她上车吗？"引座员仍然有些担心地问。

"不，我没事。"布丽迪努力说道，"真的。"

引座员看上去有些犹豫，但她最后还是转身进了剧院。真是好女孩——C.B.说——现在，希望他们没有拖走我的车。哦，太好了，他们没有。

C.B.指了一下自己那辆破破烂烂的本田车。那辆车正停在出租车把布丽迪放下的地方。它的前后两边各有一块"禁止停车"的大警告牌。"今天真是我的幸运日。"C.B.开口说道。他扶着布丽迪走到那辆车旁边，打开车门。"一定是因为那些绿色的三叶草。做得好。"他轻轻将布丽迪放到副驾驶座上。

"那么，好吧。"他一边说，一边试图拨开布丽迪紧紧搂住他脖子的手臂，"你得先放开我，我才能坐到驾驶座上去。"

"不……"

"只要一秒钟，我保证。"他温柔地说，"然后我就能带你离开这里，离开那些声音。好吗？"

布丽迪用力摇着头。只要一放开他，那些声音就会回来。

"听着，我们不能留在这里。"C.B.说，"如果特朗出来了，我们的蜜月计划可就要受到严重干扰了。"

C.B.想站起身，让布丽迪松开自己，但布丽迪做不到。那些声音会俘获她，会将她卷走……

"不，它们不会的。"C.B.说，"听着，我会在这边打开驾驶员一侧的车门，这样我绕过去之后就不必停下来做这件事了。"他探身越过布丽迪，按下另一边车门内侧的把手，把车门微微推开，"我保证，我会非常快。你只需要将注意力集中在棉花糖上。好吗？"

不好——布丽迪喃喃地说。但C.B.已经开始向车头方向走过去了。"C.B.！"

我就在这里——C.B.一边说话，一边从车前面冲过去——第五种棉花糖，是礼帽形状的吗？不，等等，我想到的是大富翁游戏。熨斗？不，那也是大富翁游戏。不过，他们不是把熨斗取消了吗？

他拉开驾驶员一侧的车门，钻进车里。布丽迪立刻靠过去，紧紧抱住他的手臂。就好像那些维多利亚时代的白痴女性小说——她想道，但她实在没办法控制住自己。

C.B.却仿佛没有注意到。他只是继续说着："他们用什么取代了熨斗？一定是更摩登的东西。就好像Kindle，或者无人机。"

"不，"布丽迪说，"取代熨斗的是猫。"

"没错，正是猫。"C.B.一边说，一边关上车门，"非常摩登。"看到布丽迪露出微笑，他又说道，"恐怕你得再次放开我一秒钟。"

"为什么？"布丽迪问。她把 C.B. 抱得更紧了。

"因为我要发动车子。你要么放开我，要么从我的牛仔裤口袋里把车钥匙掏出来。"

"哦！"布丽迪急忙放开 C.B.，就好像被咬了一下。她的窘迫心情本来应该足以让她打起精神，在自己的位子上坐好，但是 C.B. 刚刚插好钥匙，她又立刻抱住了他的手臂。"很抱歉，我知道自己现在就像个小孩子。但那些声音……"

"我知道，"C.B. 说，"这种事第一次发生在我身上的时候，我只能紧紧抱住床腿。人们必须用撬棍才能让我松开手。"

"你也遇到过这种事？"

"没错。"C.B. 有些困难地发动了车子，驶入街道，"如果你能把手放在我的腿上，而不是我的胳膊上，我们肯定能更顺利地驶过这些街道。"

布丽迪点点头，抓住 C.B. 的膝头。她必须用尽全部意志力，才没有像摇滚音乐会上发狂的粉丝一样死死抱住 C.B. 的大腿。

"你做得很好，"C.B. 说，"我马上就带你离开这里。"

离开城市——布丽迪一边想，一边满心恐惧地向车窗外的街灯和建筑瞥了一眼——离开那些声音。"请快一点，"她悄声说道，"它们正在追过来。"

C.B. 点点头，朝自己的手表瞥了一眼，踩下油门。很好——布丽迪向前方望去，想看到进入高速公路的匝道标志牌——再过一分钟，我们就能上高速公路了。

就在她这样想的时候，C.B. 却放慢了车速。他转进一条黑暗的巷子，停下车，熄了火。

第十五章

"幸好这个世界以为爱尔兰人都疯了，爱尔兰人自己当然不会揭穿这个误解。"

——欧因·科弗,《阿特米斯全集》

"你在做什么？"布丽迪紧张地环顾周围黑暗的街道，"为什么要在这里停车？"

"我要给我们争取一些时间。"C.B. 仰起上半身，让屁股向前滑动一点，从裤兜里抽出布丽迪的手机，"你的开机密码？不要想，说出来。"

"你不必这么做。我已经完全不担心加强我们神经通路的事了。我们的联系越强越好。"她哆嗦着笑了一声，"我真的很感激我们能有这样的联系。"

"我也是，但这并不是我要你用嘴说话的原因。说话能屏蔽那些声音。那么，你的开机密码？"

布丽迪告诉了他，又问道："但是你不应该在我们逃脱那些声音以后再这么做吗？"

C.B. 摇摇头。"我们需要在幕间休息之前这样做。"

那时候特朗就要来找她了。如果找不到她，特朗一定会去问引座员："你有没有看到一位红头发、穿绿色裙子的女士？"就算 C.B. 叫她露西，告诉引座员她是一个人来的也没有用。

"的确，"C.B. 说，"那么你打算给特朗一个什么理由？"

"梅芙。"

"梅芙？"C.B. 惊恐地抬起头，"你为什么要这么干？"

"因为在开幕之前，我们在酒吧里的时候，那些声音就已经开始了。我那时告诉特莱茜·汉密尔顿，我很担心梅芙。现在梅芙遇到了一些问题，所以我需要给玛丽·克莱尔打个电话。那是我能想到的唯一脱身的理由，而且……"

"你还要应付那些声音，"C.B. 替她把话说完，"你有没有告诉她或者特朗，梅芙遇到了什么问题？"

"没有，当时特朗不在。我只对特莱茜·汉密尔顿说我姐姐很担心她的女儿。进入观众席以后，我假装玛丽·克莱尔给我打了电话，对特朗说出事了，我必须确定一下是什么事。"

"那应该还好。"C.B. 说着开始快速输入信息。

"你要怎么对他说？"布丽迪问。

"梅芙离家出走了。"

"离家出走？她不可能那么做！"

"你也不可能因为梅芙考试成绩得了个'B'就冲出剧院去找你姐姐。必须是一件足够严重的事，才能让你有理由离开他和汉密尔顿夫妇。这意味着梅芙要么离家出走，要么折断了身上的某个地方。离家出走总比假装受伤更容易。毕竟这不会留下什么后遗症。"

"但如果特朗给我的家人打电话……"

"他不会的。我又发了一条信息，说你在乌娜姨妈家找到梅芙了。她没事。"

"但如果你这样告诉了他，他会想让我再回到剧院去。"布丽迪又不由自主地握紧了 C.B. 的腿。

"不必担心。我正在告诉他，玛丽·克莱尔已经发生气炸了。你必须留下，劝说她平静下来。"

"但如果特朗在幕间休息的时候给我打电话，要我放下玛丽·克莱尔的事，对我说汉密尔顿更重要呢？"

"他做不到。我会把你的手机关机。"

"如果他给乌娜姨妈家打电话呢？"

"我会打好掩护。"C.B.一边说，一边继续输入信息。

"你是什么意思？你没有给梅芙发信息吧？"如果C.B.是要让梅芙给他们做证，那梅芙一定会要求知道是为什么，那样的话……

"我没有给梅芙发信息。"C.B.说着将布丽迪的手机放进衣兜里，又发动了车子，"不管怎样，特朗是不会打电话的。他首先要全力以赴让汉密尔顿夫妇相信，你的突然离去和他们没有任何关系。在幕间休息以后，我会再给他发一条信息，说看样子你的家人没有那么好劝，你必须多待一阵时间。具体情况，你明天再和他谈。"

特朗一定会非常不安——布丽迪想。

"太糟了。"C.B.说道。

他朝后视镜里瞥了一眼，将车开上了大路。当他们再次开始移动，可以把那些声音甩到身后的时候，布丽迪立刻感到一阵宽慰。

"你在那里的时候没有听到过特朗的声音，对不对？"C.B.正在说话，"他没有出现在那些声音里，是不是？"

"没有，当然没有。"布丽迪说，"我听到的那些声音非常可怕！"

"实际上，那些只是剧院里的普通人，就像你平时听到的那些声音——朋友的、亲人的、同事的……"

"但它们是那样……"

"粗俗？恶毒？凶狠？诡诈？恐怕人们在自己心里说话的时候就是这样。"C.B.露出一个狡猾的微笑，"我告诉过你，人心就是一个污水坑。"

C.B.在红灯前停下车。"这不完全是他们的错。他们尽可以说出他们美好的想法：'噢，你看起来真漂亮！''多么美好的一天啊！''他们对我真好！'但他们不能直接说出：'下地狱去吧！''天哪，多么好看的胸脯！'恶言恶语只能存在于他们的脑子里。这往往会让他们的心里话变得不那么令人高兴。但人们肯定会有粗野、憎恨、贪婪、恶毒、残忍和充满控制欲的一面。"

"但不可能每一个人都那么糟糕。"

"你没有像我一样那么久地听到过人们的心声。"

"你是想告诉我，这个世界上没有好人？"

"我没有那么说。但人善真的会被人欺。善良的女孩也是一样。她们总是被骗，遭到背叛，遇到花心的渣男，最后只剩下心碎。听到她们的心声往往要比听到那些恶棍和怪物的心声更可怕。话说回来，你还没有回答我的问题。你听到过特朗的声音吗？"

"我告诉你了，特朗不可能……"

"是那些声音中的一个。但他有这个可能。就像我今天上午告诉过你的。如果你听到了他的声音，就一定能认出来，就像你认出我的声音。"

还有吉尔和阿特·桑普森的——布丽迪想。

"没错。如果你以前听到过一个人说话，那么你的脑子就会自动识别出他的声音，就算你听到的是他的心里话也一样。如果你没有听过某个声音，有时大脑会根据那些想法的内容来给它虚拟一个性别和年龄。但也有一些想法是完全听不出任何特征的。所以你没有办法辨别那个点无咖啡因拿铁的声音。"

所以那个相亲的女人的声音在她第二次听到的时候就会呈现出女性的样子。"他们也能听到我吗？"布丽迪问。

"不能。"

"你确定？"布丽迪的手攥紧了 C.B. 的腿。如果有人能够听到她的声音，那他们一定会知道她在哪里。他们会来找她的。

"确定。"C.B. 说，"不记得吗？我已经听了十五年了。他们不知道你能听到他们。"

"但我觉得他们都在向我大喊，在……"

"攻击你？想要杀了你？是的，我知道。但他们没有那样。他们甚至不知道你的存在。你只是偷听到了他们的想法。这就像在一家餐厅里偶然听到邻桌一个陌生人的谈话。"

不，不是那样——布丽迪想。想不听别人说话很容易，而她现在……

"那是因为你的意识会强行为它听到的东西进行定义，"C.B. 说，"它总是这样处理各种声音。但它现在会同时听到太多话语。和你用耳朵听到的不同，它们不会彼此遮挡，或者融合成背景噪音。它们一直都非常清晰，于是你的意识会因为知觉过载而陷入混乱。"

知觉过载？你就是这样称呼这种事的？——布丽迪再一次感觉到那些不祥的声音在无休止地击打她。

"但如果他们听不到我的声音，那我能否听到特朗的声音为什么又那么重要？"

"因为 EED。如果你能听到他，那可能就意味着他也开始能够感觉到你的情绪了。而我们现在肯定不希望他感觉到你陷入了麻烦，决定出来看看到底发生了什么。我们有太多问题需要解决。不过你既然没有听到他的声音，那就没事了。"

只要再过几分钟，他们就能进入高速公路，远远离开剧院和那些声音。布丽迪开始思考，他们到底应该走多远才行。

希望不会太远吧——她心里想着，望向车窗外不断向后掠去的黑暗，却又期盼 C.B. 能把车开得再快一些——它们会追上来，会淹没这辆车……

停下——布丽迪命令自己——不要去想那些声音。

"不，你这样想不对，"C.B. 说，"你努力不去想，结果却只能让你更去想到它们。就像有人对你说：'无论如何不要让自己去想大象。'于是你就没办法不去想大象。你现在应该想一些别的事情，就比如大象，或者彩虹幸运麦片圈，或者我们应该去哪里度蜜月。任何能够产生白噪音的事情都可以。"

"你说的是那些可以帮助我们入睡的 CD？那些溪水流动或者海浪拍打的旋律？"布丽迪立刻为自己这样说感到后悔，这让她又想起了咆哮的瀑布。

"所以你不能用那种 CD，"C.B. 说，"而且它们根本没什么用处。另外，大声放音乐或者听有声书也不行，戴隔音耳机也不行。你听到的那些声音和真实的声音没有任何关系。它们来自你的大脑内部。"

"但你不是说，我需要制造一些白噪音……"

"思维的白噪音。你要阻止一些信号，就必须将注意力集中在另一些信号上，比如你埋头工作的时候可能就听不到电话铃声。当你将精力集中在眼前的工作上，你的大脑会自动强化你所关注的信号，把其他信号的刺激降低。"

"所以我可以试着列出彩虹幸运麦片圈里棉花糖的样子，用这种方法抑制那些声音……"

C.B. 点点头。"或者列出大富翁棋子的样子，或者电影明星、鞋子的品牌。你还可以回想一下蒙提·派森马戏团的套路，或者唱几首歌，尤其是有许多重复旋律的歌。比如《吉利根岛》的主题歌。你知道《吉利根岛》的主题歌吧？"

"所有人都知道《吉利根岛》的主题歌。"

"很好，那你就可以唱那首歌，或者是《口袋妖怪》的主题歌，或者是《爱尔兰眸子在微笑》。"

"唱这些歌就能让那些声音消失？"

"不，任何东西都不能让它们消失。但唱歌……"

布丽迪吸了一口冷气。"你是什么意思？任何东西都不能让它们消失？"

"抱歉，我不是要吓唬你。至少我们还有办法能挡住他们……"

"挡住？"布丽迪失声喊道。一想到那些声音永远都会存在，会盘踞在她的脑子里，永远向她吼叫，永远等待机会扑向她，她就感到不寒而栗。

"抱歉，我的话有问题。应该说，我们总有办法能控制它们。就像是频繁的耳鸣。你知道吧？不少人的耳朵都会常常自己响起来。想要消除耳鸣是不可能的……"

不可能消除它们？"但玛丽·克莱尔说 EED 的效果会逐渐消失。"

"也许吧，不管怎样，我听到那些声音已经有十五年了，它们还没有任何消失的迹象。恐怕它们永远都会存在。但我们有办法控制它们。我会教你……"

布丽迪一听到"永远"两个字，脑子一下子僵住了。那些声音永远都会存在，时刻准备攻击她。只要她去看戏，或者参加会议……

所以 C.B. 才会拒绝开会——她想道——因为那些声音在等着他。他从十三岁起就这样了。它们永远不会离开，我要永远唱歌或者背诵诗篇……

"不，不，你不必那样。"C.B. 说，"那些只是暂时手段，等到你建起持久的防御，就不需要再那么做了。"

"持久的防御？"

"是的，我要教你如何建起屏障，把那些声音挡住。但我必须先带你去安全的地方才能教你。而且我越早教你就越好。"

安全的地方？也就是说，就算她没办法挡住那些声音，也能到一个没有那些声音的地方去。一想到这里，布丽迪立刻镇定下来。直到这时，她才意识到自己正死死攥着 C.B. 的大腿。

"抱歉。"布丽迪说着松开了双手。

"没关系，我的大腿还没坏死。"C.B. 向布丽迪笑了一下，继续说起背诵诗歌的事，"诗也可以。叙事诗是最好的。你知道什么叙事诗？《在塔拉大厅奏响的竖琴》？《因尼斯弗里的湖中岛》？"

"不知道。"乌娜姨妈总让我去参加爱尔兰女儿的诵诗会，我真应该听她的话。"我知道《绿林好汉》。我在高中背过那首诗，但我不确定能不能背全了。"

"那么圣诞颂歌呢？或者音乐剧的歌词？那也非常好。斯蒂芬·赞德海姆、罗杰斯，还有汉默斯坦。《魔法坏女巫》《吉屋出租》《欢乐音乐妙无穷》。任何音乐剧都可以，只有《猫》不行。"

"为什么？它没办法挡住那些声音吗？"

"不，它完全能挡住那些声音，但它的调子实在是太恐怖了。我想起来了，你在挑选歌曲的时候一定要小心。要是让一首你不喜欢的歌卡在脑子里，你一定会希望自己还是听到那些声音比较好。"

"没什么能让我希望再听到那些声音。"布丽迪激动地说。

"你只是这样以为而已。你显然从没有让《I Got You Babe》连续卡住你的神经几个星期，还有《Tie Me Kangaroo Down, Sport》和《Feelings》。"C.B. 打了个哆嗦，"我以为那会是一首能挡住那些声音的好歌，但我错了。两个星期以后，我只想杀了自己和英格伯·汉伯汀克。如果这是他们的歌，那就更可怕了。"

"他们的歌？"

"不断在那些人的脑子里回旋的歌。那些声音并非一直都是抱怨、咆哮、咒骂和尖叫，有时候它们是歌声。而且他们脑子里的那些歌声就像他们唱出来的一样带着鼻音，还会走调。那些人还总有一些非常可怕的品味。他们从不唱鲍勃·迪伦、科尔·波特和史提夫·汪达的歌。他们总唱什么《Achy Breaky Heart》《Shake Ya Ass》或者那个糟糕透顶的席琳·迪翁的《泰坦尼克号》。有半数时间，他们都会把歌词唱错。尤其是在唱圣诞颂歌的时候，'红鼻子驯鹿鲁道夫'总是被唱成'红鼻子熏猪鲁道夫'；'冲破大风雪，我坐在雪橇上'被唱成'我坐在香蕉上'。即便你向他们大喊：是'世有喜乐，圣主降临'，不是'圣主奖金'，也还是没有用。"

他又在努力让我分神——布丽迪想——他谈论这些歌曲只是为了制造白噪音，防止我听到那些声音，好带我到安全的地方去。

那会是什么地方？车子已经开了十五分钟。他们却完全没有出城的迹象。布丽迪也没有看见高速公路。

"你知道《茉莉·梦露》这首歌吗？"C.B. 还在不停地说着，"你当然知道，你是爱尔兰人。你知道她推着独轮车走过大街小巷，叫卖扇贝和贻贝吗？但你脑子里的一个声音唱的是她在叫卖'小宝贝'，不仅完全唱错了，而且简直就是故意唱错的！我差一点被那首歌逼疯了。"C.B. 转过头来看着布丽迪，"说到这个，你有多少爱尔兰？"

"什么意思？"

"我的意思是，你有多少爱尔兰的血统？你的姓是弗拉尼根，又有这样一头红发。我猜你至少有四分之三的血统来自爱尔兰，对不对？"

"不，全都是。我的家族是纯种爱尔兰人。我很惊讶乌娜姨妈没有告诉你这个。这经常是她首先要对人们说的事情。"

"我们还有其他事情要谈。"C.B.说,"纯种爱尔兰人?你的家族是从哪里来的?凯里郡?科克郡?"

"克雷郡,怎么了?你觉得我听到的那些声音和我的血统有关系?"

"不是有关系,而是有着绝对关系,尤其是爱尔兰人携带的单倍体基因 R1b–L21。"

"所以你一直阻止我做 EED,"布丽迪说,"因为你知道,我是爱尔兰人,你害怕会发生这种事。"

"嗯,有这样的原因。还因为选择性脑手术是一个极其糟糕的主意,就像你已经发现的那样。"

"如果这是爱尔兰人携带的基因所致,那么,所有的爱尔兰人不都应该有心灵感应能力吗?可我认识好几十个爱尔兰人,他们都不会读心术。"

"你对他们并不了解。他们有可能只是选择保持沉默,就像我一样,还有我和你说过的那个莱茵博士的试验对象。能够听到那些声音的人都会遭遇一些不好的事情,比如……"

"被诊断为精神分裂症或者被烧死在火刑柱上,我知道。"布丽迪说,"你的意思是,那些人全都暗中带有心灵感应能力。"

"不,我认为他们可能只是部分属于爱尔兰。大多数'爱尔兰人',"C.B.双手离开方向盘比画了一下,"实际上都有不少维京、日耳曼或者盎格鲁–撒克逊人的基因。如果他们家族已经在美国生活了一两代,那他们就还会有其他基因。"

"只有百分之百的爱尔兰人才会携带这种基因?"布丽迪不由得想到——乌娜姨妈如果知道这件事,也许就不会那么顽固地让我嫁给一个"爱尔兰小伙子"了。"但如果是这样,为什么我的姐妹没有心灵感应?不要和我说她们在瞒着我。如果有那种能力,玛丽·克莱尔就不会整天担心梅芙会怎么想了。凯瑟琳肯定也不会和那些家伙约会。你也亲口说过,乌娜姨妈的那些预言能力根本就不是真的。还是你在这件事上说了谎?"

"的确根本不存在什么预言能力，人也不可能用意念控制物体，只有心灵感应。"

"如果她们能够心灵感应，那她们应该早就知道我做了 EED。"布丽迪说，"但她们完全不知道。如果你的理论是正确的，为什么她们没有任何反应？而且为什么贞德能够心灵感应？她又不是爱尔兰人。你也不是。你的姓不是墨菲或者奥康纳，而是……"

"施瓦茨。"C.B. 说。

"那么你的理论该怎么解释？这个单倍体 R1b 基因是由爱尔兰人、法国人和犹太人共有的？"

"不，只有爱尔兰人。不过吉卜赛人也有很小的可能性携带这种基因。这正是吉卜赛传统占卜师能力的由来。"

"那你有吉卜赛血统？"

C.B. 摇摇头。"一滴都没有。"

"那么，为什么你能听到那些声音？你显然不是爱尔兰人。"

"呃……关于这一点，"C.B. 说，"实际上，我是。"

第十六章

"去图书馆，走吧。"

——大卫·福斯特·华莱士，《无尽的玩笑》

"你是爱尔兰人？"布丽迪问道。

"是的，父母双方都是，就像你一样。"

"但是……"

"施瓦茨是我继父的姓。我的父亲姓奥汉隆。我的母亲姓加拉格尔。"

"但是你……"布丽迪看着 C.B. 深褐色的头发，皱起眉。在街灯的昏暗光亮中，他的头发几乎是纯黑色的。

"看起来不像爱尔兰人？我的确是。深褐色头发在爱尔兰人中也很普遍，尤其是在克雷郡。我妈妈一家就是从那里来的。"我早就该看出来——布丽迪不由得想道。C.B. 有爱尔兰人那种经典的深褐色头发和带有黑色睫毛的灰眼睛——"简直就是用带着煤烟的手指抹出来的。"

"但你说我的红头发……"

C.B. 摇摇头。"红发基因是另一种基因 MC1R 的变异结果，如果你有这种基因，你就是爱尔兰人，也很可能会有心灵感应基因，但这两种基因并非完全相关。"

"但是你……"布丽迪还是无法接受这件事，"我的意思是，公司里的所有人都认为你是犹太人。"

"我的确有一颗犹太人的心。我的父亲在我两岁的时候就过世了。我的母亲在我四岁的时候再婚，不久之后她也去世了。我的继父把我抚养长大，直到他去世。"C.B. 说，"我会用他的姓只是为了给自己涂一层保

239

护色。"

"但如果你是爱尔兰人，为什么你自己的名字也不是爱尔兰的？"布丽迪又问。这时她才意识到自己根本不知道 C.B. 这两个字母是什么的缩写。那有可能是任何名字——克里斯蒂安·贝尔、夏洛特·特朗特，或者是在网上或无线电通信里用的绰号。

"你是不是想到了'断路器，断路器，好家伙，这才是大车的好司机。'？"C.B. 转过头，向布丽迪笑了一下，"这么想挺合适。不过实际上，C.B. 的意思是康兰·布伦纳。康兰·布伦纳·帕特里克·迈克尔·奥汉隆·施瓦茨。"

"那么，因为我们都是爱尔兰人，所以你觉得就是这个单倍体基因导致了心灵感应。"

"恐怕是这样。"

"但两个人很难成为证据。还是说不只有两个人？你的父母也能心灵感应吗？"

"我不知道。他们全都在我发生这种事以前就过世了。应该没有人愿意把这种事告诉其他人，哪怕是你自己的孩子，除非有绝对的必要。"

"那你怎么如此确定基因才是引发原因？为什么不能是 EED？"

"因为我没有做过 EED，不记得了？"

"但这还是无法解释为什么你坚信爱尔兰人的基因会导致这种情况。除非你已经找到了另一个有这种基因，又能够进行心灵感应的人。你找到了吗？"

C.B. 猛地转过头来看向布丽迪。"什么？"

"我就是这个意思，不是吗？你已经找到了另一个能够进行心灵感应的人，而那个人也是爱尔兰人。他是谁？一个和你聊过的专业灵媒？"

"当然不是。我告诉过你了，他们都是假的。"

"你说他们大部分是假的，我还以为你也许找到了一个真的，而且那个人是爱尔兰人。"

"不，我告诉你了，所谓的读心术全都只是骗人的伎俩。"

240

“那为什么……”

“因为历史上全部有记录的心灵感应事件多多少少都涉及了爱尔兰人。包括莱茵博士的试验对象，还有从泰坦尼克号上传出来的呼救声。那艘大船的甲板上当时站满了克雷郡的移民。还有我和你说过的那个内布拉斯加州女孩和那个中弹军舰上的水手——那个女孩是多诺霍人，那个水手是沙利文人。爱尔兰人有着听到奇异声音的悠久历史，从圣帕特里克到圣西兰，直到……”

“布丽迪·墨菲。那个‘可信’的被催眠者。”布丽迪语带讽刺地说，“更不要说那些自称看到小妖精的爱尔兰人了。”

“不要敲打小妖精。如果你仔细研究这些故事，你会发现其中很大一部分都是说得别人看不见的人。”

他不可能是认真的——布丽迪想——只是为了给我创造更多白噪音。或者“花言巧语”才更适合他的这些说辞。一切都是为了防止让我再听到那些声音，直到我们安全地离开城市。但布丽迪还是看不到城市的边缘。他们经过的街道两旁全都是商务楼，完全看不出荒凉的样子。

“我们就要到了。”C.B. 安慰她，“我的理论不是花言巧语。我用了许多时间对此进行研究。”

“而这些研究表明早期爱尔兰人进化出某种基因，让他们——也只有他们——掌握了心灵感应的能力？”

“不，恰恰相反。所有人——至少是相当数量的人类祖先都曾经有这种能力，但现在只剩下爱尔兰人还有心灵感应了。你有没有听说过朱利安·杰恩斯的二分心智理论？”

“没有。”

“这个理论认为，在大部分人类历史中，听到奇异的声音都是普遍发生的事情。人们将这些声音归结为神灵的指示。但实际上，那是两个大脑半球在相互对话。当大脑变成单一的整体，这种声音就消失了。或者人们不再认为它们是外来的声音，而是明白自己听到的是自己的想法。”

“所以你并没有真的对我说话——我只是在自言自语？”

"显然不是。杰恩斯关于为什么那些声音会消失的理论完全是错的。但他认为人类曾经普遍听到过奇异声音的看法是正确的。我觉得在非常古老的时候，每个人都能进行心灵感应。但经过自然选择之后，这种能力在很大程度上被抹去了。我猜测，一些人可能拥有某一种或者多种基因，它们能够抑制那些能够听到他人心声的受体。这也许是一种神经边界，也可以被称为是'少年守护天使'。"

"边界？那是什么意思？"

"一种防御。我们到地方以后，我就会教你建立一种边界。总之，那种抑制基因给了一些人进化优势。你应该明白，心灵感应对生存没有好处。当你需要聚精会神应对眼前的战斗时，突然听到脑海中的咆哮有可能会让你过早死亡，无法留下自己的基因。而且你还有可能被认为是遭到了魔鬼附体。如果有一些人为了逃避奇怪的声音而从悬崖上跳下去，我丝毫不会感到惊讶；或者从桥上跳下去，就像比利·乔·麦卡利斯特一样。"

"谁？"

"《给比利·乔的歌》里的那个家伙。那是一首好歌，有许多重复的旋律，歌词也是那种很好的白噪音歌词。里面有山茱萸、黑眼豌豆和塔拉哈奇桥。"

"他就是从那座桥上跳下去的？"

"是的，不过不是因为他有心灵感应。但我猜也许他真有那种能力。南方的那一部分有许多爱尔兰裔，而且他的名字是麦卡利斯特。总之，我的观点是，在漫长的岁月中，心灵感应的抑制人群战胜了非抑制人群。心灵感应便由此灭绝了。"

"但为什么爱尔兰人留了下来？"

"因为在许多个世纪里，欧洲其余地方的人们不断入侵其他文明，也遭到其他文明的入侵，和其他具有抑制基因的人群进行了大规模融合。但爱尔兰人没有。爱尔兰远离欧洲的主战场，尤其是它的西部区域。一些原始基因，哪怕是隐性基因，比如红头发和心灵感应，都幸存了下来。"

"但爱尔兰人也不是与世隔绝的。"布丽迪说,"英格兰在十六世纪就入侵过爱尔兰。在大饥荒时期,成千上万的爱尔兰人移民到了美国……"

"对的,他们和带有一个或多个抑制基因的人群通婚,所以今天绝大多数爱尔兰人都只剩下了残缺的心灵感应能力。"

"残缺的心灵感应?"

"是的,他们只能听到一些人在强烈情绪下的呼喊,或者只能模糊地感觉到发生了怪事。只有极少数爱尔兰人拥有完整的心灵感应能力。"

"你和我就是这样的两个人。"

"是,我们很幸运,对不对?"

"但如果你的理论是对的,我继承了我父母的基因,那为什么凯瑟琳和玛丽·克莱尔……"

"因为这是一种需要激活的基因,激活它的可能是大脑化学水平的变化,或者信号通路的改变。"

"比如 EED。"布丽迪用冰冷的声音说道。

"正是。甚至可能只是你被麻醉就足以将它激活。麻醉剂、催眠、睡眠剥夺、精神创伤、情绪压力,任何降低大脑天然防御或者强化心灵信号接收能力的变化都有可能导致这种后果。甚至只是强烈的情绪也有可能激活它,比如恐惧、渴望和青春期的焦虑。"

"你就是被最后这种情绪激活的。"

"贞德也是。她也是在十三岁的时候第一次听到了声音。"

"但她不是爱尔兰人。"

"她不是,但她生活在非常古老的欧洲。那时欧洲的其余地方可能还存在这样的基因。栋雷米距离都柏林也没有那么远。她还在努力寻求沟通,这似乎也对她是一种刺激。"

"沟通?"布丽迪茫然地问,"贞德想要和谁……"

"和谁沟通?和上帝。当她第一次听到圣迈克尔的声音时,她正在祈祷。这肯定会强化她对外界信号的接受能力。"C.B. 俯身向前,透过挡风玻璃向前方望去,"你能看清前面那条街的名字吗?我想判断一下还要再走多远。"

"我的手机有 GPS 定位。"布丽迪说完才想起她不能把手机打开。于是她眯起眼睛，细看前方的路牌，努力在黑暗中辨识那上面的字迹。片刻之后，她终于说道："帕尔默大道。"

"很好。"

"我们是不是就快出城了？"布丽迪又开始寻找接近城市边界的迹象。

"不，"C.B. 在一个红灯前停下，"我们不会出城。"

"你是什么意思？为什么不出城？"

"因为那样对你不会有任何好处。那些声音不受距离的影响。也许它们有传播范围，但仅仅开车到郊区去肯定跑不出这个范围。而且就算你跑得足够远，离开了剧院里的那些声音，你也还是会听到许多其他声音。"

总之就是没办法逃脱那些声音。她也没办法让它们停下来。它们终究还是会俘获她，会淹没这辆车，将她卷走，然后……

"布丽迪！"C.B. 在说话，"布丽迪！听我说！"

"它们要淹死我了！"布丽迪歇斯底里地喊叫着，"它们要……"

"不，它们不会。我不会让它们卷走你。我会带你去安全的地方。"

"没有这样的地方。你刚刚说……"

"不，我不是那个意思。有安全的地方。我马上就带你去。但你必须让我开车，这样我们才能到那里。"这时布丽迪才意识到自己的两只手紧紧抓住了 C.B. 的胳膊。信号灯已经变绿了。后面正有人向他们按喇叭。

"抱歉。"布丽迪放开他的手臂，结果立刻就被那些声音压倒了。

"没事的，没事的。"C.B. 抓住布丽迪的手，用力握紧。

后面的车又在鸣喇叭了。

"哦，不要这样。"C.B. 温和地说，并将布丽迪的手放到自己的胸前，足足捂了一分钟，才把它放到膝盖上，"按住我，唱《爱尔兰眸子在微笑》，或者其他爱尔兰的歌曲。只要羊羔甩两下尾巴的时间，我就能把你送到那里。不过实际上，《爱尔兰眸子在微笑》根本不是一首爱尔兰的歌曲。它是锡盘巷里一个从没有踏上过那片古老土地的人写的。《Too Ra Loo Ra Loo Ra》和《基拉尼的圣诞节》也是这样，还有《丹尼少年》，尽管它是爱尔兰语的，但写出它的实际上是一个英格兰骗子。"

他在用更多的花言巧语保护我，仿佛我在到达安全地点前就彻底崩溃——布丽迪竭力集中起精神，不去理会那些重新在她脑子里鸣响的丧钟。

"说到我们要去的那个地方，"C.B.说，"你最好在到那里之前先把自己收拾一下。你知道的，这不是为了我。我很喜欢乱糟糟的头发。"他向布丽迪笑了笑，"但我们毕竟要出现在公共场合……"

"公共场合？我们要去哪里？"布丽迪向车窗外望去，想看看他们在什么地方。

C.B.把车转向南边，朝技术中心开了过去。他要带我去他在公司的实验室——布丽迪想——当然，所以他才会选择在那里的地下室工作，因为他在那里就听不到那些声音了。

"不，不必担心，"C.B.说，"很不幸，混凝土和隔音材料也无法阻隔那些声音，低于零摄氏度的气温也不行。而且赫米斯项目团队里的一些人还在公司里。他们会加班到很晚。我们不能冒险让他们看见你。记得吗？你现在应该在乌娜姨妈家，和梅芙在一起。"

"那么你要带我去哪里？"

C.B.没有回答，只是伸手到衣兜里，拿出布丽迪的晚礼服手袋，递给布丽迪。布丽迪打开手袋，拿出化妆镜。哦，上帝啊，她现在的样子比在洗手间里更糟糕了。她刷的睫毛膏在脸上流成一条条黑线，头发好像一团乱麻。"你有湿纸巾吗？"布丽迪问道。

C.B.好心地从口袋里掏出一张打卷的纸巾，递给布丽迪。布丽迪朝上面吐了些口水，又把化妆镜支在汽车的仪表板上，开始试着修复糟糕的妆容——擦去睫毛膏，重新涂好口红。她在做所有这些事的时候都只是用一只手，另一只手继续抓住 C.B.的膝盖。她又梳了梳头发，希望自己能有些东西把头发扎起来。

"这个如何？"C.B. 伸手到布丽迪身子另一侧的杂物箱里，掏出一小截电脑电源线。

"很好。"布丽迪说了一声，却又咬住了嘴唇。她不知道该如何在不放开 C.B. 膝盖的情况下将头发拢到脑后，再用这根线把头发系好。

"很简单，"C.B. 目视前方，向布丽迪说道，"我来唱《给比利·乔的歌》。"他唱了起来。歌里唱的似乎是一家人在餐桌旁无意中提起比利·乔·麦卡利斯特从塔拉哈奇桥上跳了下去，却没有注意到讲述这首歌的那个女孩已经被这个噩耗击倒了。

布丽迪并没有真的听 C.B. 在唱什么。她只是忙着用那根电源线缠住自己的头发，然后赶快把手放回 C.B. 的膝盖上。

她勉强算是把头发打理好了。"没有人知道那个女孩爱着比利·乔。"C.B. 说，"很明显，他们不是爱尔兰人，也没有心灵感应。和我们不同。"C.B. 说完把车停在了路边。

"这是哪里？"布丽迪问。车子旁边似乎是一排学生宿舍。越过那些宿舍的屋顶，布丽迪还能看到大学的教学楼。"你带我去哪儿？联谊会吗？"

"不。"C.B. 拔出车钥匙，解开安全带，"如果你以为剧院是糟糕的地方，那你真应该听听一群喝醉的大学生在想些什么。"他朝自己的表瞥了一眼，然后伸手到布丽迪的另一侧，将布丽迪身边的车门打开几寸。"现在我需要和你暂时断开，让我能够绕过来接你。"

布丽迪点点头，然后才意识到 C.B. 一直在等待自己放开他的膝盖。于是布丽迪深吸一口气，又用力呼出去，松开了手，又立刻将双手紧紧按在自己的膝盖上。

"当然，除非你想去联谊会看看。"C.B. 一边说，一边下了车，从车头前绕过来，同时还不断地说着——实际上，只要听到他们的想法就够了，根本不必跑到他们聚会的地方去。

他俯身到车里，握住布丽迪的手，帮助她走出车子，同时用非常清晰的话语说："在那种地方，你只能让啤酒和呕吐物溅到自己身上。"

街上很冷。穿着无袖长裙的布丽迪直打哆嗦。没等布丽迪有所反应，

C.B.已经放开她的手，将自己的牛仔夹克脱下来，披在布丽迪的肩膀上。

"我不能穿你的夹克……"布丽迪说道。

"这是保护色。"C.B.说，"这样我们看上去就不至于显得那么差异巨大了。"

"你的意思是，就像一个逃跑的精神病人和她的管理员？"布丽迪低头瞥了一眼自己身上皱成一团的裙子。

"不，就像舞会女王和钟楼怪人。把衣服穿好。"C.B.命令道。布丽迪系好扣子的时候，C.B.打开了车子的后门，开始在车里寻找什么。他直起身，朝布丽迪端详了一阵，然后摇了摇头。"不行，对于像我这样的人来说还是太漂亮了。来吧，我的爱尔兰女孩。"

他们开始沿道路前进。C.B.在路上把自己从车后座找到的东西递给布丽迪。那是一摞书。

"你要带我去图书馆？"布丽迪问。

"当然不是，只是我有一些过期未还的书。"C.B.带着一点打趣的意味说道，"我觉得我们可以顺便把它们还回去。好吧，我要带你去图书馆。"

很好——布丽迪想到了那个安静、有灯光、堆满档案的地方。当然，还会有成排的书籍挡在她和那些声音之间。如果他们能在被声音追上之前赶到那里……

"很抱歉，我不能把车停在靠近图书馆的地方。"C.B.领着布丽迪快步走在马路上，"他们每个小时都要检查一次校园里的停车状况。"

"没关系。"布丽迪紧紧抱住那些书，就好像抱住C.B.的膝盖一样。但她其实不认为这没有关系。他们距离图书馆还有几个街区。而且这里非常黑。前面的街灯都熄灭了，所以下一个街区会更黑。布丽迪想不明白，一首男孩自杀的歌曲怎么能阻止那些声音，还有……

C.B.从布丽迪的怀中把那些书接过去，用一只手臂夹住它们，另一只手牵住布丽迪的手。

"谢谢。"布丽迪终于喘了口气。

"时刻准备效劳。顺便说一下，你不一定要唱《给比利·乔的歌》。你可以唱任何一首歌，只要它有足够多的歌词。乡村、西部、民谣、说唱，或者就像我说的，音乐剧里的歌——《汉密尔顿》《长靴妖姬》《红男绿女》。有好多动听的旋律和动人的歌词——《运如淑女》《阿德莱德的挽歌》和《锡号赋格曲》。不，用不着想太多。忘了《锡号赋格曲》吧，它听起来太像那些声音了。你最好还是用心唱一唱《阿德莱德的挽歌》。它有八个段落，里面充满了各种完美的白噪音词汇，比如'心身综合征''链球菌'和'鼻后滴流'。"

"鼻后滴流？"

"这是一首关于着凉的歌。如果你不喜欢，《菲尼安的彩虹》怎么样？那是关于爱尔兰小姑娘和一个邋遢汉子的歌，还有一个小妖精。我记起来了。我还一直在想那些棉花糖。有盛黄金的罐子形状的棉花糖吗？"

C.B. 一直喋喋不休地说着。谈论那些棉花糖和《How Are Things in Glocca Morra？》的旋律，还有一些非爱尔兰歌曲。布丽迪知道，C.B. 只是要带她走过这些黑暗的街巷。她并不在乎 C.B. 说了些什么。C.B. 在为她挡住那些声音，直到他们到达图书馆。

C.B. 在图书馆门外停住脚步。"不要慌，"他说道，"只是我们进去的时候，我要放开你的手。"

"为什么？"

"因为我希望图书管理员相信我们来这里是为了学习，而不是去书库做什么奇怪的事。现在已经很晚了，学校里到处都是欲望过剩的大学生在干柴烈火。"

"干柴烈火？"

"你侬我侬，放飞自我，春宵苦短。总之，我不想让图书管理员对我们仔细查看一番。不过我觉得，大概没有人相信像你这样漂亮的女孩子会和我这样的人约会。就算我暂时不握住你的手也不必担心。我不会丢下你的。准备好了吗？"

布丽迪点点头。C.B. 松开了布丽迪的手，将手掌坚定地按在布丽迪的背上。然后他用另一只手打开门，又停了一下。"等等。"他转过头，看了一下门边的标志牌。上面写着：星期六上午 10∶00 至晚上 10∶30。

该死——C.B. 说道——他们一定是削减预算了。图书馆的开放时间又缩短了。

"这样我们就没办法留在这里了吗？"一想到要再次走过四个黑暗的街区，回到车子那里……

"不，"C.B. 说，"嘘。"他扬起头，向门里望去。

他不是在看那块牌子上的字——布丽迪想——他是在听里面有多少人。图书馆里的人一定不多。一分钟以后，C.B. 把那摞书又递给布丽迪，对她说："我怎么说，你就怎么说，不要引起别人的注意。"然后他打开了大门。

"是的，艾弗森的考试真是让人够受的。"他高声说道，一边握住布丽迪的手肘，带她走进去——现在你说："我至少要得一个 B 才行。"

布丽迪将书本按在胸前，尽量装出一副学生的样子。"我至少要得一个 B 才行。"

"我可以帮你。"C.B. 说。

借还台后面的年轻女子从终端机上抬起头，盯住他们两个人。真不应该穿这身衣服出门——布丽迪心里想——特朗是对的，这条裙子太惹眼了。我应该穿上我的黑……

特朗就是个蠢货——C.B. 说——你美极了。说："关键是我还没有理解非语言传播。"看我，不要看她。

布丽迪顺从地转过头来看着 C.B.。"关键是我还没有理解非语言传播。"她说道。图书管理员的注意力回到了她的终端机上。

"原来如此，那你可算找对人了。"C.B. 说，"我在非语言传播上刚好是个奇才。"他们走过借还台，进入了前方的大自习区。

这里并非空无一人。实际上，这里有几十个人。他们要么在自习，要么在盯着笔记本电脑，要么在交头接耳。所有人都在思考。布丽迪惊恐地看着 C.B.，悄声说——你说过，我应该避开人多的地方。

我们不去人多的地方——C.B.领着布丽迪走过这个大房间——知道吗？你完全不必这样压低声音和我说话。只有我能听到你的声音。他牵着布丽迪快步走过挂有"通向书库"标牌的楼梯，来到另一段楼梯前。

我还以为我们要去书库——布丽迪说。

不，那里太乱了——C.B.带布丽迪上了那段楼梯——除非你想去约会。那倒不是一个坏主意。激情是一种非常好的防御。它能够把其他一切都挡在外面。但我会教你另外一种防御。当然，如果你更愿意……

我不想约会。如果这才是你带我来这里的原因——布丽迪甩掉C.B.的手，但她立刻就后悔了。那些声音仿佛随时都会涌上来。

别担心，我就在这里——C.B.又握住她的手。

谢谢你——布丽迪喘着气说。

随时为你效劳——C.B.继续沿着楼梯向上走，直到楼梯口才停下脚步。"等一下，我要再给特朗发个信息。"他打开布丽迪的手机，开始翻动屏幕。

"他留下信息了吗？"

"恐怕有。"C.B.将手机递给布丽迪。布丽迪看到特朗一共发来了五条文字信息和三条语音信息——"我答应过汉密尔顿夫妇，我们会在散场之后一起去铱星餐厅吃饭。我告诉他们，你会在那里和我们会合。你能不能告诉你的家人，她们需要自己处理自身的问题？"另外还有："为什么不回我的电话？"以及最糟糕的一条："我们的连接有什么进展吗？"

不是你以为的那种进展——布丽迪完全不知道自己该怎么回复。

"可以这样。"C.B.说着拿过手机，迅速输入一行字，按下了发送键。"我告诉他，你不能和他会合了。你需要用更长时间来安抚大家。你明天早晨会给他打电话。"然后他就关了机，把手机放进衣兜里。

"没问题的，来吧。"他一边说，一边带布丽迪到了上一层，沿着走廊来到一扇挂着"阅览室"铭牌的门前。他停住脚步，仔细倾听片刻，然后说——我们运气很好。

他打开门，带布丽迪走进一个就像楼下一样的大房间。只不过这里的咨询台后面没有人。这里的书桌更长、更宽。一摞摞报纸排列在大厅两侧。这里的人比楼下要少，不过仍然算不上空旷。至少有二十几个人坐在桌子后面，埋头在笔记本电脑或者书里，或是在阅读报纸。二十几个人全都在思考。这甚至还不是最糟糕的地方。

最糟糕的在于这个房间本身。C.B. 告诉布丽迪要带她去图书馆的时候，布丽迪本以为会看到摆满书籍的房间，那些书能够帮她挡住外面的声音。但这里除了几本被读者摊开放在桌面上的书籍以外，周围一本书都没有。大厅的两面墙上全是窗户。透过它们，布丽迪能够清楚地看到外面的黑暗。这里没有任何东西可以挡住声音。

我们来这里干什么？——布丽迪问 C.B.。她希望 C.B. 还能有备用计划，他们可以去一间更加幽静隐秘的档案室。其实任何地方都好，只要没有人和窗户。C.B. 却说——这里很不错。然后就推着布丽迪朝距离他们最近的桌子走去。一直走到底。

布丽迪转过头，带着恳求的神情看向 C.B.。那些声音……

它们不会有问题。向前走，不要让别人以为我在绑架你。还记得吗？我们是来这里学习的。

布丽迪向前走去。她低垂下双眼，努力不去看那些窗户和外面的黑暗，手中紧抓着书，按照 C.B. 的指示坐在椅子上。C.B. 替她把椅子推到桌前，对她说——把书放到桌上，打开最上面的那本，翻到第六页。然后他向布丽迪对面的椅子走了过去。

第六页——布丽迪将全部注意力都集中在书上，竭力不去想 C.B. 放开了她，而且他们现在距离窗户还不到一英尺，桌子也太宽了，如果 C.B. 坐在她对面，她就没办法握住他的手，那些声音就会……

我不会坐到你对面——C.B. 说着把布丽迪对面的椅子拉过来，坐到桌子末端，和布丽迪只隔着一个桌角。然后他向布丽迪伸出手，不是去握布丽迪的手，而是拿起了那摞书的第二本。他将书打开，开始阅读。我就在这里。你非常安全。那些声音进不来。听——他仿佛向布丽迪下了一个命令。

布丽迪渴望地看着 C.B. 随意放在书本旁边的手。你不需要我的手——C.B. 说。看到布丽迪还在犹豫，他又说道——相信我，仔细听。

布丽迪照 C.B. 的话去做，双手抓住桌子边缘，打起精神，准备迎接声音的洪流。

洪流没有出现，但那些声音并没有完全消失。只不过它们已经不再向布丽迪咆哮，不再将她吞没了。它们变得更加平静、安宁，就像一股潺潺流动的小溪，没有任何害处。她惊愕地抬起头去看 C.B.。你是怎么做到的？

我什么都没做——C.B. 朝其他人点点头——是他们做的。

但他们又是怎么……

C.B. 咧嘴一笑。永远不要低估一本好书的力量。

第十七章

"嗯哼！"那只老鼠威风凛凛地哼了一声。"你们都准备好了吗？就我所知，要说干，没有什么比这件事更干巴巴的。全体肃静，劳驾啦！'征服者威廉的目标得到教皇的支持，不久便使英国服从他，英国需要一些领导者，近来又很习惯于篡夺权位和遭到征服这类事。梅尔西亚伯爵艾德温和诺森伯利亚伯爵穆尔卡——'"

——刘易斯·卡罗尔，《爱丽丝梦游仙境》[1]

我不明白——布丽迪惊异地向这间阅览室扫了一眼。她本以为那些人的读书声会像一股默默流淌的溪水，但她错了，那些声音更加温暖和令人愉悦，就像花园中飞舞的蜜蜂。书怎么会……

你听到的不是书——C.B. 说——不过我第一次遇到这种事的时候，也是这样想的。那是人们读书时的想法。阅读和平时的思考是完全不同的过程。它更具有节律，更加专注，而且它会屏蔽掉各种无关的想法。如果有足够的人在一起阅读，从外界涌来的杂乱声音就会被屏蔽掉。

但你是怎么……

我是偶然发现这件事的。我来这里进行一些研究，想找出是什么造成了我脑子里的声音——他向布丽迪微微一笑——人们总是说，书是避风港。这话绝对没错。

"避风港"这个词太准确了。自从那些声音在剧院里骤然爆发之后，布丽迪的心跳第一次缓和下来。

所以我带你来这里——C.B. 说——这些阅读者会屏蔽那些声音，你就能够建立起防御了。

---

[1] 选自《爱丽斯漫游奇境》，刘易斯·卡罗尔著，上海译文出版社 2013 年出版，吴钧陶译。

我还以为这些阅读者就是防御那些声音的方法。

他们是防御方法之一。这一点很值得庆幸，因为这种方法总是很有效。在这里，无论白天还是黑夜，总会有人在阅读。如果那些声音要吞没你，你就到这里来，或者去公共图书馆、书店、星巴克。如果这些地方都去不了，你还可以自己阅读。

但我记得你说过，有声书是没用的。

有声书的确没有用。真正能够屏蔽那些声音的是阅读者的神经信号模式。所以你要么自己阅读，要么听其他人阅读。维多利亚时代的小说就很好，那些细致、冗长、繁琐的句子非常有效。就像这个——C.B. 开始读起自己面前的书——"但到目前为止，对于精神而言更令人苦恼的一个例子是，我们发现当直觉、感觉、记忆、类比、证明、概率、归纳，以及逻辑学家列表中的每一种证据都联合起来说服意识，让它相信自己是相当孤立的，这些因素之间就存在着某种神秘的关联。"

是哈代——C.B. 说道——他的书很棒。还有狄更斯、安东尼·特罗洛普和威尔基·柯林斯。但你不能看让你感到无聊的书。如果你的意识开始溜号，那书也就没有用了。所以亨利·詹姆斯就不行。《织工马南》也不行。你需要的是《巴塞特郡纪事》或者《我们共同的朋友》。把这些小说下载到你的手机上，这样你就能一直带着它们。你也可以重温一下《绿林好汉》。

还有你和我说过的那些歌。

没错。但所有这些都只是权宜之计。你真正需要的是一种永久性的防御。——C.B. 朝自己的手表瞥了一眼。

布丽迪下意识地伸手去拿手机，想看看现在几点了。随后她才想起，她的手机在 C.B. 那里。她向咨询台后面的时钟瞥了一眼——九点四十五分。图书馆会在十点半关门。他们只剩下不到一个小时了。

所以我们需要加快速度——C.B. 说——第一步是设立你的边界。这样可以在这些阅读者的声音中打造一个永久性的基础。你知道高速公路两旁的那些隔音板吧？就是它们将公路上的交通噪音大幅度削弱，才能让高速公路两旁房屋里的人们过上正常生活。你也要立起同样的东西，只不过是立在你的脑子里。C.B.瞥了一眼房间里的那些阅读者。注意，你需要摆出一副正在读书的样子，我们来这里是为了学习。

抱歉——布丽迪急忙低下头看着书。

好了。现在没有人看我们。不过图书管理员很快就会回来，我们不应该引起她的怀疑。C.B.用手撑住下巴，也看着自己的书，完完全全一副沉浸在书海中的样子。你需要做的第一件事是想象一道篱笆——他说道。

就好像高速公路的隔音板。

没必要一模一样。它可以是任何种类的篱笆——电脑的防火墙，或者那种看不见的电子狗屏障，或者是中国的长城——只要你相信它能够将声音挡在外面就好。

只要我相信？——布丽迪抬起头看向C.B.——那些声音是真实存在的，根本不是我的想象！它们……

篱笆也是真实存在的——C.B.说，他的眼睛一直没有离开书——你在剧院里死死抓住的铁栏杆也是真实存在的，还有维里克谈论建立神经通路时，你所想象的那条林间小道。

但是……

那些声音只是大脑产生的电信号。它们导致神经突触被激发，就像声音信号一样。而你的篱笆也是激发神经突触的信号，只不过它们激发的信号会抑制前者的信号受体。

我记得你说过，我们缺乏抑制基因。

我们是没有那种基因。所以我们只能自己制造抑制信号。它们不会像具有器质性基础的信号那样工作，而且维持它们需要更多能量和更加专注的精神。但它们同样可以保护你。

所以你是在说，我必须用自己的想象去抑制那些声音的受体？

是的，而且你必须把抑制信号想象出具体的形态，这样它们才会对你产生作用。把它们想象成具体的日常形象，就像你在剧院时想象的铁栏杆。

布丽迪想起她紧紧抓住的那些潮湿的铁栏杆。但那还不够牢固——她想。如果不是C.B.来拯救她，瀑布一定会冲过栏杆，没过她的头顶……

所以你需要建立起足够强的防线——C.B.说——防洪堤如何？或者是一道大坝？

一道大坝——布丽迪充满期待地想——就像荷兰的那种围海大坝。但堤坝总会有孔洞。所以那个荷兰小男孩才需要用手指塞住堤坝的空隙，以免洪水涌进来……

抱歉——C.B.说——我应该早点告诉你，你应该想象一种在你看来绝不会坍塌和渗漏的东西。我第一次就在这件事上犯了错误。我想象的是城墙……

一座城堡？

我知道——C.B.困窘地说——我那时才十三岁，好吗？不管怎样，那座城堡上还有射箭的垛口，有吊桥和滚油。那本来是很安全的。只是我看过的所有电影里都有攻破城墙的撞槌和投石机。还有一群群拿着火把的农民军。

那么你又改成了什么？

一道白色的尖桩围栏。你从没有见过那种东西被攻城槌撞开吧。

严格来说，没有——布丽迪说——你现在的屏障又是什么？

C.B.没有回答。

C.B.？

还是没有回答。布丽迪偷偷瞥了C.B.一眼，发现C.B.已经从书上抬起头，正茫然地盯着布丽迪身后的窗户。

C.B.？——布丽迪再次发出呼唤。C.B.这才回过神来。

抱歉——他说——我分了神。你在问什么？

你现在的屏障是什么？

哦，在城堡之后，我觉得最高安全级别的监狱才是最好的办法，只要我不去看那些越狱电影就行了。你知道的，那里都是铁丝网围栏，还有剃刀铁丝、探照灯和狗。

但铁丝网围栏挡不住水啊。

的确。也许你应该……

C.B.又停住了。布丽迪偷偷向他瞥了一眼，看到他正望着阅览室的双扇大门。图书管理员要回来了吗？

不，我觉得不是——C.B.说——等一等，我需要去查看一下。你先读书。

布丽迪顺从地将目光落在书页上，读道："大概可以猜测，她正在倾听风的声音。"C.B.在听什么？显然是那些声音。但他怎么能承受那些声音？那些声音是那样嘈杂和洪亮，可以把一切都淹没。倾听它们简直就像走进一场风暴。或者是C.B.想让她竖立起来的边界能够压制那些声音。不管怎样，C.B.没有显示出丝毫害怕的样子，甚至没有任何要努力抵抗那些声音的样子。他只是茫然地凝视前方，就像布丽迪以前多次看到的那样。

他需要查看什么？ C.B.？ ——布丽迪问道。但C.B.没有回答。看上去，他甚至完全不知道布丽迪在说话。

他已经完全到别的地方去了——布丽迪想——或者他就是在专心阻止声音将他淹没。布丽迪决心不再打扰C.B.。现在她需要做的是保持安静和专心读书。

"这一阵风似乎完全是为这番景象而来，而这番景象又似乎只属于这一刻……"她读道，"在这里听到的，在其他地方都从未有过。"

所以她应该在图书馆，而不应该在旷野荒郊——C.B.说。他从书上抬起头，向布丽迪笑了一下——抱歉，我刚刚还以为图书管理员过来了。不过我听错了。

C.B.知道这些，是因为他能听到布丽迪的想法，就好像他能听到凯瑟琳和那名护士的想法。他是怎么做到的？那些声音根本就是无数言辞和情绪的大旋涡，他怎么能够从里面分辨出具体某一个人的声音？

这是一种习得性技巧——C.B.说。

你能教我吗？——布丽迪问。

可以，但你首先要学会构筑基本防御。我们没有太多时间了。

布丽迪向时钟瞥了一眼。十点钟。距离关门只剩下半个小时了。

没错——C.B. 说——所以现在你需要的是一道可以完全隔绝洪水的屏障。胡佛大坝如何？

我不知道它是什么样子——布丽迪说——我的意思是，我知道它很大，是用混凝土建成的，但我知道的只有这些。

只是这样还不行，你需要能够想象出它的细节。海岸大堤如何？

我也不知道它是什么样子。那是一道砖墙吗？

就像丁尼生的《花呀，你长在墙缝里》，或者爱伦·坡的《一桶白葡萄酒》里那个坏人建造的那种东西——C.B. 露出一个伤感的笑容——抱歉，我在图书馆里度过的时间太久了。那是一道砖墙。他开始向布丽迪讲述那种墙壁的每一个细节，从砖块的颜色到砖缝之间灰浆的厚度，巨细无遗。

细节越多，它对你而言就越真实——C.B. 说——那样它也就越能挡住声……他在说到一半的时候停住了，再一次倾听了一会儿。图书管理员来了。

布丽迪压抑住抬头的冲动。她听到了门被打开的声音。好了——C.B. 说——随意地抬起头来朝门口看一眼，然后继续读书。

布丽迪照他的话去做，竭力想象自己如果真的是在学习的话又该如何行动，不知道能不能骗过图书管理员。

好了——C.B. 说——现在她认为你真的有挂科的危险，所以才会在星期六晚上和我这个书呆子一起泡在这里。我们先等一下，再继续读书。

好的——布丽迪答应一声，将全部精神都集中在书上。"它们发出的每一个声音都是这样微弱，"她读道，"只有数百个这样的声音合在一起，才能勉强在一片寂静中被察觉到……"

希望等我把墙建起来以后，那些声音也会变得这么小——布丽迪想。但她还是看不出一道想象的墙壁如何能将那样强大的声音挡住。

你还不信任我吗，亲爱的？——C.B.用几乎像乌娜姨妈一样的爱尔兰土腔说道。布丽迪抬起头瞥了他一眼，又急忙把头低下。

抱歉——布丽迪说——我忘记了自己不应该看你。

没关系。图书管理员已经把我们忘了。今天是另一位图书管理员的生日，她正忙着想下班以后的生日聚会呢。她很担心自己买的蛋糕不够大——C.B.翻了一页书——向我描述一下你的砖墙。

布丽迪照做了。她竭力想要表达清楚那道墙的样子，让它就像他们所处的房间和面前的桌子一样真实。但C.B.只是不住地瞥着自己的手表，露出担忧的神色。

图书馆十点半就要关门。那时他们必须回到外面的黑暗中去，而且距离他的车还有四个街区远。如果布丽迪到那时还没有竖起边界，或者如果她的边界不起作用……在安全的阅览室里想象一道砖墙是一回事。但就算沉浸在阅读者的保护之中，布丽迪还是能听到其他杂音正在外面等待着她，如同河流前方的断崖瀑布。布丽迪不由得朝窗户和窗外的黑暗扫了一眼。

把你的左手放到桌子下面——C.B.说。布丽迪照做之后，C.B.用力握住她的手，将她的手放到自己的膝盖上。好些了吗？

是的——布丽迪感激地说——但我不能永远这样依靠你。

你当然可以。现在，再和我说一下你的墙是什么样子。

布丽迪向C.B.做了描述，想象那道墙就在自己的面前，挡在她和那些声音之间，坚不可摧，稳固而致密，让人感到安心。

我觉得我已经把墙竖起来了——布丽迪说道。但C.B.摇了摇头。

把它竖起来不是问题，你现在必须做到不假思索地想象它。就像你学会打字和开车之后的样子。它必须变成你习以为常的行动。

C.B.又引导布丽迪对她的墙壁进行了三次详细描述，然后才说——好的，我要放开你的手了，你将会听到那些声音。那时我希望你立刻想到你的墙。准备好了吗？

没有——布丽迪想。

不会有事的。你身边还有这些读者，而且我就在这里。你已经筑起了你的砖墙。没有任何东西能够穿过它。准备好了吗？不要点头。你应该正在看书。用眼睛看着书，仔细想你的墙。

准备好了——布丽迪说着在桌子下面攥起拳头，以免C.B.把自己的手松开的时候，她会用力去抓他。

不要看窗户——布丽迪告诫自己——看你的书。她听到那些本来微不可闻的声音开始膨胀，变成嘈杂的喧闹——要去自习……战前南方的主导理念是……如果我考不及格，我爸爸……当X接近正负无穷大时……虚拟时态……

它们无法穿过我的墙——布丽迪坚定地告诉自己。她盯着书，也盯着自己的墙砖。线条粗硬的红砖牢牢地扎在她和那些声音之间……

很好——C.B.说着握住了她的手——好的，再试一次。这一次，我松开手的时候不会告诉你。

好的——布丽迪深吸一口气，开始朗读："突然间，在那辆手推车上，夜晚所有的狂乱言语融合成为一个声音。"

真不知道我应该读些什么——她想道。C.B.放开了她的手。

声音咆哮而至——加洛林王朝……减少硫酸……永远都记不住这些废话……侵权法改革的基础……该死的蠢课！

想我的墙——布丽迪咬紧牙关告诫自己，她立刻就看到自己的墙竖了起来，将声音挡在了外面。

第二次变得更容易了。到了第三次，她甚至没有给那些声音响起的机会，就让墙壁挡住了它们。

很好——C.B.说。他向时钟瞥了一眼，合上书。好了，我们要走了。

走？——布丽迪问道。她回过头看向时钟，十点十分。我记得图书馆会一直开到十点半。

是的——C.B.说着伸过手，合上了布丽迪的书。

但我还没有准备好。在明亮安静的阅览室里想象声音安全地被砖墙挡住是一回事，但在黑暗的街道上……我们就不能等到图书馆关门吗？——她恳求道。

可以，但不是在这里。把你的书拿好，把椅子推回到桌子下面——
C.B.收拾起剩余的书，出声地问："你想要去吃些寿司吗？还是别的什么
东西？"

图书管理员抬起头看着他们。"抱歉。"C.B.用唇语对图书管理员说
道，然后又悄声向布丽迪重复了这个问题，同时在心里对她说——说你
不行，你要去见你的男朋友。

"不行。"布丽迪站起身，把椅子恢复原位，"很抱歉，我答应过我的
男朋友……"

C.B.带领布丽迪经过图书管理员向门口走去，同时失望地说道：
"好吧，我就知道会这样。"他为布丽迪打开双扇门中的一扇，"我本来
想……"

"真的很抱歉。"布丽迪在走出门时说道。

"你在哪里和他见面？"C.B.在关上门的时候问，"需要我开车送
你吗？"

我需要吗？——布丽迪问。

不——C.B.领着布丽迪朝和他们来时相反的方向走去。

我们去哪里？——布丽迪问。

首先，去洗手间——C.B.停在一扇标有女洗手间标识的门前，将布
丽迪的书从她手中拿走——随后一段时间里，我们可能没有机会上洗手
间了。我在这里等你。

布丽迪盯着那扇门，想到剧院里的那个洗手间，身子完全瘫痪了。
她仿佛又看见那些镜子和洗手池，她蜷缩在洗手台下，只想躲避那些声
音。你让我一个人进去？

你不是一个人——C.B.说——你有一道坚固完美的砖墙保护你，还
有吉利根和比利·乔。

我知道，但是……

而且我们还在阅览室的保护范围之内。听……C.B.是对的，布丽迪

仍然能听到那种许多人一起阅读时发出的像蜜蜂一样的嗡嗡声。但那种声音随时都有可能停止。人们很快就会收起书，准备回去了。

你想让我和你一起进去吗？——C.B.问——我的意思是，让我的精神和你在一起。这不是我第一次进入女洗手间。我以前甚至还听到过卧室和车后座上的声音。你一定会惊讶我都听到过什么。洗手间还不算什么，我还……

不，谢谢，我自己可以——布丽迪急忙说道。

很好——C.B.说——你不会有事的。我马上就回来等你。他说完就消失在男洗手间里。

我能做到——布丽迪对自己说，然后推开洗手间的门。这件事她只能自己来做，否则就要承受羞耻，让 C.B. 陪自己进去。但她觉得 C.B. 其实很不愿意这么做。

C.B. 是对的——布丽迪想——心灵感应真是一件可怕的事情。她打起精神，牢牢筑起她的砖墙，同时用起了自己最擅长的手段："黄色的月亮、绿色三叶草、塔拉哈奇桥……"直到她安全地走出洗手间。

C.B. 正在等她，同时不断看着自己的手表。看到布丽迪，他立刻把那摞书递给她，又用一只手托住布丽迪的臂肘，带着她快步朝通向下方大厅的楼梯走去。

我记得你说过，我们要留在图书馆里——布丽迪说。一想到要回到外面的黑暗中去，走过那么多街区去找 C.B. 的车，恐慌又开始撞击她的肋骨。

是的，我们留在这里——C.B. 打开通向楼梯间的门，领布丽迪走了进去。

现在我们要去哪里？

去书库——C.B. 说着朝布丽迪咧嘴一笑。

第十八章

"但是好朋友，为着爱情和礼貌的缘故，请睡得远一些。"

——威廉·莎士比亚，《仲夏夜之梦》[①]

书库？——布丽迪重复了一遍。

是的。但我要确保没有人看见我们进去——C.B.歪过头，仔细倾听。几秒钟以后，他出声说道："好了，海岸已经清理干净，来吧，快点。"随后他握着布丽迪的手肘，带她离开楼梯间，回到那扇标着"书库"的门前。

那扇门里面是一道金属楼梯，非常像布丽迪在医院里藏身的那道楼梯。很愉快的回忆，是不是？——C.B.小步跑上楼梯——你当时还不知道，脑子里只有一个声音需要应付是多么轻松惬意，对不对？

"请注意。"一个声音不知从什么地方传过来。布丽迪猛吸了一口冷气，急忙向周围看去。

是广播——C.B.解释说。那个声音还在继续。

"图书馆将在十点三十分关闭。如果你们还有书籍和资料需要查阅，请现在将它们带往借还台。"

抱歉，我应该事先提醒你一下——C.B.说。

"没关系。"布丽迪跟着C.B.快步走上台阶。她的鞋跟在金属台阶上发出了巨大的声音。"我应该把鞋脱下来吗？"她问道。

是的——C.B.抬起头向上方的台阶看过去。

布丽迪解开鞋带，身子不由得靠在C.B.的身上。C.B.弯腰拿起她的鞋，递给她。然后他们继续向上走去，经过一个个楼梯平台，还有标着

---

① 选自《莎士比亚喜剧悲剧集》，威廉·莎士比亚著，译林出版社2010年出版，朱生豪译。

A–C 和 D–EM 的门。

"图书馆将在十五分钟后关闭。"广播又响了起来。

阅览室的学生们应该都把书放下了——布丽迪想到此，身上掠过一阵战栗。C.B. 一定感觉到了她的恐惧，便握住她的手，牵着她到了下一层的 EN–G 库房。

他在这里倾听片刻，一只手在门上按了一会儿，然后说道——太拥挤了。他又牵着布丽迪继续向上，走过了 H–K 和 L–N 库房。

在 O–R 库房门外，C.B. 专注地倾听了仿佛有一个世纪之久，然后说道——这层只有一对儿。就在最里面，宏观生物学那部分，大约是可以了。来。他伸手把门打开。

难道我们不应该找一层没有人的？——布丽迪悄声问。这一次，C.B. 没有对她说这没有必要。

他只是悄声说——不。随后又听了一会儿，他才将门完全打开。门后是一片被阴影覆盖的空间，一条接一条的过道两侧是从地面一直顶到天花板的书架。门口两侧的狭窄过道在靠近门口的一端有昏暗的灯光照明，书库最深处的过道有一点更加明亮的灯光，其余的过道都被阴影笼罩。书架和上面的书籍全都渐渐消失在黑暗之中。

怪不得学生们会跑到这里来幽会——布丽迪想——这里简直就像加尔各答的黑洞①。布丽迪不知道来这里找书的人该如何看清书上的字迹。

照她的推测，既然那对情侣在书库深处，那么 C.B. 一定会带她留在第一条过道靠近屋门的这一端。但 C.B. 没有这么做。他领着布丽迪走过了六条过道。我们要去哪里？——布丽迪悄声问。

交流。还能去哪里？——C.B. 牵着她的手走进标有 P148–160 的过道。当他们沿这条过道朝书库深处走过去的时候，一些小灯在他们的头顶亮起，照亮了他们经过的每一个书架。

这是节能设备——C.B. 说——它们会在十五分钟以后完全关闭，不

---

① 位于印度加尔各答的一座地牢，据传曾经有 146 名英国人在那里被囚禁了一夜，第二天早上只有 23 个人还活着。

过图书管理员会在那之前就到这里来。

看来这些亮起的小灯会让图书管理员知道这一层还有人。所以他们才需要另外那一对儿，好让管理员以为是他们搞亮了这些灯。

你想得没错——C.B. 说。

但另外那一对儿不会察觉吗？

C.B. 摇摇头——他们现在察觉不到什么。他领着布丽迪来到书架之间的一处开口。这里有一条横向的过道。

但如果他们在书库的另一边——布丽迪继续问道——难道图书管理员不会认为这里亮灯很奇怪……

广播声再次响起："图书馆将在十分钟后关闭。"

好了——C.B. 说——我们没有多少时间了。他领着布丽迪走过那个开口，来到另一条纵向过道。

他在这里停下脚步，拿过布丽迪怀里的书，蹲下去，将它们插进书架底部的《基本通信》和《身体语言解释》之间。

我还以为这些是你的书——布丽迪说。

它们是我的书。但如果我们真的被捉住，我可不想被押送到下面，让他们一本本检查这些书。他直起身，倾听片刻，然后又探身朝这个十字形过道的每一端都看了看。好了，来吧。

布丽迪跟随他迅速走过一道道书架开口。她一直贴着书架前进，希望能避免触发那些小灯。但这样做完全没用。小灯一盏接一盏地亮了起来。

这些灯会让他们知道我们在哪里——布丽迪说道——你怎么知道他们没有安装摄像头？

他们曾经装过，但现在没有了——C.B. 牵着布丽迪又走过一条过道——预算削减了。

你怎么知道的？

我能够读心，忘了吗？——C.B. 沿着这条过道朝后墙走去。

我们就好像被困住的老鼠——布丽迪想——头上还顶着聚光灯。

你不相信我吗，宝贝？——C.B.一边说，一边不停地向前走着。随着他们逐渐靠近书架末端，布丽迪看见书架和后墙之间有一道狭窄的空间贯穿整个库房。C.B.又在这里进行了一番倾听和观察，然后领着布丽迪进入那个狭长空间，开始贴着墙往回走。

这个空间的宽度仅能容纳一个人。但至少这里没有小灯亮起来了。C.B.停在距离门口只有两条过道的黑暗中，和被照亮的过道保持着距离。尽管有黑影的掩护，C.B.还是将身子紧靠在墙壁上，又示意布丽迪靠书架一端站好，面对着他。

明白了吗？什么都不需要担心——C.B.说道——他们在书库前面看不到我们。他向下瞥了一眼。除了你的裙子。

C.B.是对的。布丽迪的绿色长裙摆从书架侧面露了出来。布丽迪急忙将裙摆收回来，一只手将它抓住，另一只手提着自己的鞋，按在心口上。

很好——C.B.说——现在图书管理员绝对看不见我们了。

但是她难道不会到后面来检查吗？

不。她会查看可能没有听到广播的人和因为事情耽搁的人，但不会费力去找努力要被锁在图书馆里的人。

你又不知道——布丽迪说完才意识到，C.B.很可能是知道的。

"图书馆将于五分钟后关闭。"广播又响了起来。

广播停下之后，布丽迪说——但是如果那一对儿听到管理员过来，也躲起来该怎么办？

他们首先要穿衣服。而且——C.B.向一旁歪过头，又听了听——我觉得他们没有注意这种事。

你在听他们"那个"？

C.B.做了个鬼脸——我倒是希望能听到。那也许会很有趣。不过，我只能听到他们的想法。那完全是两码事。

我记得你说过，在"那个"的时候会把其他一切情绪都关闭。呃，不是一切情绪——布丽迪回想了一下——但你说过，它会挡住其他所有声音。

我的意思是，在"那个"的时候，人们会听不到外界的声音，但不代表他们的想法不会被别人听到。而且那还必须是处在真正狂热的状态中时才可以。C.B. 这样说的时候，布丽迪突然意识到他们在这个狭窄的空间里贴得有多近。不知何时，C.B. 将双手放到了布丽迪头两侧的书架上，正俯视着她。他的脸距离她只有几英寸远。他还能听到我想的一切。

所以那两个在宏观生物学区的人并没有对彼此那么狂热？——布丽迪急忙问道。

远远没有——C.B. 说——他正在想该怎么和他的朋友说，而她在想是不是应该更改自己的脸书状态。他们两个人都觉得这里的地板很不舒服，还希望能和更瘦、更好看的人一起做。

太可怕了。

实际上，他们还没有那么可怕。至少她还没有想自己该做些什么才能拿到他的经济学笔记，他也没有想自己的偷拍摄像头有没有工作。他们两个人更没有想该如何把尸体处理掉。

但肯定有人……

疯狂地陷入爱情？你说得对，但也有不少人只是在想着该如何收拾好一切，在他们的配偶产生怀疑之前回到家。我告诉过你，人心是一个污水坑。

但像窃听狂一样去听别人做那种事还是不可原谅的——布丽迪带着谴责的语气说。

他摇摇头。窃听狂是主动想要听。我是被迫听到的。我反倒希望完全听不到那些声音。

我也这么想——布丽迪非常理解 C.B. 的心情。

好吧，既然所有人都走了，我们现在要开始做事了。

做什么？——布丽迪问。她的心跳又不由自主地加快了。这让她不由得又想道——C.B. 知道我想的是什么事。

不必担心，我说的是教你如何保护自己——C.B. 说——你的边界只是第一道防御。你还需要其他防御。

这些防御最好能让我也遮挡住自己的思想，不必让我像一本摊开的书一样随便让别人阅读——布丽迪想——心灵感应实在是太可怕了。

我一直在努力让你明白这一点——C.B. 严肃地说道——你却都干了些什么？

自从来到这座书库之后，布丽迪只是在忙着移动、躲藏，尽力不发出任何声音，几乎没有再去想那些声音。它们依然存在，但已经变成了背景噪音，就像她和 C.B. 在阅览室时那样。她的边界一定起作用了，否则就是她正在逐渐适应这些声音。或者是因为 C.B. 在她的身边，再加上这里有成千上万本书包围着他们，一定也为他们提供了某种保护。所以C.B. 才会选择在这座书库里过夜。

我们不在这里过夜。首先，就像我们在这里追寻快乐的朋友们指出的那样，这里的地板很不舒服。而且因为预算削减，他们也会关闭这里的供热系统。这里会变得比我的实验室更糟。我们会被冻成冰棍。

布丽迪已经感到很冷了。她的一双赤脚踩在瓷砖地板上，就好像踩在冰块上一样。如果他们继续在这里待下去，她的牙齿一定会开始打战。

抱歉——C.B. 说——我们还不能离开。现在这个地方到处都是关窗锁门、准备回家的员工。我们必须等到……他警觉地抬起头。嘘，有人来了。

尽管他们两个人都没有发出任何声音，C.B. 还是将一根手指放到嘴唇上，又向布丽迪靠近了半步，以确保自己不会被进来的人看见。布丽迪将裙摆在身前搂紧，仔细倾听，等待着门开的声音。

是图书管理员吗？

不，是技术助理，男的。

书库的门被打开了。布丽迪屏住呼吸，等待灯光亮起，但什么都没有发生。

技术助理只是站在门口——C.B. 说——他在听这里有没有声音。

一段时间的沉寂之后，一个男性声音喊道："图书馆关门了。"

"哦，该死！"一个女性的声音在书库的最远端响起，紧接着是一阵慌乱的悄声交谈和嘈杂声响，还有一阵强自压抑的傻笑声。技术助理径直朝声音传来的方向走去，一边高声喊道："如果你们还有资料要查，请立刻带到楼下借还台去。"

她正在努力系扣子——C.B. 开始给布丽迪讲解现场状况——他在找自己的鞋，同时还希望这不会让他的教练找他的麻烦。

那个技术助理呢？

他在想，这是这个星期第四次了。他们最好不要做任何必须让他向上级报告的事情……哦，好了，技术助理在下班后也要有一场热辣的约会。而他只希望自己能赶快离开这里。

低声交谈和收拾衣服的声音又持续了片刻，然后是几秒钟的沉默。"嗨。"布丽迪听到那个女孩开了腔。她完全能想象那个女孩正在努力让自己的头发显得更体面一些。"我们没有注意到时间……"

技术助理打断了她。"书库就要关门了。你们要到楼下去。"

"我们正准备下去。"那个男的说。

"还有人在这里吗？"技术助理问。C.B. 将手按在布丽迪的肩膀上，如果有必要，他准备拽着布丽迪绕到过道另一边的角落里。

"没有了。"男的说，"听着，我是篮球队的，如果你不报告这件事的话，我会非常感谢你。"

"这要看你们能多快离开这里。"技术助理说。马上就有两个人的脚步声朝门口快速移动过去。"下楼去。"技术助理在他们身后喊道。

"好的。"女孩说。

"谢谢。"那个男的嘟囔了一声。书库的门猛地被打开，又被关上了。

技术助理和他们一起走了吗？——布丽迪悄声问。

没有。

一道光在书库最深处闪了一下，然后越过几条过道，在更靠近他们的地方又闪了一下。他正走这条路过来——布丽迪悄声说。

我知道——C.B. 说——好了，伙计，这里显然没有人。毕竟还有甜美的约会在等着你。仿佛技术助理听到了他的声音，又高声喊道："有人在这里吗？图书馆要关门了。"

脚步声响起。不过这次技术助理回到了书库前面。"最后一次。"然后就是开门和关门的声音。

他走了？——布丽迪悄声问。

C.B. 点点头。

"图书馆现在关闭。"一个冰冷的声音在布丽迪耳边响起，把她吓了一跳。

是广播——C.B. 安慰她。

"请前往一层。"那个声音说道，"图书馆将于明天上午十一点开放。"

广播终于安静下来。但 C.B. 仍然没有动。布丽迪对此并不感到惊讶。他们要等到图书馆的所有职员下班之后才能离开书库，做别的事情，最后离开图书馆。但 C.B. 也没有从布丽迪面前退开。他只是站在原地，俯身贴近她。布丽迪的心跳再一次开始加速。

C.B.，我……布丽迪说道。这时她才意识到 C.B. 并没有听她说话。

他正仰着头，看样子是在倾听别的东西。他在听谁的声音？那名技术助理的，还是某个图书管理员正在上来做最后的巡视？布丽迪不知道。虽然离 C.B. 这么近，她却无法从他的想法中得到半点提示。

他一定有某种防御，让我无法听到他的心思——布丽迪想。就连这句话 C.B. 也没有听见。

他到底在听谁的声音？他的目光正茫然地盯着书架另一端，脸上那种飘忽而专注的神情似乎表明他并不仅仅是在对付一个图书管理员。会是特朗吗？戏散场了？特朗不会是想给她打电话，看看情况如何了吧？她需要给梅芙发信息……

不必担心——C.B. 终于回来了——你在洗手间的时候，我就已经把这件事处理好了。我给梅芙发了信息，向她解释了现在的情况，告诉她，如果特朗来电话，她就告诉特朗，你和她在一起，你会给他回电话。

但如果他给玛丽·克莱尔或者是乌娜姨妈打电话呢？只有上帝知道

她们会和特朗说什么。

我和梅芙说了，她一定要接到电话。她说她会把其他人的手机都关机。

但她怎么能做到？乌娜姨妈……

C.B.看了布丽迪一眼，仿佛在说："你在开玩笑，对吧？"也许你一直都没有注意到，你的外甥女是一个非常聪明的孩子——而且更是计算机奇才——C.B.说——她曾经在我的办公室里向我演示过如何禁用她妈妈装在她笔记本电脑上的分级芯片和监视软件。就连我也对她的才能感到惊叹。远程关闭乌娜姨妈的手机对她而言就是小菜一碟。不必担心，我相信她能够控制住局势。

C.B.说起来容易，但即使梅芙真的能够阻止特朗联系到玛丽·克莱尔和乌娜姨妈，布丽迪也还需要向梅芙解释为什么要让她说谎。梅芙一定会有几十个问题等着她，而且……

我们要走了——C.B.突然说道。他抓住布丽迪的手，带布丽迪贴着墙壁快步走过技术助理离去之后灯光还没有熄灭的过道。

那个技术助理怎么办？——布丽迪一边跟随C.B.走向门口，一边问。

他到W-Z的那一层去了——C.B.回答。他打开门，沿阶梯向下走去——当一个人急着去赴约的时候，他检查书库的速度简直快得惊人。

你的书怎么办？

我以后再来取它们——C.B.快步走下台阶，经过一个又一个楼梯转角，在最下面一层停住脚步。他转头看向布丽迪——我们出去之前，你要把鞋穿上。

但是那个……布丽迪紧张地回头看了一眼楼梯。

没关系。还有五对儿需要他去赶走——C.B.显然想让布丽迪再快一些。当布丽迪感到系鞋带有困难的时候，他跪下去帮她系好。

难道在书库里等着那些职员离开不是更好吗？——布丽迪问。

C.B.摇摇头。他们会关掉这里所有的灯，包括那些感应控制的灯。那样我们就必须用手电筒找路。图书馆外面的人可能会看见我们。好了，他们现在全都去参加生日聚会了。

这里的看门人呢？

他们在星期六晚上不工作。C.B.带领布丽迪走出书库楼梯间，来到三楼的另一道门前。他握住门把手，站了很长时间，仔细倾听，感到满意之后才将一根手指放到嘴唇上，无声地说——踮起脚尖。然后他打开了门。

这里显然是员工专用区。这里的走廊看上去和无限通联办公楼里的很像，走廊两侧全是办公室。布丽迪以为他们会躲进其中一间办公室里面去。但C.B.说——不，这里的门都锁了。然后他快步走到一扇挂着"复印室"铭牌的门前。

当然——布丽迪回忆起C.B.是如何把她拽进公司里的一间复印室。但C.B.只是朝那里面快速地看了一眼，然后摇摇头，关上了门，沿走廊继续向前走去。

为什么我们不躲在这里？——布丽迪追上他问道。

那里的桌子上有一部手机。手机的主人要么会回来取它，要么会借别人的手机呼叫它，好知道它的具体位置。这两种情况对我们都不利。他一直走到走廊转角处，又停下来开始倾听。

我记得你刚刚说，所有人都去参加生日聚会了——布丽迪说。

我以为他们都去了，但思想不是GPS。除非他们主动在想："我要走过百老汇，向第四十二大街前进。"否则我也没办法确定他们在哪里，要去哪里。当我最初接触这种能力的时候，我以为心灵感应是一种超级力量，我能够用它与犯罪行为作战。就像蜘蛛侠一样，解决各种难题，抓住坏人。但很不幸……

其实没那么简单——布丽迪想到了那些不知从何而来、汹涌狂暴的声音。

是的——C.B.说——实际情况是，你根本无法根据人们的想法判断他们在哪里，他们到底是真的在用刀戳死一个人，还是只不过在超市结算台前慢吞吞地排队。

C.B.又听了一分钟，然后说——他们都在下面的生日聚会上，只有那个技术助理除外。他正在给他的约会对象发信息，说他在路上。

那也许意味着他就要下来了。

没错——C.B. 绕过走廊转角，来到另一条空旷的走廊中，领着布丽迪快步走到一道挂着"储藏室"铭牌的门前。他打开门，推着布丽迪走了进去。

这里的墙壁都被摞起来的椅子和箱子遮住了。文件柜上放着旧电脑显示器和滚筒式打印机。这里太小了……布丽迪还没说完，C.B. 已经走了进来，将门虚掩上。他的身子立刻碰到了布丽迪。

你不能往里面挪一挪吗？——C.B. 问。

不能——布丽迪感觉自己撞到了什么摇摇欲坠的东西——这里根本没有空地。我以为你要带我去一个更宽敞的地方。

我们不会在这里待太久。只要……该死。这道门没有锁。

我们是不是要另找一个地方？

也许吧——C.B. 说着回过头朝那一堆家具望去。现在这里唯一的照明就是走廊里的灯光，整个房间显得异常昏暗。不过仔细看看，这里也许刚刚好。看样子，几年之内都不会有别人进来。只要我们能……他伸长脖子想看清楚那堆文件柜和箱子后面有些什么。

跟我换一下位置——他命令布丽迪——我想看看那堆东西后面有什么。随后他笨手笨脚地从布丽迪身边挤了过去，开始搬动那些椅子。

那里有什么？——布丽迪问。

"更多家具，"C.B. 出声说道，"耶稣啊，这个地方简直可以出现在那种囤积者的电视节目里。我估计已经很久没人来这里看过了。这么拥挤的地方根本藏不下什么。"

现在可以出声说话吗？——布丽迪紧张地问着，看向并没有完全关上的门。

"没关系。那个技术助理还在书库里。玛丽安正在唱《生日快乐》。"

"玛丽安？"

"我给那个图书管理员起的名字。灵感来自《欢乐音乐妙无穷》。今晚应该由她来锁门。顺便说一句，《生日快乐》也是一首好歌。里面有许多重复韵律。我觉得这后面应该有些空间。"他停了一下又说道，"把门关上。"

布丽迪照做了，同时又想道——哦，不，我孤独地置身于黑暗中，那些声音……

"不，你不孤独。"C.B. 说，"我就在这里，而且你已经建起了你的砖墙。我还带了手电筒。"

他打开手电筒。就算他没有这么做，走廊里的灯光也能从门缝里透进来，让这个小房间不至于陷入彻底的黑暗。布丽迪的边界一定也起了作用，因为那些声音一直都很微弱。

C.B. 用手电筒将堆积在这里的家具扫视了一遍，继续在它们后面寻找空间。他将手电筒交给布丽迪，用双手将文件柜向后面推，又将摞起来的椅子推到一旁。那些椅子在挪动的时候和地面发出一阵令人心惊肉跳的尖厉摩擦声。布丽迪只希望 C.B. 是对的，图书馆里的人距离他们都很远，听不到他们搞出的任何动静。

我也希望如此——C.B. 说着侧过身钻进两堆箱子之间。然后他从布丽迪的手中接过手电筒，示意布丽迪跟上自己。"来吧，这后面还有不少空地。"

我可不会管这个叫"不少"——布丽迪一边想，一边挤到了被废弃的桌椅和堆到一人多高的旧电脑旁边。那些垂下来的电脑线在手电筒的光亮中看上去就像许多藤蔓。

C.B. 穿过这些杂物，一直走到后墙边上。这里有一个老式的卡片文件柜，周围还堆着更多的箱子。一张图书馆阅读桌上堆满了古老的滚筒油印机和一摞黑色的百科全书。这张桌子、这些箱子和卡片柜组成了一个封闭的小空间。在这里，布丽迪完全看不到屋门。这意味着就算有人开门进来也不可能看到他们。

没错——C.B. 说着用手电筒照亮了一个地球仪、一张写着"阅读对你有益"的破烂贴纸、一株塑料棕榈盆栽，还有一尊目光炯炯的乔治·华盛顿肖像。为什么他们总把华盛顿的画像挂在图书馆里？——C.B.问道——林肯才是喜欢读书的人。

他将手电筒头朝上竖在卡片柜上，打开卡片柜的一只抽屉，在那些卡片中翻找了一通。跟我想的一样，他们把失落的约柜都塞在这里了。

他侧过头，又仔细倾听了一分钟，然后出声说道："他们刚刚在切蛋糕。所以我们可能还要在这里待上一段时间。你应该尽量让自己舒服一点。"

"我觉得这不太可能。"布丽迪说，"我们在这里连立脚的地方几乎都没有。"

我们实在贴得太近了。现在他们两人的距离甚至比在书库的时候还要近。布丽迪向后退了退，后背撞到卡片柜的黄铜把手上。他们的脸相隔只有几英寸远。

"这样吧。"C.B.把阅读桌上的百科全书推到桌子尽头，拦腰抱起布丽迪，把她放到橡木桌上。"好些了吗？"

不——布丽迪仍然能感觉到C.B.的手掌留在她腰上的温度。"是的。"她又问道，"那个技术助理在哪里？"

"还在上面的书库。"C.B.说，"正在给他的女朋友发色情信息。"他又听了片刻，"不，我错了。是在给他的另一个女朋友发色情信息。我早就告诉过你，人心……"

"是一个污水坑。"布丽迪说，"我知道。那只被遗忘的手机呢？"

"丢手机的人还没有注意到。所以我们尽可以放心……"C.B.突然抬起头，更加仔细地开始倾听。

"怎么了？"布丽迪悄声问，"生日聚会结束了？"

C.B.没有回答。

"C.B.？"

"什么？"C.B.从出神的状态恢复过来，向布丽迪问道，"抱歉，你在说什么？"

"我在说：'聚会结束了？'"

"是的，可以这么说。"C.B. 喃喃地说道。他伸手拿过手电筒。"他们还在下面，但图书管理员们都已经有了'真的该回家了'的标准想法。"C.B. 一定是察觉到了布丽迪在想——手电筒的光可能会泄露我们的行踪，便说道，"我需要找些东西挡住门。"

"好的。"布丽迪说着下了桌子。

"不，你继续坐在桌上。两个人一起活动更容易撞到东西。"

"你要用你的夹克衫去塞门缝吗？"

"不，我可以用这个。"C.B. 指了指自己 T 恤外面的法兰绒格子衬衫，回身向门口走去，"我马上就回来。"马上就回到你身边来——他又无声地说了一句。

谢谢——布丽迪说道。她并没有感觉自己被一个人丢弃在黑暗里。至少她还能看到 C.B. 手中晃动的手电光柱，并借助这道光分辨出成摞的椅子、纸箱和乔治·华盛顿不以为然的瞪视。

如果你能看到，那外面的图书管理员也能看到——C.B. 说。布丽迪听到了一阵窸窣声。应该是 C.B. 脱掉他的法兰绒衬衫，把那件衣服塞进了门缝里。

你能确定聚会什么时候结束吗？——布丽迪问。

C.B. 很长时间都没有任何反应。终于，他说道——是的，他们当中有些人正回到这里来取外衣和包。

玛丽安呢？

她在清理会场。而且她不是很高兴。

很好——布丽迪想。这意味着 C.B. 很快就会用衬衫塞好门，回到她的身边来。但 C.B. 没有回来。布丽迪也不敢呼唤他。她猜测那名图书管理员可能已经完成了清理工作，而 C.B. 正在确定她的行踪。

C.B. 是对的。人们往往不会想自己在哪里，要去哪里，尤其是在他们熟悉的地方。他们只是在凭着直觉行动，就像 C.B. 所说的，自然而然地建立起边界。所以 C.B. 现在必须聚精会神地倾听，才有可能找到线索，知道那名图书管理员的位置。

又过了几分钟，C.B.还是什么都没有说。手电光柱也没有分毫移动。C.B.？——布丽迪喊道——你能听到那个图书管理员在哪里吗？

什么？——C.B.不明所以地说道，仿佛他完全不知道布丽迪在说些什么——哦，不，她……哦，该死。她正朝这边走过来。C.B.的手电筒熄灭了。

黑暗瞬间吞噬了整个房间。这里就像洞穴一样黑，也像地底的煤矿一样黑。布丽迪毫无准备地突然陷入黑暗之中。她惊呼了一声，下意识地向C.B.伸出手。但在这令人窒息的黑暗中，她甚至不知道C.B.在哪个方向，屋门又在哪个方向。

她的意识没来得及压制那些声音。她的边界、图书馆的藏书、C.B.关于维多利亚小说、约柜和那些热辣情事的闲聊都没能保护她。那些声音只是在好整以暇地等待着，看她什么时候失去戒备，失去C.B.，再次变成孤身一人，深陷在黑暗之中。

第十九章

"它们常常不经我的呼唤就自行出现，但有时，它们却迟迟不会现身。我只能祈祷上帝，让它们到来。"

——圣女贞德

布丽迪又回到了剧院时的情形，甚至比在剧院的时候更加糟糕，因为她什么都看不见。C.B. 没办法来救她，因为这里实在太黑了。他很可能会撞到东西，那样图书管理员就会听到声音，捉住他们。布丽迪也动不了，更不能发出声音。而那些声音却从四面八方向她猛扑过来，带着懊恼、恐惧和愤怒的情绪化成一阵阵雷鸣般的波涛。

布丽迪用手捂住嘴，以免自己哭喊出来，同时绝望地喊着——C.B.！但在这声音的狂潮中，C.B. 根本不可能靠近她。这些声音太响亮，太凶猛了。

你的边界——布丽迪想。C.B. 说过，如果声音扑来，她就应该想象自己的砖墙。她竭力这样去做，让红色的砖块在脑海中化为现实，被厚重的灰色砂浆黏结在一起。但已经太晚了，声音已经冲进来了。

C.B.！这没有用！我现在该做什么？——布丽迪喊道。但即使有奇迹发生，C.B. 听到她的声音，她在那些声音的包围和咆哮中也不可能听到 C.B. 的回应。她早已不堪重负……

不要去想它们——布丽迪严厉地告诫自己——想棉花糖——绿色的三叶草、黄色的星星，还有歌声。但她完全记不起《吉利根岛》的歌词，一个字都记不起来。C.B. 的维多利亚小说还在楼上的书库里。

她孤身一人被丢弃在声音中。那些声音在将她拖进深渊，拖进无尽

278

的黑暗。她马上就要沉没下去了。C.B.！——她喘息着、抽噎着、沉溺于水中。

C.B. 突然来到她身边，向她伸出手，对她说道——耶稣啊，我真的很抱歉！他让布丽迪将手伸过来，但布丽迪已经扑到他身上，紧紧搂住他的脖子，就像失事船只上的幸存者抓住漂过身边的一块船板。

你到哪里去了？——布丽迪抽泣着问——我听不见你，光都熄灭了，那些声音……

我知道。非常抱歉，图书管理员玛丽安就在外面，离门口很近。我担心她会看到门缝下面的光……

不要再离开我！——布丽迪哭喊着，用力抱紧 C.B. 的脖子。

我不会的，我答应你。——C.B. 的手臂也抱住了布丽迪，保护着她，为她挡住那些声音，挡住沉重的黑暗，挡住一切恐惧。布丽迪感觉到他温暖的气息吹在自己的头发上，他的声音在对自己说——我在，我在。嘘，没事了。

布丽迪将 C.B. 抱得太紧了，甚至让 C.B. 感到有些窒息。她知道自己应该松开手，但就是做不到。那些声音还会回来。它们会……

想抱多久就抱多久吧——C.B. 说道——我们一时半会儿是离不开了。玛丽安还在巡查。她在检查洗手间。至于她在检查男洗手间的时候都想了些什么，我就不告诉你了。现在她正在检查阅览室。她真的要被气疯了。这已经是这个星期第三次由她来锁门了。为什么她总是最后一个离开的？因为她不懂得拒绝别人，所以……

布丽迪很清楚，C.B. 啰啰嗦嗦地说这些都是为了分散她的注意力，就像在剧院时和她说起彩虹幸运麦片圈一样。但布丽迪不在乎，只要他的手臂还抱着自己，他的声音还在自己的脑子里，就一切都好。

她从办公室里拿出她的外衣和包——C.B. 说道——现在她要下楼了……她正在锁上前门……一阵长久的停顿之后，C.B. 出声地说道："我觉得她上车了。我刚刚听到'南行州际公路出现大规模拥堵'。她应该正在听交通广播。现在她正思考自己为什么要在一个红灯前等上几个小时，而前方的路面上明明一辆车都没有。她肯定是在回家的路上了。我们可以走了。"这意味着布丽迪需要放开 C.B.。

"如果你还没有准备好，就继续抱着我好了。"C.B. 柔声说道。布丽迪突然敏感地察觉到自己的身体正紧贴着 C.B.。

"我没事。"布丽迪说着放开 C.B. 的脖子，向后退去，"谢谢你。"

"你确定没事了？"

"是的。"布丽迪说。不，那些声音……

C.B. 握住她的手说："现在呢？"

布丽迪点点头。

"很好，那我们出发吧。"C.B. 走过黑暗和前方的家具迷宫，弯腰捡起自己的法兰绒衬衫，又拿出手电筒，打开屋门。

走廊里一片漆黑，只能在走廊尽头看到出口指示灯的红色光亮。他们不必担心会被抓住了。但布丽迪还是向后缩了缩身子。你确定这里没有保安了？——她问道。

"确定无疑。"C.B. 出声说道，"还记得吗？预算削减了。而且我能听到他们的心思。所有人都走了。"但他一定也有一些担心，所以他轻轻关上了门，也没有打开手电筒。

那只被遗忘的手机——布丽迪想到了——他害怕丢手机的人会记起手机的位置，回来找它。这时 C.B. 正扶着她的后背，带她在走廊中快步穿行。

他们进不来——C.B. 说道——除非是玛丽安。今晚只有她拿着这幢大楼的钥匙。C.B. 丝毫没有减慢自己的脚步。

我们要去哪里？——布丽迪在心中问着。但 C.B. 没有回答，只是领着她悄无声息地进入楼梯间，下了一层楼。员工休息室——布丽迪想道。果然，C.B. 停在一道标着"员工间"的门前，将门打开，同时打开了手电筒。

这里并不比那间储藏室大多少，差不多一样拥挤。布丽迪在这里看到了六把塑料椅子、一只塌陷的胆汁绿色沙发、一只带有水槽和食品柜的橱柜、一台冰箱和一台嵌在冰箱里的微波炉。另外，一张大桌子上摆着吃了一半的粉红和白色相间的圆蛋糕。这一定是从刚才的生日聚会上拿过来的。那位图书管理员根本不用担心蛋糕不够大，现在它还剩下了很多。

C.B. 来到橱柜前，放下手电筒，穿上自己的法兰绒衬衫，然后打开食品柜，拿起一罐咖啡，从下面拿出一把钥匙，又把食品柜关上，重新拿起手电筒，回到布丽迪身边。"来吧。"他关掉手电筒，领她走出房间。

那么，他们的目的地不是员工休息室？是阅览室？——布丽迪想，但这不是去阅览室的方向。C.B. 又说书库太冷了。那他们要去哪里？

C.B. 仍然没有回答。只是领着布丽迪又走过一条走廊，最终停在一扇标着"闲人免进"的门前。门后是一道向上的楼梯。这比布丽迪之前见过的楼梯都要窄。C.B. 领布丽迪走进去，轻轻关上门，打开手电筒，上了楼梯。

楼梯顶部是另一道金属门，上面标着"请勿入内"的字样。C.B. 把手电筒交给布丽迪。把锁照亮——他说着用咖啡罐下面的钥匙打开锁，开了门。

门里还是一道楼梯，楼梯的顶端是第三道门。这道门上会写什么？——布丽迪心中寻思——"禁止入内，就是对你说的，我是认真的"？

但这道门上没有任何标志，也没有上锁。打开门，布丽迪只看到了伸手不见五指的黑暗。C.B. 领着布丽迪走进去，关上门。"我需要找到灯的开关，"他说道，"如果我放开你的手，你可以吗？就一下。"

"可以。"

C.B. 松开布丽迪的手。布丽迪听到他拍打墙壁，仿佛是在寻找开关。但 C.B. 随即撞到了什么东西。该死——他说道。紧接着又是一声闷响，他撞上了另外一样东西。

希望这里不是储藏室了——布丽迪想。

"这里不是。"C.B. 说道。听口气，他似乎觉得布丽迪的抱怨很有趣。不过他一定是找到了开关，因为房间马上就亮了起来。

布丽迪禁不住张大了嘴。她正站在一个装潢典雅的房间里。她两侧的墙壁上排满了书。她的脚下是抛光的木地板。她对面的房间深处有一座瓷砖壁炉。壁炉旁摆着一张沙发、两把红色皮革扶手椅和一张小茶几。距离布丽迪不远处有一只多层抽屉的木雕卡片文件柜，有点像刚才那间储藏室里的文件柜。柜子上摆放着莎士比亚的半身像。还有一张老式图书馆橡木书桌和几把椅子。房间最深处的墙边上还有一张齐胸高的木制登记台，上面堆满了书籍。

"这……这是怎么……"布丽迪惊愕地看向周围的一排排书架和蒂芙尼彩色玻璃灯，有些结巴地问道，"我们在哪里？"

"图书馆。"C.B. 打开沙发旁边和茶几上的灯。

"但你说过，预算削减了。"布丽迪看着那座工艺精美的壁炉、波斯地毯和一看就很华丽的山羊绒沙发罩。

"是的。"C.B. 走到登记台前，伸手到它后面，拿出一把老式的黄铜钥匙。然后他回到门口，将那把钥匙插进同样老旧的门锁里，把门锁好，又关掉他们头顶上的灯。整个房间只剩下蒂芙尼彩色玻璃灯为他们提供照明。"但在 1928 年则不然。那时这座图书馆就是这个样子。而那时阿瑟·泰尔曼·罗斯还是这里的新人。"

"谁是阿瑟·泰尔曼·罗斯？"

"他。"C.B. 朝一幅肖像画指了指。那上面画着一位神情肃穆的长者。"这里是阿瑟·泰尔曼·罗斯的纪念室。不过图书馆的人都管这里叫'内部圣殿'。我称这里为'卡内基书房'，因为这里看上去就像那些老式的卡内基图书馆，或者是《欢乐音乐妙无穷》里的那座图书馆。"

"我们来这里做什么？"

"说来话长，我一会儿再告诉你。"C.B. 走到那张书桌旁，打开桌子正中央的绿玻璃罩黄铜阅读灯。灯光洒落在桌面和旁边的书架上，让那些蓝色、绿色和红色的书封闪耀起宝石般的光晕。

"这里可真美。"布丽迪说道。

"也足以挡住任何外来的入侵。这里没有窗户，门从里面反锁住了。

厚重的橡木门板让外面的人不可能听到我们的声音。而且根本没有人会想到我知道这个地方。不管怎样，他们也都回家去了。"

我们终于可以避开那些声音——布丽迪环顾被书籍遮住的墙壁。尽管她知道，能够挡住那些声音的是阅读者的思绪，而不是书，但在这里，她甚至觉得比在阅览室中还要安全。

这太荒谬了。他们不应该出现在这里。现在他们随时都有可能被逮捕。即使没有在这里被捉住，明天她还要想办法向特朗说明，为什么会把他丢在剧院。那时她注定还是会完蛋。她不知道自己该怎么对特朗交代，也不知道该如何对梅芙解释这一切。不过这些都不重要。只要能待在这个可爱的光明的地方，她就能够安全地躲开一切，尤其是那些声音。

"但是很不幸，我们不能永远留在这里。"C.B. 说，"所以我们需要给你建造一个避难室。"C.B. 从书桌下面拽出一把椅子。"坐下。"

布丽迪听话地照做了。C.B. 绕到书桌另一边，拽出布丽迪对面的椅子，坐了下去。"这个过程和建立边界很像，"他说道，"只是这一次，我们不是建一道墙，而是要建一个房间。你知道避难室是什么样子，对吧？"

"就是那种灌铅的房间。如果有歹徒闯进你的房子，你可以藏在那里，就像几年前朱迪·福斯特演的那部电影。"

"是的，但要比那个更加安全，"C.B. 说，"而且也更容易使用。它的样子不必像是一座防空洞。实际上，它不应该是防空洞。我无法想象任何人会在防空洞里感到安全，因为你会躲进那种地方的唯一原因就是核战争马上要爆发了。而你进入避难室的唯一原因是有人闯进了你的家，除了避难室以外，任何其他地方都不会让你感到安全。所以'避难室'也许还不是很贴切，它最合适的名字应该是'安全屋'或者'庇护室'。一个能够让你感觉到温暖和被保护的地方。"

就像我和 C.B. 在一起一样——布丽迪想。

"是的。呃，我也许没办法一直待在你身边，"C.B. 说，"就像在储藏室的时候那样。"

"那不是你的错！你说过，你也不可能总是从人们的声音中判断他们在哪里。如果我能好好想象出我的边界，那样的事就不会发生了。"

"而且如果我……没关系。现在重要的是，不能让这种事再发生。这正是安全屋存在的意义。它能够为你提供庇护，让声音碰不到你。而且它还能防止你的想法泄露出去，被别人听到。"

所以我听不到 C.B. 的想法，没办法像他对我一样读懂他的意识——布丽迪想道——因为他在自己的安全屋里。

"是的，但你先别急着高高在上地指责我封锁了特朗，" C.B. 说，"安全屋只会挡住我们自己的想法不被别人听到，阻挡不了其他人的思想交流。"

"我没有指责你。当你告诉我爱尔兰基因的时候，我就意识到特朗和我无法连接的原因是他的祖先是英格兰人。而他们也许有抑制基因。"

"这是原因之一。" C.B. 喃喃地说道。

"你这是什么意思？"

"没什么。你是对的。英格兰遭受过多次入侵，而其中大多数都没有波及爱尔兰。英格兰人更是对周边国家有过无数次侵略。所以英格兰几乎没有心灵感应的历史，就连他们的圣人也没有。而你的心灵交流能力远远超过了自己的想象，这让你感到无所适从。所以，我们现在就要把安全屋建起来。" C.B. 向前俯身，"我需要你想到一个地方，能让你感到安全，感到可以保护你，为你挡住外面的世界。"

那间储藏室——布丽迪想。在 C.B. 的怀抱里最安全，但那显然不是 C.B. 的意思。即使 C.B. 所指的真是这个，她也不能这样对他说。还有什么地方能让她感觉到受保护？她印象中和特朗同居的公寓，有一个门卫能够挡住她的家人，但她觉得那也不是 C.B. 的意思。而且现在她想到特朗的时候，只会因特朗将要抛给她的无数问题感到恐惧。安全和被保护。

"你说的是一座堡垒？" 布丽迪问。

"不，我们不是要寻求战争中的那种安全，不是攻防对垒，那是你的边界要发挥的功能。我们需要一个地方，能让你感到安静平和。不是一座花园或城堡，而是某种恰好能容纳你的空间。也许，就像你的公寓，或者你小时候的卧室。一个未经你允许，其他人就无法进入的地方。"

那肯定不是她的公寓和她小时候的卧室。布丽迪小时候是与玛丽·克莱尔和凯瑟琳一起睡的。也不是她的办公室。无限通联公司里面没有任何能够挡住其他人窥探的地方。也许只有那个地下室除外。但就算那里也挡不住凯瑟琳，而且那里实在是太冷了。

想到地下室，布丽迪打了个哆嗦。C.B. 说："你觉得冷吗？"

"不，我……"

"你应该会觉得冷，"C.B. 走到登记台前，"别忘了，他们在图书馆关门以后就把供热系统关了。"

他转到登记台后面。当他出来的时候，手中多了一个遥控器。他将遥控器指向壁炉。火焰在炉膛中跃起，在波斯地毯和皮革扶手椅上洒下了一片温暖的橙红色光晕，木地板的色泽也变得更加丰富润泽。

"这个房间怎么样？"布丽迪问，"我能把它当作我的安全屋吗？"

"也许可以，但如果是你更熟悉的地方，效果会更好。你还是小孩的时候，有没有喜欢藏在什么地方？喜欢躲在里面玩耍的衣柜，或者是树屋？"

"没有。你用什么当作安全屋？"

"我在这些年里建造了不止一个安全屋：一座西部的骑兵碉堡、一艘潜艇、TARDIS①。"看到布丽迪大惑不解的神情，他又解释说，"那是神秘博士的时间机器，样子像一个蓝色的警亭。"

"我记得你说过，安全屋得是一个真实的地方。"

"那很真实。我看过《神秘博士》。你有没有这样的东西可以使用？最好是从你孩提时代就很熟悉的东西。《魔发奇缘》的高塔或者别的什么。"

"没有，《魔发奇缘》的高塔是梅芙的地盘。"

"那么你在学校里呢？你有没有自己单独居住过？"

"没有。"布丽迪突然想到，自己在一次放春假的时候曾经和一名室

---

① 英文全称为 Time and Relative Dimension in Space，直译为"时间和空间相对维度"。这是一种出现在电视剧《神秘博士》中的虚构时间机器和航天器。

友去圣塔菲旅行。她记得那位名叫艾莉森的室友的家是一栋用土砖砌成的房屋，占地面积相当大，在那栋房屋的正中间是一个用围墙环绕的庭院。每天早晨，她都会早早起来，静静地坐在那个庭院中。

"一个人？"

"是的。艾莉森那时还在睡觉。她的父母去欧洲了。"

"现在好好和我谈谈那座庭院。它有什么样的墙壁？"

"墙壁是黏土砖的。但它没有顶棚。那样它还能成为安全屋吗？"

"没关系，我们是在进行一种比喻。只要你认为没有人能够进入那里，就足够了。那些砖墙有多高？"

"很高，超过我的头顶。"

"那座庭院的门是栅栏门？"

"不是，是木板门——蓝色的木板门。"布丽迪回想起了那道沉重的、色彩鲜亮的大木门。

"沉重很好。门上有锁吗？"

"没有……"布丽迪竭力回忆，"但它有一副铁插销，另外还有一根大木闩。如果不想让别人进入，就可以把它放下来。"

"这样更好。你说那道门沉重，那么它会不会沉重到你也无法打开？"

"不会。为什么这么问？"

"因为当那些声音开始让你感到过于烦扰时，你就要打开那道门，进入庭院，那时你的速度一定要快。"

"如果我能打开它，难道那些声音就不能打开？"

"不能，因为你进入庭院的那一刻，就会放下门闩。"

"但如果那些声音有攻城槌呢？"

"它们没有攻城槌。那不是一座城堡，而是圣塔菲的庭院。新墨西哥州没有攻城槌。不记得吗？你的声音是洪水。不是一支军队。水是进不去的，因为你的砖墙又高又厚。所以你只需要跑进庭院，把门关牢，就能避开洪水。我们很快就要进行这种联系了。"C.B.看着布丽迪，"你在这里感觉安全吗？快乐吗？"

"是的，我喜欢独自待着。那里很美，到处都是绿荫。那里还有一株高大的棉白杨。我很喜欢坐在它的枝叶下面。"

"和我说说，那座庭院的其他地方是什么样子的。"C.B. 说。随后半个小时里，布丽迪有条不紊地描述了她能够回忆起来的每一个细节——石板地面、靠墙竖立的花园橱柜、粉色和红色的蜀葵花在门旁开放。

布丽迪讲述完毕之后，C.B. 说道："好的，我希望你闭上眼睛，想象自己就站在那座庭院里。"

"等等，"布丽迪问，"如果我在安全屋里，该怎么和你说话？怎样听到你的声音？"

"它不会阻隔我们交谈，只会隔绝想法，你可以让任何人进去，或者把他挡在门外。所以你还是能听到我的声音，除非你不想听到。"

"为什么我会不想……"布丽迪还没有把问题问出口，就想起了自己曾经无数次命令 C.B. 走开，"我不会把你关在外面，我保证。"

"很高兴听到你这样说。"C.B. 说，"现在，想象你站在自己的庭院里。"

布丽迪依言照做，想象自己脚下是石板地面，高大的树木将阴凉洒落在黏土砖墙上，久经风雨的橱柜上面摆着红色的陶土花盆。

"好了，现在我希望你打开门，走出来。"

"打开门？为什么我不能一直留在这里？"

"因为持续想象它需要太多专注和精神。只有你在人群中，或者听到的声音过于丑恶，让你感觉受到威胁的时候才有必要使用这里。"

或者当我不想让你听到我的想法时——布丽迪无声地说道。她回忆起 C.B. 对她说"我不是受虐狂"时自己的反应。

"你要将它当作一间真正的避难室来使用。"C.B. 说，"只能在紧急情况下使用它。其余时间，你要依靠你的边界。这就是你现在要做的。想到你的砖墙，然后打开门，走出来。"

布丽迪不情愿地抬起大木闩和铁插销，打开沉重的木门，走了出来。"现在该怎么做？"

"告诉我你看见了什么。"

"我的边界。"布丽迪抬起头，看到远方的砖墙。她又转身去看黏土砖墙的庭院和蓝色的木门。"那上面有雕花嵌板，还挂着许多干辣椒。"她听到身后传来一阵低沉的隆隆声。那些声音回来了。

"C.B.……"布丽迪不等说完，已经拉开沉重的木门，躲进庭院，用力将门关上，落下门闩，靠在上面。她觉得自己已经喘不过气来了。

"做得很棒。现在感觉还好吗？"C.B. 问。得到布丽迪肯定的回答之后，他又让布丽迪将这个动作重复了一遍又一遍，每一次都要更快一点。

"你做得很不错。"在第六次演习之后，C.B. 对布丽迪说，"我们休息一下。"他走到一把扶手前，重重地坐了上去。"这地方非常漂亮，对不对？要比书库里好多了。"

不，这里不好——布丽迪一边想，一边打开挂着辣椒的蓝色木门，躲进自己的庭院里，将 C.B. 挡在外面，不让他听到自己的心思。她没办法阻止自己去想站在书库中的时候，背靠在书架上，C.B. 俯身在她面前，他们两人的脸相距只有几英寸。谢天谢地，我终于有了安全屋，可以不让他听到了。希望这安全屋真的有用。

安全屋的确有用。C.B. 没有看她，只是凝视着炉火。布丽迪向这个舒适的房间扫视了一圈，目光逐一掠过放在靠墙木架上的那些书籍。一架老式的图书馆梯子靠在书架上。登记台上方也挂着一幅华盛顿的肖像，描绘的是他穿越特拉华州时的情景。一个读书台上摊着一本硕大的有皮制封面的字典。

"这个地方到底是做什么用的？"布丽迪走过去，抬起头看着 C.B. 向她做过介绍的那幅肖像。"这个阿瑟什么的是什么人？"

"阿瑟·泰尔曼·罗斯，"C.B. 说，"捐赠了八千六百万美元，建起这座图书馆，前提是他们需要保留这里的旧卡片档案，还有这尊莎士比亚半身像，这个放字典的读书台，这个登记台……"C.B 抬起头，看向一个老式的木头和金属质地的日期戳，"……当然，还有这些书。"他伸出手，朝一直顶到天花板的那些书架做了一个夸张的手势。

"这其中包括《劫后英雄传》，"C.B. 仰起头，逐一朗读那些书籍的书名，"《侠盗罗宾汉》《鲁滨逊漂流记》……"他逐渐伸直了脖子，"……还有罗斯先生在大学时看过的每一本书，也包括一些可爱的维多利亚时代小说。"

"但你还是没有解释，这个房间是做什么的。"布丽迪说。

"它被设置在这里是因为图书馆已经不打算保留这些卡片档案和日期戳了。毕竟这是一个使用自动借阅统计、书目终端和 Kindle 的时代。所以这些东西都被送到这里。"C.B. 说着走到了沙发前面，"这并不违反当初的捐赠协议，而且这里还是一个绝佳的场所，可以让这所大学的校长招待其他潜在的富豪捐赠者，以及做一些私密的事情。如果他想享受一下鱼水之欢，那么他就不必去忍受书库里坚硬的地板。这里还是我们进行练习的完美场所。"

只不过我们属于非法闯入——布丽迪想——如果我们被抓住……

"我们不会被抓住，"C.B. 充满信心地说，"校园警察正忙着回应一个兄弟会的报警电话，有人在那里的楼前草坪上昏倒了。玛丽安正在家里，躺在床上担心预算削减的事。就算被抓住，我们也完全有权利出现在这里。阿瑟·泰尔曼·罗斯显然并不完全信任这所大学能够遵守他的遗愿。他的这种怀疑是非常有道理的。所以他在自己的遗嘱中特别说明，他所捐赠的一切物品随时都可以供公众参观使用。正因为如此，这个房间的门才没有上锁。图书馆只能把前一道门锁住，并尽量对这个房间保密，不让学生们知道。"

"你是怎么知道的？"

"我当时正在寻找《心灵感应体验史》，那本书在图书馆的网上目录中能找到，但书库中没有，借阅台也查不到。那时有一个技术助理说：'该不会是在内部圣殿里吧？'"

"然后他就带你来了这里？"

"是'她'。"C.B. 说，"不，她说完那句话以后就什么都不再说了。但你知道，我能够读心。"

"是的。"布丽迪说，"说到这个，为什么你能听到校园警察和图书管理员的心思，我却听不到？"

"你可以，"C.B. 说，"问题是你还无法将他们的声音和其他人的声音区分开。"

"你能？"

"如果我以前真正听到过那个人的声音，或者我能从他说的内容里推测出他是谁……"

"就像那名校园警察。"

"不，实际上是那个打了 911 的人。他报出了兄弟会的地址。我听到他在想——接线员说他们马上就派一名警官过来。这种事并不会经常发生。"

"但他所想的也只不过是一个兄弟会成员在草坪上昏倒了，警察马上就会来，不是吗？"

"有人会想到地址，"C.B. 说，"或者是他们的名字。人们很少会在心里想——我是杰森·P. 史密斯，希望我能有一个女朋友。所以除非认识他们，你才能认出他们的声音，否则你就很难将他们从杂乱的声音中辨别出来。那就像在音频的干草堆里找一根针。"

C.B. 显然以前就听到过图书管理员玛丽安和那名技术助理的声音，但书库里的那一对儿该怎么解释？

"距离上的接近。只要经过练习，你也能够根据某些人音色的变化判断出他们就在附近。"

所以布丽迪在医院的时候，C.B. 知道她的病房里有人。当他在万豪酒店把布丽迪放下的时候，也是在听附近有没有人。他要确定那里没有任何无限通联公司的同事。"你会教我怎么做到这些吗？"布丽迪问。

"是的，等你做好准备的时候。但你还需要进行很多练习。要做到这些，你就必须学会分辨那些声音，这意味着……"

"我要进入到那些声音之中。"一想到此，布丽迪立刻又开始恐慌。C.B. 是对的，她还没有为此做好准备。可能她永远都做不好这样的准备。在那些噪音的洪流中，她根本不可能分辨出某一个人的声音，哪怕是

C.B. 的声音也不行。

他是怎么做到的？——布丽迪不由得对此感到好奇。

"当这件事刚刚发生的时候，我也没能准备好。"C.B. 说，"那时我只想从那些声音中逃走，就像你一样。说到这个，我们现在需要继续练习了。在我们离开之前，我希望你能够不假思索地进入自己的安全屋。这需要更多练习。"

布丽迪点点头，回到桌边。"不，不，坐下。"C.B. 说，"我们可以在这里进行练习。这里靠近炉火，更温暖。"

布丽迪坐到沙发上。C.B.将靠背椅拉到沙发近前，坐上去，膝盖分开，双手握在一起。"好了，"他说道，"我们要像竖立边界时那样做。"

"我是否需要拿一本书读一读？"布丽迪抬头看向书架。

"不，我们可以随便聊聊天，然后我会说：'声音来了。'你就以最快的速度进入庭院。好吗？"

"好的。"布丽迪回答一声，抓紧沙发扶手，双眼紧紧盯住那道挂着辣椒的蓝色木门，准备向那里冲去。

"不，我不希望你时刻都这样准备逃跑。我想让你放松下来，将精神专注在其他事情上。你有没有决定好我们应该去哪里度蜜月？"

"没有。"布丽迪在回答的同时想道——我们需要一个不那么危险的话题。

于是布丽迪主动开了口："那么，如果你能听到附近的人和认识的人的声音，你就一定能听到公司里所有人的声音了。"你就知道赫米斯项目到底是在干什么。

"我能听到它们并不意味着我在听它们，"C.B. 说，"而且他们想的无非是该如何升职，是否会被解雇，午饭该吃些什么。我只会听一听他们在哪里，好避开他们。声音来了。"

布丽迪向蓝木门跑去。

"还不够快，"C.B. 说，"我们需要再试一次。我们在聊什么？"

"公司里人们的想法是多么无聊。"

"哦，不只是公司。所有人的想法都很无聊。就算听一群牛的想法也不会让你觉得有那么愚蠢。"

"你能听到牛的想法？"

"不能，只能听到人的，真是不幸。想一想，如果你能听到你的狗说它是多么毫无保留地爱着你，那该是多美妙的事啊。"C.B. 说道。这反而让布丽迪悄悄松了一口气。她不必再担心自己会听到狮子或者老虎……

"或者熊，"C.B. 说，"或者血吸虫，不过有时候，你真的很难说一些人和这些动物有什么区别。你知道人们在绝大部分时间里都会想些什么？"

"我想，你要告诉我的是干柴烈火。"

"不是，大概只有二十五岁以下的人是那种样子。上了年纪的人总是在想着天气。会下雨吗？雨要停了吗？会下雪吗？要暖和起来了吗？他们总是不停地这样想着。另外，他们想到的就是钱和他们的工作有多么可恨。还有感谢。"

"感谢？"

"是的。更确切地说，是得不到感谢：'为什么我的侄子不能对我说一声'谢谢'？他的妈妈是怎么教他礼貌的？除非他向我表示感谢，否则我不会再送他礼物了，而且不能只是一封邮件或者一个电话，他要正式地给我写一封感谢信！'"C.B. 抱住自己的头，"有人会这样不停地念叨几个小时，简直比性和其他那些破事更糟糕。还有身体功能。这是另一样会被人们不厌其烦地去思考的事情。打嗝和肥……"

"我明白了。你想对我说，人们的想法里没有任何有趣的内容？"

"不，孩子们的想法才真是精彩。我总是惊叹于……"C.B. 忽然停住了话头。

"惊叹于什么？"布丽迪问。

"三四岁的孩子们。他们想的东西实在是太奇妙了。婴儿的想法可能也很好，但他们的思维并不是很清……声音来了。"

这一次，布丽迪的速度更快了一些，但还是没能让 C.B. 满意。他一遍又一遍地让布丽迪重复这个过程。

"我还要这样做多少遍？"布丽迪问。她觉得自己一定已经这样做了几个小时。

"直到你这样做的时候完全只是凭借自己的直觉。"C.B. 说。

"好吧，"布丽迪压抑住自己的一个哈欠，"抱歉，我……"

"本来因为恐惧而产生了大量的肾上腺素，后来在储藏室的时候，你的肾上腺素再一次大量分泌，但现在，这些肾上腺素开始慢慢退去，所以你感觉到了疲惫。而且现在……"C.B. 朝墙上的时钟瞥了一眼，"已经凌晨三点了。怪不得你会打哈欠。"他朝沙发上一指，"为什么不躺下来？"

"这个主意听起来真不错。"布丽迪充满渴望地看着沙发，"但我害怕自己会睡着，而你说过，我还需要练习……"

"你是需要练习，但我们还有时间。图书馆要到星期日的上午十一点才会开门。小睡一会儿对你来说肯定是个不错的选择。你的大脑也能有机会梳理它学到的能力，将其转入长期记忆。好了，躺下吧。"C.B. 走到桌边，关上了灯。

"谢谢你。"布丽迪说道。突然间，她感觉自己累得连眼睛都睁不开了。她躺倒在沙发上，却又立刻坐了起来。她将那些声音都忘记了。她的屏障能发挥作用全都是因为她想象它们存在，如果她睡着了……

"你睡着的时候不会听到那些声音。"C.B. 安慰她。

"为什么？"

"我不知道。也许是因为大脑的化学环境在睡眠中会发生改变。也许是快速眼动睡眠是一种完全不同的思考模式。无论如何，你在入睡之后都不可能发出或者收到信号。"

谢天谢地——布丽迪想。"但我还没有完全睡着的时候呢？而且我刚刚醒来的时候又该怎么办？"

"那是你最脆弱的时候，"C.B. 承认，"但等到你的防御变成完全自觉性的行为时就没事了。那时候，它们会在你醒来的时候自动被激发。"

"那还要多久它们才能变成完全自觉性的行为？"

"几天吧。"C.B.关掉了沙发两侧的蒂芙尼台灯，只留下两只靠背椅中间的那一盏。"但不必担心，在那以前，我会守护你。"

"你要怎么做？"

"用我忠实的维多利亚之剑。"C.B.说道。他走到书架前，拿出一部厚重的典籍。"《罗马帝国衰亡史》如何？"

"太枯燥。"

"这个我赞同。不过我会挑一些有趣的段落，让它不至于太过无聊。"他将那本书放到扶手椅旁边的茶几上，又来到沙发前面。"现在，躺好，"他用山羊绒沙发套盖住布丽迪的身子，"闭上眼睛，忘记其他一切，只想着你美丽的黏土砖墙，牢不可破的安全屋。"

"我会的。"布丽迪说道，"但如果我需要几天时间才能凭直觉建造起入睡前和醒来之后的防御，那你该在什么时候睡觉？"

"你醒着的时候。所以你越快睡着，越早醒过来，我也就能越早睡一会儿。好吗？"

"好的。"布丽迪有些怀疑地说。

"没关系的，我就在这里。嗯，不是在这里，是和你保持一段恰当的距离。"他说着走到了壁炉另一侧的扶手椅前，坐下去，"这样你就不必担心我会攻击你了。"

"我没有……"

"是的，呃，只是以防万一。而且在这里，我可以更专心地读《罗马帝国衰亡史》。"他向布丽迪一笑，"我不会让任何东西闯进来，我向你保证。"他说着打开书，"现在，睡吧。"

这件事说起来容易，做起来就要难多了。布丽迪一直想着如果C.B.睡着了……

"我不会打瞌睡的，"C.B.说，"这把椅子太不舒服了。而且这个白痴女孩还在不停地想着心事。"

"抱歉。"布丽迪喃喃地说道。她蜷缩在柔软的山羊绒下面，闭上了眼睛，将注意力集中在她的庭院，将身后的门关好，放下沉重的木闩，固定好铁插销。把所有声音挡在外面。

但这并不是布丽迪唯一需要担心的事情。她还不知道明天早晨，她该如何走出这里，又不会被那些声音俘获。还有，她该如何向特朗解释。还有梅芙……

"想让我给你讲一个枕边故事吗？"C.B. 问。

"是的，请。"布丽迪将手枕在面颊下面。

"'当时潘诺尼亚军队是由塞普蒂米乌斯·西弗勒斯指挥的，'"C.B. 开始念诵，"'塞普蒂米乌斯·西弗勒斯隐藏了他大胆的野心，这种野心从来没有因为快乐的诱惑、危险的恫吓和人性的温暖而偏离它的轨道。'"

我的温暖是这只沙发套——布丽迪想——它就像 C.B. 在医院里给我盖上的那条毯子一样温暖。然后，她就睡着了。

布丽迪在一片黑暗中醒来。她开始迷迷糊糊地思考自己在什么地方，然后她的意识突然回到现实，紧随而来的就是一阵强烈的恐慌。炉火熄灭了！

不，这不可能——她大脑中理性的那部分坚持说道——那是煤气火焰。而且她仍然能感觉到炉火的热量。再过一会儿，等她的眼睛适应了黑暗，应该就能看见橙红色的火苗了。

除非 C.B. 关掉了炉火——她想——如果 C.B. 那么做了，我就完全陷在黑暗里了。周围只有那些声音。而它们马上就会……C.B.！这时，她摸到 C.B. 就躺在她身边，这才安下心来。她的手找到 C.B. 放在胸前的两只手，将它们紧紧握住，让她重新感觉到了安全。

布丽迪知道自己应该生 C.B. 的气，因为 C.B. 没有和她保持距离。但她现在只有满心的轻松和安慰，庆幸 C.B. 还在这里，就像他承诺的那样，守护着她，挡住那些声音。她几乎无法指责 C.B. 这样对她。现在他睡得很香。布丽迪能够听到他平稳的呼吸，感觉到他的胸口在自己的手掌下一起一伏，甚至听到他的心跳。

C.B.——布丽迪温柔地想着，随即听到房间另一边传来一阵模糊的咕哝声。这让她在黑暗中猛地坐了起来。她最初对火焰的推测是正确的，因为现在她能够看见 C.B. 被红色的火焰照亮，瘫坐在扶手椅里，头枕在椅背上，两只手从扶手上耷拉下来。他睡着了。

布丽迪惊讶地低下头，看着自己的手。那只手并没有握住 C.B.。她一定是弄出了什么声音。C.B. 抬起了头，带着浓浓的睡意问道："出什么事了？"

"没事，一切都很好。我一定是在做梦。"布丽迪悄声说着，躺回到沙发里，再一次将手枕在面颊下面，好让 C.B. 认为一切正常。"继续睡吧。"不过她这句话有些多余。C.B. 其实根本就没有醒过来。他的头枕在卷起来的法兰绒衬衫上。他显然一直在这样睡着。布丽迪刚说完话，他就打起了鼾。

他看上去实在是累极了。布丽迪知道，自己不应该对此感到惊讶。今晚他已经两次拯救了她，在这以前还救过她一次……不，是两次，都是在医院里。布丽迪出院的时候，他还赶过来接她回家，又去万豪酒店帮她把车取走，还不止一次帮她躲过她不敢见的人。而且布丽迪知道，他一直在倾听自己，监视自己开始听到那些声音的迹象，守卫她，保护她。他一直在这样做，即使是在他睡着的时候。

布丽迪看着他摊开手脚躺在扶手椅里，脸上映着火光，不由得微微一笑。现在的他看上去是那样弱不禁风，那样年少青涩。他说自己在十三岁的时候就开始听到那些声音，比现在的梅芙只大了四岁。那时的他会是什么样子？

他只是随意地提到过自己如何尝试阻止那些声音，调查这一切到底是怎么回事，进而想出了建造屏障的方法，但那个过程一定非常恐怖。学校对他而言肯定是一场噩梦，大学就更不必说了。大多数工作都不可能适合他。他很幸运，找到了无限通联公司，还有没有信号的地下室。

他肯定不会去看电影，也没办法参加毕业典礼、婚礼、葬礼，去看足球赛和去大商场购物。这大概就是为什么他的衣服都是地摊货，还有他那辆老爷车。对他而言，生活的每一个正常部分都不啻于一场战斗。

而这还是他建造起屏障和安全屋之后的生活。在那以前，当那些声音刚刚出现的时候，他的生活里一定只剩下恐惧。当那些想法和情绪汇成的潮汐汹涌而至，他却不知道是什么导致了这一切，那种情形是多么令人不寒而栗。而且那时没人拯救他，没人教他如何建立防御，甚至没人告诉他，他并没有发疯！更没人在他睡着的时候握住他的手，放在自己的胸口。

　　如果这些事发生在我身上的时候，我没有遇到C.B.，该怎么办？——布丽迪想。她知道答案。她肯定活不下来。她会变成疯子，或者自杀。

　　C.B.活了下来，这本身就是一个奇迹。他还没有半点准备就被丢进一个充满了愤怒、情欲和恶意的世界里，暴露在这个世界全部的卑劣和荒谬之中，完全无力进行抵抗，如同一个软弱无助的牺牲品，不得不见证这些丑恶。那时让他无从阻挡、不得不全部承受的痛苦又有多少？

　　那时更不曾有人帮助他，向他解释到底发生了什么，他甚至无法将自己的感受告诉别人。他周围的人都以为他是个怪物。就像钟楼怪人一样——他没有成为强奸犯或者连环杀人犯，这同样是一个奇迹。

　　实际上，他不仅没有成为怪物，还找到办法保护自己，对抗那些声音永无休止的侵袭。现在，同样的事情发生在她的身上，他又向她伸出援手。他本可以完全保持沉默，冷眼旁观。他有非常充分的理由这样做。更何况，当他试图向她讲述真相的时候，她还只是一味抗拒排斥，无端指责他在自己的房间里安装窃听器，封锁特朗的信息。

　　但他还是不遗余力地帮助她，不惜冒着让自己的秘密被暴露的风险。在此之前，他一直都只是努力隐藏自己，因为就像他说的一样，如果人们发现了他的心灵感应能力，那么迎接他的只会是更加可怕的悲剧。舒基会立刻把他的事情发到推特上。各种小报记者也会闻风而动。公司可能会因此视他为巨大的丑闻，将他开除；或者更糟，公司会将他当作商业间谍，强迫他说出苹果公司新手机的秘密。无论他怎样解释心灵感应做不了那种事都无济于事。没有亲身经历的人不会明白，那些声音不像搜索引擎，可以随意检索任何信息。没有人会相信他。他们只会想到用心灵感应获取商业利益。他们会闯入他的办公室，直接审问他。

不，对他而言，最聪明的选择就是保持安静，让布丽迪自己去对付那些声音。可他没有那样做，布丽迪对此只有刻骨铭心的感激。

布丽迪看着C.B.，慢慢闭上眼睛。尽管她知道，自己的手只是被压在面颊下面，C.B.在遥远的房间另一边，但是当她闭上眼睛的那一瞬间，他已经来到了她的身边。他的双手交握在胸前，她的手紧紧地握住了它们，安静地放在他的心口上。

谁说我们在睡着的时候没有感应？——布丽迪微笑着想道，渐渐沉入梦乡。

第二十章

"真爱情的道路永远是崎岖多阻。"

——威廉·莎士比亚,《仲夏夜之梦》①

当布丽迪再次醒来的时候,房间里已经重新亮起了灯光。扶手椅中,整个房间里都看不到人影。C.B.?——她喊道——你在哪里?

正在给我们弄一顿夜宵——C.B.说道。布丽迪下意识地回头瞥了一眼写字台上的时钟。五点半了。

好吧,是早餐——C.B.说——别担心,我马上就回来。

我不担心——布丽迪想道。这个念头让她自己颇有些吃惊。她走进自己的庭院,这样C.B.就听不到她在想什么了。布丽迪只觉得C.B.并没有离开。即使整个房间已经被灯光照亮,她完全睁开了双眼;即使她掀起沙发套,大大地伸了个懒腰,她还是能感觉到自己的手就按在他的心口上。

快一点——布丽迪对他喊——我饿了!

马上就来——C.B.告诉布丽迪。果然,一分钟之后,他从门外冲了进来。他一只手拿着一个鼓鼓囊囊的食品袋,另一只手捧着装有生日蛋糕的硬纸托盘,腋下还夹着一袋炸薯条。我搜罗到不少好吃的。

他将手里的东西都放到桌子上,又将袋子里的东西都倒出来,同时点数着他的发现:"生日蛋糕、玉米片、番茄辣酱、葡萄、半张辣香肠比萨、一袋花生酱饼干、半盒士力架、橄榄……"

"这些全都是从员工休息室里偷的?"布丽迪问。

"只有番茄辣酱、橄榄和蛋糕是……我听到玛丽安在思考该如何处

---

① 选自《莎士比亚喜剧悲剧集》,威廉·莎士比亚著,译林出版社2010年出版,朱生豪译。

理掉这么多蛋糕。其他东西都是我在书库里找到的违规品。只有这个除外。"他又拿出两罐苏打汽水,"这是我从贩卖机里买的。他们没有拿铁咖啡。你只能在百事可乐和雪蜜①之中选一个了。"

"可乐吧。"布丽迪说着伸手去拿比萨。C.B. 从法兰绒衬衫的衣兜里拿出面巾纸,递给布丽迪一张。这些面巾纸显然也是从生日派对上拿的,上面还印着小蓝鹇和一行字:"一只小鸟告诉我,你过生日了。"

每一样食物都很美味,就连玉米片也很好吃。尽管布丽迪能吃出来,它在书库里一定已经放了几个星期,味道都有些陈了。"不过味道还不错,对不对?"C.B. 说,"哦,你肯定不会相信我还找到了什么。我在寻找食物的时候还做了一点研究,想看看还有其他什么棉花糖……"

"研究?你是说,你找到了某个恰好正在思考彩虹幸运麦片圈的人?"

"不,我在玛丽安的电脑上搜索了一下。"

我还以为办公室都锁门了。而且电脑不是需要密码吗?

"我们想到的粉色桃心、蓝色月亮和绿色三叶草都没有错,但其实那是苜蓿,不是爱尔兰三叶草。"C.B. 说道,"而且也不是星星,是流星。另外还有马蹄铁、彩虹、气球。不知为什么,还有沙漏。然后,你知道我在最顶层的书库里找到了什么?一盒……铛铛铛!"

他伸手到袋子最里面,用夸张的动作掏出一个谷物麦片棉花糖盒子。"彩虹幸运麦片圈!"他往桌子上倒出一把棉花糖和麦片,"这样我们就能亲眼确认我的研究了。"

"哦,不,"布丽迪低头看着这些五颜六色的小糖块,拿起一块通体浅绿色,中心处有一团亮绿色的棉花糖,"这看上去的确不像爱尔兰三叶草。"

"是苜蓿。"C.B. 说。

"看上去也不像苜蓿。看上去像一顶带蝴蝶结的帽子。"

"哪个爱尔兰人会在自己的帽子上系蝴蝶结?"C.B. 将糖块从布丽迪

---

① 百事公司旗下的一种柠檬味饮料。

的手中接过来，把它上下颠倒，仔细看了看，"也许是一罐金子。"

"那为什么是绿色的？看这个。"布丽迪拿起一块 U 形的紫色棉花糖，"这是什么？彩虹？"

"不，这才是彩虹。"C.B. 给布丽迪看了一块半环形的彩色棉花糖。

"或者这是一片西瓜。"

"它们应该都是爱尔兰的东西。爱尔兰怎么会有一片西瓜？"

"或者是一根狗骨头？"布丽迪拿起一块棕黄色的棉花糖。

"至少这个粉色的肯定是一颗心。"C.B. 说，"这颗蓝色的圆盘是月亮。"

"但这又到底是什么？"布丽迪挑出一颗白色的棉花糖。这颗糖是椭圆形的，中间有一条橙色的线，一端有一个不规则的斑点。

"我不知道，"C.B. 说着将它从布丽迪手中接过去，在手里来回转动，"一个患白化病的茄子？"

"患白化病的茄子？"布丽迪笑了起来，"为什么他们会把患白化病的茄子放进孩子的麦片粥里？"

"这个问题难倒我了。"C.B. 将那粒棉花糖丢进嘴里，做了个鬼脸，"真正的问题是，为什么他们会把粉笔放进孩子的麦片粥里，还说它们是棉花糖？说到这个，除非你想在下一次声音发动袭击的时候被逼着背诵'白化病茄子、狗骨头、紫色 U 形'，否则我们现在就要重新开始练习了。你的安全屋还需要……"

"完全凭直觉就能出现，我知道。"

"完成这项练习之后，我还要教你一些辅助性的防御技巧。让围墙上多一些防御工事，再多一个备用的内部圣殿，这些都很有必要。"

就算有了这么多防御手段，他还是必须戴上耳塞，躲在地下室里——布丽迪想道。这让她的心中立刻又充满了恐惧。

"实际上，我并不是必须待在地下室里。"C.B. 说，"我留在下面，有一部分原因是，当你和别人说话的时候，你很容易言多语失，顺口说出一些他们实际上没有告诉过任何人的东西……"

"他们就会发现你有心灵感应能力。"

"没错。我宁可让他们相信我是个疯子。我选择待在下面还有一个原因，那就是经年累月地听到同事心底的秘密之后，你不可能对他们有很高的评价，也不想和他们打交道。这和我的防御能力没有关系。不必担心，你的庭院会保护你的，绝对安全。只要我们能将它彻底完成。"随后一个小时里，C.B.一直训练布丽迪在和他说话的同时仍然安全地留在自己的庭院里，同时又完全不显露出她在想着自己的庭院。

这是一种很难掌握的技巧。但布丽迪终于能够在看到黏土砖墙和蓝色木门的同时也看着这个卡内基式书房里铺满墙壁的书架；同时站在棉白杨树下和炉火前，还和C.B.谈论《给比利·乔的歌》。

"那首歌曾经获得过巨大的反响，"C.B.对她说，"人们为了解释他为什么会跳下去，制造出了各种理论。"

"那么你认为他为什么会跳下去？"布丽迪一边问，一边竭力同时注意到C.B.和庭院，"我是说，如果他和那个女孩相爱，为什么他会自杀？"

"也许他并不爱那个女孩，也许他只是想躲开那些声音。"

"你那样做过吗？"布丽迪问。

"做什么？从桥上跳下去，或者自杀？"

"无论怎样，你有过吗？"

"是的，有一次，那时情况变得非常糟糕。我的继父差一点放弃了我。我不怪他。我没办法解释为什么拒绝参加成人礼，也不去大学念书。而那些声音……"他厌恶地摇摇头，"不管怎样，我当时觉得吃下一把镇静剂也许是不错的解脱方式。但那只会让那些声音变得更加可怕。所以我告诉你不能服用酒精和阿普唑仑。神经松弛药物只会让你更容易接受那些声音，更没有力量将它们挡住。"

布丽迪能够想象那时的情景。那些声音彻底失去控制，咆哮着将C.B.吞没。而近于失去知觉的C.B.根本无力抵挡它们。

"是的，嗯，但这样也有好处。"C.B.故作轻松地说，"首先，我知道了有些东西会比那些声音更可怕，洗胃就是其中之一。第二，这让我不可能成为瘾君子和酒鬼。第三，这也让我知道了，并非所有非预期后果都是坏的。"

C.B. 冲布丽迪笑了笑，但布丽迪没有露出笑容，她正忙着理解另外一件事。"如果神经松弛药物会让那些声音变得更严重，那么兴奋剂……"

"不，毫无效果。其他所有神经药物都会让它们变得更糟。我们自己的防御是唯一能够长期抵挡它们的手段。"

"但如果你能想象出防御体系挡住那些声音，为什么你就不能想象出某种东西，将它们彻底关闭？"布丽迪等待着 C.B. 告诉她，大脑根本没有那么简单。

"做不到。"C.B. 说。

"做不到？为什么？"

"因为你只能在很短的时间里这样做，而且这需要消耗巨大的体力和精神。你不可能将这种状态一直维持下去。只要你的注意力稍有动摇，那些声音就会更加凶猛地杀回来。"

"但一定有办法……或者是某种手术……"

C.B. 摇摇头。"手术对此是无效的。首先，这不像一根血管，能够让你把它截断。神经信号的传递是一个网络。没人能保证对它施加影响且不会让它发生永久性的损伤。其次，要让医生给你做这个手术，你就必须告诉他心灵感应的事……"

"我知道，这样也行不通。难道你就不能制造出某种设备……"

"我已经试过了。这就是我总待在地下室里的第三个原因。我一直在想办法制造一个信号干扰器。"

"你有什么进展吗？"

"没有。我本以为干涉信号或者串线能够消除掉那些声音，但它们不起作用。创造一种相当于垃圾邮件过滤器的声音也行不通。我还尝试过制造电子版本的安全屋，但也不行。"

"所以你至今都没有找到有效的手段？"

"有的，维多利亚小说，还有跳频。"

"海蒂·拉玛的发明。"布丽迪想道——*所以他把海蒂·拉玛的照片挂在他的实验室里。*

C.B. 点点头。"这个设想是阻止声音找到我，而不是直接将它们挡住。在短时间内，这种方法相当有效。但它长时间工作需要巨大的能量。任何设备都不可能产生出那么大的能量。"C.B. 向布丽迪露出歉意的微笑，"抱歉，布丽迪，如果我有切实可行的办法能够将那些声音关闭，我一定会教给你的。"布丽迪这才意识到自己的语气是多么冰冷，就好像 C.B. 虽然拯救了她、保护了她、教会她自卫的手段，却还是对不起她。

"C.B.，听着。"布丽迪又说道。但 C.B. 似乎在听着别的什么东西。他扬起头，目光飘向远方，而且很快就皱起了眉。

"什么事？"布丽迪问。

"该是离开这里的时候了。"C.B. 推开椅子站起来，开始清理桌面。

"但我记得图书馆要到十一点才开门。"

"开门是要到那个时候，"C.B. 一边说，一边将桌上的麦片圈拢到一张"小鸟告诉我"的面巾纸里，放进塑料袋，"但时间拖得越晚，就会有越多人进来，我不想让人看到咱们走出去。"

他在说谎。他听到了什么东西，却不想告诉布丽迪。"这幢大楼里有人，对不对？"

"不，"C.B. 说道，然后他仿佛意识到了说谎并没有用，"现在还没有，但把手机丢在这里的那个人刚刚发觉自己在回家的时候没带手机。很不幸，那正是图书管理员玛丽安。"

那个有这幢大楼钥匙的人。布丽迪紧张地向门口瞥了一眼。"她正在过来的路上吗？"

"还没有那么紧急，"C.B. 拧紧了番茄辣酱的盖子，"实际上，她现在还在家中的床上。她甚至还没想到自己把手机丢在了哪里。但她正在脑海中重建昨天的行动路线。所以她迟早会想到手机的位置。而且……"C.B. 盖上棉花糖麦片盒子，"我猜你肯定也不想被人们看见在星期日的早晨穿成这副样子回家。"他指了指布丽迪的绿色裙子，"尤其是你的一位邻居很喜欢上脸书。"

他是对的——布丽迪一边想，一边收拾起士力架和花生酱饼干的包装纸。她要担心的还不只是那些邻居。她的家人总是习惯在做早弥撒的路上不提前通知就去拜访她。梅芙在收到 C.B. 的那些神秘信息之后一定会对她今晚的行踪好奇得要死。

"你说已经发信息向梅芙做过解释了，"布丽迪问，"你都说了什么？"

C.B. 舔掉硬纸托盘上最后一点糖霜，把那片硬纸壳叠起来，塞进比萨饼的盒子里。"我告诉她，你和我正在处理紧急事件。"

"你没有告诉她别的事吧？"

"我只说这件事生死攸关。"C.B. 说着将比萨饼的盒子塞进塑料袋里，"我只能信任她可以帮我们保守秘密。她说我完全可以信任她。"

她当然会这么说——布丽迪想，将废纸也塞进塑料袋——她显然非常喜欢你。

"是的，嗯，我觉得她也很厉害。"C.B. 说，"听着，布丽迪，关于梅芙，我有些事……"说到这里，他一下子停住了。

布丽迪抬头看向他，发现他又在倾听。"什么事？"布丽迪问，"玛丽安过来了？"

"没有。"C.B. 过了很长一段时间才说道，"但她的确想起她将手机落在复印室了。我们要走了。把橄榄给我。"

"等等，你刚要告诉我一些关于梅芙的事情。"

"那件事可以等一等。"C.B. 说着从布丽迪手中接过橄榄罐，拧上盖子，"关掉炉火。"他将遥控器递给布丽迪，然后开始擦抹桌面。

布丽迪关掉了炉火和灯，将遥控器放回到写字台里面，又将沙发套恢复原位。C.B. 读过的书还放在扶手椅旁边的地板上。"你留在书库里的那些书怎么办？"布丽迪一边问，一边拿起《罗马帝国衰亡史》，放回书架上，"我们是不是要回去把它们取下来。"

"这件事我已经做了。"C.B. 朝门口一指，那些书正堆在卡片柜的顶上，"我出去觅食之前先拿回了它们。哦，差点忘了，你的手机。"他把手机递给布丽迪。

布丽迪把手机塞进裙子口袋里，拿起彩虹幸运麦片圈的盒子。C.B.把玉米片袋子和番茄辣酱递给她，又把垃圾和空汽水罐都塞进塑料袋里。"所有东西都带齐了吗？"他问。

"应该带齐了。"布丽迪最后扫视了一眼黑暗的房间，已经变冷的壁炉和阴影重重的书架……还有C.B.曾经睡过的扶手椅。突然间，她的心中生出一种怅然若失的感觉。真希望我们可以永远留在这里。

"是的，我也希望这样。"C.B.说道。布丽迪转头看向他，但他已经转过身，拿起塑料袋和橄榄。"这是这幢大楼里唯一温暖的房间。走出去就像走进寒冬一样。"他又拿起手电筒，打开门。"现在，我永远也不会知道《罗马帝国衰亡史》是如何结尾的，对不对？衰亡与瓦解？"

"我相信玛丽安一定知道。"布丽迪竭力用和C.B.一样的轻松语调说道，"如果我们不快一点，你就可以直接问问她了。"但当她跟随C.B.穿过屋门，走下楼梯的时候，她比以往任何时候都更加希望C.B.教会她如何主动去听别人的声音，这样她就能知道C.B.在想些什么了。

他们很快就下了楼梯。C.B.停下脚步，又仔细倾听一番，然后打开门。他是对的，越往外走，布丽迪越感到寒冷。她打了个哆嗦。C.B.一定以为她是在害怕，便对她说："如果你担心的是那些声音，那么尽管放心。现在那些声音不会很强烈，况且你已经拥有了自己的防御体系。"

"玛丽安还没有离开家？"布丽迪问。

"没有。她还在思考一大早起床来这里拿手机是否值得。"C.B.说着打开通向走廊的门，然后将那些书和手电筒都递给布丽迪，又让布丽迪用另一只手抱住麦片圈和番茄辣酱。

"用手电筒照亮门锁，我好锁住它。"他说道。将钥匙插进锁孔的时候，他又说道，"不得不听着松鼠在笼子里打转是心灵感应另一个迷人的地方。"

"松鼠在笼子里打转？"布丽迪一边看着他锁门，一边问。

"是的。"他从布丽迪手中接过手电筒。他们朝员工休息区走去。"一圈又一圈地打转，不知道是应该开车回图书馆取手机，还是应该一直等到中午，或者是担心……等一下。"他将塑料袋扔进一只垃圾桶里。"或者是担心该如何付账单，一直隐隐作痛的肋骨是不是患了癌症。"

或者公司会不会裁员——布丽迪回忆起阿特·桑普森，然后又想到自己一直在为了无法和特朗连接而焦躁不安，又害怕如果特朗发现自己一直在心里和别人说话，又会怎么想。而可怜的 C.B. 一直都只能将这些照单全收。

"也许应该管这种事叫作笼子里的沙鼠。"C.B. 打开员工休息室的门，"或者是笼子里的仓鼠。我是说，有谁见过松鼠在笼子里的滚轮上狂跑？"

C.B. 打开灯。布丽迪看到那个生日蛋糕虽然被他们吃掉了两块，但看上去几乎没有什么变化，不由得长出了一口气。C.B. 把钥匙放回到咖啡罐下面，又把番茄辣酱和橄榄放回到冰箱里。

"他们不会注意到辣酱罐子快要空了吗？"布丽迪悄声问。

"不会，"C.B. 从她手里接过麦片圈和玉米片，塞进食品柜里，"他们会以为是被同事吃掉了。"

"我们至少应该在捐赠罐里放些钱吧？"布丽迪指着写有"咖啡资金"的罐子说。

"不能那么做。那样他们就会知道有外人进来过。无限通联公司最后一次有人凑钱买咖啡是在什么时候？我们最好的保护就是让他们根本不会怀疑有人进来过。而且那盒玉米片也不是他们的，是我在 S-V 的那一层找到的。"

"他们难道不会担心……"

"不会，你还想吃一块蛋糕吗？他们绝不会舍不得的。"

"不。"布丽迪做了一个鬼脸。

"我也不想了。我们需要一些更能填饱肚子的东西。人类不能只靠彩虹幸运麦片圈活着。"他带着询问的神情看向布丽迪，"还记得我和你说过的那家熟食店吗？就是有着很棒的熏鲑鱼和百吉饼的那一家。那儿距离这里只有几个街区远。我们可以去吃些早餐，然后我再教你那些辅助的防御手段。"

"听起来很不错。"布丽迪回应道。

"是的。那里的确不错。"

他带领布丽迪走出房间，关了灯。布丽迪跟随他穿过走廊。不知不觉间，布丽迪的心情变得轻松了许多，不过她不愿去细想自己为什么会有这样的变化。你只是比自己想象得更饿，仅此而已——她告诉自己。这时他们走过了曾经藏身的那间储藏室，来到一条走廊的尽头，又开始下楼梯。

"这里不是我们来时的路。"布丽迪悄声说。

"这是因为前门安装了警报系统。员工出入口和所有紧急出入口也都有。"

"那我们该怎么出去？"

这边——C.B. 朝楼梯下方指了指。

看到 C.B. 恢复了无声的交谈方式，布丽迪也在心里问——玛丽安已经到了吗？

没有，她还在努力决定是否要提早来拿自己的手机，不过我们没有必要制造更多声音。而且用这种方式说话，如果这幢大楼里有人，我们肯定能先听到他们。这是心灵感应的优势之一。你能和同伙商量行动步骤，同时还能监听警察有没有来。

我记得你说过，心灵感应没有任何好处——布丽迪踮起脚尖，跟在 C.B. 后面走下台阶。

哦，不，有许多好处。我在高中的时候从没有被那些身强体壮的家伙们抓住，塞进储物柜里；每次突击测验也总能顺利过关。

但你还是能听到人们对你的每一个恶意和残忍的想法。

也有充满善意的想法——C.B. 说——并不都是坏的。

但它们汇聚成的洪水肯定很恐怖。

确实——C.B. 承认——但谁知道呢？那些洪水可能也是有用的。小心，最后一个台阶了。

C.B. 等待布丽迪走下台阶，然后关掉了手电筒。布丽迪听到 C.B. 打开门，向外张望，又打开手电筒，领着她进入另一条走廊。这条走廊两侧只有赤裸的混凝土墙壁。这儿一定是图书馆的地下室。布丽迪觉得这里就像 C.B. 的实验室一样冷。

C.B. 在一扇没有标志的门前停下脚步，又关掉手电筒。这里有窗户——他一边解释，一边打开门，示意布丽迪进去，然后将门关好。

这里也许有窗户，但一定有窗帘遮住了它们，因为这里几乎就像那间储藏室一样黑。C.B. 将手放在布丽迪的手臂上问——你还好吗？

是的，只是我什么都看不见——布丽迪小心地向前迈了一步。

等等——C.B. 说着把布丽迪拽到身后——这个地方有很多障碍。我们先要让眼睛适应这里的光线。他牵着布丽迪的手，在门边等了一会儿。

房间里渐渐出现了一些物体的轮廓，但还是很模糊。墙壁上有一些很高的长方形，颜色比周围稍稍浅一点，那一定是窗户。我还以为你的意思是现在应该已经天亮了——布丽迪悄声说。

的确应该天亮了。几点了？

布丽迪掏出手机要看时间，立刻又感到有些后悔。手机屏幕的光亮让他们的眼睛立刻无法再看清周围昏暗的环境。抱歉——她说道——现在是六点四十五。

嗯——C.B. 应了一声。布丽迪能够感觉到他的困惑。他沉默片刻，忽然说道——啊，原来是这样。

什么？我们来错地方了？

没有。来吧，这边走。C.B. 领着布丽迪朝房间深处走去。

布丽迪的眼睛终于适应了这里的光线。她能看见灰影中的一排排书架。C.B. 是对的，这里的障碍太多了。到处都是装满书籍纸张的塑料箱子和手推车。C.B. 领着布丽迪从其中穿过，向房间深处走去，偶尔还会抬头瞥一眼那些高高的窗户。

希望你不要让我从窗户那里爬出去——布丽迪说。

只有在我们找不到门的时候才需要那样做——C.B. 对她说。这时他们已经走到了房间的最里面。这里的书架上杂乱无章地堆满了各种盒子、账簿和被橡皮筋捆住的文件夹。

如果这里真有门的话，布丽迪也完全不知道它在哪里。这里的书架几乎一直排到墙边。书架后面还堆着更多装满纸的盒子和购物袋。但C.B. 说道——很好，这里还不错。随后他就开始把盒子和袋子拽开。

这些都是阿瑟·泰尔曼·罗斯的档案——C.B. 一边解释，一边伸手抓住一只被纸张撑得鼓鼓囊囊的购物袋——这家图书馆承诺会保留它们，所有档案，包括他的日常购物清单，一些非常糟糕的爱情诗。你能把这个放过去吗？C.B. 把那只购物袋递过来。

好的——布丽迪说着放下 C.B. 的书，把购物袋放到一堆金属文件箱旁边，又从 C.B. 手中接过另一只袋子。

C.B. 又抽出一只箱子——我们刚才在聊什么？

你告诉我，拥有心灵感应有许多乐趣。

哦，是的——C.B. 说着把那只箱子放到他抽出来的前一只箱子上——那非常棒。你可以避开堵车，避开惹人厌的家伙，也可以在杂货店排队的时候跟在有六百张优惠券，却忘记了自己信用卡密码的人后边。他又抬出一只箱子。你还不必努力去甄别一个人是不是浑蛋和骗子。

他将手中的箱子放到其他箱子旁边，拖出了最后一只箱子。也不必依靠脑外科手术才能知道另一个人是不是爱你。你已经知道了。

你就没有感到绝望和崩溃的时候吗？——布丽迪轻松地说。

我可没这么说。把手电筒给我。

布丽迪递出手电筒。C.B. 接过去，将它打开。他们面前果然有一道门，只是被油漆漆成了和墙壁一样的颜色，而且就在书架的旁边。所以布丽迪没办法看到它。

这道门被锁住了？——布丽迪问。

没有，除非在我上次从这里出去之后有人来过。看样子——他一边说，一边在一阵吱嘎声中打开了那道门——显然没有人这样做。他又向外面看了看。很好，海岸空旷无人，来吧。

布丽迪拿起 C.B. 的书。C.B. 扶着布丽迪越过那些箱子。然后他又伸手到布丽迪背后，拿起那些购物袋，把它们重新放到箱子上。透过打开的门，布丽迪才明白为什么房间里会这么暗。外面正在下雨。天空是一片阴沉的铅灰色。门外的台阶通向停车场，上面全是小水洼。停车场上的积水更严重。

我记得你说过，人们总是会想天气——布丽迪说。

他们的确会想天气，只是现在还没有人起床。你有没有恰巧带着一把伞，或者一艘小船？

没有——布丽迪笑了——也许天气没有看上去那么糟糕。仿佛是要回应她的这句话，雨下得更大了。雨滴砸在停车场上的水洼里，溅起一片片水花。

也许我们最好还是等雨小了再出去——C.B. 皱着眉说道。

我不觉得这场雨会变小。他们停留得越久，玛丽安进入停车场的风险就越大。我们最好现在就走。

是的——C.B. 不情愿地表示赞同——你确定没问题？布丽迪这才意识到，C.B. 担心的并不是雨，而是看到这么多水会引起她的联想，让她回忆起那些声音的洪水。随后她又意识到，自己在下来的一路上都没有再想起那些声音。尽管在那些昏暗的楼梯和走廊中，她依然能听到那些声音在她的边界以外蠢蠢欲动。只要 C.B. 和她在一起，就算是尼亚加拉瀑布，她也能面对。

真的？——C.B. 问。

是的，真的，我没事。我们走吧——布丽迪说道，同时她又对自己说——否则你就要听到我更多的心思了。

那的确是尼亚加拉瀑布——C.B. 说道——把书给我。C.B. 将那些书塞到自己的法兰绒衬衫下面，关上他们身后的门，握住布丽迪的手，两个人开始快步跑过停车场。

他们的身上立刻湿透了。"巴士站！"C.B.高喊着，朝街对面一个模糊的影子指了指。布丽迪点了点头。他们沿着湿漉漉的人行道朝那里跑去。

街上的雨水变成了一条河。"真是糟糕啊。"C.B.说。

"没错。"布丽迪表示赞同。他们跑过街道，鞋子里全都是水。来到巴士站的棚子下面时，他们都笑了。

这里也没办法为他们挡住雨水。成串的水珠从棚子边缘滴落下来。他们在小棚子下挤在一起，竭力躲开从另外三个方向袭来的雨滴。C.B.把湿头发从前额拨开，拧了拧自己的袖子。布丽迪抖动着丝绸长裙。"你的衣服都要毁了。"C.B.说。

布丽迪低头看着胸衣和裙摆上的一片片水渍。"恐怕它已经毁了。"

"是的，嗯，至少不应该让它的状况变得更糟，也没有必要让我们两个人都被淋透。你留在这里，我去开车。"

"但是……"

"你不会有事的。"C.B.安慰布丽迪，"只需要两分钟。如果那些声音冲过来，你还有边界和安全屋。"

他的手紧握住布丽迪的手。两只手都贴在他的心口上。

"我不会离开你，"他说道，"我们可以一直不停地说话。"

"我知道。给。"布丽迪将身上的牛仔夹克脱下来，交给C.B.，"你比我更需要这个。"

"谢谢，"C.B.把书递给布丽迪，"如果声音再次响起，你没办法挡住它们……"

"我会挡住它们。"布丽迪说，"你去吧。"

C.B.点了点头。"没什么可怕的。"他最后说了一声，将夹克罩在头顶上，跑出了棚子。布丽迪抱着书，站在巴士站里，看着他跑过街道，绕过街角，鼻子嗅到了青草和潮湿泥土的甜美气息。

你还好吗？——C.B.喊道。

很好。

呃，我不太好。这里简直是发了《旧约》里的那场大洪水。我不等取到车大概就要被淹死……该死。

怎么了？——布丽迪警惕地问。

没什么。抱歉，我还远没有到要被淹死的程度呢。这里也没有什么洪水。

没关系，真的，我很好，但你一定要快一点！我快冻僵了！

你也要冻僵了？我马上就要得低温症了！

胡说，你只需要想一想别的东西，比如彩虹幸运麦片圈。蓝色的嘴唇、红色的鼻子、白色的雪花……

很有趣。

或者想几首歌——布丽迪说——那些有着很多重复旋律的歌，比如《雨点不停落在我头上》，或者《悲惨世界》里的《小雨绵绵》。

这就是你感谢我救了你的方式？——C.B. 说道——下一次，我就把你留在洗手间里不管了。

《雨中曲》应该很合适——布丽迪默默地想道——那里有许多重复的旋律，而且你还能边唱边跳踢踏舞，就像金·凯利一样。

我的耐克鞋都让水泡胀了——C.B. 对布丽迪说，布丽迪却觉得他跟自己一样兴奋——可不要让我去想《拿个微笑做雨伞》和《雨天和星期一》……该死！

出什么事了？你踩到水沟了？

没有，一棵树刚刚把一加仑水倒进我的脖颈里了。不许笑！

抱歉——布丽迪急忙说道，然后她又问——你找到车了吗？

没有，我还要再跑两个街区。不过再等一两分钟，我应该就能看见它了——如果它还没有被水冲走的话。希望它还能点着火。它和我一样不喜欢这些冰冷的雨水。

天气正变得越来越冷，雨也越下越大。落在布丽迪身上的水滴似乎夹杂着冰粒。布丽迪在棚子里面又向后退了退，因为把 C.B. 一个人丢在大雨里而感到内疚。她只能祈祷 C.B. 可以顺利地把车子发动起来。

布丽迪？——C.B.的声音响起——你还好吗？那些声音没有……

没有，我很好。你找到车了吗？

还没有，还有一个街区。所以不要停止和我说话。这样可以让我们更暖和一些。但不要再说下雨的歌了。

想想早餐——布丽迪说——那个熟食店一定舒服又暖和。服务员会给你端上一杯热咖啡……

茶——C.B.说——忘了吗？我是个爱尔兰好小伙子。

没错，你的确是——布丽迪快乐地想——服务员会给你端来一杯热茶。你可以用双手握住茶杯，暖一暖手指。茶杯里的蒸汽一直飘到窗子上。

我找到车了——C.B.打断了她——现在，如果我的手指还没有僵硬到没办法把钥匙插进锁里……

C.B.的声音忽然消失了。布丽迪向前探出身子，聚精会神地想念他，仿佛能看到他麻木的手指正在摸索车门，摸索钥匙孔，要把钥匙插进去。车子启动了吗？——她喊道——C.B.？

是的，别担心，我就在这里——C.B.说。

我知道——布丽迪微笑着想。

好了！——C.B.喊了一声。

车子启动了？

我还不知道。我只是刚刚打开门。不过至少我不必淋雨了。又是一阵短暂的停顿。好了，亲爱的，你一定能做到——C.B.的口气就像在剧院洗手间里和布丽迪在一起的时候一样——来吧。又是一阵停顿。点着火了！——C.B.欢呼道——再等一下，我马上就到。我们去那个熟食店，看蒸汽飘到窗子上，就像你说的一样，好吗？

好啊——布丽迪应声道。她非常庆幸自己能够留在庭院里。这样C.B.就看不到她突然变红的面颊了。

再过几分钟，C.B.就会回来。然后我们就会一起去吃早餐——布丽迪想象着他们面对面地坐在一起，就像在阅览室里那样，在桌子下面握住彼此的手。

几分钟过去了，仍然没有 C.B. 的声音。他到哪里了？布丽迪来到棚子边缘，想看看 C.B. 是不是转过了街角。但街上什么都没有。你在哪里？——她喊道——我快要冻死了。

C.B. 没有回答。可能他进到车里才发现车窗玻璃上全都是水雾，现在正忙着擦车窗，打开雨刷，然后再开车。现在他肯定不希望你在他的耳边抱怨——布丽迪一边想，一边抱紧了那几本书，想多保留一点提问。她又等了一分钟，不去打扰 C.B.，但最后她还是禁不住说道——快一点，C.B.。你可不是唯一要患上低温症的人。

还是没有回答，也没有本田车的影子。倾盆大雨正变得越来越猛。他到底在哪里？也许车子在中途抛锚了——布丽迪想起街道上汹涌的水流——或者在路上打滑，撞上了树干。

你还好吗？——布丽迪忧心忡忡地问道——和我说说话。你能听到我吗？

是的！——特朗说道——哦，我的上帝，布丽迪，是你吗？

第二十一章

"那根本不是下雨，而是洪水倒灌。"

——乔纳森·斯威夫特

哦，不——布丽迪想——这不可能！

但事实的确如此。我真是无法相信，布丽迪！——那个声音继续说着话。这一次，布丽迪确认无疑，那肯定就是特朗。

不要是现在啊——布丽迪想。

哦，我的上帝！我真的听到你的心声了！——特朗激动地喊道——不只是你的感觉，而是你的声音！我们进入了彼此的内心！你明不明白，这意味着什么？

"是的。"布丽迪将 C.B. 的书紧紧抱在胸前——这会改变一切。

我必须警告 C.B.——她想道。但如果特朗能听到她和 C.B. 说话该怎么办？刚才特朗就在说："我真的听到你的心声了。"他到底听到了什么？她向 C.B. 发出的呼唤？她的想法？

但特朗怎么可能听得到？他是英格兰人，他有抑制基因。那么也许这只是一次偶然事件？他们只是暂时有了连接？就像那些听到爱人呼唤的人一样……

真是难以相信！——特朗的声音又传了过来——我能读你的心！

这不符合那个理论。

你在说什么？——特朗说——我听不清你的声音。

谢天谢地——布丽迪想——也许，如果我不回答，他就会认为这只是幻听，就像我在医院里的那个晚上，然后……

316

医院？——特朗警惕地问——发生了什么事？

太晚了。布丽迪这时才想起可以逃进自己的庭院。她急忙拉开蓝色木门，冲进去，把门紧紧关上，靠在上面，喘息着，用那道门支撑住身体。

你的 EED 出什么状况了吗？——特朗担忧地问——所以你才会去医院？

我必须告诉他，我不在医院里——布丽迪想。她茫然地看着自己的庭院和大雨。否则他就会给维里克医生打电话。

但如果布丽迪回应了特朗，那就证明他们之间的连接是真实的，而不是特朗的想象。C.B.——布丽迪喊道——我该怎么做？

没有回应。

他一定正忙着在大雨中开车——布丽迪告诉自己。

特朗又打破了沉默。布丽迪，回答我！——他喊道——你的 EED 是不是出什么问题了？和我说话！告诉我你在哪里。

不，这是我最不应该做的。C.B.，快来！我需要你。

还是没有回答。C.B. 真的只是在全神贯注地开车，受困于这场滂沱大雨吗？他会不会再也听不到她的声音了？如果他们曾经连接在一起的神经通路断开了呢？她是不是转而和特朗的神经通路连在一起了？但我不想……

你想要什么？——特朗问道——我听不到你。你想让我给维里克医生打电话，对不对？我现在就给他打电话……

布丽迪已经别无选择了。她必须回应特朗，让特朗相信她平安无事，不需要给维里克医生打电话。特朗？——布丽迪说道——是你吗？

布丽迪？哦，感谢上帝！我还担心……你在哪里？

我正在我的安全屋里——布丽迪告诉自己——在这里，我不想让他听到的声音，他就不会听到。但即使是这样，布丽迪知道自己最好也不要去想这个巴士站或者下雨的街道，更不能去想 C.B.。你不能想到他的名字。就叫他康兰吧。特朗不知道他真正的名字。

和我说话，布丽迪——特朗还在问着——出了什么事？

出事？——布丽迪含糊地说着，就好像她刚刚醒过来一样——没有，你是什么意思？

你在医院吗？我听你说……

医院？不，我没有……你在说什么？我正在我的公寓里。我睡着了，我好像听到你在喊我的名字。我以为我在做梦。你在哪里？

特朗没有回答。

只是暂时性的连接——布丽迪松了一口气——我可以让他相信，他只是在想象……

……这甚至已经超出了我的希望！——特朗说道。他的声音又停顿了几秒。然后布丽迪听到……我等不及要告诉……特朗的声音变得不是那么清晰，仿佛来自信号很差的手机，模糊而且还有很多跳音……这会是……他的声音又冒出这几个字后就完全消失了。

特朗？——布丽迪试探着喊道。

没有回应。

很好。康兰？——她转而喊道——暗夜战士呼叫黎明斥候。快回答，黎明斥候。

还是一片沉默。

他走了——布丽迪想。

不，我没有——特朗说道——现在我不会去任何地方，我们终于连接上了！我已经开始以为这事永远都不会发生了——现在它却终于成真了！

我早就应该听 C……听康兰的——布丽迪阴郁地想道——他警告过我，这会产生可怕的副作用。

你在说什么？——特朗问——我听不到你。你的声音总是断断续续的。我听你说了一个"听"字，然后就什么都没……

他的声音再一次中断了，布丽迪等了几分钟，都没有听到特朗的声音。她又等了三十秒，以确保特朗真的不在了，然后才喊道——黎明斥候……康兰？C.B.？

什么都没有，只有粗大的雨滴砸落在巴士站的弧形顶棚上。

我会不会真的失去他了？——布丽迪难过地想。如果真是这样，如果他们的连接被断开了，这才让她连接上了特朗，那么C.B.是不是也在一直呼唤她？也像她一样得不到回应？或者他真的只是在专心开车，应付大雨，没有注意到她已经离开了？

不管怎样，C.B.的车已经绕过了街角，正吼叫着向她驶来。布丽迪走出巴士站，在大雨中竭力保护住怀里的书，就这样一直来到路边。她想透过车窗玻璃看到C.B.的脸，想知道C.B.是否已经明白发生了什么事情。但雨太大了。前车窗上的雨刷来回摆动得太快了。

C.B.在路边停下车，溅起一片水花，让布丽迪不得不后退一步，以免自己被溅到。"抱歉，我耽搁得太久了。"C.B.探身为她打开车门，"我发动了车子，但有一个蠢雨刷就是不工作。我不得不出来修理它，结果弄得到处都湿了。"

不是湿了，而是浸透了水。C.B.的T恤和牛仔裤全都贴到了身上。他的湿发把额头都盖住了。"等我终于修好了雨刷，"他继续说道，"车子却熄火了。我不知道又用了多长时间才把它重新发动起来。"

他还不知道——布丽迪的心向下一沉——我只能亲口告诉他了。

告诉我什么？——C.B.问。一种无以言喻的欢喜和轻松一下子涌过布丽迪的全身。"你还能听到我，"她高兴地说，"康兰，听着，我必须告诉你一件事……"

"先到车里来。"C.B.粗声粗气地说道，"你让车里的热气都跑光了。"

布丽迪点点头，进了车子。尽管空调不断吹着热风，但车里感觉一点也不比外面暖和。C.B.看上去已经冻僵了。他握住方向盘的两只手在寒冷中变成了浅粉色。

"C.B.……"布丽迪开口道。C.B.却在这时让车子咆哮着离开路边，来到街上，向大路驶去。仿佛飓风来袭时的大雨在车顶棚上砸出震耳欲聋的响声。雨刷甚至来不及抹掉车窗玻璃上的积水。

不管有没有喧嚣的雨声，他们的行进有多么困难，布丽迪还是必须告诉他。她把额头上的湿发拢到脑后，深吸一口气，说道："听着，你去拿车的时候，发生了一件事。"

"'我的男朋友回来了'？是的，我知道。我在拧紧雨刷的时候听到他的声音了。"C.B. 的口气就好像这是全世界最普通不过的事情。

"但你说过，他是有抑制基因的。"

"很明显，我错了。他一定有一位爱尔兰祖先——可能是在都柏林或者什么地方受到诱骗的洗衣少女。"

"或者你关于心灵感应的理论是错的。也许它和爱尔兰血统没有任何关系。"

"这件事我没有错。"C.B. 说。

"你怎么知道？"

"因为……我就是知道，好吗？现在重要的不是它怎么会发生，而是它确实发生了。"

C.B. 是对的。"那么我现在该怎么做？"

"嗯，希望你能够不再指责我封锁了你的男朋友……"

"这一点也不好笑。"

"你说得对。"C.B. 严肃地说，"这不好笑。"然后他向前俯过身，用手抹掉车窗里面的水汽。

"那么我应该……"

"打开除霜器。我都看不清要把车开到哪里去了。"

布丽迪看了看仪表板，想搞清楚哪个旋钮是除霜器。她拧开了看上去最有可能的一个旋钮。收音机响了起来。"朋友们，这真是一个糟糕的早晨。"播音员说道。

"抱歉。"布丽迪关掉收音机，找到除霜器，把它拧到最大，又看着C.B.，等待他回答自己的问题。但 C.B. 什么都没有说。

"C.B.，我该怎么做？"

"我不知道。"C.B. 也向布丽迪转过头，"如果只是他听见了你的声音，我们也许还能让他相信，这是维里克医生所说的那种格外强烈的情绪，那种强烈到能够转变成言辞的情绪，但你既然回应了他……"

"我不得不这么做。他马上就要给维里克医生打电话了。但我没想到他会有这样的反应。我还以为他不会相信这种事，他会……"

"认为这只是某种异常，就像你最开始的时候那样？"

"是的，那样我就能够在事后说服他，让他相信这种事并没有真正发生，全都是他的想象。但他在和我连接上以后立刻就相信这是心灵感应，而且他还非常高兴。"

"我能够想象。"C.B. 低声嘟囔着。

这是什么意思？难道 C.B. 以为布丽迪也很高兴吗？是啊，C.B. 为什么不会这样想？布丽迪从一开始就在不停地说着要和特朗连接在一起。

"C.B.……"布丽迪说道。这时电话铃响了。

它不可能响啊——布丽迪想道——它已经被关掉了。但她很快就想起来，C.B. 在图书馆地下室里问过自己时间。那时她为了看时间而打开了手机。一定是她忘记把手机关机了。

上帝啊，求你一定让这通电话是凯瑟琳打来的——她一边想，一边盯住手机屏幕，却看到了特朗的名字——如果是玛丽·克莱尔也行，她的来电显示也是特朗。不管怎样，现在只有等她接了电话之后才能搞清楚到底是谁。如果真的是特朗……

"你最好接电话，"C.B. 说，"以免他来找你。"

这一点布丽迪自己也想到了。特朗也许已经在过来的路上了。但她该怎么对特朗说？也许我可以对发生的事情全盘否认，说我根本不知道他在说些什么。她按下了通话键。

"你好……"布丽迪假装打着哈欠，"是谁啊？"

"我是特朗！"对方说道。

"哦。"布丽迪又打了个大哈欠，"早上好，特朗。你这么早打电话做什么？"但特朗根本没有在意她说什么，而是直接大喊起来："我的上帝，布丽迪！我真是没办法相信刚刚发生了什么！"

"什么？你是什么意思？什么刚刚……"

"我们真的在说话！"特朗的喊声大得吓人。C.B. 肯定不需要心灵感应就能听到。他的声音已经充满了整个车厢。"我做梦也没有……我还以为 EED 只会让我们知道对方的感觉，却没想到还能这样！"

"特朗，等等，你在说什么？"

"我是说，这太惊人了！一种全新的交流方式……没有缺失，没有阻碍！我甚至还怀疑过你！当我们没有连接上的时候，我想象过各种事情，也许你和我没有情感绑定，甚至你爱上了别人。但现在我知道自己是多么荒谬了！你当然是爱我的！"

事情不可能更糟了——布丽迪想。

"这一切比我想象得更好！心灵感应！我已经等不及要见到你了。我马上就过来！"

"不，我觉得这不是一个好主意。"布丽迪说，"你必须先告诉我发生了什么。你说的话没有一点逻辑，特朗。你先好好坐下来，告诉我……"

"我到你家之后再和你说。再过几分钟我就到了。"

从特朗的联排套房到布丽迪的公寓只有十五分钟的路程。而他们到布丽迪的公寓至少还要半个小时。布丽迪必须想办法稳住特朗。"不！"布丽迪说道，"我是说，我还没有起床。我需要洗个澡，然后……"她抬头去看 C.B.，想要得到帮助，但 C.B. 只是盯着正前方的道路。"听着，我们十点钟在威尼斯比萨店见面，如何？他们刚推出了香槟早午餐……"

"你在开玩笑吗？我现在就想见到你！而且是只有我们两个人的地方。"

哦，上帝啊，她忘记了特朗在他们连接上的时候就说过，要马上来找她。如果他那时就……

"这不是能够在威尼斯比萨店谈的事情，"特朗说，"我觉得你根本没有意识到这样的发展意味着什么！"

是的，我意识到了——布丽迪悲哀地想着。"但是我们不能先好好吃一顿早餐，然后再回我的……"

"不，我们需要好好谈谈这件事。而且我们不能在公共场合这样做！"

"为什么我不能去你那里呢？你知道，我的家人总是不事先通知就闯进来……"

"这么早，她们不会来的。更何况现在还下着大雨。你赶快穿好衣服。或者这样更好，你就留在床上……"

我错了——布丽迪想——事情还会变得更糟。

"……温暖又性感，等我一到，我就……"

"特朗，停！"布丽迪拼命打断了他，"你这样真是太疯狂了！心灵感应？你在说什么？ EED 不会让人们心灵感应……"

特朗显然没有在听。"我会用最快的速度赶过去。"

"不，等等，我这里一点吃的都没有。为什么你不在路上先把早餐买好？"

"你在这个时候怎么还会想到食物？好吧，我们一会儿见。"特朗说完挂了电话。

"他要去我的公寓。"布丽迪毫无必要地说道。

"这意味着我必须把你送回家，还要赶得上让你把这身衣服换掉。"C.B. 说着踩下了油门。

"真可惜，没办法和你一起去熟食店了。"

"没关系。我已经教会了你基本的防御方法。"

我不是这个意思——布丽迪想。

但 C.B. 也没有认真听她说话。"要将那些声音挡在外面，你真正需要的是一道边界和一个安全屋，"他说道，"这些你都已经有了。"

"再加上唱一首《少年守护天使》。"

"是的，不过在这种情况下，《准时带我去教堂》可能会更合适。"C.B. 一边说，一边给车子加速。

"你觉得你能在特朗到达之前把我送回家吗？"

"是的，只要多一点运气。"C.B. 说道。这意味着他一直在倾听特朗的想法，并且知道特朗的具体位置。特朗一定已经在路上了，因为 C.B. 在不断加速。每一次在红灯前停下的时候，他都会不耐烦地用手指敲打方向盘。这意味着他实际上觉得他们没办法及时赶回去。布丽迪知道，自己最好想一个解释，好向特朗说明她为什么会和C.B.在一起，他们为什么又在外面待了一整晚。

我的车在离开乌娜姨妈家之后抛锚了。他只好来接我——不，为什么她不给特朗打电话，或者打给玛丽·克莱尔和凯瑟琳？而且这根本没办法解释他们两个人身上为什么会这么湿。还有，她的车为什么就停在她的公寓楼门口。

布丽迪看向C.B.，希望他能给自己出个主意，或者至少说几条谎言规则。但C.B.只是死死地盯住前方，下巴上的肌肉都绷紧了。因为这件事太突然了？还是因为他也知道，这改变了一切？

布丽迪现在只希望这件事没有发生。C.B.会带她去熟食店，教她如何分辨出每一个人的声音，这样她就能听到C.B.的心声了。

也许我就是做不到。布丽迪也很担心，发现自己在C.B.的心里不过是一个麻烦，也许他正迫不及待地想要把她送回公寓，彻底摆脱她。

他是对的。心灵感应很可怕——布丽迪想道。虽然车里的暖气已经开到最大，但她的身体还是不由自主地颤抖。她茫然地盯着沾满水汽的窗户，还有窗外被雨水淹没的街道。今天早晨，所有的承诺和美好都消失了。湿润的泥土气息变成了泥浆的阴冷味道。灰色的天空压抑得让人喘不过气。那个播音员是对的，真是一个糟糕的早晨。

这里也很糟糕。如果他真的想丢下我，我也没办法责怪他。过去几天，C.B.一直在拼尽全力地拯救她，还要对付她的歇斯底里，承受冤屈，白白被她指责封锁了特朗。

我希望他真的封锁了特朗——布丽迪忧郁地想。但他没有。所以布丽迪只能编造出一些谎言，好让特朗相信他们没有心灵感应。但她不知道该怎么做，无论使用多少条谎言规则，她也找不到像样的说辞。

布丽迪打算和特朗说实话。无论发生什么。这总要比没完没了的谎言更好……

"不，不行，"C.B. 说，"这样只会更糟，甚至糟糕得多。所以我们不会让这样的事情发生。"他的脚一直踩在油门上。老本田在水中冲锋，溅起的水花如同向两侧展开的翅膀。每次不得不停下来的时候，C.B. 都会低声咒骂。

几乎每个路口都是红灯——布丽迪想。她又看了看 C.B.。C.B. 的两只手紧紧攥住方向盘，面色更是一片铁青。这是否意味着他害怕他们没办法及时赶回公寓？还是特朗已经到了？

"他没有。"C.B. 打开了转向灯。布丽迪看到拐过下一个路口就是她的公寓楼了。C.B. 又说道，"他还没到布劳沃德。"

也就是说，特朗一定是在半路上买了早餐。谢天谢地。但这还是没能为布丽迪争取到太多时间。

"我知道。"C.B. 说着将车转进布丽迪的公寓所在的街道，"我觉得我最好在公寓楼外面把你放下来。"

就像一个迫不及待想要结束约会的人——布丽迪想。C.B. 刚一停车，布丽迪就打开了车门。感谢上帝，她有了自己的安全屋，这样 C.B. 就看不到她现在有多么羞愧了。

"等等，"C.B. 在布丽迪正要迈腿下车的时候抓住了她的手臂，"你走以前，我需要告诉你……"布丽迪的身子一下子定住了。她的手按在车门上，等待着听 C.B. 接下来的话，希望着……"关于心灵感应的事，除了必须说的以外，什么都不要告诉特朗，尤其不要把你能听到那些声音的事告诉他。现在他只能听到你的声音。他认为这是因为你们有情感绑定。所以他根本不会想到你还和其他人有联系。现在，你告诉他什么，他才能发现什么。所以你什么都不能说。这很重要。你也不能告诉他是什么原因导致了心灵感应，不要说出爱尔兰的事，也不要提起 R1b 基因……"

因为如果他发现了其他人的声音，他也许就会发现你——布丽迪想——所以这才是真正重要的，是吗？不要让他发现你。

布丽迪本来就有这样的责任——保护 C.B.。是 C.B. 救了她的命，还教会了她如何保护自己，抵挡那些声音。他还对她说，会带她去尼亚加拉瀑布度蜜月。"你不必担心,"布丽迪说道,"我不会出卖你的。"

布丽迪下了车,对 C.B. 说:"感谢你做的一切。"然后她关上车门,跑进公寓楼的门廊。她要马上逃走,不让 C.B. 再有机会说出任何话。

她到底什么时候才明白,事情没有那么简单?她根本躲不开 C.B. 的声音?

不是那样的——C.B. 说道——布丽迪,听着,这件事远比你知道的严重得多!我担心的不是我的秘密,而是……该死。他一定是每个路口都遇到了绿灯。快进去。布丽迪惊讶地回头望去,只见老本田咆哮着冲进积水的街道。特朗的保时捷正从两个街区以外的路口转出来。

第二十二章

"嗨，你要带着这头大象到哪儿去？"

"什么大象？"

——电影《马戏风云》

布丽迪跑进公寓楼的大门，朝楼上的公寓跑去。她一边跑，一边摸索着钥匙。把钥匙往锁孔里插的时候，她才发现钥匙拿错了。慌乱无济于事——她告诫自己，又开始寻找正确的钥匙。

她打开门，冲进去，将门用力关上，然后跑进卧室，把揪下来的耳环丢进抽屉，赶快来到床边脱鞋。

不，她最好还是先别坐下去，否则会把床弄湿。她只能靠在床边上，拼命和湿透的鞋带奋斗。终于把两只鞋子脱了下来，她把它们塞到床底下，然后打算把晚礼服手袋也丢进去。

她的手机响了。也许C.B.想再警告我一些事——她立刻接通了电话。

打来的是凯瑟琳。"我现在不能和你说话。"布丽迪说了一声就挂上电话，飞速冲进浴室，又回到客厅，把门反锁，这样特朗就不能直接进来了。这也能为她再争取几分钟时间。不过也许还是不够让她洗个澡。但她其实不需要洗澡。她的头发已经很湿了，这足以骗过特朗。她打开花洒，让浴室里充满水汽。她真希望自己还能有一点时间。现在她实在是冻坏了。

她的手机又响了。"听着，凯瑟琳，"布丽迪说，"现在真的不是时候……"

"我知道，"凯瑟琳说，"特朗在你那里，对不对？"

他不在，但随时会到，而且……

"我长话短说。我真的遇到了大问题，却又找不到人可以说一说。我在玛丽·克莱尔这里。她们正准备去做弥撒。玛丽·克莱尔满脑子想的只有梅芙和她被关在门外……"

"凯瑟琳……"

"乌娜姨妈刚刚要我别再去找别人，专心和肖恩·奥赖利约会。我必须找人说说这件事。我注册了拿铁约会网站，本应该和那个叫兰迪斯的家伙去喝杯咖啡。他是一位对冲基金经理，而且真的很帅……"

等待凯瑟琳停下来喘气是不现实的。布丽迪已经快喘不过气来了。"凯……"

"我是说，他就是我想要的那种男人。但是当我去星巴克和他见面的时候……"

"我真的没办法和你说话。我会尽快给你回电话，好吗？"布丽迪抢着说完这句话就把电话挂了，然后关机，转身走进浴室，一边走，一边拉下裙子的拉链。

太晚了。特朗已经在敲门了。"进来！"布丽迪高喊着关掉了花洒，又抓起一件浴袍。她真希望自己能有一件可以把扣子一直系到下巴的浴袍。她扎紧浴袍，确保身上的裙子不会露出来，又在湿头发上裹了一条毛巾，快步走出浴室。

"布丽迪！"特朗在走廊里高声叫喊。布丽迪能够听到他正在想办法开锁，便赤脚走到门前，又在开门的一瞬间冲回去，关上了卧室的门。然后她深吸一口气，让自己冷静下来，打开了公寓的门。

特朗正抬起手，打算继续敲门。

雨一定是停了——布丽迪想。特朗的正装衬衫和卡其布裤子上一点水痕都没有。只有他梳理得整整齐齐的头发上似乎沾了几滴雨水。

"为什么你要把门反锁？"特朗问。

"嘘，"布丽迪说，"你会把邻居们吵醒的。"看到特朗如此整洁干爽，她的心中又升起一股愤懑。她一只手把门拉开，另一只手把浴袍一直拢到脖颈。

特朗走了进来。"你一定是没听见我的呼唤。"

"我正在洗澡。"

"我是说，我在心底的呼唤。你完全没有听到？"

"没有。"

"你需要更用力地集中精神。我在走廊里的时候，一直在呼唤你。到现在我都无法相信！心灵感应！"

特朗向布丽迪伸出手，但布丽迪干脆地躲开了他。"我需要把头发弄干，穿好衣服。"她说完就向卧室走去，"你先把早餐拿出来……"她又停下脚步，向双手空空的特朗皱起眉头，"我还以为你买了早餐。"

"我是想去买早餐，但我还是决定先来看你！"

但如果你没有在半路上耽搁，我们是怎么跑在你前面的？

"我觉得你还没有理解这件事到底有多么重要，甜心。"特朗说道，"我本来期待的最好结果只是能够交流感觉。我从没有梦想过能听到你的心声！"

希望你还是听不到为好，否则你就会知道我现在只想回到卧室，在你发现之前脱掉这身衣服。

"我说的是心灵感应！"特朗得意洋洋地说，"怪不得我们用了这么长时间才完成了连接！我一直在担心我们没办法连接。然后你又在剧院里突然不告而别，还放了汉密尔顿夫妇的鸽子。但今天早晨，你对我说话了！这太惊人了！我还是很难相信这是真的！"

很好——布丽迪想。"也许这并不是真的。维里克医生说，有时候一些情绪会非常强烈，收到它的人会以为听到了话音……"

"那不是情绪。你在对我说话。我听到了你，你也听到了我。我们有了心灵感应。"

"但我们怎么可能做到？根本没有心灵感应这种东西。我们怎么可能听到彼此的想法呢？"

"听到彼此的想法？"特朗厉声问道，"并不只是相互交流？你听到了什么？"

"我……呃……"

"告诉我，你都听到了什么。一个字都不要漏。"

这是布丽迪最不愿意做的事。"我以为自己听到了你在叫我的名字……"她有些犹豫地说道，"然后我感觉到你在说，你能听到我。"

"就是这些？"

"是的。"布丽迪回答。特朗的表情明显松弛下来。这是怎么回事？他刚刚还因为他们能够听到彼此的心声而激动不已呢。布丽迪本以为……"你又听到了什么？"

"你在呼唤：'你在哪里？'然后是你以为我听不到你的声音，紧接着你又害怕我丢下你。"

我那时正在和 C.B. 说话——布丽迪想。她只希望特朗没有听到她说出 C.B. 的名字。"你还听到别的了吗？"

"只是一些零碎的声音。"

很好，看来情况并不像布丽迪所担心的那样糟糕。至少她没有泄露任何关于 C.B. 的事情，以及她当时身在何处……

"我听到你说你很冷。"特朗说，"还有什么雨刷的事。你今天早晨没有出门吧？"

布丽迪抵抗着死死揪住浴袍领子的冲动，将它在脖子周围整理得更熨帖了一些。"没有，我刚刚起床。我记得想到屋子里有些冷，但并没有任何关于雨刷的事。你确定不是在想象？"

"不是，我绝对听到你那么说了。也许你听到了下雨，在想我开车过来。我没有听到别的东西。随后你就消失了。我开车过来的时候也什么都没有听到。但我觉得这是因为我一直在呼唤你。我没办法同时发出和接收信号。"

你倒是真能找解释——布丽迪无声地说道。但她需要鼓励特朗这么想，至少这样能让特朗在一部分时间里不会注意听她的想法。"这听起来很合逻辑，"布丽迪说，"也许这只是一次偶然事件，因为我们都处在半睡半醒的状态，才会发生这种事。"

"不，因为我转到这条街上时，我又开始听到你的声音了。你说'快'和'听'，然后是一个我没能辨别出来的词。"

上帝啊，请不要是"C.B."。

"'袋'或者是'坏'？你说了几次。"

袋。我的晚礼服手袋——布丽迪想。她放了心，却又突然想起，她正要把手袋藏到床下的时候，凯瑟琳给她打来了电话。

"那么，你当时是想对我说什么？"特朗问。

"我觉得这真是个坏天气，你还要冒雨前来。"布丽迪东拼西凑着谎话，竭力回忆自己是不是把手袋放到了床下。那时她拿出了手机……

"哦，"特朗说道，"我当时什么都没有接收到，无论是你的这个想法还是你的情绪。实际上，我一直都没有从你那里感受到任何情绪。"

谢天谢地。如果特朗感觉到她因为和他的连接而有多么不高兴，或者当她以为自己再也听不到 C.B. 的声音时的那种怅然若失……

"也许我们的连接只能让我们在接收言辞和感觉之间选一个，而不能两者兼得。"特朗说，"我们必须问一问维里克医生。"他拿出手机。

不。"你不会现在就给他打电话吧？我们还不知道到底发生了什么。而且维里克医生还在国外。谁知道摩洛哥现在是什么时间？"

"这没关系。他说过，只要我们有了联系，或者有任何不寻常的事发生，就给他打电话。而现在这两种情况都发生了。我在过来之前已经给他打过电话了。"

哦，上帝啊。"你把发生的事情告诉他了？"

"还没有。我只是和他说，我们需要谈一谈。"特朗一边说，一边浏览信息，"我还没有得到他的回复。我给他的办公室和语音服务都留了信息。我不知道他为什么到现在还没有给我回消息。"

因为现在是星期日的早晨。但布丽迪又该怎样阻止他告诉维里克医生这件事？

"难道你没有想过，我们应该再等一等，进行一下尝试，直到我们对现在的情况和导致这种情况的原因有了更多了解之后再联系他吗？"布丽迪问，"我们至少应该确定一下这种情况能不能一直维持下去。毕竟心灵感应这件事不太可信。他很有可能会认为我们疯了。"让布丽迪惊讶的是，特朗竟然被她说服了。他转而说道："你是对的。我们需要向他提供一些更具有决定性的证据。"

"决定性的？"

"是的，就像那种 ESP 测试，一个人在脑子里想一样东西，另外一个人说出那是什么。我要去卧室，然后……"

不！布丽迪强迫自己不要飞身冲到卧室门前拦住特朗。"我们可以在早餐以后做这件事。我来做煎蛋卷……"

"我们可以等一下再吃饭，"特朗走到卧室门前，"我想现在就进行测试。维里克医生随时都有可能联系我们，我们必须做好准备。想一样东西……"他向门把手伸出手，"……然后将意识集中在那个画面上，持续三十秒。"

"但如果我们要寻找切实的证据，难道不应该把它记录下来吗？"布丽迪问。很明显，特朗没有感觉到布丽迪的情绪，否则肯定会察觉到她的慌张。"我的书桌左手边的抽屉里有钢笔和便签簿。"布丽迪只能用这种话将特朗先从卧室门前支开。当特朗在书桌抽屉里翻找的时候，她趁机牢牢地站到了卧室门前。

等特朗找到了笔和本子，布丽迪说："我进卧室去，既然你没有带任何早餐过来，你可以去厨房把早餐做了。"

"我们需要集中精神。"特朗反驳道。

"我知道，但我饿了。"

"好吧，但你怎么会在这个时候还想着吃饭……"他将笔和纸递给布丽迪，"我会想十种不同的东西，每一种各想一分钟。"

"我也会想十种东西。"布丽迪说道。这应该让我有足够的时间脱下这身难受的衣服了。"好了吗？"她问完这一声就打开卧室的门钻了进去，立刻又把门关上，根本没有给特朗提出异议的时间。

幸好布丽迪这么做了。她的晚礼服手袋清清楚楚地摆在她的床上。她低下头看着门锁，非常希望自己能把这道门锁上。但她又担心特朗会听到锁簧的声音。

她将耳朵贴到门板上，竭力想要听到特朗是不是进了厨房。"写下你接收到的所有词句和形象。"特朗喊道。他显然就在门外。"还有情绪。"

"好的。"布丽迪等待着。她继续将耳朵贴在门上，直到听见特朗走开。然后她快速冲到床边，拿起潮湿的手袋塞到床下。床罩上留下了一片水渍。她从头上解下毛巾，堆在那片水渍上，又冲向卧室门口。

"准备好了吗？"特朗在门外喊道。

"等等，我需要把手机拿出来，好精确计时。"布丽迪一边喊着，一边跑到梳妆台前，把手机拿起来，在打开手机的同时跑到门边，将身体靠在门上，以免特朗突然把门打开。

凯瑟琳给她发了四条信息。她将铃声调成振动，设置好时间，把手机塞进浴袍的口袋里。"好的，准备。"

我在想咖啡机——特朗说——咖啡机。

他是对的——布丽迪想——连接变得更强了。但至少在特朗集中精神送出自己的想法的时候，他听不到布丽迪在想什么。可以推测，他会想到"咖啡机"是因为他在厨房里。现在脱衣服是安全的。

布丽迪锁上了卧室的门，解开浴袍甩在地上，又拉开裙子的拉链，将裙子从脚下脱了下去。

蒙娜丽莎——特朗说。

布丽迪打开衣柜，拿出一只衣架，同时小心翼翼地不让衣架撞上别的东西。

腌肉。

布丽迪把裙子挂到衣架上，又在上面罩了一件雨衣，同时在心中想——昨晚真应该把这件雨衣带上。她把裙子挂到衣柜的最里面，然后轻轻关上衣柜门。

茉莉花——特朗说。

茉莉花？他一定是看到了食品柜里的茶——布丽迪想——这意味着他还在厨房里，我能穿衣服了。但布丽迪应该集中精神听他都想了什么。所以她只能把浴袍再穿回去。她换了干净内衣，梳了一下湿漉漉的头发，然后坐到床边，考虑自己该想些什么。

现在特朗已经想到了第七样东西。每一样布丽迪都听到了，但她不能让特朗知道。只要写下错误的答案，就能让特朗相信心灵感应并不存在。这也许还会让他认为发生了某种错误，促使他立刻去联系维里克医生。但如果她写下正确的答案……

她希望自己能问问 C.B. 该怎么做。但他不在。C.B. 已经离开了她。而且如果布丽迪想要守住所有秘密，她甚至不能想到 C.B.。

"一共十样东西。"特朗说，"你收到了吗？"

"没有全收到，"布丽迪急忙在纸上写下来，"可可"代替"咖啡机"、"抹布"代替"茉莉花"、"烟草"代替"腌肉"，又随便写下"小猫""枕头"和"建筑"三个词，剩下的都打了问号。

"让我看看。"特朗喊道。

"我先想好我的十样东西。你回厨房去。"

布丽迪将写好的清单放到梳妆台上，走进自己的安全屋，开始构想自己应该让特朗收到的十样东西，同时又不能让特朗知道。要让他什么都收不到——布丽迪想——然后我就告诉他……

"你在想吗？"特朗在门外喊道，"我什么都没收到。"

很好，至少这意味着我的安全屋是有用的——她想。"是的，我正在想。"她喊道。

"是吗？那就是信息没有传递过来。也许我们应该忘记这件事，看看是否能够联系到维里克医生……"

不——"不，我也许只是不够集中精神，"布丽迪说，"让我再试一次。回到厨房去，我重新开始。"布丽迪必须向特朗发送一些东西，但她能发送什么？显然不能是她刚才写好的第一张清单上的东西。

她急忙开始构思第二张清单。让上面的名词尽可能和第一张清单不

334

一样，同时还必须是特朗猜不出来的东西，比如"催泪瓦斯""矮牵牛花"和"吴哥窟"。

但她向特朗发出的只会是这些词吗？C.B.曾经说过，她的想法在安全屋里是不会被外面的人听到的。但她建起安全屋毕竟也只有区区几个小时。以防万一，她最好再找些别的办法屏蔽自己的思维。

"布丽迪！"特朗喊道，"我还是什么都没有收到。"

"我刚刚开始。"布丽迪回了一句，然后在心中说道——矮牵牛花，重复，矮牵牛花。同时她唱起了《吉利根岛》的主题歌。但她还是不由自主地想着该怎样阻止特朗和维里克医生交流，到底该怎样让特朗相信他们没有连接上。特朗说过，如果他们连接上了，他就会向她求婚。而现在……

不要想这件事——布丽迪对自己说。她又开始背诵《绿林好汉》，但她已经记不清那首诗了。而且她发现自己又想起了C.B.说的话："我担心的不是我的秘密。"C.B.是什么意思？他……

布丽迪的手机开始震动。凯瑟琳——她暗自寻思——现在我正需要这个。我能利用她来屏蔽我的想法。无论她说什么，都不会和我想的事情有关系。就算特朗听见了也没关系。布丽迪接通了电话。

"凯瑟琳？等一下。"布丽迪悄声说道。她赤着脚走进浴室，关上门，以免特朗听到她说话。然后她坐到浴缸边上，给手机设好闹钟，在十分钟结束的时候提醒她。"好了，说吧，"她对凯瑟琳开了口，"你要和一个在'拿铁约会'上相中的男人约会。他很完美……"

"是的，"凯瑟琳闷闷不乐地说，"但他迟到了。我正在等他的时候，和一名侍者聊上了天。他的名字叫里奇。他真的很好。"

"嗯。"布丽迪一边听凯瑟琳喋喋不休地说着，一边将她在第二张清单上拟定的名词按时间发给特朗："催泪瓦斯""菊苣""赛车"。

"不管怎样，"凯瑟琳终于说完了她的故事，"现在我觉得我喜欢上他了，而不是其他人。"

我真不应该这么做——布丽迪想——和凯瑟琳说话就是个错误。

"我不知道该怎么做，"凯瑟琳说，"现在简直是一团糟。我是说，我甚至不知道里奇是不是喜欢我。他也许只是想对我表示友善。"

或者可怜一个歇斯底里的女孩，想让她平静下来。而这一段短暂的感情就是他让我放松下来的方式……

"如果他根本没有看上我该怎么办？"凯瑟琳还在问，"他是要了我的电话号码，但这可能并不代表什么。"

他也没有留下来帮我。

如果特朗听到了布丽迪心里的这句话……"我要挂了。"布丽迪说。

"但你必须告诉我该怎么做！"凯瑟琳哀号道。

我不知道该怎么做——布丽迪想。她的手机闹钟响了起来。"听着，我要接另一个必须接的电话了。我会给你打过去的。"她说完挂了电话，将自己拟好的第二张清单撕成小碎片，扔到洗脸池里冲走，回到卧室里拿起第一张清单，打开门锁，坐到床上等待特朗，一边拼命思考如果特朗在这时向她求婚，她该怎么办。

我不能让他那么做——她想——我必须想个办法拖住他……

太棒了。她忽然听到特朗在这样想，而特朗的情绪中充满了厌恶。

布丽迪身子一僵。哦，不，特朗听到我的心思了。

真难以相信，我还必须听到他的念头。

特朗能够听到另一个人的声音——布丽迪意识到。但这怎么可能？特朗在今天早晨才刚刚开始听到布丽迪的声音。而布丽迪是在听到C.B.的声音足足四十八个小时以后才开始听到其他人的声音的。而且从特朗刚才的想法中很明显能够判断，这不是特朗第一次听到那个人的声音。是不是正因为如此，特朗在第一次听到布丽迪的声音时才没有半点吃惊？因为那并非特朗第一次有心灵感应的体验。

但如果是那样，特朗为什么又要说他们的连接证明了他们有情感绑定？如果他能听到其他人的声音，他一定知道事情没有那么简单……

不，我不能和你见面——特朗说——只能等到明天了。

他并不只是在听别人说话——布丽迪惊讶地想——他正在和别人说

话，但他是怎么做到的？

真无法相信，当我应该和布丽迪进行内心交流的时候，却要在这种事上浪费时间。他是怎么搞到我的号码的？

他并不是在和其他人进行心灵感应，他是在讲电话，我捕捉到了他的想法——布丽迪想道。于是她将耳朵贴到门上，想确定一下。

是的，布丽迪听到了特朗的话音。但她没办法分辨出特朗在说什么。谁会这么早给特朗打电话？

哦，上帝啊，希望不是维里克医生——布丽迪想。不过，特朗肯定会很愿意和维里克医生通话。那会不会是医院里某个拒绝把维里克医生的号码告诉特朗的人？

无论那是什么——特朗说——我都不再需要了。现在我已经得到了……他的想法消失片刻，很快又出现了。如果我必须见他……和我的秘书约个时间吧……

那个人打电话来可能是要谈公事。布丽迪松了一口气，坐到床边。她的脚碰到了她的一只鞋，看来向床下推得还不够远。她俯下身去，将膝盖和手撑在地上，伸手把那只鞋拿出来。正当她想去碰另一只鞋的时候，她听到特朗说——我只能告诉布丽迪，我没有听到最后那两个词。

布丽迪得到这个警告只有几秒钟的时间，但也足够了。当特朗推开门的时候，那双鞋已经回到了床下。衣柜的门也关上了。布丽迪的手机落进她的浴袍兜里。她自己则坐在窗边，假装将"麻疹"这个词添加到第一张清单上。

她站起身，将分别对应特朗所想物品的清单和自己所想物品的清单递给特朗。"早餐准备好了吗？我饿坏了。"说完，她走出卧室，进了厨房。

厨房的桌子上是空的。煤气灶上也没有锅。"我还以为你会做早餐。"布丽迪说。

"我没有时间。"特朗一边嘟囔着，一边比对布丽迪和自己的清单，"我猜对了你想到的六样东西。"

六样？——布丽迪想——他是怎么猜对六样的？他不可能想得到"麻疹"和"吴哥窟"，而且我听到他说没有听到最后那两个词啊。

"看！"特朗举起自己的清单，"二号是'尿布'，我写的是'人'，但我清楚地看到了一个婴儿的形象。对于'麻疹'，我写的是'番茄'，它们都是红色的。"

特朗对于正确答案的解释就像莱茵博士一样宽松。"你还看到了什么形象？"布丽迪拿过特朗手中的清单。他写出了"矮牵牛花"和"赛车"。这意味着他至少听到了布丽迪想出的两个词。他还写下了"树篱""星星？星巴克？"和"驾驶"。这意味着他也听到了布丽迪和凯瑟琳的一部分对话。

"你确定没有想到这些词？"特朗指着自己清单上的"雪茄"和"树篱"问。

"没有。"布丽迪笃定地说。

"你想到的形象也许和它们是有联系的，比如婴儿可能坐在树篱旁边。"

"不是。"

"哦，"特朗失望地说，"让我们看看你从我这里接收到了什么。"

布丽迪看着特朗想道——谢天谢地，我的清单上有几个问号，否则以他的标准，我一定是十个都猜中了，就算随便写的那几个也能让他找到关联。

事实果然如此。特朗指着"建筑"对布丽迪说："我想到的是'蒙娜丽莎'，你接收到的形象肯定是卢浮宫。"他又皱起眉头，"你完全没有接收到'意大利面'？"

"没有。"

"那有什么特殊的感觉吗？我尽量伴随每个形象都送出了我的感情。"

"没有，我没有感受到任何情绪。不过我在想东西的时候听到了手机铃声。是你想到了电话，还是有人真的在给你打电话？"

"有人给我打电话。"特朗厌恶地说，"是那个白痴 C.B. 施瓦茨。他想让我去看他的一个愚蠢的新手机程序。"

不，C.B.不是要让你去看什么新发明——布丽迪想——他是要救我。布丽迪的精神一下子振作起来。我还以为他抛弃我了。但他没有。他一直都在，在听我们的声音。

特朗惊讶地向布丽迪张大了嘴。哦，不，特朗听到她的想法了？

"我说过没有从你那里接收到任何感情，我收回这句话。"特朗说道，"我刚刚感觉到……我甚至不知道该如何描述它……你的身上散发出一种令人难以置信的强烈爱意。"特朗将布丽迪抱进怀里，"你明不明白这意味着什么，甜心？"

是的——布丽迪想——这意味着我陷入的麻烦甚至比我想象得更加严重。她逃进自己的安全屋，但已经太晚了。如果特朗都能感觉到，那么C.B.……

"这意味着EED比我想得还要好！"特朗说，"既有想法，也有感情！"

"特朗……"

"这将改变一切！我们将能够……"特朗一下子停住了，"我是说，知道你爱我，将会改变我们的关系！我们……"

特朗又停住了。"这是什么，亲爱的？"他问道。不等布丽迪回答，他已经继续说道，"你不必回答。我能体会到你的感觉。你在担心还没有从我这里感受到任何情绪。我现在可以比你听得更清楚。不过不必担心。你也听维里克医生说过，有人的确比其他人更敏感。我相信你会赶上来的。"

他将布丽迪向自己拉近。"而且我们还有别的方法可以连接在一起。"他用鼻尖摩挲布丽迪的脖颈。"我打赌，你一定知道我正在想什么。因为我清清楚楚地知道你在想什么。"

不，你不知道——布丽迪想——因为我正在盼望C.B.再打电话过来。

"你在想，"特朗说，"'让我们到床上去……'"

一阵敲门声响起。

谢谢——布丽迪想着就朝门口走去。

"别理他们。"特朗嘟囔着，将布丽迪拉回到怀里。

"不行，"布丽迪说，"那可能是我的家人。"

"难道她们不应该在教堂里吗？"

"她们有时候会在做完弥撒之后来看看我。"布丽迪将特朗的手从自己的袖子上拽开，"而且你忘了吗？她们有钥匙。"

"哦，上帝啊。"特朗说着放开了布丽迪。

"马上就来！"布丽迪欢快地喊了一声，将浴袍的带子系得更紧了一点，向门口跑去，同时心中却又有些惴惴不安，不知道 C.B. 该如何解释他突然出现在这里。

他一定会想到办法的——布丽迪充满信心地想着，然后打开了门。

"嗨，"梅芙说，"为什么你不穿上衣服？"

第二十三章

"使用收音机。"

——《凡夫俗女》

及时得救——布丽迪感激地看着梅芙站在门口，拿着她的粉红色雨伞，穿着印有心形图案的雨靴。

"你忘记今天上午应该带我去吃早午餐的，对吗，布丽迪阿姨？"梅芙瞪着特朗，"我早就和妈妈说过，你会忘记的。"

"当然没忘。"布丽迪说了谎。她不知道自己什么时候承诺过这件事。不过这没关系。她可以摆脱掉特朗了。

"我的确忘记了，我曾经答应过玛丽·克莱尔，会带她去吃饭。"布丽迪一把将特朗拽进厨房，"我要问清楚昨天晚上她为什么会离家出走。而且我一直觉得，我们分开会有助于让我更清楚地听到你。还记得护士说过的话吗？在一起的话，我们反而只会用更容易的手段交流。"

"你是对的，"特朗说，"这样我还能试试用另一个号码联系维里克医生。你要带她去哪家餐厅？"

哦，上帝，布丽迪还没有想过这件事。她还不知道自己的防御是否足够牢固，能让她进入到人群之中。而且嘉年华比萨店还在购物中心里面，那里的人只会更多。她必须说服梅芙，去一个人少一点的地方。但星期日上午，又有哪家餐厅的人会比较少呢？

"我还不确定，"布丽迪说，"我会给你发信息。"

特朗笑了。"你不明白吗，甜心？你不必发信息了。我们现在可以直接交流。把你的话语和情感发送给我，就像刚才那样。我也会这么做。

341

然后你还要记下从我这里听到的所有事情。"说完，他在布丽迪的面颊上啄了一下。

"拜拜，甜心。"特朗对梅芙说，"希望你和阿姨有一段愉快的时光。"

他一离开，布丽迪就不得不迅速窜进自己的庭院里，以免让特朗察觉到自己如释重负的心情。

梅芙恶狠狠地盯着房门。"他以为我几岁了？三岁？他还没有多少交流技巧吧，是不是，布丽迪阿姨？"

还没有——布丽迪想——希望他的技巧不会进步得太快。"没有。"她对梅芙说道，同时又开始思考起该如何说服梅芙不要去购物中心。

"妈妈说，你要带我去嘉年华比萨店，但我们能不能不去那里？"梅芙问，"那里实在太孩子气了。"

你真是个被上帝赐福的女孩。

"公园里有一家餐厅。就在湖边上。我们能去那里吗？"

"公园？但现在还下着雨。"还很冷——布丽迪无声地说道。她想起了那个巴士站。

"雨快停了。而且我们肯定是在室内吃饭。"

这样的天气，公园的餐厅里肯定不会有什么人。"你确定那里会开门？"布丽迪问。

"是的，因为达妮卡去过那里一次。那时的雨也很大。他们在那里吃到了很美味的菜肴。你还可以在那里喂鸭子。"

那里显然不是为小孩子开的餐馆。但布丽迪绝不会和梅芙争论这件事。公园要比购物中心好多了。而且如果特朗真的联系上了维里克医生，那么他最想不到的应该就是去公园找她。如果梅芙去喂鸭子，那么布丽迪就有机会好好想一想下一步该怎么做了。

C.B. 说过，最重要的是不能让特朗发现他们的连接。但布丽迪完全不知道自己是否能隐瞒住这个秘密。特朗已经能够听到她的一些心思了。现在特朗更能够捕捉到她的情感。他迟早会察觉到布丽迪在隐瞒着什么，从而提出各种问题。布丽迪不知道安全屋是否能保护住自己的情绪。

我需要问问 C.B.——她想道。但她不知道梅芙是否会同意在前往公园的路上绕道去 C.B. 的实验室，好让她解决一些问题。

"公园很不错。"布丽迪说道，"你去找一些喂鸭子的食物，我去穿衣服。"梅芙向厨房走去的时候，布丽迪又问，"你能等一下，让我先洗个澡吗？"

"当然，"梅芙说，"鸭子喜欢冰激凌吗？"

"不，"布丽迪回答，"它们喜欢面包屑。"然后她走进卧室，从床下掏出湿鞋子和手袋，用刚才包头发的湿毛巾把它们擦了擦，又放在毛巾里拧干，然后将它们连同湿毛巾一起塞到梳妆台最下面的抽屉里，转过身。

梅芙正站在卧室门口，一只手拿着一网兜洋葱，另一只手拿着一罐醋泡刺山柑花蕾。"鸭子喜欢这些吗？"她问道。

"不，它们喜欢面包屑。"

"你没有面包屑。"

"那就拿面包。它们喜欢面包，或者是饼干。"

"好吧。"梅芙说。但她没有挪动脚步。

布丽迪准备好迎接梅芙的问题，比如："为什么你要把鞋子藏起来？"但梅芙只是说："你也没有饼干。"

"那就麦片。"布丽迪说道。梅芙去了厨房，马上又回来了。

"你也没有好麦片。"

梅芙指的可能是 Trix 牌糖果或者嘎吱船长谷物片，或者是彩虹幸运麦片圈。我打赌，她一定知道那里面都有些什么样子的棉花糖——布丽迪一边想，一边问梅芙："你能说出彩虹幸运麦片圈里面有多少种棉花糖吗？"

"你为什么要问这个？"梅芙的语气中突然充满了防御的味道，让布丽迪不由得开始怀疑玛丽·克莱尔是不是也禁止梅芙碰彩虹幸运麦片圈，就像不许她看迪士尼电影一样。

"我只是有些好奇。"布丽迪说，"我的一位朋友曾经和我谈起过这个。我们记不起它里面有五种还是六种棉花糖了。"

"八种，"梅芙立刻说道，"粉色桃心、紫色马蹄铁、绿色苜蓿草、蓝色月亮、黄色沙漏……"

原来那种黄色的狗骨头是沙漏——布丽迪想。

"……红色气球、橙色流星，还有七彩的彩虹。要想弄清楚这个有很多种办法，比如上网什么的。百吉饼算是面包吗？"

"是的。"布丽迪在回答的同时禁不住因为话题突然改变而皱起了眉头。

"就连巧克力百吉圈也是？"

"你在哪里找到的巧克力百吉圈？"

"我没找到，只是有些好奇。鸭子会吃巧克力吗？狗就不吃。巧克力对它们有毒。达妮卡有一次把华夫巧克力棒放在她的床上，她的狗托西把那根巧克力棒吃了。结果他们不得不带着它去宠物医院急救。"

"那巧克力可能对鸭子也有害。"布丽迪说，"糖应该也不行。去给它们找些全麦的早餐麦片。"布丽迪将梅芙推出房间，然后带着如释重负的感觉走进浴室，同时还在思考该如何给自己的湿鞋子和手袋找个理由。梅芙看到了它们，肯定会问起来。

但梅芙对于昨晚 C.B. 给她发信息，要她帮忙遮掩的事只字未提。为什么？她通常都像舒基一样爱打听闲事。

也许她是等着去公园了再审问我——布丽迪想。不管怎样，她都要编出一个可信的故事来，或者突然改变话题，就像梅芙刚才那样。现在她只希望特朗没有听到她心中想着要去公园。

特朗显然没有听到。当布丽迪用洗发水的时候，特朗问道——你还在去吃饭的路上吗？片刻之后，他又问——你打算带梅芙去哪里？

嘉年华比萨店——布丽迪回答。特朗从不会考虑去那种地方吃饭。

我还没有维里克医生的消息——特朗说——我正在去公司的路上，看看 IT 能不能帮我找到他的护士的号码。

这意味着布丽迪现在不能去公司找 C.B.，只能想一些别的办法。她洗完澡，擦干头发，穿上暖和的毛衣、牛仔裤、羊毛袜和雨靴。"你有没有找到可以喂鸭子的食物？"她向梅芙喊道。

"有。"梅芙拿着全麦麦片、一袋百吉饼、一盒全麦维、一盒提子麦麸，一包薄脆饼干和一整条法棍出现在厨房门口。"我正用微波炉做爆米花。你觉得这样够了吗？"

"也许吧。"布丽迪有气无力地说。爆米花做好之后，她们就出发去公园了。

雨没有完全停。公园里只有几个人在遛狗。不过梅芙是对的，那家餐厅照常开门营业。而梅芙所说的"在室内"用餐实际上只能算是"半室内"。她们坐到了一片露台上的金属桌子旁边，头顶上是被雨水打湿、低垂下来的遮阳棚。

餐厅现在没有其他客人。她们挑了一张靠近加热器的桌子。侍者给他们递上了非常潮湿的菜单，随后就消失在厨房里。只留下她们两个人坐在露台上，看着一群麻雀蹦蹦跳跳地寻找着面包屑。

布丽迪说服梅芙先把为鸭子准备的食物留在车上，等她们吃完饭以后再喂鸭子。但梅芙恳求说："我能不能先拿些爆米花来？它们在挨饿！"

"我也很饿。你可以在我们点菜之后去拿爆米花。"布丽迪看着菜单说道。这里的"美味菜肴"包括热狗、玉米热狗、辣椒热狗，还有许多冰激凌甜品。布丽迪点了一份热狗和一大杯热茶。"盛在马克杯里。"这样我就能用冻僵的手指握住它了。

梅芙点了芒果覆盆子冰激凌奶昔加彩色糖粒。布丽迪又一次开始感到好奇，玛丽·克莱尔有什么需要为梅芙担心的？她看上去完全是一个正常的孩子。

"还要一个热狗。"梅芙对侍者说，"现在我能去拿爆米花了吗，布丽迪阿姨？"

布丽迪点点头，把车钥匙交给梅芙。她立刻跑了出去。很好——布丽迪想——梅芙不在的时候，我可以想办法联系一下 C.B.。

不行。C.B. 的实验室没有信号，所以布丽迪不能给他打电话。她也不知道 C.B. 家里的号码。实际上，C.B. 家里可能根本就没有电话。布丽迪甚至不能确定 C.B. 有没有一个家。她只知道 C.B. 可能会在实验室、图书馆和他所说的那家犹太熟食店之间移动。布丽迪也不知道那家熟食店在哪里。

布丽迪的手机"叮"地响了一下，蹦出一条特朗的信息："和护士联系未果。找到了号码，但她不在家。给她留了信息，要她给我回电话。下一步给医院打电话。"

特朗没有提从布丽迪这里收到过什么消息。这也许意味着他正忙着寻找维里克医生，忘记了和布丽迪联络。或者他顶多从布丽迪这里听到了一些零散的想法。那么布丽迪就可以和C.B.用心灵交流了，只要她不说出C.B.的名字即可。她必须立刻做这件事，不能等特朗找到维里克医生。

布丽迪的手机又响了一下。"刚刚从你那里收到精神信息，"特朗的信息说，"听到你说'电话……说他的名字……马上'，其余的无法听清。"

谢天谢地，至少没有泄露关键内容——布丽迪想。她的手机又冒出一条新的信息："还听到了'公园'。我还以为你要去嘉年华比萨店。"

哦，不。布丽迪急忙给特朗回信息："我们本来要去购物中心，但堵车太厉害，用了很多时间才找到停车①的地方。你听到的一定是这个。"然后她就关掉了手机。

但我没办法关掉和特朗的连接——布丽迪想。这样做的话，她就不能和C.B.联系了。只能希望C.B.知道她的情况，会和她联系；还有就是希望特朗对于她的想法不要听得越来越清楚，也不要找到维里克医生，更不要找到她。

侍者端来了食物。盛芒果覆盆子奶昔的玻璃容器足有一只花瓶那么大。

梅芙肯定吃不完这么多奶昔——布丽迪想道，在椅子里转过身，要看看外甥女为什么这么久还没有回来。

梅芙正抱着一堆东西走过草地。"我拿来了全麦麦片，还有百吉饼。"

---

① park 一词有"公园"和"停车"之意。

她说道，"以免麻雀不喜欢爆米花。"

"我非常相信它们什么都喜欢。你可以吃完饭以后再喂它们。"布丽迪说。但梅芙已经蹲下去，向一只麻雀递出一粒爆米花。

布丽迪没有再管梅芙。她还在想该如何联系到C.B.。如果C.B.家里有电话，那也许会登记在电话查询名单上。她打开手机，想查一下号码，但手机立刻响了。

是凯瑟琳。"你根本没有给我回电话。"她开口就说道。

"很抱歉，"布丽迪向妹妹道歉，"情况有点让人头疼。"

正在逗弄麻雀的梅芙抬起头问："是谁？"

"你的凯瑟琳阿姨。"

"哦。"梅芙毫无兴趣地应了一声，低头继续喂麻雀。

"你是否决定好了该怎么做？"布丽迪问凯瑟琳。

"没有。如果里奇只是一般地对我好，我可不想做一个傻瓜，说出什么过分的话。那样他会以为我是跟踪狂。但他也可能什么都不会说，因为他看到了我和兰迪斯在一起，他会以为我喜欢兰迪斯。当然，还有一个问题。我觉得兰迪斯是真的喜欢我。我觉得自己就是个浑蛋，明明在和他约会，却又爱上了别人。你明白吗？"

是的——布丽迪想——很明白。

"我只希望自己知道里奇在想什么。如果知道了他的心，那么一切就容易多了。也许你是对的，做EED才是聪明的选择。"

不，这么干绝对不聪明。但凯瑟琳在一件事上是正确的：这样能够帮助布丽迪知道特朗在想什么，更确切地说，知道特朗能够听到她的多少想法。如果特朗只能断断续续地听到一些零星话语，那么布丽迪就还可以呼唤C.B.，但如果不是……

"我觉得我应该在网上查一下里奇，看看都能找到些什么。"凯瑟琳还在说话，"也许这能让我知道一些重要的东西。我需要更多情报。"

我也是——布丽迪想。凯瑟琳挂了电话以后，布丽迪也关掉了自己的手机。她坐在椅子里，看着梅芙喂麻雀，心中想——真希望C.B.能够教我如何找出某个人的声音。但 C.B. 没来得及教她这件事。在有特朗监听的情况下，他显然也没办法继续教她了。布丽迪只能自己想办法学会这件事。

梅芙丢出一把爆米花。麻雀们从周围飞过来，像一群小秃鹰一样扑向这些食物。如果打开庭院的门，那些声音也会这样扑过来——布丽迪想。回忆起那些如同海啸般汹涌而来的声音，她的心不禁开始颤抖。

她必须弄清楚特朗能听到多少。她催促梅芙快来吃东西。吃完以后，梅芙问她能不能吃饭后甜点。她回答说："看样子雨就要停了。我们现在去喂鸭子，晚些时候再回来吃甜点，如何？"

"太好了。"梅芙又跑去车子那里拿食物。布丽迪付了账，问侍者餐厅可以经营到几点。"我们一直开放。"侍者用凄冷的语调说。随后，布丽迪收拾起了剩下的爆米花、百吉饼和梅芙忘记的雨伞。

"你可以用这把伞。"梅芙抱着食物跑回来，"我在喂鸭子的时候没办法打伞。"

"谢谢，"布丽迪说，"你介意自己一个人喂鸭子吗？我需要给特朗打个电话。"然后她又为自己找的理由感到一阵后悔。梅芙不喜欢特朗。

但梅芙欢快地说："当然，我保证不会掉进湖里。"然后她就朝池塘边跑去。

"小心那些鹅。"布丽迪在她背后喊，"它们可能会啄你。"

"我知道。"梅芙不耐烦地喊道，"你跟妈妈一样。"

"抱歉。"布丽迪说了一声，坐到池塘边的长椅上。这张椅子非常湿。而布丽迪很感谢梅芙留给她的伞，因为现在树上还不断有水滴落下来。

没关系——布丽迪告诉自己——你正在圣塔菲阳光明媚的庭院里。她拿出手机，放在耳边，在梅芙眼前装出一副打电话的样子。然后她走过庭院的石板路面，来到棉白杨下面的长椅前。她久久地凝视那道坚固的蓝色木门，不知道自己是否能够打开它。只要打开片刻，让她从成千上万的声音里分辨出特朗的声音。但只是动了这样一个念头，外面的声音似乎就掀起了滔天巨浪，准备冲进庭院。布丽迪急忙冲向木门，用力将门闩牢牢按住。

我不能这么做——她死死地抓住公园长椅潮湿的金属把手——我不能。

她羡慕地看向湖边。梅芙的周围全都是鸭子，还有两只大鹅，其中一只鹅愤怒地扇动着翅膀。但梅芙一点也不害怕，甚至没有丝毫担忧，只是快活地撒着全麦麦片。

如果她能够做到，你也应该可以——布丽迪想。但就算布丽迪惭愧到认为自己还不如一个九岁的小孩有勇气，她仍然无法说服自己抬起木闩，打开门。

一定有别的办法辨别那些声音，一些更可控的办法。C.B. 说过，这些都只是想象的问题。无论想象出什么，都不会有任何区别。那么好吧，有什么样的想象能够在海量的信息中寻找到一条具体的信息？

那间储藏室里的卡片柜，上面有按照字母排序的抽屉。也许她能够像 C.B. 在那天晚上一样浏览卡片，找到特朗的……但声音不是写在纸上的文字。它们只能用听觉来接收。布丽迪需要某种东西，以便让自己听到具体一个人的声音，过滤掉其他声音。

一台收音机——布丽迪想。她回想起了 C.B. 转动车上收音机的波段旋钮，寻找一首能够屏蔽掉那些声音的歌。我可以将不同人的声音想象成一个个广播电台，而其他那些咆哮的声音只是广播电台之间的静电噪音。

但那不能是一部车载收音机，必须是一台适合这个庭院的装置，就像 C.B. 实验室里的那台便携式收音机。

花园橱柜里有一台——布丽迪告诉自己。她打开久经风雨的橱柜门，希望能够在没有 C.B. 教导的情况下做到这一点。乌娜姨妈会在她的盆栽温室里放些什么？园艺工具？一包包种子和花盆？

最上面的架子上有一摞布满蜘蛛网的花盆。布丽迪将手伸到那些花盆后面，拿出了收音机。她吹去收音机粉色塑料壳上的灰尘，带着它坐到长椅上，把它放到膝头，抹去它水平指针表尺上的积灰，看着红色指针、黑色刻度线和数字：550、710、850……她打开了这台收音机。

指针表尺亮了起来，各种声音随即响起——喊嚷声、哭号声、尖叫声。布丽迪被吓得身子向后一退，收音机差一点掉在石板地面上。这些声音简直是震耳欲聋。她急忙摸索着关掉了收音机。

声音一下子没了。只是噪音而已——布丽迪告诉自己，但她的心还在怦怦直跳——你把音量开得太大了。仅此而已。她不确定自己是否有勇气再把这台收音机打开。

她扭头看向湖面。梅芙仍然兴高采烈地喂着鸭子和鹅。但她还会喂多久？

布丽迪深吸一口气，再次打开收音机。一开始，她将音量调到最低。从喇叭里飘出来的声音只是一些微弱的耳语，就像她边界外的那些声音一样。

它们不是话语，只是静电噪音——布丽迪坚定地对自己说。她开始旋动指针，寻找特朗的声音——路况太糟糕了。我真应该坐……脾气这么糟……一定是在长新牙……地下室漏水了……头怎么这么疼，以前喝醉的时候都没有过！我需要一杯啤酒……耶稣啊，是谁把百威都喝光了……

以这样的速度去寻找，她永远也找不到特朗的声音。布丽迪需要科学的筛选方法，让她能够迅速除去无用的频段，缩小筛选范围。她将指针一直转到表尺的一端，再慢慢转动旋钮，同时注意观察表尺上的数字，只要感觉一个频段开始的声音不像特朗的，就立刻转过去。550……大理石雕像……575……哭鼻子的马屁精！我希望他……610……总应该给他的病人留下一个联系电话……650……

等等，这是特朗。布丽迪在把指针转过去以后才认出了特朗的声音。他正在说维里克医生。但已经太晚了，她转到了下一个频段——我竟然得了流感。一个声音说道。

布丽迪将指针转回到610。我不会的，你不能逼我。一个孩子的声音愤怒地说道。

她一定是转过头了。她将旋钮一点点向前转……我的喉咙真是太刺

350

痒了。那个得流感的人说。不，这又太远了。

特朗一定就在这附近——布丽迪一边想，一边慢慢把旋钮往回转。哦，为什么我必须起床？今天是星期日啊。然后又是一点微弱的声音：告诉布丽迪……

肯定是特朗的。但就在布丽迪听到特朗的声音时，那声音已经隐没在静电噪音里，就好像一个广播站的输出频率时而在收音机的接收范围之内，时而又出了这个范围。布丽迪试探着将旋钮向前和向后转动，想要固定住那个频率，但她一直没能再找到特朗和那个得流感的女人。就在她打算放弃的时候，她忽然听到：我的头好痛……不等她把旋钮往回调，特朗的声音已经响了起来。

那个声音非常微弱、模糊，总是受到其他声音的干扰。布丽迪不敢再进行任何调整，甚至不敢再碰一下旋钮，唯恐彻底失去这个声音。

特朗显然在思考赫米斯项目的事情。布丽迪听到：适应性……无线信号……苹果公司不会知道，关键在于……我该怎么告诉……然后，声音一下子变得非常清晰。维里克医生到底在哪里？紧接着是更多的静电噪音，又是零星的……不能让……如果布丽迪发现，她绝不会……这个频段彻底消失了。

第二十四章

"大人们老是需要孩子们费尽唇舌，给他们再三解释，不然就一窍不通，真把我们累得够呛。"

——安托万·德·圣·埃克苏佩里，《小王子》[①]

如果我发现了什么？我绝不会什么？——布丽迪想。她努力要找回特朗声音所在的频段，但收音机发出的只有静电噪音。

他害怕我发现什么？——布丽迪缓慢地转动着旋钮，试图找回特朗的声音，至少找到一个她认识的声音。但所有的声音都听不出任何特征——绝不要再去那座教堂了……为什么我总是必须要让那条该死的狗出去？还在下雨……

所以当我提起能够听到他的想法时，他才那样警惕，还逼问我到底听到了什么——布丽迪一边想，一边继续一点点转动旋钮——因为他有事瞒着我。

……气象播报员说……需要去加油了……我不能一整天都站在这里！就在这时，一个小女孩的声音虚弱地说：知道他说……但我……

这个声音很像梅芙的。布丽迪微调指针，想让它更清晰一点。那声音却完全消失了。

这样做没有用——布丽迪想。梅芙的声音却在这时清晰地响起来："真冷。"

这不是收音机——布丽迪想到。她抬起头，看见梅芙正站在自己面前。

"什么事？"布丽迪问道，同时在心中想——现在她要问我在干什么

---

① 选自《小王子》，安托万·德·圣·埃克苏佩里著，译林出版社2010年出版，林珍妮、马振骋译。

了。但梅芙没有这么问。

"我说，我们现在能走了吗？"梅芙恳求道。

"我还以为你想继续喂鸭子。"

"我带的食物都喂光了。你真的打了好长时间电话。"

布丽迪朝手机上的时钟瞥了一眼，惊讶地发现，现在已经快一点了。她在这里坐了几个小时。

"而且，"梅芙说，"现在又下雨了。"

的确又下雨了。布丽迪这时才注意到梅芙被雨水打湿的头发和被冻得发白的脸。哦，上帝啊，她会得肺炎的。玛丽·克莱尔永远都不会原谅我的——布丽迪一边想，一边匆忙地用雨伞遮住梅芙。"我去给你买一杯热巧克力喝。"她领着梅芙快步向餐厅走去，"那能让你暖和过来。"

"你说过，晚些时候我可以吃甜点。现在已经很晚了，对吧？"

"对的。"布丽迪说道。让梅芙在寒冷的池塘边待了那么久，她为此感到非常惭愧。梅芙点了一个巨大的冰激凌圣代。

"这不是会让你更冷吗？"

"不，因为我会先吃它，然后再喝热巧克力。你不想吃点什么吗，布丽迪阿姨？"

不想——布丽迪想道——我现在只想知道为什么特朗会那样说：如果布丽迪发现，她绝不会……但你在这里，我就没办法听收音机，所以我需要你快一点吃掉圣代，然后送你回家。让布丽迪感到惊讶的是，梅芙真的照她想的去做了。她的外甥女狼吞虎咽地吃光了冰激凌，又以创纪录的速度喝下热巧克力。

我可以告诉玛丽·克莱尔，梅芙绝对没有得厌食症——布丽迪想。这时她忽然想起了此行的目的。她要从梅芙那里问出一些情况。我会在回家的路上问她。布丽迪带梅芙回到车上，将空调开到最大。

布丽迪根本不必想办法对梅芙进行盘问。当她的手机里弹出特朗的信息，告诉她还没有找到维里克医生的时候，梅芙厌恶地说："我打赌，我知道那是谁发来的。一定是我妈妈。我打赌，她想知道你有什么发现。"

"关于什么的发现？"布丽迪小心地看着前方的道路，表现出兴致缺缺的样子。

"我不知道。她总是在担心我。那实在太傻了。"

"她只是想保护你。"

"我知道，但我没事。每个人都问我出了什么问题，这才是我的麻烦。"

我非常理解你的感受——布丽迪想——但这是因为我必须保守一些秘密。梅芙也有秘密吗？

她回头瞥了一眼自己的外甥女，不知道该如何切入话题，同时又不会让梅芙立刻进入防御状态。就在她考虑策略的时候，梅芙倒是开门见山地说了起来："布丽迪阿姨，如果我告诉你一些事，你会承诺不告诉妈妈吗？那个……我喜欢那个家伙……"

"你班上的一个男孩？"布丽迪谨慎地问。

"不是！"梅芙用"你怎么会这么想"的腔调说道，"他在《僵尸公主日记》里。他真的很可爱。我想用他的照片做屏保。但如果这么做了，我害怕妈妈会发现……"

"你在看僵尸电影。他是僵尸吗？"

"不是。你想看看他的照片吗？"梅芙拿出手机，飞快地翻动起来，到了下一个红绿灯，她把手机举到布丽迪面前。"他的名字是赞德。"

他有一双灰色的眼睛，头发比C.B.的还要乱。梅芙痴迷地盯着这张照片，问布丽迪："你觉得我应该怎么做？"

"他有没有演过别的电影？也许你可以对妈妈说，你是在别的电影里见到的他。"

"你不明白，"梅芙说，"他是什么人并不重要。如果妈妈发现我认为他很可爱，她就会担心我开始喜欢男孩了。她会和我'谈话'，让我看性教育视频和书。"

梅芙是对的。布丽迪很了解玛丽·克莱尔，她甚至会禁止梅芙看到这个可怜的、完全不知情的赞德。但她又没办法让梅芙说谎。尽管她自己在过去这几天里或多或少一直在说谎。"你真的不应该瞒着你妈妈。"布丽迪说道。

"但这应该不是不好的秘密。每个人都有秘密，不是吗？我是说，你总会有一些事不希望所有人都知道。"

说到点子上了——布丽迪想——她马上就要问起我抽屉里的那双湿鞋子了。或者更糟糕，梅芙还会问起昨晚 C.B. 发给她、求她帮忙做掩饰的信息。"你这是什么意思？"

"EED。你擦干头发时，我看到绷带了。你没有告诉妈妈、乌娜姨妈和凯瑟琳，你做了 EED。但不必担心，我不会告诉任何人的。只要你答应不把赞德的事告诉妈妈。"

一个间谍和勒索犯——布丽迪想——玛丽·克莱尔，你不应该担心你的女儿，你应该担心一下其他人。布丽迪知道自己不应该就这样放过梅芙，但她现在没有时间处理这件事。所以，在梅芙的家门口把她放下的时候，布丽迪只是严厉地说："现在我会保守你的秘密，因为我必须先去别的地方，但我们还要再谈一谈。"

"我知道。"梅芙说。她的眼睛里跳动着愉快的神情。

"什么事这么有趣？"

梅芙立刻严肃起来。"没什么。我正在想达妮卡说的一个笑话。"

这显然是谎话。但布丽迪没有时间来处理这个问题了。她和梅芙道了别，看着梅芙平安走进家门，她就开车去找一个清净的地方，以便能在收音机里找到特朗的声音。

图书馆应该是理想的场所。在那里，人们的阅读能够屏蔽掉许多静电杂音，帮助布丽迪更容易找到特朗。但布丽迪和 C.B. 昨晚去的那座大学图书馆在城市的另一边。C.B. 说过，星巴克也是一个好地方。但凯瑟琳可能正和她的两个交往对象在那里。于是布丽迪开车去了距离最近的珠粒咖啡店，点了一杯拿铁，坐到一位正在读书的中年女士旁边。那位女士看的是《你怎知这是否是真爱？》，不是《大卫·科波菲尔》。其他顾客都只是盯着自己的手机，或者是看撸猫视频。

布丽迪进入自己的庭院，打开收音机，将指针转到650，开始一点点进行微调。她唯恐因为调得太快而错过特朗，尽管这意味着她必须听过几十个声音。

她似乎永远都找不到特朗了。尽管万分小心，她还是两次调过了那个患流感的女人，不得不重新开始搜寻。到三点钟的时候，她已经喝光了两杯拿铁，听过几百个频段，开始觉得自己真的不可能再找到特……为什么周末总是下雨？……这是我做过的最糟糕的事……终于……从没有想过它会存在……

特朗——布丽迪向前倾过身子，捕捉他说的每一个字——总是以为……假的……无法相信……其实是真的……

布丽迪以极微小的幅度转动旋钮。

……听起来简直以为是发疯了……今天早晨我给汉密尔顿打电话的时候……

所以C.B.和我能够赶在他前面回到公寓——布丽迪想。但那时特朗刚刚发现自己能够进行心灵感应。为什么他的第一个反应是和他的老板通电话？

……里克医生……特朗继续说着……需要……现在就让他回来……认为他们有办法获得……如果这是突发情况呢？……尝试……然后就只剩下静电噪音了。布丽迪又失去了信号。

布丽迪将旋钮转回一点点。特朗的声音突然变得如同水晶一样清亮。但他正在谈论苹果公司和无限通联公司的新手机……需要分析电路——布丽迪听到特朗说——编写代码……

不，告诉我，你不想让我发现什么——布丽迪想道。这时她记起C.B.说过，人们总是错误地以为心灵感应就等于能听到自己想听的东西。C.B.是对的，她有可能在这里听特朗念叨一个下午，却什么都不明白。

该怎么知道这是否是真爱呢？——布丽迪心中想着，又听到特朗说——我该怎么告诉她？……必须想办法说服……布丽迪竖起耳朵想听到后面的话，却什么都听不清……革命性的……不能等了……苹果公司也许会拿出……

不，忘了苹果公司。告诉我，你害怕我发现什么？为什么你要给汉密尔顿打电话？

……以为我只要做一些测试就能拿到数据。这样她也就绝不会知道……

什么？

……以为我们做了这个就能让交流更方便……只是情绪交流……现在这已经是心灵感应了……必须告诉她……如果她发现我们做 EED 是为了……手机……她一定会非常生气……

你说对了——布丽迪想。特朗要她去做 EED，原来是为了得到数据，以便应用在新手机上。

他当然会这么做。汉密尔顿说过："即时通信已经不行了。我们需要提供更进一步的手段。"这个"更进一步"应该就是情绪表达通信。他们计划做什么？设计一款手机程序，能够定义一个人的情绪，再把这种情绪添加到信息里，就像表情符号一样？

无论那是什么计划，特朗一定会迫不及待地报名去当实验豚鼠。他也给我报了名。因为这需要两个人做 EED。你这条蛇！

特朗从没有爱过她，尽管他送给她那些鲜花，在冷光餐厅吃了那些晚餐，还有电邮和那些甜言蜜语。特朗在乎的只有劝说她和他一起去做 EED，这样他就能获得数据，设计一款情绪表达手机。

所以他没有立刻和我连接上的时候才会那么慌乱——布丽迪想——当维里克医生想把我留在医院，进行更多检查的时候，他才会那么不安。他从没有为布丽迪担过心，只是害怕自己的计划出错。所以他才会坚持要布丽迪去见维里克医生，尽管当时维里克医生在国外，而且还是深夜。特朗向自己的老板承诺过结果，而布丽迪并没有让他得到这样的结果。布丽迪想到特莱茜·汉密尔顿对她说："我知道这是一件悄悄进行的事情，我们不应该在公开场合谈论它。"还有"应该是我们感谢你，为了你所做的一切……"

特朗还在说话……要搞出些东西来……如果有必要，就去求婚……

我不想再听了——布丽迪向收音机旋钮伸出手。

……我肯定能说服她，让她相信这有多么至关重要……只要她和我合作……就能集中精力找出心灵感应是如何运作……将这其中的原理转化成软件。

哦，我的上帝，他说的已经不是表情符号了。他要把心灵感应变成编码，放进新手机里！我必须告诉C.B.——布丽迪想到这儿，站起身，结果一下子把自己的拿铁杯子碰翻了。正在读《你怎知这是否是真爱？》的女士有些气恼地抬起头。

"抱歉。"布丽迪忙将咖啡擦干净，抓起自己的手机，把湿纸巾放进拿铁杯子里，一起丢进垃圾箱，然后向自己的车跑去。她拼命想着该如何联系上C.B.。她不能和C.B.进行心灵感应，因为特朗有可能会听到。而且昨天C.B.忙了一整晚，现在他可能正在睡觉。就算呼唤他可能也没用。特朗在公司里，她不能冒险去公司找C.B.。她只能给C.B.打电话。但她不能用自己的手机，这样还是可能会被别人察觉。她必须找到另一部可以用的手机。

谁的呢？不能是萨拉的。现在比以往任何时候都不能让公司里的人知道她和C.B.的关系。凯瑟琳一定会问许多问题。

梅芙的。布丽迪开车去了玛丽·克莱尔家。她可以对梅芙说她的手机丢了，问梅芙是不是记得，她们离开公园的时候有没有把手机拿到车里。梅芙一说不记得，她就可以借梅芙的手机打电话。如果打不通C.B.的手机，就用梅芙的手机搜一下C.B.家里的电话。

但她首先要过玛丽·克莱尔这一关。她一见到布丽迪就说："哦，我的上帝，你带梅芙去吃饭的时候一定有所发现！一定是很糟糕的事情，所以你不能在电话里对我说！"

的确——布丽迪想——也不能亲口对你说。

"梅芙有麻烦了，我就知道！"

"她没有任何麻烦。我只是找不到我的手机了。我觉得梅芙可能还记得我把手机放到哪里了。"

"哦，"玛丽·克莱尔说，"她去找达妮卡一起做家庭作业了。我会给她打电话问问，现在我们可以坐下来好好喝杯茶。"

然后你就能向我唠叨一大通关于梅芙的事——布丽迪想。玛丽·克莱尔刚拿出手机，梅芙就冲进了家门，还一边高声喊着："我忘记拿数学书了。"她面颊通红，一副喘不过气的样子。"我是一路跑回来的。"说完，她拿起炉子上的水壶和妈妈手中的茶杯。

她会以为我回来是为了告她的密，她绝不会帮我了——布丽迪想。梅芙却欢快地说："嗨，布丽迪阿姨。你在这里做什么？"

"她把手机丢了。"玛丽·克莱尔说，"你在餐厅时有没有见到阿姨的手机？"

她当然见到过——布丽迪想——现在她会说："我喂鸭子的时候，布丽迪阿姨一直在讲电话。"玛丽·克莱尔就会立刻开始研究禽流感的危险性。

"我不记得了。"梅芙皱起眉头，做出一副思考的样子。"我觉得可能是你把它放到桌子上。然后服务生给我们送来了比萨。"她转头看着妈妈，"我们去了购物中心的嘉年华比萨店，那里真有趣！"然后她又回头对布丽迪说，"我打赌，服务生一定是把比萨盘放到了手机上，所以我们没有看见它。"

"我打赌你是对的。"布丽迪说。既然现在已经没有可能借梅芙的手机了，她只好站起身，穿上外衣。"我最好去看看他们有没有帮我保留手机。"

"你不能打个电话问一下，请他们把你的手机保管好吗？"梅芙说，"你可以用我的手机。它就在我的房间里。来吧。"她抓住布丽迪的手，把布丽迪拽走了。

上帝赐福于你，孩子。布丽迪跟着梅芙走进她的房间。梅芙房间的门框上横贴着标明犯罪现场的那种黄色胶带，胶带上写着：不许入内——这是对你说的，妈妈。

梅芙撕下胶带，领布丽迪进去，又把胶带贴好，关上门，上好门锁。

"这样妈妈就进不来了。"她多此一举地说道。

布丽迪朝她的房间里环顾了一周。一张《魔发奇缘》的大海报就贴在梅芙床边的墙上，旁边还有几张青年男明星的照片。那些显然是从《虎派》杂志上剪下来的。不过布丽迪没有在其中看到那个头发蓬乱的赞德。梅芙的枕头上有一个《冰雪奇缘》里雪人奥拉夫的填充玩具。她的电脑屏保是《十二个跳舞的公主》，看不出有毒品实验室或者国际洗钱集团的样子。

"你真应该让你的妈妈进来，"布丽迪说，"这样她会放心很多。"

"不，她不会的。"梅芙说着坐到了床上，抱起奥拉夫。"还记得《秘密花园》里那个命运悲惨的女孩吗？而且我可不想让她来修好摄像头。"梅芙朝那个摄像头一指。布丽迪想起玛丽·克莱尔说过，梅芙让这个东西没办法正常工作了。"还有我的电脑。"

"你的电脑里有什么？"

"什么都没有！但她就是说，我一定把不好的东西删掉了。"梅芙说得一点也没错。

梅芙将智能手机从衣袋里拿出来，递给布丽迪。"你没有真的丢手机，对吧？"

"没有，我那么说是因为我需要给一个人打电话，但我不能用自己的手机。"

梅芙深明大义地点点头。"就像《僵尸警察》里一样，僵尸在英雄的手机里装了窃听器……"

这听起来极为不可能——布丽迪想。

"……英雄只能用死去同伴的手机，只是那部手机一直卡在死去同伴的手里，因为僵尸吃掉了那位同伴，只剩下他的一只手臂……"

"你们两个人完事之后到厨房来。"玛丽·克莱尔在门外喊道，"我正在烤最好吃的爱尔兰苏打面包。"

"好的，"梅芙喊了一声，又转向布丽迪，"你不会告诉妈妈，我看过《僵尸警察》，对不对？"

以我现在的处境，告这种密是很不可取的，对不对？——布丽迪想。"不会。"她说完便伸手去拿手机。

梅芙却将手机拿到一旁。"你必须先告诉我要和谁通电话。如果你有犯罪行为，我就会变成从犯，就像《僵尸警察》里那样。那个僵尸……"

"我没有犯罪。"

"如果你不告诉我那个人是谁，我怎么能做出判断？"

"好吧。是我公司里的同事，名字叫C.B.施瓦茨。我需要问他……"

"C.B.？"梅芙皱起眉，"如果你要联络的是他，你就不必……"她一下子停住了。

"我不必什么？"

"你就不必找他的号码了。我的手机上有。你想打哪一个？他实验室里的，还是家里的？两个我都有。他帮我做科学作业的时候把号码给了我，让我有什么问题都可以问他。等等，我来给你找。"

她转过身背对着布丽迪，弯腰护住手机，显然不想让布丽迪看到她在做什么。不过看上去，她似乎什么都没有做，只是站在原地盯着手机，仿佛那是一颗水晶球。布丽迪怀疑她是不是忘记了手机密码。

很长一段时间之后，梅芙开始翻动屏幕，又飞快地打字。这意味着C.B.的号码一定不在她的联系人名单里。她也许藏起了那些号码，不想让她妈妈知道——布丽迪想。这不能怪梅芙。

或者梅芙其实并没有C.B.的号码，只是正在网上查找。布丽迪刚要说些什么，梅芙忽然把手机放到耳边说道："铃声响了。"

布丽迪伸手去拿手机，梅芙却摇摇头："喂，C.B.，是梅芙，还记得吗？你帮我做过科学作业？"

"梅芙。"布丽迪悄声说着，示意梅芙把手机给她。

"我没事，"梅芙说，"没问题，什么问题都没有。"

"把手机给我。"布丽迪又伸出了手。

梅芙用唇语对布丽迪说："好的。"然后又对着手机说，"我的布丽迪阿姨要和你说话。"她这才终于把手机递给布丽迪。

"C.B.？我是布丽迪·弗拉尼根。我有一件事要和你讨论，是工作的事。"在梅芙面前，她竭力表现出公事公办，和个人完全无关的样子。当然，这也是防止特朗会听到。她的伪装一定很成功，因为梅芙坐到电脑前，戴上耳机，开始玩起了《灰姑娘的城堡探险》。

"我估计梅芙还在房间里。"C.B. 说。

"是的，我还没有解决这个问题的手段。"

"你说得对。"C.B. 似乎感到很有趣。

"这一点也不有趣……"

"抱歉。你的手机怎么了？"

布丽迪压低声音："特朗其实……"

"是的，我知道。"C.B. 说道。从他的语气中，布丽迪能判断出他的确知道，不只是知道特朗今天下午说的内容，更知道所有的一切——为什么特朗会提议要做 EED 以及他计划利用 EED 做些什么。

他一直都知道——布丽迪想——所以他一直在努力说服我不要做 EED，在我和他建立连接之后又努力说服我不要告诉特朗。因为他知道，特朗如果知道了心灵感应的事，会用它来做什么。

为什么你不告诉我？——布丽迪说道。但她已经知道了答案。她根本就不会相信 C.B.。你一定觉得我是个彻头彻尾的白痴。

"不，我觉得特朗才是。我一点也不喜欢他做的事情。我只为你感到伤心……"

"这不重要。现在重要的是特朗正努力想要联系到……"布丽迪忐忑地朝梅芙瞥了一眼，不过梅芙已经完全沉浸到游戏里去了，"……联系到维里克医生。"布丽迪悄声说，"他要把……那个项目告诉维里克医生。如果维里克医生进行检查或者扫描……"

"如果他不相信特朗，就不会进行检查。而特朗现在还没有任何可靠的证据能说服他。"

"已经有了。今天早晨，他……"

"我知道。不用担心他让你做的那些测试。顺便说一句，你做得很好。

我尤其喜欢吴哥窟和矮牵牛花。但就算你写下了自己真正让他接收到的想法，也证明不了任何事。听着，我们现在不应该讨论这件事。"

"因为……"布丽迪又瞥了梅芙一眼。梅芙正忙着追赶灰姑娘的老鼠。

"好奇小女士？不，因为你的男朋友。"

"他不是我的……"

"不管怎样，我们不能让他知道。现在最重要的是不能让他发现你已经看清他了。现在他只能偶尔听到你的声音，而你也只能偶尔听到他的。但你已经知道了不少事。所以你绝不能想这件事。不能想心灵传送，也不能想他是一个多么卑劣、腐烂、肮脏的渣滓。你要想一想能够让他听到的事。你在疯狂地爱着他，你因为和他建立连接而激动不已，你已经等不及要见到维里克医生，告诉他发生的一切。"

"但是……"

"我知道，我们需要设计一个行动方案。但要在确保他无法听到你的情况下进行。"

这是否意味着她不能呼唤 C.B.？他们不能安全地进行交谈？

"我们现在不会有事。特朗正在给维里克的护士打电话，要她说出维里克在哪里。你这样把话说出口，能够帮助你屏蔽自己的想法。而且我毕竟还是有防御的。但我不想冒险。所以我希望你回家去，朗读一部优美而无聊的书——《罗马帝国衰亡史》。你可以告诉我罗马帝国最终怎么样了。"

但如果特朗又要去她家呢？"我正在我姐姐家。我相信她们会招待我吃晚餐的。"或者她可以和乌娜姨妈一起去爱尔兰女儿聚会的地方。她们总是聚会。而特朗绝不会想到去那里找她。

"不，"C.B. 说，"我们绝不应该让特朗想到这件事和爱尔兰有关联，包括听到你的家人谈论'爱尔兰好小伙子'。"

或者糟糕的男朋友——布丽迪说。她想到了凯瑟琳。

"你不必担心特朗会来你的公寓。他正忙着联系维里克。如果他决定去你那里，我会给你警告，这样你就能及时离开。去读书吧。或者做更应该做的事，稍微睡一下。如果你睡着了，特朗就没办法接收到任何信息了。"

"但如果我……"布丽迪瞥向梅芙，确认她仍然沉浸在游戏里，"……照你说的去做了，你又该怎么联系……"

"这个也不必担心。同样不必担心特朗和维里克医生。不会有事的，去睡吧。"C.B. 说完就挂了电话。

"你会把报告用电邮发给我，对吧？"布丽迪对着没了声音的电话说，"很好，我在复核过数据之后会联系你，再见。"她将手机还给梅芙，等待着一连串的问题。但梅芙几乎没有从游戏中抬一下头。于是布丽迪又用了一分钟时间记住 C.B. 的号码，以备有需要时再给他打电话。然后她对梅芙说："谢谢。"

"你们两个人在干什么？"玛丽·克莱尔不耐烦地在门外喊。

"没什么！"梅芙喊了回去，又向布丽迪翻翻眼珠，"耶稣啊，这就是妈妈。"

"那就出来喝茶，"玛丽·克莱尔说，"乌娜姨妈也来了。"

她当然会来——布丽迪想——现在我该怎么离开这里？乌娜姨妈一定会将我不应该做 EED 的理由再从头到尾念叨一遍，然后要我去说服凯瑟琳和肖恩·奥赖利约会。

"我要走了，"布丽迪说道，但她对此并没有抱多大希望，"我的手机还在餐厅里，我需要在他们打烊之前把手机取回来。"

"哦，你肯定可以再待上几分钟的。"玛丽·克莱尔说。

"不，她不能再耽搁了。"梅芙说，"嘉年华比萨店五点钟关门。"

"乌娜姨妈，劝劝布丽迪，让她知道现在不应该离开。"玛丽·克莱尔说道。布丽迪只好打起精神，准备迎接乌娜姨妈的长篇大论。但乌娜姨妈只是说："最好快一点出发，不要等人家关了门你再赶过去。梅芙，帮你阿姨把外衣拿来，好不好？"

梅芙跑去拿外衣。布丽迪直到穿上外衣的时候，还在为乌娜姨妈没有强迫她留下来而惊讶不已。

"快走吧。"乌娜姨妈说，"愿圣帕特里克和所有爱尔兰的圣人们保护你一路平安。"

"谢谢。"布丽迪说着感激地吻了一下乌娜姨妈的面颊。然后她又抱住梅芙悄声说了一句："谢谢你。"她告诉玛丽·克莱尔，她快没有时间了，等不及让玛丽给她包上一些苏打面包带在路上，并抢在玛丽·克莱尔拿出铝箔纸之前冲出了屋门。

她本来可以上演一场胜利大逃亡，但凯瑟琳的车在这时开过来，挡在她的车前面。这让玛丽·克莱尔有时间追上来，问她和梅芙在房间里待了那么久，到底在做什么。

"我打过电话之后，梅芙想让我看看她电脑里的东西。"布丽迪说，"不，玛丽，不是不好的东西，只是 YouTube 上的小猫。"

"我今天早晨检查的时候，她的浏览历史上没有任何 YouTube 的视频。历史记录完全是空的。"

我刚刚从你那里收到了一只猫的形象——特朗突然说——你还在购物中心吗？

"我一直都在给你打电话，布丽迪。"凯瑟琳赶了过来，"我必须和你说说，我对里奇的发现……"

你在吗，布丽迪？——特朗说道——如果你能听到我，就打开你的手机。

就算我想打开手机也不行。我的手机应该是在嘉年华比萨店——布丽迪一边想，一边试图进入自己的庭院。凯瑟琳还在说话："就像我和你说的，我在网上查了他的情况。你绝对猜不到我找到了……"

"你需要先挪一下你的车。"布丽迪说。凯瑟琳只好跑去挪车了。如果我能同样轻松地摆脱特朗和玛丽·克莱尔就好了。

我听不到你的想法——特朗说。

"为什么历史记录上什么都没有？"玛丽·克莱尔问，"那显示她根本就没有上网。"

"几天以前，你还在抱怨说梅芙花了太长时间在网上。"布丽迪说。

"我知道，但她显然是一直在上网。而且为什么她会把小猫的视频删掉？"

"我现在没有时间谈这件事。"布丽迪说。

"你还不能走，"凯瑟琳回来了，"我必须先把里奇的事情告诉你，还有兰迪斯的事情。还记得我和你说过，他是对冲基金经理。实际上，他不是，他在一家树篱修剪①公司工作，这个大骗子……"

这正是 C.B. 不希望你进行的交谈——布丽迪想——如果特朗听到你在想……

你说什么？——特朗问——我听到你说"想"，然后又听不见你了。

"这还比不上我对里奇的发现，"凯瑟琳说，"他甚至是个比兰迪斯更坏的骗子。"

"为什么你不等一下再给我打电话？我真的要走了。"布丽迪急切地说道。她想立刻钻进自己的车里，但玛丽·克莱尔挡住了她的路。

我整个下午都在努力呼叫你——特朗说。

"过去两个星期，梅芙上网的历史记录里都是一片空白。"玛丽·克莱尔说。

"里奇已经订婚了！"凯瑟琳说，"他却还对我那么好！"

"梅芙到底在隐瞒什么？"玛丽·克莱尔质问道。

她隐瞒的事简直就像《僵尸警察》里的一样糟糕——布丽迪想。

你需要集中精神——特朗说。

不，我现在需要的是离开这里。

"妈妈！有电话！"梅芙在屋里喊。

"谁的电话？"玛丽·克莱尔在回应女儿的时候离开了布丽迪的车子。布丽迪如离弦的箭一般钻了进去，同时也钻进了自己的安全屋。

"给我打电话。"她说完这句就关上车门，发动了车子，"你们两个

---

① 树篱修剪（hedge-trimming）和对冲基金（hedge fund）的英文较为相似。

人都是。"

"但我还以为你把手机丢了……"

没错——布丽迪想——我很希望它能一直被丢掉。"所以我必须去取手机。"她说道,"再见。"

她的车子终于上了路。被上帝赐福的梅芙又一次救了她。离开姐姐和妹妹的视野之后,布丽迪拿出手机,打算输入 C.B. 的电话号码,以免自己会忘记。但她又决定最好还是不要这么做。于是她取下全麦麦片空盒子的盒盖,匆匆把号码写在上面,塞进衣兜里。

我还必须让梅芙把 C.B. 的号码从她的手机上删掉——她一边开车,一边想。尽管这看似并没有必要。因为梅芙很妥善地藏起了她看过的电影和书,还有她访问过的网址。查看电话号码的时候,她也会转身背对着布丽迪,肯定是因为她不希望布丽迪看到她是如何把电话号码编成密码的。

但梅芙那时候其实连一个键都没有按过。她只是一动不动地站在原地,仿佛正在……

这不可能——布丽迪想。梅芙的电脑记录之所以是空的,会不会因为她根本就没有上过网?甚至她也不是要读什么书,只是利用那些电影和书籍来掩盖她真正做的事情?

她因为在学校不认真听讲而被批评过——布丽迪突然回忆起来——当玛丽·克莱尔问她为什么会分心,她只是说:"我在想别的事情。"

你真是太荒谬了——布丽迪对自己说——她可能只是在想赞德。但赞德的照片根本没有出现在梅芙卧室的墙上。而且布丽迪在怀疑梅芙有没有隐瞒什么秘密的时候,梅芙更是主动说出自己很喜欢那个明星。我那时只是在心里寻思,根本没有说出来。

梅芙要去公园,而不是人多的购物中心。在布丽迪来到她家的时候,她也立刻赶了回来,还跑得上气不接下气。她是从达妮卡家一直跑回来的。早上特朗要图谋不轨的时候,也是她及时出现在布丽迪的家门口,救了布丽迪。

但她不可能有那种能力啊。她刚九岁——布丽迪回忆起 C.B. 说过，梅芙是一个非常早熟的孩子。玛丽·克莱尔坚信梅芙有事瞒着她。

如果她真有这种能力呢？——布丽迪想到自己问起梅芙彩虹幸运麦片圈中有几种棉花糖的时候，梅芙那种高度戒备的样子。为什么？因为 C.B. 是从她那里知道棉花糖的形状的？ C.B. 说过，他在图书馆的电脑里查过这件事。但当时图书馆办公室都锁了门。他没有给梅芙发信息，要*梅芙掩护我们——*布丽迪想——*他根本没必要那么做。*

背后一阵愤怒的喇叭声把布丽迪拽回到现实。布丽迪的车正停在红绿灯前面，而绿灯已经不知在什么时候亮了起来。布丽迪开车驶过面前的十字路口，经过一个街区，停下车，又走进自己的庭院，让特朗听不到她的想法。C.B. 也同样听不到。

C.B. 曾经说："听着，布丽迪，关于梅芙，我有些事……"而他一直都坚信，如果布丽迪做了 EED，一定会遭遇非常不好的事情。他还坚信心灵感应是一种遗传能力，却又毫不犹豫地宣称乌娜姨妈的"预见"能力根本就是假的。因为他不想让布丽迪去怀疑她的家族中还有别人可能有心灵感应的能力。

C.B. 有时会突然陷入沉默，就好像在听另一个人说话。当布丽迪在剧院和储藏室里遭受声音攻击的时候，他都曾经去了别的地方。那时他对布丽迪说："很抱歉，我……"然后又把说到一半的话咽进肚子。

就像梅芙在听到布丽迪说她要联系 C.B. 的时候对她说："如果你要联络的人是他，你就不必……"又不等把话说完就停住了口。

"你就不必给他打电话，我可以直接叫他。"布丽迪说出了梅芙没有说完的话。她必须和梅芙谈一谈。于是她发动车子，又向玛丽·克莱尔家开去。

*你不必这么做——*梅芙说——*我们可以在任何地方说话。*

第二十五章

"那就在月光下找我。"

——阿尔弗雷德·诺伊斯,《绿林好汉》

这就是心灵感应方便的地方——梅芙说——你能够在任何时候,和任何地方的人说话。

但开车的时候不行——布丽迪说。

你可以——梅芙说——我就可以一边和你说话,一边做数学作业。

这不是一件事——布丽迪说——先不要和我说话,等我把车停好。而且布丽迪还要想一想该怎么做。C.B. 告诉过布丽迪,不要和他进行心灵沟通,因为特朗可能会听到。所以她显然也不能这样和梅芙交谈。

没关系——梅芙说——特朗听不到我们。我之所以知道,是因为我正在监听他。他正奇怪为什么听不到你的声音。他觉得是你不够努力。真是个讨厌鬼!

我同意——布丽迪一边想,一边离开林登路,来到一条侧街——但他现在听不到我们,不代表他过一会儿也听不到。

过一会儿他也听不到——梅芙很有信心地说——因为……

嘘——布丽迪不容置喙地说了一声,将车子停到路边,熄了火,走进自己的庭院,然后才说——C.B. 说,我不应该谈论你知道的那件……

C.B. 也听不到我们。他正忙着监听特朗。现在特朗正忙着向某个人喊叫,质问他们为什么找不到维里克医生。所以现在一切安全。我必须和你谈谈,这很重要!

我不这么想。如果你想和我谈,就给我打电话。

我不能给你打电话。我在达妮卡家。她的妈妈几乎像我妈妈一样可怕。所以我必须现在就和你谈。你必须承诺，绝不能把这件事告诉妈妈！

梅芙——布丽迪现在只希望能够有办法阻止梅芙。梅芙肯定马上就要说出"心灵感应"和特朗……

不必担心，我告诉过你了，他听不到我们。这是一条安全线路。我的僵尸大门已经关上了。他进不来。我还有护城河和其他一切防御体系。

护城河和僵尸大门？梅芙的安全屋看上去会是什么样子？

护城河和僵尸大门不是我的安全屋——梅芙说。她的口气就好像这是再明显不过的事情——它们是我的城堡的一部分。我的城堡在我的秘密花园里。如果没有钥匙，任何人都进不来。那把钥匙就挂在我的脖子上。我的城堡里是魔发奇缘塔，塔才是我的安全屋。但我们不需要到那里去。我们在这里就很安全。实际上，特朗几乎不可能听到什么，哪怕他用力来听。

这是个好消息，但是……

所以你答应我不会告诉妈妈了？你必须答应我。如果她发现我能这么做，她一定也能想办法做到。我打赌，为了能够全天监听我，她甚至会去做 EED。

她不必做 EED——布丽迪想——如果特朗实现了自己的计划，玛丽·克莱尔就能够用她的手机做这种事了。她会不择一切手段查清楚梅芙在想什么。这个世界所有的护城河、僵尸大门和高塔都不足以将她挡在外面。梅芙是对的。到时候她就不会有任何隐私了。

我知道——梅芙说道——父母要比僵尸更可怕。所以我们必须对所有人隐瞒这个秘密。

僵尸？布丽迪还以为C.B.的意思是那些声音总会以洪水的形式出现。

洪水？——梅芙说——那听起来倒不是很吓人。我这里的是僵尸。而且是非常快、非常吓人的那种，就像《僵尸世界大战》。

你在哪里看的《僵尸世界大战》？——布丽迪问她，但答案已经很明显了。也许让玛丽·克莱尔知道一下自己女儿的内心会更好一些。

不，不要！——梅芙说——我没事。C.B. 把我从僵尸群里救出来，教我建立起城堡、我的安全屋还有其他防御工事。它们再也进不来了。

梅芙听起来充满自信。那些声音似乎没有给她留下任何心理创伤。要么就是梅芙已经从那些创伤中恢复过来了。你……遇到那种事……有多久了？——布丽迪问。

大约一个月。我本来以为那是某种不祥的预感，就像乌娜姨妈一样。但乌娜姨妈能够说出还没有发生的事情，而我不能。那只是许多声音，于是我在网上看了一堆东西……

所以她才改了自己的电脑密码，还删除了浏览历史——布丽迪想——她不希望玛丽·克莱尔看到她在找什么。

是的，妈妈一定会被吓坏的——梅芙说——我也不能问乌娜姨妈，因为她会告诉妈妈。除了一些疯子的案例之外，我在网上什么都没有找到。我不知道该怎么做。就在这时，C.B. 开始和我说话。他告诉我会发生什么，那些声音会有多么吓人，该如何把它们挡在外面。当那些声音真的变得非常可怕的时候，他救了我。

就像他救我一样——布丽迪想。比起自己得救，C.B. 对梅芙的拯救更让布丽迪感激不尽。

他答应过我，不会告诉妈妈。你也一定要答应我。求你！等等，哎呀，特朗要找你了。再见——梅芙的声音一下子消失了。

那他是要在心里叫我还是要给我打电话啊？——布丽迪寻思着。片刻之后，她就得到了答案。

布丽迪？——她听到了特朗的叫声——你能听到我吗？

是的——布丽迪想——真不幸。

我没有从你那里收到任何消息，如果你能听到我说话，就给我打电话。

想都别想——布丽迪想着，发动车子回到林登路上，朝家中开去。

我会给你发送一系列形象，就像今天早晨一样——特朗对她说——如果你能听到，就把它们写下来。车子经过随后十五个街区的时候，布丽迪不得不听特朗唠叨起来——我在想保时捷 Cayman GT4。重复，保时捷 Cayman GT4。然后是智能手表、智能手环、巴厘岛、黄瓜塞拉诺辣椒马提尼酒和 IPO。

当车子距离布丽迪的公寓还有六个街区的时候，特朗说——福布斯杂志。重复，福布斯……他的声音断了。布丽迪希望是他放弃了，而不是联系到了维里克医生，或者正在向她的公寓赶过来。

不——梅芙说——他正在公司。他不敢离开，因为害怕维里克医生会打电话到他的办公室，而不是打他的手机。

很好——布丽迪想——我记得我告诉过你，给我打电话，梅芙。

不行。我还在达妮卡家。我只是想帮忙——她的语气听起来很受伤，然后就不见了。

布丽迪到了自己的公寓楼。她想把车停在楼前面，但想了想，又绕到楼后。这样一来，特朗如果找到维里克医生，决定来见她的时候就看不到她的车了。但如果 C.B. 来找她，可能也会以为她不在……

不，C.B. 不会来的——梅芙说——还记得吗？他能够读你的心。

梅芙！我记得告诉过你……

不管怎样，他要比特朗聪明多了。而且他还是一个大好人，不是吗？

是的——布丽迪下了车——现在，不要和我说话了，我是认真的，梅芙！她用力摔上车门，以加强自己的语气。

你喜欢他吗？

梅芙……

你不会还喜欢特朗吧？——梅芙问——他就是条鼻涕虫。他在乎的只是自己的工作，而不是你。C.B. 就不一样了，他是真的喜欢你。但你不能让他知道这是我告诉你的。他说过，我不能告诉你。

梅芙，不要和我说话，否则我就打电话给你妈妈，把你刚才和我说的一切都告诉她。

这次梅芙似乎是听话了。但她能闭嘴多久？布丽迪一边想着这个问题，一边上了楼梯。下次梅芙还会说些什么关于 C.B. 和心灵感应的话？

布丽迪的手机响了。是特朗。"你有 C.B. 家里的电话号码吗？"他问道。

哦，我的上帝，他听到了我在想C.B.。"C.B.？"布丽迪重复了一遍，仿佛一时想不起这个名字。

"是的，你认识的，C.B.。"特朗不耐烦地说，"那个家伙今天早晨给我打了电话。就是在下面那个冰箱里鼓捣出'对话+'的那个疯子。"

"哦，C.B.施瓦茨。没有。为什么问我？"

"我还没能联络上维里克医生。我不知道他在哪里，而且他还把手机关了。我觉得也许C.B.能够想办法搞到他正在用的电话，比如用什么紧急信号覆盖之类的，但我也找不到他。他不在楼下的实验室里。你知道他的联系方式吗？"

"不知道。"布丽迪说，"我相信维里克医生明天上午应该会接电话。如果他不接电话，他办公室的人也应该能联系到他。"

"我们不能等那么久。我觉得你还没有认识到这件事对我们将会意味着什么，甜心。"

甜心——布丽迪厌恶地皱起眉头。特朗其实根本不在乎她，那他怎么会以为EED能够有任何效果？至少他应该知道，只有真正有情感联系的伴侣才能够连接在一起。那他为什么要让布丽迪和他一起做那种手术？难道他以为能够糊弄过自己的大脑？就像糊弄她一样？

"你有没有收到我给你发过去的词？"特朗问。

"词？"

"是的。我又给你发了一系列名词。你难道一个都没有收到？我已经从你那里收到不少词了。"

布丽迪的心跳开始加速，"你收到了什么？"

"我听到你说'冰激凌'和'鸭子'。我认为那应该都是餐厅菜单上的内容。然后是蛇，还有僵尸。"

"僵尸？为什么我会谈论僵尸，还有蛇？你一定听错了。"

"嗯，至少我听到你的声音了。你不要再纠缠你外甥女的事情了。你要集中精神倾听我。"特朗说，"你不知道施瓦茨下班以后会去哪里，是吗？"

是的——布丽迪想——我只知道他去过女洗手间、图书馆和储藏室。"不知道。"

"该死，"特朗说，"听着，我要挂电话了。我的秘书在叫我。我希望她找到了C.B.家的电话。集中精神和我连接。"他说完挂了电话。

我需要警告C.B.，特朗正在找他——布丽迪想。但她不知道如果自己贸然呼唤C.B.，特朗会听到什么。只要他听到C.B.的名字，一切就都完了。布丽迪只能等特朗睡着了，或者是C.B.呼叫她的时候，希望特朗不会在那时找到C.B.。

在那以前，她又该做些什么？C.B.要她去睡觉。这是个好主意。如果她睡着了，特朗就什么都听不到了。但她又担心自己在似睡非睡的时候会走神，想到C.B.或者梅芙。实际上，现在她就想到他们了。

你需要想一想别的——布丽迪告诫自己，同时下载了《给比利·乔的歌》。

听这首歌真是个错误。C.B.就像歌中那个女孩一样，不得不保守秘密，不能将自己身上发生的事对任何人讲，甚至连家人也不行。布丽迪一句一句听着歌词，发现自己正在想C.B.说过的话。他认为比利·乔会跳下大桥是为了躲避那些声音。布丽迪不知道这是不是真正的原因，还是比利·乔这样做是为了保护另一个人，就像C.B.保护梅芙一样。现在布丽迪明白了为什么C.B.说他担心的不是自己的秘密……

不要想——布丽迪告诫自己——特朗会听到你。她将歌曲换成《少年守护天使》，心中开始寻思为什么歌曲中的情侣总是会落得这种糟糕的下场。在诗歌里也是一样。在《绿林好汉》中，国王的士兵捆起了领主的女儿贝丝，还用设下了致命机关的火枪指向她的心脏。为了警告绿林好汉，贝丝不得不向自己开了枪。如果他们有心灵感应，贝丝就不必牺牲自己了。《给比利·乔的歌》中的女孩要是知道比利·乔要跳下去，也会赶去阻拦他。

那样的话，这两首歌就会短得多——布丽迪想。而她现在正需要长一些的东西。这样才能让她不去想 C.B. 和心灵感应。她想到了《巴黎圣母院》和《远离尘嚣》。不过她还是下载了《秘密花园》，缩进长沙发的一角，开始读这本书。

她又错了。玛丽·伦诺克斯的叔叔听到一个"遥远而清晰的声音"呼叫他，谈论"如同电池组一样强有力的"想法。于是他开始怀疑自己是否"失去了理智，以为自己听到了人耳不应该听到的东西"。怪不得梅芙这么痴迷这本小说。布丽迪又想起了那些歌词。

到了午夜时分，特朗又打来电话。"你找到 C.B. 施瓦茨了吗？"布丽迪问。

"没有，但我找到了维里克医生。或者说至少我知道了他在哪座城市。他不在摩洛哥。他在香港特区。"

这意味着维里克医生还要过几天才会回来。布丽迪长出了一口气。挂了电话之后，她立刻就睡着了，直到电话铃声再一次将她吵醒。她摸索着电话，把平板电脑从沙发上碰了下去。这时她听到 C.B. 说——黎明斥候呼叫暗夜战士，请回话，暗夜战士。

嘘——布丽迪说道——特朗可能会听见。我觉得他正在给我打电话。

没有，他没有——C.B. 说——是我，电话是我打的。铃声一下子停住了。不必担心，特朗听不到我们。他睡着了。

他正在找你——布丽迪说。

我知道。他没有找到我。

很好——布丽迪仍然有些昏昏沉沉地说道——现在几点了。

快三点了。

早晨了？

恐怕是。我一直希望特朗能够去睡觉，但他直到半个小时以前都在和 IT 说话，想找到维里克医生。

他在香港特区。

我知道。IT 会给酒店逐一打电话。他们迟早会找到他。到那时候，他们就会给特朗打电话，把他叫起来。所以我们需要充分利用这点时间。

当然。抱歉——布丽迪说着坐了起来——我醒了。

我们最好当面说话，以免特朗恰好醒过来。所以，如果你穿好了衣服……

我已经穿好衣服了——布丽迪说着穿上了鞋——你想让我去哪里见你？

楼下。

你已经到这里了？你不上来吗？

不，你下来，我有一样东西想给你看。

马上就来——布丽迪说着套上毛衣。她有些犹豫是否要穿上外衣，不穿的话，她可以快速钻进 C.B. 的车里，不需要在外面耽误多少时间。她抓起钥匙，关上灯，悄悄跑下楼梯，出了公寓楼。

她没有看到 C.B. 的车，便走到人行道上，朝马路两头望去。不知道是不是特朗醒过来了，C.B. 觉得他们见面已经不再安全。

"不，他还在睡觉。"C.B. 说着从阴影中走出来，"香港特区有许多酒店。我估计我们至少还有一两个小时的时间。来吧。"

他们走上黑暗的街道。"听着，"C.B. 边走边说，"关于特朗和心灵感应手机的事情，真的很抱歉，我应该早一点告诉你，但我不想……"

"……让我再一次大发脾气，指责你想要将我们分开，就像你警告我心灵感应的时候那样？"

"不，那不是……"

"没关系。我不怪你。如果不是我亲口听到他那样说——我是说，听到他的想法，我可能完全不会相信你。"

"那样让你知道这件事真是太糟了。"C.B. 停下来，转身看着布丽迪，"你还好吗？"

"我相信你能读到我的心。"

"我能。"

"那么你就知道，我对他的欺骗感到愤怒。他利用了我。这也让我对自己感到愤怒，因为我没能看穿他。但有些事情我还是不懂。为什么他会认为 EED 能在我们之间建立连接？"

"实际上这并不需要情感联系……"

"我知道，你也知道，但特朗不知道。他认为情感绑定是必要的。同时他又知道他并不是……"

"我对此无法确定。"C.B. 说，"根据我对他的想法的识别，他认为他是。"

"就算把爱摔到他脸上，他也认不出来。"

"的确，但他并不是第一个对爱情的浪漫和羁绊有所误解的人。"

你是说我——布丽迪想。

"再加上他更需要 EED 来强化他的手机功能。他需要 EED 的'情感连接'能够成功，所以他完全有理由说服自己爱你。我告诉过你，人类都是自我欺骗的大师。"

"你是对的。"布丽迪意识到 C.B. 和她说过的那么多关于人类根本不知道自己的感情、希特勒也自认为是个好人和类似的话并不只是为了劝说她不去做 EED。他一直在警告她要小心特朗。但她真是太蠢了，什么都听不明白，看不透他的山茶花束、油光锃亮的头发和烛光晚餐都是为了什么。

"不要自责。"C.B. 说，"贞德一直相信法国王太子。但那个王太子只是一个骗子、软骨头、叛徒和龌龊小人。但贞德又怎么能知道呢？拯救法国终究是一个崇高的理想。"C.B. 低头看着布丽迪，"贞德只是将自己的信仰交给了错误的人。"忽然间，布丽迪察觉到 C.B. 和自己离得有多么近，而周围又是多么黑。

该是改变话题的时候了——布丽迪想。她说道："我还是不明白，特朗既然没有爱尔兰血统，为什么还能连接到我？我记得，你曾推测他的家族树上一定有一个爱尔兰女仆……"

"或者不止一个，再加上几个马僮。"

"难道不可能是你关于心灵感应的基因理论是错的吗？"

"不可能。"

布丽迪等待着听到一番复杂的解释，但 C.B. 什么都没有说，只是又向前走去。

现在看看谁会改变话题吧——布丽迪决定不让 C.B. 占据先机。"但你说过，英格兰人有抑制基因。"她和 C.B. 并肩前行，"那么他又是怎样……"

"也许有什么东西让特朗具有了更强的接收能力。据你所知，他有没有服用维里克开的抗焦虑药？"

"我不知道。你觉得是那……"

"再结合亢奋的情绪状态。他需要向他的老板提供 EED 数据，这肯定对他造成了很大压力。是的，这有可能触发心灵感应。"

"再加上，我当时一直在呼唤：'你在哪里？'"布丽迪郁闷地说道。她回想起自己当时站在巴士车站，呼唤 C.B.。"如果我叫你的名字……"

"他就会知道我们有连接。我们很可能会遇到比现在更大的麻烦。"

C.B. 再一次停下脚步。布丽迪向周围望了一眼，惊讶地发现他们已经走出了很远。这里距离她的公寓楼足有三个街区。但还是看不到 C.B. 的本田车。"你把车停到哪里了？"

"你的车旁边。"C.B. 回头指了指他们来时的路。

"那我们要去哪里？我记得你说过，要给我看一样东西。"

"是的，"C.B. 说，"这个。"他伸手指了指空旷的街道和旁边黑色的楼宇。"听听，这里有多安静。"

的确很安静。布丽迪看着 C.B.。没有一丝风拨动他的乱发，也没有汽车的声音，两个街区以外的大路上连一辆车都看不见。

"我说的不是这个，"C.B. 说，"我说的是那些声音。仔细听。"

C.B. 是对的。在布丽迪边界的砖墙以外，那些遥远的咆哮变成了最微弱的轻声细语。"因为所有人都睡了吗？"布丽迪不由得感到奇怪。

"不。很不幸，这种事从不会发生。总会有长途卡车司机、失眠者和守墓人醒着。不过凌晨三点总还是会好一些。酒吧已经打烊一个小时；母亲们都让他们的孩子们睡了；打老婆的人也都睡熟了；快递员、送报纸的孩子和五点钟值岗护士还没起床。"

"但不是有人像笼子里的松鼠一样仍然醒着吗？"布丽迪想起了这些

事发生之前她在凌晨三点钟的样子。

"是的，他们在担心银行贷款，背上的色素痣和希望自己不曾说过、不曾做过的所有事。凌晨三点钟的时候，你潜意识里的所有怀疑、懊悔和愧疚都会冒出来折磨你。'灵魂的暗夜'，弗朗西斯·斯科特·菲茨杰拉德就是这样称呼这个时刻的。"

但布丽迪什么都没有听到。那些声音很平静，只是一种柔和的呢喃。

"这是因为在这个时刻，那些失眠的人会读书、数羊或者看电视上的老电影，好让自己能够入睡。这让整个世界都变成了图书馆里的阅览室。我喜欢夜晚的这个时间。"

布丽迪完全可以想象。C.B. 每天都不得不努力挡住那些声音。而现在是他唯一可以放松的时刻，让他几乎能够像其他人一样自由自在。

"的确，"C.B. 高兴地看着周围，"这是我一天中最喜欢的时刻，就像斯凯·马斯特森说的那样。"

"斯凯·马斯特森？"

"《红男绿女》里的人物。还记得吗？我和你说过，那部电影里有许多好歌。《运如淑女》《阿德莱德的挽歌》……"

"那首关于感冒的歌？"布丽迪想起了——她也许着了凉，因为她没有把外衣穿上。布丽迪希望自己穿上了外衣。现在外面实在是太冷了。

"嗯哼，这是其中之一。"C.B. 说着脱下了夹克，披在布丽迪的肩膀上。

"你总是把自己的夹克给我，"布丽迪说，"谢谢。"

"这是我的荣幸。不管怎样，斯凯·马斯特森是个赌徒。但他还是带回了萨拉姐妹……"

"萨拉姐妹？"

"是的，她是基督救世军的传教士。这样的女孩总是会被配不上她的男人搞到手。不管怎样，斯凯和萨拉姐妹在天快亮的时候从哈瓦那回来。斯凯告诉萨拉，这是他一天中最喜欢的时刻。路上没有车子，周围没有人，而且……"C.B. 停下脚步，站定身子，一动不动地倾听着。

"怎么了？"布丽迪忧虑地问，"特朗醒了？"

"不，是 IT 的达雷尔。他们找到了关于维里克的线索。他们认为维里克正在香港特区为一名高级官员和他的夫人做 EED。那会是一个大消息。所以维里克的位置是完全保密的。特朗很难联系到他。就算特朗和他通了电话，维里克也有完美的理由不会回来。"

"为什么他不想回来？"

"因为特朗要告诉他，EED 让你们俩听到了对方的声音。就像我告诉过你的一样，维里克不能让他的病人听到任何疯狂的声音，否则他的事业就完了，就像布丽迪·墨菲的催眠师和莱茵博士一样。"

"但如果他已经在着手研究心灵感应了呢？如果他和特朗开始合作了，该怎么办？"

"他们没有合作。我没有察觉到任何迹象表明特朗曾经向维里克讲述过他的手机概念。他一直在等待你和他建立连接，好对你们的连接进行测试和研究。当维里克将你们的预约提前的时候，他也非常惊讶。"

"哦，很好。我还在担心这件事。但如果维里克医生已经有了切实的心灵感应证据……"

"他不会有。特朗听到的只有你。如果维里克要你展示心灵感应的能力，你可以像今天早晨一样写下不同的词。维里克就会认为那只是特朗的过度想象。"

"但特朗呢？他曾经和我说话，还听到了我的声音。他会把这些都告诉维里克医生。"

"你可以告诉维里克，你根本不知道他在说些什么。你完全可以否认他。"

真希望我能够相信这件事会有这么简单——布丽迪想道。她拽紧了C.B. 的夹克，好多保留一些温暖。"但如果特朗的能力加强了，变得能够像你一样听到我的想法，从而知道了我能听见什么，也知道我在撒谎，那该怎么办？"

"那你还是可以继续否认他。不管怎样，他不可能有这种能力。不过我有点不理解，你怎么能听到他对于手机的那些想法……"

"我的确听到了。"布丽迪说，"我是有意去听的。"

C.B.停住脚步，看着布丽迪。"但我还没有教你……"

"我知道，我是自学的。"

"但那些声音……你怎么能够在监听他的时候又不会被那些声音淹没？你有没有……"

"我有没有打开门？没有。我非常害怕那样。所以我想出了一个办法，在庭院里听到外面的声音。用收音机。"

"收音机？"

"是的，就像你实验室里的那台。"布丽迪说了自己的方法。

"噢，"C.B.说道，"非常精彩！你几乎……"他一下子停住脚步。

特朗一定是醒了——布丽迪想。想到就要和C.B.分开，布丽迪感到一阵心痛。这种散步的感觉真好。她搜紧了C.B.的夹克。"他找到维里克医生了吗？"

"维里克医生？"C.B.说，"哦，没有，我只是查看一下。特朗还在睡觉。"

太好了——布丽迪想——那么我们就不必回去了。她欢快地看了一眼周围的大楼和空旷的街道。空气中飘扬着潮湿泥土和丁香花的气息。在街灯之间，黑色的天空中有星星在闪烁。

但C.B.完全没有在意周围的景色。"IT找到了维里克的具体位置，这意味着他们随时都会给特朗打电话。在他们打电话之前，我还需要告诉你一些事。"他深吸一口气，"首先，如果不是因为我，你本来不会陷入这种麻烦的。"

"什么？这不是你的错，是特朗……"

"是的，这件事是特朗的主意。两个月以前，他来到我的实验室，要我对EED的工作原理进行研究。我的研究完成之后，他又问我是否能够依照EED产生的神经通路绘制出电信号的路径图。我告诉他不行。做这件事必须先对做过EED的人进行脑部扫描。"

C.B.充满歉意地看着布丽迪。"我这样说是因为我知道他不可能找到这样的扫描图谱。医患保密条例让他无法获得这种信息。我肯定不希望公司对意识之间的直接交流下手，即使那只是情绪的交流。不久之后，我知道他在和你约会，而你们两个人要做 EED 了。我觉得你可能拥有那种基因，毕竟你有金红色的头发和爱尔兰名字，所以我才试图警告你。我很担心如果你做了 EED，你接受声音的能力就会被触发。而你又会将这件事告诉特朗。我不希望特朗知道心灵感应是真的。"

"你说谎，"布丽迪说，"我的名字和我的红头发不是你认为我能够进行心灵感应的原因。你认为我可能有这种能力，是因为梅芙。"

C.B. 惊愕地盯住布丽迪。"你知道梅芙的事了？"

布丽迪点点头。

"怎么知道的？不要告诉我是她和你说的。她一直都非常害怕你会发现这件事，再告诉她妈妈。她让我发誓要保守秘密。"C.B. 好奇地看着布丽迪，"我是不是可以猜想，你在你的收音机里听到了她？"

"她没有告诉我，我也没听到她。我是推测出来的。"

"因为彩虹幸运麦片圈，对吗？"

"有一部分原因是。你也曾经利用那些棉花糖来分散她的注意力，对不对？"

"是的。"

"我还在奇怪，为什么你会提到孩子吃的麦片圈。"布丽迪说，"我还想到了，我联系不到你的时候，是她在和你说话，就像在公司第一次听到其他声音，还有你在我们争执的时候突然走开。"

C.B. 点点头。"我教梅芙如何把声音挡开。但我以前从没有教过别人。所以梅芙的防御一开始还不算完美。我不得不去援救她，帮她支撑住防御。这让我有时候不得不立刻放下眼前的事情。有一次，我几乎以为没办法让她平静下来，帮助她恢复防御了。尤其我还不在她身边，只能远程帮助她。等我照顾好她，你已经在剧院里遇到了麻烦。后来，我们在储藏室里，她又让自己遇到了麻烦。所以我才会回到门边，好集中精神帮助她冷静。这就是为什么直到图书管理员几乎到了门边，我才听到她。

382

那时我只来得及把灯关掉。我那样做的时候……"

"我却崩溃了。"布丽迪说，"这个我也想到了。你并没有给她发信息，教她在特朗打来电话的时候该怎么说，而是直接用心灵感应和她说话。"

"噢！你简直和你的外甥女一样有侦探的天赋。你察觉到她的事，她知道了吗？"

布丽迪点点头。"我想明白这件事的时候，她正在偷听我。"

"那么她可能正在偷听我们说话。"C.B. 说，"不过，如果她真的在偷听，那我打赌，她肯定会忍不住插上几句。"C.B. 歪过头倾听了片刻，"我猜得没错。她已经熟睡了。"

谢天谢地——布丽迪想。如果梅芙听到了他们的对话，谁也不知道她会说些什么。"你说她被声音袭击的时候非常恐慌。她现在如何了？"那些声音的确是狂暴又凶恶……

"我那时帮她暂时挡住了许多不好的东西，直到她建立起防御。"C.B. 说，"她听到的声音并不像你那样发生过突然的暴涨。在最初的两个星期里，她一次只会听到一两个声音。"

所以她会阅读《黑暗之声编年史》——布丽迪想——*她害怕自己患上了精神分裂症。*

"是的，"C.B. 说，"我听到她在为此感到担忧。她来公司找你的时候，我见过她两次，所以我认得她的声音。我很担心她关心精神分裂症的事情是因为她已经开始听到声音了。尽管她还那么年轻。"

"所以你用心灵感应找到了她，你们就编造了那个关于科学作业的故事，好掩饰你正在教她如何保护自己，对抗那些声音的事实。"

"差不多。"

"非常感谢你这样做。我根本不敢去想，如果没有你的帮助，她又会遇到些什么。"

"是的，说实话，我不想让她经历我所经历的一切。但实际上，就算没有我，她似乎也能熬过来。她似乎总倾向于高估她的能力，低估那些声音的力量。但她的确很有抵抗入侵者的天赋。"

"那是因为她在和家人的抗争中积累了大量实践经验。"

C.B. 咧嘴一笑。"是的。她把乌娜姨妈和她母亲的事情都告诉了我。梅芙称她的母亲为史塔西特工①。但如果你想听听我的看法，那么梅芙的母亲无论是聪慧还是计算机能力都比不上梅芙。梅芙在编写安全代码的时候简直就是个神童。现在她正摸索该如何监听玛丽·克莱尔的想法。你可怜的姐姐连一点机会都没有。不必担心那些声音会伤害梅芙。她已经建立起了边界、安全屋和加密防火墙。"

"还有一座有护城河和高塔的城堡，以及僵尸大门。"

C.B. 笑了。"看到了吗？她能照顾好自己。"

"除非特朗发现她的事。"

"是的。"C.B. 突然严肃起来，"所以我们必须确保他做不到这一点。"

"还有他无法找到你。"

C.B. 点点头。"至今为止，我们都还算安全。他没有听到过你提起我的名字，以及昨晚发生的事情。他仍然认为你离开剧院之后去了你姨妈家。公司里也没有人看到我们从酒店取走你的车。没有任何线索会暴露我们。"

"除了你给医院打去的那通电话，告诉他们我离开了房间，正在楼梯间里。"

"但我没有说出我的名字。所以除非医院追踪那通电话，否则我们就不会有事。但他们没有理由这样做。因为维里克医生不会相信特朗。"

布丽迪只能祈祷 C.B. 的话不会有错。如果他们发现了 C.B. 和 C.B. 知道的那些事，他们一定会竭尽全力追查他。一旦他们发现了他实际上是爱尔兰人……

"特朗也还没有将这些事和爱尔兰联系在一起。他甚至不知道你用心灵感应干过什么事。他认为自己只是交了好运，在意外中能够设计出一款比情绪连接更好的电话。他现在把全部注意力都放在这件事上，甚至

---

① Stasi，德意志民主共和国国家安全部。

没有好好想一想，如果他将这件事告诉维里克医生，维里克会认为他有多么疯狂。"

"那么我最好明确地告诉梅芙，她只能用电话和我交流。"

"好主意。"C.B. 说，"而且我们在谈论她的时候最好找一个代号。我们肯定不希望让特朗意识到她也参与到了这件事里。"

"魔发奇缘如何？或者灰姑娘？"

"不，特朗一定会察觉到这是暗号。就用'辛迪'吧。你不仅要说她是辛迪，也要这样想，不要把她的真名流露出来。"

"我会小心的。"布丽迪忽然想到了一件事，"你谈到维里克医生的时候，为什么说找不到他与特朗合作的迹象？你知道？"

"你是想问，我能不能读他的心？很不幸，不能。我从没有听到过他的声音。那天晚上，我来医院看你，他已经回家了。我本来打算在你去赴午夜约会的那一晚在他的办公室和他说几句话，但他并不在那里。而我又不可能去香港特区。但我能够听到特朗。如果维里克已经与特朗合谋，我肯定能够找到线索。我至今什么都没有找到。他……"C.B. 忽然停下来，扬起下巴，显露出警惕的样子。

布丽迪看着专心倾听的 C.B.，觉得他很憔悴。他一定累坏了——布丽迪想——他睡得比我还要少。想到自己今晚一直在睡觉，他却一直在等待着特朗打盹，布丽迪不由得感到一阵愧疚。这些日子里，C.B. 一直这样守卫着梅芙和她的安全。

这时 C.B. 停止了倾听。布丽迪问："是特朗吗？"

"不是，还是 IT 的达雷尔。看样子，那位医生实际上也不在香港特区。他在亚利桑那州。"

"哦，不，这意味着他明天就会回来。应该是今天了，今天下午就能回来。"

C.B. 摇摇头。"他们还没有找到他。他飞到了凤凰城。但他没有预定那里的任何酒店。而且他在那里租了一辆车。这也许意味着他还要去别的地方，可能是棕榈泉、大峡谷或者墨西哥。再加上他正位于这个国家手机信号覆盖最差的地方。如果他开车进了沙漠，那很可能几天之内都没办法找到他。所以我应该还有时间告诉你……"

"关于斯凯·马斯特森和萨拉姐妹的事。"

C.B.停顿了一下，然后说道："是的，关于萨拉和斯凯。"布丽迪却有一种感觉，他本来想说的是另外一件事。C.B.又问道："我说到哪里了？"

你说你喜欢这片黑夜——布丽迪想——我也和你一样，喜欢这带着丁香气息的可爱夜色，只要和你在一起。"你说他们从哈瓦那回来。"

"是的。"C.B.低头看着布丽迪，"他带着她去了古巴，为了……"

"防止她的男朋友发现她有心灵感应？"

"不，为了赢得一场赌局，同时也为了和她上床。他赢了那场赌局，又和她共进晚餐，灌醉了她。但是……"

他爱上了她。

"是的。"C.B.低声说道，"于是他又带她回了纽约，把自己做的事情告诉了她，并且要和她说一些事。就像我要和你说一些事，就在……该死。"

"出什么事了？"布丽迪问。不过她已经知道了。特朗醒了。

"不是，"C.B.厌恶地说，"我刚刚听到达雷尔说，其实是他在想——他要给特朗打电话，问问特朗能不能想到那个医生会去哪里。抱歉，我一直以为他们要在找到那个医生之后才会给特朗电话。来吧，你要回家了。"他一边说，一边带着布丽迪快步走了起来。"特朗可能会叫你。我不希望他发现你还醒着，而且是在室外。"

"但你说过，他只会从我这里得到很零碎的信息。"

"是的，我原先也以为他根本不可能连接到你。我们不能冒险。尤其是这件事还和梅芙有关系。你和我是一回事，但梅芙还是个孩子。护城河和高塔不可能为她挡住记者和军方。说到这个，"C.B.一边拽着布丽迪在人行道上加快脚步，一边说，"从现在开始，我们只能用普通方式进行联系，而且必须是与公司无关的联系方式。明天你一上班就到我的实验室来。我会给你一部一次性手机。如果发生了什么事，就用那个联系我。"

"如果我去找你之前就出事了呢？"

"不会的，"C.B. 说，"现在……"他看了一眼自己的手表，"……已经快四点了。再过五个小时，我就会在公司见到你。我相信特朗在那以前不可能找到维里克，就算他找到了，那位医生的手机可能也处在睡眠模式。他们要到早晨才有可能通话。否则，维里克只会因为自己被吵醒而感到气恼。如果特朗告诉他，想给智能手机增加心灵感应功能，这会让他更加恼火。"

"他能做到吗？"布丽迪不得不跑起来才能跟上 C.B.，"特朗真的能把心灵感应变成一项可以安装在手机里的技术？"

"如果他指派我做这件事，他就做不到。"

"我是认真的。真的有这种可能吗？"

"除非他们知道心灵感应的运作机理和原因。所以特朗才会认为EED 在这件事上至关重要，而他能控制的做过 EED 的人只有他和你。"

"那么我们能进行连接还是因为他和我有情感绑定。"

"是的，"C.B. 说，"抱歉。"这时他们来到了公寓楼前。C.B. 侧过头听了几秒钟，然后说道，"达雷尔正在找特朗的号码。你最好马上回去。"

"但你说，你还有一些事要告诉我。"

"是的。"C.B. 说，"只好等一等了。"

"你确定没有办法能将特朗挡住？哪怕只是几分钟？你可以上楼来，把要说的话说完，再给我讲完斯凯·马斯特森和萨拉姐妹的事……"

特朗摇摇头。"事情没有这么简单。现在你需要进去了。我需要去睡一会儿。我们全都需要足够的脑力应对明天的事情。晚安。"不等布丽迪把夹克还给他，他已经跳到了人行道上。

C.B.！等等！——布丽迪追了上去，把夹克递给 C.B.。"谢谢你的衣服。"她说道。

"随时为你效劳。"C.B. 严肃地说道。他们相互凝视了许久。在这个令人喘不上气的时刻，布丽迪以为 C.B. 就要吻她了。但他没有。他只是懊恼地摇摇头说："明天早上见。"随后他就向自己的车走去。

布丽迪站在原地，看着C.B.离开，然后快步走向自己的公寓和手机。

特朗没有打电话过来。尽管C.B.强调要小心这件事，布丽迪还是觉得特朗应该还顾不上来找她。他现在应该正忙着给弗拉格斯塔夫和尤马的酒店打电话，好确定维里克医生的所在位置。估计他现在也没有心思来听布丽迪想了些什么。

但为了以防万一，布丽迪还是得回去睡觉。她脱下衣服，钻进被窝，关了灯，又努力想停止自己的意识。但她一直在想着C.B.，想知道C.B.要告诉她的另外那些事是什么。难道是比心灵感应更可怕的事？或者是有人正企图利用心灵感应？中央情报局想要用它找到恐怖分子和秘密军事基地？或者窃取敌人的军事计划和核密码？那些人肯定不会在乎可以从谁那里获取这项能力，无论是C.B.、她还是梅芙，无论是开闸泄洪还是放出大群僵尸，那些人从来都没有在乎过……

到底会是什么事？布丽迪不停地寻思着。C.B.听到的声音又会是什么样子？C.B.从没有说过。布丽迪怀疑就算自己亲口问他，他可能也不会坦白这件事。布丽迪决定问一问梅芙。

C.B.告诉过她，他们需要保持无线电静默。IT的达雷尔可能已经叫醒了特朗。而且这个时候，梅芙肯定还睡着。但布丽迪相信如果自己继续磨蹭下去，可能就再也不会有机会了。

她进入自己的庭院，将收音机调到特朗的频段。什么都没有。甚至连静电噪音都没有。她在特朗的频段进行左右微调，然后又迅速扫描其余频段，寻找达雷尔的声音。

她几乎是立刻就找到了达雷尔……*不知道……也许我最好还是等到有确切线索……*

看样子，达雷尔还没有给特朗打电话。布丽迪调回到特朗的频段，仍然只听到一片沉默。于是她呼唤道——*梅芙！*

嗨，布丽迪阿姨——梅芙立刻有了回应——*出什么事了吗？*

不。我只是想知道一些事。你说过，你的声音是僵尸群，对吧？

是的，那种真正吓人的僵尸。它们会不停地扑过来，就算砍掉它们

的脑袋也没有用。它们只想咬你，而且……

C.B. 的声音也是僵尸群吗？

不是——梅芙用她最擅长的"怎么可能"的语调说道——每个人的声音都不一样，这要看你害怕什么，在想着什么。

C.B. 有没有告诉过你，他听到的声音是什么样子？

没有。他说他完全不想让我知道。但我还是猜出来了。是火。

第二十六章

"嗯，方案 A 完蛋了。方案 B 是什么？"

"我们正在制定方案 B。"

——《远古入侵》

"火！"布丽迪惊骇地说道。所以 C.B. 才那样执着于贞德。那位法国女英雄就是被活活烧死的。

你不能告诉他是我对你说的——梅芙说——他还不知道我猜出来了。

我不会的，谢谢你，梅芙，去睡吧——布丽迪说道，然后她才意识到梅芙肯定没有睡觉，才会立刻就听到了她的呼唤——你怎么还不睡？

我做了个噩梦。

都是因为你看僵尸电影的关系。

我没有看僵尸电影——梅芙气愤地说——我正在看《美女与野兽》，真正吓人的地方是村民们攻入城堡，要找到野兽那一段。

维里克医生和特朗如果发现心灵感应是真的，一定会像追猎野兽的村民一样追猎他们——布丽迪想到了这一点。她没有让梅芙听到自己的想法，只是对梅芙说——你需要看到最后。最后，她拯救了野兽。他们快乐地生活在一起。而你现在应该去睡觉。天亮之后，你还要上学。

现在是你让我还醒着——梅芙反驳说。布丽迪又用了五分钟时间才结束和她的谈话。然后布丽迪又关上灯，躺在黑暗里，想着 C.B. 听到的声音。

她本以为洪水已经很恐怖了，但火焰肯定更可怕。就算是贞德也没有足够的勇气正视那些火焰。所以她的敌人才会把她绑在火刑柱上。C.B. 却不惜冲进火焰来拯救她，还有梅芙，而且一次又一次地这样做。如果我陷入了麻烦，他还会这样做——布丽迪微微发出一声感叹。

你不应该想这些事——布丽迪提醒自己——特朗随时都有可能醒过来。仿佛是感应到了布丽迪的想法，她的手机忽然响了。

"我一直在努力从精神上联系你，已经有十分钟了。"特朗说，"难道你没有听见我的呼声？"

"没有。我在睡觉。现在几点了。"

"差十分钟就四点了。"特朗说道。"有一个好消息，我联系上维里克医生了。他马上就会赶回来。"

"马上就会赶回来？"

"是的，我能感觉到你的焦急，知道你也很希望我找到他。他正直接赶回来见我们。我不知道他什么时候会到，但只要我得到消息就会立刻通知你。上班以后马上来我的办公室。我们可以练习发送和接收信息。我已经练习了一整晚。现在我从你那里接收信息的情况已经进步多了。我相信你也能做到。你只需要集中精力。"

不，我只想去找 C.B.——布丽迪在特朗挂了电话以后想道。但她该怎么做？C.B. 刚才说，他要回家去睡觉。如果他睡着了，就不可能听到布丽迪的呼叫。而特朗却会听到。这也意味着布丽迪不能呼唤梅芙，让梅芙给 C.B. 打电话。

布丽迪只能自己给 C.B. 电话。但 C.B. 告诉过她，不要使用自己的手机。而她又不想在凌晨四点为了借手机而叫醒邻居。

这太荒谬了——布丽迪想。EED 应该为她开辟出一条新的交流之路，但现在它只是让她无法再使用自己以前的交流手段。好吧，这是一种范式转变，只是变化的方向错了。

布丽迪开始考虑养信鸽，去找公用电话，或者等到特朗睡着之后再呼唤 C.B.。但听起来特朗已经不打算睡觉了，而是可能会继续进行"联系"。布丽迪需要现在就把维里克医生的事情告诉 C.B.。

那么可用的就只剩下公用电话了。首先她要找到这样一部电话。凯瑟琳说过，在加油站和便利店旁边有公用电话。但她也说过，她被落跑的男友丢在 7-11 的时候，兜里一点零钱都没有。那就是说，打公用电话需要硬币。

布丽迪的钱包里有一枚十美分和三枚一美分的硬币。她不知道现在打一通公用电话需要多少钱。二十五美分？五十美分？不，最好准备一美元，以防万一。

在随后十分钟里，布丽迪搜遍了自己的手袋、外衣兜和厨房的抽屉，找到足够的零钱。然后她抽出一条牛仔裤和一件上衣，把硬币塞进衣兜里，拿起钥匙和写着 C.B. 电话号码的纸盒盖，又披上一件她从没有穿过的夹克衫，踮着脚尖下了楼。

凌晨三点钟的世界也许很浪漫，但四点一刻就完全不同了。布丽迪只觉得又黑又冷，当她终于找到 7-11，发现便利店已经关门了——所以它才会被称作 7-11。但公用电话在店里面。她只能隔着窗户看到那部电话。

两个街区以外的埃克森加油站也关门了。加油站外面有一个电话亭，但亭子里没有电话。康菲加油站也关门了。它外面有电话，但电话上没有听筒。就在布丽迪转身准备回家的时候，她发现前方还有一个便利店：比奇玛特。

比奇玛特门外没有电话亭，但它的橱窗招牌上写着：ATM、电话、子弹。那家便利店明显还开着门。它外面的停车场上停满了摩托车。

布丽迪将车子绕过街角，停在路边，走进了那家便利店。她立刻就有些为自己的行为感到后悔。看到比奇玛特里面的样子，布丽迪觉得 7-11 简直就像便利店里的冷光餐厅。她一走进来，便利店里的服务员就饶有兴致地看着她，还有咖啡机旁边一个显然是无家可归的男人，以及在薯条货架前无所事事的两个壮汉。外面的摩托车肯定是他们的。有那么一眨眼的工夫，布丽迪很希望自己知道他们都在想些什么，这样她也能估计一下自己要应付怎样的危险。然后她决定，还是对此一无所知可能会比较好。

电话机前面有一个看上去比那两个壮汉更凶横的家伙。他手里拿着听筒，身子倚在电话箱上，看起来已经在那里待了一段时间。布丽迪正想去别的地方看看，那家伙突然喊道："简直是该死！你也应该去死！"然后用力摔上电话，径直向布丽迪走来。他的朋友们紧跟到他身后。

布丽迪急忙退到糖果货架的通道里，等待他们离开，然后急忙向电话走过去，一边掏出兜里的硬币和C.B.的号码。

她根本不需要在家里花那么多时间找零钱。这部电话只接受信用卡付账。她刷了信用卡，竭力不去在意听筒上那一片黏糊糊的可乐渍（或者血渍），迅速键入C.B.的号码。

电话铃声响了。快快醒来！——布丽迪喊道。尽管她知道，如果C.B.睡了，就不可能听到她的喊声。布丽迪紧张得有些喘不过气，她越来越害怕自己的声音会被特朗听到。

但特朗显然没有听到她的声音。电话铃声也没有叫醒C.B.。否则就是C.B.不会接"未知号码"的电话。C.B.的手机上会有来电显示吗？以布丽迪对他的了解，他……

"布丽迪？"C.B.的声音从电话另一端传来。

"是我，"布丽迪长出了一口气，"我有没有吵醒你？"

"没有，我正在工作。出什么事了？你没用你的智能手机，对吗？"

"是的。"布丽迪向那个流浪汉瞥了一眼。现在那个人到了糖果通道里，正毫不掩饰地盯着她。那个店员也是一样。他靠在收银台上，一边盯着布丽迪，一边盯着那些摩托车党。那三个骑摩托车的家伙还在店外，正愤怒地说着什么，看上去，他们可能随时会冲回来，把电话从布丽迪手中夺走。"我用的是林登路上一家便利店里的公用电话。"布丽迪压低声音，"我有事要和你说。"

"我估计还有别人会听到你说话。"C.B.说。

"没关系。"

C.B.一定也在倾听布丽迪的心思，他马上又问道："你打电话的地方有多糟糕？"

"有一点糟糕。"布丽迪悄声说。

"你需要我去找你吗？"

"不。"布丽迪回头瞥了一眼店员。那个店员正全神贯注地偷听她。"你能说话吗？还是现在时机不对。"她必须小心这个店员。

"我看看。"C.B.说道，一阵短暂的沉默之后，"我们可以说话。特朗又去睡觉了。"

哦，太好了，我不用留在这里了——布丽迪想。正当她打算挂电话的时候，她听到外面传来话音："是的，没错，你也该死！"两个摩托车党正怒气冲冲地对峙着。又有十几名壮汉不知道从什么地方冒出来，出现在便利店外面。不行——布丽迪想道——我最好还是留在这里。但她也不能站在这里什么都不说，否则那名店员一定会有所怀疑。

"没问题，"C.B.说，"跟着我说——我对他说：'我再也不想见到你了。'然后我就下了车——然后你可以假装我是在告诉你，你的男朋友是一个小人……"

他当然是——布丽迪想。

"……你根本就不应该和他一起出去，等等。你只需要每隔几分钟说一次'我知道'和'你是对的'。我们就这样一直聊下去。"

"我对他说，"布丽迪提高了声音，好让那名店员听到，"我再也不想见到你了。然后我就下了车。"然后她在心中默念——特朗打来了电话，他和维里克医生联系上了。维里克医生马上就会赶回来。

"他有没有说维里克在哪里？"

没有，你没有明白这其中的重点。如果维里克这样着急回来，那就意味着他相信特朗！

"不，不一定。"C.B.平静地说，"如果他是在斯科茨代尔和想做EED的富人见面，那么他在招揽好客户之后还是会马上回来。"

但听特朗的口气，维里克医生是中途改变行程回来的。你以前还说，你根本不相信他会这么快回来，因为他肯定不想被卷进这样的事情里。

"是的，嗯，也许他认为自己已经被卷进来了，所以需要回来把这件事了结掉。"

但特朗肯定不想让无关的人发现这件事。他需要对此严格保密，以免苹果公司……

"是的，但维里克也许还不知道。他也许只是以为特朗打算将这件事公之于众，所以才会急着赶回来，想说服特朗放弃这样的想法。就像我想说服你放弃 EED。等一下，我拿我的笔记本电脑来。"

布丽迪利用这个空闲又瞥了一眼那些摩托车党。他们停止了相互喊叫，但仍然在凶神恶煞般地彼此瞪视着。我可不打算听到他们在想什么——她想道。

那名店员还在看着她。"你想警告我提防他，"布丽迪用清晰的话音对着听筒说道，"我早就应该听你的。"

"你当然应该。"C.B. 说，"好吧，我正在查西南方那片区域的航班。无论维里克要去哪里，他肯定要从凤凰城或者图森市起飞。即使他搭乘明天早上最早的航班——我是说，今天早上——他也要到十点十五才能到。图森的第一趟航班在四十分钟以后起飞。他如果在这架飞机上，最早也要到十一点半才能赶回办公室。但他不在这架飞机上。这架飞机已经满员了。随后三趟航班的一等舱和商务舱也都在一个星期以前就卖光票了。我不觉得维里克会是那种愿意挤普通舱的人……"

你还是没找到重点——布丽迪说——如果他回来是因为特朗把心灵感应的事情告诉了他，而他相信了，那该怎么办？

"我也不觉得维里克是那种人。他在医院和办公室的时候，都从没有对你说过超感知觉、通灵力量或者远程感知之类的话，对吧？"

是的，他没有。布丽迪皱起眉头。当 C.B. 说"通灵力量"的时候，一段回忆闪过了她的脑海。那和 C.B. 所说的不完全一样，而是通灵再加上另一个词——通灵能力？通灵天赋？

"他说过什么关于通灵天赋的话？"C.B. 警惕地问道。

没有——布丽迪说。的确，她仔细想下去，发现那段记忆和维里克医生并没有关系。那是凯瑟琳说的，或者是凯瑟琳给她发的信息……不，无论那是什么，都已经过去了。

"那么预见能力或者心灵传输呢？"C.B. 还在问，"他有没有提起过这种事？"

没有。

"那我认为他会赶回来很可能是害怕特朗产生了幻听，会因此而控告他造成了医疗事故。"

无论是什么原因，他马上就要回来了——布丽迪说——他会问我许多问题，会进行测试……

"他什么都得不到。我告诉过你，扫描无法让他知道你在想什么，除非你主动与他合作。"

你也告诉过我，维里克医生不会寻找任何心灵感应的迹象，因为他并不知道心灵感应的存在。但特朗告诉了他。他会知道的。如果特朗向我发送一个词，而我们俩的脑子里同一片区域都亮了起来……

"不会的。即使你在那一刻收到唯一的信息，你的大脑也不会只有一个地方亮起来。你的大脑永远都充满了各种影像、声音、情绪、神经脉冲和无聊的想法。而且你的大脑也不是图书馆。你存放一个特定想法的地方不会和特朗的一样，也不会和我的一样。我们有各自的存档系统。那更像是一个云系统，而不是卡片柜。一个想法会被储存在几十个地方，有成百上千的连接会让它们相互比对。比如彩虹幸运麦片圈。这个名字的写法被储存在一个地方；发音被储存在另一个地方；包装盒的样子被储存在第三个地方；还有它的味道，你吃它、购买它和把它吃光的记忆……"

还有你在剧院里问我，那些棉花糖都是什么样子……

"是的，"C.B. 说，"然后它还会连接到一系列其他的地方——早餐、爱尔兰、粉笔味道的东西，它们又会连接到更多地方。这还不算你的大脑因为'彩虹'和'幸运'而交叉连接到的另外成千上万个概念——幸运手环、幸运兔脚、《运如淑女》、你偶尔听到有人说'也许我今晚能够走运'。所有这些东西都被存储在不同的地方，有不同的神经连接。所有这些想法连在一起，形成了一张超巨型的网络，就像互联网一样。在那里，每一个想法都连接到了另一个其他的想法。而唯一能够掌握这张网络，将它的含义解释给其他人的，就只有你。相信我，维里克根本不知道你在想什么，他就像这家便利店的店员一样不了解你。说到这个，你也许应该再说一下'你是对的'了。"

不，我不必了——布丽迪转头向那名店员看过去。那个人已经捧起了一本杂志。那个流浪汉蹩到了一条偏僻的通道里，正在往衣兜里塞着什么。那些摩托车党似乎已经结束了争执，都骑上车，扬起车头，咆哮着离开了。

"最好还是说一下，以防万一。"

"你是对的。"布丽迪说完，又无声地说——你错了，你说他们只能从我的嘴里知道我在想什么，但是特朗呢？他能告诉他们……

"那么你仍然可以说特朗说得不对。"C.B. 说，"特朗只能说出他自以为从你那里听到的想法，却没办法证明你真的在那样想。"

除非特朗听到的比他告诉我的更多，比如他已经听到了 C.B. 的名字，于是他们就会抓 C.B. 去审问——布丽迪这样想着，忽然回忆起 C.B. 和她说的真的被不列颠人抓住，遭受酷刑拷问。

"特朗没有听到我的名字。他根本不知道我有心灵感应，更不要说是我和你的对话了。不记得了？我能够读心。"

"你从没有听到过维里克医生的想法。"

"确实，"C.B. 说道，"所以等他回来以后，我首先要做的就是确定一下他的声音，到时候我就能听到他的心思了。"

你不会是想去见他吧？你真的要去？

"不会，"C.B. 说，"我想尽量对他敬而远之，就像你希望我做的那样。而且我也没有理由和他打交道。等他落地之后，你可以在我的办公室里开手机免提给他打电话，这样我就能听到他的声音，知道他和你见面的时候会想些什么了。"

或者我可以找些理由，说我不能去见他……

"不，这样做可能会让特朗认为你知道了他的目的。我们想让他相信，你仍然认为他和你做 EED 只是为了让你们有更紧密的情感联系。你没有听到过任何奇怪的声音，直到……耶稣啊，那真是昨天早上发生的事情？感觉仿佛已经是许多年以前的事了。"

我明白——布丽迪回忆起那场雨和那个巴士站，还有隐藏在图书馆深处的那个卡内基风格的房间、那间阅览室、坐在 C.B. 的车里……

"是的，" C.B. 说，"还有在洗手池下躲避那些声音，我让你一个人留在那间储藏室的黑暗中，身边只有那些声音。我们真的是在谈论一个浪漫的周末吗？"

是的——布丽迪想。

"但对于特朗和维里克医生来说，所有这些事都不曾发生过。你离开剧院是为了帮助解决家人的危机。你终于回到家时，就一头倒在了床上。早晨，你向特朗发出呼唤，希望能够和他进行情感连接。当他用言辞回应你的时候，你被完全震惊了。你根本不知道还会有这种事情发生。现在你就像特朗一样想知道答案。"

C.B. 是对的。布丽迪应该要求维里克医生说清楚为什么会发生这种事，而不是对他避而不见。但布丽迪还是不想去。

"不必担心，" C.B. 说，"我们有足够多的时间让你做好准备。你按照我们的计划先来我的实验室，我们可以重新梳理每一件事。在这以前……"

我知道，不要想你和梅芙……我是说，辛迪。

"对的。还记得在图书馆的时候吗？我当时说，防止被捉住的最好办法就是让他们什么都不知道。我们最好的防御就是让他们只知道你和特朗进行过交谈。他们不可能想到辛迪和我也跟这件事有关，因为他们根本不知道我们的存在。说到这个，也许我最好也有一个代号。"

我可以叫你康兰。他不知道那是你的……

"不，不能是任何与爱尔兰有关系的名字。我们不能给他这种线索。"

我可以叫你以实玛利。

"太犹太风格了。"

绿林好汉？

"不，这明显是个代号，就和灰姑娘一样。那需要是一个不那么惹眼的词，一个很普通的，就像是……"

斯凯——布丽迪说。

电话另一头陷入了沉默。

你知道，《红男绿女》里面的，斯凯·马斯特森。

"你确定想要这样？萨拉姐妹？你知道，她被带去了哈瓦那。"

*我很想试一试。*布丽迪在回答的时候转过了头，以免被店员看到她的表情。毕竟，她是在因为自己受到欺骗而向朋友哭诉。微笑的表情显然不合适。

"好吧，"C.B. 说，"你不会也恰好喜欢牛奶焦糖吧？"

不要酒精，不记得了？——布丽迪提醒他——*除了那些声音以外，我也不想无意中向特朗透露其他的事情。说到这个，我们还需要告诉辛迪，千万不要和我说话。如果特朗发现她有心灵感应……*

"不必担心。我会叮嘱她进入城堡，升起吊桥，关闭僵尸大门。与此同时，萨拉姐妹，你要回家去，给你的秘书发一封邮件，要她将你的工作会议都挪到下午，空出你上午的时间，然后不要再去想任何你不想让特朗听到的事情。"

"他醒了吗？"布丽迪紧张地问。

"没有，现在还没有，但从现在开始，你要当作他已经醒了，当作他能够听到你说的和想的任何事情。这意味着我们最好保持无线电静默。"说到这里，C.B. 犹豫了一下，"我想，要劝你去试着再睡一会儿应该是白费口舌吧。"

是的。

"好吧，那么就回忆一下'图书管理员玛丽安'。等你来到我的实验室时，我会教你另外一些屏蔽技巧。你不读书的时候，可以想一想早餐要吃些什么，上班时要穿什么，或者那些幸免于难的人要如何离开吉利根岛。只是别想梅芙、我、心灵感应和爱尔兰。我会调查一下维里克的历史，确认他和超自然现象没有什么瓜葛。我相信他应该是没有。同时我还会看看能不能发现他这次去见的名流是谁。我向你保证，一切都会好起来的。现在说：'谢谢你愿意开车来接我。我们一会儿见。'然后挂上电话，我就可以和梅芙谈谈了。"

"谢谢你愿意开车来接我，"布丽迪说道，"我们一会儿见。"

"好女孩，"C.B. 说，"我们早上见。"然后他挂了电话。

布丽迪也应该把电话挂了，尤其是现在那名店员又开始从收银台后面用不怀好意的眼光看着布丽迪了。尽管 C.B. 已经听不到了，布丽迪还是说道："我真的非常感谢你这样对我。我竟然以为自己爱他，我真是个白痴。我甚至不知道爱是什么。"

店员嘲弄地哼了一声。

"我会在外面等你，"布丽迪在拨号音中继续说着，"我爱你。"然后她挂了电话。

她快步走出便利店，来到马路边。在这里，她能够看到街面，也能够继续监视那名店员。趁那名店员转身的工夫，她立刻钻进了自己的车里，开车回家。一路上，她开始思考是否能够从自己的收音机里找到维里克医生，这样她就能确定维里克是否在和特朗合作，以及他为什么会回来了。还有，为什么维里克医生告诉护士自己在香港特区，但实际上他去了亚利桑那。

一回到家，布丽迪就开始做这件事。但维里克医生显然睡着了。要么就是不在她的监听范围之内。布丽迪在任何频段都没办法找到他。

等一下，我再试试——布丽迪想。她在笔记本上打开了《绿林好汉》。随后一个小时里，她只是在记忆这些诗篇。她希望能够找到一段欢快的诗文，尤其是当她读到绿林好汉发现贝丝为他而牺牲，便不顾一切赶去复仇，却被埋伏的士兵击倒的时候。

读到最后的篇章时，布丽迪只能强迫自己不要把电脑丢掉。绿林好汉躺在血泊中，"喉咙上还扎着一条缎带"。我需要看一个结局好一点的故事。于是她又从 iTunes 上打开了《阿德莱德的挽歌》。

她看到这个名字的时候就应该知道这不是什么有大团圆结局的故事，但至少这里没有人被杀。而且它有许多重复的段落。很好——她想道——我可以用它消磨掉早晨以前的时间了。但是当她把全篇读完，再看看时钟，发现时间刚到五点。

我只能看一看《红男绿女》剩下的部分了。还有《欢乐音乐妙无穷》——她一边想，一边下载了它们，开始看了起来。C.B. 是对的，《锡号赋格曲》听起来实在太像那些声音了。《聪明的女孩更哀伤》似乎也不太好。这个名字就没办法给人带来安慰。不过《欢乐音乐妙无穷》里哈罗德·希尔教授对河畔城灾祸的那一大段华彩描述真是棒极了。布丽迪仔细背诵了那段话，然后又开始尝试寻找维里克医生的频段。

还是没有结果。这很好。那位医生还在她的接收范围之外。布丽迪洗了个澡，又以自嘲的心情回忆起仅仅在几天以前，她最大的忧虑还是受到 C.B. 的偷窥。现在几点了？——她寻思着，走出浴室，擦干身子——肯定已经快七点了吧。

时间是五点四十五分。布丽迪开始思考自己最早能够几点去公司，又不至于引起同事的怀疑。八点？七点四十五？斯凯一定要早一些教她"另外一些屏蔽技巧"才好。

她哼着《运如淑女》，擦干头发，穿好衣服，拿起《罗马帝国衰亡史》，立刻又为此感到后悔。这部书的节奏让罗马帝国绵延几个世纪的衰亡过程变得就好像百米冲刺一样快。

在差十五分钟到七点的时候，布丽迪决定抛弃掉罗马的命运，起身去拿手袋和钥匙，她不在乎别人会不会怀疑她了。

一阵敲门声响起。那不可能是斯凯。他特别叮嘱过布丽迪，他们不能在一起。那就一定是凯瑟琳了，或者是玛丽·克莱尔。

但站在门外的是特朗。"哦，太好了。"特朗满意地看着她，"你收到我的信息了。"

"信息？"

"是的。半个小时以前，我在心里告诉你，我要来接你，难道你没听见？"

布丽迪摇摇头。

"那你为什么已经准备好要出门了？"

"我要早些去上班。我的工作进度已经严重落后……"

"或者是你的潜意识接收到了我的信息，知道你需要做好准备。"

"准备什么？"布丽迪问道。但她担心自己其实已经知道了。

"维里克医生回来了。他想立刻见我们。"

第二十七章

"没有什么糟糕事不会变得更糟糕。"

——爱尔兰谚语

"维……维里克医生回来了？"布丽迪有些结巴地说道，"但是，特朗……"

"他挂了我的电话之后就乘他的私人飞机回来了。"

当然。布丽迪和 C.B.……不对，是斯凯，早就应该想到，那位医生可能有自己的私人飞机。

"我告诉过你，他在得知我能够给你发送心灵信息之后就飞了回来。"特朗说，"真无法相信，你竟然没有听到我！我从你这里听到的越来越多。你确定集中精神了？"

布丽迪更加用力地按紧了安全屋的门闩。"是的，"她说道，"你听到了什么？"

"哦，各种事情。我听到你说需要我，还有'不知道特朗是不是睡着了'，以及一大堆需要打电话的想法。你似乎还不明白，我们现在不需要电话了。"

"你听到的只有这些？"

"不，还有其他事，不过它们都没什么意义。有些是拦路抢劫，还有需要改变，还有天空①。你都在想些什么？"

"我不知道。"布丽迪说，"我一定是在做梦。"

---

① 即 Sky，斯凯一名的英文含义。

"我也觉得是。我们必须问问维里克医生，为什么我能听到你的这么多想法，你却不能听到我的。那么，你准备好见他了吗？"

"不。我是说，我需要先去一趟公司。为什么你不先过去？我们在他那里会合。今天早晨我和阿特·桑普森要碰个面。我上一次就不得不更改了……"

"你可以在车上做这件事。你的手机在哪里？"

"我去拿。"布丽迪快步走到卧室里去拿手机。她希望自己能够给C.……斯凯一把她的公寓的钥匙。这样她至少能够用唇膏在镜子上写下"救命！"。如果斯凯在公司里没有找到她，就会来她家里，察觉到情况不妙了。

她抓起手机，检查了一下通话记录，确认斯凯的名字不在上面。然后她又删掉了辛迪的通话和信息，又停了一下，不知所措地盯着没办法在上面留下求救信号的镜子，竭力想找到办法说服特朗让她自己开车过去，这样她至少能够在车流中甩掉特朗，然后开车去比奇玛特，告诉斯凯刚刚发生的一切。

"你怎么耽搁了那么久？"特朗出现在门口，"我已经和维里克医生说过了，我们会在八点钟赶到他那里。他是一路飞回来的，我们不应该让他等我们，一定要让他好好听一下我们现在的情况。"他连催带赶地让布丽迪离开公寓，下了楼梯，来到他的保时捷旁边。

当特朗为布丽迪打开车门的时候，布丽迪再一次说道："我真的认为我们可以在他那里会合。我已经更改过两次和阿特·桑普森的见面时间了。如果我再一次取消，他一定会非常生气，除非我能向他解释……"

"给他发信息。"特朗说。现在除了上车，布丽迪已经别无选择了。

就在保时捷发动的时候，布丽迪看向了仪表板。那上面有一台精致的卫星广播音响系统。布丽迪不知道用它找到《给比利·乔的歌》会不会很难，不由得开始找起了菜单按钮。

"不要听音乐，"特朗说着伸过手关掉了音响，"如果我们要让维里克医生相信我们能够进行心灵感应，我们就需要完全集中精神进行发送和接收。"他的保时捷径直向市中心驶去。

"但我不明白，为什么我们要让他相信这种事？为什么他必须要参与到我们的事情里？"

"因为这已经不只是我们的事情了。事实是，心灵感应的存在可能会影响到每一个人的生活。你还不明白吗？人们不必再使用智能手机、电子邮件和社交媒体来进行交流了。他们能够直接交换想法。这将是即时通信的全新形式——思维即时通信。"

"但这怎么能实现？"布丽迪用一双天真的大眼睛看着特朗，"能够进行这种交流的人难道不是都应该有情感联系吗？"

"不需要，只要我们能够找出是什么原因导致的这种效应，以及它的工作方式，我们就能够让它被每个人使用。这正是让维里克医生参与进来的原因。他能够使用各种检测手段，让我们了解参与这一功能的脑回路。这样我们就能设计出相应的装置，让所有人都可以进行心灵感应式交流。"

"你把这些都告诉维里克医生了？"

"还没有。我只告诉他，发生了意想不到的事情。你和我能够从对方那里接收到情绪以外的东西。我没有称它为心灵感应。我不想把维里克医生吓跑。我只是告诉他，他需要马上回来。"

看来斯凯是对的。维里克医生还没有真正参与进来。"但如果你还没有告诉他，你又怎么知道他会同意对我们进行检测？"布丽迪问道。特朗将目光从路面上移开，带着难以置信的神情看了布丽迪一眼。

"他怎么会拒绝？这是属于这个世纪的科学发现！想一想这意味着什么。人们将能够真正懂得对方。不会再有秘密，不会再有误解，不会再有冲突。"

事情可没这么简单——布丽迪想。

"想想看，它都能解决怎样的问题。不仅仅是个人问题，而是真正重要的问题。抓捕恐怖分子。我们能够在他们杀害无辜民众之前就阻止他们。我们还能够清楚地知道谁是我们的敌人，他们都计划干些什么。心

405

灵感应会让我们在外交事务中获得巨大的优势。在商业事务中也是一样。我们能够在华尔街呼风唤雨。我们将拥有无穷无尽的可能。"

你是对的——布丽迪想——和间谍合作，刺探商业情报，政治态势。为了掌握斯凯和梅……辛迪那样的能力，对他们进行测试、试验、折磨，把他们绑在火刑柱上，让他们承受那无比恐怖的声音、疯狂的僵尸、狂暴的野火，让他们在咆哮声中失去理智。

"明白了吧，"特朗自信满满地说道，"面对所有这些可能，维里克医生一定会像我们一样兴奋。"这时他的保时捷已经掉头进入医院的停车场。

"我还以为我们要去他的办公室。"

"不，他请我们在这里和他见面。"在这里，布丽迪很可能会撞上曾经在楼梯间里找到她的人，或者是那位送她出院，看着她被斯凯的车接走的护士。

不过服务台的志愿者告诉他们，维里克医生的办公室在医院另一端的另外一层楼里。一路上，布丽迪也没有看到任何以前见过的人。

维里克医生亲自走出来迎接他们。"早上好，弗拉尼根女士。我们又在这里见面了。"他说着指了指走廊的尽头。

他看上去一点也不像刚刚连夜从亚利桑那飞回来的样子。这时一名路过的医生停住脚步说道："我还以为你在塞多纳。"

"我刚回来。"维里克医生轻松地回答道。

塞多纳。为什么这个名字会在布丽迪的脑海中敲响一声警铃？布丽迪觉得自己听到过这个……

"非常感谢你改变行程来见我们。"特朗说道。

"小事一桩。"维里克医生说，"来吧。"他领他们走进一间问诊室。这里有一张书桌，桌子前面已经摆放好了两把软垫椅。"坐下。我马上就回来。我需要和我的护士说几句话。"

他走进书桌后面的门。布丽迪能够听到他说："……马上就来……她一到，就立刻通知我。"然后还有，"……机场……"那是否意味着维里克在处理完他们的事情之后打算马上去诊治下一位飞过来的客户？

希望如此——布丽迪想。

维里克医生很快就回到书桌后面，坐了下去。他俯身在桌面上问道："现在，把发生的事情准确地告诉我。我相信你们已经连接上了。"

"我们做到的可不只是连接。"特朗迫不及待地说道，"我们不只是感觉到了对方的情绪，我们还能进行交谈！"

"交谈？"维里克医生的目光逐一落在他们两人的身上，"你是说，现在你们彼此之间有了更强的移情作用，你们能够更好地进行交流了？"

"不，我的意思是，我们可以相互交谈，就像我现在和你谈话一样，只不过我们的交谈是直接在脑子里进行的。"

直到特朗如此把这件事说出口，布丽迪才意识到这到底有多么疯狂。*斯凯是对的。如果他在这件事真正发生以前这样告诉我，我绝对不会相信他。*

"正是！"特朗说着朝布丽迪一指，"我刚刚听到布丽迪说'他绝对不会相信我们'，你就是这样想的，对不对，布丽迪？告诉他！"

"是的，但是……"

"但是这一点很容易从她的表情中猜出来，"维里克说，"还有她的肢体语言。你确定你感受到的不是这些？利用她的情绪和非语言性的暗示，猜测……"

"不！"特朗说，"我们相距数英里的时候，我就能听见她。她也能听到我的想法。"

"这是真的吗，弗拉尼根女士？"维里克医生转向布丽迪。

"不。"

"不？！"特朗说道，"你怎么能这样说？我们曾经说过话！我能够证明。看。"他拿出他们写下的那些名词清单，一张张拍在维里克医生的书桌上。"我们在不同的房间里，分别想十样东西。另一个人把它们写下来。我的正确率几乎有四分之三；而她几乎都答对了。现在我们的情况比那时候还要好得多。我的交流能力一直在增强。给我们做一个脑部扫描，你就能看到，我们可以听清彼此的……"

"先让我看看。"维里克医生看着那些清单说道。

希望他能像我一样，认为特朗所谓的"正确"答案并不正确——布丽迪一边想，一边看着正在浏览清单的维里克，希望从这位医生的脸上找到蛛丝马迹的反应。但他的脸上始终没有半点表情。终于，维里克医生放下清单，将双手合在一起，又向前俯过身。"我认为你最好从一开始讲起，沃思先生。"

特朗点点头。"前天晚上，我们接受了你的建议，不再去多想关于连接的事情，而是去了剧院。"

"你们在那里……第一次有了意识交流？"

"不，布丽迪因为家人的问题而不得不离开，那个晚上我们没有再见面。但第二天早晨，我听到她在呼唤：'你在哪里？'我说：'布丽迪，是你吗？'"

"你听到他那样说了？"维里克医生转向布丽迪问道。

"是……是的，"布丽迪以自己最大的胆量让声音中充满犹疑，"至少我觉得我听到了。"

"你的确听到了。"特朗说，"因为你说：'是的。'然后我说：'真无法相信，我们连接上了。'接着我问她在哪里，她告诉我，她正在公寓里，躺在床上。"

在特朗叙述那段经过的时候，布丽迪紧盯住维里克医生。医生依旧是一副将信将疑的表情。然后他问了一些问题。在布丽迪听来，医生会问出这样的问题，就代表他认为面前的病人正在做出一番荒谬愚蠢的，甚至是令人不安的表述。

但维里克医生的反应也有一些不太正常的地方。他似乎没有那么惊讶，也没有显露出怎样的气恼。似乎他不觉得自己被从亚利桑那拽回来却听到这样一个愚蠢的故事是在浪费时间。总而言之，他几乎没有什么反应。这让布丽迪完全摸不清他到底有着怎样的心思。

他实际上已经认同特朗的说法了，只是因为我的关系，所以才装出这样一副冷漠的样子——布丽迪想道。但随着维里克医生问出更多的问题，特朗因为不断做出解释而变得越来越懊恼，布丽迪又觉得自己想得不对。那么到底是怎么回事？——她看着维里克医生，越发感到狐疑——为什么他的反应总有些不对劲？

布丽迪突然震惊地意识到——他并不只是不感到吃惊，他根本就是毫无兴趣。维里克医生的心思根本就不在布丽迪和特朗身上。虽然他还在继续这场谈话，但同时在担忧别的事情。布丽迪想到他刚才和护士谈论的那位病人。刚才维里克医生说了，那位病人一到，就要"立刻通知"他。

但除非是那位病人的脑子已经开始从 EED 手术刀口中流出来了，否则其他任何事都不可能比特朗所说的更重要，尤其是考虑到这件事被泄露出去的话，维里克医生的名誉会受到怎样的打击。布丽迪知道，维里克很担心这件事，因为他曾经很严厉地问道："你们和谁说过这件事？"

"还没有告诉过别人。"特朗回答，"所以我们这样急切地等待你回来，就可以先把这件事告诉你。"

"我很高兴。"维里克医生说道。毫无疑问，他肯定是大大地松了一口气。但这和他那种漠然置之的表情又很不协调。或者他那种表情代表着别的心态？厌烦？走神？隐瞒着什么？

一定是这样——布丽迪想——他有事瞒着我们。他和我们说话只是在拖延时间，好等待某个时机。他在等什么？精神病院的收容人员和两件束缚衣？还是斯凯不知道的某种新的脑部扫描装置，能够确切表明一个人在想些什么？

我需要搞清楚这件事——想到此，布丽迪走进自己的庭院。她此前一直都没能从收音机里找到维里克医生的声音，她希望那只是因为维里克在她的搜索范围以外。现在维里克就在她眼前，而且……

一名护士从门口探进头来："医生？很抱歉打扰您，但你和我说过，如果瓦伦斯基女士到了，就立刻通知您。"

"是的。"维里克医生走到门边。他和护士低声交谈了几句，护士就离开了。维里克医生又回到布丽迪和特朗面前。"非常抱歉，我现在需要去处理一位病人的问题。只用几分钟时间。请先用一些咖啡。"他朝咖啡机指了一下，然后离开了房间。

特朗立刻拿出手机查看信息，又给他的秘书打电话。很好——布丽迪小心地走到庭院中的棉白杨下，坐到长椅上，拿起收音机，想看看能否找到维里克医生的频段。

"他什么时候打的电话？"特朗说道，"我是说，他什么时候打的电话……什么，我听不清。我换一个信号好一点的地方。"他将手机按在胸前，"告诉维里克医生，我马上回来。"

布丽迪点点头，便继续去调节收音机。但她忽然又想道——维里克医生那儿先不着急，应该趁这个机会和斯凯谈谈。特朗正集中精神打电话呢。屋门刚刚在特朗身后关上，她就立刻呼唤道——斯凯？

我在，出什么事了？你在哪里？

和特朗、维里克医生在一起。

他回来了？他们和你在一个房间里吗？

不在。维里克医生去处理另一位病人了。特朗出去打电话……

这不安全——C.B. 说——去圣塔菲。

我已经在庭院里了——布丽迪说。但斯凯没了声音。他一定认为特朗就算和别人说话的时候也能听到我——布丽迪一边想，一边将收音机放回到花园橱柜里，开始在石板路面上踱步，不知道斯凯打算做什么。他是要先进入自己的安全屋，然后从那里和她说话吗？

"不，我们会用你的安全屋。"C.B. 说道。布丽迪抬起腿，看到 C.B. 正在黏土砖墙顶上。他的一条穿着牛仔裤的腿已经跨进了庭院。"你没必要把墙弄得这么高。你不会恰巧有一架梯子，或者一根绳子吧？"

"如果你给我一分钟时间，我可以把梯子想象出来。"布丽迪跑回花园橱柜那里。

"没关系。"C.B. 说着轻轻跳到石板路面上，向布丽迪走过来，"真是个好地方。"他一边说，一边欣赏着庭院中的花草和棉白杨。

"你是怎么做到的？"布丽迪问他。

"我告诉过你，会教你一些辅助性的防御功能，这就是其中之一。"他说着走到棉白杨下，坐到长椅上。"那么，你要告诉我什么？那位医生怎么会这么快就回来了？"

"他有私人飞机。"

"抱歉。我应该想到这一点的。他去了哪里？你知道吗？"

"是的，"布丽迪坐到C.B.身边，"塞多纳。这能让你想起什么？"

"想不起什么。我只知道那里是富人的避风港，就像阿斯彭和汉普顿一样。所以他可能是去那里做EED。但如果是这样，他为什么告诉人们他在香港特区？"C.B.皱起眉头，"我会仔细查一下。维里克有没有接受特朗的故事？"

"没有。至少……我认为他还没有。但他的反应中有一些有趣的地方。你说过，他会断然拒绝心灵感应的概念，但是他没有。他……"

"你确定他并不仅仅是在迎合特朗？医生们总是很善于口头上说着'嗯嗯'，心里却在想'谁能帮我联系一下精神病院'。"

布丽迪摇摇头。"他看上去更像在想别的事情，就好像在等待着什么。"

"但你不知道他在等什么？"

"不知道。你确定现在没有任何革命性的新扫描手段，能够侦测一个人是否可以听到别人的想法？"

"只要你不合作，就没有这种可能。不管怎样，我觉得我最好仔细听听维里克的声音，这样我们就能确切知道他在想些什么，我们是不是有什么事需要担心了。你在他的办公室里吗？"

"不在。我们在医院。但你不能来这里。至今为止，他们还没有发现我们的关系……"

"我们可以为我来这里找些理由。我们可以说，我需要和你谈谈某个手机程序或者诸如此类的东西。你在这家医院的哪个地方？"

"东翼，一楼。"布丽迪告诉他，"但我还是认为……我不能听到他的声音，然后再转达给你吗？"

"不能。首先，我不希望你听维里克的声音。特朗是对的。他和你的连接正变得越来越强。他也许会听到你在做什么。其次，你没办法转达维里克的声音。我听到的只会是你的声音，而不是他的。"

"如果你直接听到收音机的声音呢。"布丽迪说着向橱柜走去。

C.B.摇摇头。"这也是在通过你转达。无论这样的想象有多么真实，我实际上并不在这里。我们只是在交换想法。"

"那么网络呢？也许他在网上有演讲视频或者别的资料。"

"这个主意倒是不错。我会查看一下 YouTube 和他的网站。"C.B.说道。他显然还在倾听布丽迪的心思，因为他紧接着又说道，"不必担心，除非必须，我不会来医院的。"

"好的。"布丽迪说，"辛迪怎么样了？你有没有说服她保持低调，不要和我说话？"

"是的，我让她升起护城河的吊桥，把自己锁在秘密花园里。让我看看你的收音机。"

"我还以为它对你没有用。"

"是没什么用，"C.B.说，"不过还是让我看看吧。"

布丽迪拿出收音机，打开它，调到特朗的频段。"汉密尔顿，我是特朗·沃思，"特朗的声音从收音机里传出来，"是的，我正在与给我们做 EED 的医生见面。"一阵停顿之后，"不，先生，我们还没有到那个程度。"

C.B.听了一会儿，然后将指针调过几个频段，倾听那些静电噪音和清晰的声音。

"你还是认为这能帮助你听到维里克医生？"布丽迪问。

C.B.摇摇头。"不，但你让我想到了一个主意……"

"我有更好的办法听到他们。"梅芙说。

布丽迪和 C.B.同时抬起头，看向闩着的大门，又看向黏土砖墙。他们以为梅芙正在爬过墙头，但出现在庭院中的只有梅芙的声音——*你们不必转动旋钮，也不必做其他任何事。*

"我记得我告诉过你，留在你的安全屋里，不要和布丽迪阿姨说话！"C.B.气恼地说。

我就在安全屋里面——梅芙表示抗议——而且我没有和布丽迪说话。我正在和你说话。你没有对我说过不许和你说话。

"那么，我现在说了。"

没有人能听到我们——梅芙说——我已经使用了我全部的防御体系，而且特朗正在和汉密尔顿先生说话；维里克医生……

"我不在乎，"C.B.说，"我不希望你与任何人说话，也不希望你偷听任何人。"

你从来都不让我做任何事——梅芙气冲冲地说完就离开了。

"哦，我的上帝啊，"布丽迪说，"如果她说的这些话被特朗听到……"

"我知道，"C.B.严肃地说，"我需要和她谈谈，确保这样的事情不会再发生。"

"……今天下午不要有任何约会……"维里克的声音响起。布丽迪下意识地看向收音机，不知道自己是怎样调到了那位医生的频段。不过她很快就意识到，维里克的声音是从安全屋外面传进来的。

"我必须走了，"布丽迪说，"维里克医生马上就要回来了。"

"好的，"C.B.说，"我会去看看，是否能够在网上找到他的声音。如果找到了，我就开始监听他的声音，让你知道他在想什么。我还会查一下他去塞多纳做了什么。"

"好的。"

"如果你遇到麻烦，就到这里来呼叫我。不要担心，你做得很好。"他吻了一下布丽迪的面颊，就翻过高墙消失了。

"很抱歉，耽搁了这么长时间。"维里克医生对布丽迪说道。他走到书桌后面，带着询问的眼神看向布丽迪身边的空椅子。

"特朗必须去打个电话。"布丽迪对维里克说，"他很快就回来。"

"实际上，我想要谈话的人是你。"维里克坐下来，向布丽迪露出微笑，"沃思先生已经告诉了我他的经历。我想知道你都经历了什么。你有没有听到过他描述的那种信息？"

"有……有的，"布丽迪迟疑地说，"至少我觉得有。我们连接上的时候，我的确能够感觉到他的存在，还有他很兴奋……"

"但那些情绪并没有变成他的声音？"

"没有……我的意思是，有那么几次，当特朗给我发送信息的时候，我以为我在听他说话，但是……"布丽迪皱起眉头，仿佛是在努力思考该如何描述自己的体验，"你曾经说过，有时候，一个人的情绪可能会变得非常强烈，就好像他在说话。我的感觉就是那样的。"

"但你并没有真正听到话语，没有像沃思先生那样？"

"没有。我是说，这怎么可能呢？人们不可能听到别人的想法。这太疯狂了！"布丽迪向医生俯过身，"我没有发疯，对吧，医生？"

"绝对没有。"维里克医生说道。这时特朗回来了。他又抬头对特朗说："啊，沃思先生，我们刚刚在讨论你的'非常'体验。你说你们两个人曾经做过相互传递信息的试验……"

"是的，"特朗急忙应声道，"我们可以现在就给你做一遍。你只要写一张物品清单，我们就能……"

维里克医生摇摇头。"恐怕这种测试证明不了什么。它过于主观了。为了证明实际的交流效果，你们必须在受到严格控制的实验室条件下接受测试。"

"我们很愿意这样做。对不对，布丽迪？"特朗迫不及待地看着布丽迪，"我们全都很高兴接受你想要进行的任何测试。"

"很好。"维里克医生说，"你一定要明白，沃思先生，你刚刚宣称发生了非同寻常的现象，而非同寻常的现象必须有非同寻常的证据。你所感知到的思想交流实际上可能只是非语言的信号，只不过是受到了亲密情感的加强而已。"

他不相信我们——布丽迪稍稍松了一口气。维里克医生这时开始向他们解释下意识的信息交换、音调暗示以及认同偏向之类的专业概念。斯凯是对的。他只是在迎合我们。实际上他对我们的情况一点也不惊讶，所以才会不断走神，是我太紧张了，误解了他的心思。

"我要对你们做的测试将会确定你们所体验到的是不是精神对精神

的交流，还是别的某种现象。你们将被分开，分别处于不同的隔音房间里。你们的意识传递会被编码，并且确保是绝对随机的信息，这样我们才能将测试结果和统计学概率进行比对。"

我会把结果做得和普通人一样——布丽迪想——这样维里克医生就会得出结论，我们只是受到了自身情绪的蛊惑，一厢情愿地以为能够用心灵对话，然后他就会让我们回家。

"我们还会将你们的测试结果和这一领域在历史上的研究成果进行对比。"维里克医生说。

"研究成果？"布丽迪警惕地问道。

"是的，莱茵博士和杜克大学曾经在意识交流领域进行过广泛的研究。你们知道齐讷卡片吗？"

第二十八章

"你脑瓜子里又在编什么故事了，小姐？"

——弗朗西丝·霍奇森·伯内特,《小公主》①

齐讷卡片？——布丽迪想——哦，不，斯凯错了。维里克真的相信心灵感应。要打消他的猜疑，说服他相信我们没有非同寻常的地方绝不是那么容易的事情。

不过维里克医生随后的话又让布丽迪放心了一些。"齐讷卡片在 20 世纪 30 年代被应用于杜克大学的试验。如果运用得当，它们能够很好地判断意识交流是否存在，或者不过是被测试者的想象。它有五种不同的符号。"维里克医生将那些符号一一列举出来，解释了测试的进行方式，然后就领着他们走进房间内部的门，经过一小段走廊，来到一个墙壁和天花板都铺着隔音瓦的小房间。这个房间里有一把椅子和一张桌子。"弗拉尼根女士，你留在这里。一会儿会有一名护士来帮助你进行测试。"

那就测试吧——布丽迪想道。这时维里克医生已经带特朗走出去，并关上了屋门。布丽迪来到桌边。桌子上放着一副耳机，一个麦克风，一支铅笔和一张纸。纸的一边排列好了一串数字。

希望过来的护士不是我上次住院时见过我的——布丽迪想。

来了一个陌生的护士。她向布丽迪介绍说自己是维里克医生的助手。布丽迪看到她将一头金发扎在脑后，手中拿着文件夹板和一只塑料袋——很像手术前护士要求布丽迪将衣服和私人物品放进去的那只塑料袋。

"测试区域不允许有手袋、手机和首饰。"护士将塑料袋递给布丽迪，略带歉意地说道，"请将它们放在这里，我们会为您保管。"

---

① 选自《小公主》, 弗朗西丝·霍奇森·伯内特著，译林出版社 2015 年出版，姚锦镕译。

布丽迪交出自己的智能手机和钱夹，又摘下耳环。护士将塑料袋封好口，用记号笔写上布丽迪的名字。然后她请布丽迪坐到桌边，开始向布丽迪讲述测试流程。

她打开一副齐讷卡片，将它们倒扣着放在布丽迪面前。"蜂鸣器响起的时候，拿起第一张卡片。"她一边说，一边示范，"看卡片，将注意力集中在卡片的图形上。不要将图形所代表的物品说出来，也不要用言辞描述它。只是将注意力集中在图像上，竭力将图像传送给沃思先生。您听明白了吗？"

是的——布丽迪点点头——这意味着你们不知道我们可以直接告诉对方卡片上有什么。这让布丽迪感到了一些安心。

"当蜂鸣器再次响起，将卡片正面朝下扣回到桌上；拿起下一张卡片，重复刚才的过程，直到您看过了整副卡片。当您开始接收信息时，蜂鸣器响起，您就要集中精神接收沃思先生发来的图像，然后将它写在纸上。如果您什么都没有收到，就写'无'。如果您不确定，就先写一个'未定'，然后再写下你所想到的图像。不要进行猜测。"护士又将耳机指给布丽迪，"这是隔音耳机，可以帮助您阻隔所有干扰声音，集中精神。"

也防止特朗从隔壁房间用信号发来正确的答案——布丽迪想起了斯凯告诉过他的，杜克大学试验中发生的作弊行为。

"它们也被连接到维里克医生那里，这样医生就能给您额外的指示了。"护士继续说道，"您还可以用这个和医生进行交流。"她又将麦克风别在布丽迪的衣领上。"当然，在进行测试时，麦克风会处于关闭状态。"

"如果我有问题呢？"

"你可以通过这个给医生信号……"护士给布丽迪看了一个类似于电视遥控器的东西，"……他会开启您的麦克风。但请尽量不要使用这个。测试过程中会有间歇时间，您可以在那时提出问题。"

"你在测试过程中不会进来吗？"

"不会。"护士一边回答，一边瞥了一眼桌子前方的天花板。

那里一定有隐藏的摄像头——布丽迪想。

"还有其他问题吗？"

是的，我该怎么离开这里？"我觉得没有了。"布丽迪说。

"测试将在几分钟以后开始。"护士拿起齐讷卡片，将它们放进自己的实验室外衣兜里，又从另一只衣兜里拿出一副没有拆开的齐讷卡片，"您将首先发送信号。维里克医生会告诉您该何时打开这副卡片。"她说完便将卡片放在桌上，又为布丽迪戴好耳机，然后就走了。

不要慌——布丽迪告诫自己——他们什么都发现不了，除非你主动与他们合作。现在她只需要发送出和卡片上完全不同的东西，再根据特朗发送来的信息写下错误的答案就可以了。

但这样不行。正确率远远低于随机猜测的答案会像高正确率的答案一样受到怀疑。所以无论是她发出的还是写下的，都不能错得太离谱。她需要给出一些正确答案。但要给多少？

五个里面对一个会不会比较合逻辑？也许不是。但现在她没办法去问斯凯，这要比给出一个会受到维里克医生怀疑的答案更危险。她绝不能让他们察觉到斯凯的存在。

所以她只能自己想办法找出合适的答案了，而且要快，他们随时都会开始测试。那个隐藏的摄像头意味着她不能丢硬币，在脑子里掷骰子也做不到。那么你打算做什么？

不能进行心灵感应的人在进行齐讷测试的时候会做什么？——布丽迪想——他们会瞎猜。她需要在翻开一张卡片之前就进行猜想，然后不管那个猜想是否符合卡片上的内容，都要坚持去想它。轮到特朗的时候，她会在特朗传送过来任何东西之前就猜好答案。

希望在第一轮测试之后，维里克医生会认为特朗只是过度幻想，然后让他们回家。

在这段时间里，布丽迪只能一动不动地坐着，留在自己的庭院里，看上去就像在专心思考一样，绝不能显露出任何思考的迹象。扑克脸——她想道——你能做得到。

"弗拉尼根女士，你能听到我吗？"维里克医生的声音透过耳机传来。他一定打开了布丽迪的麦克风，所以布丽迪一应声，他就说道："很好，你理解测试的程序了吧？"

"是的。"

"那么就打开卡片封套，将卡片正面朝下放在你面前的桌子上。当蜂鸣器开始的时候就开始测试。对于每一张卡片，你将有三十秒的思考时间。"

这让布丽迪有足够的时间在告诉特朗"方块、圆形、圆形、波浪线"的同时还可以仔细思考——为什么自己听到塞多纳的时候仿佛听见了一声警铃。难道是玛丽·克莱尔提到过它？那是让她姐姐担心的无数事情之一？是网络洗钱组织的地址，还是汉坦病毒的爆发地？也许某个同事曾提起有人会去那里度假？

不，直到维里克医生说自己去了那里的时候，布丽迪才知道塞多纳在亚利桑那州。而且布丽迪有一种感觉，自己看到过这个名字，而不是听到了它。是在哪里？网上还是电子邮件里？

布丽迪皱起眉头，想要追溯到这个名字第一次出现的时刻。但她忽然想起，自己需要摆出一副扑克脸。希望维里克医生会认为她皱眉头只是因为集中精神。

布丽迪不知道维里克医生是不是在看着自己。不过那位医生在给她指示的时候，语气中依然显得非常无聊和心不在焉，而且还有些不耐烦。他似乎真的在等什么。这场测试只不过是在拖延时间。但他为什么又要做这个测试？

也许他只是在等待某个能够表明我们真正可以心灵感应的迹象。如果是这样，那么我就绝不能让他看到这种迹象——想到此，布丽迪便更加集中精神地看着那一连串行星、波浪纹和方块，告诉特朗："十字、圆形、圆形、十字。"

当提示放下最后一张卡片的蜂鸣器响起，留马尾辫的护士助手走进来，拿走了卡片。她一离开，维里克医生的声音就在耳机中响起："现在，你要接收沃思先生的想法了。你知道该怎么做吗？"

"是的。"布丽迪拿起了铅笔。

"很好，红灯亮起的时候，沃思先生就会开始传送信息。"

红灯亮了一下。方块——布丽迪想道。特朗传送过来的是——星星。布丽迪要写下"方块"，却又犹豫了一下。如果她想让自己的大部分答案都是错的，那么她就应该显出一副很难接收到任何信息的样子。她开始在心中计数。

二十秒应该够了——她一边想，一边数，然后又想道——用三十秒传送这些图像实在是太久了。尤其是当这副耳机阻隔了一切外部声音，现在布丽迪的脑子里只剩下了特朗的想法：等这个测试结束，我就要让维里克在我和布丽迪进行传送和接收信息的同时给我们做同步 fCAT 扫描，这样我们就能看到心灵感应的功能脑区了。星星，是一颗星星，布丽迪。如果你收到了，一定让我知道。你收到了吗？星星。

"波浪线。"布丽迪坚定地写下答案。开始等待下一个图形，同时衷心希望斯凯能够像被她指责的那样，挡住特朗的想法。

至少布丽迪可以对特朗的想法不做任何反应。当特朗向她发送来下一个图形"圆圈"的时候，她走进自己的庭院，拿出收音机，坐到长椅上，将收音机调到充满静电噪音的频段。

这样做真是个错误。特朗的想法至少还能为布丽迪挡开其他声音。现在布丽迪听到了那些声音。她的边界本应该挡住它们，让它们变成微弱的呢喃，但它没有做到这一点。那些声音中充满了太多愤怒和恐惧。它们在哭喊着——真痛啊……受不了……没有保险……用药过量了……你要扎死我吗，你这个浑蛋？……这损伤太严重了……真害怕……如果是癌症呢？……恐怕是恶性肿瘤吧……从半夜就开始值班了……凝血块……不应该发生在我身上啊！每一个字都浸透了焦虑、惊恐和绝望。

这才是斯凯不喜欢医院的真正原因——布丽迪告诉自己。她想到斯凯顶着这些声音来到医院把她接走——而且是两次——穿过烈火和窒息的浓烟。而她那时却对他那样粗鲁，只是在不停地赶他走……

停下——布丽迪告诫自己——你不应该去想他。你有更紧迫的事情需要担心，你还要每三十秒写下一个答案。这次是"X"，你还要挡住那些声音。还有，隐瞒住你自己的想法。

布丽迪越来越感到自己需要那些辅助防御，但斯凯一直都没有时间教她。她现在只能自己想办法强化已有的防御体系了。也许我能够增加更多壁垒。她回忆起辛迪带围墙的花园、吊桥和护城河。

不，不能是护城河。那只会给外面的声音洪水增加水源，削弱她的防御。带围墙的花园也不行。她必须走出庭院才能建造围墙。而声音的洪水已经涌到了庭院的黏土围墙下面——不能手术……真是精疲力竭了……永远都不能站起来了……六个月的生命……不！那些声音正变得越来越洪亮，洪涛的巨浪每一分钟都在涨高。为什么？

不只是因为医院——布丽迪想——我正在将全部力量用于阻止特朗和维里克医生听到我的想法，所以无法再维持我的边界了。

她需要加强边界，但这也意味着她必须出去。而那些声音仿佛随时都有可能冲进来。无论她要做什么，都只能在这个庭院里做。但这里没有建起城堡的空间。她不知道僵尸大门是什么样子，也不知道它们能不能挡得住洪水。什么东西能够有效地挡住洪水？

沙袋？这是有可能的。她能够将沙袋堆在门口……

但现在不行。她没有时间这样做。还有两个答案，然后就又轮到她发送信息了。或者维里克医生可能会得出结论，他们没有什么特别之处，然后就让他们回家。

维里克医生并没有这样做。他的护士助手——这次换成了一位红褐色头发的中年女护士，也穿着实验室外套，踩着普拉达高跟鞋，将文件夹抱在胸前，进来收走了布丽迪的答卷，同时还说了些什么。因为戴着耳机，布丽迪什么都没听到。

布丽迪摘下耳机。"不好意思，你说了什么？"

"我说：'维里克医生想再进行一轮测试。'另外，我的名字叫利兹。你是弗拉尼根女士，对吗？"

布丽迪点点头。

"我可以为你拿些什么来吗？水？咖啡？橘汁？"

"不，谢谢，不需要。"布丽迪其实很想要求去一趟洗手间，好趁机问一下斯凯是否找到了维里克医生的音频或者视频。不，最好还是不要，至少在她知道特朗到底能够听到她的多少心思之前不要这样做。

"你明白发送信息的程序吗？"

布丽迪再次点点头。

"你能向我重复一遍吗？只是为了确认无误。"

"当然。"布丽迪把步骤重复了一遍。

"是的，正是如此。"利兹说着递给她一副未开封的全新卡片，叮嘱布丽迪等她离开房间以后再拆封，然后就走了出去。

布丽迪戴回耳机，然后撕开了卡片套的玻璃纸标签。"准备好开始了吗，弗拉尼根女士？"维里克医生问道。

布丽迪将双手放到耳机上。维里克医生的语气和刚才有些不同。布丽迪能够听到其中流露出兴奋的意味，而那种等待所引起的烦躁感完全消失了。难道是不需要被测试对象合作就能发现心灵感应的扫描仪器到了？——布丽迪想。

但斯凯向她保证过，这种技术并不存在。那么唯一可能让维里克医生感到兴奋的就只有他们的测试结果了。难道特朗能够突破她的防御？识别她发出的假信息？听到卡片上真正的内容？而维里克医生已经相信他们有心灵感应了？

"弗拉尼根女士？"维里克医生高声说道，"你能听到我吗？"

"是的。"布丽迪说道，"抱歉，我在拆开卡片的时候遇到了点麻烦。"她撕扯起卡套的一角，将卡套一端撕开，拿出卡片，放到面前的桌子上。现在她只希望自己的动作足够自然和真实。"我准备好了。"

"很好。听到蜂鸣声就开始。"

布丽迪进入第二轮测试。想一个符号，翻过卡片，将自己想的符号传送给特朗，同时还在拼命思考自己该做些什么。C.B.告诉过她，不要去听维里克医生的声音，但她必须知道这位医生在想些什么。

422

但她首先需要找到一样东西挡住庭院大门，确保特朗听不到自己的声音。我要想象一堆沙袋堵住门口——她想道。但她又记起 C.B. 告诉过她，想象的东西细节越多，就越牢固、强大。于是她想象那些沙袋堆放在花园橱柜的旁边。

她将一只沙袋拖到门前，又过去拖来另一只。每次这样往返的时候，她都会大声说——特朗，我给你发过去一个圆（或者是星星、波浪线），你能看到吗？

当她终于将门口和门两边的墙壁都牢牢封住的时候，她说道——我正在发送……图形……特朗。然后她拿出收音机，开始寻找特朗的频段。

特朗在收音机里说——最后一个我没有收到。

那是一颗星星。重复，方块——布丽迪一边说，一边开始寻找维里克医生的频段。

你说的是方形还是星形？——特朗问。

我说的是"星星"——布丽迪没有再理特朗，只是一点点调节表尺上的指针。重复，星……她让自己的声音逐渐弱下去，开始不成曲调地哼了起来。

什么？我听不到你——特朗说道——你需要集中精神。

我在集中精神——布丽迪一边想，一边向收音机靠得更近，谨慎地转动旋钮，竭力在特朗的喊叫中捕捉维里克的声音。

"你能听到她传送的图形吗？"维里克医生问道。他的声音终于从收音机里传出来。尽管特朗刚才还在向布丽迪喊叫，但他一定对医生做出了肯定的回答。因为维里克医生说道："太好了。你把它们写下来了吗？"

是啊，他当然把它们写下来了——布丽迪想——测试不就是这样吗？

"她对于发送给她的图形是如何反应的？"维里克医生又问道。特朗一定又给出了肯定的回答，因为维里克医生说："圆、星星、波浪线、星星。"他显然是在将清单进行比对，"就像我想的一样，百分之百准确。"

什么？——布丽迪想。特朗刚刚还说他听不到自己的声音！

布丽迪迅速将收音机转回到特朗的频段，想听听他的反应。但她的动作还是慢了一步。特朗正在说："……蜂鸣器响了。发送下一个。"

布丽迪调回到维里克医生的频段。"……显然正竭力向我们隐瞒她的心灵感应能力。你还能辨别出什么？"

布丽迪调回到特朗的频段。她的速度太快了，指针一下子滑出太远。她不得不慢慢将旋钮转回去。太晚了。

我需要同时听到他们两个人的声音——布丽迪想。也许，如果她能想象两台收音机……

"你不必那样做。"梅芙说道。她出现在布丽迪身边，穿戴着魔发奇缘的裙子和宝石发冠。"你只需要……"

"你在这里干什么？"布丽迪说，"斯凯要你留在你的安全屋里。特朗会听到你的！"

"不，他不会。我告诉过你，我有许多防御手段。如果你听到了一个人的声音，还想听到和他交谈的那个人，你只需要将旋钮转到第一个人的频段，然后按下这个。"梅芙说的"这个"是音量旋钮，"然后你就能听到他们两个人的声音了。不过我不知道你为什么要做出一台收音机。还有更容易的办法，比如做出一部手机，然后只需要按下群聊键，再……"

"回去！"布丽迪着急地说道，"如果他们发现了你……"

"他们不会的，我已经建起了十六层防御。我的防御体系可不像这里。"她用充满怀疑的眼光扫视了一圈这座庭院，"我能够帮助你想象出一座荆棘森林，或者别的什么。"

"不，快走，不要让特朗听到你说话。"

"我能帮忙。我知道许多办法。C.B.教过我……"

"我不在乎。我需要你进入你的城堡，并留在那里，无论发生什么。"

"哪怕……"

"没有任何例外。现在快走，否则我就告诉斯凯。"

"谁是斯凯？这是代号吗？"

"是的，"布丽迪说，"快走。"

"那么我的代号是什么？我觉得应该是……"

"快走！"

"好吧，好吧，"梅芙气愤地说，"我只是想要帮忙而已。"她消失了，但很快又冒了出来，"我忘记告诉你了，手机只对你听到过的人才有用。"然后她又消失了。

上帝啊，上帝啊，请不要让特朗听到——布丽迪心中想着，又将指针调回到特朗的频段。

"出什么问题了？"特朗的声音在收音机中响起，"为什么她不发送信息了？刚才我已经有两次什么都没收到了。"

布丽迪急忙翻过一张卡片。卡片上是一个"X"。波浪线——她向特朗想道。

"波浪线，"特朗说，"终于来了！"他开始琢磨这应该是第十个还是第十一个词。辛迪是对的，特朗肯定没有听到她的声音，谢天谢地。但为了以防万一，布丽迪还是将指针调到了维里克医生的频段。

"你还听到了什么？"维里克正在问。

随后是一阵停顿。布丽迪只能咒骂自己没有像梅芙说的那样按下音量旋钮。"你没有听到任何其他声音？"

布丽迪拼命敲打音量旋钮，唯恐自己会错过特朗回答的关键部分。但她觉得自己一定做错了，因为她什么都没有听到。"你真是笨蛋，辛……"布丽迪又要去转动频率旋钮。但就在这时，她听到一个女性的声音："没有，但她肯定在发送给他错误的答案。"

那个名叫利兹的护士助手。但这怎么可能……

她的头发是红褐色的——布丽迪突然想到——所以她才会让我复述一遍齐讷测试的步骤，因为她需要听到我的声音，这样她才能把我的声音和其他人区分开来。

她一定也是维里克医生的客户，而且也在接受 EED 手术的时候具备了心灵感应的能力。这样就能解释为什么维里克医生一开始就准备好了测试房间和齐讷卡片。为什么特朗给他电话之后，他会立刻赶回来，但在听特朗叙述和开始进行测试的时候又是一副兴致缺缺的样子。他其实并不需要对他们进行测试。利兹就能向他确认，他们是不是有心灵感应。他一定是在等利兹来医院。

特朗以为自己在利用维里克医生制造他的新型手机，但实际恰恰相反，是维里克医生在利用特朗获得布丽迪的能力。所以他那天在办公室才会向我提起听到特殊声音的可能——布丽迪想——还有他会特意将我们的手术提前，因为我有红头发，他认为这可能和心灵感应有关。利兹就是他的一名病人。他很可能认为 EED 会成为触发心灵感应的因素。

"你认为她是故意发出错误答案的？"维里克医生在收音机里说，"还是她的连接的确有问题？"

"我需要听到她的更多反应才能确定。"利兹说，"但我感觉到她是故意在这样做。"

"但这是为什么？"维里克医生问，"她和沃思先生在发生交流的时候就联络了我。"

"也许她的心灵天赋让她感到害怕。"利兹说，"也许……她是不是也和别人建立了心灵连接？"

"我认为有这个可能。"维里克医生说，"但是……"

"如果她能够交流的另外那个人是男人，她也许害怕沃思先生会心生嫉妒。难道你没有告诉过你的病人，他们必须有情感绑定才能连接上？"

你的病人？——这意味着利兹不是维里克的病人——那她又是谁？

"我感觉到她的心灵在波动，"利兹说，"她的精神封闭了，只有她的思维余韵表现出了情绪的冲突。"

思维的余韵？——布丽迪想——精神封闭？这到底是谁？曾经遥不可及的记忆被布丽迪慢慢抓住，安放回原来的位置上。凯瑟琳用邮件发给她的广告，那个自称能够让情侣触及彼此灵魂的灵媒——莉赞德拉。亚利桑那州，塞多纳，心灵疗养院的莉赞德拉。

第二十九章

"有勇气去爱的人也应该有勇气承受苦难。"

——安东尼·特罗洛普,《伯特伦一家》

但是 C.B. 说过,通灵不是心灵感应——布丽迪想——他说他们都是骗子,只是在使用心理骗术以及冷静地解读人们的情绪表现,让人们以为他们能够读心。

莉赞德拉的声音此时更充满自信地从收音机里传出来:"我还没有听到任何其他人的声音,但在不久之前,我在将近五分钟时间里失去了连接。在那次中断的最后,我听到她在想'请不要让特朗听到'。"

布丽迪凑到收音机旁边,仔细倾听。"当我和她同处于测试房间的时候,"莉赞德拉继续说道,"我听到她想要呼唤某个人,却又不敢。"

哦,我的上帝。布丽迪竭力不让自己陷入恐慌。我的安全屋还不够强,没办法把她挡在外面。我必须告诉斯凯。

但这肯定是她有可能犯下的最大的错误。如果莉赞德拉听到她和斯凯说话……

布丽迪——C.B. 喊道——我必须和你谈谈。这很紧……

不!——布丽迪扑到庭院的蓝色木门上,用自己的全部力气顶住门板。暗夜战士呼叫黎明斥候!保持无线电静默!——她急切地喊道。但C.B. 完全不听。

我对塞多纳进行了一些研究——C.B. 说——那里简直是一个巨大的圣地……

我们正在遭受攻击,黎明斥候!重复,我们正在遭受攻击!——布丽迪呼喊着，同时拼命想要找到一个办法，既能够警告 C.B. 莉赞德拉在监听她，又不至于暴露 C.B. 的存在。

《绿林好汉》——她想到了。于是她开始背诵贝丝饮弹自尽，只为了警告自己的爱人提防埋伏士兵的那一段，同时祈祷 C.B. 能够收到这个信息。

C.B. 可能收到了她的信息，或者是放弃了向她寻求答案，迅速撤退了。布丽迪将门闩插得更牢，确保铁插销也固定就位。同时她还一直在背诵着《绿林好汉》，转身向沙袋堆跑去。她必须让这座庭院变得更加牢不可破，才能把莉赞德拉挡在外面。她开始将沙袋一个接一个地拽到门前，堆在门板上。

"她停止了发送信号，似乎正在背诵着什么。"莉赞德拉在收音机里说道。布丽迪这才想起，自己还应该发送齐讷卡片上的内容。

圆——她一边想，一边继续堆积沙袋——方块、波浪线、"X"。

这些沙袋重得不可思议，要抓住都很难。我真应该让梅芙为我想象一片荆棘森林——她一想到此，就急忙用力压下那个名字和那种想法。如果斯凯能有时间教会她其他一些屏蔽技巧就好了。

但他已经教了我一些东西。布丽迪开始唱起《给比利·乔的歌》，还有《吉利根岛》的主题歌，在每一段旋律的间隙发送出——行星、波浪线、蓝月亮、粉色彩虹。暗夜战士呼叫黎明斥候。十二点方向有零式战机。保持无线电静默。重复，保持无线电静默。

"你听到什么了？"维里克医生问。

"没有。她的精神一直没有再敞开，所以我听到的声音非常模糊。"

"你能分辨出什么吗？"

"能。大概有天空、行星、战斗机飞行员和一座桥。听不出任何有意义的东西。"

很好，起作用了。布丽迪又拖过一只沙袋，同时思考着还有什么东西可以背诵。不是《我最喜爱的时间》，这会让她想起昨晚和斯凯的散步；也不是《茉莉·梦露》和《菲尼安的彩虹》，它们会让她想到彩虹幸运麦片圈。

大富翁棋。猫、手推车、礼帽、熨斗……但那些棋子就算加上已经停止使用的鞋也只有八种。《少年守护天使》只有可怜的四个段落。她需要更长的歌，更长的清单。

维多利亚小说——布丽迪想道——《巴伦特雷少爷》《月光石》《老古玩店》《远离尘嚣》……

"她的思维仍然一团模糊，"莉赞德拉在收音机里说，"我只能收到一些很消极的振动。我认为她是故意封闭了自己的思想。你要直接问问她心灵感应的事情。"

"但如果她故意给我们错误的答案呢？"维里克医生说，"你怎么能认为她会和我们说实话？"

"她不会。但是只要你向一个人提出问题，她的思想中就会出现事实，无论他们口中说些什么。有时候，我有可能直接从想法中读出实情。"

莉赞德拉是对的——布丽迪想——这就是"不要去想大象"的问题。但让自己的思想一片空白也是不可能的。

我可以逃走——布丽迪又想道。她还记得自己住院的那一晚。但逃跑只能让他们更加坚信她隐瞒了什么。现在她最强的防御能力就是他们还不知道她可以偷听他们说话，知道他们打算干什么。她必须瞒住这件事。这意味着她需要留在这里，表现出一副无辜的样子，只想一些与心灵感应完全无关的事情，比如电影明星、花朵和时髦的鞋子。

"弗拉尼根女士？"维里克医生的声音从耳机里传来，"我需要问你一些问题。"

"关于齐讷测试的吗？"布丽迪一边问，一边想——古驰、马诺洛·布拉尼克[1]、菲拉格慕、克里斯蒂安·卢布坦[2]、克里斯蒂安·贝尔[3]。然后她说道，"我做错什么了吗？"

"不，不，完全没有，但是沃思先生从你的反馈中接收到一些有趣的

---

[1]　Manolo Blahnik。西班牙时装设计师和同名高端鞋履品牌创始人。

[2]　Christian Louboutin。法国知名设计师和同名高端鞋履品牌创始人。

[3]　英国男演员。

东西。我需要对这些内容询问你一下。他说他听到你在意识中和其他人进行了联系。"

你说谎——布丽迪的脑子里立刻冒出了这个想法。但她立刻把这个念头压下去——桑德拉·布洛克、布拉德·皮特、约翰尼·德普、艾米莉·布朗特……

"你听到了谁的声音？是你认识的人吗？"

是的——布丽迪开始想——绿林好汉和哈罗德·希尔教授，还有弗朗西斯·斯科特·菲茨杰拉德。"我不知道特朗是什么意思，"她说道，"我只听到了他的声音。"

"再问她。"莉赞德拉说道。维里克医生又从耳机里问道："你确定吗？一个人的声音有时会被误会成为另一个人的。"

"我怎么可能听到别人的声音？"布丽迪反问道。她让自己的声音显得异常疑惑。安东尼·特罗洛普、瑟斯顿·霍威尔三世[①]、周仰杰[②]。"我只和特朗有情感绑定。"

"问她一些更模糊的问题。"莉赞德拉命令道。

"你有没有曾经感觉到有什么人遇到了麻烦？"维里克医生问。

你的意思是说，除我以外？——布丽迪这样想了一下，又急忙将回答改成——那些遭遇船难的人遇到了麻烦，还有那位旅店老板的黑眼睛女儿，以及阿德莱德，她患上了严重的感冒。

"你有没有预感到死亡？"维里克医生问，"你有没有过一种清晰的似曾相识的感觉？你有没有过关于危险的预警？你有没有过灵魂出窍的体验？"

布丽迪尽可能冷静地回答了这一连串问题，同时还用力歌唱着《运如淑女》和《希望我在卖奥斯卡热狗》，又尽可能列出她能记起来的所有花朵——山茶花、紫罗兰、矮牵牛花……但她还是很难集中起精神，不让任何关键的想法泄露出去。

---

① 电视剧《吉利根岛》中的角色。
② Jimmy Choo。马来西亚华裔设计师和同名高端鞋履品牌创始人。

当维里克医生问道："你有没有过一种感觉，你能够在一件事发生之前就知道？"布丽迪突然想起乌娜姨妈说过："玛丽·克莱尔要打电话过来，我能感觉到。"她急忙将这个想法用力压下去，仿佛那是一团野火。她用力背诵起其他火焰的名称——森林大火、草原火灾、营火、烈火战车。

但这样也不安全。当想到火堆的时候，她又突然记起了斯凯和她一起坐在车中，告诉她贞德的事情。她急忙让思维转向垃圾食品，但那又让她想起了他们曾经在深夜中一起吃玉米片，然后是辛迪喂鸭子的麦片。鞋子让她想到了她被雨水浸透，塞进床底的凉鞋；电影明星让她想到了海蒂·拉玛。

斯凯是对的。每一个想法都连接着其他想法。它们形成了一个错综复杂的记忆迷宫。到处都是感知联系和共鸣。无论布丽迪想什么，或者她在使用哪一条神经通路，她的想法都会绕回到房间里那头危险的大象身上。

那么好吧，就想大象吧——她想道。随后五分钟里，她想到了自己能叫得上名字的每一种大象。非洲象、亚洲象、马戏团大象、大象巴巴、大象君宝、小飞象——不，迪士尼电影太接近于迪士尼公主了。想想象牙、象腿，还有大象害怕老鼠。还有蛇。圣帕特里克曾经驱逐……

不，你不能想爱尔兰，这会让他们直接找到辛迪。想想别的地方。吴哥窟、富士山、总统山、尼亚加拉瀑布——不，那个也不要。斯凯说过，他会带她去那里度蜜……

"她的心灵和另一个心灵连在了一起。"莉赞德拉在收音机里说，"一个男人的心灵，而且是一个在精神交流方面成熟得多的人。也许是一名先知，教导过她如何进行抵抗。"

"你知道那个男人是谁吗？"

"不，对于他的名字，我接收到一种影像，但那太模糊了。它应该是以 S 开头的。"

我真不应该选择斯凯作为代号——布丽迪心虚地想——它太像……

她急忙将关于 C.B. 名字的想法压下去。圣人——她想道——你听到的是"圣人"。圣玛格丽特、圣迈克尔、圣凯瑟琳。不知道贞德是不是真的听到了他们的声音，还是她只不过是在用这种言辞来恐吓审问她的人，以免他们发现她真正用精神进行交谈的对象。

"沃思先生，无限通联公司里有名字首字母为 S 的人吗？"维里克医生问道。

"有舒基·帕克，"特朗说，"还有阿特·桑普森。布丽迪说她今天上午和桑普森有个会。她不得不取消这次会面，这让她很不安。"

"那个名字会是桑普森吗？"维里克医生问莉赞德拉。

就是现在——布丽迪想道。她没有再胡思乱想，收回了本来想要丢给他们的红鲱鱼，而是想道——无论发生什么，都不能让他们发现，我正在和阿特·桑普森说话。

"那个名字有可能是桑普森。"莉赞德拉有些犹豫地说，"我不确定。"

如果他们发现阿特·桑普森的心灵感应……布丽迪想象自己去了阿特·桑普森的办公室。但是就在她想象自己走出电梯，进入走廊的时候，她脑海中的情景却不由自主地变成了斯凯揪住她，把他拽进了会议室。

这就像在雷区中走路。你踏足之处都是危险。维里克医生的问题还在不断地从耳机里传出来："除了沃思先生的声音以外，你还能听到其他任何声音吗？你认得那种声音？那是陌生人的，还是你认识的人的？你经常听到它吗？你是什么时候第一次听到它的？"

这就像那些声音一样。无休止的语言轰炸，速度又快，持续时间又长。而布丽迪没办法，只是用双手抱住头，缩在墙角里。她必须不断给出答案，维持脑子里的白噪音，阻止维里克医生和那个灵媒读取她的想法，同时防止自己想到斯凯和辛迪。这让她感到无比疲惫。她感觉自己仿佛回到了那一晚的医院楼梯间，仿佛已经用尽了自己的每一丝力气……

不，你也不能去想这个医院——她想道——去想那些歌，不要被困在你自己的想法里。《漂亮的黄色波尔卡多比基尼》《小小鼓手》《告诉劳拉我爱她》，以及劳拉·琳妮①、劳拉·布什、劳拉·英格尔斯·怀尔德②……

　　十分钟过去了，布丽迪知道自己再也坚持不下去了。她竭尽全力将那些问题挡在外面，用果脆圈、《荒凉山庄》和歌曲掩护自己的答案。她的意识中有一部分仍然在认可这些问题，并自动地回答它们。随着时间继续，她犯下了越来越多的错误，而她也要用越来越长的时间才能意识到自己已经联想到了危险的事情。

　　她突然想到斯凯说过的那个在杜克大学成绩下滑的 ESP 受试者。也许斯凯是故意把当时的情况说反了。也许那个受试者是在开始时因为隐藏自己的能力而获得了低分，随着他的力气逐渐消耗，他无意中想出越来越多的正确答案。

　　就像我现在这样精疲力尽。继续这样下去，她迟早会泄露出他们需要的线索。她甚至可能会因为力量耗尽而直接把他们想要知道的说出来。你不能——布丽迪想道——你必须保护斯凯和辛迪，无论这需要多么大的力量。就像贞德一样。她宁愿上火刑柱，也没有出卖和她说话的人。

　　但我不是贞德，我会在这样的逼问下崩溃的。她已经崩溃了。她向蓝色木门外望过去的时候，洪水已经开始透过沙袋渗进来。黏土砖之间的缝隙中和墙基下面也出现了涓涓细流。她能听到庭院外面无数声音汇聚而成的沉闷的浪涛咆哮。

　　它们要进来了！——布丽迪看到洪水淹没女洗手间；看到自己蜷缩在洗手池下，紧紧抓住水管；低头坐在楼梯间里，穿着血污病号服的自己；C.B. 来到……

　　停下！不要。去想些别的，无论是什么。查尔斯·狄更斯，嘎吱船长牌麦片，巨蟒，麦库克，内布拉斯加州，雾都孤儿，孤儿，器官移植……

　　但已经太晚了。莉赞德拉说道："那肯定是某个她认识的人，而且和

---

①　美国女演员。

②　美国女作家。

她有情感绑定。"

"你还没有听到他的名字？"特朗问。

"没有，但我得到了一个医院的影像。她接受 EED 手术之后的那一晚，有人来看她吗？"

"我可以问问医院的人。"维里克医生说。

没有人看到他——布丽迪绝望地对自己说。

"你做过 EED 手术之后，有人来看过你吗？"维里克医生在耳机中问布丽迪，"或者给你打过电话？"

哦，上帝啊，那通电话——布丽迪想——他们会……不！想想特里克斯！还有郁金香和乔克托山脊、加尔各答黑洞、身心失调症、白化茄子、士兵们射杀了绿林好汉，让他倒在冰冷的血泊里……

"我听不到她的回答，"莉赞德拉说，"她肯定正在抗拒我。她的思维中只有一些毫无关联的海盗、花边和蔬菜。你不能做些什么，让她不要这样抗拒吗？催眠她，或者给她某种松弛剂？安定或者阿普唑仑之类的。"

不！——松弛剂会削弱她的防御，让声音进来。

"你确定松弛剂不会干扰她的心灵感应能力？"维里克医生问，"不会破坏这种能力？"

"我确定，"莉赞德拉说，"我曾经不止一次服用安定让我的精神开放，更容易接收外界的声音。"

更容易接收？——布丽迪竭力不让自己陷入恐慌——更容易接收？

"你确定不会有任何副作用？"维里克医生还在问。

你不会真的要从一个骗人的灵媒那里接受用药建议吧？——布丽迪想道。但维里克医生显然正在这么干，因为他又说道："而且这还需要得到她的同意。她必须签署同意书。"

"我能让她签字，"特朗说，"我们实际上已经订婚了。如果我不能说服她合作，"布丽迪知道，他后面的这句话实际上是他没说出口的想法，"我会告诉她，这将决定她会不会丢掉自己的工作。"

你真是一条蛇——布丽迪想。

莉赞德拉说："我很担心如果就此征询她的许可，反而会让她提高警惕，变得更为抗拒。我可以服用松弛剂。这能够强化我听到她声音的能力。"

而我没办法阻止她——布丽迪想。她此时还需要用尽力量来阻挡声音的洪水。现在那些声音正越来越凶猛地撞击蓝色木门，并且寻找一切途径冲进庭院。当布丽迪疲于应付的时候，维里克医生更是不停地用各种问题轰炸她，直到她在偶然间说出了斯凯的名字，还有辛迪的名字。这两个名字立刻就落入了特朗的手中。

我根本无法阻止这样的事情发生。布丽迪想到了贝丝。那个姑娘被牢牢捆住，嘴里塞了布团，一杆火枪正指向她的胸口。还有比利·乔·麦卡利斯特。他从塔拉哈奇桥跳下去，是不是真的只为了隐瞒某个秘密，保护某个人？他没有告诉那个女孩，是不是因为如果他说了，女孩就会不顾一切地来阻止他？我不能让这样的事情发生。

"我正在监督用药状况。"维里克医生说。

"她还要过多久能感觉到效果？"特朗问。

"只要几分钟。"

足够久了——布丽迪想道。她将收音机从长椅上拿起来，放到橱柜顶上，又走到门边，开始拖走门前的沙袋，还一边唱着《少年守护天使》，不让 C.B. 听到她正在做什么。

沙袋又湿又沉。布丽迪用尽全身的力量才将它们拽到一旁。她刚一这样做完，洪水就涌上来，在石板地面上流淌。

"你应该能开始感觉到药效了。"维里克医生说道。布丽迪听到特朗兴奋地问着："你有没有听到什么？"

"是的，"莉赞德拉如同梦呓般说道，"大约是一片水和一道门。她正打算做一些事情，一些她完全不想知道结果的事情。"

我们不能这样。布丽迪将她能想到的一切都抛给了他们，也抛给了特朗。诗句、鞋子、歌词、洗手池，还有关于特朗的一切——水蝮蛇、响尾蛇、眼镜蛇、洞蝮蛇。

方块、十字、波浪线——她拼命想着，继续拖着沙袋——串线、嘎吱船长、商业间谍、"布莱克医生，请前往护士站报到"、请关掉你的手机、十分钟后关门、因为连接范式发生变化，所有员工都需在周六上班、罗马帝国的衰亡、"听众们，今天早晨的天气可真糟糕"、收到、彩虹、玫瑰、米花糖……

但这没有任何用处。"我就要找到了。"莉赞德拉说，"再问她，她在和谁说话。"

小溪在石板地面上扩展开来，变成宽阔的河流。布丽迪拖走最后一只沙袋之后，不得不蹚着水来到木门前。

"肯定有两个人。直接问她那两个人的名字。"

圣凯瑟琳——布丽迪说——圣玛格丽特、圣迈克尔、托马斯·哈代、托拜厄斯·马歇尔、佩兴丝·洛夫莱斯、埃塞尔·戈德温、布丽迪·墨菲、阿德莱德……

布丽迪用双手托住门闩，要把它抬起来。但她又停住了动作，看向庭院外恣意奔涌的声音。它们正迫不及待地要淹没整座庭院和维里克医生的问题。还有她的答案，和她自己。

我不能。布丽迪回忆起女洗手间和储藏室。它们会卷走我，把我推下悬崖，会让我狠狠撞在岩石上。

"你能确认他们是谁吗？"维里克医生在问。

"一名男性和一名女性，"莉赞德拉说，"她管那名女性叫辛迪，但那不是她真正的名字。她的名字首字母是 M。玛丽，我觉得是，或者是梅……"

"麦卡利斯特，"布丽迪说着抬起门闩，"比利·乔·麦卡利斯特。"她打开了蓝色木门。

第三十章

"上帝！闸门没了！"

——多萝西·L.塞耶斯，《九曲丧钟》[①]

仿佛过去了一段极为漫长的时间，什么都没有发生。布丽迪不由得想道——来不及了。他们会听到梅芙的名字……就在这时，无数声音迎头撞上了她。那不像是水，更像是攻城槌。无比巨大的力量中汇集了医院中每个人的每个想法——好疼，哦，真疼啊！……你说无能为力是什么意思？……我的错……真不应该让他开车……多重割伤……打击……坏消息……肿瘤转移……

狂暴的力量将布丽迪狠狠撞在棉白杨上。布丽迪伸出双臂抱住粗大的树干，吃力地喘息着。她早就知道这些声音非常可怕，但现在它们的恐怖更是无法言说。震耳欲聋的惶恐、愤怒和痛苦全部向她压来。我什么都挡不住了——布丽迪想。

现在她没有可以抓握的栏杆，没有了C.B.，只有棉白杨树干。而这树干实在是太粗了，让她没办法用力抱住。她的双手抓挠着粗糙的树皮，竭力想稳住自己。那些声音还在不断地冲撞着她——没有复原的可能了……大出血……肿瘤……无法手术……但她才刚刚六岁啊……全身百分之八十三的烧伤……那辆该死的救护车到底在哪里？

在这片狂暴的喧嚣中，布丽迪仍然能够清晰地听到莉赞德拉在说："我能听到其他声音，"然后她突然号叫了一声，"哦，上帝啊，发生了什么？"

布丽迪向收音机瞥了一眼。它还在橱柜顶上，但洪水已经快要淹没

---

① 选自《九曲丧钟》，多萝西·L.塞耶斯著，群众出版社 2006 年出版，王为平、米佳译。

它了。"出什么事了，莉赞德拉？"她又听到维里克医生焦急地问道，"和我说话。"

"……成千上万！"莉赞德拉尖叫着。布丽迪听到特朗也开始吼叫，还大声嚷着："不要这样！"

哦，不——布丽迪想——他们也开始被声音淹没了。她向蓝色木门瞥了一眼，仿佛以为自己能过去把门关上。但洪水还在奔涌着灌入庭院。水位时刻都在抬高。

"护士！"维里克医生喊道。这时收音机被洪水从橱柜上冲了下去。橱柜也开始漂浮在洪水中，和收音机一起在庭院里四处漂移。

"她的精神受到了冲击！"当收音机从布丽迪身边漂过的时候，她听到一个男人喊道，"赶快让一名护士过来！准备监测基本体征！"布丽迪分辨不出那是维里克医生的声音，还是那成千上万个杂音中的一个：护士！不要这样！不要让我死……

布丽迪也需要救援，否则这些声音很快就会将她卷到悬崖下面去，让她在岩石上摔得粉身碎骨。不行——她拼命抓住棉白杨树干，努力地想着——如果求救，就会暴露他的存在，他们会把他烧死在火刑柱上。

声音洪水的上涨速度更快了——绝不可能恢复知觉了……不治之症……无法挽救……我们什么都做不了……拯救……布丽迪的手指开始打滑，她就要掉下去了。不管怎样，她都要呼救，哪怕会出卖 C.B.，她已经别无选择了……

是的，你还有——她这样想着，闭上了眼睛，放开树干。她的身子一下子被卷入洪水，在乱流中盘旋。她的嘴里灌满了水。

感谢上天——她在窒息中想道——现在我没办法出卖他了。她的肺里也灌满了水。她开始哽咽、咳嗽。

但她咳嗽不是因为吞进了大量的水，而是因为烟。

不——她狂乱地想——不可能是烟啊。但是她明明能闻到刺鼻的燃烧气味。她睁开眼睛，到处都是浓烟，让她完全看不到黏土砖墙和蓝色木门。C.B. 正用手臂将她抱住，让她的头冒出在水面以上。

"不！"布丽迪抽泣着，挣扎着，"快走！如果你留下来，他们就会听到你。"

"在这么混乱的地方，他们什么都听不到。"C.B.一边说，一边蹚过没过胸口的洪水，向充满烟雾的庭院走去。

"你不明白！维里克医生找到了一个灵媒，她叫莉赞德拉。她能够听到我的所有想法，就算我在安全屋里也不行！他们会发现你的！"布丽迪拼命捶打着C.B.，"你必须离开！"

"你到底……哦！天哪，布丽迪，你打到我的鼻子了！"他抓住布丽迪的手腕，将它们按在自己的胸口上，让布丽迪没办法再打他。"你到底想要干什么，杀了我吗？"

"不，我要让你走！"布丽迪哭喊着，竭力要挣脱C.B.的双手，让自己离开他。

C.B.将布丽迪拽回到水面以上。"那就不要打我了。"他半推半拽地带着布丽迪离开洪水，来到一片干燥的石板地面上。这里覆盖着一层灰烬，烟尘遮蔽了他们身边的黏土砖墙。布丽迪瘫软下来，靠在墙上不住地咳嗽。

C.B.也在咳嗽。他弯下腰，双手放在膝盖上，全身都湿透了，脸上尽是一条条黑灰。水不断从他的脖颈和衣服上流淌到石板地面。"你还好吗？"他在一阵阵咳嗽之间向布丽迪问道。

"不好，"布丽迪说，"你为什么要来？"

"你在开玩笑吗？你有麻烦的时候，我什么时候没来过？"

你总是会来——布丽迪想——但这一次，你真的不应该来。"很抱歉，我不是要呼叫你。"

"你没有呼叫我。我一直都在。我一知道塞多纳是灵媒的聚集地，而那里最著名的灵媒有着一头红发，我就明白了维里克为什么会突然悄悄到那里去。然后我努力呼叫你。你把我关在外面之后，我知道一定发生了什么事情。于是我直接来了医院，要查清眼前的状况。"

"你来了医院？"布丽迪恐惧地说道。她的目光离开庭院，看向现实世界的测试房间。她希望能看到 C.B. 就在自己面前，却又非常害怕这样的事情真的发生。也许还是盼望 C.B. 在这幢大楼里别的地方比较好，比如她住院的那一层，或者她逃跑的楼梯间里，正在远程和她联系。

但 C.B. 就在这里。此时布丽迪蜷缩在地面上，身子靠着铺隔音瓦的墙壁。C.B. 则跪在她身边。那副耳机被扔在旁边的地面上。布丽迪看到耳机和地面都是干的，C.B. 的衣服和头发上也没有一滴水。她不应该为此感到惊讶。她低头看向自己又湿又冷的衣服。那上面也没有水。

她刚才坐过的椅子翻倒了。齐讷卡片散落得到处都是。屋门虚掩着，仿佛刚被踢开。维里克医生马上就会从摄像头里看到 C.B.，然后赶过来……

"不，他不会，"C.B. 说，"不过我最好还是把门关上。不止一扇门。"

他有些吃力地站起身。"留在这里。"他命令布丽迪。布丽迪看着他踩着地上的卡片，向测试房间的门走去，将它关严，又走回水中。现在，庭院里的积水只能没过膝盖了，而且还在迅速退去。C.B. 正走向庭院敞开的蓝色木门。

他将那道门也关好。最可怕的声音都被挡在了外面。不过布丽迪还是能听到它们在门外愤怒地咕哝着。C.B. 拿过漂在水上的门闩，将它嵌回到插槽里，又将铁插销插好，然后踩着积水走过石板地面，坐到布丽迪身边。他看上去真是累极了，憔悴的面孔在黑灰下面露出一道道青白色。他的两只手上也全都是火灰，还带着烫伤。他刚刚走过火焰，为的是来救她。

泪水刺痛了布丽迪的双眼。C.B.，我很抱歉。

"这不是你的错。"C.B. 疲惫地说道。他将头枕在墙上，闭上了眼睛。

"不，你不能这样做，"布丽迪跪起身，"你必须离开，这里有摄像头……"

"没关系，我把它关了。"

"但你还是必须走。否则维里克医生很快就会发现你在这里。那个灵媒会告诉他……"

"她现在没办法告诉维里克任何事。你的男朋友也不行。维里克医生正在忙着担心他们。"

"你不知道发生了什么。"

"是的，我知道。你释放了洪水，听到你的男朋友和那个灵媒叫嚷的时候，我就在他的办公室外面。我听到了他们所有的阴谋诡计。相信我，他们那时偷听到的远远不只是你的声音。你一定也知道，被你释放的那些声音不只是冲向了你。那个灵媒和特朗当时都在全神贯注地偷听你，所有那些声音通过你，全部击中了他们。他们现在都遭受了严重的精神创伤，什么话都说不出来了。尤其是莉赞德拉。维里克是不是让她吃了什么？"

"是的，某种松弛剂，大概是安定或者阿普伦唑，为了强化她的接收能力。"

"好吧，从现在进入维里克办公室的医疗人员来看，我相信她一定得到了大幅度的强化。松弛剂……"C.B. 摇摇头，"耶稣啊。"

"她会没事吧？我不想伤害她。我只是想阻止她听到我。他们一直在问我各种各样的问题。我很害怕会暴露你和梅芙。所以我想，如果我将那些声音放进来……"

"我知道，"C.B. 说，"你事先不可能知道会发生什么。"

"他们不会有事吧？"

"不会有事的，"C.B. 说，"特朗还好。他只有部分心灵感应能力。我觉得我应该是在莉赞德拉受到不可逆转的伤害之前就关上了门。但如果维里克让她服用了更强效的……"C.B. 愤怒地摇摇头，"那个家伙真应该被枪毙。"

"我同意。但现在我们的当务之急是趁着莉赞德拉还在被急救，他们没有注意到你的时候先赶快把你送出去。"

"你说得对。"C.B. 嘴里说着，却丝毫没有站起来的意思。

"如果你担心我，那大可不必。我没事。绝不能让他们找到你。"

C.B. 疲惫不堪地将头靠在墙上说道："我还没有把一切都告诉你。"

无论 C.B. 要说什么，那一定是坏消息。"他们听到我说出你的名字了？"布丽迪忧心忡忡地问，"或者，上帝啊，梅芙的名字？"

　　"不。"C.B. 回答。

　　"那为什么你不离开？"

　　"因为他们还在听那些声音。"

　　"但我还以为你……"布丽迪下意识地看了一眼庭院的蓝色木门。那道门紧紧地关闭着，门闩和插销都完好无损。没有水再渗进来。

　　"我利用你已经建起的防御挡住了你的声音。"C.B. 说，"但特朗和莉赞德拉都没有任何防御。如果我们不教他们如何建立起……"

　　他们会继续听到那些声音，那会让他们发疯——布丽迪想——或者杀死他们。"但如果你告诉了他们如何挡住那些声音，他们就会知道你有心灵感应。难道你不能为他们设置一道屏障，就像你对梅芙做的那样？就像你在卡内基书房里对我做的那样？"

　　"不行。"C.B. 说，"我并不能挡住太多声音。而且那也只能持续很短的一段时间……"

　　"但你只需要坚持到松弛剂失效。"

　　C.B. 摇摇头。"我们不能指望那些声音自动停止。他们刚才遭受的冲击显然不只是触发了他们的接收能力，还压垮了他们神经中的抑制机能。"

　　"所以他们将会永远听到那些声音，就像我们一样。"

　　C.B. 点点头。"我必须无限期地封锁他们。不只是让他们听到的声音变得微弱，而是要彻底将它们关闭，这需要极大的体力和注意力。"

　　布丽迪想到自己刚刚只是为了防止他们听到 C.B. 和梅芙的名字，就已经承受了这么大的压力。那简直消耗掉了她的全部力量。而 C.B. 还要阻止他们听到他的想法和布丽迪的想法，否则他们就会知道 C.B. 打算做些什么。

　　"和封锁一个人相比，封锁两个人的困难会有指数级的跃升。"C.B. 接着说道。只是为了将布丽迪从洪水中救出来，他就已经累坏了。

还有火焰——布丽迪想。他在医院、在剧院、在储藏室里拯救她，还要带她回家，送她去取车，还要援救梅芙。这让他在这几天里几乎没怎么睡过觉。

他一直守卫着我——布丽迪又想道。她凝视着瘫坐在墙边的C.B.。他显得那样虚弱，仿佛连自己的骨架都要撑不住了。他是对的，现在他根本没有力气封锁住特朗和莉赞德拉。

"我们不能把他们丢给那些声音，"C.B.说，"尽管我很想这么干。你有没有注意到，他们根本没有派护士来检查你是否安好。尽管他们很清楚，你可能已经发生癫痫了。但他们并不在乎。"

如果不是莉赞德拉自愿服用松弛剂，他们会毫不犹豫地让我吃那种药。但是……

"没错，"C.B.说，"我们不能只是冷眼旁观，看着他们被当成精神病患者。毕竟这是我们造成的。"

你实际上应该说是我造成的——布丽迪难过地想——都是我的好主意。现在她要尝到这个主意的全部苦果了。她不止差一点杀死了特朗和莉赞德拉，更没能保护好C.B.，而是直接将C.B.推给了他们。"把你卷进来，我非常抱歉。"

"你不可能知道打开庭院会……"

"不，我指的是所有这些事。如果我在做EED之前听了你的警告，那么这些事就都不会发生了。你的秘密将会安全地……"

"是的，但如果我能够在一开始就告诉你特朗的打算，那所有的事情也都不会发生。不管怎样，事情已经发生了，我们需要尽力控制住那些声音。好了，我们该起来了。"他说道。但现在坐在地上的其实是他自己。

"但是，难道不能让我进去吗？我知道如何建立边界和安全屋。我能够教他们……"

C.B.摇摇头。"边界和安全屋已经不足以保护莉赞德拉了。她需要……"

"你可以指点我。你留在这里，告诉我该说什么，我就能……"

"那样会耽搁太长时间。他们已经知道你和另一个人有联系了。他们只会全力以赴找出那个人。我不会让你一个人去面对他们的审问。"

"但是……"

"而且这也需要我们两个人一起努力。来吧。"他向布丽迪伸出手，让布丽迪帮他站起来。

布丽迪握住他的手。他们立刻回到了测试房间。布丽迪坐在地上，C.B.则伸出双手，站在她旁边。他的手上没有任何痕迹——没有火灰，也没有烫伤。

感谢上帝——布丽迪心中想着，用力握紧了那双手。

他将布丽迪拉起来。

如果他们发现他能够心灵感应，那他们绝对会毫不犹豫地把他重新推进火里——布丽迪想——他们会拷问他，喂他吃药以强化他的接收能力。他将没办法挡住那些声音。他会被活活烧死……

"准备好了吗？"C.B.在问她。

"不。我们一定还有别的办法。在图书馆的时候，你说过你一直想制造出一种干扰器。你能不能……"

"在五分钟之内发明出一样东西，挡住他们的声音？恐怕不行。"C.B.向布丽迪露出轻柔的微笑，"也许这并没有我们想象得那样难。也许在发生了这么多事以后，他们决定不要再和心灵感应有任何瓜葛了。根据我对特朗的感知，他的声音形态是爬满他全身的虫子。而那个灵媒一定把维里克的魂都吓跑了。他们也许已经明白了，心灵感应是多么可怕……"

你真是疯了！——梅芙的声音不知从什么地方冒了出来——他们根本不会想什么放弃的事情。布丽迪阿姨，让他明白，他绝对不能让他们知道他是什么人！

"你在这里干什么？"C.B.质问道，"我记得告诉过你，留在你的安全屋里。"

我一直在听——梅芙毫不退让地说道——现在情况很好。而帮助他们则是一个再糟糕不过的主意!

"让他们发现你同样糟糕。快回安全屋去。"C.B. 命令道。而他们两个人也一下子回到了庭院里。梅芙正站在被烧黑的石板地面上,穿着她的魔发奇缘裙,戴着宝石冠,双手叉在腰间。

"你不能告诉他们心灵感应的事,"梅芙说,"他们只要知道了,就绝对不会善罢甘休。他们会不断地缠着你,直到你把一切都说出来。"

"她是对的,"布丽迪说,"一旦他们在水中嗅到了血腥味……"

"……他们就会用尽一切手段强迫你把一切都招出来,"梅芙说道,"然后特朗就会把这一切都放进他的手机里。所有妈妈都会买他的手机。到时候就没有人能够再做任何事,去任何地方了!达妮卡的妈妈才真的叫严苛呢。如果她发现达妮卡在看僵尸电影,她会把达妮卡永远地关起来。有些孩子的父母只会更可怕!他们的结局会比听到那些声音更悲惨!你不能让他们发现!"

"我知道,"C.B. 说,"所以你必须回去。他们还不知道你的存在。我们必须严格保守你的秘密。你需要……"

"除非你向我承诺,绝不会告诉他们!还记得妈妈去那个'过度严苛母亲康复研讨会'吗?"梅芙带着恳求的神情看向布丽迪,"她那时承诺过,不会再看我的脸书页面和我的手机信息,不再时时刻刻盯着我。但她根本没做到!你不能信任他们。"

"我们不信任他们。"C.B. 说,"不会有事的。"

"不,会有事的!"梅芙几乎是大吼着说,"他们就像僵尸一样。只是朝他们开枪远远不够,必须把他们炸飞,否则他们就会不停地冲过来。而且你为什么一定要救他们?他们都是卑鄙的坏人!"

"因为我们不是坏人。"C.B. 说。

"但这不意味着你必须让他们发现你!我知道,你不能替他们把声音挡住。这个你说过了。但如果我们齐心协力,我们就能做到。我可以帮忙,我们……"

"不。"C.B. 说。

"我们不能冒险让他们发现你。"布丽迪解释说。

"他们不会的。"梅芙自信满满地说道，"我有许多壁垒。而且 C.B. 教过我如何在不同的掩体之间频繁跳动。他们永远都找不到我。我还知道许多进入别人防御的技巧……"

这一点很明显——布丽迪想。

"……还有封锁他们的办法。我们可以轮流封锁他们，然后……"

C.B. 还是不住地摇头。"我们不可能永远封锁他们。教会他们建立防御是唯一可行的办法。来吧，布丽迪。"他又向布丽迪伸出手。

"但这绝不是唯一的办法！"梅芙喊道，"一定有别的办法。也许我们可以欺骗他们，就像《终极丧尸》里那样。那里的人类让僵尸以为他们躲进了购物中心。僵尸们就全都去了那里。然后人类就把僵尸都锁起来，给它们吃药，让它们把人类都忘掉……"

"没有任何药能够让那些人把我们忘掉。"C.B. 说。

"我不是那个意思！"梅芙气恼地说，"我是说，我们可以欺骗他们。你说过，人们不相信心灵感应是真的。有许多人只是装出一副能够读心的样子。所以你尽可以去帮他们建立防御。而我可以对妈妈说我病了，让她带我来医院，然后……"

"不，绝对不行。"

"给我听着！我可以把监控系统带来，藏到这里。你们完事以后，你可以对布丽迪阿姨说：'你觉得我们有没有成功地愚弄他们？'布丽迪阿姨可以说：'是的，他们真的以为这是心灵感应。希望他们不要去搜查测试房间。'然后他们肯定会去搜查测试房间，找到监控器。他们就会以为心灵感应只不过是一个大骗局。你们一直在偷偷监视他们，就像布丽迪阿姨住院的时候以为你在监控她。"

"不，"C.B. 说，"首先，他们不会被一个监控器愚弄……"

"但我可以……"

"其次，你绝不能来医院。你要回安全屋去，进入你的城堡，拽起吊桥，留在那里，直到我告诉你，你才可以出来。"

我很清楚禁止她做一件事的效果会是什么样——布丽迪想。只要他们的视线一离开梅芙，她就会立刻翻过围墙，做一些从《终极丧尸》和《美女与野兽》里学来的更加危险的行为。唯一阻止她的办法就是让她明白，如果让那些人发现了她的能力，后果会有多么可怕。

　　"到这里来，梅芙。"布丽迪走到棉白杨下，扶正翻倒的长椅，坐在长椅一端，拍了拍身边的位子。"坐下。"

　　"不。"梅芙将双臂交叉在胸前，扬起了下巴。

　　"C.B. 这样做不是为了保护你。他知道你非常聪明，勇敢无畏。他这样做是因为只有这样，才能防止他们发现心灵感应的原因。"

　　"我才不会告诉他们……"

　　"我知道你不会。但只是让维里克医生和莉赞德拉发现你的存在也足以暴露一切秘密。"

　　"但 C.B. 已经要暴露自己了。这不是会造成同样的结果吗？"

　　"不，不会。现在他们都以为是 EED 造成了我有心灵感应，而不是我的爱尔兰血统。他们不知道 C.B. 也是爱尔兰人。他们以为他是犹太人。但如果他们发现了你，就肯定能抓住他们需要的线索……"

　　"就好像女巫看到了那匹马。"梅芙说。

　　"女巫？"布丽迪有些不明所以地问道，"是在《终极丧尸》里吗？"

　　"不，在《魔发奇缘》里。女巫看见了那匹马，就想到一定有骑马的人。然后她想：'也许那个人找到了高塔。'她立刻就赶回去，发现乐佩不见了……"

　　"没错，每一条线索都会引导他们找到下一条线索。我们没办法阻止这样的事情。这就像……"布丽迪想要说"滚雪球"，又临时改变了主意。他们现在没时间听梅芙再讲一遍《冰雪奇缘》的故事。"就像正反馈环路，"她转而说道，"你知道那是什么，对吧？"

　　"当然，我知道什么是正反馈环路。"梅芙说。

　　"正反馈环路。"C.B. 嘟囔了一声。

　　"什么？"布丽迪问。

"没什么。"C.B. 摆摆手，示意她继续说下去。

"所以，梅芙，你知道一旦正反馈环路开始启动，它就会变得越来越强，直到你再没有办法阻止它。对吧，C.B.？"她问道。但 C.B. 没有回答。

"就像多米诺骨牌，"梅芙说，"你推倒了一张，它就会推倒下一张，一直持续下去。"

"直到所有骨牌都倒下，是的。"布丽迪说，"如果他们发现你有心灵感应，他们就会意识到这和血统传承有关系。他们会发现 R1b 基因组，继而让他们知道心灵感应是怎样起作用的……"

"这还会让他们知道如何将这种功能用电子技术呈现，"C.B. 也回过神来，"一旦他们知道了，我们就再也没有办法阻止他们了。"

"所以不能让他们发现你真的很重要。"布丽迪说。

梅芙点点头。"就好像《沉默的僵尸》。他们要一直躲避僵尸，不能出一点声音……"

"没错。"C.B. 说道，"你的布丽迪阿姨和我会处理好这个问题。而我需要你进入你的城堡，拽起吊桥，再进入城堡最安全的地方……"

"我的高塔，"梅芙说，"那里真的很安全。没有人能进去。"

"很好，"C.B. 说，"我希望你将自己锁在里面，留在那里，直到我告诉你外面安全了，你再出来。不要和任何人说话，也不要听任何人的声音，就连布丽迪和我也不行。"

"如果我不能听你的声音，那我怎么知道什么时候安全了，可以出来？"梅芙问了一个很实际的问题。

"我会给你的手机发信息。"C.B. 说。

"怎么可能？你连智能手机都没有。"

"我会借你布丽迪阿姨的手机。不要担心，一切都会好起来的。我有计划。"

"什么计划？"梅芙迫不及待地问道，"告诉我。"

"不行。他们也许正在听我们说话。但我可以告诉你，除非你按照我说的，做好你的那一部分，否则这个计划就不会成功。"

"好吧，"梅芙不情愿地说，"但那最好是一个优秀的计划。"然后她就消失了。

"真的？"布丽迪在梅芙离开以后问道，"一个优秀的计划？"

C.B. 没有回答布丽迪的问题。"维里克医生和你谈论连接的时候，他曾经告诉过你，神经通路就像正反馈环路一样，对吧？你们之间的每一个信号交流都能让神经通路的强度得到指数级的增加？"

"是的，但你告诉过我，情况没有那么简单。"

"是没有。"

"那么，这怎么能帮助你实行你的计划？"布丽迪问，看到 C.B. 又没有回答，她继续问道："你没有计划，对吧？"

"没有，暂时还没有。不过不必担心，我会想出办法的。如果其他计划都失败了，我们就在逃跑的时候朝他们扔胳膊、腿和手脚，就像《僵尸警察》里那样。"他向布丽迪笑了一下，"说真的，船到桥头自然直，只希望那不是塔拉哈奇桥。现在我们要去帮助你的男朋友和莉赞德拉建立防御了。"

"他不是我的男朋友。"布丽迪说。

"这件事也会船到桥头自然直的。"

C.B. 再一次伸出手，牵着布丽迪走出庭院，进入测试房间。"现在，我们需要在他们来找我们之前到他们那里去。也许他们已经在找我们了。"看到布丽迪有些犹豫，他又说道，"我带你走出了剧院，对不对？也带你走出了图书馆。现在，我会让我们走出这里。"

希望如此——布丽迪热切地想道。

"来吧，"C.B. 微笑着看向她，"我们去拯救法兰西。"

第三十一章

"你相信我吗？"

"坚信不疑。"

"很好，跟着我，我会让我们离开这里。"

——SYFY 频道剧集《爱丽丝》

C.B. 一直担心维里克可能正在找他和布丽迪，不过他们全都聚在另一个测试房间里。另外还有一名护士正跪在莉赞德拉旁边。那个灵媒蜷缩在一把椅子里，肩头披着毛毯，戴着氧气面罩，发出一阵阵紊乱的呼吸声。护士正在给她量血压。莉赞德拉每一次被碰触，都会哆嗦一下。特朗坐在他们对面，神经质地不断拍打着手臂和双腿。

维里克医生抬起头，看到 C.B. 和布丽迪，便毫不客气地问道："为什么你不在测试房间里？"

与此同时，特朗问道："施瓦茨，你在这里干什么？是公司派你来的吗？"莉赞德拉将身子向墙边靠过去，伸手指向布丽迪，尖叫着说："不要让她靠近我！她还会那样做的！"

没有人会对你做任何事——布丽迪听到 C.B. 对她说——我是来帮助你的。莉赞德拉显然听到了他的话。因为她向 C.B. 转过头，手指仍然对着布丽迪，眼睛却惊讶地看着 C.B.。特朗显然也听到了，因为他急切地说道："我希望你不要对公司说这里的事，施瓦茨。"

维里克医生大步走向 C.B.。"你不能待在这里。弗拉尼根女士，这位是谁？"他质问道，"他在这里干什么？"

"他是 C.B. 施瓦茨，"特朗代替布丽迪做了回答，"他在无限通联公司工作。我相信他来这里是为了公司的事情。"他又转向 C.B.，"是不是？"

"不是。"C.B. 回答。

"他是……"莉赞德拉开了口。

C.B. 打断了她。告诉维里克医生，必须让护士离开——他用命令的口吻说道——你不希望公众知道这件事，对吧？

莉赞德拉点点头，命令护士出去。

"她需要监护。"护士表示反对，并看向维里克医生，"她的精神很不稳定。她的心率……"

"我希望她马上离开。"莉赞德拉说道，但布丽迪并没有在意她说了什么。现在让布丽迪感到奇怪的是，为什么她能听到 C.B. 的想法，却听不到莉赞德拉的和维里克医生的。

收音机——布丽迪想道——它在洪水中被关上了。当护士再次表示自己不应该离开的时候，布丽迪走进庭院，找到收音机。收音机正躺在一个水洼旁，频段指针被烧熔了一半。不过布丽迪还是成功打开了它。她一时找不到维里克医生和莉赞德拉的频段，只能先调到特朗的频段。

布丽迪知道自己做错了。特朗的想法只是一堆杂乱无章的恐惧、怨恨、被虫子爬满全身的感觉，还夹杂着担心 C.B. 来这里到底是要做什么，以及他会如何向公司报告这里的情况。布丽迪按了一下音量旋钮，莉赞德拉的想法立刻涌出来。她现在比特朗更狂乱，更歇斯底里。

护士还在和维里克医生争辩。莉赞德拉说："要么她离开，要么我离开。"她拽紧身上的毯子，想从椅子上站起来。

"不，不要。"维里克医生急忙说道，"护士，可以了，你先出去吧。"

"但是……"

"你在这里只会让我的病人感到不安。如果有需要，我可以叫你。"

护士走出了房间。房门刚一在她身后关上，维里克医生就对布丽迪说："现在，你应该可以告诉我到底发生了什么，还有这个人为什么会在这里了吧？"

"他就是和弗拉尼根说话的那个读心者。"莉赞德拉说，"那个弗拉尼根一直想要隐瞒的人。"

C.B.？——布丽迪听见特朗难以置信地想道。

"这是真的吗，弗拉尼根女士？"维里克医生问布丽迪。

没关系，布丽迪——C.B.说——告诉他吧。

"是的。"布丽迪不情愿地说道。

"为什么你不告诉我们，你一直在和他说话？"维里克医生问。

因为我知道会发生什么——布丽迪苦涩地想——我清楚地知道马上会发生什么，一场审问。"你说过，两个人必须有情感绑定才能连接。"她对维里克说，"我原来害怕特朗会……"

"认为你和C.B.施瓦茨有情感绑定？"特朗问，"你在开玩笑，对不对？"布丽迪打了个哆嗦。

维里克转向C.B.。"你们进行沟通多久了？"

"自从弗拉尼根女士接受手术之后。"

"手术之后立刻就有了……"特朗问。

维里克医生用目光制止了特朗，然后对布丽迪说道："所以你那晚才会离开病房。"听语气，他好像刚刚证实了自己一直以来的怀疑。"因为你听到了他的声音，而那让你感到害怕。"

"是的。"C.B.代替布丽迪做了回答。

"你就是那个让我的病人遭受精神重创的人？"

"不，"布丽迪说，"是我干的。"

"你干的？"特朗的话冲口而出。

"谁干的并没有关系，"C.B.说，"重要的是确保这样的事情不会再发生。"他盯住莉赞德拉，"我需要和他们谈谈，我需要……"

维里克医生挡在C.B.面前。"你不能靠近我的病人，除非你告诉我，你怎么能连接上弗拉尼根女士。是谁给你做的EED？"

"我们没有时间说这件事。"C.B.说，"你听到那名护士的话了。莉赞德拉的心率非常快，已经到了危险的程度。让我……"

"你必须先回答我的问题。是谁给你做了EED？"

"没有人。"

哦，不要告诉他这个——布丽迪想。

"几天以前，我在实验室里被电线绊倒，撞到了头。"C.B.指着自己颈后的一个地方，那正是布丽迪手术刀口的位置。"我当时晕过去了。当我醒来的时候，我就能够听到一些声音，其中包括弗拉尼根女士的。还有这两个人刚刚听到的那种混乱的陌生语音。"他又向特朗和莉赞德拉一指，"如果我不让他们知道该如何保护自己，他们还会听到那些声音。"

"保护自己？"维里克医生问，"这是什么意思？我怎么知道你不会对他们造成进一步的伤害？甚至你是否真的有心灵感应能力？你至今都没有给过我任何证据。"

"我就是那晚给医院打电话的人，"C.B.说，"我向这里的医疗人员报告了弗拉尼根女士离开房间，进入楼梯间的情况。你可以查看医院和无限通联公司的通话记录。我是从那里打的电话。"

"这也很难成为证据。"

"听着，我会给你想要的任何证据，只要你先让我……"

"我不会让你做任何事，除非……"

"好吧，"C.B.说着抓起桌上的齐讷卡片，"布丽迪，去维里克医生的办公室，记下我发给你的图案。"他将卡片递给维里克医生，"把它们重新洗一遍。"

你确定要这样做？——布丽迪问。

是的——C.B.回答——快去吧。

布丽迪点点头，离开房间，朝刚才的办公室走去。她想到那名刚刚被维里克医生赶出来的护士，希望自己不必看她的脸色。不过那间办公室里并没有人。她从桌上抓起一支笔，又拉开抽屉，寻找能够写字的纸。书桌最下面的抽屉里放着装有她私人物品的塑料袋。

准备好了吗？——C.B.问。

快了——布丽迪说着从塑料袋里拿出手机，装进自己的兜里——好了，我应该……

写下我告诉你的就好——C.B.随后说出一连串符号——星星、星星、十字、波浪线、圆。布丽迪急忙把它们写在纸上。

好了，回来吧——C.B.说道。布丽迪一回到那个测试房间，C.B.就把她手里的清单拿过去，塞在维里克医生的手里。"这就是你的证据。现在我们要赶快救那两个人了。"

维里克医生根本没有听C.B.的话。他看了一遍清单，又看向翻开在桌面上的卡片。"这是一份完美的答卷。"他的语气显得异常惊愕。

你给我的全是正确答案？——布丽迪惊恐地问。让维里克医生知道C.B.的心灵感应能力无异于自杀，而C.B.……

我没有时间考虑别的事——C.B.说——只有这个办法才能让他相信。

但只有这个还不够。"这不可能，"维里克医生说道，"这是不是某种骗术？"

"不，"莉赞德拉颤抖着说，"这是真的。我听到他们在交换心声。求你，让他们救救我们。"

维里克医生瞪着莉赞德拉。"这完全违背医学……"

"听着，"C.B.说，"我可以同意你对我进行任何测试和扫描……"

不！——布丽迪想。

"……但你现在要让我们帮助他们。"

"求你！"莉赞德拉恳求着。她的全身都在痉挛。"让他救救我，否则那些声音还会回来！"

"好吧，"维里克医生说，"但到时候，我想得到答案。"

"成交。"C.B.说完立刻转向莉赞德拉。"你去帮助特朗。"他又对布丽迪说。不要让维里克挡我的路——他在莉赞德拉面前蹲下身说道——你不会有事，我就在这里，我找到你了。

"你们打算怎样做？"维里克医生看着他们问道。

"修复你给她服用松弛剂造成的伤害，"布丽迪说，"但我们也不能确定是否可以成功。你有没有给她吃别的药？"

"关于病人的治疗信息受到医患保密条例的保护，"维里克医生僵硬

454

地说，"它是不能被别人知道的……"

"它已经被别人知道了，不管你是否愿意。现在告诉我，你有没有给她吃别的药？有没有对她进行催眠？"

维里克医生看向莉赞德拉。那名灵媒还在不住地颤抖，只不过当C.B.和她说话的时候，她的颤抖不再那么剧烈了。

"没有，只是松弛剂。"维里克医生说，"她向我保证过，她以前服用过松弛剂，而且没有任何副作用。"然后他告诉了布丽迪药物的名称和剂量。他的眼睛一直盯着莉赞德拉。而莉赞德拉则专注地看着C.B.。C.B.只是一遍又一遍地说着——你不会有事的。它们抓不到你。

它们到处都是！——莉赞德拉抽泣着说——到处都是！

我知道——C.B.用安慰的语气说——但现在没事了。它们……

"你去哪里？"莉赞德拉哭喊着，向C.B.伸出手，拼命挥舞，"我听不到你。"

布丽迪用探询的目光看向C.B.。C.B.还在不停地说着——它们抓不到你。

"我听不到你的声音。"莉赞德拉哭号着。不过随着C.B.不断重复——我就在这里。她忽然一下子放松了下来。

哦，谢天谢地——她说道——至少这个时候……

"刚刚发生了什么？"维里克医生问布丽迪。

刚刚发生了什么？——布丽迪问C.B.——为什么她听不到你的声音？

我不知道——C.B.皱起眉头——刚才一定有几秒钟时间，其他声音淹没了我的声音。

不，它们没有——莉赞德拉说——我什么都听不见！

"为什么莉赞德拉说她听不到你？"维里克医生还在问。

"因为你干扰了她。"布丽迪说，"你需要坐下来，保持绝对安静，不要打断他们的交流。如果你再这样做，她就有可能陷入休克，或者遇到更糟的情况。"

"更糟？"

"你给她的松弛剂强化了她对于心灵感应信号的敏感度，造成感官过载。这完全有可能导致精神崩溃。如果这种事出现在你的医疗记录上，那肯定会非常难看。"

维里克医生突然面色煞白。他点点头，坐下了。

干得好——C.B. 说——你让他开始害怕自己要遇上医疗诉讼官司了。这应该能让他安静一阵子。现在，去帮你的男朋友吧，否则那些虫子又要找上他了。

布丽迪看向特朗。特朗又开始紧张地拍打双腿。我首先应该做什么——她问 C.B.。

我在图书馆对你做的事——C.B. 说——不，不用那么做。只要告诉他如何建立起边界和安全屋就好了。

收到，黎明斥候，只需要边界和安全屋就够了——布丽迪说着坐到特朗对面。

"你在笑什么？"特朗问，"你根本不知道我经历了什么。我听见了至少十几个声音，它们全都向我扑了过来！"

十几个——布丽迪想到扑向自己的成千上万个声音，还有 C.B. 可怜的被烧伤的手。

特朗打了个哆嗦。"他们爬上我的衣服，钻进我的耳朵。那太恐怖了！"

"我知道。"布丽迪同情地说道。她注意到维里克医生伸手拿起了一个小本子。看来想要真的吓唬住他并不容易。"我可以确保这样的事情不会再发生。"但我们必须用思想交谈，而且声音不能太大——她又说道，同时竭力不让维里克医生发现任何异样。

好的——特朗一边说，一边挠着脖子——你应该警告我一下。你应该好好想想，如果我们设计出的手机发生了这样的事情，那又会是什么状况！

至少他认识到了心灵感应的危险——布丽迪想。她开始向特朗解释该如何竖立起边界。你需要想象一堵墙，或者是……

456

想象？——特朗轻蔑地说——你是要教我想象这些东西根本不存在？

不，你的大脑会建立起以电化学信号为基础的防御系统。但你建立这种系统的方式只能是想象一堵墙，或者……

这是施瓦茨告诉你的？——特朗看向 C.B.。莉赞德拉正死死抓住 C.B. 的膝盖，就像那晚在 C.B. 车里的布丽迪一样。

你这样做的时候才更有趣——C.B. 对布丽迪说。布丽迪露出微笑。不过她觉得最好还是不要让特朗看见自己的笑容。

但特朗并没有看她，而是继续盯着 C.B.。我真的无法相信，你竟然以为我会嫉妒他！我是说，我知道维里克医生说过，情感绑定对于人与人之间的连接是必需的，但好好想想，他可是钟楼怪人！

你根本不知道我多么想把门打开，让虫子把你吃掉——布丽迪想。不过 C.B. 说要帮他，于是她一步步教导特朗建立边界，然后说道——如果你听到那些声音，你就集中精神想："它们无法通过边界。"

特朗点点头——我集中精神……他的声音一下子消失了。

布丽迪皱起眉头——特朗，你能听见我吗？

什么回应都没有。布丽迪完全听不到。消失的不只是特朗的声音。她在教导特朗的时候，本来一直能听到 C.B. 和莉赞德拉的声音，现在他们也都陷入了沉默，甚至一直在她边界以外低声吼叫的那些声音也消失了。

布丽迪回头瞥了一眼 C.B.。C.B. 和莉赞德拉显然还能听到彼此。他仍然专注地看着莉赞德拉，而莉赞德拉也还死死地抓着他的膝盖。那么到底发生了什么？

C.B. 终于决定要封锁那些声音了，无论这有多么困难——布丽迪想——他肯定认为只有这样才能让他们摆脱心灵感应。所以他封锁了莉赞德拉，但也封锁了我。

但如果 C.B. 在这样做，那么他应该封锁的是特朗，而不是布丽迪。也许是因为布丽迪在和特朗说话，所以才连带着遭到封锁。C.B.，这是你做的吗？——布丽迪问道。

没有回应。C.B. 不仅没有回答——是的，也没反问——做什么？他的注意力甚至都没有从莉赞德拉的脸上移开一下。

他听不到我——布丽迪想。而布丽迪自己更是什么都听不见。

就在这时，特朗的声音回来了。他带着指责的口吻问道——为什么你不回答我？我问你，你是不是想让我集中注意力去想象那道墙。你却没有回答我。特朗又停下来，开始挥手拍打衬衫前襟。现在这些虫子……

这意味着布丽迪是唯一遭到封锁的人。很抱歉——布丽迪说道——是的，集中精神去想那堵墙，同时还要想"它是牢不可破的"。一遍又一遍地这样说。当特朗开始想象的时候，布丽迪又思考起刚才突然出现的寂静。那一定是刚才她引发的那场洪水所造成的后果。所有那些声音对她的意识造成了太大的压力，让她的神经系统出现了类似于昏厥的反应。

布丽迪不知道自己是否应该把这件事告诉C.B.。但C.B.已经有太多的事情需要担心了。再加上C.B.已经说过，他们没有足够的时间可以建立起其他防御，而布丽迪甚至还没有开始让特朗建起安全屋。

特朗还在重复——它是牢不可破的。

好了——布丽迪说——现在你要在你的边界里建起一座安全屋。她又解释了安全屋应该是什么样子，同时警惕地倾听周围的声音，提防再一次突然变得什么都听不到。但这样的事情没有再发生过。

这很好。因为现在他们实在没有精力担心其他事情。看起来，莉赞德拉的崩溃、特朗的歇斯底里和C.B.对于心灵感应危险性的郑重警告都没有对维里克医生造成任何触动。他只是一心一意地做着笔记。布丽迪听到他在想——如果莉赞德拉精神受创过于严重，无法再监听他们的测试，我就需要让迈克尔·雅各布森和多德夫妇加入了。

哦，不——布丽迪想——他还有其他心灵感应者。这意味着即使他们能够让特朗和莉赞德拉相信心灵感应是多么危险，维里克医生也还是有办法继续进行研究。布丽迪需要把这件事告诉C.B.。

我不明白，你说的愉快的心境是什么意思？——特朗问她。

你需要一个能让你感到安全和快乐的地方——布丽迪心不在焉地回答——就像……

汉密尔顿的总裁办公室。

当然——布丽迪想——我早就应该知道。她有些庆幸 C.B. 正忙着救助莉赞德拉，没有听到这番话。

正是——她让特朗想象总裁办公室的墙壁和家具，然后又对 C.B. 说——我需要告诉你一件事。你能在圣塔菲见我吗？

当然——C.B. 叮嘱莉赞德拉将精神集中在自己的边界上，随后走进了庭院。

不过当布丽迪把自己听到的内容告诉 C.B. 的时候，才发现他早就知道了其他心灵感应者的存在。"他们都是维里克的病人。我之前就听见维里克想到了他们。迈克尔·雅各布森第一个告诉维里克，在接受 EED 手术之后听到了他未婚妻的声音，但他的未婚妻听不到他。多德夫妇只有不完整的心灵感应能力。维里克认为你的能力会超越他们。"

"因为我的红头发。"

"是的。雅各布森的头发是麦草色的。多德夫妇都是栗色头发。"

"至少他还没有摸索到爱尔兰血统。"

"还没有，但他发现这一点只是时间问题。红头发是一种明显的遗传标志。而维里克正越来越倾向于用基因特征解释心灵感应能力。多德更是一个爱尔兰的姓。"

"但施瓦茨不是，雅各布森则是斯堪的纳维亚人的姓。莉赞德拉的姓是瓦伦斯基。"

"是的，但我们需要尽快给他另外找一个理由——他已经在思考为什么我没有红头发了。如果莉赞德拉恢复过来，能够回答问题，维里克就会发现她的母族来自梅奥郡。"

"我们该给他一个什么样的理由？"布丽迪问。

"最好是能够让他忽视遗传特征的理由，比如脑损伤或者用药。我们要确认特朗是不是服用了维里克给他开的药。还要查一下特朗曾经有过脑震荡，比如踢足球或者他的保时捷撞上了一棵树或者其他什么东西。我的意思是，从他对待你的态度上，很明显能看出他在婴儿时期曾经有

459

过头朝下掉到地上的经历。不过你还可以看看能否找到其他什么可以供我们利用的情报。但先要帮他建起安全屋。我暂时为他们挡住了那些声音的冲击，但我不知道能够抵挡多久。"不等布丽迪把自己暂时失去心灵感应能力的事情告诉他，他已经走了。

布丽迪继续帮助特朗想象他的总裁办公室。特朗想象这座套房显然已经有几个月，甚至几年时间了。他清楚地知道自己想在房间里放些什么，甚至包括挂在墙上的绘画。汉密尔顿有一幅莫蒂里安尼的画，但我觉得，也许安德烈·古斯基或者奥罗斯科的会更好。

布丽迪不知道莉赞德拉的安全屋会不会像特朗的一样富丽堂皇。听C.B. 对她的教导，她似乎更在意安全屋是不是足够牢固。如果它们破门而入该怎么办？——她正在焦虑地问 C.B.。

它们不会——C.B. 说——但你可以再加一道锁。只要这样能够让你感觉更安全。

它就不能没有门……莉赞德拉的声音突然消失了。

莉赞德拉？——C.B. 问。

"你去哪里了？"莉赞德拉问道，"为什么我听不到你？"布丽迪也听不到莉赞德拉的想法。只能听到她用嘴说出的话语。不过布丽迪还能听到 C.B. 的想法。

我就在这里，莉赞德拉——C.B. 正在说话——不要慌张。那些声音进不去。

"我听不到你。"莉赞德拉提高了声音。

"出什么事了？"维里克医生质问道。他已经站了起来。

和我说话，莉赞德拉——C.B. 说道——告诉我发生了什么事。

莉赞德拉睁大了眼睛瞪着他，眼中尽是恐惧。

"莉赞德拉，"C.B. 轻轻晃动了她一下，"莉赞德拉。"

"我听不到你的声音。"莉赞德拉说，"我是说，你的想法。你开口说话的时候，我仍然能听到。"

C.B. 皱起眉头。"其他声音呢？你能听到它们吗？"

"不。"

布丽迪，对她说些什么——C.B. 说。

莉赞德拉，你能听到我吗？——布丽迪问。

"你听到了吗？"C.B. 也问莉赞德拉。

"听到什么？我不能……哦，现在它回来了。"

"我说，到底出了什么事？"维里克医生来到他们身边质问道。

一切突然安静了，就好像以前那样。我听不到你，什么都听不到。

声音是渐渐消失的吗？——布丽迪问——还是突然就没了？

突然就没了。就好像有人拨动了一个开关。

回来的时候也是一样突然？

莉赞德拉点点头。C.B. 问——布丽迪，为什么……

布丽迪看着 C.B.。这一次 C.B. 不需要布丽迪提醒就走进了庭院，向布丽迪问道："为什么你要那样问她？"

"因为同样的事情也发生在我身上。"

"什么时候？"

"就在几分钟以前。"

"就好像你刚开始听到特朗的时候，只能断断续续地听到他？"

"不，"布丽迪说，"要比那个更突然。就好像有人挂了电话。我什么都听不见了，包括我的边界外的那些声音。我觉得那时特朗也听不见我。他问我去哪里了。"

"莉赞德拉对我说过同样的话，"C.B. 思忖着说道，"她刚刚说话的时候，我也听不到她心里在想些什么。之前莉赞德拉也发生过这种事，那时我还以为是她的精神过于混乱，才无法听到我。但如果你遇到过同样的事情……它持续了多久？"

"也许有一分钟。你知道是什么原因导致的吗？"

"我和你一样，对此一无所知。"C.B. 说，"听着，如果你再遇到这种事，立刻告诉我，好吗？"

"我该怎么告诉你？你听不到我。上一次我呼唤了你，但我既听不到你，也无法向你传递我的心思。"

"好吧，那就用嘴告诉我。尽快把特朗的安全屋建起来。如果声音消失是刚才那场声音洪水的连带效果，谁知道还会有什么事发生。"他说完就立刻回去继续指导莉赞德拉了。

布丽迪将注意力转回到特朗身上。我正在决定该使用哪种书桌。汉密尔顿的书桌是桃花心木的，但我认为柚木更有专业……

这没关系——布丽迪说——重要的是……

但你说过，要仔细想象每一个细节。我如果不能……他的声音消失了。

特朗？——布丽迪问道。"特朗？"

"什么？"特朗也出声说道，"我还以为你要我只能用脑子说话。"

我是这样要求的——布丽迪说——你能听到我吗？

特朗没有回答。

"你能听到我刚刚说的话吗？"布丽迪出声问他，"我们用精神对话的时候？"

"没有听到。"特朗回答。布丽迪能够从特朗的表情中看出特朗也对她说了些什么，正等待她的回答。

C.B.——布丽迪说道。不过 C.B. 已经在问她——出什么事了？那件事也发生在特朗身上了？

我觉得肯定是。他的声音突然就中断了。

"出什么事了？"维里克医生问。

布丽迪和 C.B. 都没有理睬他。特朗？——C.B. 问——你能听到我吗？

他只能听到我的声音——布丽迪提醒 C.B.。

那你再试着叫他——C.B. 一边说，一边仔细观察特朗。布丽迪开始不断重复——布丽迪呼叫特朗，快回答，特朗。

特朗依然没有任何回应。但他的脸上已经出现了怀疑的神情。"如果你正在这么做……"他对 C.B. 说。

"做什么？"C.B. 问他，"告诉我们发生了什么。"

"沃思先生的精神对话中断了？"维里克医生问。

"嘘，"C.B. 说，"特朗，你能听到布丽迪的声音吗？"

"不能。"特朗带着指责的意味瞪向布丽迪，"我正在问她，我的总裁办公室应该摆一张什么样的书桌……"

"总裁办公室？"维里克医生打断了他，"你在说什么？施瓦茨先生，你说过……"

"嘘，"C.B. 说，"然后发生了什么，特朗？"

"她突然出声问我，能不能听到她。我说可以，但她听不到我。如果她是在用精神和我说话，那我也听不到她。我什么都听不到。"

"包括那些声音？"

"是的，完全没有声音了。一秒钟之前，我还能听到……"布丽迪突然听到特朗在想——然后我就听不到了。

我又能听到他了——布丽迪对 C.B. 说。

我也能了——C.B. 说："特朗，你能听到布丽迪吗？"

"能。"

"我要求知道，到底发生了什么。"维里克医生说。

"我们不知道。"C.B. 回答。

说谎——特朗在想——施瓦茨也许就是这一切的幕后操纵者。我们怎么知道建立这种所谓的防御不会导致……哦，不，它们回来了！他开始疯狂地拍打双腿。

很好——布丽迪想——那些声音会阻止他把这些事告诉维里克医生。她便向特朗说道——特朗，这正是你需要安全屋的原因。忘记那些绘画吧，赶快想象出你的墙壁来。

"你说'不知道'是什么意思？"维里克医生问道。

"我们不知道，"C.B. 说，"我们在短时间内失去了和特朗的精神连接。但现在连接又恢复了。"

这意味着 C.B. 想轻描淡写地把这件事蒙混过去。我应该帮他——布丽迪想。

"这种事并不罕见。"布丽迪说，"特朗和我在之前的联系中出现过很多空白时间。我们初次连接之后的几个小时之内，只能偶尔接收到对方的只言片语，对不对，特朗？"

"是的，但是……"特朗开口道。

布丽迪打断了他。"你说过，压力会干扰连接，"她继续对维里克医生说道，"而特朗和莉赞德拉刚刚经历过巨大的精神冲击。"而且压力还能导致那些声音再一次冲破你的防御——她对特朗说——所以你现在需要紧紧锁住安全屋的门。

我会的。特朗急忙开始想象一道死门闩。布丽迪则退到庭院里，考虑特朗所说的——C.B. 是这一切的幕后操纵者。

他是吗？那种寂静无声的感觉就像有人在布丽迪和所有声音之间放置了一道隔音屏障。很像布丽迪的边界，只是效能更加强大。但 C.B. 说过，他没有力量封锁那些声音。而且布丽迪很清楚他现在已经有多么疲惫了。看着正在教导莉赞德拉的 C.B.，布丽迪能够清楚地看到他脸上倦怠的皱纹，还有他的黑眼圈。那些绝不是假的。

布丽迪相信 C.B. 说的话。现在他顶多只能将那些声音封锁住几分钟。但他们遭遇到的情况正是如此。这的确可能是 C.B. 干的。只是他将声音封锁这么短的时间又有什么意义？这很难让维里克医生相信心灵感应已经消失了。如果是 C.B. 造成了这种信号中断，他就更不会向维里克医生说出这件事了。

除非他想让他们以为，他和这种信号中断没关系，这只是一种正常现象，这样，当维里克医生对他进行扫描的时候，他就能装作自己也被封锁了。这也就能解释为什么布丽迪刚才也会遭到封锁。C.B. 必须封锁她一次，才能让他们觉得这种中断会影响到所有人。这还能解释为什么他会那样欣然同意接受扫描。他根本就不打算配合维里克医生。

特朗的安全屋怎么样了？——C.B. 问——它能够挡住那些声音吗？

我认为可以。

很好——C.B. 回答道——因为我不能……

他的声音断掉了。布丽迪马上想道——他又封锁我了，但这是为什么？C.B. 只需要封锁她一次，就足以让其他人相信了。

我已经建好总裁办公室了，现在我该做什么？——布丽迪听到特朗在说话。

就是说，被封锁的不是我——布丽迪想着，向 C.B. 瞥了一眼。

C.B. 抬起头，仿佛正在仔细聆听。他脸上的表情显得震惊又困惑。C.B.——布丽迪向他喊道——出什么事了？但 C.B. 没有回答。

因为他才是被封锁的人。所以我听不到他说话，因为他的声音无法被传递给我。或者至少 C.B. 希望别人这样相信。如果他也受到了封锁，就不会有人怀疑这一切是他造成的。

但如果 C.B. 是假装的，难道他现在不应该高声说一句"我的心灵感应被切断了"，然后再告诉维里克医生，他觉得自己的心灵感应发生了某种异常，仿佛突然就消失了？实际上，他什么都没说，只是站在那里，一脸惊愕的样子。

他不是假装的——布丽迪想。一分钟以后，当封锁消失，他对布丽迪说——布丽迪，我觉得你刚刚遇到的事情也发生在我身上。布丽迪问他是什么导致的。他说——我不知道。布丽迪相信他。

你是从什么时候开始的？——C.B. 问道——它是不是……

布丽迪的周围突然陷入一片寂静。他又被封锁了？——布丽迪寻思着。但这一次被封锁的应该是她自己。她也听不到特朗和其他那些声音了。

C.B.？——布丽迪喊道。然后她才反应过来，自己没办法把想法送出去，于是她出声说道："刚刚我又遇到了。"

"是吗？"C.B. 问。他的语气和表情中的困惑和忧虑都不可能是伪装的。

这不是他干的——布丽迪想——我坚信这一点。那么这又是什么导致的？或者是谁干的？

梅芙——布丽迪想道。她很高兴自己被封锁了。特朗和莉赞德拉都不可能听到她的想法。一定是梅芙干的。

梅芙曾经承诺过会留在自己的城堡里。布丽迪也相信她的防御足以保护她。但一个承诺可能挡不住梅芙采取行动。她也曾经向她妈妈承诺过不会做很多事，但那些事她全都做了。

我需要和她谈一谈——布丽迪想。但她不能在被封锁的时候这样做。否则等到封锁结束，特朗和莉赞德拉就又能听到她了。而现在最重要的事情就是防止梅芙被发现。

我只能等到他们同时被封锁的时候——布丽迪想——不知道这种事会不会发生。目前为止，每一次的封锁都只会持续一两分钟，不过布丽迪这一次经历的封锁时间似乎长了一些。

也许，如果封锁时间再长一些，就会重叠在一起。到那时我就能——想到这里，她突然又能听见了。

莉赞德拉正在对 C.B. 说——我觉得我的门还不够坚固，肯定挡不住它们。那么她显然没有被封锁。

特朗？——布丽迪说道。

他还没法说话——C.B. 说道——刚才你的信号也中断了吗？

刚恢复。我们同时被封锁了？

我不确定。我觉得封锁时间正在变长。

我需要一把更坚固的锁——莉赞德拉说——而不只是一道固定栓。我需要……“又发生了！”

“我也是。”特朗插嘴道。

“什么……”维里克医生又看向 C.B.。

我应该留下来帮助 C.B.——布丽迪想。但梅芙的事情更重要。而现在可能是她唯一和梅芙交谈的机会。她冲进自己的庭院，将自己关在里面，开始呼唤梅芙——我想马上和你谈谈。

没有回应。

当然没有——布丽迪想——因为她知道我会对她说什么。辛迪！——她又喊道——魔发奇缘！梅芙！马上回答我！

还是没有反应。布丽迪知道自己马上就要没时间了。莉赞德拉和特朗随时都有可能脱离封锁。C.B. 也会注意到她进入了安全屋，并且……

真无法相信，你们竟然会这么做！——梅芙说道——我留在我的城堡里，就像C.B.说的那样。而且我没有和任何人说话。现在告诉我，你是怎么封锁住我的？

第三十二章

"这一次它相当缓慢地消失，先从尾巴的末端开始。"

——刘易斯·卡罗尔，《爱丽丝梦游仙境》[①]

嘘，梅芙——布丽迪急忙说道，同时她又看了一眼莉赞德拉、特朗和维里克医生——别这么大声，他们会听到的。

不，他们不会听到——梅芙说——我已经建起了十五道防火墙和加密墙。你们也用不着封锁我！真无法相信，你们竟然会这么干！

仔细告诉我发生了什么。

哦，就好像你不知道一样！

我的确不知道——布丽迪说——我发誓。快告诉我。

我正在听C.B.说话。他可没有说过我不能听。我只是不能说而已。突然间，我什么都听不到了。就好像我的电脑崩溃了，屏幕变蓝了！我什么都听不见，就连那些僵尸都没了。

然后呢？

然后，我向你和C.B.大声喊叫，告诉你们，我没法想象你们竟然会这样做。这不公平！

你什么都听不到以后做了什么？——布丽迪问。

我尝试重启，但重启不了。我按了能想到的每一个键……

每一个键？

是的，你知道，就像键盘一样。它们并不是真的键，只是想象出来的，就像安全屋和你的收音机一样。不管怎样，我想象出我的笔记本电脑，做了电脑崩溃之后应该做的所有事情，比如关机再开机，重新设置

---

① 选自《爱丽斯漫游奇境》，刘易斯·卡罗尔著，上海译文出版社2013年出版，吴钧陶译。

密码，以免电脑上有儿童锁或者其他什么东西。但所有办法都没用。然后声音又突然回来了，就像刚才一样。

你听不到声音的情况持续了多久？

真的是很长一段时间。可能有十五分钟吧。你们用不着这么做。我一切都是按照C.B.的吩咐去做的。我拽起了吊桥，放下了铁闸门，进入我的高塔，留在那里。现在我只想知道到底发生了什么。

你除了听以外，什么都没有做过？

没有！——梅芙激动地说——我告诉你了，我——她的声音突然消失了。

哦，不，现在我被封锁了——布丽迪想。这只会让梅芙生气。她一定会以为他们又把她给封锁了。正在这时，她听到莉赞德拉说——那种事又发生了。为什么它总是一次又一次发生？布丽迪这才知道，被封锁的是梅芙。

她会更生气的——布丽迪想——我只能告诉C.B.了。

但她该怎么说？她不能冒险让特朗和莉赞德拉听到。所以她只能等到莉赞德拉和特朗重新被封锁。但看现在的情形，他们两个人的心灵感应都很正常。他们全都吵嚷着要知道为什么精神交流一再被中断。

"我不知道。"C.B.对他们说。

"你说得倒轻松。"特朗质问他，"我们怎么知道这不是你做的？"他又转向维里克医生，"他很可能在干扰心灵感应，阻止我们获得所需的数据。这个所谓的'帮助'很可能是一个诡计，让他能够进行破坏……看到了吗？他又把我切断了。"

很好，这个家伙完了——布丽迪想。

"施瓦茨先生，如果你干扰了我的病人的心灵感应……"维里克医生气势汹汹地走过来。

"他没有，"布丽迪挡在维里克面前，"我们也遇到了这种事。我们不知道这是什么原因导致的。"

"真的？"维里克医生问道。

"是的，"C.B. 说，"尽管……我一直在想，莉赞德拉是第一个遭遇这件事的，对吧，布丽迪？"

"是的。"布丽迪希望自己的回答符合 C.B. 的期望。

"好的，这件事首先发生在莉赞德拉身上，然后是布丽迪，"C.B. 依次指向她们，"然后又是莉赞德拉，然后是特朗……"

"这跟发生顺序有什么关系？"维里克医生不耐烦地问。

"因为我认为莉赞德拉也许是这件事的源头。"

"我？"莉赞德拉气恼地说道，"我的心灵天赋是我的一切，为什么我会……"

"你不是故意的。"C.B. 说，"维里克医生，当你尝试从弗拉尼根女士那里获得信息的时候，你给莉赞德拉服用了松弛剂。这使得莉赞德拉抑制听到声音数量的能力被削弱。她开始听到更多声音，成百上千……"

"成千上万，"莉赞德拉说，"上百万。"

"没错，"C.B. 说道，"她突然听到了远远超过精神负荷限度的声音。她的意识中断了，就像电路过载时保险丝被烧断。"

梅芙是对的——布丽迪想——是系统崩溃。

"但我没有吃松弛药，他们也没有。"特朗指着布丽迪和 C.B. 说，"那为什么我们的精神交流也会中断？"

"因为我们三个都和莉赞德拉有过精神连接。"C.B. 说，"所以她听到的声音和对那些声音的反应会传导到我们身上。当她的意识中断，我们的意识也会中断，就像断路器跳闸，从而导致一连串跳闸。"

我还以为是保险丝，不是断路器——布丽迪对自己说——如果这是对声音洪水的反应，为什么它没有在洪水肆虐的时候发生，而是直到半个小时以后？

维里克医生却仿佛接受了 C.B. 的解释。"所以，等到松弛剂效果消退，这种精神交流中断的时间就会逐渐缩短，并最终停止。"他说道。

C.B. 点点头。

"我想知道每一次精神交流中断的确切开始时间。"当 C.B. 和布丽迪努力让特朗和莉赞德拉进入他们的安全屋时，维里克医生开始绘制图表，详细统计起了心灵感应中断的模式和持续时间。

心灵感应中断时间没有再明显变长，但也没有缩短。特朗和莉赞德拉的中断时间也没有再发生重叠。这让布丽迪没有机会告诉 C.B.，梅芙的心灵感应也发生了中断。

或者可能梅芙没有过这样的中断。只是因为她那样告诉你，不代表那就是真的——布丽迪想。梅芙很善于说谎，简直就是一位说谎大师。当然，有玛丽·克莱尔这样的母亲，这是她必备的技能。她的整个故事可能都是编的，以免布丽迪会怀疑她。

因为她知道，我会让她停下来，这样做太冒险了。但这也不可能。无论梅芙是怎样的一个天才，如果要让维里克医生和特朗相信心灵感应永久地消失了，那她就必须将特朗和莉赞德拉封锁几天，甚至几周。但她只要睡觉，就不可能继续封锁他们了。

就算梅芙真的做到了，维里克医生也不可能放弃。他还有别的病人能够进行心灵感应。梅芙不可能封锁住他们。她根本就不知道他们的存在。就算布丽迪和 C.B. 讨论那些人的时候被梅芙听到了，她也没有听过他们的声音。她不可能在成千上万喧嚣的声音中找出他们。而且只是封锁特朗和莉赞德拉超过几分钟，对梅芙来说就已经是非常困难的事了。

或者对梅芙而言，这么做并不难。当布丽迪再一次脱离封锁的时候，维里克医生告诉她，这一次她的信号中断了将近六分钟。而且中断频率正在稳步提升。"我想对你们所有人进行 fCAT 扫描，以确定到底发生了什么。"

布丽迪下意识地看了 C.B. 一眼，期待他告诉维里克医生，这不是一个好主意。但 C.B. 只是说："好吧，也许这样能告诉我们一些事。"

看看你都做了什么，梅芙——布丽迪想道。她努力寻找方法示意 C.B.，告诉他不能同意这样做，但维里克医生已经说道："施瓦茨先生，我会让你和莉赞德拉先进行扫描。这边请——"说完，他就领着他们离开了房间。

求你，快进入安全屋，C.B.——布丽迪想。

好的，我在里面呢——C.B. 回应了她。

你不能接受扫描。

我必须去。我需要知道到底发生了什么。

你不明白——布丽迪说——我认为……声音又消失了。

梅芙——布丽迪激动地想道——如果这是你干的……但梅芙不可能听到她。没有人可以。她被封锁在一座寂静的穹顶之下。

她这样做是为了阻止我告诉 C.B.——布丽迪想。她希望梅芙能够确保 C.B. 的扫描不会出现任何异常。但如果梅芙的封锁信号是可以被扫描到的呢？布丽迪必须和梅芙谈一谈。但她被困在这里，什么都做不了。

你可以给她打电话——布丽迪想。但她首先要离开这个房间，又不能让特朗产生怀疑。

房间里刚一剩下特朗和布丽迪，特朗就拿出了手机。布丽迪一直等到他开始发信息才说道："告诉维里克医生，我需要去一下洗手间。"

特朗含糊地点点头。布丽迪便溜出测试房间，沿着走廊经过维里克医生的办公室，来到外面的大走廊中。她一直向楼梯间跑去，就像住院那天晚上的逃亡一样。冲进楼梯间，拿出手机，她又仔细倾听了一会儿，确保自己还处在封锁之中，然后她拨通了梅芙的电话。

玛丽·克莱尔接了电话。"我很抱歉，布丽迪，"她气势汹汹地说道，"但你不能和梅芙说话，她失去了她的电话权。她被禁足了。"

"禁足？"

"是的，我抓住她在看《脑子，脑子，脑子》！她知道她不能看僵尸电影。而她竟公然违背我的命令。你知道她在看那些电影吗？"

"不知道。"布丽迪说了谎，"你怎么抓住她的？"

"我走进她的房间，要她给乌娜姨妈送些汤去。我担心乌娜姨妈的风湿病又犯了。我今天早晨给她打电话的时候，她一直不想和我说话。现在她也不回我的电话。所以我觉得最好有人去看看她。而凯瑟琳也不接电话。不管怎样，当我走进梅芙的房间，要她去跑个腿的时候，她却在用笔记本电脑看那种糟糕的僵尸电影。她想要关掉屏幕，但她的速度不够快。谢天谢地，她只看了最初的几分钟。如果她看完了整部电影，她一定会做几个星期的噩梦。你为什么要找她说话？"

"不是什么重要的事情，"布丽迪一边支吾着，一边想——不是梅芙干的。如果是梅芙封锁了他们的声音，同时装作自己也被封锁了，那她绝不会让她的妈妈捉住她看《脑子，脑子，脑子》。

也就是说，真的发生了保险丝被烧掉和断路器跳闸的事，跟 C.B. 说的一样。

但 C.B. 当时也同意维里克医生的看法，认为这种信号中断的时间会随着松弛剂药效的消退而逐渐缩短。但实际情况并非如此。布丽迪在回到测试房间的时候，仍然处于封锁之中。特朗在给埃塞尔·戈德温打电话。他暂时停止通话，告诉布丽迪，他也再一次被封锁了。当维里克医生带着 C.B. 和莉赞德拉回来的时候，布丽迪知道 C.B. 和莉赞德拉先后都遭遇了封锁，让他无法得到确切的扫描结果。

更糟糕的是，C.B. 的封锁持续了十二分钟。莉赞德拉则持续了将近十八分钟，直到现在都没有显示出脱离封锁的迹象。"中断时间没有缩短，"维里克医生说，"而是延长了！你又该怎么解释这种事，施瓦茨先生？"

"我不知道，"C.B. 说，"只不过……"他拿起一张纸，开始画示意图，"看，从莉赞德拉开始，然后是弗拉尼根女士，然后又是莉赞德拉……"

"我们已经讨论过这件事了。"维里克医生说。

"然后是沃思先生和我。"C.B. 继续在图上添加连线，"然后又是弗拉尼根女士、莉赞德拉。"

"是的，是的，我们知道。"维里克医生不耐烦地说。

"好的，现在看看这个图形。"C.B. 将示意图举到众人眼前，"它从莉赞德拉开始，又不断回到她这里。这可能意味着这不是简单的传导，而是一个正反馈环路……"

一个正反馈环路？——布丽迪想。

"……这可能意味着，每一次这种中断从一个人传导至另一个人的时候，效果都会被强化。"

"什么效果？过载的效果？"

"或者是莉赞德拉对它的反应。"C.B. 说，"如果心灵感应的信号不是被暂时中断，而是触发了某种信号抑制机能呢？我们每个人都有相互连接，这种传导会在我们之间无限循环，触发我们每个人的信号抑制机能。"

"但如果这是一种信号抑制机能，它应该彻底抑制住精神信号，而不是让它们断断续续地出现。"

"如果这种机能需要不止一个抑制因子才能关闭信号，就会出现我们这种情况。"C.B. 说，"或者这种抑制机能还太弱，无法维持对信号的隔绝。但在正反馈循环中……"他在示意图上画出连续的环路，依次经过他们每一个名字，再回到莉赞德拉那里，"……不仅莉赞德拉对我们三个人的传导，我们各自的反应也会对它造成加强。所以，每一次循环之后，抑制机能的传导都会更强大，要么抑制因子的数量会增加，要么是这两个因素同时起作用。"

所以这种中断会出现得越来越频繁，持续时间也会越来越长。就像现在的情况一样。

"这不会影响到别人吧？"维里克医生问。

他在担心自己其他的客户——布丽迪想。

"他们必须和你有心灵感应的连接，才会受到影响，不是吗？"维里克医生还在问着。

"或者他们听到过我们的声音。"C.B. 说。所以梅芙也受到了影响。她一直在听 C.B. 的声音。于是她成为了这个正反馈环路中的一员。

梅芙也被封锁了？——C.B. 问道。布丽迪急忙示意他不要说话，但他对布丽迪说——没关系，莉赞德拉和特朗现在全都被封锁了。梅芙是多久以前被封锁的？封锁持续了多长时间？

布丽迪将梅芙的情况告诉了他，还说了玛丽·克莱尔抓住梅芙看《脑子，脑子，脑子》的事。

那么她说的一定是实话——C.B. 说。布丽迪意识到，C.B. 也在怀疑他们受到的封锁是梅芙干的。

是的，我的确这么想过——C.B. 说——但我并不真的认为她能做到这样。尽管她有护城河、荆棘森林和防火墙。

但你就能做到——布丽迪说。

这个我做不到。我不知道有谁能做到。

莉赞德拉怎么样？我们对她还一无所知。也许她的心灵感应能力比你以为的更强。而且她肯定不希望有人和她竞争。所以她封锁了我们……

她不行。你忘了吗？我能读她的心。这些事早就让她大惑不解了。现在她只是害怕自己会失去"心灵天赋"。如果她有一点封锁那些声音的基本技巧，她都绝不会让自己遭受如此严重的冲击。相信我，不是她。

那就不是莉赞德拉。而且显然也不是特朗。他甚至没有能力听到 C.B. 和莉赞德拉的声音，更不要说封锁他们了。另外，特朗绝对不会希望发生这种事。那就只剩下 C.B. 的正反馈环路理论了。

但 C.B. 和我没有……布丽迪想到此，急忙将剩下的想法推开，直到 C.B. 的信号再次中断。

C.B. 的声音一消失，布丽迪马上查看莉赞德拉和特朗的状态。莉赞德拉被封锁了。特朗正在担心自己该怎么将这个坏消息告知汉密尔顿。布丽迪走进自己的安全屋，把门闩住。然后她才允许自己完成刚才的想法，并考虑这意味着什么。

C.B. 说过，是这种传导触发了抑制机能。但布丽迪和 C.B. 根本就没有抑制因子。他们没有那样的基因。另外，C.B. 曾经在测试房间里问过布丽迪所有那些维里克医生的理论，就是那种神经通路是正反馈环路的说法。那时他提出的问题和现在他的解释不可能是巧合。也就是说，C.B. 关于抑制因子导致信号中断的说法是个谎言。这就意味着是 C.B. 造成了这一切。

之所以封锁会这样断断续续，可能是因为现在 C.B. 只能做到这样。

他太累了，不可能同时持续封锁他们三个人。所以他才编出了那个正反馈环路的故事。等到明天，他睡过一觉之后，就能够封锁住每个人，除了维里克医生的其他病人。因为他没有听到过他们的声音。

只是封锁特朗和莉赞德拉不能解决任何问题。而且如果C.B.能够封锁别人，为什么他不在昨天早晨封锁特朗？那样特朗就不会听到布丽迪的声音。他们也不会遇到这种麻烦了。

而且如果这是C.B.做的，为什么他在第一次被封锁的时候会有那样的神情？他不可能伪装出那样的表情——布丽迪回想起他当时是多么惊疑不定，多么恐惧不安——我可不觉得他是说谎的专家。

但如果这不是C.B.做的，为什么他又要编造出那个抑制因子的谎言？为什么他们被封锁的时间刚好与接受扫描的时间吻合？当维里克医生带布丽迪和特朗去做fCAT的时候，布丽迪还没有进入房间就陷入了信号中断的状态。维里克医生什么都没能得到。

一定是C.B.做的——布丽迪想——也许他还有别的计划，打算让维里克医生将其他心灵感应者带到这里来。这样他就能听到他们的声音。布丽迪只希望C.B.有足够的力量封锁他们。当C.B.第二次去做fCAT仍然没能成功之后，他看上去完全累坏了。布丽迪觉得他们被封锁的时间应该会缩短，因为C.B.肯定没有足够的力量再维持对他们的封锁。

但信号中断的时间没有缩短，反而在那一天里变得越来越长，而且发生频率越来越密集。等到下午时，他们四个人更是同时被封锁了。

"这太可怕了。"特朗说，"难道施瓦茨不能做些什么阻止这种事吗？比如开启另一种正反馈环路，抑制那些抑制因子？"

布丽迪难以置信地盯着他："你真的想让那些声音回来？"

"不，当然不，但我的项目呢？我该怎么跟汉密尔顿说？"他向布丽迪晃动着他的手机，"他刚刚给我发了信息，问今天的情况如何了。"

布丽迪看向C.B.。他正在和维里克医生查看自己的扫描结果。看上去，他都快要站不住了。"那就告诉他，情况不怎么好。"布丽迪说道。

"那真是太妙了。"特朗语带讽刺地说道，"再过不到两个月，苹果公司就要发布它的新手机了。我已经告诉汉密尔顿，我们到了突破的边缘，即将把苹果公司打翻在地。可现在我什么也拿不出来。一切的一切，我的未来，我的人生，我的工作，全都在此一搏。而你却认为我应该告诉汉密尔顿情况不怎么好。你认为他会有什么反应？"

"如果你执意要造出你所谓的新型手机，再发生这种事，他的反应只会更糟。"布丽迪说，"想一想苹果公司和三星公司会发布什么广告吧：'至少我们的智能手机不会把你逼疯，不会杀死你。'"

"哦，我的上帝，你是对的！我还没有想到这一点。"特朗低下头看着自己的手机，"但这仍然没办法帮我应付汉密尔顿。我必须告诉他一些什么。"

"和他说实话，告诉他心灵感应太危险，无法使用，会有非预期后果发生。所以将它集成在手机里是完全不可行的。"

"我不能这样对他说！我向他保证过，这是可行的，而且非常安全。'非预期后果'会让他觉得我根本没有仔细考虑过这件事。"

你根本就什么都没考虑过——布丽迪想。"那就告诉他，还有很多复杂问题需要解决。"

特朗的脸色变得更加难看。"所有人都知道'复杂问题'只不过是给'完全的灾难'换一个说法。"

这听起来很符合现在的情况——布丽迪想。

"你就不能想一个不那么消极的说法吗？"特朗问。

"'需要对其未来加以观察的有趣发展'如何？"

"哦，这个不错。有趣的发展。告诉维里克医生，我必须打个电话。我马上就回来。"他说完就出去了。

C.B. 还在和维里克医生谈话。布丽迪觉得他随时都有可能倒下。他的面色显得格外苍白，整个身子都仿佛无力地挂在骨架上。

一阵敲门声响起。一名护士探头进来说："很抱歉打扰您，医生，您的一位病人打来了电话，而且他说情况非常紧急。"

维里克医生点点头，向屋里的人说了一句："等一下。"然后他就转身出去了。屋门随即被他在身后关好。看样子，他不想让其他人听到他和护士的谈话。

他不是认为我们全都被彻底封锁了，就是还没有完全理解心灵感应——布丽迪想。她虽然听不到门外的说话声，但她能听到维里克医生和那名护士的想法。

布丽迪走进自己的庭院，从收音机里找到维里克医生的频段，然后按下音量旋钮。"是迈克尔·雅各布森。"他听到护士在说话，"他说，他失去了和未婚妻的全部意识连接。在半个小时以前，他未婚妻的声音突然消失了。从那时起他就再也没有听到过未婚妻的想法。"

第三十三章

"作为一个爱尔兰人，就要知道，到最后，这个世界一定会让你心碎。"

——丹尼尔·帕特里克·莫伊尼汉

维里克医生立刻给自己的另外两名有心灵感应的病人——多德夫妇打了电话，询问他们是否注意到连接能力有任何异常。他们回答说一切正常。但半个小时以后，护士再一次过来报告说一个名叫"保罗·诺思拉普"的人刚刚经历过一次"暂时性的信号中断"。

这时，特朗和莉赞德拉在过去的半个小时里全都陷入了没有信号的状态：布丽迪刚刚脱离了长达二十四分钟的静默期——她已经开始以为自己再也不会听到任何声音了。你能听到吗，C.B.？——她问道。

可以——C.B. 严肃地说——如果你还认为我是这一切的幕后主使，那么我可以告诉你，我甚至不知道这个保罗·诺思拉普的存在。

那么到底……

我不知道。也许在那场声音洪水爆发的时候，他们也在倾听，或者……

或者这其中的确存在传导效应。这种信号中断正从一名心灵感应者传递给另一名心灵感应者，并真的形成了环路，触发了一次又一次跳闸。而每一次循环都使得抑制的力量变得更强。

他们要离开医院的时候，布丽迪的信号静默时间已经超过了她能够进行心灵感应的时间。她不必再担心维里克医生的 fCAT 扫描，也不必再为了齐讷测试而撒谎了。

就好像杜克大学试验中的那个人一样——C.B. 在第二次测试后说

道——还记得我和你说过的那个试验对象吗？莱茵博士本来相信他有心灵感应。他取得过很高的成绩，但突然间，他的成绩一落千丈。

你告诉过我，你认为他拒绝与莱茵博士合作——布丽迪说。

是的，但如果我错了呢？如果发生在我们身上的事情也在他的身上发生过呢？会不会是莱茵给他服用了松弛剂，以“强化他的接收能力”，但这反而导致了接收信号的爆发，最终关闭了他的心灵感应？

有没有办法可以查明这一点？——布丽迪问。她没有听见 C.B. 是否做了回答。所有声音再一次完全被切断了。

看样子，C.B. 也没办法再用心灵感应听到任何声音。因为他对维里克医生说：“我刚刚又失去感应能力了。我们两个人都已经听不到任何他人的想法。也许如果我们回家去，休息一下，就能重新建立连接。”

“不，”特朗说，“明天这种能力可能就彻底消失了。我们需要在那以前尽可能获得数据。”

“忘了数据吧。”莉赞德拉说，“你需要先想办法挡住那些声音。”不过维里克医生还是为他们每个人安排了一次 imCAT 扫描。

特朗的脑子里仍然是空白一片。布丽迪和 C.B. 都在进入扫描前不到一分钟的时候遭遇了信号中断。莉赞德拉甚至在技师让她躺到扫描台之前就什么都听不到了。于是维里克医生终于让他们回了家。

“明天九点钟再过来，”他说道，“另外，我希望你们继续记录能够发送和接收信号的时间和时长。如果你们心灵感应的时长增加了，就打电话给我。”

“那我呢？”莉赞德拉说，“我也应该回家吗？你把我带到了这里，毁掉了我的心灵天赋，现在你就想让我这样回塞多纳去？如果我的心灵天赋再也回不来了该怎么办？我该怎么做？我会被彻底毁了的！”

维里克医生忙于对付莉赞德拉的时候，特朗已经将电话摁在了耳朵上。“我要回公司去。汉密尔顿想见我。”

很好——布丽迪想——我终于有机会单独和 C.B. 说话了。但是他们刚刚成功逃出维里克医生的办公室，C.B. 就说：“我需要回一趟实验室，看看能不能搞清楚到底发生了什么。你介意……"

"一个人回家？"布丽迪说，"当然不介意。你认为这真的是一种正反馈环路？就像你对维里克医生说的那样？"

"也许。我猜是。我不知道。"

"但你说过，神经通路没有那么简单。"

"通常是没有，但……"

"但就算有一场声音爆发的传导或者正反馈环路，或者其他什么东西，它又怎么可能发出我们本来就没有的抑制因子？"

"我不知道。"C.B.暴躁地说，"也许我错了，实际上我们也有抑制因子，只不过之前没有被激活。也许是声音爆发的压力不仅会激发抑制因子，还会将它们构建出来。"他疲惫地揉搓着自己的前额，"也许完全是另一码事。"然后他就走掉了，只剩下布丽迪一个人站在医院前厅。

布丽迪给凯瑟琳打电话，要她开车来接自己。她的家人是否知道她做了 EED 已经不重要了。但凯瑟琳没有接电话。布丽迪不知道自己是不是应该打给乌娜姨妈。但如果乌娜姨妈的风湿病犯了，那现在就不应该打扰她。布丽迪现在更不愿意去应付玛丽·克莱尔。尤其是在看到她发来的信息以后。玛丽·克莱尔要求知道布丽迪是不是在公园的时候让梅芙用她的手机看过《脑子，脑子，脑子》。

布丽迪叫了一辆出租车。她竭力不去想自己上一次离开医院的时候，C.B. 在等着她，微笑着对她说："女士，你的座驾正在等你。"

她有些害怕玛丽·克莱尔会在公寓里等她。不过玛丽不在，而且手机里没有她的信息，也没有梅芙的信息。梅芙甚至没有朝她喊过话。她的信号中断时间也越来越长了——布丽迪茫然地盯着手机，心中想道。

布丽迪查看了一下其他信息。她甚至有些希望凯瑟琳给她发条信息过来，这样她就能打电话给凯瑟琳，听一听妹妹关心的声音。但她收到的只有特朗的信息，告诉她什么都不要对同事说。她终于决定再给凯瑟琳打一个电话。但凯瑟琳还是没接。

布丽迪觉得自己应该休息一下。但她怀疑自己是否能睡得着。她感觉自己像一条毛巾一样完全被拧干了，身体里空空如也。她已经一整天都没有吃过东西了。

也许这是问题的一部分——她想道——C.B. 说过，激烈的情绪状态有可能影响心灵感应。也许饥饿也会造成影响。于是她走进厨房，想看看冰箱里还有什么。

冰箱里没有任何可吃的东西。食品柜里也好不了多少。梅芙为了喂鸭子，已经将这里洗劫了一遍。现在柜子里只剩下了一罐甜菜和一盒已经见底的有机多维谷粒。

至少这不是彩虹幸运麦片圈——布丽迪一边想，一边给自己倒了一碗谷粒，缩在长沙发上吃了起来。但这些谷粒就像棉花糖麦片一样寡淡无味。它们的形状也全都是那样难以捉摸。布丽迪想起在那个卡内基风格的书房里，C.B. 坐在她对面。他们一起猜测那些棉花糖的样子：绿色帽子、黄色狗骨头、白色茄子。

你在吗？——布丽迪发出呼唤。但 C.B. 要么正处在信号中断状态，要么正专心查找原因，不管怎样，他没有回应布丽迪。

或者是他不想和我说话——布丽迪这样想着，忽然间没有了饥饿的感觉——因为这一切都是我的责任。莉赞德拉和她的抑制因子也许是这场事故的起源，但是我放出了洪水，是我让那些声音冲进来的。

她将没有吃完的谷粒拿到厨房，倒进洗碗槽里，又回到客厅。

你需要去床上躺一下——她对自己说。但她依然坐在客厅里，希望C.B. 或者梅芙能够冲破这片沉寂，告诉她干扰已经消失了。可她最后听到的是特朗的声音——该死的，我到底该怎么对汉密尔顿说？特朗的声音里带着一股绝望的意味。也许我什么都不应该告诉他。也许这只是暂时的，我可以先瞒着他，直到……

他的声音断掉了，但布丽迪并没有注意到。当所有人都劝她不要去做 EED 的时候，凯瑟琳给她发过一篇文章，里面说 EED 的效果只是暂时的。真的会是这样吗？她的 EED 真的渐渐失效了？而且因为他们连接在一起，所以其他人也受到她的影响，失去了自己的能力？如果是这样，那她还可以重做一遍 EED……

"我想过这件事。"C.B. 这样对她说。这已经是第二天早上，他们在医院里见面的时候了。"但 EED 的效能至少会持续几个月，不可能几天就结束。而且第一次信号中断会发生在你身上，不是在莉赞德拉身上。"他疲惫地用手指梳理了一下头发。

他看上去比昨天晚上更疲惫了。"你睡觉了吗？"布丽迪问。

"没睡多久，"C.B. 承认，"不过也足以确认，我并没有在潜意识里封锁全部声音。我其实真有些希望会是这样。你呢？睡觉了吗？"

"睡了。"

"你还是什么都听不到？"

"能听到一些，但声音消失的时间越来越长了。"她让 C.B. 看了自己记录的时间表，"现在它们比我能够听到的时间段长了百分之六十。"

"是的，我的也是。"

"C.B.，我很抱歉。当我打开那道门的时候，我没想到……"

"我知道，不要责备自己。真实的原因甚至可能根本不是这样。在维里克医生进行更多检查之前，我们还没办法确定是什么导致了这种现象。他想在试验对象还能够进行精神交流的时候做一次 imCAT。不过我不知道他能不能找到这样的窗口期。"

维里克医生的计划没能成功。特朗和莉赞德拉现在几乎一直处在信号静默的状态。当他终于等到布丽迪脱离信号静默状态，准备进行扫描的时候，布丽迪几乎是立刻又回到了静默状态。而仅仅三分钟以后，C.B. 也什么都听不到了。维里克医生告诉他们，他会等到"情况好转"的时候再进行进一步的测试，然后就说他们可以走了。

只有 C.B. 留下来和维里克医生探讨扫描结果。他对布丽迪说："我一有发现就给你打电话。但看样子，那次声音爆发的确有可能就是造成这一切的原因。我会对古代的圣徒记录做一些研究，他们之中似乎有人曾经听到过奇异的声音，但在经历过某种无比强大的宗教体验之后，便如'死人般昏倒'，然后再也没有听到过那种声音。这听起来很像是因为声音爆发的冲击而失去了心灵感应的能力。"

"那么贞德呢？"布丽迪问，"这样的事也在她的身上发生过吗？"

"我不知道。我以后再和你谈这件事。"他说完就回到了测试房间里。

布丽迪一下车就开始在手机上查询贞德的生平。看到贞德直到最后还能用心灵听到声音，她不由得松了一口气。但贞德应该只是一个例外。C.B.列出了在经历"异象"之后突然失去听到奇异声音的能力，并且再也不曾恢复过的圣徒。这样的人至少有十几个。圣布里吉德"从那以后再也没有听到过上帝之音"。图兰的圣贝加也是如此，尽管她"苦修、祈祷、哭泣，以最热切的方式祈祷上帝之音回来"。她相信自己失去这种能力是因为犯下了某种罪行。

就像我一样——布丽迪想。

她开车回到公司，将自己关在办公室里，竭力专心处理尚未完成的部门间沟通报告，不去想梅芙为什么直到现在都不联系她。

也许她一直都处在信号静默的状态，就像特朗和莉赞德拉一样——布丽迪想。但梅芙至少还可以给她打电话。就算玛丽·克莱尔取消了她的打电话权也难不住她。在学校的时候，她可以轻松地借到达妮卡的电话。

布丽迪给玛丽·克莱尔打了电话。"哦，太好了，我正要给你打电话呢，"玛丽·克莱尔说，"你今天有没有和凯瑟琳说过话？"

"没有。"

"我也没有。我从星期日晚上就一直想联络她，但她始终都没有回我的电话。"

因为她知道你想审问她是不是让梅芙看了僵尸电影——布丽迪想。"她也许忘记开机了。梅芙怎么样了？"

"还在生闷气。因为我给达妮卡的妈妈打了电话，告诉她不能让梅芙用达妮卡的电话和电脑。"玛丽·克莱尔说。

所以梅芙才没有给我打电话。也许只是因为这样。

"你有乌娜姨妈的消息吗？"玛丽·克莱尔又问道，"她也不回我的电话。"

"你还在担心她的风湿病？"

"不，她在脸书上说，她要参加爱尔兰女儿的活动。但这不能解释她为什么不接我的电话。"

也许她也不想和你说话。

"你不认为凯瑟琳会做什么蠢事吧？比如和那个星巴克里的服务生私奔？"玛丽·克莱尔问。

"你怎么会想到这种事？"

"星期日深夜里，她忽然在脸书上发了一条消息，说什么幸福总是出现在最意想不到的地方。你知道她总是喜欢一见钟情。无论我怎么说她糊涂，她也不听。你不可能只认识一个人几天就爱上他，对吧？"

"我必须挂了，"布丽迪说，"有人打电话进来了。"

她挂了电话，看了一下刚刚打进来的是不是C.B.。不是C.B.。尽管维里克医生说C.B.在一点钟就离开医院了，但整个下午，布丽迪都没有得到他的任何消息。

到四点半的时候，布丽迪再也等不下去了。她收拾好东西，告诉萨拉自己有些头痛，要回家去，就下楼去了C.B.的实验室。

但C.B.正在走廊里和舒基说话。一看到布丽迪，舒基就急忙向她走了过来。"C.B.出什么事了？"她一边悄声问，一边不停地回头去看C.B.，"他怎么变得这么有模有样了？"

C.B.的确变帅了。他穿着一件立领衬衫，所有纽扣都整整齐齐地系好了。耳朵上也没有了那副断线的耳机。他还刮了胡子，看上去应该是好好休息了一下，不再像早晨那样虚弱憔悴了。他找出信号中断的原因了——布丽迪的心中又升起了希望。

"他变得可友善了。"舒基还在絮叨着，"他是做了脑移植手术还是怎么了？"然后舒基又用怀疑的眼光看向C.B.。"他看上去真的挺可爱的，只不过还是有点怪咖，你觉得呢？如果他梳梳头发的话，会不会更好看？当然，他肯定比不上特朗。说到这个，特朗又怎么了？我早些时候看到他，发现他今天真是糟糕透了！赫米斯项目是不是出了什么问题？"

小心——布丽迪想——记住，和你说话的是公司里的闲话中心。"没有，一切都很顺利。特朗说他们有了真正的进展。他也许只是压力太大了，毕竟他现在的工作很繁重。对了，我有事找 C.B.，我有一个手机程序的事情要和他谈。"她说完就快步去追赶 C.B. 了。

"C.B.！"布丽迪喊道——C.B.！但 C.B. 甚至没有稍稍放慢一下脚步。

布丽迪在复印室外面追上他，把他拽进复印室，关上门，开口就问："你有没有找出原因？"

"有，也没有。"C.B. 说。

那就是说没有——布丽迪想。她看着 C.B.，意识到自己错了。C.B. 的情况并不比早上好。她以为 C.B. 休息过了，但其实他放弃了。

"我找到了一份关于耳鸣病人自然恢复的研究。"C.B. 对她说，"那种模式是一样的——情绪冲击，随后就是耳鸣阶段性消失。消失的时间越来越长，经过一定时期之后，就彻底安静了。"

"然后耳鸣声就再也没有回来过？"

"没有。还有，维里克在几分钟以前打来电话，说多德夫妇昨晚都失去了精神连接能力。我统计了每个人信号中断的持续时间，他们都符合不同强度的正反馈环路。所以这肯定是那一次声音爆发导致的。"

"它的传导还直接构建了抑制因子？"

"是的，或者就是我们的大脑启动了代偿功能。"

"代偿功能？"

C.B. 点点头。"受损的大脑一直都能够利用代偿功能进行自我修复。新的神经通路和连接会取代受到损伤的部位。也许这是一种求生本能，我们的大脑会迅速重建甚至倍增失去的抑制因子。"

"你刚才说，一些人的耳鸣会在'一定时期'之后停止？"

"一般是几天。"

几天。"C.B.，我很抱歉，是我……"

"抱歉，你在开玩笑吗？你帮我了一个大忙。现在那些声音都消失了，我终于能去看棒球比赛、看电影、去饭店，还能够参加各部门的会议。"C.B.向布丽迪露出微笑。

"我不是因为那些声音消失而抱歉。我的意思是，很抱歉让你失去了心灵感应的能力。"

"重要的是，你阻止了维里克和你的男朋友把他们肮脏的爪子伸向这种能力，还有梅芙。没有心灵感应并不是什么坏事。这样反而让我走出了那间地牢。"他伸手指了指这间复印室，"我能够在公司的餐厅吃饭，能够做想做的所有事，像普通人一样去所有人多的地方，甚至能够去理个发。"

不，不要——布丽迪想——我喜欢你的头发。

但他听不到她。"我终于能买些像样的衣服了。"他说道，"如果我要去面试的话，就会需要这样的衣服。"

布丽迪的心仿佛被狠狠揪了一下。"你要离开无限通联公司了？"

"也许吧。我还不知道。但我一直在想，如果我能找到一个地方，专心于限制人与人之间的联系，而不是让人们被淹没在联系之中，那可能会是个好工作。抱歉，'淹没'这个词不太好。我还希望能够在一个暖和的地方工作。对吧？"

布丽迪黯然地点点头。

"嗨，不要这样闷闷不乐。你说过，你想让生活恢复正轨，不是吗？"

我说过许多话——布丽迪想——我说过，我再也不想和你说话了。我说过，我们没有情感联系。我说过，我想让你离开我。但这些都不是真的。没有一句是真的。

"我的意思是，好好想一想，"C.B.轻松地说道，"你不用再担心洗澡的时候被偷听，或者深夜里四处乱跑了。我也不必再去听那些疯子和道德败坏的家伙们胡言乱语，或者那些根本不懂歌词的人乱唱什么'水晶时代'，我本来还以为自己要用一生的时间去向他们喊叫：那是'水瓶时代'！不是'水晶时代'！"

"但你没办法再知道人们想些什么……"

"我总可以去问舒基。"说完这句话，他的神情突然变得严肃起来，"还有一点很重要，梅芙不会像我一样长大，永远害怕会有人发现她的秘密，利用这件事来毁掉她，甚至毁掉这个世界。她能够过上正常人的生活了。当然，也不能说是完全正常，毕竟她的妈妈是玛丽·克莱尔。"他又笑了。

布丽迪点点头。"我姐姐一定会组织一场审问，好查出到底是什么诱惑梅芙去看了僵尸电影。"

"我知道，"C.B.说，"梅芙告诉我了，她昨天晚上呼叫了我。"

却没有呼叫我——布丽迪想。

"我向她解释了发生的事情。"C.B.继续说道。

"她很不安吗？"

"是的，可以这样说。"C.B.瑟缩了一下，"但我已经说服了她，让她知道这样才是最好的结果。"

最好的结果。

"另一方面，莉赞德拉却威胁说，如果维里克不把她的心灵天赋还给她，她就要起诉维里克。说到这个，我曾经答应会给维里克打电话，告诉他关于耳鸣患者的调查。"

C.B.将屋门打开一条缝，向外面看了一眼。他的这个动作让布丽迪相信，现在他已经没办法听到其他人的想法了。"海岸空旷无人，"他说完就向电梯走去，又回头留下一句，"我明天再找你。"

不，你不会的——布丽迪哀伤地想道。她离开公司，上了自己的车，一路开回家。你再也不会来找我了。

C.B.说他们还有几天时间，但他错了。随着信号中断时间不断延长，等布丽迪到家的时候，她仿佛已经走不出静默的穹顶了。

或者并非如此。当布丽迪登上楼梯，走向自己的公寓时，她听到一个微弱到无法辨别的男性声音说："……真是没办法。"

C.B.？——布丽迪充满希望地呼唤道。

"我已经尽力想让她明白了。"那个声音又说道。那不是 C.B.，甚至不是那些曾经让布丽迪恐惧万分的声音，而是有人正在下楼梯，"但她就是无法接受我们已经完了。我不可能原谅她做的事情，你明白吗？"一阵停顿之后，那个人又说道，"我不知道该怎么办。"

我也不知道——布丽迪不知道自己该如何度过今晚——你不能还是坐在家里，想着自己什么时候会彻底失去心灵感应。现在，当她仔细倾听的时候还能听到一点声音，一种微弱的呢喃，就像原先边界以外的那种骚动。但现在她已经不需要什么边界了。

C.B.？——她呼唤着——梅芙？但没有人回应。

现在上床睡觉还太早，于是她走进厨房，将最后一点淡而无味的多维谷粒倒进碗里，又加了些牛奶，端着碗来到电脑前。

玛丽·克莱尔给她写了一封邮件。凯瑟琳没有私奔，她和乌娜姨妈去了爱尔兰女儿的聚会。"很显然，她们要为希伯尼安文化遗产举行一场大规模纪念活动。所以我才一直没有联系到她们。昨天她们在那里待了一天一夜，今天她们还在那里。"

我还以为乌娜姨妈因为风湿病下不了床——布丽迪想。她希望她们能在家里，这样她就可以去和她们聊聊天。

现在上床还是太早了。布丽迪开始上网搜索"耳鸣"，希望能够找到C.B. 不曾发现的病例。也许有某位耳鸣患者的症状后来又恢复了。但她什么都没找到。一个小时以后，她放弃了，决定准备上床睡觉。

这时电话响了。"我一直在努力联系你。"特朗不耐烦地说，"你回家以后，有没有从我这里得到任何心灵信息？"

"没有，为什么问这个？"布丽迪有些急切地问道。如果特朗又开始听到她了，那么 C.B. 的传导理论就是错的。"你听到什么了吗？"

"没有，"特朗说，"该死，我还希望也许你能听到些东西，好让维里克医生再做一次 imCAT。他还没有得到足够数据可以定义心灵感应的神经突触。否则我就可以把那些数据给汉密尔顿看了。如果没有任何切实的证据能够证实心灵感应的存在，他肯定不会愿意把资源投在这件事上，让我们推进项目。"

推进项目？"特朗，你不会还想设计能进行心灵感应的电话吧！你已经体验过那些声音……"

"我知道。"布丽迪能够听出特朗的声音中充满了多么强烈的厌恶，他一定是回忆起了那时的恐怖感觉。"但现在我们知道有办法可以阻止那些声音。我们知道有办法可以控制它们……"

梅芙是对的——布丽迪苦涩地想道。她看见了自己庭院中仍然留有硝烟痕迹的黏土砖墙和蓝色木门上的一道道焦痕。一旦他们发现了它，就再也没有办法能够让他们停下来。

"但我们什么都做不了，除非找到办法重新激活心灵感应。"特朗继续说道，"所以我们必须继续进行扫描，搞清楚大脑在心灵感应时到底做了什么。施瓦茨和你还有连接吗？"

"没有了。"

"该死。他有没有提到过还有谁可能有心灵感应？"

"没有。就算他提到过这种事，那些人的连接应该也都被传导效应切断了。就像维里克的那些病人一样。"

"不管怎样，一定还有人可以让我们进行测试。"

比如梅芙？——布丽迪想。谢天谢地，那种传导效应也抹去了梅芙的心灵感应能力。否则特朗绝对会毫不犹豫地使用她，哪怕她才刚刚九岁。

"我们需要尽快找到测试对象。"特朗说，"我不知道我还能够搪塞汉密尔顿多久。给施瓦茨打电话，告诉他这件事有多么紧急。我们必须获得心灵感应的力量。该死。真是难以相信，竟然会发生这种事！我们距离证据已经这么近了！"

感谢上天，让这样的事情发生——布丽迪想——更让它影响到了所有人。否则他们一定会给维里克的其他病人都服用松弛剂，根本不在乎这是否会杀死他们。特朗则会立刻开始给他的手机设计新电路。

我们真是幸运——想到此，布丽迪突然回忆起梅芙在星期日早晨的时候及时出现在她家门口，将她从特朗手里拯救出来。那时她也以为这只是一个幸运的巧合。

"你听到我说的话了吗？"特朗问，"我说，无论你从 C.B. 那里发现任何情报，都立刻发信息给我。你和我的未来全系于此，明白吗？"

"明白。"布丽迪说。她挂了电话，站在原地，思考着——这不可能是巧合，也不是幸运。这个时间点太完美了。而且这不合逻辑。如果信号中断真的是莉赞德拉对于那些声音的反应造成的，那么当那些声音对她造成冲击的时候，中断就应该出现，而不是发生在半个小时以后。

而且为什么这会影响到 C.B.？他十三岁的时候就遭受过那些声音的全力冲击。那时的他完全没有自保能力，却没能激发他的大脑生成抑制因子或者进行什么代偿修复。这到底是为什么？

根本不是这么回事——布丽迪想——他对你说了谎。就是他封锁了那些声音。不管他怎么说这是不可能的。也许梅芙还是他的帮手。他们两个人轮流封锁住了其他人，这样他们就能睡觉了。或者 C.B. 甚至有可能在睡觉这件事上也说了谎。他能够随心所欲地在任何时间封锁任何人。

但如果真是这样，为什么 C.B. 不能在齐讷测试时阻止莉赞德拉窃听她的想法？或者直接在她最初呼唤"你在哪里"的时候就封锁住特朗，不让他听到。可那本来就是她向 C.B. 发出的呼唤！或者他为何在一开始的时候就不让她和梅芙听到那些可怕的声音？

相信 C.B. 能够随心所欲地封锁声音就意味着必须相信 C.B. 是有意让她差一点被那些声音淹死，让梅芙受到僵尸的恐吓。布丽迪无法相信这样的推论。他不是那样的人——布丽迪倔强地想道。

而且布丽迪还清楚地记得 C.B. 自己第一次被中断信号时那种震惊和……受到强烈冲击的表情。无论是那时还是现在，她都坚信，C.B. 不知道当时发生了什么。

那就只剩下梅芙了。但如果这是她干的，而她又知道我在怀疑她，她一定会编出一个故事，把我引向歧途。

梅芙始终都没有联系她。唯一还在找她的只有特朗。十一点的时候，特朗发来信息，问她有没有和 C.B. 联系上。布丽迪告诉他没有。特朗立刻又发信息说:"也许他在实验室,那里没有信号。"

哪里都没有信号。布丽迪倾听着寂静的黑暗,感觉到夜色越来越深,遮蔽了边界以外最后残存的声音。她的希望也变成了泡影——这不是梅芙和C.B.的封锁。

十一点半的时候,手机铃声响了。一定又是特朗——布丽迪想,然后拿起手机,看到上面的号码——是玛丽·克莱尔。但也不是玛丽,说话的是梅芙:"我必须和你谈谈。"

"我还以为你妈妈把你的电话权取消了。"

"她是取消了。"

"那你怎么能给我打电话?"

"用愚蠢的座机。我只能等到她开始打鼾了再给你打电话。现在我没办法随时和你说话了,我真是恨死了!我什么都不能做。"

"你还在被禁足?"布丽迪问。

"是的,"梅芙厌恶地说,"这全都是你的错。如果不是你让那些声音冲进来,这些事情就都不会发生了。不会有那种愚蠢的传导,我也不会被封锁住。那样我就能听到妈妈要进我的房间。她就不会抓住我了。现在,我什么都不能在电脑上看了。她把一切都锁了起来,就连 Hulu 和 YouTube 也被锁了。我什么视频都不能看了。你把一切都毁了!"

我知道——布丽迪想。她知道,就算对梅芙和C.B.说她是无意的,也没有任何好处。现实就是这全都是她干的。C.B.曾经警告过她非预期后果,但她就是不听。

"这太糟糕了!"梅芙哀号道,"说实话,那些僵尸的确很吓人。我很高兴不必再听到它们的嚎叫,不必一直躲起来,担心如果我走进购物中心、学校或者其他那些地方会发生什么。但这种事也的确很有趣。我喜欢拥有城堡,还有能和你们说话……"

"你还是可以和我们说话……"

"那不一样!"梅芙继续哀号着,"我可以在任何地方和你们说话!我不喜欢失去那种能力。"

C.B. 一定也不喜欢——布丽迪想——不管他怎样对我说。

C.B. 也痛恨躲藏起来；痛恨那些咆哮的声音和不得不一直见证人类肮脏的一面；痛恨成为一个被放逐者，让人们以为他是个疯子。但那仍然是他的人生，是他唯一知道的人生。还有他的能力，无论它伴随着多少糟糕的事情，那依旧是一种能力。那种能力塑造了他，让他成为现在的自己：温柔、有趣、无私、勇敢得令人难以置信。

而且那种能力还给他带来了一些可爱的东西——深夜的宁静、卡内基书房和他们曾经分享的串线。

"现在，失去它让我觉得比得到它以前更不好了。"梅芙说，"因为以前我还不知道会有这样的事，但现在我知道了。我知道它是多么方便。我真的很想念它。你明白吗？"

"明白。"布丽迪想到 C.B. 和自己一同坐在车子里，在书架后面向她俯过身，和她谈论红男绿女、布丽迪·墨菲，还有他们要去哪里度蜜月。

"你觉得它还有没有可能回来？"梅芙充满期盼地问。

"C.B. 认为不会了。"

"我也这么觉得。"梅芙叹了口气，"我真的很喜欢 C.B.。你现在不会和特朗结婚了吧？"

"不会了。"

"好，毕竟这是一件好事。你确定它不会回来了？我给你打电话之前正在看《魔发奇缘》。女巫杀死了乐佩的男朋友，那实在是太可怕了。让人觉得一切都不会好起来了。但就在那时，乐佩开始哭泣，她的一滴泪水落在他的面颊上，变成巨大的金色焰火。他活了过来。他们快乐地生活在一起。"

我不觉得眼泪能把心灵感应带回来——布丽迪想。她害怕自己会哭出来，就问梅芙："你怎么能看《魔发奇缘》？我还以为你妈妈把你的笔记本电脑锁了。"

"是被她锁了，不过我想办法把它打开了。你不能告诉她。如果又被她发现，我就要被永远禁足了！"

也许你真应该被永远禁足——布丽迪想。不过她还是说道："我不会告诉她的，我答应你。"

"你还必须答应我，不会告诉她我看了《终极丧尸》，否则……"梅芙的声音变成了微弱的耳语，"我必须走了，我觉得妈妈醒了。我讨厌这样！"她的声音一下子消失了。

我也讨厌这样——布丽迪想——我还讨厌自己是对你做了这件事的人。

如果说布丽迪还需要什么证据来证明自己的怀疑不过是一厢情愿的胡思乱想，那么梅芙的电话就是了。梅芙声音中的沮丧、失望和哀伤都不可能是装出来的。

不过梅芙在伪装上显然更胜于C.B.，而且她还能绕过玛丽·克莱尔的所有限制、封锁和监控系统，看到她想看的电影——一部主角死而复生的电影。那么梅芙会不会是因为向C.B.发过誓要保守秘密，又没办法用其他办法联络到布丽迪，所以才会用这种方法给布丽迪送来一个信息，让她知道一切还没有绝望？

希望如此——布丽迪急切地想道——否则我就只能承认，是我毁掉了C.B.的能力，还有他的人生。

C.B.将再也无法进入那间卡内基风格的书房。没有了心灵感应，图书管理员几乎肯定会抓住他。凌晨三点钟也不再是一个月朗星稀、充满魅力的时刻，C.B.只会像弗朗西斯·斯科特·菲茨杰拉德和其他人一样，认为那只是一个令人辗转反侧的黑暗松鼠笼，随时都会有恐怖的事情发生。就好像布丽迪做出的恐怖事情。

"除非有别的线索能解释这一切。"布丽迪喃喃地说道。过了一点钟，她才终于睡着了。

当她忽然惊醒的时候，周围只有更深沉的黑暗。她相信自己听到了什么，但整个房间里只有一片寂静。午夜的寂静——她心中想着，伸手去拿闹钟。凌晨三点，C.B.最喜欢的时间。

C.B.？——她充满希望地向黑暗中呼唤——你在吗？

什么声音都没有。

那不是说话的声音——布丽迪盯着眼前的黑暗，尝试在脑海中重现刚才的声音——也不是噪音。那声音戛然而止，就好像冰箱压缩机的嗡嗡声一下子停住了，或者是窗外的一辆车关掉了引擎。

但这声音不在窗外。她有一种心痛的感觉，一定是有某种东西就此停止了——C.B. 握住她的手，将她的手按在心口上的感觉。

她第一次有那种感觉是在卡内基风格的书房里。那时她朦朦胧胧地醒来，发现 C.B. 睡着了。从那时起，那种感觉就一直陪伴着她，只是她从不曾清晰地意识到这一点。甚至在她陷入信号静默的时候，那种感觉也没有离开她。所以无论有多少证据，她仍然一直相信心灵感应并没有就此消失。一定只是 C.B. 和梅芙将它封锁住了。她知道那不可能，但她就是相信，因为 C.B. 就在这里，紧紧握着她的手，将她的手按在自己的胸口，直到现在。

这是最后一件能给她带来一点慰藉的事。这意味着 C.B. 并不因为她毁掉了一切而恨她，尽管就连她自己也难免会痛恨自己。是 C.B. 拯救了她，保护了她，穿过洪水和烈火找到了她，就像贞德那样，像钟楼怪人那样。她对他的回报却是烧毁了教堂，烧毁了那座图书馆。

你说的凌晨三点完全错了，C.B.——她说道，尽管她已经确定 C.B. 无法听到她，也永远不会再听她说话——菲茨杰拉德是对的。这不是一天中最好的时间，而是最可怕的，是毫无疑问的灵魂黑夜。

第三十四章

"那么，当他爬上去救了她之后，又发生了什么？"

"她也拯救了他。"

——《漂亮女人》

落到谷底的好处是情况不可能变得更糟了——布丽迪想。她正躺在黑暗中，倾听着周围的寂静。但她还是错了。第二天早上，她还没有走出停车场就撞上了舒基。"你看上去简直糟透了，"舒基说，"你和特朗分手了？"

至少舒基没有问赫米斯项目是不是真的完蛋了。这意味着特朗想出了搪塞汉密尔顿的办法。他们都还有工作。至少暂时如此。

"你们真的分手了？"舒基还在不停地问着。她的眼睛里燃烧着好奇的火焰。

"我们当然没有分手。我只是为了解决家人的问题而睡得很晚。怎么了？你希望我们分手？"

"不，"舒基说，"尽管我很喜欢他的车，还有他送你的那些花。但现在我已经盯上了另一个人。据你所知，C.B. 施瓦茨有没有对象？"

不要再这样了——布丽迪想——我已经毁了他的人生。"我不知道。"她回答道。

"他不是同性恋，对吧？那么可爱的男人总是同性恋。"

布丽迪想到在书架后面，他向她俯过身。他们贴得那么近，她甚至能听到他的心跳。"不是。"她回答。

"哦，太好了！"舒基尖叫了一声，"他是犹太人，对吗？你知道他是改革派吗？"

"为什么你不自己问问他？"

"我早就打算搜一下他的情况了，但昨天我把手机弄丢了，哪里都找不到。"舒基把自己能想到的地方都念叨了一遍，又说道，"我借了别人的手机给我的手机打电话，但没有人接……"

"这倒提醒我了，我还有电话要回。"布丽迪说着向办公室走去。

"如果你看到了我的手机，一定要告诉我！"舒基在她身后喊，"你认为我是不是应该吸引他来追我？还是我应该主动去追他？"

麻烦并没有到此结束。当布丽迪走进办公室的时候，萨拉告诉她："特朗·沃思刚刚打来电话，他说想马上见你。一定是关于你的 EED 的事。"

"我……我的 EED？"布丽迪有些结巴地问道。

"是的，他听起来真的很兴奋。我打赌，他一定是想办法把你们的手术日期提前了。"

或者他找到了一个没有受到那次声音爆发影响的心灵感应者——布丽迪一边想着，一边快步朝特朗的办公室走去。但是当她见到特朗的时候，特朗立刻让埃塞尔·戈德温去复印文件，然后他开口就向布丽迪问道："那么，施瓦茨知道还有其他心灵感应者吗？"

"不知道。"布丽迪说。

"我估计，昨晚我们说完话以后，你再没有听到过任何声音吧？还是你呼唤过我？"

"没有。那种能力完全消失了。你呢？"

"没有。莉赞德拉和维里克医生的其他病人也没有。我刚刚和他通过话。他说他们从昨天开始就再没有听到过任何声音了。看样子，施瓦茨的理论是正确的。那些声音的冲击造成了莉赞德拉的抑制性反应，永远封锁了心灵感应。"

那为什么看不出你有丝毫不安？——布丽迪感到有些奇怪。昨天特朗在想到该如何向汉密尔顿交代心灵感应消失的时候，还急得几乎要自杀。而现在他不仅一脸坦然，甚至还有些兴奋，就和萨拉描述的一样。

为什么？难道维里克医生已经从扫描中获得了足够的心灵感应数据？现在特朗已经可以制造他的电路了？

"我需要你的帮助，"特朗说道，"我需要你告诉所有人，我们已经做过 EED 了。"

告诉所有人？"但是你说过，你想将这件事保密……"

"那是在信号断开以前。现在我们需要让所有人都知道。"

"为什么？"

"告诉他们，我们上周就做过了 EED。"特朗丝毫不理会布丽迪的问题，"但我们想在连接形成之后再告诉大家。还要让所有人都知道，连接的效果比你想象的还要好。"

"但我不明白，为什么你想让所有人都知道……"

"这就是我的计划。我们说，我们悄悄做了 EED，然后暗示说我们做这个手术和赫米斯项目有关系，所以不能细说，但这将给信息产业带来革命性的变化。而且我们还要暗示说，我们发现了心灵感应。"

哦，上帝，他们一定是已经得到足够的数据了。我必须去警告C.B.——布丽迪想。

"我们要让人们知道，我们不仅能够进行意识交流，并且已经找到方法将这种交流方式集成在手机里。"

"但这不是真的。"布丽迪说。希望不是真的。

"的确不是真的，但他们不会知道。然后我们还要告诉资方，整件事都是一个骗局。"

"一个骗局？"布丽迪完全糊涂了。

"是的，我们告诉资方，这是一种欺骗手段。我们布置这个骗局是因为我们认为苹果公司已经在我们公司里安插了一名间谍，想查出我们的新手机到底有什么特别之处。而整件事——从做 EED，心灵感应，到接受扫描检测，全都是为了抓住那名间谍而采取的手段，全都是为了防止苹果公司发现我们真正的工作方向。"最后特朗得意洋洋地说道，"很聪明，对吧？"

是的——布丽迪想。这个故事毫无疑问能够拯救他的工作。如果公司里真的有间谍，将心灵感应的事报告给苹果公司，让苹果公司开始朝这个方向进行研发，无限通联公司就有证据表明苹果公司在进行商业剽窃。特朗将成为公司里的英雄，甚至有可能因此而获得他梦寐以求的办公室。

但这一切的前提是他的计划奏效了。如果 EED 和心灵感应被当成钓出间谍的鱼饵，那么他们还需要一个真正的开发计划。可是现在他们没有这样的计划。布丽迪向特朗指出了这个问题。

"是的，我们有。"特朗说道。他让布丽迪看了一份草图。"看，无限通联公司的新手机，庇护所。它被设计用来保护你，让你避开不受欢迎的电话和信息日复一日的轰炸。只要你将不想打交道的人放进永久性的'呼叫等待'名单，你就再也不必和他们说话了。如果你只是暂时不想和一些人说话，那么这部手机就能发送'呼叫暂时无法完成'的信息。如果你已经接了一个人的电话，但你不想继续说下去，只要按下一个键，手机就能让你的声音自动中断。"

这些都是 C.B. 的主意——布丽迪想——这是 C.B. 的庇护所手机。

"当那些声音向我扑过来的时候，我有了这个灵感。"特朗还在说话，"我们需要保护自己，免遭不受欢迎的入侵。我们需要一个庇护所，躲过所有那些人和信息的轰炸。你觉得如何？"

我觉得你剽窃了 C.B. 的设计，你根本不打算把功劳归于他，你这条蛇。"但如果你刚刚想到这个创意，那你怎么能及时做好准备，打败苹果公司的发布会？"布丽迪问。

"我们不必把它准备好。你还不明白吗？我们要让苹果公司先发布新手机，让他们宣布他们的手机能提供更多连接。然后我们对客户说：'不必担心，我们会保护你。'"

那又能有谁来保护我们，不受你的伤害？——布丽迪苦涩地想。她毁掉了 C.B. 的心灵感应能力，这已经够糟糕了。现在特朗又要偷走 C.B. 的手机设计创意。更可怕的是，他还打算让苹果公司推出心灵感应手机。尽管这一次的声音爆发摧毁了很多人的心灵感应，但苹果公司还是有可能找到没有受到影响的人，甚至维里克医生可能已经收集到了足够多的扫描数据，可以建立相应的电路结构了。而且苹果公司拥有无限的资源……

我必须警告C.B.——布丽迪想——马上就要。

但特朗并不打算让布丽迪离开，他显然还有很多细节要告诉布丽迪。"我的手机还能伪造出一个接入电话。这样你就能说：'我还要接另一个电话。'我管这个功能叫'陷阱门'。你觉得如何？"

我觉得这是C.B.的SOS手机程序。你把这个也偷来了。"这真是个有趣的主意。听着，特朗，我需要去……"

"不，你还不能走，"特朗说，"我还没有把其他的事情都告诉你。"他捉住布丽迪的双手，"为了让我的计划成功，我们需要告诉资方，我们的恋爱也是计划的一部分。因为EED只对有情感绑定的伴侣起作用，所以你自愿和我约会，好让这个骗局看上去真实可信。"

"看上去真实可信？"布丽迪心不在焉地问道。她正努力寻找着能够离开这里的借口，好赶快去告诉C.B.特朗的阴谋。现在她刚好需要用得上陷阱门手机程序，或者不如有一个真正的陷阱，直接把特朗扔进去。

"我们当然知道，所谓情感绑定和心灵感应根本没有关系。否则你绝不可能连接上施瓦茨。"特朗说，"但其他人不知道。我们要让所有人认为我们是相爱的，这样他们就更不会相信EED只是一颗烟幕弹了。"

他要抛弃我了——布丽迪这时才意识到。她觉得自己应该表现出一点不安的样子。"这就是说，为了让资方相信我们的话，我们就不应该总是在一起了？"她问道。

"恐怕是这样的，甜心。必须让资方相信这只是一场骗局，否则他们就会去医院查看记录，并向维里克医生提出各种问题。这样一来，我们的整个计划就会失败。你一定要明白，现在至关重要的一点就是要让他们相信……"

"一切都是为了项目。你并没有真正爱上我。是的，我很清楚了。"

"嗯，很好。"特朗说，"我们不得不这样做，这简直会要了我的命，甜心。但我们已经在这件事上押了太多东西，现在不应该再考虑什么个

500

人感受了。"

你是对的，这样很好——布丽迪想——所以我要离开这里，去找C.B.。

"当然，在随后几天时间里，我们还要做出情侣的样子，"特朗说，"你需要散播出一些关于 EED 的话头，也许可以在聊天的时候用'我在医院的时候'或者类似的话开头。明天早晨，我会给你送一束花，打电话去你的办公室。萨拉会在吗？"

"是的。"布丽迪一边说，一边想——如果我还能心灵感应，我会告诉梅芙现在就打电话给我，好让我有理由离开。

"我会给你发信息，问你是否感觉到了任何连接，然后……"

布丽迪的手机响了。谢天谢地。布丽迪从衣兜里掏出手机。

"……你要确保让你的助手看到我的信息，然后……"

"抱歉，我需要接个电话，是阿特·桑普森的。"布丽迪随便说了一句，然后就把手机放到耳边。

特朗点点头。"也给他一些暗示。消息越快传遍公司越好。"

"我会的。"布丽迪一边快步走出特朗的办公室，一边按下挂断键。当她冲进电梯，让电梯朝地下室降下去的时候，她才想起 C.B. 可能已经不在那里了。他有可能在任何地方，比如在复印室复印简历，或者和舒基调情。

谢天谢地，C.B. 还在实验室里，正蹲在那台便携式加热器后面，处理着一些接线。从实验室的温度判断，那台加热器还没修好。不过 C.B. 并没有穿雪地外套，他只是在神秘博士 T 恤外面又套了一件法兰绒衬衫。"你来这里做什么？"他抬头问道。

"我有话要对你说。"

"能把那把钳子递给我吗？"他指了指凌乱的实验台。

"好的，不过，我的话很重要。"

"这也很重要。"C.B. 说，"如果我不把它修好，我们两个人都要被冻死的。"

C.B. 是对的，这里比平时还要冷。"哪一把？"布丽迪看着实验台上的一堆工具、电路板、计量仪表和导线。

"最旁边的那把尖嘴钳。"

布丽迪把钳子交给 C.B.。C.B. 将加热器里面的一个东西拧了一下，然后站起来，在衬衫衣襟上抹了抹双手。"什么事这么急？你怎么了？"

以前你能读我的心，你不会这样问——布丽迪想。"特朗打算剽窃你的盲区和 SOS 创意，告诉公司资方，那是他的主意。"

"嗯，从技术上来说，那的确是他的主意。"C.B. 平静地说道。然后他跪下去，将加热器的机箱恢复原样。"或者至少是公司的。所有为公司工作的人都必须签一份知识产权协议，认同他们在这里工作时提出的创意都属于公司。"

"但你至少应该获得它们的名义所有权！这还不是最糟的。他打算将我们做了 EED 的事告诉无限通联公司的每一个人，还要说我们已经获得了扫描数据，要把心灵感应进行技术应用。"

"我知道。"C.B. 头也不抬地说，"这是我的主意。"

"你的主意？但是……我不明白。如果公司里有商业间谍……"

"公司里是有。"C.B. 装上了加热器的机箱背板。

"真的有？是谁？"

C.B. 没有回答。他正忙着把机箱背板固定好。

"那名间谍会把心灵感应的事告诉苹果公司，"布丽迪说，"如果苹果公司开始对此进行研究，而消息进一步被扩散出去，那么无论心灵感应是否还存在，所有人都会……"

"不，他们不会，"C.B. 终于把背板装好了，"因为我们只会给苹果公司一个星期去吞下这个鱼饵，然后我们就会将整件事放到推特上，说明这全都是无限通联公司的一个骗局，而苹果公司已经掉进了陷阱，竟然相信心灵感应是真的。这个世界一直都充斥着各种疑神疑鬼的谣言，心灵感应、幽灵、次元穿越、外星人绑架，但谁能想到苹果公司竟然会相信这种事？"

这只会让苹果公司蒙羞，让他们和所有智能手机公司都像躲避瘟疫一样躲避对心灵感应的研究——布丽迪想——就像科学家们在布丽迪·墨菲和莱茵博士之后再也不敢去碰心灵感应。贴在心灵感应上的伪科学封条会继续保持五十年。

"我们会告诉公司资方，"C.B.继续说道，"这全都是……"

"防止苹果公司发现我们真正研究方向的障眼法。"布丽迪说，"我知道。他们现在真正要实现的是你的庇护所手机。"

"对，"C.B.拿起螺丝刀，逐一拧紧加热器背后的螺丝，"特朗在医院里被那些爬虫攻击之后，一定会想关闭所有不受欢迎的电话，所以他应该认为这是一个好主意。"

"但把你的创意给他……"

"我必须给他一些能够对抗苹果新手机的东西。再过不到两个月，苹果的发布会就要举行了。而特朗现在的收获只是一些关于听到奇怪声音的荒谬故事，更何况现在他连那些声音都听不到了。这意味着他将失去工作。而他能想到的自救办法是证明心灵感应真的存在。这意味着他会不顾一切地挖下去。我不想让他发现梅芙。能把那把改锥递给我吗？"他朝实验台指了一下。

布丽迪把螺丝刀递给他。"谢谢，"C.B.继续做着解释，"把庇护所给他至少可以让他保住工作，并让他在随后几个月里忙着制造新手机，没有精力再去担心别的事情。在那以后，他还要忙着接受《连线》和《华尔街日报》的访问，谈论'无限通联公司如何改变通信时代的恶性循环''从更多方面来保护我们的客户'，还有向三星公司和摩托罗拉公司提出授权报价。他将彻底不会有时间再去想心灵感应。相信我，如果能将聚光灯从我们身上移开，一个庇护所的创意实在是太小的代价了。"

"但如果这就是你的目标，那么泄露EED的事肯定不是你应该做的。为什么……"

"我必须如此。特朗必须把这几天发生的事告诉汉密尔顿。我不确定汉密尔顿如果知道了事实，是否愿意放弃心灵感应。他也许会认为局势仍然控制在他的手中。而现在唯一能说服他转向庇护所手机的办法就是让他觉得心灵感应这件事是只有白痴才会感兴趣的东西。"

C.B. 是对的。如果特朗告诉汉密尔顿，他们已经亲身体验过心灵感应，只是这种能力又消失了，汉密尔顿肯定不会就此罢休。就算特朗放弃，他也会坚持把研究继续下去。但如果他被告知这种事根本就不存在，这不过是愚弄竞争对手的一种策略，他也绝对不敢承认自己竟然会蠢到为这种事投入资源。

"但如果苹果公司真的有什么大动作，庇护所手机也不足以与之对抗呢？"

"他们没有。"

"你怎么知道？"

"我能……或者说，我曾经能够读心。新款 iPhone 只不过是增加了一系列的防御手段，以保护云资料不会被黑。很讽刺，对不对？再加上待机时间更长的电池，还有大一些的屏幕。"

"但那样的话，苹果公司就需要找到一些东西与庇护所手机对抗，好让自己显得不那么白痴。如果他们真的下决心深挖心灵感应的事，发现特朗和我的确做了 EED，又该怎么办？莉赞德拉曾经威胁说要起诉维里克。如果她……"

"她不会的。"C.B. 自信地说，"上法庭意味着她要公开承认自己失去了'心灵天赋'。她不能让自己的客户知道这件事。那样他们就会彻底抛弃她。"

"但是如果他们发现她不能再读心了，不是一样会抛弃她吗？"

"他们不会发现的。毕竟她干的一切勾当几乎都是以察言观色为基础，只要多说一些客户想听的话就行了。至于维里克医生，我正要处理这个问题。"他一边说，一边拨动了加热器前面的一个开关。

他的修理工作一定出了什么差错，加热器没有发出工作时应该有的嗡嗡声，电热丝也没有变成橙红色。不过 C.B. 似乎并没有注意这些。他正忙着从屁股兜里掏出一部智能手机，键入电话号码，然后把手机放到耳边。"你好，C.B.施瓦茨给维里克医生打的电话，你可以用这个号码找到我。"然后他挂了电话，开始输入一段信息。他的头一直低着，眼睛盯着手机屏幕。

布丽迪向他皱起眉。"你是在发信息吗？"

"不是，发推特。"他一边说，一边继续输入文字，"我打赌，你一定会问，我从什么时候开始上推特了？"

"不，我想问的是，你从什么时候开始用智能手机了？"

"这不是我的，是我跟舒基借的。实际上，是偷的。"

或者舒基故意把手机留在这里，这样就有理由找他说话了——布丽迪想——她知道，就算给这部手机打电话，也不会有人接听，因为这里没信号，所以她只能下来找手机。但如果是那样，怎么……

"你怎么能发推特？"布丽迪问，"这里又没有信号。"

C.B.点击了发送键，然后向布丽迪抬起头。"哦，是的，关于这一点，这里没有信号并非完全是自然现象。"

布丽迪看向加热器。"你干扰了这里的信号。"怪不得这台加热器从来都不会散发热量。

"是的，"C.B.承认，"我刚刚把它关掉了。所以，如果你现在希望能在这里免于受到手机的打扰，你最好把手机关掉。"这时舒基的手机响了。"抱歉，我要接一下电话。"C.B.说。

布丽迪点点头，关掉了自己的手机。

"维里克医生，"C.B.说，"什么？慢一些，我不能……慢一些……抱歉，我没有听清最后那句话。你能再说一遍吗？"他将手机从耳边拿开，按下免提键，把手机放到实验台上。

"我说的是，"维里克医生激动的声音从手机里传出来，"消息泄露了！"

消息泄露了？

布丽迪警觉地向 C.B. 瞥了一眼。但 C.B. 只是平静地俯视着手机，问道："你怎么知道的？"

"我刚刚收到一条推特，上面说：'爆炸性消息！EED 让受术者能够读心。'那个消息还链接了我的网站。"

哦，不——布丽迪想——这就是特朗想要的"一些暗示"？

"你知道这会对我的事业造成怎样的破坏吗？"维里克医生喊道，"读心？我的病人里可有王室成员。如果这样的消息被泄露出去……"

"你知道是谁发的推特吗？"C.B. 问。

"看样子是某个爱聊八卦的女孩发的。但我知道，那一定是莉赞德拉干的。这就是她报复我的方式。"

"推文的话题是什么？"C.B. 又问。

"EED 等同于 ESP（超感官知觉），问号。"

"你是什么时候……"

"等等，先别挂。"维里克医生说道。一阵短暂的沉默之后，他又回来了，这一次，他的语气更显得恼羞成怒。"我刚刚又收到两条推特。同样的推送者，同样的话题。第一条说：'有传闻说，一位著名的 EED 医生正在对他的病人进行 ESP 测试，就像当年的杜克大学试验。'这条推特链接到了莱茵博士的维基百科页面。"维里克医生似乎已经有些不知所措了。"第二条说：'布丽迪·弗拉尼根会是新的布丽迪·墨菲吗？'"

布丽迪惊讶地张大了嘴。

"你知道谁是布丽迪·墨菲吗？"维里克医生喊道。

"是的，"C.B. 说，"你是对的，这真的是一个严肃的问题。如果你的名字和这样一桩丑闻联系在一起，那你的名誉就全毁了。我记得莱茵博士的下场，还有雪莉·麦克莱恩……"

"所以你必须做些什么！"维里克医生喊道，"你必须阻止这些推特流传出去！"

但他不能——布丽迪想——它们也许已经在推特上掀起一场风暴了。现在很可能已经有记者在给她打电话，想知道她是不是有前世的记忆。布丽迪很高兴自己关掉了手机。但只要她离开这里，就会被一股新的洪水淹没。而且随着布丽迪·墨菲的名字被提起，新闻记者们肯定会盯住她们都是爱尔兰人这件事，甚至不会放过她的家人，包括梅芙。我真不应该和 C.B. 一起待在这里——布丽迪想——如果他们发现我们在一起……

她正要向门口走去，C.B. 抓住她的手臂，拽住了她，用唇语对她说："不要走。"然后他提高声音问，"你是什么时候看到这些推文的，维里克医生？"

"刚刚，就在我给你打电话之前。"

"很好。那我们还有机会在它们被发送出去之前删除它们。"

布丽迪说："不，这不……"

"嘘。"C.B. 又用唇语对她说道。然后他关闭了手机的免提功能，把它重新放回到耳边。"我觉得我能阻止这件事，维里克医生。但我们必须立刻行动。为了防止我的措施失败，现在都有谁知道了心灵感应的事情？"一阵停顿之后，"很好，谁曾经看到过齐讷测试的记录，还有你做的扫描？"

布丽迪看着说话的 C.B.，皱起眉头。这里有一些让她无法理解的地方。这场谈话里肯定有某个地方不正常。为什么 C.B. 一点也不为推特的事感到恐慌？他应该恐慌的，除非……

当然——布丽迪想——发推特的不是爱聊八卦的女孩，而是 C.B.。

"你的其他病人呢？"C.B. 还在提问，"那些表现出心灵感应迹象的病人，你和他们说了多少？"又一阵停顿，"很好，我会看看能做些什么。不，不要把推特发给我。我不需要它们。只要删掉它们就行。我只要确定能不能解决这个问题，就会立刻给你打电话。你不要给其他任何人打电话、发推特或者发信息。"

C.B. 挂了电话。"好消息。他没有把心灵感应的事告诉任何人。他想等有确切的测试结果之后再公开这件事。所以他对包括他的护士在内的所有人说他只是在测试镜像神经元的强化效果。而医患保密条例将阻止任何人获得这些扫描和齐讷测试的结果。不过我认为，他很可能在和我们说话的时候就已经把所有记录都丢进粉碎机了。"

"谢谢你用那些推特让他吓掉了魂。"

"我就知道你能想到这一点。"C.B. 说，"我还担心他也许会把他的研究目标告诉其他 EED 病人，或者是其他灵媒。不过他没有。很明显，莉赞德拉是他找到的唯一一个红色头发的人。对于其他病人，他所说的和最初对你说的完全一样，强烈的情绪有时会以话语的方式出现。他丝毫没有向他们表示过这可能与心灵感应有关，所以他们也说不出什么。我们应该是安全的。"

"只除了那些被发出去的推特，还有我们说话时应该已经开始的转发。"

"不，它们没有被发出去。"C.B. 低下头看向手机，"我只是把它们发给了维里克。而且我刚刚把它们从他的手机上删除了。"他又点击了一下手机。"舒基手机上的也被删除了。因为是在十分钟的误发保护期内，所以它们不会被任何其他人看见。我告诉过你，'多想一下'手机程序会是个好主意。"

C.B. 让布丽迪看了一下手机屏幕，上面显示着"推文删除"。然后他又开始滑动手机屏幕。"现在要做的就是给维里克打电话，告诉他我成功了。等一下。"他将手机放到耳边，"维里克医生，我有一个好消息。我觉得我把那些推文全删掉了，没有让它们流传出去。"

布丽迪看着 C.B.，只觉得他非常聪明，就这样轻轻松松地搞定了维里克和特朗。但他这么做到底是为了什么？这些精心编造的谎言到底有什么必要？布丽迪明白，C.B. 想确保整件事被彻底掩盖住，目的是保护梅芙。但特朗根本不知道梅芙能够心灵感应。而维里克医生甚至不知道梅芙的存在。那么，无论特朗进行多少调查，他也不会找到任何头绪。至于心灵感应，早已不复存在，所以维里克医生也根本不必毁掉那些关于扫描和齐讷测试的记录。

那么，为什么 C.B. 要确保他们如此彻底地远离心灵感应？为什么他要把自己的创意交给特朗，让特朗不仅能摆脱麻烦，还会成为公司里的英雄？

他并不只是在掩盖他和梅芙的痕迹——布丽迪看着他和维里克医生

508

交谈——一定还有别的事。尽管 C.B. 已经不能再读她的心了，她还是想道——我需要到安全屋去。然后她穿过蓝色木门，走进了庭院。

这里的黏土砖墙上仍然布满了一道道火灰。石板地面上到处都是水洼。但这些都没有引起布丽迪的注意。她闩上门，茫然地盯着门板上斑驳的油漆，竭力思考 C.B. 到底想要做什么，他和维里克医生的交谈又意味着什么。

在剧院的那天晚上——布丽迪想——他和我谈起尼亚加拉瀑布和彩虹幸运麦片圈，还有去死亡谷度蜜月，想将我的注意力从那些声音上引开。他现在正努力将特朗和维里克的注意力从心灵感应上引开。所有的一切都是为了这个——庇护所手机、传播谣言、商业间谍和推特。这些看似毫无意义的行为其实都只是噪音，目的是阻止那两个人再去思考别的事情。但这是为什么呢？

"我有九成把握，已经把相关的推特都删掉了。"C.B. 说道，"但为了以防万一，我们在最近这几天里还是应该尽量避开新闻。你在全世界都有手术预约，对不对？哦，很好，你想到我前面了。智者所见略同，不是吗？"

我错了——布丽迪听着 C.B. 的话音想道——他并不只是在扰乱他们的心神。他想让维里克医生出国，想让特朗忙于设计手机，扩散谣言。这应该让我想到的不是剧院。布丽迪眯起眼睛看着蓝色木门，竭力捕捉可以作为类比的记忆。仿佛这道满是火伤的门能告诉她答案——我应该想到的是另一个地方。

在车里。C.B. 把她救出剧院之后，那时他正开车带她去图书馆。他和她说起背诵诗句和歌词——《吉利根岛》和《给比利·乔的歌》，好让那些声音受到控制。

"但我不能永远这样做。"那时她向他抱怨。他对她说："这些只是权宜之计，直到你建立起永久性的防御。"

权宜之计。让特朗专心工作，让维里克医生出国，让无限通联公司和苹果公司都有前途辉煌的研究目标，这些全都是临时措施，为的是暂时挡住他们，就像对付那些声音一样。直到他建立起永久性的防御。那么他需要防御的只有一件事。

心灵感应没有消失——布丽迪想——他封锁住了那些声音。他对我说了谎。他一直都在封锁它们。

但如果 C.B. 能够封锁住那些声音，他就应该在维里克医生进行测试和扫描之前这么做。那样维里克医生就不至于现在还要使用粉碎机了。他也可以在测试房间的时候就这么做，那样他们将永远也不知道他的事情。如果他能够封锁住那些声音，为什么他还需要教他们建立防御体系？这不合逻辑。那时他肯定没办法封锁住他们。

但他就是这么做的——布丽迪想——他那么确定心灵感应不会回来了，是因为心灵感应根本就没有消失。我不能离开这里，一定要让他承认这一点，让他告诉我到底发生了什么。

但如果 C.B. 以前没有向她承认过，那么他现在也不会因为布丽迪诘问几句就说实话。布丽迪必须想个别的办法把真相找出来。

"你可以相信我们，医生。"C.B. 还在讲电话，"我们跟你一样，想将这件事抛在脑后。再见，祝你一路顺风。"

他挂了电话。"那位医生要去小巽他群岛给图邦加国王和他宠爱的妻子做 EED 手术了。"他对布丽迪说，"我只知道那个地方的通信手段非常有限。"他又开始查看手机。"看样子，莉赞德拉已经恢复了在塞多纳的工作。"他说着将手机举到布丽迪面前，"看。"

屏幕上是一个夏季精神研讨会的广告，主持人是莉赞德拉。"刚刚在喜马拉雅进行了净化心灵的隐修，她在那里研习了看到心灵最深处的古老技艺。"

净化心灵的隐修——布丽迪想——我猜这是一种表示特殊行动的代号。

"看到了吗？"C.B. 说，"我告诉过你，我们不必为她担心。"

"那么就只剩下特朗了。"布丽迪走到实验室门口，"他要我把我们做了 EED 的消息散播出去，我想我应该去做这件事了。"

"好主意，"C.B. 说着走到他的笔记本电脑前，"我最好给舒基发个邮件，告诉她我找到了她的手机。"

"是的，"布丽迪握住门把手，"无限通联公司的小道消息中心没有了手机就没法运转了。"

C.B. 开始写邮件。他的眼睛紧盯在电脑屏幕上。布丽迪将屋门拉开几寸，说道——如果你愿意，我可以把舒基的手机带上去给她，就省得你跑一趟了。

"不必了，没关系。我现在很想上楼去……" C.B. 的话说到一半停住了。

他们四目相对。

布丽迪向他露出冰冷的微笑。"这是怎么回事？你不是听不到声音了吗？"她问道。

第三十五章

"情况的确很绝望——非常绝望——不过一点也不严重。"

——《菲尼安的彩虹》

他们一言不发地呆立了很久，越过加热器看着彼此。然后 C.B. 说道："恐怕你已经看出来了。"不是"我正要告诉你"，也不是"听着，我可以解释"，更不是"很高兴你明白了，我不愿意对你说谎"，而是"恐怕你已经看出来了"。

你欺骗了我——布丽迪木然想道——就像特朗一样。

但这完全不一样。被特朗背叛是一回事。这却要可怕得多。他是 C.B.，是她信任的人，是她……

"我的确看出来了。"布丽迪很高兴自己的手还按在门把手上。这让她能有一些东西依靠。"刚刚看出来。封锁住那些声音的不是那次声音爆发，对不对？是你。你封锁住了……"

"嘘。"C.B. 悄声说着，走过布丽迪身边，把门关上，锁好。你有没有告诉过别人要来这里？

布丽迪摇摇头。

有没有人看见你下来？

"我觉得没有……"

嘘，别那么大声——C.B. 严厉地说道，然后把耳朵贴到门板上。他倾听了很长时间，才又说道——没事。没有人跟着你。但他还是打开门，朝走廊两端看了看，然后从墙上抓下一块"请勿入内"的牌子，挂到了门外。

他又关上并锁好门，将另一块写着"危险，不得进入，试验中"的牌子按在门板小窗上，来到那台不是加热器的加热器前，打开开关，又把收音机的音量开到最大，然后示意布丽迪走到房间正中央。"你不能对任何人说。哪怕一个字，"他压低声音说，"尤其是特朗。"

"你认为我会告诉他？"布丽迪难以置信地说，"我真无法相信你会……"

"不，我当然不会，但你不明白。你甚至不能去想这件事。所以我……"

"为什么你不告诉我？"布丽迪气愤地说，"因为你认为如果我知道，就会把它泄露出去。所以你让我以为是我应该为心灵感应的毁灭负责。你让我以为是我毁了你的人生！"

"听着，我很抱歉，"C.B.说，"但这也是没办法的事。这其中牵涉的代价太大了。我不能冒险让他发现梅芙，或者……"他停了一下，然后又说道，"你知道了他是什么样的人。那些虫子的攻击甚至没有让他生出半点悔意。他仍然相信心灵感应是可以控制的。哪怕他得到一丁点的线索，知道心灵感应还存在，他都会不择手段地把这种能力放进他愚蠢的手机里，再把这种手机推销到全世界。让他相信心灵感应已经消失是最重要的事。而你是我们最大的赌注。只有你认为这是真的，你才不会在不经意间……"

"泄露这个秘密。"

"是的，现在你知道了，但你能否保住这个秘密仍然是我们胜败的关键。你必须让特朗完全碰不到它。"

"该怎么做？就因为你这个小障眼法，现在我和他要在所有人面前装作我们是一对有着 EED 连接的快乐情侣。我不可能彻底躲开他。"

"你不必坚持太久，只要两天就好。"

"那时会发生什么？"

C.B. 犹豫了一下，一副欲言又止的样子。

"你已经告诉我这么多了，最好还是把其他事情都告诉我吧。再过两天会发生什么？"

"我就能完成对干扰装置的编程。"C.B. 说。

布丽迪下意识地看向那台加热器。怪不得这里总是这么冷。那的确不是加热器，而是一台信号干扰机。

"不，"C.B. 说，"那只能干扰蜂窝电话的信号。这个……"他从杂乱无章的实验台上拿起一部智能手机，"……才能干扰那些声音。"

"一部智能手机？"

"不，它只是看起来像智能手机，实际上它是一部干扰器。它发出的信号能够封锁那些声音。或者说，等我完成了编码，它就能做到了。"

"所以你说干扰器不起作用的时候是在说谎。"

"我没有说谎。要产生足够的能量，永远封锁所有人的心灵感应的确是不可能的。"

"但现在你不是发明了一部吗？"

"不是我发明的，"C.B. 说，"是你。"

"我？"

"对。你的 EED 造成的许多非预期后果之一。只不过这是一个好的后果。"

"我不明白，我怎么……"

"你做过 EED 之后对我说，我们必须努力交谈，因为神经通路是一种正反馈环路。"

"你说事情没那么简单。"

"那时它还不是。但是在洪水之后，当你向梅芙解释她为什么必须留在城堡中的时候，你又提到了正反馈环路。我意识到，我一直都把问题想错了。"

我记得他问我的那些关于正反馈环路的问题，那时他说，那场洪水造成的正反馈环路不可能是巧合——布丽迪想。

"你是对的。那不是巧合。正反馈环路可以完美地解释信号中断的情况，只是它并不能触发我们没有的抑制因子——这一点你已经看出来

514

了。但我说的是封锁那些声音。我意识到，如果能创造出一个正反馈环路，我就不必主动传递那么巨大的能量了。我要做的只是让它运转起来。正反馈环路自然能够做到剩下的事。"

所以他才能够用智能手机那么小的装置做到这一点——布丽迪看着实验台上的手机。"所以，它利用的是海蒂·拉玛的跳频原理？"

"有一部分是。它也用到了梅芙的僵尸大门、荆棘森林、护城河和阅读《小杜丽》和《弗洛斯河上的磨坊》时产生的神经突触模式。再加上让防御强化的正反馈机制，它就能形成我对维里克描述的那种效果，关闭心灵感应。而这就是一部实实在在的成品，"他拿起那部干扰器，"一部真正的庇护所手机。"

它的干扰效果会随着每一个接收到它信号的人而增强。随着每一次正反馈循环，思维信号最终将被关闭。C.B. 口中的那个声音洪水造成传导性信号中断的故事在某种程度上是真实的。心灵感应真的会完全消失。

"你是对的，它会消失。"C.B. 说，"如果这样做能够阻止维里克、特朗和所有其他潜在的研究者放弃对心灵感应和梅芙的探究，那么就值得。"

"但是……"

"如果你担心的是我们，我们仍然可以进行沟通。我们可以登录'亲爱网'，交换照片，就像正常人一样。"

但我还是剥夺了 C.B. 的能力——布丽迪想。

"是的，但我们可以去嘉年华比萨店了，还能去看戏。"

但不能去图书馆了。

"嗯，也许不能去那个卡内基房间了，但我们还是能去阅览室以及书库。"他向布丽迪露出笑容，"不会再有洪水，也不会有僵尸了。"

也不会有火焰。布丽迪看向 C.B. 的双手。

"不会有火焰。那会非常棒。不管怎样，心灵感应还是不存在会比较好。关于非预期后果的一些事，我还没有对你说过。相信我，正是因为它们，心灵感应还是没有最好。"

C.B. 放下干扰器，回到自己的笔记本电脑前面。"但这一切都需要我让干扰器完全运转起来。所以我最好还是继续我的工作，你最好去散播一下你和特朗做了 EED 的消息。我建议从吉尔·昆西开始。"他开始敲击键盘，"告诉她：'这本来应该是个秘密，但我必须找人说一说。'让她发誓要保守秘密。"

"我还以为你想让所有人都知道……"

"我是想让所有人都知道。要达到这个目的，最好的办法就是叮嘱人们不要乱说。尤其是心怀鬼胎的人们。上楼的时候一定不要让别人看到你。哦，你离开的时候能不能在电梯对面贴一块'危险！有辐射'的牌子？这样我就不会受到打扰了。"他说完就把头埋在了自己的笔记本电脑上。

该说的话显然已经说完了。C.B. 是对的。他越快完成对干扰器的设置，他们就越安全。但布丽迪一点也不喜欢他现在这个样子。C.B. 似乎正急于摆脱她，仿佛害怕如果她继续留在这里，自己又会向她泄露出什么事情。

布丽迪早就想到了。C.B. 一直没有向她解释，现在他是如何封锁住那些声音的；或者是因为一些什么样的"非预期后果"，他们最好还是应该远离心灵感应；以及他是如何在设置干扰器的同时又能够封锁所有人的。

他还是有事瞒着我，我在搞清楚所有秘密之前是不会离开这里的。

布丽迪回到埋头工作的 C.B. 面前，向他问道："你是怎么做到的？"

C.B. 从屏幕上抬头瞥了她一眼。"做到什么？"

"封锁。如果你还没有完成干扰器，你又怎么……"舒基的手机响了。

"抱歉。"C.B. 说着接通了手机，"嗨，舒基。是的，我在复印室找到你的手机了。我正想打电话给你。我马上就给你送过去。"然后他挂了电话。"很明显，没有了手机，她连五分钟都熬不过去。"

他将手机递给布丽迪。"你不介意把手机转交给她吧？既然你要上楼去，你可以在给她手机的时候提起 EED 的事情。但你必须快一点。她说她现在就要手机。"

"不，她没有要手机。那是你的 SOS 手机程序。不记得了？你以前让我看到过它是如何工作的。用它来摆脱你不希望进行的对话真是很方便。就像现在。"布丽迪的语气变得严厉起来，"而且你刚才已经把手机干扰器打开了。现在这里根本就没有信号。"

她将舒基的手机扣在他们之间的实验台上。"你肯定需要睡眠。那么，你是如何封锁他们的？你又怎么能封锁那么多人？你说过，你要封锁的人每增加一个，难度都会以指数级上升。你是怎么做到同时封锁住他们，又继续给干扰器编程的？"

他没有这么做——布丽迪想。她突然对自己的推测充满了信心。有别人在做这件事，这正是他一直对我避而不谈的。"是梅芙，对不对？"布丽迪问道，"我真无法想象，你竟然让梅芙做这种事！"

"我没有。你开玩笑吗？她刚刚九岁！我从没有让她做过任何危险的事情。而且那场大火之后，你在测试房间里听到过她是怎么说的。我知道，如果我让她帮忙，她一定会被烤个半熟，还会引起维里克对爱尔兰血统的注意。"他摇了摇头，"另外，她还要上学。"

"所以你认为我会相信这一切都是你干的？"

C.B. 没有回答，只是站起来，久久地看着布丽迪。他在决定我会不会接受他即将说出口的谎言——布丽迪想。

不——她对 C.B. 说——我不会接受的。还记得吗？你教过我谎言规则。"你一定有一个搭档，"布丽迪开口说道，"如果那不是梅芙，又会是谁？"

"我不能告诉你。"C.B. 说。布丽迪的心一沉。她意识到 C.B. 根本不用告诉她了。她已经知道了。怪不得 C.B. 一直躲着她，还明里暗里地表示她用不着和他在一起了。原来他早就和别人有了连接。那个人不曾差一点就暴露了他的秘密，也不需要让他不断地去援救、去教导、去安慰。那个人一定像他一样，是天生的心灵感应者。那只有可能是她。

我早就应该看到——布丽迪想——她一直都很清楚公司里的所有事情，因为她能够听到每一个人的心思。C.B. 并没有偷走她的手机。那是她给 C.B. 的。"是舒基，对不对？"布丽迪质问道。

C.B. 用难以置信的眼神盯住布丽迪。"舒基？那个八卦女孩？你在开玩笑，对吗？"

"你这可不像是答案。"布丽迪说。

"你说得对。这不是答案。不，不是舒基。她根本就没有心灵感应，既非天生，也没有通过其他方式得到过。她只是吵闹得要命。她也不是苹果公司的间谍。你绝对猜不出那个间谍是谁。"

"谁？"

"埃塞尔·戈德温。"

"埃塞尔·戈德温？特朗的秘书？"

"正是。"

"但特朗说她是谨言慎行的典范，而且完全忠诚。"

"她是很忠诚，对苹果公司忠诚。她早就把你们做 EED 的事、赫米斯项目和特朗告诉汉密尔顿有革命性突破的话都报告给苹果公司了。所以现在让苹果公司相信真的存在精神直连手机是再轻易不过的事了。"

"但她是怎样……"布丽迪忽然意识到，C.B. 这么说只不过是在制造另一个烟幕弹，好避免说出到底是谁在帮助他。"如果不是舒基，那又是谁？"布丽迪质问道，"不要说你不能告诉我，在你说出来以前，我是不会离开这间实验室的。"

"好吧，"C.B. 投降一般地举起双手，"但不要在这里。"

"你是什么意思？不在这里？这里的门锁住了，没有手机信号，没有人能听到我们……"

"这只是你以为的。"C.B. 说，"到你的安全屋去。在那里，她就听不见了。"

"如果这只是你的另一个烟幕弹……"

"不是，去吧。"

布丽迪进入自己的安全屋，闩好门，凝视着这座庭院。这里已经奇迹般地恢复到洪水以前的样子了。积水和火烧的痕迹都消失得无影无踪。蓝色木门被油漆一新，闪闪发亮。娇艳的花朵重新在四处绽放。

布丽迪快步走到 C.B. 上一次爬过来的墙头前，抬头仰望，忐忑不安地等待着他跨腿骑到墙上，告诉自己是谁帮助他封锁了那些声音。他已经告诉她，那个人是"她"。

一定是舒基——布丽迪想。总之，是 C.B. 的女朋友，所以 C.B. 才不希望她知道自己和布丽迪说话……

"的确，"C.B. 在她身后说道，"实际上，如果她发现我告诉了你，她一定会杀了我。"

布丽迪转过身。C.B. 正站在长椅旁。"她让我发誓要对此保密。以圣帕特里克的神圣鲜血和爱尔兰所有圣人的名义发誓。"

"所有……"布丽迪说着重重坐到长椅上，"你是在说乌娜姨妈吗？"

"对。"C.B. 回答。布丽迪知道自己应该为这个消息感到震惊。她的姨妈竟然有心灵感应的能力。她也应该为此感到沮丧，谁知道姨妈已经偷听自己全部的心思有多久了？她甚至应该气恼 C.B. 隐瞒这个秘密，更糟糕的是，还一直让她以为正是自己毁掉了心灵感应和 C.B. 的人生。这简直就是把她丢进了地狱。但她只觉得自己长出了一口气。原来 C.B. 没有女朋友。

"我当然没有女朋友。你怎么会这么想？"C.B. 皱起眉头，"也许梅芙是对的，我早就应该……"他的话说到一半又停住了。

"早就应该什么？"布丽迪问。

"没什么。是的，是乌娜。她让我发誓绝不能告诉你。所以你对此也要一个字都不能说，甚至想都不能想。"

"但我不明白。她怎么……"

"怎么什么？心灵感应显然在你的家族中是代代遗传的。"

"但为什么玛丽·克莱尔和凯瑟琳没有？"

"玛丽·克莱尔有。自从她生下梅芙的那天起，乌娜就封锁了她，为的是保护梅芙。或者像她说的那样：'不要让这个可怜的宝贝被闷死在摇篮里。'"

"那凯瑟琳呢？"

"她的激发时间显然很晚，就像你和你姨妈一样。乌娜直到四十岁才开始听见声音。你妈妈是到了……"

"我妈妈？"

"对，她的心灵感应直到三十岁的时候才被激发。你的祖先都没有在幼年时就'获得心灵天赋'，所以当这件事发生在梅芙身上的时候，乌娜并没有识别出来。等到她有所察觉的时候，我已经开始介入了。"

"但是……"布丽迪还在努力理解所有这些事，"为什么她们不告诉我……"

"因为同样的原因，我也没有对你说过。"

这会让你被捆到火刑柱上烧死——布丽迪想。

"没错。"C.B. 说，"一定要记住，乌娜在得到这种能力的时候已经四十岁了。那时她已经有许多时间观察人类的行动。所以她对人性的评价比我更低。"他向布丽迪笑了一下，"而且她的年纪足以让她记住布丽迪·墨菲，所以她很清楚，如果人们发现她是心灵感应者，将会发生什么事。"

"所以她像你一样，一直在对这件事保密。"布丽迪说道，但她又意识到这种推测似乎并不完全正确，"那么她的预知能力是真的了？"

"不是。我告诉过你，预知未来的能力根本就不存在。但对于世人而言，'预见未来'似乎总要比'听见别人的声音'感觉要安全得多。尤其按照乌娜自己的话来说，她是一个'孤单的老姑娘'，正是那种会被其他人认为脑子有一点非同寻常的人。再加上她来自爱尔兰，那里的人们都是以相信预见能力和感知未来而著称的。"

"所以你的意思是，她做的那些事只是为了掩饰她的心灵感应，无论是她的头巾还是爱尔兰猪蹄子，还是她模仿玛琳·奥哈拉 ① 的糟糕口音？"

"是的，这些全都是掩护策略。而且它们非常有用，甚至把我也愚弄了。如果不是她主动告诉我，我从没想过她会有心灵感应。我也不能告

----

① 爱尔兰女歌手、演员。

诉你，因为……"

"她让你发誓要保密。"

"是的，因为特朗和莉赞德拉都能听到你的想法。我们不确定是否可以百分之百地封锁他们，所以只能让你以为是那次声音爆发摧毁了心灵感应。"

布丽迪能够理解。任何一点表明他们遭到封锁，心灵感应仍然存在的线索都会破坏整个计划。

"乌娜如果不是迫不得已，也不会告诉我她是心灵感应者。她偷听到我和梅芙的谈话，知道我正在帮助她理解自己身上发生了什么事。但她还不能确定我是否知道该如何建立防御。"

那天在公司里的时候——布丽迪想到了。乌娜姨妈要到这间实验室来，感谢 C.B. 帮助梅芙完成科学作业。

"她必须调查清楚，是否可以信任我保护梅芙，阻挡那些声音。"C. B. 说，"还是她必须自己动手。"

这意味着梅芙将会发现乌娜姨妈有心灵感应。

"是的，乌娜不确定梅芙会如何看待这件事。你知道梅芙对于自己被监视有多敏感。乌娜担心梅芙会拒绝她的帮助。而那些声音会彻底将梅芙压垮。所以我们达成一致，如果我有需要，她才会提供援助。"

"她的确援助了你。"布丽迪说，"你请她帮你封锁莉赞德拉和特朗。"

"错，我同样不愿意冒险让维里克和特朗发现她。而且我看不出多一个人来封锁那些声音有什么意义。要不间断地封锁那么多人，需要极大的能量，这一点我没有说谎。乌娜为了封锁玛丽·克莱尔，已经无暇他顾了。"

"但如果你没有求她帮忙，那你是怎么……"

"她主动进行了封锁，并没有告诉我。"

"所以你看上去会那样震惊。"布丽迪突然明白了，"那时你看上去根本就不知道发生了什么事。"

"对的，"C.B. 说，"我不知道。这反而对我们有很大好处。我的反应不仅让你相信了，也让莉赞德拉和维里克相信了。"

"那么你们……是怎么做到的？你和乌娜姨妈轮流进行封锁？"

"再加上爱尔兰女儿。"

"爱尔兰……"

C.B. 点点头。"这一点她也没有对我说过。所以我那时才会认为可能是声音爆发抑制了心灵感应。这是我能想到的唯一解释。但实际上，爱尔兰女儿应该是一个支持和保护心灵感应者的秘密团体，就像乌娜这样……"

"所有那些爱尔兰诗歌朗诵、踢踏舞和相亲活动都只是掩护策略？"

"有一些是，另一些是为了寻找和吸纳心灵感应者。如果我的妈妈没有用我继父的姓，她们肯定在很久以前就会找到我，邀请我参与她们的活动。她们的活动之一——可能也是最重要的活动——就是爱尔兰版本的阅览室。她们会在那里一同朗诵《在塔拉大厅奏响的竖琴》和《因尼斯弗里的湖中岛》，阅读《芬尼根的守灵夜》，那可能是人类文学作品中屏蔽杂音最有效的一部。"

"所以是爱尔兰女儿封锁了那么多人？"

"还有她们的女儿和儿子们，其中也包括我的主要竞争者肖恩·奥赖利。他除了头发很少，以及和母亲一起生活，还能够同时封锁最多六个人。"

"而他们全都认同了你的计划，都愿意放弃心灵感应？"

C.B. 点点头。"他们知道这是唯一的解决之道。他们现在正在对那些人进行连续不断的封锁。他们真的很优秀，但就算还有余力，他们也非常清楚，不可能永远这样将那些人的声音封锁住。而他们更知道如果封锁停止，又会发生什么事。"

"现在他们正和你轮流做这件事？"布丽迪问道。她还在竭力理解眼前的状况。

"是的，但实际上，封锁工作几乎都是由他们进行的，这样我就能专心编制干扰器了。乌娜一直在封锁你和梅芙。她告诉我，她不相信我能够坚持下来，向你隐瞒一切，尤其是在凌晨三点的时候。所以她

522

那时禁止我和你接触。"C.B.露出带有歉意的微笑，"她可能是对的。"

所以C.B.那时没有听她倾诉自己的心声。但另一方面——哦，上帝啊！——乌娜姨妈全都听见了！

"这是另一个她要我发誓保守秘密的原因。"C.B.说，"她知道你如何看待家人对你的横加干涉和不尊重你的隐私，所以她不希望你知道她可以听到你的心声。"

而她多年以来一直在这么干。也正因为如此，她才会如此反对布丽迪和特朗约会。她一直在听特朗的想法，就像C.B.一样。他们都很清楚那个家伙想要干什么。乌娜姨妈只是想保护布丽迪。

"她也不希望其他家人知道她的心灵感应能力。"C.B.说，"她不想让她们觉得她在影响她们的生活。"

"你是说，她不想让我们知道她一直在这么做？"

"确实，"C.B.说，"所以你不能告诉她们，尤其不能告诉梅芙。"

告诉我什么？——梅芙的声音插了进来，她义愤填膺地说道——你们说了谎？心灵感应根本就没有消失。布丽迪几乎能看到她站在自己面前，双手叉腰，用刀锋般犀利的眼神瞪着自己。你们一直都在封锁我，对不对？我就知道！

"你偷听我们说话多久了？"C.B.质问道。

哦，别这样——布丽迪想——这只会让她更下定决心要查出我们都在说些什么。"我只想知道，"布丽迪出声说道，"你在这里做什么？梅芙，这是我的安全屋，我们正在进行私人交谈。"

我不知道这是私人交谈，好吗？你们应该在门上挂个牌子之类的东西。而且我甚至不知道你们还能说话。你们告诉我，那一大堆声音毁掉了心灵感应。但它并没有，对不对？你们只是建起一道屏障，挡住了所有声音。

"是的，"C.B.说，"你怎么穿过来的？"

梅芙还是没有回答问题。我想知道你们是怎样封锁我的。

"因为C.B.必须让维里克医生和特朗相信，心灵感应已经彻底消失了。"布丽迪说。

但如果你们想做这件事，为什么不问问我？——梅芙问道——我在封锁技术方面要比布丽迪阿姨强多了。我知道各种……

"不，"C.B. 说，"绝对不行。我告诉过你，我们不能冒险让任何人找到你。你不能说任何话、做任何事，包括这样和我们说话。如果我们说的话被泄露出去……"

不会的——梅芙充满信心地说——我们在布丽迪阿姨的安全屋里，我已经拽起了吊桥，还有十五道防火墙。外面还有一大群僵尸。你知道的，就像《终极丧尸》里那样。

"这个我不管，"C.B. 说，"我不想让你偷听，也不希望你和我们说话。你还是要当作那些声音已经消失了，直到我处理好我的僵尸群。"

什么僵尸群？——梅芙问道——哦，你是说那个干扰器？那个我全都知道。

"你怎么知道的？"C.B. 和布丽迪异口同声地问道。

忘了吗？我能读你们的心。

布丽迪想道——那么 C.B. 脑子里蹦出的第一句话一定是："哦，我的上帝，她要发现乌娜姨妈的事情了。""很高兴你知道了干扰器的事，"布丽迪急忙用话语去阻止梅芙听到 C.B. 的心思，"那么他就不必向你解释什么了。"

不，他还是要解释。为什么你们要封锁所有心灵感应者？这样就没有人能够相互交谈了。

"要阻止人们用心灵感应做坏事，这是我们唯一的办法。"C.B. 说。

不，这不是唯一的办法。

现在我们要开始讨论《好家伙和僵尸》或者《美女与野兽》里的人们如何拯救世界了——布丽迪想。"我们可以等一下再讨论这件事。"她说道，"现在你先离开吧。"

为什么？——梅芙怀疑地说——这样你们就能谈论更多秘密了？

"是的。"C.B. 说。

比如什么？

"这和你无关，"C.B. 说，"这只是我和你布丽迪阿姨之间的事情。"

哦，我明白了，是床上的事情。

"不，不是……"布丽迪说。

我猜对了。你们以为我不懂，但我和达妮卡昨天晚上刚看过《僵尸女孩爱自由》。

"我还以为你们被禁足了。"布丽迪说。

我是被禁足了，但我告诉过你，我可以绕过妈妈在我的笔记本电脑上加的锁。我们还可以进入达妮卡妈妈的网飞账号。布丽迪大概知道了梅芙是怎么看到电影的，但她还是不知道梅芙怎么能让达妮卡溜进她的房间。

达妮卡不在我的房间里——梅芙说——我们是通过 FaceTime 在一起的。如果不是那种事，为什么我不能听？

"因为我这么说了。"C.B. 说。

这样不行——布丽迪想。

"我知道，"C.B. 握住布丽迪的手，"这样可以，来吧。"他悄声说道。

在心灵感应里，悄悄话是没用的——梅芙说。

"的确，"C.B. 牵着布丽迪走过庭院，来到那个饱经风雨的木制橱柜前，"所以我们需要离开这里。"他打开橱柜门，拿出里面的陶罐子，放到橱柜顶上的收音机旁边，然后又拽出隔板，把它们放到石板地面上。

你在干什么？——梅芙问。

C.B. 没有回答。他走进橱柜，又向布丽迪伸出手。

嘿——梅芙说道——你们要去哪里？

"纳尼亚。"C.B. 说，然后他又提醒布丽迪，"低头。"转眼间，布丽迪已经被他拽进了橱柜。

第三十六章

"有人在门外。"

——电影《走着，别跑》

橱柜本应该有木质背板，背板后面是庭院的墙壁。但布丽迪的面前并没有这些。她看到的是一面白色的塑料墙壁。在墙壁齐腰高的地方有一块控制面板。C.B.按下一个按钮，一道门闪烁着打开了。

"能量门。"C.B.向后退开，让布丽迪能够走进去，"抱歉，这来自我的《星球大战》世界。"他跟随布丽迪走进门中，那道门"砰"地一声闭合起来。他们面前是一道由火把照亮的石砌走廊，走廊尽头是一扇拱形木门。"这来自我的钟楼怪人世界。"

"我记得你说过，你的安全屋是一座最高安全级别的监狱。"布丽迪一边说，一边在走廊中漫步前行。

"那是我的边界。"

逃走是没有用的——梅芙说——我会找到你们。

"你是对的，心灵感应是一件可怕的事情。"布丽迪说。

C.B.笑了一下，用一把铁钥匙打开木门的锁，领着布丽迪走入其中，又从另一边把门锁上，然后带布丽迪走在一条铺着瓷砖地板的走廊上。这里还有一台轮椅和一个输液架。"我们在医院？"布丽迪问。

"对。"

"但你讨厌医院。"

"我们不会在这里待太久。"C.B.领着她快步前行，经过了她的那间病房。

快说，你们到底要去哪里？——梅芙喊道。

"死亡谷。"C.B. 说。

"我们要去哪里？"布丽迪悄声问。

"我的安全屋。"C.B. 推开一道门，门后是布丽迪住院那一晚逃进去的楼梯间。

"这是你的安全屋？"布丽迪踏上楼梯的时候问道。

"不。"C.B. 说着快步走过布丽迪曾经坐过的转角平台，向下来到一扇标着"二楼"的门前。这扇门后不是医院走廊，而是另一道楼梯。

"为了把那些声音挡住，你建造了这么多层防御？"布丽迪跟着他走下楼梯。

"不。记住，我是边走边想出它们的，所以这里的一些地方还只是很初期的尝试。有许多部分……"他指了一下他们所在的楼梯间。布丽迪认出这是无限通联公司里通向他的实验室的楼梯。"……只是为了让我能够进行快速跃迁，让那些声音找不到我。我本来想在熟食店吃早餐的时候教你这个技巧。但那时我们被粗暴地打断了。"

他牵住布丽迪的手，走过最底下的几级台阶，进入地下室，又走进一部电梯。"现在，"他按下了上行键，"我们要利用这些地方来躲避一个小孩子的追踪了。"他的办法一定是有效的，因为布丽迪没有听见梅芙气愤地高喊——我不是小孩子！

电梯"叮"地一声停住了。他们进入了曾经在图书馆关闭以后他们蹑手蹑脚穿过的走廊。刚走出不远，C.B. 说了一声"等一下"，然后窜进一间员工休息室。吃了一半的生日蛋糕和捐赠罐还在桌子上。C.B. 打开抽屉，在里面翻找着什么。

"你在找什么？"布丽迪悄声问。

"这个。"C.B. 拿出一卷透明胶带和一个手电筒，将它们塞进衣兜里，又从餐台上拿起一张纸，用记号笔在上面写了些什么，将铁钥匙放进捐赠罐，再拿出卡内基书房的钥匙。然后他牵起布丽迪的手，关上灯，带着布丽迪沿着黑暗的走廊快步向卡内基书房的楼梯走去。但楼梯尽头不是卡内基书房，而是无限通联公司的停车场。布丽迪这才明白自己为什么总是听不到C.B.的心思，没有人能够在这一片错综复杂的迷宫中找到他。

"是的，不过这不是唯一的原因。"C.B.带着布丽迪跑过一排排车子，他们的脚步回荡在地下停车场中。他们面前呈现出另一扇门。

"还有什么别的原因？"

"等我们到了，我再告诉你。"

"去哪里？"布丽迪问道。C.B.此时已经带她走进门中。他们来到图书馆的书库。这时布丽迪发现自己错了。就算在这样的迷宫里，还是有人能够找到他们。就在这一排排书架之间，梅芙喊道——好了，你们俩！告诉我你们在哪里。

"哈瓦那。"C.B.打开通向楼梯的门，把布丽迪拉进去，再把门关上。

他们在剧院的前厅。

这不公平！——梅芙号叫着。C.B.则牵着布丽迪跑过前厅。布丽迪觉得梅芙的声音变得越来越小。

他们跑上铺着地毯的台阶，来到剧院的双扇大门前。大门后面是通向卡内基书房的楼梯。C.B.弯腰锁上了门。

他的安全屋是卡内基书房——布丽迪心中生出一阵感动——也许会是我们的卡内基书房。

她猜得没错。当他们跑上狭窄的楼梯，走过橡木门，布丽迪看到了壁炉、书架和桌子，桌上还放着一盒彩虹幸运麦片圈……

你们最好还是投降吧——梅芙说——你们甩不掉我的。

"看在上帝的分上！"C.B.说着将布丽迪推进房间，自己一下子跪倒在卡片柜前，"真让我无法相信。没有人能够找到我的安全屋，就算是你那位无所不能的姨妈也不行。'可怜的孩子'，她把我的腿都要累断了。"

然后他掀起波斯地毯，在抛光的木地板上拉起一块活板门，钻进下面黑魆魆的洞口里，向布丽迪伸出一只手。"快下来。"

布丽迪握住他的手，下到地洞中。C.B.拉上活板门，他们似乎是跑在了布丽迪公寓前的街道上。不过这里太黑了，布丽迪也分辨不太清楚。

"我们要去哪里？"她问 C.B.。

"内部圣殿，"C.B. 悄声回答，"让梅芙找不到我们。希望如此。"

他带着布丽迪跑过街角，进入另一条黑暗的街道，最终来到图书馆的正门前。"我们要快一点了，给你。"他将手电筒递给布丽迪，然后用员工休息室里的胶带将那张写了字的纸贴在门上。那张纸上写着："不得进入！就是对你说的，梅芙！我是认真的！"

他从布丽迪手中拿回手电筒，打开门，露出一片漆黑的空间，悄声说道："进去，快一点。"跟着布丽迪走进图书馆之后，他关上大门。"来吧。"他摸索着找到布丽迪的手，牵着她在伸手不见五指的黑暗中一步步前行。

"我们在哪里？"布丽迪问，"加尔各答黑洞吗？"

"不。"C.B. 终于停下了脚步。

"手电筒呢？"

"就在这里。但在我打开它之前，我要告诉你一些事。"

"你真的有 X 射线眼。"布丽迪说。

"不，我是认真的，布丽迪。我能够听到你的心思，你却听不到我的，原因不只是我的安全屋。我一直有意地封锁了你，因为……"

"因为你害怕我会听到你对特朗的想法，发现他是怎样一个卑鄙小人。你不想让我受伤害。我明白。"

"这是部分原因……"

"而且我一直都在听到那些声音，你觉得我已经承受不住听到更多想法了。然后特朗能听到我了。你更不敢让我知道你的想法，因为他也会听到。"

"的确，但这不是我封锁你的主要原因。你还记得吗？我曾经说过，心灵感应还是不存在会比较好。实际上，我是真心这样说的。它……"C.B. 停下来，深吸了一口气，才继续说道，"还记得我说过任何事情总会有非预期后果吗？是的，心灵感应也不例外。你知道在你住院的那天晚上……"

你们在这里——梅芙的声音在他们身边的黑暗中响起——我就说过，

会找到你们！真无法相信，你们竟然费这么大力气要摆脱我。

"我们要摆脱你，这才是关键。"C.B.说，"你是怎么进来的？"

你在开玩笑吗？这太容易了。

"是的，那么，出去一定也很容易，"C.B.说，"我告诉过你，我需要和你的布丽迪阿姨单独谈谈。"

你是说，你们还没有做那个事？你至少应该亲过她了吧？

"这与你无关，"布丽迪说，"亲吻是私密的……"

不，才不是——梅芙说——就算在'父母陪伴观看'级别的电影里也不是私密的，《十二个跳舞的公主》《冰雪奇缘》和《魔发奇缘》……

"我们不关心这个！"C.B.喊道"快走开！"

"我来处理。"布丽迪插嘴道。"快走开，"她平静地对梅芙说，"否则我会告诉你妈妈，你看了《僵尸女孩爱自由》。"

你敢！

"还有《僵尸恐惧》和《僵尸世界大战》，"布丽迪冷酷无情地说道，"还有《电锯重生：僵尸行刑者的复仇》。"

我没有！——梅芙愤慨地说。

"我知道你没有，"布丽迪说，"你也知道，但你妈妈不知道。你觉得她会相信谁？现在，你打算离开我们了吗？"

是的——梅芙不情愿地说——我讨厌大人！他们听到门板被重重地摔上了。

"她走了……"布丽迪一句话还没有问完，就听到屋门开启的声音。

也许你不关心，但我改进了你愚蠢的干扰器！——梅芙说完，又把门摔上了。

"你是什么意思？你改进了它？"C.B.喊道，"梅芙，回来！"

我还以为你让我走开呢。你想好了吗？

"你说改进干扰器是什么意思？"

我的意思是，我改进了它，这样我们就还能相互说话。

"你做了什么？"听C.B.的语气，他似乎很想把梅芙掐死，"梅芙，我发誓，如果你危害到……"

我没有。正反馈环路会继续切断特朗、莉赞德拉和其他所有人的信号，让他们以为心灵感应消失了，他们再也不能用它做坏事。但我没有关闭我们的能力。

"我们？"C.B. 说，"你是说完全的心灵感应者？"布丽迪想起梅芙还不知道乌娜姨妈和爱尔兰女儿，又急忙将这个想法压下去，以免梅芙会听到。

不过梅芙显然没有留意布丽迪。她只是说道——是的，你、我和布丽迪。不必担心，我除掉了不好的部分，只留下了好的。

"你说'不好的部分'是什么意思？"C.B. 质问道。

你知道，那些可怕的声音。我关闭了它们，让它们再也无法回来。但我留下了其他声音。一切都很完美。其他人都不会知道。他们甚至不知道心灵感应的存在。

"你是怎么做到的？"

我将你完成的部分放到一堵防火墙后面，然后取消了……我不太确定该如何向你解释。这有一点复杂。但不必担心。它的效果真的很棒。梅芙说完就消失了。

C.B. 没有再叫她回来。"哦，我的上帝。"他说道，"如果她愚蠢地绕过了程序，把它搞乱了……快来！"他抓住布丽迪的手，穿过黑暗，向图书馆大门走去。

"我们不必再走过整个迷宫了吧？"布丽迪竭力跟上 C.B. 的脚步。

"不，当然不必。你知道我们一直在我的实验室里，对吧？"

"是的，"布丽迪回答。不过这算不上是严格的事实。他们经过的幻象实在是太复杂了。直到现在，布丽迪都感到有些茫然无措。当他们来到大门前，C.B. 将门打开，露出了他的实验室。布丽迪在突然亮起的灯光中眨了眨眼，用了一分钟时间才调整好认知，感觉自己不是走进了 C.B. 的内部圣殿，而是确实站在实验台旁边，低头看着那部手机形状的干扰器。

在这一分钟里，C.B. 关好他们身后的门，附近的墙壁上渐渐出现了海蒂·拉玛的海报。这意味着布丽迪错失了参观C.B.的内部圣殿的机会。

C.B.已经俯身在他的笔记本电脑前，正疯狂地敲击着键盘，双眼专注地盯着屏幕。一行行代码在屏幕中向上推进。他向屏幕伸出手指，逐行捋过那些代码，皱起眉头，又开始敲击键盘。

"她真的把程序搞乱了？"布丽迪焦急地问。

"我不知道，"C.B.的手指间正划过一串数字，"我看不出她在这里做了什么。她改变了编码……"就在布丽迪身边的实验台上，C.B.从舒基那里偷来的手机响了。"你能接一下吗？"C.B.问，他的眼睛还在盯着电脑屏幕。

布丽迪点点头，拿起手机，心中想——我还以为他把手机干扰器打开了。

"他是打开了，"梅芙的声音从手机中传来，"我想办法绕过去了。"

她显然还想办法搞到了舒基的号码。"梅芙，"布丽迪带着警告意味说道，"我告诉过你……"

"你要我走开。但你没有说我不能给你们打电话。"梅芙的话虽然令人气恼，却又完全合乎逻辑，"我需要和C.B.谈谈，告诉他我没有搞乱他的蠢代码。我改进了它。如果按照他的方式，那么情况将会发生永远的逆转。我们再也不能相互说话了。所以我……"

C.B.从布丽迪的手中抓过手机。"告诉我，你对程序做了什么？"他用肩膀夹住手机，继续敲着键盘，"嗯……嗯……你是怎么……噢！我从没有想到过。什么……嗯……好的。"他结束了通话，又专注地盯着屏幕看了几分钟，然后直起身子。

"如何？"布丽迪问C.B.，"她真的把编码改进了？"

"没有，她写了一个全新的程序。"C.B.有些困惑地说道，"在我看来，这对我的程序的确是一次巨大的提升。根据我的判断，它的确能实现梅芙所说的效果——将杂音清除掉，让完全的心灵感应者能够继续相互交谈，并彻底关闭其他人的信号。"C.B.皱起眉头。

"这真的是一件好事，对吧？"布丽迪问，"也就是说，你不必放弃心灵感应了？"我没有毁掉你的人生。

"是的，这很好。真是太好了。"C.B. 说道。但他的脸上一点喜悦都看不到。

"还有什么问题？"布丽迪问，"她做出的改变需要让你用超过两天的时间来完成干扰器？"

"不，她已经将干扰器开启了。我们进入安全屋之后五分钟，干扰器就开始运作了。"

"但这怎么可能……她甚至都不在这里。"

"她在她的笔记本电脑上完成了编程，再发送到我的笔记本电脑上。至少她是这么说的。让我们希望她说的是实话吧，否则就是我对这个世界的认知完全错了，远距离的物体控制是存在的。"

这是个让人起鸡皮疙瘩的想法，尤其是造成这一切的只是九岁的梅芙。而布丽迪现在甚至不知道应该为什么感到担忧。干扰器已经开启，正在运转。心灵感应在这个世界的主流视野中完全消失了，只会继续在网上的奇谈怪论和科幻电影中出现。她、梅芙和无限通联公司的用户都摆脱了恐怖声音的威胁。实际上，所有心灵感应者都不必再害怕那些声音，能够自由地去看电影、购物和享受犹太熟食店的美食，无论那里是怎样的顾客盈门。乌娜姨妈和其他爱尔兰女儿们也不必再费力去封锁别人，可以重新把心思放在当红娘和强迫他们的后辈学习爱尔兰舞蹈上了。

C.B. 也不必再接受审讯和检测，被迫向某些人提供数据了——布丽迪高兴地想——更不会被烧死在火刑柱上。他安全了。我们的问题解决了。

"希望如此。"C.B. 说道，"但我们向梅芙隐瞒了很多事。而且……"

"她迟早会搞清楚你是如何封锁她的。一旦她明白了，她就会发现乌娜姨妈的心灵感应……或者更糟，她还会知道玛丽·克莱尔……她一定会被吓傻的。"

"是的，嗯，她不是唯一会被吓傻的人。"C.B. 喃喃地说道。布丽迪觉得他变得很严肃。这时他又对布丽迪说："还记得在医院的时候，你很想搞清楚我们怎么会连接在一起。你说我们的连接可能是信号串线？"

"你说没那么简单。"

"是没那么简单，"C.B. 说，"但是……"

舒基的手机响了。布丽迪把它拿起来。"梅芙，我觉得我告诉过你，不要再打电话来。"

"我知道，但我有事要告诉你。"

"什么？"布丽迪有些紧张地问道，"快点说。"

"好吧，别生气，我知道你们刚刚在亲嘴。"

我们甚至还没开始呢——布丽迪想——谢谢。"你到底要告诉我什么？"

"是乌娜姨妈。"

哦，不，不要告诉我梅芙已经发现了。

"她想知道明晚你能不能回家吃饭，庆祝凯瑟琳订婚。"

"订婚？"布丽迪感到一阵糊涂，"她要和那个在'拿铁约会'认识的家伙订婚了？我还以为那家伙已经有别人了。"

"不是和那个人订婚。"梅芙说，"是和肖恩·奥赖利。"

"肖恩·奥赖利？"布丽迪重复了一遍，转过头惊愕地看着 C.B.，"乌娜姨妈一直想让我和他处对象的那个爱尔兰好小伙子？"

"是的，只不过他其实算不上是小伙子了。他真的有点老，还秃头。乌娜姨妈和凯瑟琳去参观了他们工作的希伯尼安文化遗产什么的，他正好在那里，我不知道发生了什么……"

我知道——C.B. 说——我打赌，最近被激发出心灵感应能力的弗拉尼根家的人并非只有你和梅芙。

如果凯瑟琳突然有了心灵感应，而肖恩·奥赖利拯救了她，并教会了她如何建立防御……

"不管怎样，他们订婚了。"梅芙说，"妈妈大吃一惊。她说没有人能这么快坠入爱河。但我觉得他们可以。"

我也是。布丽迪向 C.B. 微微一笑。

"我的意思是，乐佩和弗林·莱德在两天时间里就相爱了。在《僵尸公主日记》里，赞德和艾莉森只用了大约五分钟就爱上了彼此。当然，在僵尸追你的时候，你是没有多少时间的。"

的确，时间总是非常紧迫。

"所以，不管怎样，乌娜姨妈要所有人都回来。"梅芙说，"她正在腌牛肉和甘蓝。她要我问你，不过她说了，如果你不想来的话，也不必勉强。"

"我当然想来。"布丽迪说，"告诉她，我会带苏打面包回去，还有猪蹄子。"

"你可以带上 C.B.，如果你愿意的话。"梅芙说，"我已经问过乌娜姨妈了。"

"我不知道……"布丽迪有些犹豫地看着 C.B.。

"我很想去。"C.B. 说。

你确定吗？你已经接受过审问……

"不，我已经帮他免去这个麻烦了。"梅芙说，"乌娜姨妈要我问你的时候，我对她说：'我能邀请 C.B. 吗？因为他帮助我完成了科学作业。'她说可以，所以她认为这是 C.B. 来参加晚宴的原因。没有人会问你们是什么时候开始谈恋爱的，也没有人会问你特朗怎么样了，以及你会不会结婚。"

"你这样帮我，想要什么回报？"

"解除禁足。"

"好，"布丽迪说，"今晚我会和你妈妈谈谈。再见。还有，不要再打电话来了。"

布丽迪结束了通话，转头问 C.B.："你确定想要和我的家人一起吃晚餐？"

"绝对确定。前提是，等你听过我必须对你说的话之后，还想邀请我。"他深吸了一口气，"梅芙说，她除掉了心灵感应中不好的部分，只留下了好的部分，但这不是完全真实的。心灵感应中存在一些固有的东西，只要心灵感应不消失，它们就不会消失。"

"那么我们还是不能用心来交流了？"

"不，我们能够那样说话。但是当心灵感应的信号频率过于接近的时候，就会导致相互干涉的发生，尤其是串线。"

"我不明白，"布丽迪感到一阵恐惧，"你是说，那些声音并没有被彻底封锁？它们还会回来？如果我们……"

"不，"C.B. 急忙安慰她，"不，干扰器确实将它们封锁了。但是……你说过，我封锁你的原因之一是我觉得你已经承受不住听到更多的想法。你是对的。那时我觉得你不行了。但我担心的并不是那种普通的日常想法。而是……"

"是什么？"布丽迪催问道。

"是串线。真正的问题是，那和电子串线又不一样。你能够修正或者过滤电子串线。但心灵感应的串线是心灵感应固有的一部分。就算两个人为彼此而疯狂，人类所能把握的诚实和开放仍然是有限度的。也许正因为如此，人类才会进化出抑制因子。因为他们无法承受心灵感应带来的压力。他们认识到，只有摆脱掉这种压力才能生存下去。当我说心灵感应不是生存优势的时候，我并没有开玩笑。"

"C.B.，"布丽迪打断了他，"我不知道你要说什么，更不明白这一切和串线又有什么关系。"

"我明白自己说得有些乱，抱歉。我想告诉你的是……你知道我是如何说性这方面的事情的？嗯……"

手机响了。

布丽迪接了电话。"梅芙，我告诉过你……"

"我知道，但我忘记告诉 C.B. 一件事了。"

"什么事？"

"我必须和 C.B. 说。"

布丽迪把手机交给 C.B.。"找你的。"

C.B. 听了一分钟，然后说道："你真的认为我会这样？但如果她……"

一阵停顿之后，他又说道，"是的，我觉得你可能是对的。"

他将手机还给布丽迪。梅芙说："如果你们让我直接和你们说话，而不是用手机，也许我们沟通起来会容易一些。"

"不，"布丽迪坚定地说，"现在，离开我们。不要再打电话了。也不要听我们说话。我是认真的。"她结束了通话。

C.B. 正偷偷看着她，仿佛正在自己的心里做着某种决定。布丽迪问他："梅芙刚才要你做什么？"

"这个。"他说着吻了布丽迪。

世界一下子变得支离破碎。这不只是一个吻。布丽迪现在才意识到，自从看到他站在医院门口，等待着带她回家，自己就一直想要这个。这就是在她的脑子里发生的事情。她感觉到了 C.B. 的感觉，听到了他的思绪。她正在做一件她以为自己永远也不可能做到的事情。她在读他的心。而他也在读她的心。

一直想这样，自从……他在说话……不敢……害怕你不会……我想说，你怎么会……那么美丽，那么聪明，根本不会看上我这样的人，更不要说……

布丽迪在说……还以为我失去了你……以为我们永远都不能一诉衷情……

他们在同时说着、想着、感觉着，所有这一切缠绕在一起，直到彼此再难以分清……还以为我毁掉了一切，你不再爱我……你怎么会那样想？以为你因为这样才封锁了我，因为你不能原谅我……封锁你是因为我害怕，如果你知道我是如何想的……在那些书架背后……那样近……那样美丽……所以你……是的，是的，我知道你怎么看我乱糟糟的头发……我喜欢你的头发！

他们的想法流淌在一起，变成一条充满安慰、喜悦和欢快的缠绵河水，所有的感情相互碰撞、拥抱、缠绕，变成洋溢着渴望、理解和期盼的浪花，就像那些声音的洪水一样吞没和浸透了他们。但这是无比精彩、神奇和美妙的源泉，她要沉浸在其中，要永远留在这里……

她结束了亲吻，就像潜水的人冲出水面，踉跄着向后退去，靠在实验台上，努力支撑住身子。"这是怎么了？"她颤抖着问。

"我告诉过你，当信号频率过于接近的时候，就会发生串线……"

"串线？"她气喘吁吁地说，"我还以为你说的是你漏出了几个字，一段话，但这是……"

"一场洪水。我知道。我很抱歉，不应该……"

"这样的事一直都会发生吗？"布丽迪问。她仍然觉得有些呼吸困难。因为这实在是太……

"不，只有在充满性意味的接触时才会发生。你知道的，比如亲吻、爱抚和……"

"但我记得你在图书馆时说过，性会切断那些声音。"

"被切断的是其他声音，而不是两个人彼此的声音。那样的声音反而会被加强。"

这种描述实在是太轻描淡写了——布丽迪想。

C.B.正忧虑地看着她。"你还好吗？"

"我不知道。"布丽迪实话实说，"我从没有……"她有些不稳定地把手按在胸前，"这实在是太……"

"是的，我知道。这实在是……太有压倒性了。比我想象得还要严重。如果你不想再有这种事发生，我完全理解。哪怕是不想再和我有任何关系。毕竟你经历过那种灾难。被无数想法和感觉淹没可能是你最无法接受的事情。如果你决定把这一切都忘记，我完全理解。"

"忘记这一切？C.B.……"

"不，完全没关系。我不会怪你。如果我处在你的境地，我可能也会有同样的心情。听着，我们可以忘记哈瓦那。我可以带你回纽约，就像斯凯对萨拉姐妹那样。再也没有……我们可以保持彻底的柏拉图式关系。"

"柏拉图式关系？"

"或者如果你愿意，我可以让干扰器把你完全封锁住。那么一切就都

538

会像你做 EED 以前那样了。"

"什么？"布丽迪说，"我真无法相信。你一直在对我说谎！"

"说谎？"C.B.愣了一下，"不，我没有。我只是没有告诉你全部的……"

"我不是说串线。我说的是你一直告诉我，你能读我的心。"

"你是什么意思？"他困惑地问，"我……"

"因为如果你可以，你就不必说出刚才那些荒谬的话了。"

"荒谬？你的意思是你还想……"他问道。而布丽迪不需要去读他的心，就知道他有怎样的心意。一切都已经写在了他的脸上。

"是的，"布丽迪说，"我愿意。"

他再一次靠近了她。

"别这么快。"布丽迪伸手挡住他，"我们需要先设定一些基本原则。"

"比如什么？"

"比如不能再有封锁。如果你要读我的心，我也要读你的，这样至少我还能有一些主动的机会。"

"好的，但我必须警告你，人心就是一个污水坑。就好像现在。我想到的只是……"

"我知道，"布丽迪低声说，"我也是。"

他向她俯过身。

"第二，"布丽迪坚定地说，"你必须答应教我如何建立那些辅助性的防御。"

"为了把我挡住？"

"也许有时候需要这样。就像你说的，有时候过度连接也是不好的。但最重要的是，我需要它们挡住梅芙，这样我们才能有一些私人空间。"

"我不知道这是否有可能。梅芙似乎能够突破所有防火墙和防御工事。她在解密方面就是一个天才。而她才刚刚九岁。等到她十三岁的时候又能做些什么？"

"拯救法兰西。"布丽迪说。

"说得没错。她是个厉害的孩子。也许她甚至能想出办法让所有人体验到心灵感应。当然，是好的那一部分，不是坏的，同时还不至于让这颗行星遭到毁灭。但这样的话……"他摇了摇头。

"不必担心，"布丽迪说，"我还有其他辅助防御。"

"比如？"

"比如，"布丽迪稍稍提高了声音，让梅芙可以听见，不过这也许根本就没有必要，"告诉她妈妈，她有心灵感应。让她知道，如果她不给我们留一些私人空间，我就会告诉玛丽·克莱尔，她不仅在偷偷看僵尸电影，还在看《灰姑娘》，还有《魔发奇缘》，而且她想要魔发奇缘的头冠简直想得要命。"说到这里，布丽迪听到一声充满厌恶的回答——好的！还有一记极为果断的摔门声。

"看到了吗？"布丽迪说，"问题解决了。"

"很好。"C.B.第三次向她靠过来。

她又把他推开。"我还没说完。关于心灵感应，你似乎还有很多事情没有和我说实话。那么，你还有什么事没和我提起过？"

"完全没有了。"C.B.笑着说，"我的脑子就是一本摊开的书。"

"好吧。你也许真的有 X 射线眼。"

"没有。但如果我请梅芙将她复杂的小脑瓜在这件事上用一用，我相信她一定能做个手机程序出来。"

"想都不要想。"布丽迪说，"另外……"她用双手抓住他的法兰绒衬衫前襟，把他推倒在沙发上，"你也不需要。"

"等一下，"他拦住布丽迪，"不要在这里。来。"他们再一次走进了布丽迪的庭院。

"为什么我们不能留在实验室里？"布丽迪问，"如果你害怕梅芙会打扰我们，那就不必担心。《魔发奇缘》才是她最喜欢的电影。"

"的确如此。"C.B. 说，"她暂时已经被吓住了。乌娜不知道干扰器已经启动，这意味着她还在忙着封锁那些声音。你妹妹凯瑟琳正忙着注销那些约会网站。舒基在忙着寻找她的手机，好继续散播小道消息。这也许是我们能够真正单独在一起的最后机会了。我想充分享受这一刻。"

他握住她的手，向蓝色木门走去。那道门已经不再被闩上，甚至不需要关紧。庭院外面再也不会有咆哮的洪水，甚至连轻微的呢喃声都听不到。"那么，我们去哪里？"布丽迪问，"尼亚加拉瀑布？"

"现在还不是时候。"C.B. 打开门，露出他一片漆黑的内部圣殿，"我要带你去那里度蜜月。"

他牵着她走进内部圣殿，关好门，放开她的手。布丽迪听见他脱下法兰绒衬衫，俯身把衬衫塞进门缝，让走廊里的光不会透进来。她的心颤动了一下。我知道我们在哪里了。

"对。"C.B. 说着开了灯。他们就在那间储藏室里。C.B. 穿着神秘博士 T 恤和牛仔裤，站在她面前。她的身后是木雕卡片柜和橡木桌，高高地摞着《大英百科全书》。C.B. 身后是摞起来的椅子。乔治·华盛顿仍然不以为然地看着他们。

"别瞪我们。"C.B. 亲切地对华盛顿说道。他爬上椅子，将画像调转过去，又跳下来，站在布丽迪面前。

"我还以为那间书库是你的内部圣殿。"布丽迪故作轻快地说着，以免 C.B. 会听到她的心跳声，看到她红润的面颊，感觉到她潮水般的心绪，"那里不才是偷情的地方吗？"

"当然不是，"C.B. 说，"你在那里又没有抱住我的脖子。"他用双手握住她的手，按在自己的心口上。

"哦。"布丽迪喘息了一声，伸出另一只手搂住他的脖子，把他朝自己拽过来。我们第一次在这里的时候，我就应该这么做。

你说得对——C.B. 说——你应该这么做。然后他吻了她。

这一吻更加令人目眩神迷，更让人沉浸于其中，不能自拔。一股欢乐的潜流奔腾于其中，还泼洒出几朵打趣的浪花……还记得你说过，连接和情感绑定没有任何关系……从没这么说过，说的是没有一定的……你才是那个一直说我们不会……我知道……真是白痴……

你伸手抱住我的那一刻，我就应该知道——布丽迪说——我觉得那样安全。

如果你听到我那时的想法，你就不会觉得安全了——C.B. 说。突然间，环绕他们的不只有流水，还有金色的焰火。火花和光彩在他们周围跃动，穿过他们。炽烈的热情让他们甚至无法再有连贯的想法……不知道有多少……我也是……想……爱……哦，我也是，我也是……

这一次，是 C.B. 结束了亲吻。他从她面前退开，撞上了摞在一起的椅子。"出什么事了？"布丽迪问。

"出什么事了？"C.B. 说，"我们开始自燃了。如果一个吻就能造成这样的效果，那么我们真正做爱的时候，一定会……"

"杀死我们？"布丽迪摇摇头，"事情可没这么简单。"

"但如果……"

"船到桥头自然直。"她说着又伸手搂住他的脖子。

有人在敲门。

布丽迪阿姨！——梅芙说道——C.B.！让我进去。我知道你们在里面。我真是无法相信，你们竟然不告诉我乌娜姨妈的事！

图书在版编目（CIP）数据

串线／（美）康妮·威利斯著；李镭译 . — 北京：北京时代华文书局，2022.4
书名原文：Crosstalk
ISBN 978-7-5699-4495-2

Ⅰ . ①串… Ⅱ . ①康… ②李… Ⅲ . ①长篇小说－美国－现代 Ⅳ . ① I712.45

中国版本图书馆 CIP 数据核字（2021）第 277964 号

北京市版权著作权合同登记号　　图字：01-2019-3575

Connie Willis
Crosstalk

串线
CHUANXIAN

著　　者｜[美]康妮·威利斯
译　　者｜李　镭

出 版 人｜陈　涛
策划编辑｜韩　笑
责任编辑｜黄思远
责任校对｜陈冬梅
营销编辑｜俞嘉慧　赵莲溪
装帧设计｜程　慧
封面插画｜守望者 Swangzhe
责任印制｜訾　敬　范玉洁

出版发行｜北京时代华文书局 http://www.bjsdsj.com.cn
　　　　　北京市东城区安定门外大街 138 号皇城国际大厦 A 座 8 楼
　　　　　邮编：100011　电话：010-64267955　64267677
印　　刷｜三河市兴博印务有限公司　电话：0316-5166530
　　　　　（如发现印装质量问题，请与印刷厂联系调换）
开　　本｜710mm×1000mm　1/16　　印　　张｜35　　字　　数｜509 千字
版　　次｜2022 年 6 月第 1 版　　　　印　　次｜2022 年 6 月第 1 次印刷
书　　号｜ISBN 978-7-5699-4495-2
定　　价｜79.00 元